HEYNE <

Das Buch

Arminius war Varus' engster Vertrauter. Der Germane war unter Römern aufgewachsen und hatte in der römischen Armee Karriere gemacht. Wie können einige germanische Fürsten dann behaupten, dass er eine Verschwörung plant? Erst als die römische Armee in einen grausamen Hinterhalt gelockt wird, beginnt Varus zu verstehen, was er nicht verstehen will – und was nicht nur sein Leben zerstören kann, sondern das unzähliger Männer, Frauen und Kinder.

Iris Kammerer verbindet das spannende Schicksal des Varus und actionreiche Kampfszenen mit dem berührenden Lebensweg der germanischen Sklavin Thiudgif und des römischen Schreibers Annius. Beide blicken dem Verrat ins Auge und riskieren ihr Leben, um andere zu retten.

Nach der faszinierenden »Cinna«-Trilogie begeistert die Erfolgsautorin mit einem neuen großen Roman.

Die Autorin

Iris Kammerer, 1963 in Krefeld geboren, arbeitete nach dem Studium der Klassischen Philologie und Philosophie als Texterin, Redakteurin und Beraterin. Seit 2004 ist sie freie Autorin. Bisher erschien die erfolgreiche Trilogie um den römischen Offizier Cinna (*Der Tribun, Die Schwerter des Tiberius* und *Wolf und Adler*) sowie der im Mittelalter angesiedelte Roman *Der Pfaffenkönig*. Iris Kammerer lebt zusammen mit ihrem als Sachbuchautor tätigen Mann Helmut Kammerer in Marburg.

Lieferbare Titel

Der Tribun – Die Schwerter des Tiberius – Wolf und Adler

IRIS KAMMERER

Varus

Historischer Roman

WILHELM HEYNE VERLAG
MÜNCHEN

FSC
Mix
Produktgruppe aus vorbildlich bewirtschafteten Wäldern und anderen kontrollierten Herkünften

Zert.-Nr. SGS-COC-1940
www.fsc.org
© 1996 Forest Stewardship Council

Verlagsgruppe Random House FSC-DEU-0100
Das für dieses Buch verwendete FSC-zertifizierte Papier *München Super* liefert Mochenwangen.

4. Auflage
Vollständige Originalausgabe 10/2008

Printed in Germany 2009
Umschlagillustration und Umschlaggestaltung:
© Eisele Grafik-Design, München
Satz: Buch-Werkstatt GmbH, Bad Aibling
Druck und Bindung: GGP Media GmbH, Pößneck
ISBN: 978-3-453-47089-7

www.heyne.de

VARUS QUINTILIUS INLUSTRI MAGIS QUAM NOBILI ORTUS FAMILIA, VIR INGENIO MITIS, MORIBUS QUIETUS ET CORPORE ET ANIMO IMMOBILIOR, OTIO MAGIS CASTRORUM QUAM BELLICAE ADSUETUS MILITIAE [...].

VARI CORPUS SEMIUSTUM HOSTILIS LACERAVERAT FERITAS; CAPUT EIUS ABSCISUM LATUMQUE AD MARBODUUM ET AB EO MISSUM AD CAESAREM GENTILICII TAMEN TUMULI SEPULTURA HONORATUM EST.

(Velleius Paterculus, Römische Geschichte 2,117,2; 119,5)

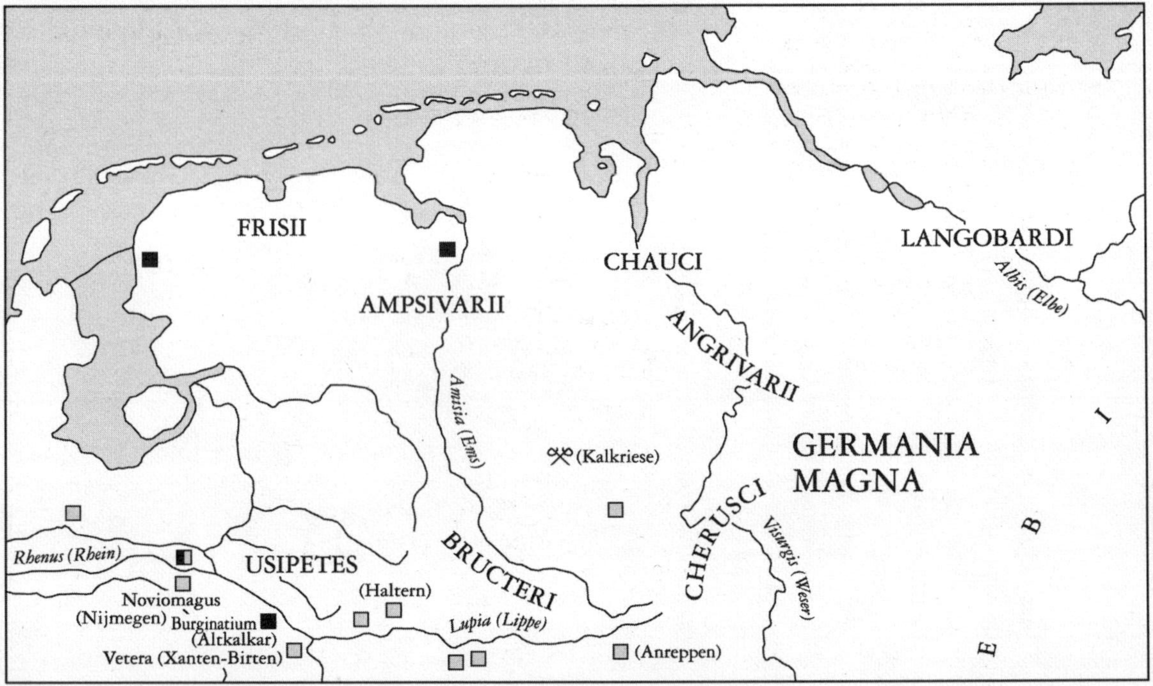

FRISII
AMPSIVARII
CHAUCI
LANGOBARDI
Albis (Elbe)
ANGRIVARII
GERMANIA
MAGNA
(Kalkriese)
Amisia (Ems)
CHERUSCI
Visurgis (Weser)
BRUCTERI
USIPETES
Rhenus (Rhein)
(Haltern)
Lupia (Lippe)
(Anreppen)
Noviomagus
(Nijmegen)
Burginatium
(Altkalkar)
Vetera (Xanten-Birten)
E
B
I

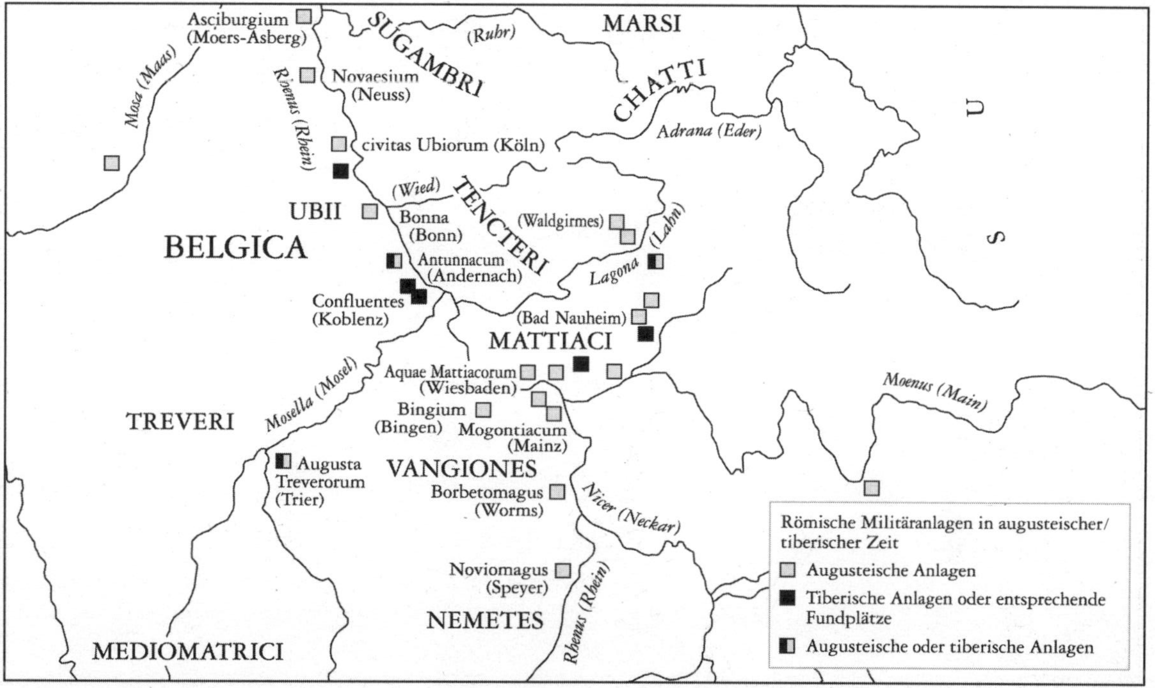
Asciburgium
(Moers-Asberg)
SUGAMBRI
(Ruhr)
MARSI
Mosa (Maas)
Rhenus (Rhein)
Novaesium
(Neuss)
CHATTI
Adrana (Eder)
U
S
civitas Ubiorum (Köln)
(Wied)
TENCTERI
UBII
Bonna
(Bonn)
(Waldgirmes)
(Lahn)
BELGICA
Antunnacum
(Andernach)
Lagona
Confluentes
(Koblenz)
(Bad Nauheim)
MATTIACI
Aquae Mattiacorum
(Wiesbaden)
Moenus (Main)
Mosella (Mosel)
Bingium
(Bingen)
Mogontiacum
(Mainz)
TREVERI
Augusta
Treverorum
(Trier)
VANGIONES
Borbetomagus
(Worms)
Nicer (Neckar)
Noviomagus
(Speyer)
Rhenus (Rhein)
NEMETES
MEDIOMATRICI
Römische Militäranlagen in augusteischer/tiberischer Zeit
Augusteische Anlagen
Tiberische Anlagen oder entsprechende Fundplätze
Augusteische oder tiberische Anlagen

I

Je weiter man sich entfernt von den inneren Regionen des Erdkreises rings um Unser Meer und in die äußeren Gebiete vordringt, wo der Oceanus in schier unendlichem Wellenring die Lande umschließt, umso wilder werden die Menschen und Tiere, die dort leben. Titus Annius ließ missmutig den Blick über den vielköpfigen Volkshaufen schweifen, atmete den fremdartigen Geruch. Die Leute drängten sich auf dem Gerichtsplatz, ihre kehligen Stimmen rauschten wie Brandung. Wenn Annius die Augen schloss, beschenkte ihn sein Gedächtnis mit der Erinnerung an den salzigen Duft des Hafens seiner Heimatstadt Tarraco. Er sehnte sich nach den Gestaden des Meeres, das im Herzen des Erdkreises lag, fern von diesem unwirtlichen Land unweit des Randes der Welt.

Ein spöttischer Ruf schallte über den Platz, der von einem zornigen Blaffen beantwortet wurde. Immer mehr Stimmen brüllten. Die Menge wogte. Annius reckte den Hals, um Ausschau zu halten, sah dennoch nichts als helle und braune Schöpfe, dazwischen die bunten Kopftücher der Weiber. Ein Blick auf den Stand der Sonne über den Hügeln im Osten verriet ihm, dass gleich der Statthalter erscheinen würde, um Recht zu sprechen. Eine kleine Gruppe bahnte sich durch das Gewühl den Weg zum Podium, wo acht Soldaten in Reihe vor den Richterstühlen standen und mit ausdruckslosen Mienen über die Menschen hinwegstarrten.

Annius las die Anspannung aus ihren Zügen und ihrer Haltung. Er wusste, was es bedeutet, einen solchen Volkshaufen vor sich zu haben, der sich binnen eines Wimpernschlags in eine reißende, alles zermalmende Bestie verwandeln konnte. Das Echo von Schlachtenlärm, das aus den Tiefen seiner Erinnerung empordrang, mischte sich in die fordernden Rufe einiger Barbaren auf dem Platz. Annius spürte das sachte Ziehen im Knie, die Narbe, die ein Fremdkörper geblieben war, als steckte noch ein Stück Holz oder Eisen darin. Die Verletzung hatte ihm immerhin ein Paar Armreifen, eine üppige Sonderzahlung und, weil man zunächst angenommen hatte, dass er zum Kämpfen nicht mehr tauge, den Posten eines Schreibers mit doppeltem Sold eingebracht. Hätte ihm dieser dreimal verfluchte Wilde nicht den Spieß ins Bein gerammt, säße er jetzt mit seinen Kameraden von der Vierzehnten Legion in Mogontiacum beim Würfelspiel.

Zwei Lictoren betraten das Podium, über den Schultern die Rutenbündel, aus denen ein Beil ragte, und verkündeten lauthals das Eintreffen des noblen Publius Quinctilius Varus, Legat des Augustus im Range eines Praetors. Annius straffte sich unwillkürlich. Die Menschen auf dem Gerichtsplatz verstummten, reckten die Hälse, riefen einander den Namen des Statthalters zu, riefen ihn an, ihre Stimmen schwollen zu einem gellenden Heulen, bis die Lictoren sie mit einem scharfen Zischen zur Ruhe brachten.

Varus erwiderte die Begrüßung mit einer leichten Neigung des Kopfes, bevor er sich auf dem prachtvoll gepolsterten mittleren Sessel niederließ. Er trug einen Mantel mit aufwendiger Stickerei und einer goldglänzenden Fibel; der breite Purpurstreifen wies ihn als Senator aus, der ebenso purpurne Saum als Gesandten. Schütteres graues Haar und scharfe Falten in seinem Gesicht verrieten sein fortgeschrittenes Alter. Während sein Gefolge sich hinter ihm sammelte und die beisitzenden Richter ihre Plätze einnahmen, eilte ein kleiner Bediensteter um den Statthalter herum und legte ihm den Mantel zurecht, damit die Zeichen seines Ranges gut zur Geltung kamen. Schmunzelnd beobachtete Annius das geschäftige Treiben des Sklaven, dessen Hände Varus schließlich wegwischte wie lästige Fliegen. Indessen war der Barbar, der sich zuvor lautstark seinen Weg durch die Menge gebahnt hatte, vorgetreten, bis ihn die Wachtposten daran hinderten, auf die Bühne zu steigen.

»Wie ist dein Name? Wie lautet deine Klage?«, rief einer der beiden Lictoren, und sogleich trat ein Gefreiter vor und wiederholte die Fragen in der Sprache der Barbaren.

Vertraut mit den Sitten römischer Rechtsprechung, aber inzwischen auch mit einigen der hiesigen Gebräuche, bemerkte Annius, dass der Statthalter dem Mann offenbar eine Brücke zu schlagen versuchte. Als die Wachtposten der Menge mit Handzeichen befahlen zurückzuweichen, machten die Menschen Platz. Der Barbar löste die vor der Brust verschränkten Arme und setzte zu einer Rede in seiner Muttersprache an. Nur mit Mühe konnte Annius den Worten des Klägers folgen, zudem fiel es ihm schwer, seine Aufmerksamkeit bald dem Redner, bald dem Übersetzer zuzuwenden. Der Mann war ein Kleinfürst – seinen Namen hatte Annius nicht verstanden –, Herr über ein Gau, zugleich ein Veteran, der in Pannonien seine Männer gegen die Aufständischen ins Feld geführt hatte. Er wies auf den bronzenen Ehrenreif um seinen Hals, zeigte seine Narben, sprach von Steuerpächtern, die seine Leute drangsalierten und aberwitzig hohe Abgaben forderten. Zuerst habe man Vieh zusammengetrieben, dann seien Menschen verschleppt worden, Kinder. Hier und da ertönten Schreie, alle Blicke richteten sich auf den Statthalter und obersten Richter.

»Das hätte er besser in einem Gespräch unter vier Augen vorgetragen«, murmelte jemand hinter Annius, als der Kläger geendet hatte.

Annius drehte sich um und erkannte seinen Stubengenossen Sabinus, Gefreiter wie er, und einen weiteren Schreiber. Während er sich noch wunderte, dass gerade diese beiden ihren freien Tag damit verbrachten, Gerichtsverhandlungen beizuwohnen, schob sich Sabinus neben ihn.

»Worum geht es?«

»Die Steuerpächter mal wieder«, erwiderte Annius. »Das Übliche.«

»Wenn die Barbaren zahlen, passiert ihnen nichts«, brummte Sabinus. »Wer den Kampf verloren hat, zahlt – das war schon immer so und das bleibt auch so.«

Annius setzte ein überaus freundliches Lächeln auf. »Seit wann, sagtest du, bist du nicht mehr bei der kämpfenden Truppe?«

Sabinus stutzte, musterte ihn stirnrunzelnd, dann lachte er, wobei er ein paar Zahnlücken entblößte, und tätschelte Annius' Schulter. »Du hast eine nette Art, mich einen Sprücheklopfer zu nennen.«

Erheitert richtete Annius seine Aufmerksamkeit wieder auf Kläger und Richter. Ein Schreiber, der am Rand der Bühne auf einem Schemel kauerte, hielt den Griffel über der Wachstafel auf seinen Knien und wartete. Am Vortag hatte Annius an dieser Stelle gesessen, während geringere Richter über unwichtige Streitigkeiten geurteilt hatten.

Nachdem der Übersetzer sich mit einer knappen Verneigung zurückgezogen hatte, saß Varus reglos auf seinem

Stuhl, mit der Rechten das Kinn reibend; auf einen Wink seines Fingers hin trat ein unscheinbarer Mann an seine Seite. Ohne den Kläger aus den Augen zu lassen, unterhielt Varus sich leise mit seinem Berater, nickte bedächtig, während er sich mit den Fingerspitzen über die Lippen strich und die Stirn in einen Fächer von Falten zog.

Dem Statthalter verdankte Annius, dass er dieses Jahr in einer ruhigen Provincia verbringen durfte; aufgrund einer einzigen Schriftprobe hatte Varus selbst seine Versetzung angeordnet. Zumindest war ihm das so gesagt worden, denn er war dem Statthalter nie vorgestellt worden, sondern hatte nur seine Stelle angetreten. Inzwischen war das verletzte Bein nahezu wiederhergestellt, was Annius neben der Erholung auch den Übungseinheiten, denen er sich täglich unterzog, zuschrieb.

Gelächter brandete auf. Der Barbar hatte eine Frage des Varus wohl zungenfertig vergolten und mit seinem unbeholfenen Latinisch nicht nur den Statthalter zum Schmunzeln gebracht, sondern auch die Menge für sich gewonnen. Annius gab sich keine Mühe, dem Wortschwall zu folgen. Er hatte am Vortag drei Verhandlungen aufgezeichnet und sich dabei mit schlechten Übersetzern herumgeschlagen, die allzu oft selbst ratlos waren, was die grollenden Tierlaute dieser Barbaren denn nun eigentlich bedeuteten. Sabinus und sein Begleiter, die beide aus Rom stammten, hatten ihren Spaß an solchem Gezänk und spotteten naserümpfend darüber. Annius verabscheute diesen Dünkel der Hauptstädter, der in allen Truppen, in allen Rängen zu finden war. Nicht nur die Barbaren der Germania taten sich schwer damit.

Als das Raunen der Menge erstarb, suchte Annius den Grund für die Aufmerksamkeit der Menge. Varus hatte sich aus seinem Sessel erhoben und stand ein wenig schief auf der Bühne, während ein Windzug sein kurzes, graues Haar zauste.

»Ich werde kein Urteil fällen, ohne die andere Seite gehört zu haben«, verkündete er. »Mir wurde gesagt, dass die von dir angeklagten Steuerpächter heute Abend hier eintreffen. Daher lautet meine vorläufige Entscheidung, dass wir dieses Verfahren morgen früh fortsetzen.«

Er bedachte den Kläger mit einem langen Blick, bis dieser mit einer knappen Neigung des Kopfes zustimmte, und nickte dann huldvoll, bevor er umringt von den Lictoren die Bühne verließ und in den Reihen seiner Leibwächter untertauchte. Nur die über die Helme der Soldaten ragenden Rutenbündel verrieten seinen Weg, wenn die Klingen der Beile im Mittagslicht aufblitzten. Ein anderer Richter, ein junger Quaestor, der sich mit Geringfügigkeiten abgeben musste, nahm mit wichtiger Miene Varus' Sitz ein.

Unter den Umstehenden brandete ein Streit auf, Weiber keiften, eine Frau kreischte; Annius erblickte kupferrotes wehendes Haar, ein junges Gesicht, die Augen schmal vor Wut, die Lippen entblößten eine Reihe weißer Zähne - keine Selbstverständlichkeit bei diesem Volk. Eine andere Frau hatte ihr den Mantel von Kopf und Schultern gezerrt, nun rangelten sie um das dunkle Tuch unter dem Gelächter der Soldaten und der Männer, die soeben noch dem Legaten des Augustus gehuldigt hatten. Als einer der Männer ein Spottlied anstimmte und andere einfielen, baute das Mädchen sich auf, dass es einem erzürnten Centurio zur Ehre gereicht hätte, und warf den Lästermäulern einen wahrhaft vernichtenden Blick zu, ehe sie hochaufgerichtet hinter der Alten, die ihr den Umhang entrissen hatte, davonstolzierte. Kopfschüttelnd wandte Annius sich zum Gehen. Die Barbaren erschienen ihm ebenso unbeherrscht wie die Stadtrömer, deren hochmütiges Gehabe nur eine dünne Tünche über einem äußerst reizbaren Gemüt war.

Während Sabinus und sein Gefährte zurückblieben, um zum Zeitvertreib den weiteren Verhandlungen zuzuschauen, schlenderte Annius den Weg zum Lager hinauf, genoss die Wärme der Sonne im Nacken. Vor seiner Versetzung in die Germania, dem wilden Land zwischen Rhenus und Albis, hatten seine alten Kameraden ihn bedauert; dort werde ihn tagtäglich schlechtes Wetter erwarten, endloser Regen und kalte Winde. Doch fast den ganzen Sommer lang hatte sich ein blauer Himmel über der Erde aufgespannt, mit kleinen weißen Wolken, die sich nur selten vor die mild lächelnde Sonne schoben.

Ein hochgewachsener Mann mit rötlich schimmerndem Haar, das er nach Römerart kurz geschnitten trug, eilte an ihm vorüber und streifte ihn dabei mit dem dunkelroten Manteltuch. Ihm folgte ein anderer, schmaler gewachsen, älter, ein Barbar, unter dessen kurzem Umhang helle Hosen und rohlederne Stiefel hervorlugten. Er langte nach der Schulter des Vorausgehenden, rief ihn mit zornbebender Stimme immer lauter an, bis der erste mit wehendem Mantel herumwirbelte, um dem Verfolger eine scharfe Antwort in der Mundart der Wilden zu geben. Annius erkannte den jungen Mann, einen Vertrauten des Statthalters Varus, Iulius Arminius genannt, einen ritterlichen Tribun cheruskischer Abkunft, der häufig in Varus' Haus verkehrte. Der Verfolger hingegen war in helles Leinen und einen bunten Umhang gekleidet wie einer der mächtigeren Fürsten desselben Stammes. Unauffällig wich Annius zum Straßenrand aus; die Streitlust der Menschen, die hier lebten, war sprichwörtlich. Leicht geriet man bei solchen Händeln zwischen die Fronten und hatte dann seine liebe Not, heil herauszukommen.

Die beiden Männer standen einander gegenüber, Arminius mit verschränkten Armen, während der andere – Annius erkannte ihn als den Fürsten Segestes – die Fäuste in die Seiten stemmte.

»Ich werde hingehen und alles offenbaren!«, stieß Segestes hervor.

»Man wird dir nicht glauben.«

»Man wird mir glauben – dafür sorge ich!«

Arminius reckte das Kinn und starrte den anderen schweigend an, während links und rechts neben ihnen Soldaten vorübergingen und die Streitenden mit neugierigen Blicken streiften. Dann flog ein Leuchten über Arminius' Gesicht, er schnaubte verächtlich, drehte sich um und ging davon, ließ Segestes einfach stehen. Erheitert bemerkte Annius, dass der Barbarenfürst einige Atemzüge lang mit offenem Mund verharrte, ehe sich seine Miene verdüsterte und er hinter dem anderen drohend die Faust erhob. Insgeheim ein wenig stolz darauf, jedes Wort verstanden zu haben, folgte Annius zwei kopfschüttelnden Legionären zum Lagertor; ein schneller Blick zurück zeigte ihm den Rücken des Fürsten, der in seiner verletzten Würde steifbeinig davonging.

*

Während Sextus Ceionius die Berichte seiner Schreiber überflog, blieb sein Blick immer wieder an einzelnen Worten hängen – hier eine Schlägerei zwischen Legionären und Soldaten einer einheimischen Hilfstruppe, dort Beschwerden über zurückbehaltene Soldzahlungen oder drangsalierende Unteroffiziere, und zwischen all diesen Nichtigkeiten immer wieder Urlaubsanträge.

Die Soldaten langweilten sich.

Seufzend lehnte Ceionius sich in die Polster der Kline und

ließ die Wachstafeln auf seine Oberschenkel sinken. Als Lagerpraefect war er zwar für Beurlaubungen nicht verantwortlich, allerdings oblag ihm die Aufsicht über sämtliche Wachen und andere Dienste; allzu viele Fehlzeiten verhinderten einen reibungslosen Ablauf. Die zurückgebliebenen Gemeinen nahmen es ihren Befehlshabern übel, wenn sie sich zu oft zur Wache eingeteilt glaubten, weil ganze Einheiten freigestellt worden waren.

Ein Klopfen weckte ihn aus seiner missmutigen Grübelei, und in der geöffneten Tür stand Gaius Caelius Caldus, der vornehme junge Legionstribun der Achtzehnten, hinter ihm ein Gefreiter, der einen Stapel großer Doppeltafeln trug. Noch mehr Unterlagen, bemerkte Ceionius und stöhnte leise. Caldus' schmale Lippen umspielte ein winziges Lächeln.

»Ich komme wegen der Anordnungen für die kommenden Tage«, sagte er.

Nickend richtete Ceionius sich auf, deutete einladend auf die zweite Kline. Das Lächeln auf dem Gesicht des Tribunen wurde heller, er setzte sich auf die Liege, während der Gefreite dem Lagerpraefecten die mitgebrachten Tafeln reichte. Ceionius nahm die Tafeln nacheinander vom Stapel , klappte sie auf, um die säuberlich geführten Listen zu überfliegen.

»Das hat alles seine Ordnung«, murmelte er und winkte den Gefreiten hinaus, während ein herbeigeeilter Sklave dem Tribun die Stiefel auszog. »Dafür hättest du nicht selbst kommen müssen.« Mit einer knappen Geste gab er dem Sklaven zu verstehen, er wünsche etwas zu trinken.

»Was führt dich wirklich zu mir?«, fragte er, kaum dass sie allein waren.

Der junge Mann strich sich durch die kurzen Locken, die die Farbe reifer Kastanien hatten, und schaute Ceionius so lange an, bis dieser aufmunternd nickte. »Der Zustand der einheimischen Hilfstruppen beunruhigt mich, Sextus Ceionius.«

Verwundert hob der Lagerpraefect die Brauen. »Der Zustand der einheimischen Hilfstruppen? Ich wäre froh, wenn die Legionäre ihren Pflichten ebenso bereitwillig und gewissenhaft nachgingen, anstatt uns mit Urlaubsanträgen zu bestürmen. In diesen Tagen zeigen die Barbaren beileibe mehr soldatische Disziplin als unsere eigenen Leute!«

»Praefect, das ruhige Verhalten der Barbaren widerspricht allem, was ich über sie erfahren habe«, setzte der junge Tribun nach. »Und das stimmt mich argwöhnisch.«

Schmunzelnd nahm Ceionius den silbernen Henkelbecher aus der Hand des herbeigetretenen Sklaven und hob das Gefäß, um den Inhalt mit der Nase zu prüfen. Ein feiner Falerner lag golden im Becher, im rechten Maße verdünnt. Er kostete daran, schmeckte die Süße der Trauben, aber auch das lehmige Wasser. Der junge Tribun ihm gegenüber verzog kaum merklich das Gesicht.

»Es ist das hiesige Wasser. Ich wünschte, wir befänden uns in bergigeren Gebieten mit besseren Quellen.« Ceionius setzte den Becher ab und fasste den Tribun ins Auge. »Was genau treibt dich zu mir, Gaius Caelius?«

Der Angesprochene drehte dünn lächelnd den Becher in den Händen, nahm dann einen großen Schluck. »Die in der Germania ausgehobenen Hilfstruppen wurden während des Aufstandes in der Pannonia mit besonders harten Einsätzen betraut. Sie brannten die Felder nieder, raubten und schlachteten das Vieh und machten ganze Dörfer dem Erdboden gleich, um den Widerstand zu brechen. Das gelang ja auch, und den Germanen wurden zum Dank große Donationen, Urlaub und Beförderungen in Aussicht gestellt. Aber diese Versprechen wurden bislang nicht eingehalten.«

»Und nun mutmaßt du, dass es unter den Barbaren heimlich gärt?«

»Wie sollte das ausbleiben bei Männern, die zu derartig rohen Taten fähig sind und zugleich so großen Wert auf Ruhm und Ehre legen?«

»Sie waren wilde Tiere und wurden gezähmt und an die Kette gelegt«, erwiderte Ceionius. »Jetzt dienen sie uns wie treue Hunde.«

»Es sind keine Hunde, Praefect Ceionius, sondern Wölfe, und auch der treueste Hund wird heimtückisch, wenn die dargebotenen Leckerbissen immer wieder im Rachen des Herrn verschwinden.«

Ceionius lachte leise. »Sie gehorchen ja vor allem ihren eigenen Anführern, und die wiederum sind uns treu ergeben. Hast du vergessen, wie sehr Arminius sich auf diesen Feldzügen hervortat? Er erhielt so viele Beuteanteile und Sonderzahlungen, dass ihm das den Eintrag in die Listen des Ritterstandes einbrachte. Aufgrund seiner Verdienste wurde er schließlich zum ritterlichen Tribun befördert, was andere, ebenso tüchtige Offiziere erst in weitaus höherem Alter erreichen.«

»Aber ob sein Ehrgeiz dort endet?«

Der eindringliche Blick des jungen Mannes missfiel Ceionius, mehr noch als dessen Worte. »Was soll die Frage? Etwas anderes bleibt ihm ohnehin nicht übrig.«

»Es wäre mir lieber, wenn ich dem Statthalter mein Unbehagen mitteilen könnte ...«

»Machst du Witze? Arminius und Segimerus gehören zu Varus' engsten Beratern. Sie verkehren fast täglich in dessen Haus, und besonders Arminius ist ihm geradezu ans Herz gewachsen – du hingegen bist ein Tribun aus dem Senatorenstand, und du weißt, wie er über euch denkt?«

Caldus verzog das Gesicht, als hätte er in unreifes Obst gebissen. »Er hält uns für eingebildete junge Tölpel ohne jede Erfahrung«, nuschelte er.

»Und du legst es wahrhaftig darauf an, ihn darin zu bestärken!«

In trotzigem Schweigen fuhr der Tribun fort, den Becher zu drehen. Der Lagerpraefect verkniff sich das Schmunzeln über den gemaßregelten Buben. Der Jüngling hatte erst im Frühjahr seinen Dienst angetreten, es war sein erster Posten als Offizier; obwohl unerfahren, war er anstellig und diszipliniert wie nur wenige. Man konnte ihn sich erziehen.

»Es wäre mir wichtig, dass Varus Kenntnis erhielte von meiner Besorgnis.« Caldus war aufgestanden, übergab den Becher dem Sklaven und blickte Ceionius entschlossen an. »Ich bedaure, dich belästigt zu haben, es soll nicht wieder vorkommen.«

Als die Tür hinter dem Tribun zugeklappt war, griff Ceionius zerstreut wieder nach den Tafeln, schüttelte den Kopf und vertiefte sich in die Lektüre eines Tagesberichtes. Urlaubsanträge. Ein übereifriger Tribun mit Unbehagen. Verächtlich schürzte Ceionius die Lippen, schlug die Wachstafel zusammen, stand auf, um an die Tür zum Nebenraum zu klopfen. Ein einarmiger Gefreiter öffnete.

»Schreib mir eine Nachricht an den Statthalter des Augustus«, sagte Ceionius schmunzelnd. »Wir haben da einen übereifrigen jungen Tribun, der ein wenig Nachhilfe im Umgang mit unseren germanischen Hilfstruppen braucht.«

*

Annius genoss die abendliche Sonne, die seine Tunica durchwärmte, während er mit zwei seiner Stubenkameraden das Lager verließ und die breite Hauptstraße hinunterschlenderte. In seinem bronzenen Armreif klimperten genug Münzen, dass er sich bis zur Besinnungslosigkeit würde betrinken können, ohne auf die Liebkosungen eines hübschen, sauberen Mädchens verzichten zu müssen. Varus hatte an diesem Tag den drei Legionen und sämtlichen hier untergebrachten Hilfstruppen verkündet, dass sie in zehn Tagen gen Rhenus abmarschieren würden. Endlich wäre Schluss mit den leidigen Gerichtsverfahren, den trotzigen Barbaren, Schluss auch mit dem allzu häufigen Regen – obwohl sie in diesem Sommer davon wenig zu spüren bekommen hatten. Stattdessen spendeten die Brunnen lehmiges Wasser, das kaum mehr sauber zu filtern war. Kein Wunder, dass die Barbaren sich auf Bier verlegten, dieses fade, säuerliche Gebräu, bedeckt mit Schlieren von hellgrauem Schaum. Annius und seine Kameraden würden Wein trinken an diesem Abend, reinen Wein, dessen Trauben in der Italia gekeltert worden waren. Sie würden die Lagerbestände der Tabernenwirte versiegen lassen, prahlten die Kameraden und klopften einander lachend auf die Schultern.

Eine Abteilung Bewaffneter kam ihnen entgegen, keine Soldaten, sondern eine Schutztruppe, bestehend aus Freigelassenen mit kurzen Schwertern und Peitschen; geführt wurden sie von dem feisten Sklavenhändler Fufidius auf einem ebenso feisten Gaul. Sie bewachten eine Gruppe Menschen, die sichtlich erschöpft die Straße heraufwankten, Sklaven, die Fufidius zu seinem Anwesen bringen ließ. Allein die Vorstellung von Ketten und Peitschenhieben ließ Annius schaudern; auch seine Kameraden waren still geworden, spähten aus den Augenwinkeln nach den zusammengetriebenen Menschen. Vorneweg gingen junge Burschen und Männer, doch kaum einer von ihnen würde sich zu schweren Arbeiten oder gar als Gladiator eignen. Hinten drängten sich Mädchen und junge Frauen zusammen, deren Schicksal vorbestimmt war. Zumindest das der hübscheren unter ihnen.

Da war ein Kupferton, der ihm nicht aus dem Sinn wollte, ein blasses Gesicht mit schmaler Nase, das sich ihm kurz zugewandt hatte. Er war vorübergegangen, jetzt drehte er sich um. Sie ging, mehr stolpernd, am Rand der Gruppe, die Schultern hochgezogen, mager wie ein neugeborenes Fohlen. Er erinnerte sich an dunkelblaues Tuch, an eine keifende Alte und ein junges Mädchen, stolz und zornig, das dem Spott der Soldaten mit blitzenden Augen trotzte.

Annius schickte die Kameraden voraus zur Taberna und kehrte um, schlenderte unschlüssig zu Fufidius' Haus, dessen Tor die ersten Männer gerade durchschritten, als gingen sie unters Joch. Fufidius war vor seinem Anwesen stehen geblieben und wurde von einem Sklaven begrüßt, der die Zügel des Pferdes in Empfang nahm. Der Sklavenhändler ließ den Blick über die Ware schweifen, machte dann einen schnellen Schritt und griff ein Mädchen heraus, das Mädchen, das Annius gerade erst wiedererkannt hatte.

»Die hier fasst ihr mir auf keinen Fall an, verstanden?«, rief der Dicke in den Hof. »Das ist seit Monaten die erste Jungfrau, die ich ergattern konnte. Wenn sie erst besser im Futter steht, wird sie einen hübschen Preis einbringen.«

Annius fröstelte. Und war verwirrt. Das Schicksal des Mädchens war vollkommen alltäglich, und dennoch schien sich eine kalte Faust um seinen Magen zu ballen. Er ertappte sich dabei, dass er eine Hand auf seinen Leib legte, als der Sklavenhändler ihn ins Auge fasste und grinsend eine Braue hob. Dann schob er das Mädchen in Richtung des Aufsehers, der unbeholfen ihren Arm packte und sie wegführte.

Sie sträubte sich nicht. Sie ließ es einfach geschehen.

Die Taberna war angefüllt mit einem schwülen Brodem aus Schweiß und Leder, Bier und Wein, vermischt mit fadem Essensdunst – Zwiebel, Kohl und Schweinefleisch. Annius wäre lieber hinausgegangen, denn selbst in der engen Gasse wäre die Luft angenehmer gewesen als in dem stickigen Schankraum, aber die Kameraden hatten die Knöchel schon ausgepackt und knobelten mit wechselndem Glück. Nur halbherzig beteiligte er sich am Spiel, während sie lachten, einander knufften und verspotteten. Die gute Laune war ihm vergangen, als der feiste Sklavenhändler die Taberna betreten und sich zu einigen anderen Händlern an den Tisch gesetzt hatte, die sich ebenfalls mit Wein und Würfelspiel die Zeit vertrieben.

Wieder stieg vor Annius' Augen das Bild des Mädchens auf, das mit leicht gesenktem Kopf unter dem Torbogen stand, das Haar stumpf vom Staub und Schmutz des langen Marsches, Stirn und Wangen verdeckt von wirren Strähnen, während der fette Kerl ihren Arm umklammert hielt. Wieder hörte er die Worte des Sklavenhändlers, und er begriff nicht, warum eine solche Kleinigkeit in ihm einen solchen Widerwillen erregte, als hätten ihn die Monate des Friedens verzärtelt. Im Laufe seines Soldatenlebens hatte er weit Schlimmeres gesehen und gehört. Und getan.

Verstohlen spähte er zu den Händlern hinüber, bemerkte, dass der Hintern des Sklavenhändlers über den Rand des Schemels quoll, während er mit verschränkten Armen dasaß und sein offenbar nicht abreißendes Glück im Spiel genoss. Rasch leerte Annius seinen Becher und erhob sich, durchquerte den Raum, um an den Tisch der Händler zu treten.

Erst als die Gesichter der Männer sich ihm zugewandt hatten, erkannte er, wo er stand, nicht aus eigenem Antrieb, sondern als hätte ihn ein Gott hierhergeführt. Seine Hand umschloss die Würfel, die mitten auf dem Tisch lagen, helle, elfenbeinerne Würfel.

»Willst du ein Spiel mit uns wagen, Soldat?«, feixte einer der Männer, ein hagerer, lang aufgeschossener Mann in den besten Jahren, in dem Annius einen Pferdehändler erkannte.

Annius nahm auch den ledernen Becher an sich und ließ die Würfel hineinfallen. »Ich will das Mädchen«, knurrte er und bohrte den Blick in die Augen des Sklavenhändlers, der ihn mit offenem Mund anstarrte.

»Du bist auf der Straße herumgelungert, als ich eintraf.« Fufidius' Gesicht überzog ein Grinsen. »Bist wohl einer von denen, die lieber zureiten als gebrauchte Gäule zu nehmen, was? Dazu musst du dein Glück nicht verwetten. Du kannst sie als Erster haben – wenn ich dabei bin.« Er straffte sich und verschränkte die Arme. »Und ich mache dir einen anständigen Preis. Was sagst du?«

Stumm und reglos erwiderte Annius den Blick. Ein Mädchen den Klauen eines solchen Unholds zu entreißen, würde die Qualen, die ihn im Orcus erwarteten, verringern – und er hatte vieles abzubüßen. Er zog einen Schemel heran, um sich darauf niederzulassen. Hart schüttelte er den Becher, stülpte ihn auf den Tisch, ohne den Blick von den schmalen Augen des Sklavenhändlers zu wenden, und schob ihn langsam in die Mitte, hob ihn aber nicht hoch, sondern ließ seine Rechte darauf ruhen. »Ich will das Mädchen.«

»Und was ist dein Einsatz?«, fragte Fufidius zwinkernd. »Nur für den Fall, dass du wider Erwarten doch einen geringeren Wurf haben solltest als ich.«

»Der Sold der letzten vier Monate«, entgegnete Annius schroff. Ein lächerlicher Betrag, verglichen mit dem, was Fufidius an solcher Ware verdiente, wenn er sie unbeschadet ins Herz des Imperiums schaffte und anschließend aufpäppelte, um sie ausgewählten Kunden feilzubieten.

Nach kurzem Stutzen lachte Fufidius. »Ich bin einverstanden.«

Ein aufmunterndes Nicken veranlasste Annius, den Becher anzuheben. Ringsum forderten Männer zischend Ruhe ein. Auf dem Tisch lagen die Würfel, zwar nicht alle auf verschiedenen Seiten, aber es war nur eine Eins dabei. Die Zuschauer murrten leise.

»Elf.« Fufidius wiegte den Kopf angesichts dieses dürftigen Ergebnisses. »Mein Angebot steht, junger Freund. Wenn du das Fohlen –«

»Schweig und mach deinen Wurf!« Annius presste die schwitzigen Hände auf die Oberschenkel. Was war ihm nur eingefallen, sich auf diesen Blödsinn einzulassen? Er hatte auf Fortuna vertraut, die ihm jedoch nur einen arg bescheidenen Wurf gegönnt hatte.

Die Stimmen im Schankraum waren verstummt, rau scharrten Sohlen und Holz über den harten Lehmboden, während viele Gäste sich um den Tisch der Spieler drängten. Annius spürte ihren Atem im Nacken, kratzte sich am Haaransatz. Was, beim Hercules, tat er hier?

Mit hochgezogenen Brauen schob Fufidius die Knöchel in den Becher, schüttelte ihn zwischen beiden Händen, bevor er ihn auf den Tisch stieß. »Du bist dir sicher?«

Reglos starrte Annius den grinsenden Sklavenhändler an, während dieser langsam den ledernen Becher hob und die Knöchelchen freilegte. Die Umstehenden beugten sich tief über den Tisch, um einen Blick auf das Ergebnis zu erhaschen; einer hielt einen brennenden Span so ungeschickt, dass ein anderer sich daran verbrannte und fluchend zurückzuckte. Hastig prüfte Annius den Wurf. Neun. Lautlos ließ er den Atem zwischen den Zähnen entweichen. Noch immer den Becher in den Händen haltend, gaffte der Sklavenhändler mit offenem Mund vor sich auf den Tisch. Gelächter erhob sich, einzelne Männer klopften ihm auf die Schultern. Erst jetzt ging Annius auf, dass er keinen Platz hatte, um das Mädchen unterzubringen. Der Zutritt ins Lager war Frauen verboten; nur für die Gemahlinnen hoher Offiziere wurden gelegentlich Ausnahmen gemacht, doch auch das nur in den großen Legionslagern von Mogontiacum, Bonna und Vetera.

Der Schemel scharrte über den Boden, als Fufidius aufstand und beide Fäuste auf die Tischplatte stemmte. »Bringen wir es hinter uns, Titus Annius.«

Als sie die Taberna verließen, gesellten sich zwei bullige Leibwächter zu ihnen. Obszöne Spottlieder dröhnten auf die Gasse hinaus und verklangen nur allmählich hinter ihnen. Der Sklavenhändler bemühte sich, immer einen halben Schritt voraus zu sein, um ein Gespräch zu vermeiden, bis sie sein Anwesen erreichten, ein Fachwerkgehöft, bestehend aus einem Häuschen und mehreren Verschlägen, aus denen dumpf die Geräusche zusammengepferchter Menschen drangen. Im Hof stank es wie in einem Schweinestall.

Mit einem gellenden Pfiff verkündete Fufidius seine Ankunft, woraufhin zwei Sklaven mit Laternen herbeieilten und sich tiefer als nötig verneigten. Mit ihnen näherte sich ein vierschrötiger Mann, der an seinem bronzebeschlagenen Gürtel einen Dolch und eine Peitsche mit knotigen Riemen befestigt hatte.

»Hol die Kleine, die mir der Publicanus angedreht hat«, schnarrte Fufidius, und der Vierschrötige, wohl einer der Aufseher, verschwand wortlos im Dunkel.

Dass er ratlos darüber nachgrübelte, wo er das Mädchen

unterbringen könne, verbarg Annius hinter der starren Soldatenmiene, die er sich während seines ersten Jahres bei der Legion angewöhnt hatte. Es war der einzige Gesichtsausdruck, den die Ausbilder nicht mit Erniedrigungen beantworteten.

Eine Kette rasselte in der Dunkelheit, eine Menschenmenge geriet hörbar in Unruhe, helle Stimmen wimmerten, andere stöhnten dumpf, Laute, die nicht von Menschen zu stammen schienen. Wieder klirrte Metall, dann schälten sich im matten Schein einer Laterne zwei Gestalten aus der Nacht, der Vierschrötige und ein Mädchen mit durchgebogenem Rücken, das er vor sich her schob. Annius erkannte, dass er ihr einen Arm auf den Rücken verdreht und mit der anderen Hand ihr Haar gepackt hatte. Ihre Kleidung war zerrissen, durch einen fransigen Schlitz, der bis über ihre Knie hinauflief, schob sich bei jedem Schritt ein dünnes Bein. Als sie im Licht der Lampen, die die Sklaven und Leibwächter hielten, vor ihm und Fufidius stand, bemerkte er, wie jung sie war, kaum dem Kindesalter entwachsen. Ihre Knie zitterten, und helle Angst stand in ihren weit aufgerissenen Augen. Ein Kloß stieg Annius in die Kehle, mühsam unterdrückte er das Bedürfnis zu schlucken.

Der Sklavenhändler schnäuzte sich und spuckte auf den Boden. »Dann wünsche ich dir noch viel Spaß mit deinem Gewinn, du Günstling Fortunas«, presste er zwischen den Zähnen hervor. »Und wenn du ein Bett brauchst, dann geh zu Fausta, die hat immer Platz – du weißt ja, wo ihr Haus ist?«

Annius nickte kurz. Fausta war unter den Legionären die bekannteste Kupplerin, sie besaß Mädchen für den kleinen Geldbeutel und hielt dennoch auf Sauberkeit. Dass Fufidius' Vorstellungsvermögen nicht weiter reichte als bis zu einem billigen Lupanar, verwunderte Annius nicht. Eine Gefangene über weite Strecken bis zum nächsten Sklavenmarkt zu befördern, war kostspielig; sie schnell an die Zuhälter und Kupplerinnen weiterzureichen, die das Heer begleiteten, warf dank des großen Bedarfs zumindest einen kleinen Gewinn ab.

Als das Mädchen sich aufbäumte in dem harten Griff des Aufsehers, riss dieser sie an den Haaren zu sich, und auf seinem kantigen Gesicht breitete sich ein Grinsen aus. Lautlos biss sie die Zähne aufeinander, dass ihre Wangen anschwollen, verdrehte die Augen, um ihren Peiniger sehen zu können. Beklemmende Erinnerungen erwachten in Annius – flüchtende, kreischende Frauen und Mädchen, Gelächter. Er widerstand dem Wunsch, auf seinen Gewinn zu verzichten, das hätte ihn zum Gespött gemacht. »Lass sie los! Ich werde schon fertig mit ihr.«

Der Vierschrötige versetzte dem Mädchen einen Stoß, dass es taumelnd einige Schritte tat und beinahe gegen Annius geprallt wäre. Sie fuhr zurück und umklammerte das Handgelenk, das der Kerl ihr auf den Rücken geschraubt hatte. Entschlossen packte Annius ihren Arm, nickte Fufidius zu.

»Viel Spaß mit diesem schäbigen Küken!«, knurrte der Sklavenhändler, stapfte dann grußlos mit dem Aufseher zum Haus, gefolgt von den Laternenträgern. Die beiden anderen Sklaven begleiteten Annius und das Mädchen zum Tor, das sie hinter ihnen geräuschvoll verriegelten.

Wie ausgestorben lag der Weg vor Annius in der Dunkelheit. Er holte Luft, gab dem Mädchen einen leichten Stoß und zog sogleich die Hand zurück. Hastig wischte er sie an der Tunica ab. Die erste Nachtwache hatte begonnen, er hätte längst in seinem Quartier sein müssen, stattdessen trabte er ziellos durch das nächtliche Lagerdorf mit einem Mädchen, das er beim Würfeln gewonnen hatte und für das er eine Bleibe brauchte. Ihm blühten Ärger, Soldabzug, vielleicht sogar Arrest.

Ein Mädchen! Annius schnaubte und schubste sie nochmals, dass sie strauchelte. Jeder Mann, der bei Verstand war, hätte sich einen Burschen besorgt. Der hätte ihm die Stiefel geputzt, für ihn gekocht und abgewaschen und seinen Teil der Stube sauber gehalten. Sie stank nach dem Verschlag, in den sie mit zu vielen anderen eingesperrt worden war; darunter mischte sich der schale Geruch der Angst, den sie verströmte. Wie jede Frau, die einem oder gar mehreren Männern schutzlos ausgeliefert war.

Faustas Haus sei ein guter Ort, jeden Fluchtversuch dieses Mädchens zu vereiteln, dachte Annius grimmig, als er in den Weg einbog, in dem er dieses Haus wusste; da hätte es die grölenden Zecher nicht gebraucht, die ihm eingehakt entgegentorkelten, während ein dritter breitbeinig an der Hauswand sein Wasser abschlug. Blumengirlanden und zwei Laternen lockten zum Eingang, den ein riesiger Barbar bewachte, nichts am Leib als einen knappen, eng gewickelten Schurz und einen bronzebeschlagenen Gürtel, an dem ein Dolch hing. Der Riese grinste Annius schon entgegen, winkte ihm zu, als dieser das Mädchen, das beim Anblick des Hauses stocksteif geworden war, rasch weiterzog.

Was war los mit ihm? Mit heißen Ohren schritt er an diesem Haus der Freuden vorbei, aus dem Stimmen drangen, Seufzer, helles Kichern und das Quietschen der Betten. Die Herberge war ihm eingefallen. Der alte Pacuvius hatte sicher eine Kammer, in der man die Kleine unterbringen konnte, zur Not einen fensterlosen Verschlag. Er würde sie auch versorgen, falls Annius Arrest erhielte. So musste es gehen.

*

Quintus Numonius Vala stapfte missmutig hinter den beiden Laternenträgern her. Die Gespräche mit den chattischen Unterhändlern entwickelten sich nicht so, wie er oder gar der hochverehrte Legat des Augustus, Publius Quinctilius Varus, sich das vorgestellt hatten. Vala schnaubte verächtlich. Diese Barbaren mochten das Aussehen von Menschen haben und einigermaßen sprachbegabt sein, aber sie waren eigennützig wie wilde Tiere. Ein Grinsen grub sich in seine Mundwinkel. Sie hatten versucht, ihn betrunken zu machen, aber dieses Ansinnen hatte er durchkreuzt. Dafür schnarchten unter ihren Tischen jetzt mehrere Hunde, in deren herumstehende Näpfe er immer wieder unauffällig den Inhalt seines Bechers entleert hatte.

Ein Paar kam ihnen entgegen, leicht taumelnd, als hätten sie zu viel getrunken. Einer dieser versoffenen Legionäre mit seinem Flittchen. Vala rümpfte die Nase. Tunica und Umhang verrieten den Kerl, der seine Schritte hemmte, als sich die Wachmannschaft näherte. Vala befahl anzuhalten.

»Name?«, blaffte er, bevor der Soldat grüßen konnte.

»Titus Annius«, kam es zögerlich zurück, »Beneficarius im Stab der Achtzehnten Legion, freigestellt als Schreiber für Gerichtsdienste.«

Ein Gefreiter also. »Hast du eine Erklärung für diesen Auftritt, Titus Annius?«

Anzüglich grinsend deutete Vala auf das Mädchen, ein zerlumptes Ding von vielleicht fünfzehn, sechzehn Jahren. Der Gefreite, ranghöher, als Vala zunächst vermutet hatte, schluckte sichtlich und straffte sich.

»Eine Verhaftung?«

»Keine Verhaftung«, brachte Annius mühsam hervor. »Ich ... muss dieses Mädchen ... unterbringen.«

»Beim alten Pacuvius?« Mit dem Daumen deutete Vala hinter sich auf das langgestreckte Gebäude der Herberge, das er gerade passiert hatte. »Man wird deine Verspätung melden, und dass sie nicht ohne Folgen bleiben wird, ist dir sicherlich klar.«

Ohne das Nicken des Gefreiten abzuwarten, winkte Vala seiner Eskorte und ließ den Mann mit seiner Beute mitten auf dem Weg stehen.

In seinem Quartier erwartete Vala eine Einladung des Varus, die in seiner Abwesenheit eingetroffen war. Vala beugte sich über das bronzene Wasserbecken und schöpfte zwei Handvoll klares Nass, um es sich ins Gesicht zu werfen. Ihm war nicht nach einem weiteren Gelage, schon gar nicht in Gesellschaft von Varus' Beratern. Er trocknete sich an einem bereitgelegten Tuch ab, schlang den Mantel um die Schultern und verließ das Haus in Begleitung zweier Posten, die ihm den Weg leuchteten.

Varus' warme, tiefe Stimme erfüllte den großen Saal seines Hauses, den nur eine jetzt weit geöffnete Flügeltür vom Speiseraum trennte. Auf einem Schemel kauerte ein Kitharaspieler, der sich bei Valas Eintreten kurz verneigte, bevor er wieder an den Saiten seines Instruments zupfte und leise vor sich hin summte. Im Nähertreten erkannte Vala Arminius, der seinen Platz wie immer links von Varus eingenommen hatte und den Ankömmling aus hellen Augen anblickte.

Das blonde Haar hatte sich der junge Cherusker nach römischer Sitte kurz schneiden lassen und die Wangen waren glatt rasiert; auch seine Haltung verriet nichts von der ungeschlachten, bäurischen Art der Barbaren. Nach Varus begrüßte Vala die beiden Legaten der Siebzehnten und Neunzehnten Legion, die einander wie üblich munter zutranken, und den bärbeißigen Marcus Nervius, Centurio Primipilus der Neunzehnten, ehe er Arminius' Nicken erwiderte. Varus ließ seinen Silberkelch von einem der beiden Sklaven füllen, während Vala es sich neben Nervius bequem machte.

»Unseren Freund Arminius beunruhigen die Brukterer«, begann Varus mit einem wohlwollenden Lächeln. »Er meint, wir sollten dort mehr Einheiten postieren.«

»Das Heer ist schon jetzt weitgehend auseinandergerissen«, brummte Vala. »Wir müssten die letzten Alen vom Rhenus abziehen.«

Nervius, der alte Kämpe, winkte ab. »Ich sagte bereits, dass es unklug wäre, Vetera schutzlos zu machen.«

»Schutzlos?« Arminius lachte. »Was hätte Vetera wohl zu befürchten, wenn die Tubanten und Brukterer dadurch endlich bezwungen würden? Solange jedoch einzelne Stämme die Steuerpächter verspotten, darf diese Gegend schwerlich als befriedet gelten.«

»Wenn sie die Steuerpächter verspotten, werden wir als Begleitung Truppen entsenden«, mischte Vala sich ein. »Sollte es sich dann als nötig erweisen, die Barbaren erneut zu unterwerfen, so werden wir das mit frischen Kräften im kommenden Frühjahr erledigen.«

»Fürchtet ihr nicht, einmal geschlagen zu werden?«

»Wie sollte das geschehen?«, entgegnete Nervius. »Die kriegstauglichen Barbaren sind weitgehend in Einheiten gebunden, der Rest, der zum Bestellen der Äcker benötigt wird, entwaffnet. Was hätten Männer mit Mistgabeln unseren Legionen entgegenzusetzen?«

Gelächter erhob sich ringsum, sogar Vala schmunzelte und schüttelte den Kopf.

»Härte.« Mit einem einzigen Wort brachte Arminius die allgemeine Heiterkeit zum Versiegen. »Ja, Härte! Eine Härte, die stärker ist als die Angst vor dem Tod.«

»Daran, dass die Barbaren zwischen Rhenus und Albis und darüber hinaus hart sind, besteht kein Zweifel«, sagte Vala. »Diese Härte habt ihr in den Kriegen gegen Maroboduus und gegen die Illyrer deutlich zur Schau gestellt.«

»Haben wir das?« Arminius lächelte versonnen. »Ihr kennt nicht alle Sitten dieser Stämme, schon gar nicht die der Stämme jenseits des Albis, die den Bernstein sammeln oder Pelze und goldenes Frauenhaar. Ihr wisst auch nichts von dem Schwur, den unsere Ahnen schworen, wenn sie die Geister der im Kampf Gefallenen in ihre Reihen holten, um ihre Feinde zu vernichten.« Er hob den Kopf, blickte die Offiziere nacheinander an. »Sie weihten das gesamte gegnerische Heer dem Tod, jeden einzelnen Mann. Das Blut der Feinde sollte für den Führer der Geisterschar fließen, damit seine Wut in die Krieger einflösse und sie stärker, wilder und grausamer machte, als es Menschen möglich ist. Und wer fällt, kämpft als Geist weiter, bis alle Feinde tot sind und mit ihrem Blut die Erde tränken.«

»Eine Sitte, die den Wilden alle Ehre macht«, wandte Nervius trocken ein und beendete damit die eintretende Stille. »Aber gegen eine geschlossene Schlachtreihe können ein paar barbarische Horden trotzdem nicht viel ausrichten.«

Vala sah Arminius' Augen aufblitzen, glaubte zu bemerkten, wie der Barbar zu einer scharfen Erwiderung ansetzte, sich dann jedoch zurückhielt und schwieg. Dieser junge Offizier hatte mit seinen Männern Widerstandsnester der Illyrer und ihrer Verbündeten ausgebrannt wie eitrige Wunden, aber es zeichnete ihn aus, dass er diese Wildheit bemeisterte und nur im Kampf vom Zügel ließ.

Varus wandte sich dem Barbaren zu und tätschelte seine Schulter. »Die unruhigen Stämme sind nicht von dieser Art, Arminius. Lass ihnen dieses Jahr! Wir können nicht überall gleichzeitig sein. Schließlich gibt es sehr viel zu tun, seitdem wir die Märkte erneuert und erste Siedlungen errichtet haben.« Als Arminius sich straffte und den Mund öffnete, fuhr Varus fort: »Leidenschaft und Kampfesmut sind die Vorzüge der Jugend – Besonnenheit hingegen zeichnet den reifen Mann aus. Es mag Unzufriedenheit geben bei einigen Stämmen, aber dies ist nicht die Zeit der Feldzüge und Schlachten. Es ist die Zeit, diesen wilden Völkern die Vorzüge des Friedens nahezubringen: Gerechtigkeit, Handel, Wohlstand. Sollte uns das nicht gelingen, bleibt uns immer noch das Schwert. Aber für jetzt«, er hob den Zeigefinger, »wollen wir uns auf eine Verurteilung und deren Vollstreckung verlegen als warnendes Beispiel für alle Unterworfenen, was ihnen widerfährt, falls sie sich dennoch gegen uns erheben. Das, mein junger Freund, ist Ausübung der Gerechtigkeit, die wir den Völkern geben. Wenn Caesar Augustus die Absicht hätte, diese Völker blutig zu unterwerfen, hätte er einen anderen als mich hierhergeschickt.«

Arminius hatte die Augen ein wenig verengt angesichts der freundlichen Zurechtweisung, er verschränkte die Finger, streckte die Arme steif von sich, bis die Knöchel leise knackten, während Varus das Gespräch mit den anderen Gästen suchte. Vala trank dem Cherusker lächelnd zu, denn auch er kannte die wohlmeinenden Vorträge, die Varus seinen Untergebenen von Zeit zu Zeit angedeihen ließ, nur zu gut.

Arminius war als halbwüchsiger Junge mit seinem jüngeren Bruder in römische Obhut gelangt; Geiseln, für die das Feldlager zum Elternhaus wurde und an denen ein Legat Vaterstelle vertrat. Viele Fürsten unterworfener Völker stellten ihre Söhne als Geiseln, und so mancher Sprössling aus fremdländischem Königsgeschlecht verbrachte die zarten Knabenjahre im Haus des Caesar Augustus oder bei anderen führenden römischen Familien. So geschätzt wie die Söhne östlicher Potentaten waren Arminius und sein Bruder zwar nicht, aber eine umfassende soldatische Ausbildung stellte ihnen zumindest einen Offiziersrang in Aussicht. Arminius jedoch hatte eine Laufbahn abgeleistet, die für einen jungen Barbarenfürsten ungewöhnlich war; während der Feldzüge im Illyricum, als Tiberius die aufständischen Dalmater niederwarf, stieg er durch die eifrige Übernahme schwieriger Aufgaben vom Anführer eines germanischen Aufgebotes zum ordentlichen Praefecten auf und erwarb sich durch schlaue Beutezüge ein Vermögen, das ihm als römischem Bürger die Aufnahme in den Ritterstand sicherte. Bei seiner Rückkehr in heimatliche Gefilde erreichte ihn nicht unerwartet die Beförderung zum Tribun.

Als Vala bemerkte, dass Arminius seinen Blick eingefangen hatte, zwinkerte er ihm zu. Sie wechselten ein jungenhaftes Grinsen, bis der Sklave mit der Schöpfkelle zu Vala trat, um seinen Becher wieder zu füllen. Arminius erhob und verneigte sich vor dem Statthalter, murmelte einige Abschiedsworte.

»Schade, dass du gehst.« Varus reichte ihm die Hand, in die der Cherusker einschlug. »Ich erwarte dich übermorgen auf dem Gerichtsplatz.«

Arminius nickte knapp, dann wandte er sich ab und trat in den Hauptraum. Ein Sklave begleitete ihn zur Tür, und als diese zuklappte, seufzte Varus. »Was denkt ihr von seinen Vorschlägen?«

Sein Blick wanderte über die Gesichter der verbliebenen Gäste, die unbehaglich schwiegen. Nervius starrte mit verhärteter Miene vor sich hin, und seine Kiefer mahlten langsam, aber auffällig. Aus dem Augenwinkel erkannte Vala, dass Varus den Centurio mit richterlicher Strenge musterte.

»Mir solltest du diese Frage nicht stellen«, brummte der Centurio schließlich.

»Weil du nicht billigst, dass ich Iulius Arminius großes Vertrauen entgegenbringe?« Varus lehnte sich in die Kissen zurück, streckte die langen Beine auf der Kline aus und lächelte. »Wie du siehst, hat das Gerücht den Weg auch zu mir gefunden.«

Verdrossen runzelte Vala die Stirn bei dem Gedanken, dass die heutige Einladung keinem anderen Zweck diente als diesem unangenehmen Gespräch, das keine Klärung bringen würde. Nervius war ein erfahrener Soldat, er war durch Feuer und Eisen gegangen, hatte tiefe Wunden davongetragen, Freunde begraben. Er war argwöhnisch bis ins Mark.

»Ich schätze diesen jungen Burschen sehr«, begann Varus. »Er scheint all das zu verkörpern, was unsere Vorväter auszeichnete: Mut, Geist, Stärke und die Würde eines Kämpfers – all das, was uns Römer dereinst zum mächtigsten Volk des Erdkreises machte und was wir durch die Bürgerkriege verloren zu haben fürchten.« Ein dünnes Lächeln flog über sein Gesicht. »Auch wenn jetzt ein neues Goldenes Zeitalter angebrochen ist. Aber ich bin nicht so einfältig, den Ehrgeiz zu unterschätzen, der diesen Arminius antreibt, und den Stolz, der in ihm brennt.«

II

In der Dunkelheit kauerte das Mädchen auf dem harten Boden. Die Arme um die Knie geschlungen, auf denen ihr Kinn ruhte, schmiegte sie ihren Rücken in eine Ecke der Kammer und starrte in die blinde Finsternis. Der kalte Verputz ließ sie frösteln. Sie wollte nicht schlafen, wollte nicht vollkommen hilflos dem Fremden, der sie hierhergeschleift und eingesperrt hatte, ausgeliefert sein, wenn er zurückkehrte. Denn dass er zurückkehren würde, um sein Recht am gekauften Leib geltend zu machen, daran bestand kein Zweifel.

Es war still geworden im Haus und auf dem Hof. Nachdem ihr Peiniger sie ohne Licht hier zurückgelassen und die Türe von außen versperrt hatte, waren es die Geräusche aus dem Untergeschoss und den umliegenden Zimmern gewesen, die sie so verängstigt hatten, dass sie sich in einem Winkel verkroch, so weit es die Kette, die der Mann ihr angelegt hatte, zuließ. Dann hatte sie die Augen zugekniffen, die Hände auf die Ohren gepresst und lautlos Gebete gemurmelt, Gebete an Frija, an die Idisen, an Austro – Götter und Geister, die Wärme und Helle verhießen.

Eine Weile hatten die Gebete gewirkt. Bis sie, zermürbt vom Rauschen in ihrem Kopf, die Hände von den Ohren genommen hatte und in das schweigende Dunkel gestürzt war, in dem böse Geister lauerten.

Noch nie in ihrem ganzen Leben war sie allein gewesen, sie, Thiudgif, Tochter des Sahsmers. Ihr Vater war ein angesehener Mann, ein Krieger, der Hand und Waffen mächtigen Fürsten geliehen hatte. Eine alte Verletzung hatte ihn zwar davor bewahrt, sich römischem Befehl unterwerfen zu müssen, aber die Abgabenlast hatte ihn um sein Land gebracht und den letzten Rest Würde. Geblieben waren ihm nach dem Tod seiner Frau ein kränkliches Söhnchen, das bald darauf gestorben war, und sie, Thiudgif, die Tochter. Der Vater hatte sie dem Bruder der Mutter anvertraut, damit sie bis zu ihrer Hochzeit eine angemessene Erziehung genösse. Doch auch der Onkel hatte Schulden bei einem Steuerpächter.

Drei Tage waren vergangen, seitdem sie mit den anderen Mädchen des Dorfes den Nachmittag im kühlen Grubenhaus verbracht hatte, wo sie den neuesten Klatsch ausgetauscht und gesungen hatten, damit das Spinnen und Nähen leichter von der Hand ging. Als sie kurz vor Sonnenuntergang heimgekehrt war, hatten Soldaten im Garten gestanden und ein Mann in Tunica und weitem Umhang war aus dem Haus getreten. Die Tante war ihm laut weinend nachgeeilt, bis er – Thiudgif sah es vor sich, als geschehe es gerade erst – sich drohend umwandte, die alte Frau beschimpfte, dann weiterstolzierte. Sein Blick streifte Thiudgif, er blieb stehen. Sie bemerkte, dass er sie von oben bis unten maß, sein Arm stieß vor, und ein barscher Befehl ging über seine Lippen. Ehe sie begriff, wie ihr geschah, hatten drei der Soldaten sie umringt, zwei von ihnen sie gepackt, und nach einem knappen Wink ihres Anführers zerrten sie sie auf die Straße. Sie sträubte sich, wand sich, vergebens. Die Tante wollte sich auf die Soldaten stürzen und wurde beiseitegeschleudert wie ein lästiges Tier.

»Das mag einstweilen genügen«, hörte sie den Anführer

der Soldaten sagen. »Wenn ihr eure Tochter wiedersehen wollt, habt ihr bis morgen Abend Zeit, sie auszulösen, indem ihr eure Schulden entrichtet. Ihr wisst, wo ihr mich findet.«

In ihrem finsteren Gefängnis spürte das Mädchen von neuem die Scham, die heiß in ihr aufgestiegen war, als die Soldaten sie die Wege entlangführten. Sie befand sich im Gewahrsam des Steuerpächters. Ihre Gegenwehr gab sie bald auf, senkte den Kopf und sicherte umher wie ein gefangenes Tier, während ringsum Flüstern und Tuscheln verrieten, dass die Dörfler zusammenliefen. Sie erkannte die Stimmen anderer junger Mädchen, mit denen sie eben erst in der Spinnhütte gescherzt und gelacht hatte. Sie bemerkte mühsam unterdrückte Empörung, aber auch Häme in manchen Mienen. Man brachte sie auf die andere Seite des Heerlagers, das die Römer hier vor Jahren erbaut hatten. Endlich bellte der Steuerpächter einen Befehl, und die Soldaten blieben stehen.

Thiudgifs Herz machte einen Satz, als sie die Baracke erkannte, vor der sich ein dunkelhäutiger Riese breitbeinig aufbaute.

»Ware für deinen Herrn«, sagte der Steuerpächter anstelle einer Begrüßung und versetzte dem Mädchen einen leichten Stoß, der sie auf den Eingang zu straucheln ließ.

Ware? Was tat dieser Mann? Er hatte doch gesagt, ihre Leute würden sie morgen auslösen können.

Ein feister Mann in auffällig bunter Kleidung stand mitten in dem Raum, in den der Steuerpächter sie schob, rieb bei ihrem Anblick grinsend die Hände und trat nach der Begrüßung näher. Der Dicke verbreitete einen betäubend süßen Geruch wie eine Hure. Er griff nach ihr, betastete ihren Arm, umfasste ihr Kinn und musterte prüfend ihr Gesicht. Zurückweichen konnte sie nicht, denn der Steuerpächter hielt sie fest. Als die beringten Finger des Sklavenhändlers über ihre

Brüste glitten, bäumte sie sich schreiend auf, spuckte aus und erntete eine schallende Ohrfeige.

»Flittchen!«, blaffte der Sklavenhändler. »Dich werd ich Gehorsam lehren!«

Er packte ihren Zopf, riss sie daran aus dem Griff des Steuerpächters und schleuderte sie zu Boden. Hart prallte sie auf die Dielen, rappelte sich auf und hielt sich den angeschlagenen Ellenbogen, den ein brennender Schmerz überzog. Blut färbte ihre Finger.

»Mach sie nicht kaputt, Fufidius«, sagte der Steuerpächter. »Sie ist Jungfrau. Ich habe sie frisch aus dem Mutterbett gezogen.«

»Die nehme ich morgen mit«, entgegnete der Sklavenhändler und wandte sich dem riesigen Torwächter zu. »Schaff sie zu den anderen!«

Sie hatte jene Nacht schlaflos in einem zugigen Verschlag verbracht, im hintersten Winkel an die Wand gedrückt, an den blättrigen, rieselnden Putz geschmiegt, der spürbare Muster in ihre Wangen grub. Keine Decke hatte sie vor den anderen Leibern geschützt, und sie hatte lange Zeit das Gesicht in den Händen geborgen, um sich vor dem ekligen Gemisch aus Schweiß und schlechtem Atem, Kot und Urin zu schützen. Vergeblich.

Die anderen Frauen und Mädchen in diesem Stall kannten einander, sie tuschelten, bis eine von ihnen näher kroch und Thiudgif flüsternd nach ihrem Namen fragte. Aber sie zog nur stumm die Beine enger an den Leib, schlang die Arme darum und legte den Kopf auf die Knie, um das Zittern zu unterdrücken. Sie schauderte bei der Erinnerung an den süßlichen Geruch des Sklavenhändlers, an seine tatschenden Hände. Ihre Leute würden sie hier herausholen. Auch wenn sie den ganzen Tag vergebens gewartet hatte, klammerte sie sich an die Hoffnung, dass ihr Onkel noch in den Morgenstunden käme, um sie auszulösen und zurückzubringen in sein Haus, in Sicherheit.

Doch niemand kam. Stattdessen wurde beim ersten Morgengrauen eine kleine Schar Frauen und Mädchen auf den Hof getrieben, wo bereits einige zumeist junge Männer mit hängenden Köpfen herumstanden. Jede Gegenwehr erschien nutzlos; starr vor Angst ließ Thiudgif es geschehen, dass bronzene Reifen um ihre Handgelenke gelegt und durch eine lange Kette mit den Fesseln der anderen Frauen verbunden wurden. Das Knallen der Peitsche lähmte sie, sie umarmte sich krampfhaft, als könnte sie sich dadurch schützen. Sie wurde geschubst, vorwärtsgeschoben in der Menge, setzte steif Fuß vor Fuß, zuerst wankend, dann gestützt von den anderen, die sich um sie drängten und weiterbewegten wie totes Holz, das man angestoßen hatte.

So gingen sie vom ersten fahlen Tageslicht bis zum Einbruch der Nacht, Schritt für Schritt, meist schweigend; manchmal wagte es eine, ein klagendes Lied zu summen, manchmal fielen andere ein, doch kaum begann eine zu weinen, wurde sie von den rüden Drohungen der Männer, die den traurigen Zug auf Maultieren begleiteten, zum Schweigen gebracht. Vorneweg ritt der Sklavenhändler auf einem großen dunkelbraunen Pferd.

Thiudgif hatte sich rein gehalten in den zwei Tagen des Marsches, war von keinem der Bewacher angefasst worden, und kaum hatte sie erkannt, dass der Weg sie zum Hauptquartier des römischen Statthalters führte, war die Hoffnung neu aufgeblüht, ihr Onkel würde kommen, um sie auszulösen, oder ihr Vater, um sie zurückzufordern. Sogar die lüsternen Blicke des Sklavenhändlers, mit denen er sie und andere Mädchen gelegentlich bedacht hatte, schienen vergessen. Doch seitdem sie bei ihrer Ankunft nur wieder in einen Pferch, vollgestopft mit Menschen, gescheucht worden war, als sie schließlich in der Nacht einem Fremden ausgeliefert wurde, der sie in dieses finstere Loch gesperrt hatte, war diese Zuversicht wie eine ausgebrannte Talglampe erloschen.

Tränen quollen in ihre Augen, und eine bleischwere Lähmung drückte sie nieder. Krampfhaft ballte sie die Fäuste, spannte die Schultern an, setzte sich auf und atmete mit zusammengebissenen Zähnen tief an gegen das Dunkel, das sich ihrer bemächtigen wollte. Es musste eine Möglichkeit geben zu entkommen. Langsam streckte sie den linken Arm aus, tastete über den Boden. Sie brauchte eine Waffe. Einen Stock. Eine Scherbe. Etwas Scharfes, Spitzes. Der Mann, der sie eingesperrt hatte, würde wiederkommen, daran bestand kein Zweifel. Er würde sie schänden, wie viele andere Frauen auf dem Weg hierher geschändet worden waren, denn dafür hatte er sie ja gekauft. Ihre Finger berührten festgestampften Lehm, Sandkörner, Strohhalme, sie streckte sich aus, dass die Kette, mit der ihr Peiniger sie gefesselt hatte, leise rasselnd über ihre Fußsohlen glitt, kroch blind vorwärts, bis ihre Hände an die Wand stießen.

Sie hielt inne, schmiegte sich an den Boden, lauschte angestrengt, doch kein Laut ließ sich vernehmen. Nur fernes Schnarchen drang durch die dünnen Wände. Sie ließ die Hände über den Boden wandern, bis die Finger auf einen etwa fingerdicken Stab stießen. Als sie die Hand darum schloss, erkannte sie Holz, einen armlangen Stecken.

Hastig wich Thiudgif zurück zu der hohen Bettstatt, kauerte sich davor, die gefundene Waffe umklammernd. Ein fahler Schimmer stahl sich durch die Ritzen der Fensterläden herein, tauchte die Kammer in dunkles Grau. Sie wartete.

*

Marcus Caelius rückte unauffällig die silbernen Ehrenscheiben auf seiner Brust zurecht, während er die erste Reihe seiner Centuria abschritt. Obwohl die Soldaten vor sich hin starrten, als beachteten sie ihn nicht, wusste er, dass ihm ihre ungeteilte Aufmerksamkeit galt. Der Statthalter hatte die Aufstellung der drei Legionen angeordnet, um die Truppen wenige Tage vor dem Abmarsch nochmals in Augenschein zu nehmen.

Varus würde zufrieden sein. Auf Helmen und Schildbuckeln blitzte das Sonnenlicht, wetteiferte mit dem Glanz der Bronzebeschläge auf Gürteln und Schwertscheiden, und die Kettenhemden schimmerten hell. Diesen Anblick würde er vermissen, wenn er erst seinen Abschied genommen hätte und auf seinem Landgut säße. Mochte es noch so annehmlich sein, durch blühende Weingärten und im Sommerwind flirrende Olivenhaine zu wandeln, um den eigenen Besitz zu begutachten, so könnte ihm das dennoch nie den Stolz ersetzen, den er in Augenblicken wie diesem empfand, wenn die ihm anvertrauten, seinem Befehl unterstellten Soldaten vom Feldherrn oder Statthalter gemustert wurden.

Sein linker Mundwinkel zuckte. Der Abschied wurde ihm ein wenig leichter gemacht. Der Statthalter verstand nicht viel von soldatischen Tugenden, und die Barbaren in den Gebieten zwischen Rhenus und Albis waren bei aller Wildheit letztlich gebändigt und gezähmt, ihre Grausamkeit während der Niederschlagung der Aufstände in der Pannonia nutzbringend eingesetzt worden. Hier würde er sich keinen Kriegsruhm mehr erwerben, was er insgeheim bedauerte, denn weiterer Kriegsruhm hätte ihm auch weitere Beute und Donationen eingebracht. Dann hätte er einige Äcker und Haine mehr erwerben können, vielleicht sogar das benachbarte Dorf. Aber die Verletzungen aus dem letzten Krieg hatten ihn nachhaltig geschwächt. Er hatte auch von einer Beförderung zum Lagerpraefecten abgesehen, weil er befürchtete, in einigen Jahren nicht mehr imstande zu sein, das Landgut zu bewirtschaften.

Der durchdringende Klang mehrerer Bucinen verkündete das Eintreffen des Statthalters. Caelius kehrte mit großen Schritten zu seinem Platz vor den Soldaten zurück und richtete den Blick auf den gegenüberliegenden Hügel, während ein leichter Wind seine Nase streichelte und sich in ein paar schütteren Strähnen unter dem Rand seines Helms verfing.

Stimmen näherten sich, Hufschlag. Caelius reckte das Kinn ein wenig höher. Der Wimpel der ersten Centuria schlug leise gegen die Stange, als der Schimmel des Publius Quinctilius Varus heranschritt.

»Mein lieber Marcus Caelius«, ertönte Varus' geübte Advocatenstimme, noch ehe der Centurio ihn hatte begrüßen können. Der Statthalter glitt vom Pferd, ohne die Hilfe des neben ihm stehenden Volontarius in Anspruch zu nehmen, und legte seine Hand auf Caelius' Schulter, bevor er mit ihm zusammen an den stramm aufgerichteten Soldaten der ersten Reihe entlangging.

»Ich werde dich vermissen, Marcus Caelius. Du bist einer der tüchtigsten Centurionen, einer der zuverlässigsten, und ich bedaure, dass du aus dem Dienst scheidest.«

Wieder ein Schulterklopfen. Caelius spürte, dass sein Lächeln zu einem schiefen Grinsen geriet.

»Ich hörte, du hast die Absicht, dich auf ein Landgut zurückzuziehen«, fuhr Varus munter fort.

Nickend folgte Caelius dem Druck der Hand des Statthalters.

»Wohin zieht es dich eigentlich?«

»In die Gegend von Luceria«, erwiderte Caelius.

»In die bittersüße Apulia! Was wirst du machen? Schafe züchten? Trauben anbauen und Wein keltern?«

»Das Gut umfasst Weinberge und Ölhaine. Aber noch gehört es mir nicht. Die Übergabe wird erst erfolgen, wenn ich dort eingetroffen bin.«

Bedächtig den Kopf wiegend, wandte der Statthalter sich wieder den Soldaten zu, ließ den Blick über die blanken Rüstungen und glänzenden Schildbuckel schweifen. »Du wirst deinen Dienst vermissen, Marcus Caelius.«

Der Centurio trat beiseite und deutete auf die kleine Schar der Unteroffiziere. »Wenn Beförderungen anstehen, würde es mich stolz machen zu erfahren, dass mein Optio Lucius Opimius in den Rang eines Centurio aufsteigt.«

»Ich habe deine Empfehlung erhalten.« Varus winkte einen der Stabsschreiber zu sich, die ihn in gebührendem Abstand begleiteten; im Näherkommen fischte der Mann eine Wachstafel aus dem Stoß, den er bei sich trug, und reichte sie dem Statthalter.

»Im Laufe des kommenden Winters wird es Veränderungen geben bei den Legionen entlang des Rhenus«, fuhr Varus fort. »Ich gehe davon aus, dass sich für einen tüchtigen Soldaten, der sich bereits als Optio bewährt hat, eine angemessene Aufgabe finden wird.«

Im Vorraum der geräumigen Wohnung am Ende der Baracke, die Marcus Caelius mit seinen beiden Freigelassenen teilte, empfing den Centurio und seinen Optio der warme Duft gegrillter Würstchen und frisch gebackenen Fladenbrots. Caelius berührte den Türpfosten mit den Fingerspitzen der Rechten und murmelte einen lautlosen Dank, bevor er die Stube betrat. Vor dem Herd kniete Thiaminus und drehte die Würstchen, die auf dem Rost über der Glut brutzelten. Der junge Mann erhob sich flink, nahm zwei Teller vom Bord und stellte sie auf den Tisch, wo schon ein Korb voll dampfender Fladen und kleine Schüsseln mit allerlei eingelegtem Gemüse warteten. Der andere Freigelassene, Privatus, brachte eine Wasserschüssel und Tücher, damit Caelius und sein Gast sich die Hände waschen konnten, ehe sie sich auf zwei Schemel setzten.

Caelius liebte die Schlichtheit dieser Stube; die drei gepolsterten Klinen im Speiseraum nebenan waren mit Leintüchern überhängt, damit sie nicht verstaubten, während sein karges Leben sich in der Stube und einer engen, fensterlosen Schlafkammer abspielte. Jeder seiner beiden Freigelassenen bewohnte eine eigene Kammer, und zumindest Thiaminus' kleines Reich war schmucker ausgestattet als das seines Herrn. Das lag wohl an der griechischen Herkunft seiner Mutter, einer Sklavin, die schon Caelius' Vater als Magd gedient hatte. Stirnrunzelnd griff Caelius in den Korb, nahm eines der Brote, und nach Koriander und Kümmel duftender Dampf kräuselte sich auf, als er den Fladen in zwei Hälften brach. Er erinnerte sich gut an das Mädchen, an ihr lockiges, braunes Haar, das sie straff aufgeflochten unter Tuch und Strohhut verbarg. An ihre haselnussfarbenen Augen, die unter schweren Lidern hervorblitzten. An ihre vollen Lippen, ihr perlendes Lachen, an runde Waden und schmutzige Füße, die unter dem Saum einer verschlissenen Tunica hervorlugten. Wegen Ungehorsams war sie von ihrem Vorbesitzer verkauft worden, dabei gab sie sich anstellig bei der Arbeit. Nachdem Caelius' Mutter gestorben war, hielt sie Haus, Stall und Acker instand, während der Vater auf der Bank vor dem Haus saß und trank und Sohn und Magd mit Beschimpfungen oder Befehlen überschüttete, bis er einschlief. Caelius räusperte sich, schob den Rest des gebratenen Würstchens, das er in der Hand hielt, in den Mund. Damals war er fortgegangen und hatte sich beim Heer einschreiben lassen. Kauend zwinkerte er Opimius zu, der ihn mit fragender Miene musterte, und nahm ein weiteres Bratwürstchen von seinem Teller.

»Irgendwelche Vorkommnisse?«, nuschelte er mit vollen Backen.

»Im Lager keine«, erwiderte Opimius. »Im westlichen Dorf gab es am Abend eine böse Rauferei zwischen ein paar Galliern und Germanen.«

»Auxiliarsoldaten?«

Der Optio nickte. »Unter den Galliern macht sich Unmut breit. Viele haben kein Geld mehr.«

»Weil sie ihren gesamten Sold versaufen, verspielen und verhuren. Ich dachte, die Germanen seien schlimm, aber diese gallischen Reiter zeigen überhaupt keine Disziplin.«

»Befürchtest du Unruhen unter den Soldaten?«

Caelius schüttelte den Kopf, während er mit dem Rest des Fladens den Saft der Würstchen von seinem Teller putzte. »Man sollte sie in den Osten verschicken, nach Asia, Syria oder noch weiter weg von ihrer Heimat. Das würde sie Disziplin lehren!« Nachdenklich kaute er auf dem Brot herum, ehe er die Reste hinunterschluckte und murmelte: »Varus hat recht: Von ihren germanischen Kameraden könnten diese Gallier viel lernen.«

*

Mit dem Ellenbogen schob Annius den Riegel zurück und drückte die Tür auf, die knirschend nachgab, während er die im Zwielicht liegende Kammer betrat. Er stellte das Tablett mit dem duftenden Tontopf, den beiden ineinandergestellten Näpfen und Löffeln auf dem Boden ab, um die Türe wieder zu schließen, da fiel sein Blick auf die Gestalt, die unter dem Fußende des alten Bettes kauerte und ihn aus erschrockenen Augen anstarrte. Ihre kleinen Fäuste ballten sich um einen dünnen Stecken, den sie drohend vor sich hielt. Beschwichtigend hob er die Hände, näherte sich langsam dem Mädchen, das angespannt wie eine Katze in Bedrängnis zurückwich.

Jäh schnellte sie vom Boden, warf sich auf ihn, dass er rücklings gegen die Tür taumelte. Eine Faust traf ihn in die Magengrube, raubte ihm den Atem. Seine Hände stießen vor, umschlossen eines ihrer Handgelenke, er wand ihr den Arm auf den Rücken, sodass sie sich umdrehen musste, umschlang ihre Schultern und zog sie eng an sich. Sie bäumte sich auf, keuchte, schrie fast, wand sich. Es kostete ihn überraschend viel Kraft, sie festzuhalten. Immer wieder trafen ihre bloßen Fersen seine Schienbeine, trommelten auf seinen Füßen. Ihre Nägel bohrten sich in seinen Unterarm, kratzten ihn. Ein einziger Schlag gegen die Schläfe würde sie außer Gefecht setzen, ein einziger Schlag, doch er hielt sie fest, ohne ihrem Toben etwas entgegenzusetzen. Plötzlich schlug sie ihre Zähne in seinen Arm. Der Schmerz entrang ihm einen Aufschrei, zugleich entwand sie sich der Umklammerung.

Schnell schwang er das Bein vor, sein Fuß stieß zwischen ihre Knie, dass sie stolperte und der Länge nach hinfiel. Als er sich neben sie kauerte, blieb sie liegen. Ihr Atem ging flach und schnell, und das Haar bedeckte in schmutzigen Strähnen ihr Gesicht. Ihre Kraft schien erlahmt. Er hob ihren mageren Körper mühelos hoch und trug sie zum Bett, wo er sie niederlegte, ihre Arme festhielt. Tonloses Schluchzen mischte sich unter das Keuchen. Sie zitterte, hob abwehrend die Hände – es hätte aber auch eine Geste des Flehens sein können – und kniff die Augen zu.

Annius spürte das Echo ihrer Tritte und Kratzer auf seiner Haut, und auf seinem Arm zeichnete sich ihr Biss als zwei unterbrochene dunkle Bögen ab. Er schüttelte den aufflackernden Wunsch, sie zu strafen, ab; er hatte schon weit Schlimmeres erlebt als diese harmlose Balgerei.

»Wie heißt du?«, fragte er.

Das Mädchen riss die Augen auf. Blau waren diese Augen im fahlen Licht, das durch die Ritzen der Fensterläden fiel, ein dünner blauer Ring um die große nachtschwarze Pupille. Umkränzt von dichten braunen Wimpern. Die Nasenflügel des Mädchens flatterten. Auf ihrer Stirn, am jetzt staubbraunen Haaransatz, reihten sich winzige Schweißperlen auf der blassen, von hellen Sommersprossen übersäten Haut. Er begriff, dass sie ihn nicht verstanden hatte. Vielleicht verstand sie überhaupt kein Latinisch.

»Dein Name ...« Mühsam formte er die fremden Laute der Barbarenmundart. » Was ist ... dein Name?«

Ihre Lippen bewegten sich zögerlich, sodass sie das Zähneklappern nicht mehr unterdrücken konnte, rundeten sich, die Zungenspitze wurde sichtbar. Sie stammelte ein paar Laute, atmete, wiederholte sie. Laute, die sein Mund zu bilden sich weigerte. Es klang dumpf. Tierisch. Er betrachtete die Schweißperlen, von denen eine sich gelöst hatte und zur Schläfe rollte, dabei andere aufsammelte. Das feine Haar war zu dunklen Strähnen verklebt, der kupferne Glanz unter Staub und Schmutz verborgen.

»Rufilla«, murmelte Annius, und als ihre Augen flackerten, löste er seine Rechte von ihrem Arm und nahm einen

Zipfel des Lakens, um den dicken Tropfen behutsam von ihrer Schläfe zu wischen.

»Dein Name ...«, sagte er, »ich kann das nicht aussprechen. Rufilla nenne ich dich. Gut?«

Ihr Atem flog pfeifend über ihre Lippen, aber sie gab kein Zeichen des Widerspruchs. Vorsichtig ließ er auch ihren anderen Arm los und sah sich in der Kammer um. Unweit des Bettes stand noch immer das Tablett mit dem Suppentopf, den beiden hölzernen Näpfen und Löffeln. Eigentlich war sie die Sklavin, sollte sie das Essen herrichten. Sie sollte ...

Er schüttelte den Gedanken ab. Sie war fast noch ein Kind. Er hatte sie erwürfelt, weil sie ihn gedauert hatte, das unschuldige Ding, das der schmierige Menschenhändler gewinnbringend hatte verkuppeln wollen. Langsam erhob Annius sich, nahm das Geschirr vom Boden auf und trug es zum Bett. Wie erstarrt war das Mädchen, Rufilla, liegen geblieben, während ihre Blicke jede seiner Bewegungen verfolgten. Er bemühte sich, ihre ängstliche Aufmerksamkeit nicht weiter zu beachten, während er aus dem noch warmen Topf dicke Suppe in beide Näpfe schöpfte. Düfte von Fleisch und Speck, Zwiebel und Knoblauch, von Kümmel, Liebstöckel, Koriander und Zimt breiteten sich aus. Ein Lächeln stahl sich in Annius' Mundwinkel, als er sie schnuppern hörte.

»Hier, iss!« Er hielt ihr einen der Näpfe hin. »Ich will das nicht umsonst besorgt haben.«

*

Missmutig verließ Caldus das Stabsgebäude und winkte die beiden Soldaten, die ihn begleiteten, heran, bevor er auf seinen Goldfuchs sprang. Wie immer hatte man ihm Männer aus Einheiten zugeteilt, die als Leibgarde des Stabes dienten, hochgewachsene, vierschrötige Kerle barbarischer Abstammung, in deren Begleitung er sich vorkam wie ein Knabe. Heimliche Blicke waren ihm sicher; er wusste längst, dass man über ihn spottete, weil ihn alle anderen Offiziere, sogar die jüngeren, überragten. Erst recht die Soldaten der germanischen Hilfstruppen, zu denen er an diesem Tag geschickt wurde.

»Damit du etwas lernst«, hatte der Legat zum Abschied augenzwinkernd gesagt. Caldus war gegangen, ohne etwas auf den faden Scherz zu erwidern. Er hatte sich den Auftrag schließlich selbst zuzuschreiben.

Schon bevor er den Übungsplatz unterhalb des Lagers erreichte, hörte er das Stampfen Hunderter genagelter Sohlen auf festgetretenem Lehm, unterbrochen vom Gebell der Befehle. Mehrere Einheiten bewegten sich in Formationen, andere waren mit Gefechtsübungen, Speerwerfen, Laufen beschäftigt oder tummelten die Pferde. Ringsum standen Jungen jeden Alters in verstreuten Gruppen, beobachteten die Soldaten mit verschränkten Armen und plauderten. Sie würden die Reihen der germanischen Hilfstruppen füllen und Disziplin lernen, wenn er schon längst wieder in Rom wäre oder in einer schöneren Provincia.

Am Rand des Übungsplatzes flatterte das Vexillum der Einheit. Er befahl den beiden Soldaten stehen zu bleiben und zügelte sein Pferd, beschattete die Augen mit der Hand und erkannte den Befehlshaber, Tribun Iulius Arminius, im Kreise anderer Offiziere und einiger Gefreiter. Während Caldus und seine Begleiter sich ihnen näherten, löste die Gruppe sich auf, und Arminius trat zu ihm.

Der Cherusker bewegte sich anders als die übrigen Barbaren, nicht wie ein zu groß geratener Bär, der nicht wusste, wohin mit seiner Kraft, sondern lässig, was Caldus wurmte. Seine Schritte waren weit, wirkten entspannt; eine große Raubkatze, die ihre Beute erjagt und sich an ihr gesättigt hatte.

»Was führt dich zu mir, Tribun Gaius Caelius?«, fragte der Cherusker nach kurzer Begrüßung.

»Ich bin beauftragt, mit dir die Einzelheiten des Abmarsches zu besprechen.«

»Die Einzelheiten ...« Arminius verstummte und betrachtete Caldus, wobei sich seine Lippen zu einem schmalen Lächeln verzogen. »Was hast du ausgefressen, dass man dir befiehlt, dich zum Gespött zu machen?«

Die Scham brannte auf Caldus' Wangen, während er trotzig den Blick des Cheruskers erwiderte.

»Du bist ein Tribun, nicht irgendein Gefreiter im Dienste eines der Lagerpraefecten«, fuhr Arminius fort.

Caldus schluckte hart und suchte in der Miene des anderen einen Schatten, der seinen Argwohn bekräftigen würde, doch Arminius' helle Augen musterten ihn nur aufmerksam. Schließlich stieß Caldus verärgert die Luft zwischen den Zähnen aus und wandte sich ab. Aus dem Augenwinkel bemerkte er, dass Arminius' Hand über seiner Schulter schwebte, und fuhr wie ein gereizter Hund herum.

»Ich habe darum gebeten«, blaffte er.

»Du misstraust mir und meinen Männern«, sagte Arminius nach einer Weile und verengte dabei die Augen ein wenig.

»Ich misstraue dir nicht, ich bin ... beunruhigt, Tribun Arminius.«

Caldus reckte das Kinn. Er fühlte sich klein und schmächtig gegenüber diesem hochgewachsenen, kampferprobten Barbaren, hilflos wie ein Kind, all seine Herkunft schien ihm nichts zu nutzen. Zorn wühlte in seinem Leib, während er um Begründungen rang.

»Deinen Leuten wurden Donationen, die ihnen seit dem Sieg über die Pannonier zustehen, bisher nicht ausbezahlt«, begann er und ärgerte sich, dass seine Stimme zu zittern schien.

»Du glaubst also, wir hätten die Illyrer, Dalmater und Pannonier allein für Geld und Beute bekämpft, nicht um unserer Ehre als Krieger willen und wegen der Eide, die wir geleistet hatten?«

Nochmals schluckte Caldus und ballte die Fäuste, während er den Blick des anderen erwiderte und sich insgeheim einschärfte, dass er der ranghöhere Offizier war. Dieser Arminius hatte sich zwar dank seines Vermögens in die Listen der römischen Ritter eintragen lassen können, aber seines Bürgerrechts zum Trotz war und blieb er durch seine Geburt Barbar.

Überraschend senkte Arminius den Kopf. »Entschuldige, Gaius Caelius. Lass uns die Vorbereitungen durchsprechen.«

*

Die Gefreiten saßen gebückt über ihrem Schreibzeug, als Numonius Vala den Saal betrat. Wie ein Mann hoben sie die Köpfe, um den Legaten zu grüßen, der schmunzelnd bemerkte, dass einige von ihnen die Schultern rollten, andere den Nacken, alles bemüht unauffällig und deshalb umso auffälliger. Die meisten hatten etliche Jahre Mannschaftsdienst hinter sich und waren verwundet worden, sodass sie für den Kampf nicht mehr taugten. Wer sich dann in einem Handwerk oder in Fertigkeiten wie Schreiben oder Rechnen anstellig zeigte, verbrachte den Rest seiner Dienstzeit in einer Werkstatt oder in Räumen wie diesem.

Einige der Männer, die sich nun wieder ihrer Arbeit widmeten und Wachstafeln oder Hefte aus steifem Papyrus mit

Listen und Abschriften von Berichten füllten, erkannte Vala, sie hatten unter seinem Befehl gestanden; andere nährten mit ihrem Schicksal den Bestand der Heldenlegenden ihrer Legion, so der Dicke mit dem zertrümmerten Gesicht, dessen raues Schnaufen sogar das vielfache Kratzen der Federn auf dem Papyrus übertönte. Er hatte während des pannonischen Aufstandes einen Kameraden aus den Fängen rasender Aufständischer retten wollen.

Auch der Gefreite, der neben dem Dicken saß, hätte in diesem Krieg beinahe sein Leben gelassen und war hierher versetzt worden, um die Folgen einer schweren Beinverletzung auszuheilen. Er gehörte zu denen, die still und pflichtbewusst ihren Dienst taten, aber manchmal mit einer einzigen Handlung oder einem einzigen Satz die Aufmerksamkeit der gesamten Truppe auf sich zogen. Vor einiger Zeit hatte dieser Mann, dem die Rettung eines Feldzeichens eine Beförderung zum doppelten Sold eingebracht hatte, dem geldgierigen und hinterhältigen Sklavenhändler Fufidius beim Würfelspiel ein junges Ding abgejagt. Niemand, nicht einmal die Spielsüchtigen, verargten es ihm, dass er trotz seiner verspäteten Rückkehr ins Lager mit einer geringen Soldstrafe davongekommen war, so tief ging die Genugtuung, Fufidius geprellt zu wissen. Dass der Sieger mit seinem Preis allerdings nichts Besseres anzufangen wusste, als ihn in einem gemieteten Kämmerchen zu verstecken, wie man einen Kranz vergoldeten Eichenlaubes auf dem Boden einer Truhe aufbewahrt und nur gelegentlich hervorholt, um ihn abzustauben, hatte ihm den Spott der Kameraden eingetragen. Schmunzelnd wandte Vala sich ab und ging zur Tür des angrenzenden Besprechungsraums, die ihm ein herbeieilender Gefreiter öffnete.

Dort wartete bereits Caelius Caldus, der senatorische Tribun der Achtzehnten, ein schlaksiger Junge, der eine betont entschlossene Miene zog. Ihn ein wenig warten zu lassen, würde ihm eine Lehre sein. Vala klappte nacheinander einige der auf dem Tisch liegenden Dokumente auf, ohne sie zu lesen. Seine Gedanken weilten bereits in Pasiphilas Haus, in dem großen, von rohen Holzpfosten getragenen Raum, sanft erleuchtet von Bronzekandelabern und geschmückt mit Wandbehängen, Kränzen und Blumenketten, vor denen sich die schlanken Körper der kaum verhüllten Tänzerinnen bogen.

»Die Prüfung der germanischen Ala ist ... zufriedenstellend verlaufen.« Caldus' raue Stimme riss Vala aus seiner Träumerei. Er blickte auf und bemerkte, dass der Tribun trotzig das Kinn reckte, als er seinen knappen Bericht schloss: »Keine Beanstandungen.«

Unter hochgezogenen Brauen musterte Vala den jungen Tribun, der seine Handflächen zwischen den Falten der weißen Tunica an die Oberschenkel presste, bevor er ihm ein langsames Nicken gönnte. Die Schultern des jungen Mannes sanken herab, und seine Miene hellte sich auf. Einen flüchtigen Atemzug lang reute es Vala, ihn so schnell von einer offenbar großen Sorge befreit zu haben. Allzu leicht hatte er es ihm nicht machen wollen.

»Ich vermute, deine Prüfung war gründlich?«, hakte er nach.

»Soweit es in meinen Kräften stand«, erwiderte Caldus beflissen. »Tribun Iulius Arminius hat mich unterstützt.«

»Er ist unser bester Mann unter den Barbaren – vergiss das nie! Wenn einer von denen Schwierigkeiten macht, dann wende dich an ihn. Er weiß, wie man mit ihnen umgeht.«

Vala ließ den Mantel von den Schultern gleiten, den ein herbeigeeilter Sklave geschickt auffing, während ein anderer einen Schemel vor die gepolsterte Kline rückte, damit sein Herr sich leichter hinlegen konnte. Sie lösten die Riemen seiner Stiefel, wuschen ihm Gesicht und Hände in warmem, duftendem Wasser, dann seine Füße. Das Kohlebecken im hinteren Eck des Raumes verbreitete wohlige Wärme.

Vala streifte Waffenrock und Tunica vom Körper, schlüpfte in frische, weiche Kleidung und widmete sich den kleinen Vorspeisen, die auf einem Dreifuß neben der Kline angerichtet waren. Der Duft von warmem, gewürztem Wein, der durch den Raum schwebte, erinnerte ihn an zu Hause, an kühle Winterabende in seinem Stadthaus auf dem Quirinal. Inzwischen entzündete einer der Sklaven die Lichter an den Kandelabern, und ein anderer bereitete weitere Dreifüße vor, damit das Abendessen aufgetragen werden konnte. Vala schnupperte an seinem Henkelbecher, nippte am Rand und genoss die Süße auf der Zungenspitze.

Der junge Sklave, der ihm gewöhnlich vorlas, zog eine Buchrolle aus den Falten seines Umhangs und setzte sich auf einen Schemel, doch Vala winkte leicht ab. Er wollte sich die Vorfreude auf Musik, auf den Klang von Tibien, Kithara und Trommeln, auf leichtfüßige Tänzerinnen und zarten Gesang bewahren. Dies war ein Abend für geschliffene Verse – für Zenons Aufrufe zur Genügsamkeit blieb zwischen den Tagesmärschen noch genug Zeit.

Genüsslich verspeiste er die ihm dargereichten Speisen, pries sich glücklich, einen tüchtigen Koch zu haben. Zum Abschluss nahm er ein wenig aufgeschnittenes Obst und Honigkuchen, bevor er sich die Hände wusch und seinen Leibsklaven herbeiklatschte. Diocles erschien in der Tür, hinter ihm ein Junge, der die teure Tunica aus goldbestickter, dunkelblauer Baumwolle trug und die frisch gebürsteten roten Stiefel. Der ältliche Sklave schnippte den Knaben voraus und näherte sich seinem Herrn gemessenen Schrittes, wischte prüfend über den weich fließenden Stoff der Tunica und legte Vala einen ebenso dunklen kurzen Mantel um.

»Herr, du wirst erwartet«, murmelte Diocles dicht an Valas Ohr.

Vala hob die Brauen. »Ist es derselbe Mann, der vor ein paar Tagen um ein Gespräch bat?«

Stumm nickend schloss der Sklave die Fibel an Valas Schulter und zupfte dann den Umhang zurecht.

»Sagte ich nicht deutlich, dass ich keine geheimen Gespräche mit mir unbekannten Männern führe, Diocles?«

»Das sagtest du, Herr. Sehr deutlich.«

»Und dennoch lässt du den Mann ein weiteres Mal ein?«

»Er wies mich darauf hin, du seist dem Tode geweiht –«

»Und zahllose andere ebenfalls, ich erinnere mich.« Unwirsch winkte Vala ab. »Meine Erkundigungen ergaben, dass die gemutmaßte Verschwörung völliger Unsinn ist. Schick ihn weg! Ich verschwende meine Zeit nicht mit unnützem Geschwätz!«

Der alte Sklave verneigte sich so formvollendet vor seinem Herrn, dass dieser auf das verächtliche Schnauben, mit dem er Diocles hatte fortschicken wollen, verzichtete und ihm stattdessen nur mit einem leichten Kopfschütteln nachschaute.

»Was steht ihr hier herum?«, blaffte er die zurückgebliebenen Diener an. »Schafft das Zeug raus und sorgt dafür, dass die Wache bereitsteht, damit ich endlich gehen kann!«

*

Die zehnte Stunde war angebrochen. Annius streckte sich ein wenig, rollte die Schultern und rieb sich den schmerzenden Nacken.

»Du willst mir doch nicht weismachen, dass du seit mehr als zehn Tagen dieses Mädchen dein Eigen nennst und sie einfach nur in einem Kämmerchen einsperrst?«, flüsterte Sabinus, der hinter ihm saß.

Annius tat, als hätte er nichts gehört. Er beugte sich wieder über die große Tafel auf seinen Knien und vervollständigte die Prüfung der Bestandslisten für Lebensmittel anhand kleinerer Tafeln, die er in der Linken hielt. Neben seinem Platz türmten sich Tafeln in unterschiedlich hohen Stapeln. Sein Körper war völlig verkrampft und die Augen brannten. Dem Stabsoffizier, der ihn am Morgen für diese Aufgabe ausgeguckt hatte, wünschte Annius nichts Geringeres als eine zehrende Seuche an den Hals. Oder schlimmen Durchfall, verbesserte er sich grinsend, als er das unterdrückte Stöhnen eines anderen Schreibers hörte, der sich auf seinem Schemel krümmte. Eines Tages würde er nicht mehr nur Gerichtsverhandlungen aufzeichnen und Listen führen, sondern – sein Herz machte einen winzigen Satz bei diesem Gedanken – vielleicht sogar Schreibarbeiten für den Statthalter erledigen.

Sabinus' leisen Zuruf beachtete er ebenso wenig wie den sachten Stoß; das ärgerliche Schnauben, das der andere Gefreite von sich gab, entlockte ihm ein Schmunzeln.

»Komm schon!«, brummte Sabinus. »Warum erzählst du nie etwas? Ist sie so ein Fehlkauf?«

Den Griffel zwischen den Fingern drehend, starrte Annius das dunkle Wachs an. Noch diese beiden Listen, dann war sein Tagwerk getan. Er kniff die Augen zusammen, richtete den Blick auf die endlosen Kolonnen winziger Zeichen; Buchstaben und Zahlen wechselten sich ab. Zahlen hasste er, mal waren es feine dünne Strichlein, mal tiefe Furchen, und die Berichtigungen, die immer wieder vorgenommen worden waren, machten die Sache nicht leichter. Er hob den Abacus vom Boden auf, schob, ohne recht hinzusehen, die Kugeln herum und notierte das Ergebnis. Die riesigen Mengen an Getreide und Wein, Speck, Käse und anderen Dingen, die nötig waren, um drei Legionen und einige Hilfstruppen bei Laune zu halten, erstaunten ihn immer wieder.

Nachdem er die letzten Einträge vorgenommen hatte, klappte er die Tafeln zusammen und packte seine Utensilien in eine kleine Ledertasche. Er stand auf, tippte Sabinus auf die Schulter, der ihm mit einer winzigen Geste zu verstehen gab, dass auch er bald fertig sei. Mit federnden Schritten näherte Annius sich der Theke, legte die kleinen Tafeln auf den Stapel für den Löschdienst und übergab die große einem Gefreiten mit tief herabhängenden Mundwinkeln und scharfen Unmutsfalten, dem er ein aufmunterndes Grinsen schenkte.

Im Innenhof des Stabsgebäudes wartete er an einen hölzernen Pfeiler gelehnt, bis Sabinus in den Schatten des Säulengangs trat.

»Viel Zeit bleibt uns heute nicht mehr«, knurrte Sabinus.

Annius tätschelte seine Schulter. »Für uns beide habe ich noch genug guten Wein aus meiner Heimat.«

»Bestens.« Sabinus' Miene hellte sich ein wenig auf. »Wir machen es uns halt in der Stube gemütlich und verschieben den geselligen Teil auf den nächsten freien Nachmittag.«

»Davon wird es vor dem Abmarsch nicht mehr viele geben.«

Sabinus zog die Brauen zusammen, nickte und brummte vor sich hin.

In der Stube, die sie miteinander teilten, tanzte der Staub in den Sonnenstrahlen. Annius, der Tasche und Schuhe im Vorraum zurückgelassen hatte, griff nach dem Besen und fegte, während Sabinus seine schmutzige Wäsche zusammensammelte und in einen großen Beutel stopfte. Als eine Bucina den Beginn der ersten Nachtwache verkündete, saßen sie vor den Resten ihres Abendessens. Düfte von frisch gebackenem Fladenbrot, Speck und in Kräuteröl verriebenem Ziegenkäse stritten mit dem des Weines aus Tarraco.

»Jetzt erzähl endlich was von deinem Täubchen!«, sagte Sabinus unvermittelt. »Das ganze Lager summt vor Gerüchten, und du sprichst nicht einmal mit deinem besten Freund darüber!«

Unwillig schüttelte Annius den Kopf. Sabinus war sein einziger Stubengenosse, seitdem man ihn in Varus' Stab beordert hatte. Als Gefreiter mit doppeltem Sold genoss er das Vorrecht, nicht mehr mit sieben weiteren Kameraden Zelt oder Quartier teilen zu müssen. Obwohl er seine dienstfreien Nachmittage gern mit Sabinus verbrachte, verdross ihn dessen Hang zu maßloser Übertreibung. Der Stadtrömer mochte zwar glauben, Annius' bester Freund zu sein, aber es war ihm bislang nicht gelungen, diese Stelle wirklich einzunehmen. Jetzt umso weniger, da Annius gehofft hatte, Sabinus käme nicht mehr auf die Frage zurück. Doch dem anderen ließ es offenbar keine Ruhe, dass Annius über den Verbleib seines Gewinns beharrlich schwieg.

»Ich habe nichts zu erzählen«, antwortete er mit einem knappen Schulterzucken.

Augenrollend sank Sabinus gegen die Kante seiner Pritsche. »Macht sie Scherereien? Ist sie zimperlich? Ich kauf sie dir gerne ab. Ich werde schon mit ihr fertig.«

Annius lag schon eine heftige Erwiderung auf der Zunge, aber er schwieg und kaute auf der Oberlippe, während Sabinus ihn angrinste.

»Eifersüchtig?«

»Ich hab dieses Kind doch nicht den Klauen dieses Lumpenkerls entrissen, um es gleich an den nächsten weiterzureichen!«

»Immerhin hattest du wohl als Erster das Vergnügen.« Feixend trank Sabinus ihm zu. »Auch wenn Fufidius nicht müde wird, jedem weiszumachen, dass er dich übers Ohr gehauen hat mit der kleinen Schlampe.«

»Schweig!«, blaffte Annius, leerte den Becher in einem Zug und stellte ihn mit einem harten Knall auf den Tisch. Das tönerne Gefäß zerbrach. Stumm starrte er seine Finger an. Was, beim Hercules, trieb ihn zu diesem Zorn? Wortlos fegte er die drei Bruchstücke mit den Händen zusammen und stand auf. Er warf die irdenen Reste in den Aschekübel neben dem Herd und nahm einen anderen Becher vom Regal, den er eine Weile in der Hand drehte. Wie ein Wachhund, der soeben noch wild bellend gegen eine Tür gesprungen war, legte sich der Zorn, noch immer wachsam und lauernd.

»Fufidius ist ein verlogenes Schandmaul«, sagte Sabinus so leise, dass Annius die Vorsicht heraushörte. »Niemand glaubt ihm. Und bei dieser Gelegenheit hätte jeder zugegriffen. So ein junges Ding kann man noch zurechtbiegen, wie man es braucht.« Er verschränkte die Hände im Nacken, während ein feines Lächeln sich in seine Mundwinkel stahl. »In neun Jahren endet meine Dienstzeit. Dann werden mir mein angesparter Sold und das Entlassungsgeld ausbezahlt. Das ist ein Haufen Geld. Ich werde nach Italien zurückkehren und Land kaufen. Und dann lege ich mir auch so ein hübsches Ding zu, das nicht älter sein sollte als deine Kleine. Denn ich will ja noch ein paar stramme Jungs haben.«

Annius schenkte sich aus dem Krug nach, setzte sich wieder und hob den Becher. »Trinken wir auf dein zukünftiges Leben als Bauer in Latium.«

»Und auf deines als Weinhändler in Tarraco.«

*

Lauschend hob Sextus Ceionius den Blick von dem Papyrus auf seinen Oberschenkeln. Genagelte Sohlen näherten sich krachend durch den Gang. Der Lagerpraefect stand auf, legte den Papyrus auf den Tisch und klatschte in die Hände, um den diensthabenden Gefreiten zu rufen, da kamen die Schritte zur Ruhe, jemand pochte an die Tür, und kaum hatte er Einlass gewährt, betraten zwei hochgewachsene Legionäre den Raum.

»Publius Quinctilius Varus, der Legat des Augustus im Range eines Praetors, erwartet dich im Stabsgebäude«, vermeldete der ältere der beiden nach kurzem Gruß. »Du sollst an den Gesprächen mit der Gesandtschaft der Brukterer teilnehmen.«

Ceionius schnippte nach seinem Umhang, ließ sich mit dem Schwert gürten und machte sich auf den Weg, gefolgt von zwei Gefreiten. Draußen empfing ihn ein lauer Spätsommerabend, die Sonne war längst untergegangen, aber die trockene Erde verströmte noch die Wärme des Tages. Über die erleuchteten Lagerstraßen erreichten er und seine Begleiter rasch einen der Hintereingänge des Stabsgebäudes, wo die Wachsoldaten von einem weiteren Gefreiten abgelöst wurden, der den Lagerpraefecten und sein kleines Gefolge durch den Innenhof in einen kleinen Saal führte.

Vier oder fünf Barbaren mit gestutzten Bärten blickten ihm entgegen, Männer mittleren Alters mit verhärteten Mienen und vor der Brust verschränkten Armen. Das helle, bei einem schon von grauen Strähnen durchzogene Haar hing, wie üblich bei diesem Stamm, lose herab, die fransenbesetzten Umhänge hatten sie über die Schultern zurückgeworfen, und die Hosenbeine steckten in weichen Stiefelschäften. Varus thronte im Feldherrenschmuck auf einem Sessel, umgeben von den Befehlshabern der Legionen und seinen Beratern, während hinter ihm Lictoren und Leibwächter aufgereiht waren. Als Ceionius Arminius unter ihnen erblickte, dankte er den Göttern, dass der Cherusker nichts Wichtigeres zu tun hatte, denn in seiner Gegenwart würden die Barbaren es wohl kaum wagen, sich in ihrer Sprache heimlich zu beratschlagen.

Kaum hatte Ceionius Platz genommen, eilte der junge Quaestor Marcus Fulvius herein, mit ihm sein kleines Gefolge von Schreibern, die sich flink auf die Mitschrift vorbereiteten. Schließlich trat einer der Brukterer vor, ein älterer Mann, der einen langen weißen Stab hielt, verneigte sich ein wenig zu schnell und begann, in unbeholfenem Latinisch seine Beschwerde vorzubringen.

»Unser Volk leidet unter den Forderungen, die eure Steuerpächter verlangen. Unsere Leute hungern. Es gibt keine Vorräte. Und wenn wir sie zu den Diensten heranziehen, die sie schon für unsere Ahnen verrichteten, dann bestürmen sie eure Gerichte mit Klagen, von uns ungerecht behandelt zu werden. Und wenn eure Richter den Klägern recht geben, untergraben sie unsere Macht – und damit auch eure.«

Nachdem er sich mit einer leichten Verbeugung wieder zurückgezogen hatte, blickten die Barbaren erwartungsvoll zu Varus, der mit den Fingerspitzen sacht auf seine Unterlippe tippte, ohne den Blick vom Sprecher der Gesandtschaft zu wenden. Einer der Schreiber flüsterte Ceionius zu, der Sprecher der Gesandtschaft heiße Tauta und sei ein angesehener Fürst in seinem Volk.

»Marcus Fulvius, gehe ich recht in der Annahme, dass du über die Geschäfte mit der Gesellschaft der Publicani Bescheid weißt?«

»Darüber bin ich im Bilde«, erwiderte der Mann mit dem braunen Schopf und dem dünnen Schnurrbart geflissentlich. »Allerdings weiß ich nicht, wen die Gesellschafter mit der Steuereintreibung bei den Brukterern beauftragt haben.«

»Ich kenne die Männer, Publius Quinctilius«, sprang Ceionius dem jungen Quaestor bei. »Sie baten um die Erlaubnis, sich einer Cohorte anzuschließen, die im Frühjahr auf dem Gebiet der Brukterer postiert werden sollte. Ihre Namen befinden sich in meinen Unterlagen.«

»Dann werden wir der Angelegenheit nachgehen«, sagte Varus, und sein Tonfall verriet, dass das ein Befehl war.

»Wir vertrauen auf deine Klugheit«, meldete sich Tauta erneut, »und hoffen, dass auch der Mann, der dich bei uns als Richter vertritt, seine Entscheidungen von nun an mehr im Sinne unserer Sitten fällen wird.«

»Solange eure Sitten nicht unsere Gesetze brechen, ist er dazu verpflichtet, Tauta.«

Ein leises Schnauben lenkte Ceionius' Aufmerksamkeit auf Arminius. Der Tribun stand steifbeinig da, seine Kiefer mahlten, und die Fäuste ballte er in den Falten seiner weißen Tunica.

Tauta ergriff indessen erneut das Wort. »Wir wollen dein Wohlwollen nicht überbeanspruchen, aber ...«

Mit drei großen Schritten stand Arminius vor Varus' Stuhl. »Da siehst du, was der Frieden, den du bringst, aus ihnen macht!«, rief er. »Sie lassen sich von den Handlangern der Publicani schikanieren, von einem Richterlein ihre Vorrechte beschneiden, und wenn sie es nicht mehr ertragen, dann schreien sie nicht nach dem Blut derer, die sie demütigen –

nein! Sie nehmen den weißen Stab des Sendboten und treten unterwürfig vor dich! Wie die Weiber stehen sie da, betteln und winseln, anstatt laut und frei ihr Recht zu fordern! Wenn sie noch Männer wären, hätten sie ihren Leuten das Fell gegerbt und zu den Waffen gegriffen, um die fremden Richter samt ihren Soldaten zu vertreiben!«

Während Arminius sich zu den Gesandten umdrehte, senkte sich eine lähmende Stille in den Saal, und die Gesandten starrten ihn ebenso fassungslos an wie die römischen Offiziere.

»Wo ist er denn hin, der sagenhafte Mut der Brukterer?«, setzte Arminius nach. »Zu Bauern sind sie geworden, die selbst die Arbeit der Knechte tun. Da haben wir leichtes Spiel, wenn sie sich freiwillig unters Joch begeben, anstatt ihren Vätern Ehre zu machen, indem sie –«

»Das reicht!«, bellte die tiefe Stimme des Statthalters durch den Saal.

Varus hatte sich erhoben, und der kunstvoll drapierte Umhang rutschte an ihm herunter. Seine verkniffene Miene verriet, wie mühsam er den Zorn zügelte, während er Arminius anstarrte, der sich langsam, als erwachte er aus einem Rausch, zu ihm umwandte. Der Statthalter würde den dreisten Cherusker hinausweisen, davon war Ceionius überzeugt – und sah verblüfft, dass Varus Arminius mit einer herrischen Handbewegung zu sich winkte.

»Ich habe dich zu dieser Verhandlung gerufen, damit du mir mit deinem Rat zur Seite stehst«, sagte er leise und sehr scharf. »Dass du diese Gesandtschaft, die unter dem Schutz des Gastrechts steht, beleidigst, ist keineswegs eine Unterstützung – im Gegenteil!«

Arminius verengte die Augen und erwiderte den Blick des Statthalters, trat dann zwei Schritte zurück. Als er blinzelte, drehte Varus sich zu den Barbaren um, die mit verschränkten Armen dastanden.

»Ich unterbreche diese Verhandlung«, sagte Varus, dessen Stimme kaum hörbar zitterte. »Kommt morgen zur dritten Stunde wieder hierher, dann werde ich meine Entscheidung verkünden.«

III

Das Stabsgebäude wimmelte an diesem Morgen von Gefreiten und Boten, die nun, da der Tag des Abmarsches festgelegt war, eifrig damit beschäftigt waren, die Vorbereitungen aufeinander abzustimmen. Stirnrunzelnd bahnte Marcus Caelius sich einen Weg in den Innenhof, den er mit forschen Schritten querte. Einer alten Gewohnheit folgend war er viel zu früh aufgebrochen und würde jetzt warten müssen, bis die Besprechung begänne. Der Statthalter hatte angekündigt, heute Einzelheiten zum Marsch und zu den Maßnahmen gegen die unruhigen Stämme auszugeben.

Vor dem Fahnenheiligtum blieb Caelius stehen, um sich zu verneigen, ehe er den rückwärtigen Flügel des Gebäudes betrat. Die Tür zu dem großen Raum, in dem der Statthalter und Oberbefehlshaber die erstrangigen Centurionen empfangen würde, war nur angelehnt. Caelius griff nach dem Bronzering, doch statt anzuklopfen, drückte er die Tür auf und trat ein.

Er stutzte, als er den Statthalter bemerkte, der entspannt auf einer Kline saß und sich mit dem vor ihm stehenden Tribun Iulius Arminius unterhielt. Doch Varus hatte ihn bereits erblickt und nickte ihm, zu bleiben, bevor er sich wieder dem jungen Barbaren zuwandte.

»Ich verstehe deinen Zorn, mein junger Freund«, sagte

Varus, gerade laut genug, dass Caelius seine Worte vernahm. »Aber sie taten nichts anderes, als dass sie sich so verhielten, wie ihnen empfohlen wurde. Verhandlungen erfordern ihre eigenen Gebräuche. Sie derart zu beschimpfen, war schlichtweg unverschämt. Es hat mich einiges an Überredungskunst gekostet, die Gesandten zu besänftigen, nachdem ich dich hinausgeschickt hatte.«

»Sie hatten Schlimmeres verdient«, schnaubte Arminius. »Ich habe mich geschämt für die Brukterer und Tubanten, die einmal zu den tapfersten und stolzesten Völkern gehörten – und für mein eigenes Volk, weil wir Cherusker vor Jahren ausgerechnet von diesen beiden Stämmen beinahe aufgerieben worden wären.«

Während Varus sich erhob, zog Caelius sich zur Tür eines Nebenraumes zurück; Zeuge dieses Gespräches zu werden, verursachte ihm Unwohlsein. Er hatte viele Jahre in Feldlagern und auf dem Marsch verbracht, in Schlachten gekämpft und Stellungen gehalten, hatte junge Burschen ausgebildet und Verwundete in den Tod verabschiedet, doch nie hatte er sich an die Umgangsformen der hohen Offiziere gewöhnen können. Er war ein einfacher Mann, Sohn und Enkel von Bauern, herangewachsen unter Soldaten und Mannschaftsoffizieren, die auf Zucht und Tapferkeit hielten und ihren Stolz nicht wie ein Feldzeichen vor sich hertrugen. Gespräche wie dieses waren ihm fremd, weckten seinen Argwohn, sodass er immer wieder verstohlen an der Tür vorbei in den Raum spähte.

Der Statthalter legte Arminius eine Hand auf die Schulter. »Dein eigenes Beispiel zeigt dir, dass ein Mann auch als römischer Soldat durch Mut und Tapferkeit zu Ehre und Ruhm gelangen kann. Dass es dich beschämt, wenn andere diesem Beispiel nicht folgen, sondern sich in Unterwerfung üben, was nach den Sitten deines Volkes ehrlos ist, wundert mich nicht. Deshalb habe ich dir keine Strafe auferlegt und auch nicht verlangt, dass du die Gesandten der Brukterer um Entschuldigung bittest.«

Missbilligend zog Caelius die Brauen zusammen, denn die Vertrautheit, die aus den Worten des Statthalters klang, erschien ihm übertrieben, ja geradezu unvorsichtig.

»Ich habe lange über deine Zukunft nachgedacht, mein junger Freund«, hörte er Varus nach einer Weile sagen. »Als Offizier wirst du nicht weiterkommen, das verbieten unsere Gebräuche. Außerdem kann ich in der Zeit, die ich hier verbringen werde, um diese Provincia umzugestalten, nicht auf deine Unterstützung verzichten.«

Auf dem Gang näherten sich Schritte, mehrere Männer traten ein. Erleichtert kehrte Caelius in den Hauptraum zurück, während sich weitere Offiziere und Gefreite zu ihnen gesellten. Die Centurionen der ersten Ränge begrüßten einander mit anerkennendem Nicken, gegenüber dem Statthalter und den Legaten bezeugten sie ihre Hochachtung durch Zurückhaltung.

Schließlich kamen auch Caelius' Gefreite und brachten neben ihren schmucklosen Klappsitzen auch seinen Sessel mit, sodass er sich im Kreis der Offiziere niederlassen konnte. Der blasse Tribun Caldus, der dem senatorischen Zweig des weit verbreiteten Geschlechtes der Caelier entstammte, trat in die Mitte und hob die Arme, damit Ruhe einkehrte. Mit seiner zwar jungen, aber bestens geschulten Stimme verkündete er die Tagesordnung. Dann eröffnete der Statthalter das Treffen mit einer Rede, die Caelius mit unbeweglicher Miene hinnahm. Er war es gleichermaßen gewohnt, Interesse vorzutäuschen, wo es geboten erschien, und unbemerkt Gespräche zu belauschen, die ihn eigentlich nichts angingen.

Als Legat Vala das Wort ergriff, blinzelte Caelius sich wach, schließlich ging es nun um die Marschroute.

»Wir haben Nachricht, dass in mehreren Gauen der Brukterer und Tubanten Steuereintreiber schmählich davongejagt wurden. Einer sei sogar zu Tode gekommen. Da wir die Legionen ohnehin wieder in die Lager an Lupia und Rhenus führen wollen, werden wir einen Umweg durch die Wälder von Teutoburgium nehmen und die aufrührerischen Kleinfürsten in ihre Schranken weisen. Sobald wir dort mit strengen Strafen durchgegriffen haben, werden diejenigen, die ebenfalls damit liebäugeln, sich gegen uns zu erheben, ihre Absichten aufgeben, sodass wir das Heer unbesorgt in die festen Lager führen können.«

Caelius schnaufte leise. Seinen Männern würde eine Rückkehr nach Vetera nicht nur Erholung bringen, sondern auch die Möglichkeit, ihre Ausrüstung wiederherzustellen, und die Aussicht auf Urlaub. Und er selbst würde sich in allen Ehren von Statthalter und Stab verabschieden lassen, mit seinem Diploma einen Wechsel über den angesparten Sold und das Entlassungsgeld in Empfang nehmen und sich auf den Weg zurück in die Heimat machen. Sein Herz pochte schneller bei diesem Gedanken.

»Die Siebzehnte Legion wird nach der Vorhut, bestehend aus Kundschaftern und Gallischer Reiterei, die Spitze des Heereszuges bilden«, fuhr Legat Vala fort. »Die Mitte zwischen Stab und Tross bildet die Achtzehnte Legion, und vor der Nachhut marschiert die Neunzehnte.«

Zunächst hielt Caelius die Luft an, denn dass eine andere Legion dem Statthalter und seinem Stab vorangehen würde, verletzte seinen Stolz. Obwohl die Reihenfolge der Legionen auf dem Marsch offiziell durch das Los entschieden wurde, wusste jeder Offizier, dass kein Heerführer sich allein auf das

Schicksal verließ. Dann bemerkte er, dass Vala ihn und die ranghöchsten Centurionen der Siebzehnten und Neunzehnten zu sich winkte. Die Offiziere folgten dem Legaten hinaus auf den Gang, wo dieser so unvermittelt stehen blieb, dass Caelius beinahe gegen ihn geprallt wäre.

»In den Reihen des Stabes wird die Soldkasse befördert werden, daher die festgelegte Aufteilung anstelle des Losentscheids«, sagte Vala. »Wir erwarten keine Kampfhandlungen, aber angesichts früherer Erfahrungen mit den Eigenarten der Barbaren rechnen wir mit Angriffen von der Flanke, sobald wir die Gebiete erreichen, in denen Aufstände drohen.«

»Was ist mit den bei diesen Stämmen postierten Einheiten?«, fragte Caelius.

»Diese zusammenzuscharen und, wenn nötig, in den Rücken des Gegners zu schicken, ist Aufgabe der treuesten Hilfstruppen«, erwiderte Vala und blickte einem nach dem anderen in die Augen. »Der Marsch wird eure letzte große Aufgabe als Primipilen sein. Ihr beide«, er deutete auf Caelius und seinen Kollegen von der Siebzehnten, Quintus Sertorius, »werdet in den wohlverdienten Ruhestand gehen, und ich wünsche euch einen ehrenvollen Abgang. Den Göttern sei Dank, dass das Los diesmal eine Reihenfolge verlangt, die unseren Erwägungen genau entsprach. Der Schutz des Stabes hat allerhöchsten Vorrang, denn Varus ist nun einmal anstelle des Augustus hier.«

»Und wir haben die Soldkasse dabei«, fügte Sertorius grinsend hinzu.

*

Thiudgif genoss die Wärme der Sonne auf ihrer Haut und blinzelte in das Licht, das durch das Laub funkelte. Die neuen Kleider fühlten sich gut an, frisch und sauber. Es war das dritte Mal, dass sie für den Mann, den sie ihren Herrn nennen musste, gewaschen hatte, und heute hatte er sie zum Markt begleitet, um ihr dort ein paar Sachen zu kaufen, damit sie die inzwischen schmuddeligen Kittel und Röcke wechseln und reinigen konnte.

Nachdem sie die tropfnassen Laken und Kleidungsstücke zwischen den Bäumen am Ufer aufgehängt hatte, war sie ein Stück flussaufwärts gegangen, um an einer versteckten Stelle zu baden. Schließlich war sie wieder aus dem Wasser geklettert, hatte ein Leintuch um den Leib geschlungen und sich abgetrocknet, während sie voller Vorfreude darauf, in die neuen Kleider zu schlüpfen, eine alte Weise summte. Von Nase und Kinn tropfte es, das Haar rutschte ihr in dunklen Strähnen über den neuen Kittel, und der Vogelsang klang noch dumpf in ihren Ohren. In wenigen Tagen würden sie aufbrechen.

Sie verdrängte den Gedanken. Sie wollte nach Hause, zurück zu ihrem Vater. Ihn bitten, sie nicht wieder zu irgendwelchen Verwandten zu schicken. Lieber sollte er ihr endlich einen Mann suchen.

Holz knackte. Sie hielt inne. Das Vorjahreslaub raschelte, unterlegt von schweren Schritten. Und Stimmen. Männerstimmen. Hastig raffte sie ihre Sachen zusammen, während sie sich im gleichmäßigen Tritt näherten, einer schien zu taumeln und zu stolpern. Thiudgif spürte, dass ihr Nackenhaar sich sträubte. Männern zu begegnen an einem Ort wie diesem, das bedeutete Gefahr. Auf den belebten Straßen und in den Gassen des Lagerdorfes konnte sie einen Kerl abschütteln, wenn sie laut rief, sie gehöre dem Titus Annius, doch hier an der Grenze zur Wildnis waren keine Zeugen, die sie schützten. Sie huschte durch das Unterholz zum Ufer, wo der Weg zwischen Röhricht und Brombeergestrüpp endete. Um zu entkommen, hätte sie ins Wasser springen müssen.

»Das reicht!«, sagte einer der Männer.

Kalter Schweiß drang Thiudgif aus allen Poren, als sie seine Mundart erkannte. Ein Cherusker, einer aus den Hilfstruppen. Die anderen sicher auch. Sie kauerte sich nieder, krümmte sich zusammen, damit der helle Stoff des neuen Rockes sie nicht verriete, und lauschte angestrengt.

Die Männer waren stehen geblieben und sprachen leise miteinander, so leise, dass Thiudgif fürchtete, sie müssten ihren Atem hören, der stoßweise über ihre Lippen flog und ihr lauter erschien als das sachte Rauschen des Windes im Laub und das Gurgeln des Wassers. Einer stand vor den übrigen und verdeckte sie teils, indem er gebieterisch die Fäuste in die Seiten stemmte. Als er die Rechte hob, duckte sie sich unwillkürlich und barg das Gesicht in den Händen.

Ein dumpfer Stoß, ein Stöhnen, krachend und raschelnd brach etwas Schweres durch das Unterholz. Thiudgif erstickte den Aufschrei mit der Hand, da gebot eine junge Stimme halbherzig Einhalt.

»Er ist ein Verräter, und du weißt, was das bedeutet!«, rief der Mann, der als Erster gesprochen hatte. »Er hat heimlich mit dem Wiesel gesprochen.«

»Ich glaube nicht, dass das Wiesel eine Gefahr für uns ist«, entgegnete der andere. »Der räudige Hund hört nicht auf ihn.«

»Bringt es zu Ende!«

Angestrengt spähte Thiudgif zwischen den Fingern hindurch, sah jenseits des Gestrüpps einen Schemen, der hochaufgerichtet dastand, ihr den Rücken zuwendend, ein Mann im roten Umhang eines Decurio, von dessen bronzebeschlagenem Gürtel ein Schwert und ein Dolch hingen. Sie zog den

Kopf ein beim Anblick der Waffen, würgte an dem Kloß, der ihr die Kehle zuschnürte. Zwei andere beugten sich über den, der ins Gebüsch gestürzt war, zerrten ihn hoch, schleppten ihn zum Fluss.

Nur ein Baumstamm schützte Thiudgif, aber sie konnte sich nicht rühren, starrte gebannt durch das Blattwerk der Zweige. Die beiden Männer warfen den dritten ins Wasser, sprangen hinterher. Leben kam in den Bewusstlosen, als sie ihn untertauchten; er warf sich herum, langte nach den anderen, die ihn fluchend festhielten. Er keuchte, stieß kurze, spitze, dann gurgelnde Schreie aus, Wasser spritzte weit umher. Thiudgif krümmte sich zusammen, doch sie war nicht imstande, den Blick abzuwenden von dem ungleichen Kampf in den aufgewühlten Fluten. Selbst als das Opfer erlahmte, hielten ihn die beiden anderen unter Wasser fest.

Wie erstarrt kauerte Thiudgif zwischen den schützenden Büschen, als die beiden den schlaffen Körper zwischen das unterspülte Wurzelwerk am Ufer stopften und mit dünnen Ästen verkeilten. Dann kletterten sie aus dem Wasser, Hosen und Kittel klebten an ihren Körpern. Während sie sich bemühten, die Spuren, die sie auf dem Boden hinterlassen hatten, zu verwischen, warf der Decurio, der mit verschränkten Armen am Ufer gewartet hatte, einen prüfenden Blick auf den leblosen Körper.

Mit pochendem Herzen verkroch Thiudgif sich tiefer in ihr Versteck, wo sie das Treiben der Männer nicht mehr beobachten, nur noch belauschen konnte. Als das Rascheln endlich aufhörte, vernahm sie nach einer kurzen Stille schwere Schritte, die sich rasch entfernten. Dennoch wagte sie kaum zu atmen, geschweige denn sich zu rühren, obwohl die Wildnis ringsum diesen Ort wispernd und zwitschernd wieder in Besitz genommen hatte.

Thiudgif presste die Handballen auf die Augen und murmelte lautlos alle Gebete vor sich hin, die Mutter und Tante sie gelehrt hatten, Gebete an Frija, an die wilden Idisen, an Austro, dann hob sie zögernd den Kopf, spähte durch Blätter und Gezweig und horchte. Im schwindenden Licht klangen die gewohnten Geräusche unheimlich, dennoch verharrte sie reglos auf der Stelle, bis sie sicher war, dass sich niemand mehr in der Nähe aufhielt. Hastig kroch sie aus dem Gestrüpp, zog sich dabei brennende Schrammen zu. Den schmalen Weg zeichneten tiefe Spuren der genagelten Soldatenstiefel, die Wunden gerissen hatten in die dunkle Erde. Thiudgif fröstelte. Sie hatte ihre Sachen liegen gelassen. Wenn sich ihre Spuren mit denen der Soldaten mischten, geriete auch sie vielleicht in Verdacht.

Barfuß schlich sie am Wegrand entlang zurück, bis sie die kleine Lichtung erreichte, und erschrak, als sie die beiden langen, geraden Äste erblickte, mit denen die Männer ihr Opfer am unterspülten Ufer befestigt hatten. Sie überwand den aufkeimenden Ekel und eilte zum Fluss, sah den nassdunklen Stoff, mit dem die Wellen spielten. Ein Arm pendelte in der Strömung hin und her. Schnell packte sie Rock und Beutel und stürzte davon, rannte zum Weg, den Berg entlang, weg von den Mördern. Sie würde den Hügel umrunden und sich dem Lager von der anderen Seite nähern. Nach Hause. In Sicherheit.

Thiudgif kauerte auf dem Bett, hatte die Beine an die Brust gezogen und die Knie umschlungen, als sie Titus' dumpfe Schritte vor der Tür erkannte. Ihr Herz pochte ruhiger, was sie verwirrte; sie hätte ihn doch fürchten müssen, den Mann, dem sie mit Leib und Leben ausgeliefert war. Stattdessen wünschte sie sich inständig, er möge sich beeilen, obwohl sie

Strafe fürchtete, denn sie hatte zwar ihr eigenes Zeug mitgebracht, aber die Wäsche vergessen, die sie zum Trocknen aufgehängt hatte, unten am Visurgis, unweit der Mündung jenes Flüsschens, an dem der Mord geschehen war.

Sie schüttelte sich unwillkürlich. Annius schien ihr unendlich langsam zu gehen, hörbar zog er ein Bein nach. Endlich blieb er vor dem Eingang stehen, da sprang sie vom Bett herunter, stürzte zur Tür und schob den Riegel auf, den sie von innen vorgeschoben hatte. Als sie öffnete, schaute er sie erstaunt an, offenbar nicht ahnend, welche Erleichterung der Anblick seines schmalen Gesichtes mit den dunklen Augen in ihr auslöste. Zu ihrer eigenen Überraschung kostete es sie Überwindung, ihm nicht um den Hals zu fallen. Allein der schuldbewusste Gedanke, dass seine zweite Tunica zusammen mit Laken, Tüchern und anderen Wäschestücken noch am Ufer des Visurgis hing, hielt sie davon ab.

»Was ist geschehen?«

Thiudgif öffnete den Mund und zögerte. Er würde ihr nicht glauben. Sie schluckte, faltete die Hände vor dem Bauch, knetete sie schmerzhaft.

»Deine Tunica ... am Visurgis gelassen«, stammelte sie und ihre Wangen brannten, weil sie keinen vollständigen Satz in seiner Sprache zusammenbrachte.

Annius nickte nur kurz und hielt ihr den Beutel hin, den er über der Schulter getragen hatte. Sogleich stieg ihr der Duft von Honig, Nüssen und Blaubeeren, von warmem, frisch gebackenem Kuchen in die Nase.

»Für mich?«

Auf seinem Gesicht erschien ein feines Lächeln. »Für dich und für mich.«

Sie nestelte den Knoten auf, und als sie den Beutel öffnete, zog sich in ihrem Mund alles schmerzhaft zusammen. Flink fingerte sie einen der kleinen Kuchen heraus, hielt ihn unter ihre Nase, während ihr das Wasser im Mund zusammenlief, ehe sie ein winziges Stück von der warmen, ein wenig klebrigen Masse abbiss, um sie auf der Zunge zergehen zu lassen. Leise lachend nahm Annius ihr den Beutel ab.

»Ich wusste, dass ich dir damit eine Freude machen kann.« Er zupfte am Ärmel ihres neuen Kittels. »Das sieht hübsch aus.«

Thiudgif zuckte zusammen. Der Mann, der vor ihr stand, war größer als sie, stärker, und er versperrte ihr den Weg. Wieder trat ihr der ungleiche Kampf im Fluss vor Augen, und sie wischte hastig eine Haarsträhne aus der Stirn, dabei fiel ihr der Kuchen aus der Hand. Als Annius sich nach den Krümeln bückte, huschte sie an ihm vorbei, blieb erst in der Nähe der Tür stehen. Mit leicht zusammengezogenen Brauen schaute er sie an, die traurigen Reste des Kuchens in seiner Hand.

»Du solltest inzwischen wissen, dass ich nicht die Absicht habe, dir wehzutun«, murrte er.

Ein Frösteln überlief sie. Sie spürte den Drang zu erzählen, was sie gesehen hatte, und zugleich schnürte die Furcht ihr die Kehle zu. Er selbst mochte nicht die Absicht haben, ihr wehzutun, aber konnte er sie schützen vor dem, was ihr bevorstand, wenn sie dieses schreckliche Geschehnis nicht für sich behielte? Er müsste die Sache melden und offenbaren, wer Zeuge des Mordes war. Er müsste sie den römischen Richtern preisgeben, und die waren bekannt dafür, dass sie den Aussagen von Sklaven erst dann Glauben schenkten, wenn sie unter der Folter bestätigt worden waren. Thiudgif umklammerte ihre Oberarme, um das Zittern zu unterdrücken.

»Was ist mit dir, Mädchen?«

Sie kniff die Augen zu, um die Tränen zurückzuhalten, presste eine Hand auf ihren Mund. »Ich möchte nach Hause«, flüsterte sie.

Er antwortete nicht. Er stand nur da, während ihm die Krümel durch die Finger rieselten, und sah sie an. Sie wollte wirklich nach Hause, nichts mehr als das. Ihr Vater würde sie beschützen. Er würde sie unter seinem Dach aufnehmen, und sie würde sein ärmliches Haus hüten und es nie wieder verlassen.

»Das ist nicht möglich.« Annius' Stimme zerriss die Stille und ihre Hoffnungen. »Ich kann dich nicht einfach gehen lassen. Wie willst du denn nach Hause finden?«

»Ich kenne doch den Weg, auf dem man mich hergeschleppt hat!«, rief sie und würgte wieder an einem Schluchzen.

»Glaubst du wirklich, du könntest allein gehen?«

Sie zog die Schultern hoch, doch auch das half nichts mehr gegen den Tränenstrom, der unter den Lidern hervorquoll. Bald schmeckte sie das Salz auf den Lippen, schniefte, weil ihre Nase lief, und verabscheute sich für den jämmerlichen Anblick, den sie bot.

Unversehens legten sich Hände um ihre Schultern, ihr Herr zog sie an sich, umarmte sie, strich ihr über das Haar. Sie rührte sich nicht.

»Ich kann dich nicht gehen lassen, ich kann dich ja nicht begleiten«, sagte er leise, schob sie von sich. »Lass uns die Sachen holen, die du vergessen hast. Zeig mir, wo du sie aufgehängt hast.«

Nach kurzem Zögern nickte sie, ließ sich den wollenen Mantel umlegen und folgte ihm hinaus in die Dämmerung.

*

Zu seiner Überraschung sah Vala sich an diesem Morgen vom Statthalter zu einem Ausritt eingeladen. Als er bei den Stallungen eintraf, stand sein Lieblingspferd, eine iberische Rappstute namens Sagitta, bereits gezäumt und gesattelt neben einem Grauschimmel, den eine purpurgesäumte Schabracke als Reittier des Statthalters auswies. Zwei weitere, grobknochigere Pferde warteten offenbar auf dessen Leibwächter.

Vala umrundete die Stute, strich über ihr schimmerndes Fell vom Widerrist über die Schulter hinab bis zum Huf, den sie unwillkürlich hob. Als er sich mit einem zufriedenen Lächeln wieder aufrichtete, scharrte sie. Anerkennend tätschelte er dem Pferdeburschen, der die Zügel losgemacht hatte, den Nacken.

»Sei gegrüßt an diesem schönen Morgen, Quintus Numonius«, ertönte hinter Vala die dunkle Stimme des Statthalters. »Lass uns sehen, ob wir uns auf dem Weg zu den festen Lagern als Herren oder als Getreidesäcke in den Sätteln halten werden.«

Schnurstracks ging Varus zu seinem Grauschimmel und ließ sich von einem Pferdeburschen in den Sattel helfen, wobei Vala wieder einmal bemerkte, wie beweglich der Statthalter für sein Alter war. Er beeilte sich, auf seine Stute zu springen, und lenkte sie neben den Grauen; die beiden Leibwächter, die Varus begleiteten, folgten ihnen in gebotenem Abstand.

Sie verließen das Lager durch das Haupttor, wendeten sich zum Flussufer, nahmen die Heerstraße, die hier nichts weiter als ein breit ausgetretener, staubiger Handelsweg war. Kinder tollten kreischend im seichten Wasser, einige Frauen spülten Wäsche aus, andere kauerten auf den Stegen, schrubbten Kleider und Laken oder schlugen sie an den Pfosten aus.

So manches Stück war als Tunica oder Mantel eines Soldaten zu erkennen.

»Die werden froh sein, wenn sie wieder gallische Erde unter den Füßen haben«, sagte Varus. »Hier draußen in den zugigen Unterkünften sind die Winter kaum auszuhalten.«

Vala nickte stumm und verfluchte insgeheim die Neigung der Soldaten, sich Weiber und Kinder zuzulegen, obwohl sie keine rechtmäßige Ehe eingehen konnten. Zwar musste man den Hinterbliebenen keine Entschädigung zahlen und konnte auch den angesparten Sold einbehalten, wenn das Familienoberhaupt zu Tode kam, doch auf dem Marsch waren diese Menschenscharen, die den Tross bevölkerten, um dem Heer zu folgen, hinderlich wie Fußketten für einen Ruudersklaven.

»Quintus Numonius, ich brauche deinen Rat und deine Unterstützung.«

»Es geht um Iulius Arminius, habe ich recht?«

Varus nickte, ohne den Blick vom Weg abzuwenden. »Du weißt, dass er mir beim Aufbau dieser Provincia eine große Hilfe ist. Er führt Verhandlungen, berät mich bei schwierigen Gerichtsentscheidungen, schlägt mir fähige Männer für die unterschiedlichsten Aufgaben vor und unterstützt meine Bemühungen in jeder Hinsicht. Ich stehe tief in seiner Schuld und möchte mich in angemessener Weise erkenntlich zeigen.«

»Wie meinst du das? Zusätzliche Donationen? Eine Beförderung? Eine hohe, ehrenvolle Stellung als oberster Vertreter seines Volkes?«

»Nein, eine Art Königtum lehne ich ab«, erwiderte Varus. »Ich habe während meiner Statthalterschaft in Syrien erlebt, wie unheilvoll solche Herrscherhäuser handeln. Die Familie des Herodes war so zerstritten, dass sich der Sohn gegen den Vater erhob und der Bruder gegen den Bruder – von den Weibern ganz zu schweigen. Dabei ging es im Grunde nur darum, die ungeheuren Reichtümer dieses Geschlechtes in die Hände zu bekommen.«

»Hier gibt es keine ungeheuren Reichtümer, Publius Quinctilius«, entgegnete Vala und fing sich einen amüsierten Blick ein.

»Da magst du recht haben. Aber es bleibt der brennende Ehrgeiz. Ich würde es vorziehen, wenn Tribun Arminius mich nach meiner Amtszeit zurück nach Rom begleitete. Ich könnte seine ehrenhafte Entlassung bewirken, und als Vertreter der Völker der Germania wäre er hochgeachtet an der Schwelle der Curia und in Caesars Haus.«

»So viel Ehre für einen Barbaren?«

»Er stammt aus königlichem Geblüt«, erwiderte Varus und gab seinem Grauschimmel die Sporen.

Eine Weile ritten sie schweigend nebeneinander her, ließen ihre Pferde auf dem krumigen Erdreich neben dem hartgetrockneten Weg im leichten Galopp dahinlaufen. Längst hatte Vala begriffen, dass er dem Statthalter mehr durch Zuhören half als durch Ratschläge oder Bedenken. Varus galt bei einigen Stabsangehörigen als argwöhnisch und überheblich. Das Land zwischen Rhenus und Albis war erst nach jahrzehntelangem Ringen erobert und immer wieder von blutigen Unruhen und Aufständen erschüttert worden. Die tüchtigsten Heerführer hatten hier Dienst getan, darunter auch Tiberius Caesar, der Stiefsohn des Caesar Augustus, dessen Bruder Drusus auf einem Feldzug in der Germania zu Tode gekommen war. Und kaum hatte das Gebiet als befriedet gegolten, schickte Caesar einen Mann, der sich besser mit den Gesetzen auskannte als mit dem Kriegshandwerk.

Das nachdrückliche Eintreten des neuen Statthalters für

die Einhaltung der Gesetze, das Abhalten von Märkten und die Errichtung neuer Siedlungen anstelle kriegerischer Unternehmungen hatte seinen Ruf unter den Offizieren nicht verbessert, obwohl seine Bemühungen sichtlich Früchte trugen. Die Empörungen unter den Brukterern und Tubanten waren die ersten Unruhen seit seiner Amtseinführung, und sie waren zwar ärgerlich, aber im Grunde unbedeutend. Arminius drängte mit Recht darauf, dieser Gegend auf dem Weg in die festen Standlager am Rhenus einen Besuch abzustatten, um die Aufrührer zu bestrafen und die treuen Fürsten, was Varus weitaus lieber tat, zu stärken.

Sie erreichten den Waldrand, zügelten ihre Pferde, um auf den festen Weg zurückzukehren, und ließen die Tiere im sanften Trab auslaufen.

»Es dürfte schwierig sein, einen Senator zu finden, der bereit wäre, diesem Mann eine Tochter zur Frau zu geben«, begann Varus von neuem. »Aber genau das wünsche ich mir. Es würde Arminius enger und fester als alles andere binden.«

Verdutzt schaute Vala ihn an. »Hast du ihm eine solche Verbindung in Aussicht gestellt?«

Lachend legte Varus den Kopf in den Nacken. »Wo denkst du hin? Nicht bevor ich eine Möglichkeit sehe, dieses Ansinnen in die Tat umzusetzen. Wir haben ja Zeit. Mir bleibt noch über ein Jahr, und die Wintermonate werde ich in Lugdunum verbringen. Vielleicht werde ich sogar Rom einen Besuch abstatten, doch das hängt davon ab, wie lange mich die gallischen Fürsten mit ihren Begehren in Anspruch nehmen.«

Vala richtete den Blick zwischen die zuckenden Ohren seiner Rappstute. Die Pläne des Statthalters erschienen ihm verwegen, seine hohe Wertschätzung des ehrgeizigen jungen Cheruskers befremdete ihn. Dass ein Senator einen Schützling fremdländischer Abkunft förderte, war nichts Ungewöhnliches, wohl aber, dass er für diesen eine Verbindung zu einem Senatorengeschlecht durch eine Heirat in Erwägung zog.

»Übermorgen ist Markt und Gerichtstag, in fünf Tagen werden wir aufbrechen«, sagte Varus. »Hoffen wir, dass uns die Götter nicht mit üblem Wetter überraschen, damit wir zügig vorankommen. In diesem Sommer haben sie uns allzu sehr verwöhnt – auch wenn die Trockenheit dafür gesorgt hat, dass die Brunnen lehmig wurden.«

»Die Vorzeichen waren günstig.«

»Die Vorzeichen!« Der Statthalter zog die Stirn in Falten. »Mein junger Freund, wer selbst einmal ein Augurenamt bekleidete, weiß, was Vorzeichen wert sind. Ganz gleich, ob es sich um Vogelflug oder Eingeweide handelt.« Die Zügel in die Linke nehmend, hob er die Rechte und spreizte die Finger, um das Sonnenlicht durch die knotigen Gelenke zu filtern. »Das einzige Vorzeichen, auf das ich vertraue, ist die Gicht. Wenn ich meine Hände nicht richtig benutzen kann, dann gibt es Regen.« Er lächelte Vala zu, krümmte und streckte spielerisch die Finger. »Die Vorzeichen sind tatsächlich günstig.«

*

Zufrieden strich Ceionius über die sorgfältig vernagelten Kisten, in denen Ausrüstung verstaut worden war, Teile von kleinen Geschützen und Munition. Einen Großteil dieser Ausrüstung würden sie im Tross mitführen, um der Notbesatzung, die im Winter hier verbleiben sollte, nicht zu viel Verantwortung und Arbeit aufzubürden. Allein die Pflege des Materials nahm etliche Handwerker in Anspruch. Die dafür zuständigen Einheiten konnten sie ja nicht einfach zurücklassen, außerdem mussten Ersatzteile aus den Werkstätten jenseits des Rhenus beschafft werden, um schadhafte Stücke instand zu setzen. Ceionius klopfte anerkennend auf die oberste Kiste und lächelte vor sich hin.

»Praefect?«

Ein Schatten in Tunica und Umhang füllte den Türrahmen; erst als der Mann eintrat, erkannte Ceionius an dem fransenbesetzten Umhang und den Beinlingen aus fester Wolle, dass es sich um einen Barbaren in römischen Diensten handelte. Sicher einer der unbedeutenderen Kleinfürsten, deren Namen man sich ohnehin nicht merken konnte.

»Ich bin Iulius Segestes«, sagte der Fremde mit schwerem einheimischem Zungenschlag. »Ich befehlige eine Auxiliareinheit von Kundschaftern und Pfadfindern.«

Ceionius zog die Brauen zusammen und musterte den Mann. Dieser Segestes, erinnerte er sich, gehörte in der Tat zu den Edlen unter den Cheruskern und war mit dem Tribun Arminius verwandt oder verschwägert, genau wusste Ceionius das nicht.

»Wahrscheinlich kennst du mich nicht«, fuhr Segestes fort. »Meine Männer sind nur vorübergehend hier untergebracht.«

»Was führt dich zu mir?«

»Du hast heute Abend eine Besprechung mit dem Statthalter Varus.«

Der Barbar trat näher. In seinem hellbraunen Haar schimmerten silberne Strähnen, und die steilen Falten auf seiner Stirn verrieten finstere Entschlossenheit. Geistesgegenwärtig tastete Ceionius nach dem Dolch in seinem Gürtel. Er war kein junger Narr, der sich von einem Angreifer übertölpeln ließ, und dieser Iulius Segestes war ihm nicht geheuer.

»Ich bitte dich, mich dorthin mitzunehmen, Praefect Ceionius. Ich muss den Statthalter Varus sprechen.«

Der Barbar verschränkte die Arme vor der Brust und blickte spürbar auf Ceionius herab, den dieser Trotz erboste.

»In welcher Angelegenheit?«, fragte der Centurio schroff.

»Ich muss ihn sprechen, mehr kann ich dir nicht preisgeben.«

»Geht es um die ausstehenden Sonderzahlungen? Für die ist der Statthalter nicht zuständig, da musst du dich an die Tribune oder den Quaestor wenden.«

Ceionius war nur einem unvermittelt aufglänzenden Gedanken gefolgt, doch der Barbar erwiderte das mit einem verächtlichen Zucken der Mundwinkel.

»Oder wartest du auf eine versprochene Beförderung?«

Wieder kräuselten sich Segestes' Lippen, ohne dass seine harte Miene sich aufhellte.

»Der Statthalter wird übermorgen noch einen Gerichtstag abhalten. Dort wirst du Gelegenheit haben, ihn anzusprechen«, murrte Ceionius und wandte sich ab.

»Das ist zu spät, Praefect!«

Verwundert über die Dringlichkeit in der Stimme des Mannes wurde Ceionius hellhörig und drehte den Kopf ein wenig. »Wenn du mir den Grund nennst, werde ich sehen, was ich tun kann.«

Ein schweres Atmen war die Antwort. Als Ceionius sich nochmals umschaute, stand der Barbar mit hängenden Armen mitten im Raum und starrte zu Boden.

»Warum lässt du nicht Arminius für dich sprechen?«

Segestes zuckte die Achseln und gab ein ersticktes kurzes Lachen von sich, dann schüttelte er den Kopf.

»Das wäre die einfachste Lösung, Segestes, denn ich bezweifle, dass dir vor dem Abmarsch noch eine Zusammenkunft gewährt werden kann.«

»Wenn ich Varus heute nicht spreche, ist es zu spät.«

Er verharrte auf der Stelle, als erwartete er eine Antwort, und sein Blick war so eindringlich, dass Ceionius mulmig zumute wurde.

»Kurz vor Beginn der zehnten Stunde werde ich im Stabsgebäude erwartet«, sagte er. »Versprechen kann ich allerdings nichts.«

Als Ceionius in sein Quartier zurückkehrte, kam ihm sein Kollege Lucius Eggius entgegen. Rasch nickte Ceionius ihm zu und beeilte sich weiterzugehen, doch Eggius vertrat ihm den Weg.

»Wir müssen uns absprechen über die Aufteilung des Trosses.«

»Du meinst, über die Frage, wer die Weiber und Bälger übernimmt?«, entgegnete Ceionius. Das Grinsen geriet ihm breiter, als er wollte, weil ihm wieder einmal der Gedanke kam, dass in Eggius' säuerlicher Gegenwart Milch und Wein sofort verderben mussten.

»Wir werden die Sache vorbringen«, sagte Eggius, als hätte er Ceionius' Spott nicht bemerkt. »Es kann nicht angehen, dass der Heereszug auf dem Marsch durch einen völlig überlasteten Tross auseinandergezogen wird.«

Anstelle einer Antwort zog Ceionius eine Braue hoch und beobachtete insgeheim erheitert, dass Eggius unruhig mit dem Fuß scharrte.

»Es wäre sinnvoll, einen Teil der Ausrüstung und Leute mit kleinen Truppen zur Lupia zu begleiten und dort zu verschiffen.« Eggius senkte die Stimme am Ende nicht, als erwarte er eine Antwort auf den Vorschlag.

Ceionius kratzte sich am Kopf. »Varus will die Truppen in jedem Fall zusammenhalten – zumindest die Legionen. Die Hilfstruppen, die nördlich der Lupia verteilt wurden, sollen ja ebenfalls in Bewegung gesetzt werden. Dazu wird er einen oder zwei Praefecten abstellen.«

»Ich habe die Absicht, ihm vorzuschlagen, Iulius Arminius mit dieser Aufgabe zu betrauen. Es ist zwar nicht sonderlich ehrenhaft, aber er ist nun einmal der zuverlässigste Mann.«

»Der zuverlässigste, wenn es darum geht, einen Schlupfwinkel auszuräuchern oder einen Trupp Aufrührer zu stellen. Er ist kein Kindermädchen!«

»Er ist der Richtige, gerade weil er wehrhaft ist!«, versetzte Eggius. »Die Lupia streift die Gebiete, in denen die Unruhen sind. Ohne die Behinderung durch einen allzu großen Tross kämen die Legionen weitaus zügiger voran, und Arminius stieße in den bedrohten Gebieten wieder zum Heereszug, denn sein Truppenteil könnte auf dem Fluss aufholen.«

Ceionius musterte seinen Kollegen, während er über dessen Vorschlag nachdachte. Beide stammten sie von Legionären ab, die sich für das römische Heer krummgelegt hatten. Wie Ceionius hatte sich auch Eggius in drei Jahrzehnten vom einfachen Gemeinen über den Gefreiten zum Centurio emporgearbeitet. Zahlreiche Einsätze und Verletzungen, etliche mutige Vorstöße und manche standhafte Verteidigung einer Stellung hatten ihm so viele Verdienste eingebracht, dass er zum ranghöchsten Centurio der Achtzehnten Legion aufgestiegen war. Dass der amtierende Lagerpraefect ihn damals zu seinem Nachfolger vorgeschlagen hatte, war niemandem verwunderlich erschienen.

»Es wird nicht leicht sein, Varus die Zustimmung zu diesem Vorschlag zu entlocken«, sagte Ceionius. »Du weißt, wie ungern er sich von diesem Mann trennt, wenn er in der Germania unterwegs ist.«

»Im Grunde hat er recht. Aber schließlich gibt es nicht nur Arminius, sondern auch noch andere Fürstensöhne der Barbaren, die uns als Offiziere dienen.«

»Und wie willst du ihm das beibringen?«

Achselzuckend steckte Eggius die Daumen unter seinen Gürtel. »Ich zähle auf deine Unterstützung.«

Ein schiefes Grinsen verriet, dass er sich seiner Sache keineswegs so sicher war, wie seine Worte vermuten ließen. Missmutig erinnerte sich Ceionius an den Barbaren, mit dem er sich verabredet hatte und den er nicht zum Zeugen des gewünschten Gespräches machen wollte.

»Gut. Wir treffen uns vor der eigentlichen Unterredung und bitten Varus um Gehör, bevor die anderen eintreffen.«

Eggius neigte den Kopf ein wenig länger, als für ein Nicken nötig war, und Ceionius genoss die Anerkennung, die in dieser Geste lag, als beide nach wortlosem Gruß ihrer Wege gingen.

*

Wie befohlen stellte Caldus sich bei Vala ein und traf den Legaten im Innenhof des Hauses an, vertieft in einige zusammengeheftete Papyrusblätter und umgeben von einigen Gefreiten. Er blickte kaum auf, als Caldus grüßte, und bedeutete ihm zu warten.

Wie alle festen Gebäude in diesem Lager war das Haus im vergangenen Frühjahr erbaut worden, um für die Bequemlichkeit der hohen Offiziere zu sorgen, während die meisten Soldaten weiterhin in Zelten hausten und sich schon allein deshalb auf die Rückkehr in die festen Standlager auf der gallischen Seite des Rhenus freuten. Doch auch die Offiziershäuser genügten kaum den Ansprüchen ihrer Bewohner. Die dünnen Wände sperrten die Nachtkälte nur unzureichend aus, und der häufige Regen tat ein Übriges, selbst wenn sie in diesem Sommer glimpflich davongekommen waren.

»Tribun!«

Caldus fuhr herum und fand sich Auge in Auge mit dem Legaten, der eine Miene zog, als hätte er in etwas Saures gebissen.

»Es tut mir leid, ich ... war in Gedanken«, stammelte Caldus.

Valas Mundwinkel zuckten. »Ich werde später nachkommen, wenn die Frage geklärt ist, wie die Versorgung der zusätzlichen Pferde abgewickelt wird. Pass also gut auf, damit du mich in Kenntnis setzen kannst. Und noch eins!« Der Legat hob warnend den Zeigefinger. »Halte dich mit deinen Weisheiten zurück, Gaius Caelius! Dies ist dein erstes Jahr beim Heer, und der Statthalter hat deinem Vater versprochen, dafür zu sorgen, dass ein ordentlicher Offizier aus dir wird – kein vorlauter Klugscheißer! Haben wir uns verstanden?«

»Ich bin kein ungebildeter Narr, Quintus Numonius!«, entgegnete Caldus.

»Das wohl nicht, aber du hast dich erst kürzlich dem Spott der Truppe ausgesetzt, und da ich für dich geradestehen muss, fordere ich dich auf, in Zukunft den Mund zu halten und zu lernen, anstatt dich wichtigzutun.«

Heiß stieg Caldus das Blut in die Wangen. Es beschämte ihn, dass auch Vala ihn für einen nutzlosen Dummkopf hielt, der den alten Kämpen nur im Weg herumstand. Tribune wie er, meist Söhne einflussreicher Senatoren, wurden argwöhnisch beäugt, als hätten ihre Väter sie ausschließlich zu dem einen Zweck abgestellt, um den Offizieren und Soldaten Schwierigkeiten zu machen oder sie gar zu überwachen. Caldus nickte mühsam. Ausgerechnet von Vala, der dem Senat näherstand als die meisten anderen Offiziere, hatte er diese Einschätzung nicht erwartet.

»Und jetzt mach, dass du ins Stabsgebäude kommst, Tribun!«, setzte Vala nach. »Sonst kommst du obendrein zu spät.«

Als Caldus den Besprechungsraum betrat, blickte der Statthalter auf und nickte ihm stirnrunzelnd zu. Bei ihm waren die beiden Lagerpraefecten Lucius Eggius und Sextus Ceionius, denen anzusehen war, dass es sich um eine dringende Angelegenheit handelte. Caldus blieb stehen, denn obwohl er insgeheim noch immer bebte wegen der Kränkung, wollte er nicht ungeduldig erscheinen.

»Wenn wir einen Teil des Trosses verschiffen, wird das Heer zügiger vorankommen«, erklärte Eggius gerade, »und das kann entscheidend sein, falls wir einen Schlag gegen die Barbaren führen müssen. Belagerungsgerät werden wir dafür nicht benötigen, und die Zahl der schweren Geschütze dürfen wir getrost gering halten.«

Der Statthalter rieb sich stirnrunzelnd das Kinn und musterte die beiden Lagerpraefecten. »Das erscheint mir durchaus vernünftig, zumal wir dadurch vermeiden, dass die langsamen Trossteile den Heereszug zerteilen.«

»Man sollte eine oder zwei Alen abstellen, den Tross zu begleiten«, fügte Ceionius hinzu.

Caldus reckte den Hals, damit ihm nichts entginge. Die Gelegenheit, Ohrenzeuge wichtiger Entscheidungen zu werden, ergab sich für ihn nicht oft; üblicherweise setzte man ihn in Kenntnis über Entscheidungen und erteilte ihm Aufgaben wie einem Schuljungen.

Wie einem Schuljungen. Vala hatte recht. Schließlich fehlte ihm jede Erfahrung.

»Um berittene Truppen zu verladen, brauchen wir allerdings mehr Schiffe als für Fußtruppen«, entgegnete Varus.

»Das ist richtig. Dafür sind Reiter beweglicher. Wenn sie dem Lauf der Lupia folgen, während die Legionen und der Hauptteil der Hilfstruppen auf den alten Straßen die Berge entlangmarschieren, treffen wir fast gleichzeitig in den Gebieten der Aufrührer ein.«

Caldus trat zu den beiden Lagerpraefecten, doch obwohl sich die Worte in seiner Kehle zu stauen schienen, schwieg er, als ihm bewusst wurde, dass er sich ungefragt in ihr Gespräch hatte einmischen wollen.

»Nun?«, sagte Varus zu ihm und hob einladend die Hände.

Caldus räusperte sich. Die Lupia. Er hatte vor wenigen Stunden erst mit einem der Proviantmeister darüber gesprochen. »Ich möchte nicht anmaßend erscheinen, aber ... es gibt eine Sache, die euren Plan zunichtemachen könnte.«

Alle Augen richteten sich auf Caldus, der spürte, dass ihm das Blut ins Gesicht stieg.

»Und das ist was?«, tönte Varus' dunkle Stimme durch den Raum.

»Die Lupia hat wenig Wasser«, stieß Caldus hastig hervor. »Es war ein trockener Sommer, die Brunnen sind versandet, viele Quellen und Bäche versiegt. Kürzlich gab es Verzögerungen bei einzelnen Lieferungen, die damit begründet wurden, dass die Lupia teilweise nicht mehr schiffbar sei.«

Eggius zog die Stirn in so bedrohlich scharfe Falten, dass Caldus die Schultern hochzog und schluckte, denn diese alten Kämpen, die ihre Narben in der vordersten Linie erworben hatten, flößten ihm Hochachtung ein.

»Man sollte sich zumindest vergewissern, bevor man den Tross losschickt«, fügte er leise hinzu.

»Er hat recht«, sagte Varus. »Ich bin jedoch sicher, dass Sextus Ceionius und Lucius Eggius diese Frage bedacht haben.«

Es wurde sehr still, und Ceionius räusperte sich gedehnt. Insgeheim genoss Caldus die Genugtuung, dass der Lagerpraefect offenbar ausgerechnet diese einfachste aller Aufgaben nicht erledigt hatte.

»Es würde etwa einen Tag dauern, diese Frage zu klären«, sagte Caldus nun etwas sicherer.

»Sagen wir zwei Tage, bis wir die Entscheidung fällen können«, entgegnete Varus. »Ich werde darüber nachdenken, Tribun.«

Er schnippte nach einem Sklaven, der ein Tablett mit bronzenen Bechern trug und jedem der Anwesenden einen anbot. Ceionius straffte sich und verließ nach einer Entschuldigung mit auffallend gehemmten Schritten den Raum, während Eggius, die Stirn noch immer kraus und düster, sich auf einem der Sessel niederließ und die ausgestreckten Beine kreuzte.

Caldus stand allein, als Vala eintrat, in seinem Gefolge die übrigen Legaten, Tribune und ranghöchsten Centurionen. Auch Ceionius kehrte zurück, mit ihm ein hochgewachsener, ungeschlachter Mann, dessen hellbraunes Haar zu einem dünnen Knoten aufgedreht war. Die Mienen der übrigen Offiziere zeigten deutlich, wie sehr sie die Anwesenheit eines Barbaren in ihrer Runde missbilligten; auch Varus wirkte über die neuerliche Störung der gewohnten Abläufe verärgert.

»Mein Name ist Iulius Segestes, ich bin Führer einer Truppe von Kundschaftern und Pfadfindern, und mein Sohn Iulius Segimundus dient als Priester des Augustus und der Roma in der Stadt der Ubier«, begann der Cherusker nach einer tiefen Verneigung mit belegter Stimme. »Ich bitte um die Gunst, angehört zu werden, Publius Quinctilius, Statthalter des Caesar.«

Es dauerte eine Weile, bis Varus ihm einladend die geöffnete Rechte entgegenstreckte, doch der Barbar zögerte.

»Die Nachricht erfordert Vorsicht«, sagte er. »Wenn es möglich ist ...«

Varus musterte ihn einige Atemzüge lang, während sich ringsum leises Murren erhob. Das Ansinnen, den Statthalter allein zu sprechen, war mehr als dreist.

»Es ist sehr wichtig, Statthalter des Caesar!«, drängte der Barbar.

Varus zog die Brauen hoch und erhob sich. »Dann erledigen wir das nebenan«, sagte er und ging voran in den nächsten Raum. Ein Wink zeigte Caldus, dass er ihm ebenso folgen solle wie Ceionius. Verblüfft zögerte Caldus einen Augenblick, ehe er hinter dem Statthalter her hastete.

Als sie den Nebenraum betreten hatten, schickte Varus mit schnellen Handbewegungen Gefreite und Sklaven hinaus. Ihm waren nur ein gut gekleideter Freigelassener gefolgt, der sich unauffällig im Hintergrund hielt, und zwei Leibwächter, die sich neben der Tür aufpflanzten.

»Gibt es Neuigkeiten aus den Gebieten der Brukterer und Tubanten? Willst du ein gutes Wort für deinen Sohn einlegen? Oder warum bist du hier, Segestes?«

Der Barbar schien zu zögern, schüttelte dann langsam den Kopf; schließlich trat er einen Schritt vor und blickte Varus eindringlich an. »Du solltest dich hüten vor den Umtrieben der Fürsten der Cherusker. So mancher, der dir als Offizier Gehorsam schuldig ist, spinnt hinter deinem Rücken aufrührerische Pläne.«

Augenblicklich herrschte Stille im Raum.

»Das sind schwerwiegende Anschuldigungen«, brachte Varus nach einer Weile hervor. »Erkläre dich, Segestes!«

»Du solltest alle Fürsten der Cherusker verhaften lassen, sowohl diejenigen, die dir als Offiziere dienen, als auch diejenigen, die in ihre Burgen zurückgekehrt sind, nachdem sie dir huldigten. Denn sonst wirst du keinen Aufstand niederschlagen, sondern durch einen zugrunde gehen! Du und ein Großteil deines Heeres!«

»Keine leeren Anklagen! Nenne mir Namen! Dann werden wir weitersehen.«

»Nur wenige sind nicht beteiligt. Du solltest jeden von uns in Ketten legen lassen. Mich eingeschlossen.«

Caldus hatte es den Atem verschlagen, und Ceionius sank in einen der Sessel wie ein Stein, der im Wasser unterging. Segestes hingegen stand stocksteif da.

»Dich eingeschlossen?«, fragte Varus. »Klagst du dich selbst an?«

»Ich klage mich an, zu lange geschwiegen zu haben, weil ich mir zu sicher war, dass die Verschwörer nicht imstande wären, genügend Fürsten heimlich um sich zu scharen. Doch es ist ihnen gelungen, Publius Quinctilius! Sie haben ihr Netz ausgelegt und lauern bereits im Hinterhalt.«

»Wer, Segestes?«, rief Varus dröhnend. »Wer lauert bereits im Hinterhalt? Und wo?«

Der Barbar atmete sichtlich schwer, seine Kiefer arbeiteten, seine Kehle hüpfte. »Das Geschlecht des Segimerus ist führend an den Plänen beteiligt«, sagte er tonlos, »ebenso diejenigen unter den Anführern der barbarischen Hilfstruppen, die aus seinem Hause stammen wie sein gleichnamiger Neffe und sein ältester Sohn Arminius. Außerdem –«

»Halt!«, unterbrach Varus ihn, leise, aber scharf. »Wiederhole, was du soeben sagtest!«

Es schien kälter geworden zu sein; Caldus fröstelte. Dieser Barbar verleumdete seine Landsleute – eine andere Deutung dieser ungeheuerlichen Aussage konnte es nicht geben. Arminius war der beste Mann, den sie hatten. Mit eigenen Augen hatte Caldus sich davon überzeugen können.

»Es ist die Wahrheit, Publius Quinctilius!«, setzte Segestes nach. »Arminius ist das Haupt der Verschwörer, die euch aus dem Land zwischen Albis und Rhenus vertreiben wollen!«

IV

Das ist ungeheuerlich!« Varus' donnernde Stimme ließ Vala in der Tür zurückprallen. Der Statthalter stand zwei Schritt vor dem Barbaren, den er wohl soeben angehört hatte, ballte die Fäuste, und seine Augen sprühten dunkle Funken. Vala sah Caldus unter den wenigen Offizieren, die Varus in diesen Raum beordert hatte, und ging zu ihm hinüber. Die Miene des jungen Tribuns war blass und angespannt.

»Was hat er gesagt?«, flüsterte Vala.

»Dass barbarischen Hilfstruppen eine Meuterei beabsichtigen«, presste der Tribun hervor.

»Eine ... was?«

Caldus nickte steif. »Und zu den Anführern gehöre Arminius.«

Vala wischte sich mit der Hand über die Stirn, als könnte er damit Ordnung in die Gedanken bringen, die wie ein aufgescheuchter Vogelschwarm in ihm schwirrten und sich nicht fassen ließen.

»Das ist doch Irrsinn«, murmelte er, doch Caldus bedeutete ihm mit einem eindringlichen Kopfschütteln zu schweigen. Erst jetzt wurde Vala das Murmeln und Flüstern ringsum bewusst.

»Kannst du Zeugen vorweisen?«, bellte Varus, und der Barbar schien unter seiner Stimme einzuknicken.

»Secutus, Soldat aus der Dritten Turma der Germanischen Ala des Arminius«, entgegnete Segestes hastig.

»Wir befragen zunächst einmal die Beschuldigten«, entgegnete Varus. »Mögen dir die Götter gnädig sein, Segestes, wenn sich deine Worte nicht bestätigen.«

Nicht alle Offiziere des Stabes waren in diesem Raum versammelt, aber doch einige der wichtigsten, und während die Stimmen allmählich leiser wurden, näherte sich draußen auf dem Gang das Getöse genagelter Stiefel, das vor der großen Doppelflügeltür abrupt verstummte, abgelöst von einem hallenden Pochen. Die Türflügel schwangen auf, und vier bullige Praetorianer marschierten herein, in ihrer Mitte Arminius. Der Cherusker hielt sich kerzengerade und seine Miene war verhärtet. Als sie in ehrerbietigem Abstand vor dem Statthalter stehen blieben, verschränkte er die Arme vor der Brust. Nach ihm wurden weitere Offiziere und Anführer der Barbaren hereingeführt, darunter auch der blonde Segimerus, der düster vor sich hin stierte.

Vala zog die Brauen zusammen und deutete auf Arminius. »*Er* soll ...?«

Als Caldus nachdrücklich nickte, wie um ihn damit zum Schweigen zu bringen, verengte Vala die Augen; Zorn gärte in ihm. Dass Varus ausgerechnet diesen unerfahrenen kleinen Tribun mit hineingewunken hatte und nicht ihn, den ranghöheren Legaten, verletzte seinen Stolz. Er heftete den Blick auf den trotzigen Barbaren, den Varus schweigend musterte.

Erst nach einer Weile, die Vala endlos erschien, deutete Varus auf Segestes.

»Dieser Mann, Iulius Segestes, Führer einer Einheit von Kundschaftern, Vater eines Priesters für Augustus und Roma am Altar der Ubier, hat schwere Vorwürfe gegen dich erhoben, Tribun Arminius.«

Arminius ließ die Arme fallen und drehte sich zu dem Ankläger um, und Vala glaubte, ein flüchtiges Lächeln auf den Zügen des Barbaren zu erkennen.

»Er beschuldigt dich, an den Plänen zu einer Meuterei beteiligt zu sein und dich mit Fürsten verschworen zu haben, um die Stämme zu Aufständen anzustacheln.«

Ein Zischen flog durch den Raum. Vala fröstelte. Er wusste von den Erhebungen der Barbaren in der Vergangenheit, er kannte ihre wilde Grausamkeit, ihre unbeugsame Entschlossenheit, die nur durch die Anwendung äußerster Gewalt niedergeschlagen werden konnten.

»Das ist also die Anklage, die mein Freund und Verwandter Segestes gegen mich erhebt, Publius Quinctilius?«, fragte Arminius, und als Varus nickte, seufzte er und blickte ihm in die Augen. »Die hier anwesenden Offiziere deiner Hilfstruppen haben sich gegen dich verschworen und ein geheimes Bündnis mit den unzufriedenen Fürsten verschiedener Stämme geschlossen. Deine Legionen sollen auf dem Marsch zu den festen Lagern an den gallischen Ufern des Rhenus angegriffen und zerschlagen werden. Dann wird ein schneller Vorstoß tief in das ungeschützte Gallien erfolgen. Die Beute ist bereits verteilt. Auf den Trümmern eurer Herrschaft werden wir ein Königtum errichten, neben dem Maroboduus' Reich wie ein Schweinekoben aussehen wird. Und die römische Herrschaft diesseits des Alpengebirges wird nur noch der Schatten einer Erinnerung sein. Unsere Namen werden auf alle Zeit von unseren Nachfahren besungen werden, während dein Name, Publius Quinctilius, mit der Schande der schlimmsten Niederlage, die dem römischen Heer je zugefügt wurde, befleckt sein wird.«

Vala krampfte die Hände um den Gürtel. Die Kühnheit

dieses Mannes, der Varus fast herausfordernd anschaute, erschien ihm ungeheuerlich. Alles in ihm wehrte sich gegen den Gedanken, dass die Anschuldigungen wahr sein könnten, und als er einen raschen Blick auf das Gesicht des Statthalters warf, sah er darin ein Echo seiner Gedanken.

»Das glaubst du?«, setzte Arminius plötzlich nach.

Er schüttelte den Kopf und das bekannte spöttische Lächeln spielte um seine Mundwinkel. Dann wandte er sich zu Segestes um. »Mir ist ja seit Langem bekannt, dass du mir nachstellst. Aber dass du solch eine dreiste Unterstellung nicht nur unter deinen Vertrauten verbreitest, sondern dem Statthalter vorträgst, hätte ich nicht erwartet. Was versprichst du dir davon? Dass Publius Quinctilius dir glaubt, mich vernichtet und dir an meiner Stelle sein Vertrauen schenkt? Einem Verleumder?«

Vala bemerkte, dass Caldus von einem Bein aufs andere trat, als beschäftige ihn etwas. Wenn der junge Kerl bloß den Mund hielte, bis sie den Raum verlassen hätten! Die Stille lastete auf Valas Brust, sodass er den tiefen Atemzug des Statthalters mit Erleichterung vernahm.

»Ich betrachte die Klage als erledigt«, sagte Varus kühl, da trat Caldus hastig einen Schritt vor.

»Lassen wir demnach außer Acht, dass Segestes ausdrücklich sagte, er selbst wolle ebenfalls verhaftet werden?«

Ehe Vala etwas einwenden konnte, lachte Arminius grimmig auf. »Ein guter Vorschlag! Und am besten steckt man ihn mit mir zusammen in dasselbe Loch!«

Auch Vala stimmte in die allgemeine Heiterkeit ein, nur Caldus hob mahnend die Rechte. »Wir sollten den Zeugen vernehmen, von dem Segestes sprach, diesen ...« Er schaute zu Segestes, der seine Blicke auf den jungen Tribun richtete, als erhoffte er sich Rettung von ihm.

»Secutus«, sagte der Barbar. »Dritte Turma der Ala unter dem Befehl des Iulius Arminius.«

Caldus wandte sich dem Statthalter zu. »Warum lassen wir diesen Mann nicht einfach –«

»Schweig!«, zischte Vala. »Wir haben genug gehört!«

Auch Varus bedachte den jungen Offizier mit einem scharfen Blick. »Wenn ein Kläger sich als Verleumder erwiesen hat, dann ist auch derjenige, den er als Zeugen aufruft, nicht glaubwürdig.«

»Genau das gälte es doch –«

»Es reicht!«, blaffte Varus, dann wies er auf Segestes. »Nehmt den Mann in Haft! Wir werden in Vetera entscheiden, wie mit ihm zu verfahren ist.«

Voller Genugtuung beobachtete Vala, dass der junge Tribun dastand wie ein gemaßregelter Schuljunge. Irgendwann würde er schon lernen, seine krausen Gedankengänge zu zügeln. Er blickte auf, als Arminius die Arme hob.

»Verzeih mir, Publius Quinctilius, wenn ich dich in dieser Sache nochmals anspreche«, begann er. »Ich halte es für unnötig, Segestes mitzunehmen. Die Angelegenheit ist nicht dringlich, zumal Segestes' Sohn, der in der Stadt der Ubier weilt, leicht als Pfand dienen kann. Außerdem weißt du ja, dass du, solange die Fürsten der Stämme untereinander zerstritten sind, nichts zu befürchten hast, und ihre Zerstrittenheit wurde dir soeben wieder deutlich vor Augen geführt.«

»Wir sollten ihn hierlassen«, mischte sich Vala ein. »Seine Truppe gehört zu denen, die Befehl haben, dieses Lager über den Winter zu sichern. Für die brauchen wir sonst einen neuen Anführer.«

»Den die Männer nicht ohne Weiteres akzeptieren werden«, entgegnete Arminius. »Doch das ist eine Frage, die

Publius Quinctilius und die Legaten zu einem andern Zeitpunkt entscheiden können.«

Varus ließ Segestes abführen und verschob den Rest der Besprechung auf den späten Nachmittag, bevor er die Runde auflöste. Ohne auf den Tribun zu warten, machte sich Vala auf den Weg zur Tür und bemerkte grimmig die raschen Schritte, die ihm nach kurzem Zögern folgten. Draußen auf dem Gang fuhr er herum.

»Ich dachte, ich hätte mich heute Morgen klar ausgedrückt«, blaffte er.

Durch Caldus' Körper ging ein Ruck. »Ich hätte mich gerne vergewissert, weil ich einen Verdacht habe, der –«

»Einen Verdacht? *Du* hast einen Verdacht?« Wütend blies Vala den Atem durch die Nase. »Es wäre klüger, einen Verdacht so lange für sich zu behalten, bis er sich erhärtet.«

»Deshalb habe ich beantragt, den Zeugen vernehmen zu lassen«, entgegnete Caldus. »Vor einigen Tagen wurde ein Hilfstruppensoldat namens Secutus vermisst gemeldet. Ich war zufällig anwesend, als die Meldung hereinkam.«

»So, so. Du warst zufällig anwesend.« Vala gab seinen Worten eine gehässige Betonung. »Aber statt zuerst zu überprüfen, ob an der Sache etwas dran ist, stellst du frech Anträge. Wie ihr das nun einmal so macht, ihr edlen Söhne edler Senatoren.«

Schnaubend drehte Vala sich um, marschierte mit forschen Schritten den Gang hinunter. Die Genugtuung darüber, den jungen Schnösel gründlich zurechtgestutzt zu haben, schnitt ein dünnes Grinsen in seine Mundwinkel.

*

Mit einem mulmigen Gefühl betrat Annius den Speicher. Soldaten, Gefreite und Sklaven eilten an ihm vorbei, um Säcke und Kisten mit Vorräten zu verladen. Ihre Stimmen hallten in dem riesigen Gebäude wider, der Geruch des Getreides raubte ihm den Atem, Staub vernebelte die Luft, kitzelte in der Nase und trocknete den Mund aus. Lange hatte er damit gewartet, für das Mädchen und sein Gepäck einen Platz im Tross zu finden, nun war es vielleicht zu spät. Oder es würde teuer werden, und dann konnte er sie ebenso gut laufen lassen, denn auch um einen Käufer zu finden, reichte die Zeit wohl nicht mehr. Zumindest nicht dafür, einen zu finden, dem er sie guten Gewissens anvertrauen konnte. Irgendeinen fand man immer bei einem so jungen Ding, aber lieber würde er sie laufen lassen. Obwohl selbst das keine Lösung war, denn was blieb einem Mädchen, das weit weg von zu Hause in einer Siedlung wie dieser ausgesetzt worden war? Er schüttelte den Kopf, als könnte er sich damit von den Gedanken befreien, die unweigerlich aus dieser Feststellung folgten. Es würde schon irgendwie gut gehen.

Einer seiner Kameraden, dem er das anzügliche Grinsen am liebsten aus dem Gesicht geprügelt hätte, hatte ihm schließlich den Namen eines Gefreiten im Trossdienst genannt, der ihm vermutlich weiterhelfen könnte.

Er schaute sich im trüben Zwielicht um, sprach einen der Träger an. »Quintus Statilius suche ich.«

Der Mann wies mit einem Rucken des Kopfes hinter sich. »Der Grauhaarige dahinten«, brummte er und keuchte unter der Last der Kiste auf seiner Schulter. »Der mit der blauen Tunica und der großen Nase.«

Annius bahnte sich einen Weg zwischen den Männern, und wenn sein Blick ein blaues Hemd fand, spähte er nach der Nase im dazugehörigen Gesicht. Endlich entdeckte er in der Nähe eines Hinterausgangs einen älteren Mann, der in die Durchsicht von Wachstafeln vertieft war und dessen

Nase wie ein Mauervorsprung aus einem ansonsten platten, abgestumpft wirkenden Gesicht ragte.

»Quintus Statilius?«

Der Mann blickte ihm entgegen. »Was gibt es?«

Annius stellte sich kurz vor, bevor er auf sein Anliegen zu sprechen kam. »Ich brauche einen Platz im Tross für ein Mädchen und ein bisschen Gepäck.«

»Da musst du meine Frau fragen, die regelt das«, erwiderte der Mann und senkte seine Nase wieder in die Wachstafeln.

»Und wo finde ich deine Frau?«

»Sie wohnt neben der Taberna des Volutus. Frag nach Flavia Amra.«

Verdrossen machte Annius kehrt und beeilte sich, zum Haupteingang zurückzukehren. Die Taberna des Volutus war eine beliebte Anlaufstelle für Soldaten, die zwischen Feierabend und Torschluss ein schnelles Vergnügen suchten. Volutus' Schankmädchen waren billige Viertelashuren, die unverzüglich zur Sache kamen und sich sauberer hielten als die Weiber in anderen Lupanaren. Das verhieß nichts Gutes für Rufilla.

Als er die Tür neben dieser Taberna nach kurzem Anklopfen aufdrückte, wäre er beinahe gegen eine Frau geprallt, die aus großen, schwarzen Augen zu ihm aufsah. Sie mochte im vierten Lebensjahrzehnt stehen, eine kleine, zierliche Frau, die so gar nicht in diese Nachbarschaft passte. Sie war von Kopf bis Fuß in einen dunklen Mantel eingehüllt, unter dem das streng zurückgekämmte Haar verschwand.

»Ich suche Flavia Amra, die Frau des Quintus Statilius.«

»Du stehst vor ihr«, entgegnete sie ein wenig schroff. Ihre Stimme war ungewöhnlich dunkel, und ihrem Tonfall nach stammte sie aus dem Osten des Imperiums. Mit wenigen Worten stellte er sich vor und nannte seinen Wunsch.

»Ich habe keinen Platz für Huren«, war die Antwort.

Als sie versuchte, sich an ihm vorbeizuschieben, verstellte er ihr den Weg.

»Rufilla ist keine Hure!«

»Nicht?« Die Frau verengte die Augen. »Ich habe eine Tochter und eine Sklavin. Wir sind anständige Leute. Ich will kein Luder bei mir haben, das den Lumpen rundum schöne Augen macht und uns Schande.«

»Sie ist einfach nur ein Mädchen. Eine Sklavin. Ich ...« Er biss sich auf die Unterlippe. Dass er sie einem verrufenen Sklavenhändler beim Würfelspiel abgeluchst hatte, gälte vor dieser Frau sicherlich nicht als Empfehlung. »Ich möchte, dass sie die Reise wohlbehalten übersteht.«

»Ich will sie sehen.« Amra langte nach einem Korb, der auf einem Bord neben der Tür stand; dabei entblößte sie einen schlanken Unterarm mit einem dicken bronzenen Armreif, in dem Münzen klingelten. »Am besten jetzt gleich. Ich bin ohnehin auf dem Weg zum Markt.«

Annius war unwohl bei dem Gedanken, diese Frau, die ihn unverwandt ansah, zu dem schäbigen Kämmerchen zu führen, in dem Rufilla lebte. Ihm wurde bewusst, wie reinlich Amra war. Es duftete nach frischem Brot und Kräutern; Schweiß, Staub und Asche schien es hier nicht zu geben. Dann nickte er entschlossen, ihm blieb ohnehin keine andere Wahl.

»Geh voraus«, sagte sie. »Ich folge dir.«

Da die Herberge des Pacuvius sich auf der anderen Seite des Lagers befand, hatten sie einen längeren Weg zu gehen. Amra hielt sich streng verhüllt und mit gesenktem Kopf stets einige Schritte hinter Annius, oft auf der anderen Seite der Straße, als hätte sie nichts mit ihm zu tun, und hing ihm dennoch beharrlich an den Fersen. Sie schien ihm züchtiger als die achtbaren Matronen in seiner Heimatstadt, die keinen Schritt vor die Tür taten ohne die Begleitung einer Sklavin.

Erst als sie die Herberge erreicht hatten, schloss sie zu ihm auf, bis sie schließlich vor der Tür der Kammer standen, die unaufgefordert aufgerissen wurde. Drinnen stand Rufilla und erstarrte, als sie Annius' Begleiterin sah. Ungefragt betrat Amra die Kammer und schaute sich darin um, ohne das Manteltuch vom Kopf zu ziehen, wandte sich dem Mädchen zu, das sie argwöhnisch beäugte.

»Dein Herr will, dass du mit mir und meiner Familie im Tross mitgehst. Wirst du mir gehorchen, wie du ihm gehorchst?«

Annius fing den schnellen Blick des Mädchens auf, der Hilfe suchend zwischen ihm und der Frau hin und her flog. Als er langsam den Kopf senkte, um sie zu beruhigen, sah sie die Frau an und nickte. Amra strich ihr über die Wange.

»Friede mit dir«, sagte sie leise, ehe sie sich Annius wieder zuwandte. »Sie kann auch gleich mitkommen in unser Haus, das würde weniger Umstände machen.«

»Wir müssen noch über den Preis reden«, erwiderte er.

»Darüber mach dir keine Sorgen. Ich kann mir denken, was der alte Pacuvius dir für dieses Kämmerchen abnimmt, und versichere dir, dass du keinen Schaden dadurch erleiden wirst, sie mir anvertraut zu haben.«

Um einige Denare und eine große Sorge erleichtert kehrte Annius bei Sonnenuntergang ins Lager zurück. Als er in die Gasse einbog, an der das Quartier lag, das er mit Sabinus teilte, rannte ihm ein Soldat entgegen und winkte.

»Du wirst ins Stabsgebäude beordert, Titus Annius«, rief

der Bote, noch ehe er ihn erreicht hatte. »Man hat vergessen, dir die Order für den morgigen Tag auszuhändigen.«

»Das hat doch sicher Zeit bis morgen früh«, entgegnete Annius anstelle eines Grußes.

Atemlos schüttelte der Bote den Kopf. »Du solltest lieber jetzt noch gehen. Ich muss weiter. Du bist nicht der Einzige, dem ich diese Mitteilung zu machen habe.«

Annius ließ die Schultern hängen und drehte um, kehrte zur Hauptstraße des Lagers zurück und trottete zum Stabsgebäude, das er bald darauf durch einen der beiden Seiteneingänge betrat. Zielstrebig hielt er auf den Raum zu, in dem er den zuständigen Obergefreiten wusste, passierte die dunklen Türhöhlen zweier leerer Besprechungsräume und rutschte plötzlich aus. Hastig hielt er sich an der Wand fest und fluchte lautlos.

»Ich war vollkommen schockiert, mein lieber Freund!«, sagte eine dunkle Stimme, nur wenige Schritte entfernt.

Annius grinste schief. Dass ausgerechnet der Statthalter die passenden Worte fand! Vorsichtig belastete er den Knöchel und war erleichtert, keinen Schmerz zu empfinden.

»Es gab nichts, was ich auf diese Anschuldigung hätte erwidern können«, antwortete eine jüngere Stimme, an der Annius den Tribun Arminius erkannte. »Deshalb bin ich gekommen, um dir für dein Vertrauen zu danken und dir meine Ergebenheit zu zeigen.«

»Das ist nicht nötig, Arminius«, wehrte Varus ab.

Annius lehnte sich an die Wand und erstarrte bei dem Gedanken, dass der Statthalter oder der barbarische Tribun auf den Gang hinaustreten und ihn beim Lauschen ertappen könnten. Er hielt den Atem an, entließ zögernd die Luft.

»Doch, diese Gabe ist gewissermaßen nötig«, sagte Arminius. »Sie kommt aus tiefstem Herzen. Diesen Dolch trug einst ein Fürst der Dalmater, den ich im Kampf bezwang. Dafür wurde mir sein Dolch als Siegespreis zuerkannt.«

Raschelndes Tuch weckte Annius' Neugier. Vorsichtig lugte er um die Ecke, durch den Türspalt, erkannte Varus' kantiges Gesicht und den Barbaren, der ihn um fast Hauptеslänge überragte. In Arminius' Händen lag die Waffe, über die sich beide beugten. Gold glänzte auf.

»Ich möchte diesen Dolch bei dir wissen«, sagte Arminius, »als Zeichen meines Dankes für dein Vertrauen.«

Anerkennend die Lippen schürzend drehte Annius sich wieder um. Ein hübsches Stück, soweit er das beurteilen konnte. Sicherlich wertvoller als ein junges Mädchen, bemerkte er schief grinsend, und obendrein eines, das einem keine Sorgen bereitete. Leise ging er ein Stück zurück und trat auf den Hof hinaus, um unbemerkt den Weg zu seinem Ziel fortzusetzen.

Als Annius mit den Tafeln und Heften, die ihm vom zuständigen Obergefreiten ausgehändigt worden waren, in sein Quartier zurückkehrte, fegte Sabinus gerade den Wohnraum. Im Herd knisterte die Glut unter einem Dreifuß mit einem dampfenden Topf, der Tisch war schon gedeckt. Annius roch die Mischung aus Speck, Zwiebeln und gequollenem Getreide. Knoblauchduft lockte ihn zum Tisch, auf dem eine Schale voll zerriebenem, mit Kräutern und Gewürzen vermischtem Käse stand. Vielleicht sollte er ihm als Zeichen der Dankbarkeit seinen Dolch überreichen, wie es Tribun Arminius beim Statthalter getan hatte. Doch als er den Schatten auf Sabinus' Stirn bemerkte, verschluckte er den Scherz, der ihm auf der Zunge lag.

»Wo hast du dich herumgetrieben?«, blaffte Sabinus. »Wir hatten eine Abmachung.«

»Es tut mir leid, dass ich länger ausgeblieben bin.«

»Dass du die Bude nicht gerne aufräumst, weiß ich ja inzwischen, aber dass du mich nachmittags mit den Abrechnungen alleine gelassen hast, das nehme ich dir übel!«

Ein drohend ausgestreckter Zeigefinger stieß in Annius' Richtung, dass er beschwichtigend die Hände hob. »Es tut mir leid. Ich übernehme die nächsten Tage das Kochen und Abwaschen, einverstanden?«

»Lieber nicht«, knurrte Sabinus. »Was du zusammenpanschst, ist ungenießbar, und außerdem musst du ja abends dein Täubchen besuchen.«

Schweigend blickte Annius seinen Stubengenossen an und hoffte, dass Sabinus' Unmut sich legte.

»Man fragt sich halt, was du jeden Tag bei ihr treibst, wenn du nie etwas erzählst«, fuhr dieser unwirsch fort. »Du wirst ihr ja wohl kaum beim Wäschewaschen zusehen. Entweder willst du uns nicht neidisch machen, oder das Mädchen ist der Reinfall deines Lebens.«

»Benimm dich nicht wie ein eifersüchtiges Weib!«, platzte Annius heraus.

Sabinus drehte sich wortlos um und stapfte hinaus. Während er noch im Vorraum polternd die Sandalen vom Bord fallen ließ, klappte die Tür zu, und Annius war mit dem Abendessen allein. Die Welle bitterer Galle, die in ihm aufgestiegen war, verebbte. Unschlüssig sank er auf seinen Schemel, legte die Unterarme rechts und links seines Napfes auf den Tisch und senkte den Kopf.

Ein feines Zischen warnte ihn. Der Geruch angebrannten Getreides streifte seine Nase. Rasch erhob er sich, eilte zum Herd und griff nach dem bereitliegenden Holzlöffel, um den Getreidebrei umzurühren, der schon dicke Blasen warf. Am Boden des Topfes klebte spürbar eine feste Masse. Annius seufzte, legte ein Leintuch um den Rand des Topfes und trug ihn zum Tisch. Sabinus war sicherlich ebenso hungrig wie er selbst, dem beim Duft von Grütze, Zwiebeln und gewürztem Käse schon fast schmerzhaft das Wasser im Mund zusammenlief.

Anstatt sich den Teller zu füllen, wartete Annius, warf immer wieder einen Blick zur Tür, lauschte auf Geräusche im Vorraum. In den letzten Tagen hatte er sich Sabinus gegenüber tatsächlich unzuverlässig verhalten, eigentlich seitdem das Mädchen in seinen Besitz gelangt war.

Er hatte noch nie selbst einen Sklaven gehabt, obwohl in seinem Elternhaus die meisten Bediensteten nie in den Genuss einer Freilassung gekommen waren. Sklaven kümmerten sich um das Geschäft des Vaters, versorgten den Haushalt der Mutter, nährten und erzogen die Kinder. Die Eltern ihrerseits trugen von jeher Sorge um das Wohl ihrer Sklaven, denn sie waren auf diese angewiesen. Ohne darüber nachzudenken, war er mit dem Mädchen genauso verfahren und fand sich nun in einer wenig angenehmen Lage. Denn allen Verpflichtungen zu entsprechen, dazu fehlte ihm schlicht die Zeit.

Sabinus war zu Recht verärgert.

Annius schaufelte zwei Löffel Grütze in seinen Napf, brach ein Stück vom bereitliegenden Brot ab, tauchte es in die Käsemasse und biss davon ab. Sabinus machte ein vorzügliches Moretum. Er achtete darauf, frischen Ziegenkäse zu ergattern, sammelte und schnitt die Kräuter selbst, und sooft er Knoblauch kaufte, rollten die Händler die Augen, wenn er sich ihrem Stand nur näherte, so streng wählte er aus.

Während sein Blick ziellos durch die Stube streifte, löffelte Annius ein wenig von der Grütze. Die Borde waren bereits geräumt, ihre Habseligkeiten in Kisten und ihre Kleidung in Ledertaschen gepackt. Er nahm sich vor, Töpfe und Geschirr später abzuwaschen und ebenfalls zu verstauen.

Gepolter ließ ihn aufhorchen. Nebenan stürmten mehrere Männer ihr Quartier, die Wand dämpfte kaum ihr Gelächter. Stühle wurden gerückt, etwas krachte auf eine Tischplatte. Offenbar wollten sie knobeln. Annius verzog das Gesicht bei der Aussicht auf Lärm und ging zur Herdstelle, um das Talglicht zu entzünden, da es bereits dunkelte. Das wie Brandung anschwellende und abebbende Stimmengewirr würde sicherlich bis zum Ende der ersten Nachtwache andauern und ihn vom Schlaf abhalten. Er drehte sich zum Tisch um, wo das Essen noch immer darauf wartete, angemessen gewürdigt zu werden, doch ihm stand der Sinn nicht danach, zu sehr gärte der Ärger in ihm. Einen Atemzug lang glaubte er, Sabinus' Stimme zu erkennen, wandte sich dann kopfschüttelnd ab.

Der Wassereimer war leer. Annius erstickte die Herdglut mit Sand und betrat mit dem Talglicht in der Hand den Vorraum, wo er damit eine Laterne anzündete, bevor er es sorgsam löschte und sich die Sandalen schnürte. Er nahm zwei Wasserschläuche vom Haken und verließ das Quartier.

Draußen verschwamm das letzte Abendlicht auf den Firsten und tauchte die Zelte der Gemeinen in milde Farben. Annius begab sich zum Wall, bog in die Straße ein, die daran entlang zu den Backöfen führte, wo sich einer der höher gelegenen Brunnen befand. Ein lauer Wind fuhr ihm in die Ärmel, und er legte den Kopf in den Nacken, um die wohltuend frische Luft zu atmen.

Vor dem Brunnen saß ein junger Mann auf der Bank, die hier errichtet worden war, damit diejenigen Soldaten, die damit betraut waren, die Öfen zu befeuern und das Brot zu backen, sich in ausreichender Entfernung aufhalten konnten. Im zunehmenden Dunkel konnte Annius ihn nicht erkennen, ein Dienstrang war ihm nicht anzusehen, aber seine Stiefel verrieten, dass er zu den Stabsoffizieren gehörte. Annius grüßte unsicher, bevor er den Kübel in den Brunnen hinunterließ, bis dieser mit leisem Klatschen ins Wasser tauchte. In den heraufgezogenen Kübel drückte er einen der beiden Schläuche, der sich gluckernd füllte.

»Hast du etwas davon für mich?« Der junge Offizier war aufgestanden und hielt Annius einen Becher entgegen.

»Es ist lehmig«, erwiderte Annius.

Der junge Offizier zückte ein Tuch aus den Falten seines Umhangs und legte es über den Becher, drückte es ein wenig hinein. »Das sollte als Filter genügen.«

Annius befühlte das Tuch mit den Fingerspitzen – feines Leinen, viel zu schade, um als Filter zu dienen – und er zögerte kurz, den hingehaltenen Becher zu befüllen. Der Offizier winkte ab, als der Becher halb gefüllt war, kehrte zur Bank zurück und hob dort eine Feldflasche vom Boden auf, goss etwas zu dem Wasser und trank, während er wieder zum Brunnen kam.

»Danke, Soldat – wie ist dein Name?«

Dienstbeflissen stellte Annius sich mit Rang, Truppenzugehörigkeit und Aufgaben vor, da er insgeheim fürchtete, es mit einem Schnüffler zu tun zu haben, der Soldaten, die sich nicht ordnungsgemäß verhielten, anzeigte. Umso verblüffter war er über die Antwort des jungen Mannes.

»Gaius Caelius Caldus, senatorischer Tribun der Achtzehnten – aber vergessen wir das Dienstliche.« Er hielt Annius den Becher hin.

Nach kurzem Zögern nahm Annius den Becher, feine,

dünnwandige Ware aus rotem Ton, trank einen Schluck, ließ den Wein kurz auf der Zunge liegen. Es war eine nachlässige Mischung, ein schwerer, süßer Wein mit viel Harz.

»Schmeckt es dir nicht, Gefreiter?«

»Der Wein ist ... ziemlich gut. Aber für meinen Geschmack ist zu viel Harz darin.«

»Woher willst *du* das wissen?«, spottete der Tribun.

»Mein Vater ist Weinhändler, und ich bin in seinem Geschäft aufgewachsen. Manchmal schickt er mir einige brauchbare Tropfen. Ich habe noch einen verpichten Schlauch in meinem Quartier – falls du kosten möchtest, Gaius Caelius.«

Als der junge Tribun nickte, verschlug es Annius zunächst vollends die Sprache.

»Ich habe heute ohnehin nichts Besseres vor, als mich zu betrinken«, meinte Caldus und grinste.

Annius hob fast hilflos die Hände. »Warte hier. Ich hole ihn. Und ich hole auch einen Krug, um das Wasser abzufiltern und eine gute Mischung herzustellen.« Ehe Caldus noch etwas sagen konnte, hatte er bereits die beiden Wasserschläuche ergriffen und war losgerannt.

Das Laufen tat ihm gut. Die kühle Abendluft füllte seine Lungen und zerstob die Sorge, er könnte einem schlechten Scherz aufsitzen. Im Quartier herrschte Dunkelheit; Sabinus war noch nicht zurückgekehrt. Annius leerte die beiden Schläuche in den Wassereimer, doch beim Hinausgehen zögerte er, weil ihm sein Versprechen wieder einfiel. An diesem Abend war es seine Aufgabe, für Ordnung zu sorgen.

Hastig leerte Annius seinen Napf, säuberte ihn samt dem Löffel, legte das angebrochene Fladenbrot auf die Schüssel mit dem Würzkäse, fegte rasch unterm Tisch die Krümel weg und nahm die Schüssel und zwei Krüge mit in den Vorraum, wo er den Weinschlauch aus einer bereits gepackten Kiste hervorzog.

*

Die Laterne flackerte leise. Fröstelnd hüllte Caldus sich in den Mantel, den er neben sich auf die Bank gelegt hatte. Welch eine dumme Idee! Hier saß er und wartete auf einen Gefreiten, einen einfachen Schreiber, um sich mit diesem an dessen Weinvorräten zu betrinken. Aber was konnte er Besseres tun nach einem so verdorbenen Tag? Vala hatte ihn schon vom Morgengrauen an mit lächerlichen Botendiensten beschäftigt – wie einen kleinen Gefreiten. Die Vorbereitung des Trosses hatte er beaufsichtigen und einen vollständigen Bericht vortragen müssen, wobei Vala deutlich zu erkennen gegeben hatte, dass er nicht zuhörte, um ihm danach eine Standpauke über soldatische Disziplin zu halten, die ihn vor den übrigen Anwesenden zum Narren gemacht hatte.

Jemand näherte sich im gehemmten Schritt; aufblickend erkannte Caldus den Gefreiten, Titus Annius, dem eine ausgebeulte Ledertasche von der Schulter hing. Als der Mann die Bank erreicht hatte, stellte er die Tasche darauf ab, entnahm ihr behutsam einen prall gefüllten, glucksenden Schlauch, dessen Verschluss dick umwickelt war, und einen zweiten, leeren, mit dem er zum Brunnen ging. Aufmerksam beobachtete Caldus, wie Annius das Wasser in einen Krug filterte, den Vorgang mit einem zweiten Krug wiederholte und noch einmal, nachdem er das Wasser geprüft hatte. Erst dann zog er eine zufriedene Miene und öffnete behutsam den Weinschlauch mit einem kleinen Messer. In Caldus' Vaterhaus verrichteten Sklaven diese Dienste in dafür vorgesehenen Räumen, für ihre Herren unsichtbar, und er konnte sich nicht daran erinnern, sie als Offizier je zu Gesicht bekommen zu haben. Der Gefreite benutzte den leeren Krug nun als Mischgefäß, füllte abwechselnd Wasser und Wein ein und schwenkte das Gefäß langsam im Kreise, während sich ein betörender Duft verbreitete. Dann stellte er den Krug auf der Bank ab.

»Das ist ein guter Wein aus den Hügeln bei Tarraco«, erklärte Annius. »Wir sollten ihn kurz stehen lassen, damit sich die Mischung beruhigt.«

»Glaubst du wirklich, dass das für mich eine Rolle spielt?«, entgegnete Caldus, was ihm im selben Augenblick bereits leidtat, doch das Lächeln des Gefreiten beruhigte ihn.

»Wie du möchtest, Gaius Caelius.«

Annius schenkte ihm ein, dann füllte er seinen eigenen Becher, den er ebenfalls mitgebracht hatte, schlichte irdene Ware. Sie tranken einander zu, und Caldus genoss die feine Süße, die schwere Frucht, gemildert vom Wasser. Anerkennend nickte er. Dieser Wein hellte seine Trübsal tatsächlich auf.

»Wie bist du Gefreiter geworden, Titus Annius?«

»Durch eine Verletzung.« Annius tätschelte sein rechtes Knie, an dem sich ein Schatten entlangzog. »Man musste mich zumindest zeitweilig anders einsetzen.«

»Du hast zur kämpfenden Truppe gehört?«

Der Gefreite nickte und nippte an seinem Wein.

»Sag mir, Titus Annius ...« Ein Gedanke huschte durch Caldus' Kopf. »Hast du irgendwelche Bedenken wegen des kommenden Marsches? Ein schlechtes Vorgefühl? Eine dumpfe Ahnung?«

Aufmerksam beobachtete Caldus die Miene des Gefreiten im matten Licht der Laterne, las Verwunderung daraus, aber nichts weiter.

»Warum fragst du?«

»Weil *ich* solch eine dumpfe Ahnung habe, die mich beunruhigt. Aber ich weiß nicht, was es ist. Nur dass es etwas mit den Hilfstruppen zu tun hat.«

»Was meinst du damit?«

»Wie soll ich es sagen ... Sie sind mir zu ruhig, zu diszipliniert ... Es passt nicht zu den Barbaren.«

Der Gefreite lächelte, trank einen Schluck, was Caldus ihm nachtat. »In der Pannonia waren sie ebenso diszipliniert. Ich sehe da keinen Unterschied.«

»Wahrscheinlich bilde ich mir das nur ein«, murmelte Caldus. Wieder kam er sich närrisch vor, diesmal vor einem Gefreiten, einem Mann niederen Standes.

»Es schadet nichts, wachsam zu sein, auch wenn Argwohn trügen kann«, sagte Annius.

Caldus fing seinen Blick auf, einen ruhigen, zustimmenden Blick, und nickte langsam. Schweigend saßen sie nebeneinander, nippten an ihren Bechern, schauten über die schwarzen Schattenrisse der Zeltreihen und Gebäude, des Mauerkranzes und der Türme; lauschten den Schritten der Wachmannschaften auf dem Wall, dem Klappern der Schwertgehänge, den Stimmen, die einander die Losungen zuriefen. Sie leerten einen zweiten Becher, einen dritten, und Caldus bemerkte, wie ihm auf sehr angenehme Weise die Augen schwer wurden. Der vorbereitete Wein war ohnehin versiegt.

Als er sich erhob, verschwamm alles vor seinen Augen, und er musste einen Schritt tun, um nicht umzufallen. Der Gefreite packte seinen Arm und hielt ihn fest, bis er abwinkte.

»Ich gehe jetzt in mein Quartier«, murmelte er, »sonst komme ich morgen nicht aus dem Bett.«

»Du wirst keine Kopfschmerzen haben – nicht von diesem Wein«, sagte Annius.

»Ich danke dir, Titus Annius.«

Annius nickte nur und machte sich daran, seine Sachen zusammenzupacken. Caldus verspürte das Bedürfnis, ihm auf die Schulter zu klopfen. Er hatte einen Freund gebraucht und für kurze Zeit einen gefunden, einen Mann, der einige Jahre älter war als er, aber einige Ränge geringer, der von niederer Abkunft war, aber ihm Kampferfahrung vorausgehatte.

»Wenn du Hilfe brauchst, dann wende dich an mich«, sagte Caldus rau.

Diesmal antwortete der Gefreite nur mit einem Blinzeln, schulterte die Tasche und ergriff den Stab der Laterne. »Soll ich dich begleiten?«

»Nicht nötig. Du hast einiges zu tragen.« Caldus ging ein paar Schritte, blieb dann nochmals stehen, hob die Hand zum Gruß und setzte seinen Weg fort.

In seiner Schlafkammer fand er eine Schüssel mit Wasser, in die er beide Hände tauchte, um sich das erfrischende Nass ins Gesicht zu spritzen. Er schlüpfte aus Tunica, Hemd und Schurz und wusch sich den Schweiß vom Leib, löschte die wenigen Lampen am Kandelaber und kletterte ins Bett. Die Laken kühlten angenehm, und die beruhigende Wirkung des Weins tat ein Übriges. Er war voller Dankbarkeit für den Gefreiten, der mit ihm den Abend verbracht hatte. Mit einem Mal wurde ihm klar, dass dieser Mann ihm einen Schatz geopfert hatte, denn auch wenn sein Vater ein Weinhändler war, der offenbar einige hervorragende Tropfen lagerte, war die freundliche Gabe keine Selbstverständlichkeit. Gemeinsam schweigend dazusitzen hatte ihm Ruhe geschenkt, ihm auch seine Würde wiedergegeben. Eigentlich war er diesem Titus Annius nun etwas schuldig.

Caldus rollte sich auf den Bauch, blies die Luft aus den

Lungen und schloss die Augen, freundlich umfangen von der Dunkelheit des Schlafes.

*

Nachdenklich drehte und wendete Marcus Caelius die Brieftafeln in den Händen und achtete kaum auf das feine Rauschen des Regens auf dem Schutzdach, das am Rand des Übungsplatzes errichtet worden war. Der Vorschlag seines Bruders kam unerwartet. Publius berichtete über das Landgut bei Luceria, dass die ersten Vorbereitungen für den Beginn der frühen Olivenernte getroffen worden seien und die Trauben sich bereits golden färbten. Außerdem habe er mit dem alten Nachbarn gesprochen, dessen Sohn im Frühjahr gestorben sei, ohne einen Erben zu hinterlassen. Der Greis und die Witwe seien einverstanden, dem neuen zukünftigen Besitzer des Gutes das schmucke, kleine Anwesen mit seinen angrenzenden Weingärten und Olivenhainen zu überlassen, wenn Caelius dem alten Besitzer Wohnrecht und Versorgung bis ans Lebensende gewähre und die Witwe heirate. An diesen Vorschlag hatte sich eine wortreiche, schmeichelhafte Beschreibung der jungen Frau und des Nachbargutes angeschlossen.

Unschlüssig, was er von diesem Vorschlag halten sollte, rieb sich Caelius den schmerzenden Nacken und ließ seinen Blick über den Platz schweifen, auf dem die Züge seiner Centuria mit denen zweier anderen ihre Übungen ableisteten. Aus der Ferne, unterlegt vom Stampfen der genagelten Sohlen im Lehm, hörte er die Befehle, die er schon am Klang erkannte. Fast erschrak er, als sein Optio Opimius unter das Schutzdach trat, grüßte und den Umhang ausklopfte, dass die Tropfen wild umherflogen.

»Lässt der Regen nach?«, fragte Caelius zerstreut.

»Allmählich.« Opimius nickte. »Die Männer sind wenig angetan davon, in der Nässe zu exerzieren, aber wir müssen sie ja auf den tagelangen Marsch vorbereiten. Ich bringe allerdings auch gute Nachrichten: Die Einheimischen versichern uns, dass das schlechte Wetter nicht anhalten werde.«

Caelius ertappte sich dabei, nur mit einem Brummen geantwortet zu haben, und schüttelte den Kopf, als könnte er sich damit der Grübelei über seine Zukunft entledigen. Aufblickend bemerkte er, dass Opimius erschöpft wirkte. »Ruh dich aus! Es wäre unsinnig, wenn die Soldaten in drei Tagen in Bestform sind, du jedoch völlig entkräftet.«

Seufzend ließ Opimius sich auf einem Klappsessel nieder und streckte die Beine von sich. Dann deutete er auf die Tafeln in Caelius' Hand. »Was ist das?«

»Nichts Dienstliches. Nur ein Brief meines Bruders. Er will mich verheiraten.«

Opimius hob grinsend die Brauen. »Schöne Aussichten. Zumindest bist du dann versorgt.«

»Er«, Caelius nickte in Richtung Lager, »hat mir zugesichert, dass du Centurio wirst.«

»Dann werden sich unsere Pfade in Vetera trennen«, erwiderte Opimius, und es klang fast wie eine Frage.

Caelius hörte die Bitterkeit in seiner Stimme und blickte sich rasch um. Erleichtert bemerkte er, dass die anderen Centurionen, deren Einheiten hier übten, ins Gespräch vertieft waren und nicht auf sie achteten. »Dass du nach so langer Zeit wieder damit anfängst ...«

»Tut mir leid.« Opimius ließ den Kopf hängen; als er wieder aufblickte, hellte ein schelmisches Lächeln seine Miene auf, das Caelius einen Stich gab. »Ich freue mich, wenn du nach all diesen Jahren Ruhe findest.«

»Allzu ruhig ist das Leben auf einem Landgut nicht.«

Leise lachend erhob Opimius sich. »Lebhafter als die Überwinterungen in festen Lagern, aber ruhiger als ein Feldzug.«

Begleitet von Optio Opimius, dem Signifer der Centuria und zwei Gefreiten ging Caelius im Schutz des überdachten Umgangs an den Türen von Schreibstuben und Besprechungsräumen entlang. Der Regen fiel jetzt nur noch in dünnen Schnüren, und es war heller geworden, während der Geruch von nasser Wolle und feuchtem Leder in der Luft schwebte. Die Mäntel hingen schwer von ihren Schultern und klatschten um ihre Waden. Missmutig wischte Caelius sich mit dem Unterarm über die Stirn, als hinter ihm ein Ruf ertönte. Er blieb stehen, wandte sich um und erkannte einen wohlgekleideten Jüngling, dem man die edle Abkunft schon von weitem ansah. Mit heller, doch bestens ausgebildeter Stimme verkündete er, dass der Statthalter ihn zu sich befehle, ihn allein. Caelius wechselte einen schnellen Blick mit seinen Unteroffizieren, bevor er mit einem knappen Nicken der Anordnung Folge leistete.

Der junge Mann, einer von Varus' Voluntariern, geleitete ihn zum Nebenausgang, und nachdem sie die Straße überquert hatten, betraten sie das Wohnhaus des Statthalters, wo sie ein elegant gekleideter, älterer Sklave empfing. Caelius wurde von seinem durchnässten Umhang befreit und in ein Zimmer geführt, in dem ein Kohlebecken und ein üppig mit Öllampen bestückter Kandelaber für Licht und wohlige Wärme sorgten. Zwei Sklaven boten ihm stumm eine der hochbeinigen Klinen an, wuschen ihm Gesicht, Hände und Füße, richteten ihm die Polster und Kissen. Dann trugen sie einen kostbaren, dampfenden Mischkrug herein, während ein dritter silberne Becher bereitstellte. Der süße Duft gewürzten Weines stieg Caelius in die Nase.

Ein Geräusch ließ ihn zur Tür blicken. Der Statthalter kam herein und hob beschwichtigend die Hände, als Caelius sich hastig erheben wollte. Der ältliche Sklave half seinem Herrn auf die Liege, die Caelius' Platz gegenüberstand, und legte dessen Kleidung in schöne Falten; ein anderer Sklave schenkte Würzwein in die silbernen Becher und bot sie dem Hausherrn und seinem Gast auf einem glänzenden Tablett an.

Caelius schloss die Hände um den heißen Becher und hielt ihn dicht unter seine Nase, um den Duft zu genießen, eine Mischung aus Wein und Honig, versetzt mit Harz, Lorbeer und Pfeffer. Er ahnte, dass ihn diese Köstlichkeit gewogen stimmen sollte, was ihm ein wenig von der Unsicherheit nahm, die Varus' Einladung in ihm ausgelöst hatte.

»Laufen die Vorbereitungen für den Abmarsch zu deiner Zufriedenheit, Marcus Caelius?« Varus zupfte die Decke über seinen Beinen zurecht und pflückte ein Zweiglein aus den Trauben, die in einer Silberschüssel vor ihm lagen. »Koste die Früchte! Sie werden mir in Eillieferungen aus Lugdunum gebracht. Wenn du möchtest, lasse ich dir das eine oder andere bringen.«

»Das lohnt sich nicht mehr, Publius Quinctilius«, erwiderte Caelius vorsichtig. »Auf dem Marsch sind solche Annehmlichkeiten nicht angebracht.«

»Ich verstehe, dass du deinen Soldaten ein Vorbild sein willst.«

Caelius verkniff sich ein Grinsen, denn weit mehr als den Unwillen der Soldaten fürchtete er Verstimmungen in seinen Eingeweiden.

»Es ist mein Wunsch, dass du noch länger Soldaten ein Vorbild bist«, fuhr der Statthalter fort und hob seinen Becher.

»Wenn ich die Wahl habe, Publius Quinctilius, möchte ich bitten, dieses großzügige Angebot ablehnen zu dürfen.«

»Sogar wenn du zum Lagerpraefecten ernannt würdest?«

Zunächst hielt Caelius den Atem an. Obwohl das Angebot keineswegs überraschend war und auch das übliche Maß nicht überstieg, wollte er diesen Augenblick genießen, und entließ langsam die Luft zwischen den Lippen, während er den aufmunternden Blick des Statthalters erwiderte. Varus gehörte nicht, wie seine Vorfahren, zu den wirklichen Feldherren, die ihre Verdienste auf Kriegszügen erworben hatten. Sein Vater hatte nach dem endgültigen Sieg des Erben Caesars den Tod gesucht, doch der Sohn war klug genug, sich vom leise schwelenden Widerstand fernzuhalten und an seinem Aufstieg zum Consul zu arbeiten. Caesar Augustus hatte ihn als Statthalter in den Osten des Imperiums geschickt. Dort hatte er zwar Aufstände niedergeschlagen, aber das schien er nicht als Ruhmestat anzusehen, denn er machte nicht einmal Andeutungen darüber. Varus bevorzugte es, anstelle der Waffen das Recht sprechen zu lassen. Wenn Caelius in diese Beförderung einwilligte, würde er noch einige ruhige Jahre mit einer anspruchsvollen, aber einträglichen Tätigkeit im Stab einer Legion in einer befriedeten Provincia verbringen.

Doch er wurde nicht jünger. Er spürte seine Knochen inzwischen viel zu oft, schon wenn er morgens aufstand, plagten ihn die Knie. Und er verlöre den Anspruch auf das Landgut bei Luceria, ebenso den auf das Nachbaranwesen, das durch Heirat in seinen Besitz kommen sollte.

Caelius leerte den Becher, ließ ein paar Trauben in den Mund rollen und biss dann vorsichtig in eine Birne, die sich als erfreulich süß und weich erwies.

»Es eilt nicht mit der Entscheidung«, fuhr der Statthalter

fort. »Wenn du mir nach unserer Ankunft in Vetera Bescheid gibst, soll es mir recht sein.«

»Ich danke dir für deinen Großmut, Publius Quinctilius.« Caelius verneigte sich, so weit es ihm auf der Kline möglich war. »Über das Angebot werde ich nachdenken, aber ich bin ein alter Mann.«

»Weit gefehlt!«, rief Varus. »Sieh mich an! Ich bin so alt wie du und habe vor einigen Jahren eine edle junge Frau geheiratet, die mir inzwischen einen prächtigen Jungen geschenkt hat.«

»Das bliebe mir verwehrt, denn wenn ich dein Angebot annähme, müsste ich mein Vorhaben ändern.«

»Und wie sollten denn auch einige weitere Jahre in Feld und Lager die Aussicht auf Landbesitz überglänzen!« Ein mildes Lächeln umspielte Varus' Lippen, als er den Becher hob und Caelius zutrank.

*

Der Morgen war kalt, und auf den Grasbüscheln, die aus den Rissen im festgestampften Lehm der Straße sprossen, glitzerte der Tau. Thiudgif rieb ihre Oberarme und richtete den Blick nach oben, wo ein grauer Dunstschleier den Himmel verhüllte. Von den Lagermauern tönten einzelne kurze Tonfolgen, die sie von den glänzenden, rundgebogenen Bronzeinstrumenten kannte. Vom Hang her hörte sie Hundegebell, dann brüllte ein Mann und das Tier verstummte mit einem Japsen.

Thiudgif zog sich ins Haus zurück und drückte die Tür zu. Sofort war sie umhüllt vom abgestandenen Geruch nach gekochtem Kohl, Zwiebeln und Kümmel, dem gestrigen Essen.

»Wird es regnen?«, tönte Amras dunkle Stimme aus der Stube, wo sie klappernd ihre letzten Habseligkeiten – hölzerne Näpfe und die wertvollen Bronzetöpfe – verstaute. Als sie mit einem großen Beutel auf den halbdunklen Gang hinaustrat, schüttelte Thiudgif den Kopf, bevor die Hausherrin ihre Frage wiederholte.

»Gut.« Amra wandte dem Mädchen den Rücken zu, über den ein armdicker schwarzer, von grauen Strähnen durchzogener Zopf hing. Sie stellte den Beutel auf den Boden und betrat die Kammer, in der Thiudgif zusammen mit Amras halbwüchsiger Tochter Sura und einer zahnlosen, dicken Magd nächtigte. Bald darauf erklang das leise Murmeln der Herrin, unterbrochen vom hellen Flüstern und Schniefen des Mädchens. Obwohl die Sprache, die Mutter und Tochter benutzten, ähnliche Laute hatte wie die der Stämme, verstand Thiudgif kein Wort. Nur so viel begriff sie, dass Sura die Abreise hinauszögern wollte.

Wie ein heißer Guss traf Thiudgif die Sehnsucht nach den Tagen ihrer Kindheit. Mit einem Mal glaubte sie sich auf dem Boden des väterlichen Hauses, auf einer dicken Wolldecke, in den Händen ihre Rupfenpuppe. Ihre Nase füllte sich mit dem Geruch von Dörrfleisch, Kräutern und Rauch, und über ihr rauschte Regen auf dem Reetdach. An der Herdstelle kauerte ihre Mutter und rührte in dem Topf auf dem eisernen Dreifuß, dem kostbarsten Gerät, das sie besaß. Die Bilder waren so lebendig, dass ihr der Rauch in die Augen biss. Hastig fingerte sie den kleinen Lappen unter dem Gürtel hervor, wischte sich die Tränen weg und schnäuzte sich.

»Komm, Mädchen!«

Amra stand vor ihr, an der Hand ihre Tochter. Um Kopf und Schultern hatten sie die großen Manteltücher, mit denen sie sich außerhalb des Hauses verhüllten, geschlungen. Während sie zur Hintertür gingen, eilte Thiudgif in die Stube, langte nach dem Umhang und folgte ihnen hinaus, wo die Magd neben dem Maultierkarren wartete. Das zahnlose Weib, Gita geheißen, half Sura unter die Lederplane des Karrens, dann stapfte sie zu dem Zugtier und versetzte ihm schnalzend einen Klaps auf die Kruppe, dass es sich in Bewegung setzte. Als Thiudgif sich mit einem Blick vergewisserte, dass ihr Tragesack auf der Ladefläche lag, streckte Sura ihr die Zunge heraus, wohlwissend, dass ihre Mutter sie gerade nicht sah. Thiudgif beeilte sich, nach vorn neben das struppige Tier zu kommen, um die Fratzen nicht mehr ansehen zu müssen.

Als sie die letzten Hütten hinter sich ließen, riss sie die Augen auf. Auf dem weiten Platz außerhalb der Siedlung sammelten sich zahllose Wagen, hochauf beladen mit Kisten und Säcken; sie erkannte Geschütze für Bolzen und Steine, kleine Herden aneinandergekoppelter Pferde und Maultiere, Rinder und Schweine. Doch was auf den ersten Blick ungeordnet erschien, zeigte sich beim Vorübergehen als klare Aufstellung der Wagen in Reihen.

Gita führte das Maultier zu einer Ansammlung von Menschen mit Karren und Tieren. Das aufgeregte Schnattern der Frauen übertönte das Schnauben der Pferde, das Knarren und Knirschen der Achsen und Räder, selbst das wütende Gebell einiger Hunde. Leutselig mischte Amra sich unter die Frauen, Sura sprang vom Wagen, gesellte sich zu anderen Mädchen, von denen zwei ebenso verhüllt waren wie sie. Kichernd umarmten sie einander, tanzten einen flinken Reigen. Thiudgif blieb neben dem Maultier stehen, tätschelte den Hals des Tieres, das auf seinem leise klirrenden Gebiss kaute und mit den Ohren spielte. Sie kannte hier niemanden. Eine Frau lächelte ihr zu, doch sie konnte sich nicht erinnern, sie je zuvor gesehen zu haben. Vielleicht auf dem Markt. Vielleicht auch am Fluss, wenn sie waschen gegangen war.

Ein hässliches Bild erwachte in ihr, Männer, die einen Körper ins Wasser stießen, wildes Gurgeln, Keuchen – sie schüttelte unwillkürlich den Kopf, um die Erinnerung zu verscheuchen. Die fremden Mädchen starrten sie an und schnitten spöttische Grimassen.

Nach Hause.

Thiudgif krampfte die Hände ineinander. Sie konnte doch nicht allein durch die Wildnis. Sie wusste ja nicht, wohin sie sich wenden musste. Ohne Hilfe käme sie nicht weit. Ein Schluchzen würgte sie. Wenn ihre Mutter noch lebte, wäre das alles nicht geschehen. Doch der Vater hatte nichts mit ihr anzufangen gewusst und sie fortgeschickt. Zu einem Onkel, der seine Abgabe nicht zahlen konnte, was ihr zum Verhängnis geworden war. Sie ballte die Faust, schlug auf das Holz des Karrens ein und schrie leise auf. Splitter steckten in ihrem Handballen, die sie mit den Fingerspitzen herauszupfte, während die Tränen von ihrem Kinn tropften.

Vom anderen Ende des weiten Platzes erschallten blecherne Instrumente, sie erkannte hell schmetternde Bucinen, unterlegt vom satten Klang der Tuben und Hörner. Dann erhob sich Hufschlag, die Vorhut hatte das Lager verlassen und näherte sich dem Platz. In Viererreihen zogen die Truppen an den Menschen vorüber, die zum Straßenrand drängten, um das Schauspiel zu begaffen, und nur die Oberkörper der Reiter überragten die Menge.

Eine Hand legte sich auf Thiudgifs Arm. »Wir bleiben hier«, hörte sie Amra sagen. »Wir machen uns nicht gemein mit denen, die sich am Weg drängeln.«

Thiudgif antwortete mit einem dünnen Lächeln, eine andere Antwort fiel ihr nicht ein. Dann zupfte Amra am Ärmel ihres Kittels, der unter dem Umhang hervorlugte, bedeutete ihr, hinter den Wagen zu treten, während an der Straße ein hohes vielstimmiges Trillern und Jauchzen ertönte wie bei einem Tanz.

»Das sind die Huren«, sagte Amra. »Sie entblößen sich und tanzen. Sie glauben, das bringe Glück.« Sie fasste Thiudgif bei den Schultern, drehte sie zu sich um, und der Blick ihrer schwarzbraunen Augen bohrte sich in Thiudgifs. »Geh nicht in ihre Nähe! Sie sind unrein!«

»Dann wasche ich mich.«

»Nicht schmutzig – unrein. Das kann man nicht abwaschen. Ich müsste dich wegschicken, um Sura und mich zu schützen. Verstehst du?«

Thiudgif wusste, dass die Herren sich ihre Mägde nehmen durften, dass die Mägde manchmal weinten, aber meistens stolz waren, weil sie Geschenke bekamen. Und von schwerer Arbeit verschont blieben, wenn sie einen dicken Bauch vor sich her trugen. Kam ihre Zeit, dann pressten sie die Brut im Beisein der Herrin unter Gekreisch aus ihrem Leib. Einmal hatte Thiudgif gesehen, dass ihre Tante ein verkrümmtes Menschlein an einem Bein zur Abfallgrube getragen hatte, ein Menschlein, das kein schrumpeliges Schwänzchen zwischen den Beinen gehabt hatte. Tot sei es gewesen, hatte sie später zu der greinenden Magd gesagt, und dass der Herr es befohlen habe.

Früh hatte Thiudgif gelernt, dass das von dem Keuchen und Wippen in den schmutzigen Strohlagern kam. Dass die Röcke der Mägde jeden Monat schmutzig wurden und sie mit dem Schwinden der Mondsichel im Fluss badeten und ihr Zeug wuschen. Seit vier Sommern wurde auch sie schmutzig, wenn der Mond schwand. Das konnte man abwaschen. Doch Thiudgif wollte nicht werden wie die Mägde, die vor dem Herrn mit dem Hintern wackelten. Oder wie diese Weiber, die kichernd und kreischend vor den Soldaten tanzten.

Amra blickte sie eindringlich mit ihren schwarzbraunen Augen an. »Verhülle dich züchtig! Deinem Herrn zu Ehren, damit keine Schande über mich kommt. Und halte dich weit fern von den schlechten Weibern! Lass dich niemals in ihrer Gegenwart sehen oder gar von ihnen berühren! Dann wird dir nichts geschehen.«

V

Auf dem langgestreckten Hügel vermaßen einige der Fabri den Grundriss des Marschlagers, während die meisten bereits damit beschäftigt waren, die verlandeten Gräben neu auszuheben und mit dem Erdreich den eingefallenen Wall aufzuschütten. Der Ort wurde nicht zum ersten Mal zu diesem Zweck benutzt, sogar den Brunnen würden sie wieder verwenden.

Caldus war auf seinem Goldfuchs in das weite Flusstal geritten, nachdem Lagerpraefect Eggius ihn entlassen hatte. Aus der Ferne beobachtete er die Vorhut, die Zug um Zug eintraf, sich außerhalb des Lagers ihres Gepäcks entledigte, zu den Werkzeugen griff und sich Mannschaft für Mannschaft daranmachte, den Graben auszuheben und einen Wall aufzuschaufeln, um darauf aus den mitgeführten Schanzpfählen eine Palisade zu errichten. Über ihnen dehnten sich graue Wolken am Himmel, kein Blau war zu sehen und das Licht war matt. Einzelne kräftige Böen zausten Caldus' Haar, während er das Anrücken der Truppen beobachtete.

Inzwischen eilten die ersten Männer ins Tal, um die Koppeln für die Pferde abzustecken. Die Verwandlung eines baumlosen, flachen Grashügels in einen wimmelnden Ameisenhaufen vollzog sich so zügig, dass die erste von drei Legionen genau zu dem Zeitpunkt eintraf, als die Fabri mit der

Vorbereitung fertig waren, sodass die Soldaten ihre Zelte errichten konnten.

Mit kräftigem Schenkeldruck versetzte er den Goldfuchs in einen ausgreifenden Trab. Hinter der ersten Legion dieses Heereszuges befand sich der Statthalter mit seinem Stab. Dorthin solle er sich begeben, hatte der Lagerpraefect ihm aufgetragen, ihn weggeschickt wie einen kleinen Jungen; er hielt ihn wohl nicht einmal als Berichterstatter tauglich. Caldus trieb verärgert sein Pferd an.

Er erreichte die Züge der Praetorianer, die Standarten von Statthalter und Stab, und erblickte den prächtigen Reisewagen, in dem die Soldkasse mitgeführt wurde. Varus reiste in einer Pferdesänfte, die ihn vor Regen schützte, immerhin war er nicht mehr der Jüngste. Caldus wendete seinen Schimmel neben der Sänfte und grüßte ehrerbietig.

»Lucius Eggius hat mich beauftragt mitzuteilen, dass bis zu eurem Eintreffen alle Vorbereitungen getroffen sein werden.«

»Dazu hätte er keinen Tribun schicken müssen.« Lächelnd richtete Varus sich auf dem gepolsterten Sitz auf, drückte das Kreuz durch. »Ich bin froh, wenn ich wieder festen Boden unter den Füßen habe. An Tagen wie diesen beneide ich die einfachen Soldaten.«

»Und die einfachen Soldaten beneiden dich um das Vorrecht, in einer Sänfte reisen zu dürfen.«

»Getragen zu werden«, erwiderte Varus, »ist ein Zeichen der Hinfälligkeit, eine Folge des Alters, in dem man sich bedauerlicherweise nicht mehr seiner Kraft erfreut.«

»Es ist auch ein Zeichen deiner Macht und Würde«, entgegnete Caldus und erschrak über seine Kühnheit gegenüber dem Statthalter. Verlegen senkte er den Kopf, weil er spürte, dass er errötete.

»Gaius Caelius, wenn du nicht manchmal krause Einfälle hättest, gehörtest du zu den Besten, denn du bist anstellig und gescheit. Aber dein Argwohn gegenüber den Barbaren verleitet dich zu absonderlichen Schlüssen, die unsere Verbündeten beleidigen.«

Caldus' Wangen glühten; er schämte sich, weil ihm sein Verhalten unterwürfig erschien, und verabschiedete sich fahrig, um erleichtert ins halb aufgebaute Marschlager zurückzukehren.

In seinen Leisten zerrte ein feiner Schmerz vom langen Ritt, sodass er froh war, als er vor dem Holzgerüst eines großen Zeltes auf den morastigen, aber immerhin leidlich festen Boden sprang. Ein Pferdebursche nahm sich des Goldfuchses an. Einmal mehr wunderte Caldus sich darüber, dass stets die richtigen Hände zur Stelle waren. Alle Tätigkeiten, die zum Bau des Lagers benötigt wurden, waren aufeinander abgestimmt. Selbst die Reihenfolge von Truppeneinheiten und Trossteilen war so geschickt aufgeteilt, dass Baumaterial und Werkzeug frühzeitig bereit waren, während Geschütze und Vorräte sowie alles, was verstaut werden musste, erst dann eintrafen, wenn der dafür bestimmte Bereich des Lagers fertiggestellt war.

Die Soldaten der Vorhut und die der zuerst marschierenden Legion hatten ihre Zeltreihen schon errichtet; vor jeder dieser ledernen Behausungen glomm ein Herdfeuer, auf dem die Abendmahlzeit zubereitet wurde: Fladenbrote oder Grütze aus Weizen, den einer von ihnen mit der Handmühle frisch geschrotet hatte, dazu Speck, harter Käse und was sonst von der am Vorabend zubereiteten Tagesverpflegung übrig geblieben war.

Unentschlossen machte Caldus sich auf den Weg zu den im Aufbau befindlichen Zelten für die hohen Offiziere, als er mit einem Blick zum Haupttor bemerkte, dass die Sänfte des Statthalters soeben die Lücke im Wall, die als Tor diente, passierte. Gerade legten Fabri letzte Hand an die Zelte für die Besprechungen und die Quartiere für die Offiziere des Stabes. Caldus wusste, wo sein Quartier stehen würde, im Grunde an der gleichen Stelle wie in der Nacht zuvor. Er hätte es blind gefunden. Seine beiden Sklaven waren damit beschäftigt, Möbel und Kisten hineinzutragen. Bald darauf war das Zelt trotz der Kühle, die in der ledernen Plane nistete, wohnlich eingerichtet, und Caldus nahm eine karge Mahlzeit aus Brot, kaltem Braten, Oliven und frischem Obst zu sich, um sich zu stärken, ehe er zur abendlichen Besprechung ins Hauptquartier aufbrechen musste.

Kalte Dunkelheit umfing Caldus. Regentropfen prasselten, seine Zähne klapperten, und es dauerte eine Weile, bis er begriff, dass er aufgewacht war, in einem Zelt lag, auf einer Matte, die die Kälte des Erdbodens aufgesogen hatte wie ein Schwamm. Von den Wällen ertönte der Ruf zur letzten Nachtwache. Er tastete nach der Decke, die um seine Beine geschlungen war, als hätte er sich im Schlaf davon befreien wollen wie von Fesseln.

Fröstelnd zog er sie bis zum Hals, kuschelte sich hinein, um die ausgekühlte Wolle aufzuwärmen. Er war gefesselt gewesen in seinem Traum. Männer hatten ihn umringt, ihn verhöhnt und verlacht. Klingen hatten aufgeblitzt, nackt war er gewesen und hatte gezittert vor Angst. Er blinzelte in die Finsternis, hörte die Antwort auf das Signal zum Wachwechsel, die Schritte einer kleinen Mannschaft, die rasselnd an seinem Quartier vorbeimarschierte, Soldaten, die sich vor dem Abmarsch noch ein bisschen Schlaf gönnen durften.

Die Zunge klebte ihm am Gaumen, und ein pelziger Geschmack füllte seinen Mund. Caldus seufzte leise, setzte sich auf und rieb sich den Kopf. Den Wasserkrug fände er auch ohne Licht. Langsam richtete er sich auf, tappte durch das Zelt. Er fühlte den Teppich unter seinen bloßen Sohlen, klamm wie die Matte und die Decken, auf denen er geschlafen hatte. Wie der Schlamm, in dem er gestanden war. Er schüttelte die Erinnerung an den Traum ab. Vier Schritte bis zur Truhe, auf der der Wasserkrug stand. Vorsichtig streckte er die Arme aus und tastete nach dem Gefäß, dessen Schemen er im Dunkeln ahnte. Wie die fleischigen Gesichter der Männer, die ihn verhöhnt hatten. Gesichter mit knolligen Nasen und buschigen Schnauzbärten.

Caldus hob den schweren Krug an die Lippen, ließ das erfrischende Nass in den Mund rinnen und schluckte. Schluckte damit auch die Bilder hinunter, die aus dem Traum aufgestiegen waren. Seine Amme hätte zu Räucherwerk gegriffen und die guten Geister des Hauses, Laren und Penaten, angefleht, die bösen Kräfte zu vertreiben, in denen sie die Verursacher schlimmer Träume gesehen hatte. Die Amme war inzwischen selbst in die Welt der Geister übergegangen, der sie solch große Bedeutung beigemessen hatte. Er stellte den Krug wieder auf der Truhe ab und kehrte zu seiner Lagerstatt zurück, auf der er sich seufzend ausstreckte.

Der Schlaf kam nicht zu ihm. Eine Weile blieb er mit geschlossenen Augen liegen, begann seine Atemzüge zu zählen. Schließlich schlug er die Augen auf, starrte blind in die Schwärze, die ihn umgab. Voller Eifer und Entschlossenheit hatte er diesen Dienst im vergangenen Jahr angetreten, um seiner Familie, seinem Vater Ehre zu machen, sich auszuzeichnen. Aber bisher hatte man ihn nur den Legaten oder Lagerpraefecten begleiten und zuschauen lassen, er sollte ausführlich Meldung machen und dazu Berichte verfassen wie ein Stabsschreiber. Seine Vorschläge schienen ungehört zu verhallen, seine Bedenken wurden beiseitegewischt.

Unwillig schnaubend rollte Caldus sich auf die andere Seite. Verletzter Stolz und Zorn allein brachten ihn nicht weiter. Er musste sich Gehör verschaffen. Aber wie? Ständig misslang es ihm, weil er irgendetwas falsch machte. So wie bei jener Anklage gegen den Tribun Iulius Arminius, zu deren Anhörung Varus sonderbarerweise ihn hinzugezogen hatte. Welchen Unwillen er mit dem Hinweis auf den von Segestes genannten Zeugen auf sich gezogen hatte, verwunderte ihn noch immer. Bei einem derart schweren Vorwurf wäre es doch nur naheliegend gewesen, dem nachzugehen. Zumal Caldus sich daran zu erinnern glaubte, dass ein Soldat dieses Namens als vermisst gemeldet war.

Was, wenn der Vorwurf des Segestes, so absurd er erscheinen mochte, nicht bloße Unterstellung gewesen wäre? Ein paar Trupps aufständischer Barbaren konnten für gehörige Verwirrung sorgen, erst recht mit der Unterstützung meuternder Hilfstruppen. In diesen Gebieten hatte es vor dem Eintreffen des Varus wiederholt Aufstände gegeben, die unter blutigen Verlusten niedergeschlagen worden waren. Die Grausamkeit und Hartnäckigkeit der Barbaren, auch gegenüber den eigenen Leuten, hatten die Römer in Atem gehalten.

In der ersten Zeit, nachdem er seinen Dienst angetreten hatte, war er mit Schauergeschichten belästigt worden; wie durch eine wundersame Fügung war er sämtlichen Veteranen begegnet, die wegen verstümmelter Glieder verabschiedet worden waren. Die Stabsärzte verschonten ihn nicht mit Einzelheiten aus den letzten Schlachten, und die Centurionen prahlten mit der Tapferkeit ihrer Männer angesichts finsterster Gräuel. Schließlich weihte ihn ein Unterhändler vom Volk der Chauken in die Gebräuche der Barbaren ein, in ihre Rechtsprechung, die allein auf der Willkür der Kleinfürsten beruhte und schreckliche Strafen kannte: Dieben hacke man die Hände ab, flüchtigen Sklaven die Füße, und Ehebrecherinnen würden ausgepeitscht und ersäuft, Verräter häute und henke man, und wolle man die wilden Götter milde stimmen, dann schlachte man Tiere oder gar Menschen, tränke durchlöcherte Steine mit deren Blut und lasse die Köpfe in Astgabeln und auf Stangen verrotten.

Caldus starrte in die Finsternis. Viel hatte er von diesen Sitten bisher nicht gesehen, aber er hielt sich ja auch von den Volksaufläufen fern, mischte sich nicht unter die Leute. Es hatte auch in Rom Zeiten gegeben, in denen weitaus grausamere Strafen vollzogen worden waren. Während der Bürgerkriege waren entfesselte Banden durch die Straßen gezogen, Todesurteile waren willkürlich und sogar in Abwesenheit der Angeklagten gefällt und vollstreckt worden, sobald man des Verurteilten habhaft geworden war. Doch Augustus hatte den Frieden gebracht, den Tempel des Ianus geschlossen und wachte über die sorgfältige Ausübung des Rechts. Varus war als Statthalter dieser Gebiete gekommen, um diesem Recht hier Geltung zu verschaffen. Es blieb zu hoffen, dass ihm das gelang.

*

Thiudgif pfiff leise die Luft zwischen den Zähnen hindurch, während ihre Hand über ihre wunde Ferse glitt. Die Blase war aufgeplatzt, das rohe Fleisch darunter nässte und blutete ein wenig. Ihre Füße fühlten sich an, als wären sie unter einen zusammenstürzenden Brennholzstapel geraten. Sie löste die Riemen und schlüpfte aus den Schuhen. Durchnässt waren sie ohnehin, denn die Sohlen waren löchrig und schmatzten bei jedem Schritt.

Der Pfützenlehm legte sich um die Blasen und Abschürfungen und kühlte die wehe Haut. Sie blieb stehen, während der Morast leise blubbernd zwischen ihren Zehen hervorquoll, und blickte auf zu dem Wolkenmeer, aus dem es wie in dichten Fäden regnete. Das Nass erfrischte sie. Es konnte kaum Mittag sein, und sie blickte gen Südwesten. Zumindest glaubte sie, gen Südwesten zu blicken, denn ohne Sonne und bei diesem trüben Licht konnte sie es nur raten.

Sie hatte den Tross verlassen, war in die sumpfige Wiese gegangen, weil sie den Schmerz, den die Schuhe verursachten, kaum noch hatte ertragen können. Dreißig, vierzig Schritt hinter ihr wälzten sich die Wagen über den Damm. Der Regen dämpfte das Rumpeln und Knarren, das Knallen der Peitschen, das Brüllen der Ochsen und Maultiere, wie aus weiter Ferne drangen die Laute bis zu ihr. Wenn sie jetzt losginge, einfach drauflos, in den Wald hinein, dessen Saum sie durch den Regenschleier erkannte, über Hügel und durch Täler, durch Bäche und über Wiesen, dann träfe sie irgendwann auf den Fluss, der sie zum großen Römerlager von Aliso führen würde. Und von da aus kannte sie den Weg. Glaubte, ihn zu kennen.

Ein kalter Wind fuhr unter ihren Umhang und sie fröstelte, die bunten Träumereien zerstoben. Dicke Tropfen klatschten ihr ins Gesicht. Sie hob schützend den Arm, blinzelte das Nass von ihren Wimpern und zog die Kapuze tiefer in die Stirn. Der alte Soldatenmantel, den Annius ihr gebracht hatte, erwies sich in der Tat als nützliches Kleidungsstück. Sie wandte sich um, stapfte barfuß zurück, hielt angestrengt Ausschau nach der Frau, die ihr Obdach bot.

Amra. Eine seltsame Frau. Unermüdlich ging sie hinter ihrem Karren her, ihre Tochter an der Hand, beide von Kopf bis Fuß verschleiert. Manchmal half sie dem Mädchen, sich auf den Karren zu setzen, um etwas auszuruhen, was sie sich selbst nicht gönnte und auch sonst niemandem. Missmutig presste Thiudgif die Lippen zusammen. Sie war es nun einmal nicht gewohnt, den ganzen Tag zu laufen.

Unvermittelt stand ihr der Marsch in der Herde der Versklavten vor Augen, die zerlumpten Menschen, die vorwärtsschwankten wie Holzstücke in der Strömung. Mehr geschoben als aus eigenem Antrieb war sie mitgegangen. Den Schmerz in ihren Beinen, in ihrem ganzen Körper hatte sie kaum wahrgenommen, da sie vor Angst wie betäubt gewesen war. Hastig rieb sie mit der freien Hand ihren Oberarm, kratzte die von der rauen Wolle gereizte Haut. Vor sich erkannte sie den Wagen mit der bunten Plane, den Wagen der schlechten Weiber, der Huren, die sich seit dem Morgen unter der Plane verkrochen hatten. Vergebens hatte Amra sich bemüht, einen anderen Platz im Tross zu bekommen als ausgerechnet hinter einem Hurenkarren.

Thiudgif warf einen schnellen Blick über die Schulter zurück, während sie die Riemen der Schuhe an ihren Gürtel knotete. Irgendwo jenseits der Wälder lebte ihr Vater, schmiegte sich das Dorf, in dem sie aufgewachsen war, auf einen Hügel, umhegt von Graben und Palisade, umgeben von Feldern und Wiesen, vom Schwemmland eines Flüsschens, von lichten Auwäldern, in denen die Kinder herumtollten, wenn ihnen das Gänsehüten langweilig wurde. Thiudgif hatte gern Gänse gehütet. Morgens hatte sie gemeinsam mit anderen Mädchen die kleine Schar bei den Nachbarn gesammelt und in einem watschelnden, schnatternden Festzug auf die Wiesen geführt, wo die Tiere bewacht werden mussten, während sie sich am saftigen Gras gütlich taten. Noch vor Sonnenuntergang, bevor Fuchs und Wiesel auf die Jagd gingen, hieß es, die großen Vögel wieder heimwärts zu treiben.

An zwei Dörfern waren sie heute vorbeigekommen, die abseits der Straße auf flachen Hügeln lagen. Wie ausgestorben hatten die hinter hohen Knüppelzäunen geduckten Dächer gewirkt. Der Regen schluckte die Rauchfahnen, und weder Mensch noch Tier waren zu sehen. Sicherlich hatten die Bewohner sich mit ihrem Vieh in den Wäldern versteckt, damit man ihnen nichts nehmen konnte.

Hart griff eine Hand in ihren Umhang, bekam ihren Oberarm zu fassen. »Wohin so eilig, Täubchen?«

Zwei Männer waren wie aus dem Nichts aufgetaucht. Thiudgif war so in Gedanken versunken gewesen, dass sie sie nicht bemerkt hatte. So entschlossen sie sich auch wehrte, sie konnte die Hand nicht abschütteln, sondern erntete nur leises Gelächter, das nicht einmal böse klang.

»Sag, wohin gehst du, Mädchen?«, wiederholte der Mann.

Thiudgif sah helle Augen, harte, scharfkantige Züge umrahmt von braunem Haar, das ihm vom Kopf abstand wie die Stacheln eines Igels.

»Ich bin die Sklavin des Titus Annius!«, schrie sie. »Lass mich sofort los!«

Tatsächlich lockerte er seinen Griff, Thiudgif befreite sich mit einem Ruck und stolperte ein paar Schritte rückwärts.

»So ein niedliches Mädchen«, sagte der, der sie festgehalten hatte. »Es wäre doch schade um sie ...«

Der andere stieß ihn mit dem Ellbogen an. »Mag schon sein, das haben wir nicht zu entscheiden.«

Sie hatten in ihre Sprache gewechselt, in die harte Mundart der Cherusker. Offenbar dachten die beiden Männer, dass sie sie nicht verstand. Sie verzog das Gesicht, versuchte Verwirrung vorzutäuschen, um sie in diesem Glauben zu bestärken. Als ein Grinsen des anderen Mannes ihr verriet, dass sie auf ihre linkische List hereinfielen, ließ sie ein winziges Lächeln zu.

»Und wenn mir einer zuvorkommt?«, sagte der erste.

»Es fallen genug Weiber ab, wenn der Tross dran ist. Dann kannst du dir jede nehmen. Und die da drüben«, er deutete zu dem bunten Hurenkarren, »sehen doch auch lecker aus.«

Thiudgif glaubte, das Blut gefröre ihr vom Boden her in den Adern. Der ungleiche Ringkampf am Ufer stand ihr plötzlich vor Augen, wieder hörte sie das Klatschen und Gurgeln, das irgendwann erlahmt war, sah Tuch, das sich in den Wellen blähte, einen leblosen Körper, der bäuchlings im Wasser trieb. Rasch machte sie zwei Schritte rückwärts.

»Lauf doch nicht weg, Mädchen!«, sagte der erste, und der andere lachte, doch sie flog herum und wollte wegrennen, strauchelte im Morast, der ihre Füße festhielt. Wieder packte die Hand sie.

»Nicht gleich fallen!«

Sie warf den Kopf zurück wie ein scheuendes Pferd, dabei rutschte die Kapuze nach hinten. Der Mann fasste in ihr Haar und zog eine Strähne aus dem losen Zopf, drehte sie um seine Finger.

»Lass sie gehen«, sagte der andere. »Du weißt, dass wir keinen Ärger verursachen dürfen, bevor es losgeht.«

Die Strähne fiel auf ihre Schulter. »Schade«, murmelte der erste. »Wirklich schade.«

Kaum lösten sich die Finger um ihren Arm, stürzte Thiudgif davon, hastete stolpernd am Damm entlang, bis sie Wagen und Menschen erkannte, in deren Nähe sie Amra und ihren Karren wusste. In kurzen Sprüngen rannte sie die Böschung hinauf. Oben erwartete Amra sie, eine schmale, kleine Gestalt, eingehüllt in ihren Mantel, der vor Nässe fast schwarz war.

»Wo hast du dich herumgetrieben?«

»Ich musste ...«

»Und dann gehst du allein?«

Abrupt drehte Amra sich um und stapfte zu ihrem Karren, der etliche Schritt vor ihnen über den Damm rollte. Thiudgif schlug noch immer das Herz im Halse, ohne dass sie hätte sagen können, ob sie mehr die Angst vor den beiden Männern peinigte oder die Erinnerung an den Mord. Sie blickte sich um, spähte nach ihnen, doch ein Schleier aus Regen und Nebel hatte sie verschluckt. Sie waren ihr nicht gefolgt. Aufatmend trottete sie hinter Amra drein, schloss den Umhang mit einer Haarnadel und rieb darunter ihre Arme. Die Nässe hatte die Kleider durchdrungen, schien an ihrer Haut zu fressen. Wenigstens linderte der Schlamm den Schmerz an ihren Füßen.

Sie hätte jemandem sagen müssen, was sie am Fluss beobachtet hatte, sie hätte es zumindest Annius sagen müssen, ihn zuvor versprechen lassen, dass er niemandem verrate, wer ihm das berichtet habe. Die Römer glaubten Sklaven und Gefangenen nicht, das sagten alle. Nur was unter der Folter wiederholt worden sei, gelte. Während des Marsches hatte sie darüber nachgedacht, das Gerücht zu streuen, aber die Furcht, jemand könnte es zu ihr zurückverfolgen, hatte sie davor zurückschrecken lassen.

Gesenkten Hauptes setzte Thiudgif Fuß vor Fuß, nahm sich eine frische Karrenspur als Wegführung. Manchmal stießen ihre Zehen an etwas Hartes, doch Kälte und Nässe hatten sie betäubt. Thiudgif zählte ihre Schritte, bis sie durcheinandergeriet, dann begann sie von vorn. Immer früher begann sie, immer schleppender bewegte sie sich vorwärts, musste laufen, um mitzuhalten.

Ein Raunen flog über die Karren hinweg. Das Marschlager.

Jemand hatte das Marschlager gesichtet. Sie würden ausruhen, sich hinlegen. Schlafen. Thiudgif taumelte, tastete halb blind nach der Rückwand des Karrens. Ihre Zehen brannten. Sie war wieder gegen einen Stein gestoßen. Pfeifend zog sie die Luft zwischen den Zähnen ein. Weitergehen.

Sie hob den Kopf und erschrak, als sie die beiden Männer erkannte, die an ihr vorbeieilten. Hastig zog sie die Kapuze tiefer in die Stirn und beeilte sich, den Karren zwischen sich selbst und die Kerle, die sie vorhin festgehalten hatten, zu bringen. Was die beiden gesagt hatten, machte ihr Angst. Wenn da ein Zusammenhang bestünde ... Sie schluckte. Sie musste mit Annius reden, sie musste ihm endlich erzählen, was sie gesehen hatte.

*

Im Laufschritt erreichte Annius die kleine Wagenburg außerhalb des Marschlagers und blickte sich suchend um, während er durch die Reihen der Karren und Maultiere trabte. Ihm blieb nicht viel Zeit bis zum Beginn der ersten Nachtwache; obwohl er als Gefreiter von Schanzarbeiten und Wachdiensten befreit war, musste er die Nacht über innerhalb von Graben und Wall bleiben, um nicht empfindliche Strafen zu gewärtigen. Dennoch wollte er wenigstens am Abend des fünften Tages dieses Marsches nach dem Mädchen sehen.

Er entdeckte den Wagen eingekeilt zwischen zwei anderen, ohne Zugtier, das wohl zur Weide geführt worden war. An einer winzigen Herdstelle saßen zwei Frauen, fest eingewickelt in ihre Umhänge; ihre ganze Aufmerksamkeit schien dem irdenen Topf zu gelten, der in der Glut stand. Erst als Annius bei ihnen stehen blieb, hob eine von ihnen den Kopf, und er blickte in Amras dunkle Augen. Sie beugte den Nacken zum Gruß und wies auf den Wagen.

Das schlechte Wetter und der aufgeweichte, kalte Boden zwang die Reisenden, ihr Nachtlager ins Innere des Fahrzeugs, unter die lederne Plane, zu verlegen. Daher fand er das Mädchen eingeknäuelt zwischen Kisten, Säcken und Taschen, und nur ihr strähniger, nassdunkler Haarschopf lugte aus den muffigen Decken hervor. Auf dem tagelangen Marsch hatte auch sie sich nur notdürftig waschen können, und die Kleider waren schmutzig geworden. Am gleichmäßigen Heben und Senken der Decke erkannte er, dass sie schlief, und das Bild erfüllte seine Brust mit unerwarteter, aber willkommener Wärme. Behutsam legte er eine Hand auf die Decke, wo er ihre Schulter vermutete. Sie fuhr mit einem erstickten Schrei hoch, schlang notdürftig die Decke um sich und starrte ihn aus weit aufgerissenen Augen an. Beschwichtigend hob er die Hände. Sie sank langsam in sich zusammen, legte die Stirn auf die Knie und schwieg.

»Es tut mir leid, ich wollte dich nicht ängstigen«, sagte er leise.

»Es ist gut«, flüsterte sie, ohne aufzuschauen. »Ich bin erschöpft. Ich kann nichts essen. Ich will schlafen.«

Er überlegte, ob er sich auf den Karren setzen sollte, blieb dann jedoch einfach stehen, um ihr Unbehagen nicht noch zu steigern. Ihr Gesicht verzog sich zu einem dünnen Lächeln.

»Danke, dass du gekommen bist. Ich fürchtete schon, du hättest mich vergessen.«

Ein Lächeln stahl sich in Annius' Mundwinkel, und er schüttelte sacht den Kopf. »Sorge dich nicht. In den letzten Tagen bin ich vor Beginn der Nachtwache nie fertig geworden, und ich darf vom Dienst nicht einfach weglaufen.«

Ihre Züge verhärteten sich, während sie an der Unterlippe nagte und ihr Blick unruhig umherflog, bevor er sich fest auf ihn richtete.

»Ich muss dir etwas ... erzählen. Bitte versprich mir, dass du es niemandem sagst!«

Verwundert nickte er. Thiudgif beugte sich vor, ergriff seine Rechte, umklammerte sie mit beiden Händen. »Versprich es mir! Bei allem, was dir heilig ist! Beim Leben deiner Mutter!«

»Rufilla ... was soll das denn Geheimnisvolles sein?«

»Ich habe einen Mord gesehen!«, platzte sie heraus.

Annius stutzte, stand einige Atemzüge lang reglos da, seine Rechte noch immer in ihren Händen, die nun kräftig zudrückten. Ihre Augen glitzerten im Zwielicht unter der Plane. Eindringlich starrte sie ihn an.

»Was sagst du?«, fragte er in der Hoffnung, sich verhört zu haben.

»Ich habe einen Mord gesehen. An dem Tag, als ich deine Wäsche am Visurgis vergaß.« Sie biss sich auf die Lippen. »Ich habe die Sachen nicht vergessen. Ich bin weggelaufen, weil ich Angst um mein Leben hatte.«

Annius' Finger und Wangen erkalteten, seine Linke umschloss ihre Hände, er öffnete den Mund, aber kein Wort kam über seine Lippen. Stumm sah er das Mädchen an und atmete dabei angestrengt.

»Es tut mir leid«, murmelte sie.

»Was ist damals geschehen?«, presste er hervor.

»Ich hab deine Sachen gewaschen und zum Trocknen ausgelegt, dann bin ich ein Stück flussaufwärts gegangen. Ich wollte ein Bad nehmen.« Sie senkte den Kopf, um die Röte zu verbergen, die ihre Wangen auch im tiefen Schatten noch lebhaft färbte, und für einen Augenblick schlug Annius' Herz schneller. »Ich war kaum fertig damit, da kamen ein paar

Männer. Soldaten. Drei Soldaten und ein Offizier. Zwei der Soldaten hielten den dritten fest. Sie redeten miteinander. In der Mundart der Cherusker. Und dann haben sie den dritten verprügelt, in den Fluss geworfen und ...«

Sie sah elend aus. Wieder spürte Annius die Wärme, doch er verdrängte den Wunsch, sie in die Arme zu schließen. »Was taten sie dann?«

Das Mädchen entzog ihm eine Hand, um sich die Augen abzuwischen. »Sie drückten ihn unter Wasser, hielten ihn fest. Bis er sich nicht mehr bewegte.« Ein Schniefen unterbrach ihren Bericht. »Danach haben sie ihn mit Ästen dort festgemacht. Im Wasser.«

Ihre Stimme erstickte, sie wandte sich ab und barg das Gesicht in einer Hand. Ihre Schultern zuckten. Annius drückte die Hand, die er hielt, und bemühte sich, seinem Blick Aufmunterung zu verleihen; es schien ihm abwegig, ihre Schulter zu tätscheln oder sie kurz an sich zu drücken, wie er es bei einem Kameraden getan hätte.

»Weißt du, worum es ging?«, fragte er, eigentlich nur um sein Schweigen zu beenden.

Sie schaute ihn aus großen Augen an. »Sie haben ihr Opfer Verräter genannt. Sie sagten, er habe mit einem ... Ich weiß das Wort nicht in deiner Sprache ... Ein Raubtier, ein kleines Raubtier, das Blut trinkt.«

Verwirrt ließ Annius ihre Hand los. »Meinst du Marder? Wiesel?«

Sie zuckte die Achseln, weinte. »Ich weiß es nicht. Ich weiß doch nicht, welche Tiere du meinst!«

Zögernd strich er über ihren Arm, wiederholte die Berührung, als sie sich nicht zurückzog.

»Ich bin ein dummes Ding.«

Sie putzte sich an einem Stofffetzen vernehmlich die Nase,

was erneut eine warme Welle in seine Brust spülte. Lächelnd wischte er eine Strähne aus ihrer Stirn und freute sich, als sie dieses Lächeln, wenn auch ein wenig matt, erwiderte. Ein leiser Ruf ertönte, und als Annius sich umwandte, bemerkte er, dass Amra aufgestanden war und ihm zwei dampfende Holznäpfe anbot.

»Wir werden zu unseren Leuten gehen, um gemeinsam zu beten«, sagte sie, nachdem Annius die beiden gut gefüllten Gefäße, in denen hölzerne Löffel steckten, entgegengenommen hatte. »Bitte sorge dafür, dass sie etwas isst, Titus Annius. Sie muss morgen stark sein.« Dann raffte sie ihren Mantel und ging mit ihrer Tochter davon, während Annius zum Wagen zurückkehrte, wo er die beiden Näpfe abstellte und sich auf die rückwärtige Ladefläche setzte. Das Mädchen hatte sich in seine Decke verkrochen und runzelte die Stirn.

»Amra schickt dich damit, nicht wahr?«

Nickend rührte er in der dicken, milchigen Suppe, die nach Kümmel, Koriander und Cumin duftete und in der neben dem gequollenen Schrot Bohnen und Möhrenstücke schwammen. Er kostete von der Löffelspitze, schob dann den zweiten Napf näher zu ihr.

»Ich will das nicht«, murmelte sie und schlang die Arme um die Knie. »Ich bin nicht hungrig.«

»Du brauchst Kraft für den Weg«, drängte er. »Also stell dich nicht an, sondern iss!«

Er konnte den Widerwillen sehen, der ihre Bewegungen hemmte, als sie nach dem Napf tastete. Ihre Finger schlossen sich fest darum, aber sie hielt das Gefäß weit von sich und wandte sich halb ab.

»Was stört dich?« Er schob einen weiteren Löffel Suppe in den Mund, schmeckte darin noch Zwiebel und Lauch und bemerkte, dass zwar genügend Salz, aber kein Fleisch oder Speck darin war.

»Sie tut etwas hinein, das ich nicht mag. Riechst du es nicht?«

»Was meinst du?«

»Da ist etwas Ekliges drin, etwas Fauliges. Sie bewahrt es in einem kleinen Tonfläschchen auf.«

Annius hielt seine Nase in den Dampf und schnupperte, roch die Gemüse und Gewürze, den gesäuerten Milchrahm, der die Suppe eindickte, einen Hauch Garum ... Er hielt inne. Garum. Es war die Fischsoße, die sie störte.

»Man schmeckt es gar nicht«, beschwichtigte er.

»Es ist eklig! Es stinkt wie verdorbener Fisch!«

Langsam stellte er seinen halb geleerten Napf ab, denn Sabinus wartete sicherlich noch mit einer kleinen Mahlzeit auf ihn. »Du hast doch immer gegessen, was ich dir in die Herberge gebracht habe, nicht wahr?«

»Das war anders!«

»War es nicht. Dieses Gewürz ist eigentlich in allem, was wir essen.« Ihre angewiderte Miene erheiterte ihn. »Glaub mir, es stört dich nur, weil du gesehen hast, dass sie es hineingeträufelt hat.«

Mit plötzlicher Entschlossenheit fasste sie den Löffel und schob ihn in den Mund, kaute, schluckte, löffelte weiter, schweigend und wie ein aufgezogenes Spielzeug. Wie sie so neben ihm saß, an einen Sack gelehnt, und aß, kamen ihm ihre Worte in den Sinn, ihr karger Bericht. Die Angst schien jetzt tief in ihr zu schlummern, doch aus eigener Erfahrung wusste er, dass Angst nur einen leichten Schlaf hat und bei jeder Gelegenheit emporbricht wie Flammen aus einem zur Unzeit aufgebrochenen Rennofen. Mit einer Fingerspitze strich er sacht über ihre Wange, einmal, zweimal, spürte das

Gewicht ihres Kopfes, als sie sich ihm zuneigte, um den Napf abzusetzen. Sie hätte ein Bad gebrauchen können, doch unter all dem Schweiß und Schmutz atmete ihre Haut einen feinen Duft aus, der wie ein leiser, aber unüberhörbarer Wohlklang in der Luft schwebte. Sie schlang die Arme um ihren Leib, schob dabei ihre Brüste zusammen, dass sie sich deutlicher abzeichneten unter Hemd und Kittel. Langsam hob sie den Kopf, blickte ihn an aus ihren hellen Augen, schien nicht zu bemerken, dass seine Wangen glühten und er gepresst atmete. Annius zog die Hand zurück, an die sich ihre Wange schmiegte, und griff nach seinem Napf, um den Rest der Suppe in seinen Mund zu schaufeln.

Er sprang vom Wagen, nahm die beiden Gefäße, und erst als er weggehen wollte und den Ausdruck von Leere in ihren Zügen las, wurde ihm klar, wie schroff das wirkte. Die Brust wurde ihm eng, als er daran dachte, wie hart ihn als jungen Rekruten die grausame Behandlung angegangen war, die prügelnden Ausbilder, die Schlägereien in den Tabernen, bei denen mancher Hitzkopf zum Dolch griff. Und wie hartnäckig ihn noch heute die Erinnerung an die Kämpfe heimsuchte, das heillose Durcheinander, wenn eine Schlachtreihe brach, Schreie, Wimmern, zertrampelte Körper, die Bilder suchten ihn immer wieder heim.

»Ich komme wieder und sehe nach dir«, sagte er, ohne sie anzusehen. »Bis dahin ... Gib auf dich acht!«

Rasch wandte er sich zur Feuerstelle, wo er das Geschirr zurückließ, und hastete zum Lagertor, ohne sich ein einziges Mal umzudrehen. Viel Zeit blieb ihm nicht mehr, wie ein Blick auf den rotgoldenen Lichtschein, der zwischen den Wolken im Westen aufblitzte, verriet.

Als einer der Letzten schlüpfte Annius durch das Tor, ehe der Wachwechsel durchgeführt wurde; eine Verspätung hätte ihn für einige Tage der Privilegien eines Gefreiten beraubt, und ihm lag wenig daran, nach einem anstrengenden Tagesmarsch schanzen und Wache stehen zu müssen. Die Erleichterung hielt nicht vor; wieder trübte die Sorge um das Mädchen seine Gedanken, kroch die Erinnerung an das Erlebnis, das sie ihm geschildert hatte, in ihm hoch, während er die belebte Querstraße des Lagers entlangtrabte, die Gassen zwischen den Zeltreihen zu zählen versuchte und den Gruß des einen oder anderen Kameraden, der ihm bekannt war, fahrig erwiderte. Unversehens prallte er gegen einen anderen Mann und erschrak, als er den jungen senatorischen Tribun der Achtzehnten Legion erkannte.

»Gaius Caelius ... ich bitte um Verzeihung! Ich habe dich nicht bemerkt.«

»Der Sohn des Weinhändlers!« Caldus lachte leise. »So schickt Mercurius dich in meinen Weg, nachdem ich sieben Tage habe verstreichen lassen, ohne dir meinen Dank auszusprechen. *Das,* Titus Annius, ist unverzeihlich!«

Annius staunte, dass der Tribun sich noch an seinen Namen erinnern konnte, immerhin war der junge Mann an jenem Abend angetrunken gewesen, und die Namen ihrer Untergebenen merkten hochrangige Offiziere sich ohnehin nur selten.

»Ich möchte mich erkenntlich zeigen und dich zu einem guten Schluck in mein Zelt einladen«, fügte der Tribun hinzu.

Zögernd stand Annius vor ihm, in seinen Ohren klang die Bitte des Mädchens, ihr Geheimnis zu wahren, sie nicht zu verraten, übertönt von der mahnenden Stimme, die ihm sagte, dass er dieses Geheimnis nicht für sich behalten dürfe.

Caldus musterte ihn erwartungsvoll; diese Einladung abzulehnen, käme einer anmaßenden Beleidigung gleich, die

Annius nicht wagte, und so nickte er wortlos und folgte dem Tribun zu dessen Quartier. Dabei bemerkte er, dass Caldus sich auffallend steifbeinig bewegte.

»Bist du verletzt?«, fragte er, eingedenk seiner eigenen Verwundung.

»Ich habe fünf Tage im Sattel verbracht«, erklärte Caldus, »und das bekommt mir nicht.«

»Marschieren scheint bequemer zu sein«, erwiderte Annius, und sie lachten gemeinsam, was ihm guttat. Doch die Wirkung verflog, sobald sie wieder verstummten und schweigend die Straße hinuntergingen, Annius einen halben Schritt hinter dem Tribun.

Beklommen hatte Annius das Zelt des Tribuns betreten und saß nun auf einem gepolsterten Klappsessel, eingewickelt in eine Decke, und drehte in seinen Händen einen Silberkelch. Das sanfte Licht der Öllampen am Kandelaber ließ den Wein golden funkeln. Sooft Caldus seinen Becher an die Lippen setzte, nahm auch Annius einen Schluck von dem süßen, leicht geharzten Trunk, einem wirklich köstlichen Tropfen. Seitdem sie zusammensaßen und tranken, hatten sie nur wenige Worte gewechselt; das gemeinsame Schweigen, das Caldus offenbar wohltat, bereitete Annius Unbehagen. Unentwegt kreisten seine Gedanken um das Bild des erschöpften, hilflosen Mädchens, das sich krampfhaft selbst umarmte. Die Erinnerung wärmte ihn, aber sogleich hallten ihre Worte in seinen Ohren wider, ihre ängstliche Offenbarung. Die Sache beunruhigte ihn. Hastig nahm er einen großen Schluck aus seinem Becher und fühlte sich danach ein wenig benebelt. Er wusste, dass er die Sache melden musste, aber wie? Und wem?

Er sah den Tribun an, der ihm freundlich zulächelte. Darüber reden, als ginge es um einen anderen ... Annius' Finger trommelten leicht auf dem Becher herum, während er sich überlegte, wie er ausdrücken könnte, was ihn umtrieb, ohne zu verraten, dass es ihn umtrieb.

»Was würdest du einem Mann raten, der von einer Sache erfahren hat, die er unweigerlich melden müsste ...« Seine Stimme erstarb unter dem Blick des Tribuns, der eine Braue hob und lächelte.

»Was bedrückt dich?«

»Es geht um ... um einen Freund. Einen sehr guten Freund ...«

»Du hast mir in einer jämmerlichen Stunde beigestanden, und heute kann ich mich erkenntlich zeigen. Also was bedrückt dich?«

Wieder rannten Annius' Finger über das Silber des Bechers, drehten ihn, fast wäre er gekippt. Gerade noch rechtzeitig fing er ihn auf. Er lehnte sich mit einem tiefen Atemzug zurück. »Ich habe demjenigen, der mir diese Sache erzählte, bei allem, was mir heilig ist, geschworen, dass ich es nicht weitererzähle und ihn nicht verrate.«

»Bevor er es erzählt hat?«, fragte Caldus, und als Annius das stumm bestätigte, runzelte er die Stirn. »Dann kann es sich eigentlich nur um einen Sklaven oder Freigelassenen handeln, der fürchtet, dass man ihn foltert, um die Wahrheit festzustellen.«

»Das tut nichts zur Sache. Ich vertraue diesem Menschen, und mich beunruhigt, was er gesehen hat«, entgegnete Annius, und nach Caldus' aufmunterndem Wink fuhr er fort: »Vor etwa fünfzehn Tagen brachten zwei Soldaten und ein Offizier einen dritten Soldaten ans Ufer des Flusses unterhalb unseres Lagers. Sie verprügelten ihn, beschimpften ihn als Verräter und ersäuften ihn dann im Fluss, wo sie die Leiche versteckten.«

Der Tribun pfiff durch die Zähne. »Und dein Zeuge?«

»Befand sich in der Nähe, hatte sich im Gestrüpp versteckt und beobachtete die Tat.«

»Und was haben sie gesagt?«

»Genau weiß ich es nicht. Sie sollen eine barbarische Mundart gesprochen haben, die der Cherusker.«

Caldus stellte den Becher ab, rieb sich Kinn und Wangen und musterte Annius so aufmerksam, dass diesem mulmig wurde.

»Dein Zeuge ist eine Frau, eine Einheimische, Titus Annius. Und ich weiß nicht, ob man der Aussage einer Hure –«

»Sie ist keine Hure!«

Kaum heraus waren die Worte bereits bereut. Annius biss sich schmerzhaft auf die Unterlippe und schlug die Augen nieder. Scham brannte auf seinen Wangen.

»Aber eine Sklavin, weil sie glaubt, die Folter fürchten zu müssen«, erwiderte Caldus. »Auch wenn ich nicht zu denen gehöre, die den Aussagen von Sklaven grundsätzlich misstrauen, wäre es mir lieber, zu wissen, wer dir das erzählt hat.«

Schweigend saß Annius auf dem Klappsessel, zupfte Fusseln aus der Decke und rollte sie zu einer kleinen, pelzigen Kugel. Er hatte das Mädchen verraten. Er hatte ihr ein Versprechen gegeben und dieses Versprechen bei der ersten Gelegenheit gebrochen. Er stellte den Becher auf einem Tischchen ab, schob die Decke von den Knien und stand auf. »Ich werde gehen. Ich –«

»So nicht, mein Freund!« Caldus hob die Hände, dabei kippte sein Becher um, rollte von der Kline, vergoss den goldfarbenen Inhalt noch in der Luft und schlug dumpf auf dem Teppich auf. »Du hast mir von einem Mord berichtet. Von einem Mord an einem Soldaten, der wie eine Hinrichtung aussieht. Dabei fiel das Wort Verrat. Ich muss dem nachgehen, ich werde auch Meldung machen müssen.«

Wie eine Ohrfeige trafen Annius diese Worte; er presste die Kiefer aufeinander, ballte und öffnete hilflos die Fäuste.

»Wenn du jetzt gehst«, fuhr der Tribun leise fort, »wird es zu einem Verhör kommen, und du wirst deine Zeugin preisgeben müssen. Setz dich wieder hin, und ich werde sehen, was ich für dich tun kann.«

Annius verharrte auf der Stelle. Er hatte das Mädchen ohnehin schon verraten, nun musste er zusehen, wie er ihren Kopf aus der Schlinge ziehen konnte.

»Setz dich!«, wiederholte Caldus eindringlicher.

Gehorsam ließ Annius sich in den Klappsessel fallen und atmete mehrmals tief durch, ehe er aufblickte.

»Um es kurz zu machen: Ich habe sie beim Würfelspiel gewonnen. Ich habe sie diesem Dreckskerl Fufidius abgenommen. Ihren richtigen Namen kann man nicht aussprechen, deshalb nenne ich sie Rufilla.«

»*Du* bist das?« Die Miene des Tribuns hellte sich auf und er lachte. »Diese Geschichte ist bis zu mir vorgedrungen, allerdings wusste ich bisher nicht, dass der Mann, der diesen Menschenschinder gefoppt hat, derselbe ist, dem ich den rettenden Schoppen verdanke.« Mit einem Mal wurde er wieder ernst. »Gut, die Zeugin ist deine Sklavin, und du willst sie schützen, das ehrt dich. Aber die Sache ist heikel. Vielleicht ist es nur eine Auseinandersetzung unter ein paar Männern, aber vielleicht ... Hat sie sonst noch etwas gesagt?«

Nachdenklich rieb Annius das Kinn, grübelte. »Nur dass einer gesagt habe, der Verräter habe mit einem kleinen Raubtier gesprochen. Ich vermute, dass es jemand ist, der einen Spitznamen –«

»Das Wiesel!« Caldus sprang auf.

Erschrocken starrte Annius den Tribun an.

»Segestes! Der andere cheruskische Fürst in unseren Diensten. Einige nennen ihn ›das Wiesel‹.« Caldus lief im Zelt hin und her wie ein gefangener Löwe in seinem Käfig. »Aber was ...?«, murmelte er. »Segestes führte vor dem Abmarsch Klage, dass Arminius Meuterei und Aufstand plane. Er benannte sogar einen Zeugen, einen gewissen Secutus ...« Abrupt blieb er stehen, drehte sich zu Annius um und starrte ihn an, als sähe er ihn gar nicht. »Dieser Secutus hatte sich nach einem Freigang nicht zurückgemeldet, das hatte ich gelesen ... Alles passt zusammen ...«

»Was bedeutet das?«

Caldus' Blick verfinsterte sich. »Segestes hat die Wahrheit gesagt! Ich muss sofort zum Statthalter!«

Wie von Furien gehetzt stürzte er aus dem Zelt und ließ einen verdutzten Annius zurück.

*

Die Reiter hatten sich außerhalb des Lagers in Viererreihen aufgestellt und harrten der Befehle. Sie hatten sich nicht lange ausruhen können, nur die wenigen Stunden, die ihnen nach ihrem Eintreffen als Vorhut bis zum Beginn der ersten Nachtwache verblieben waren. Schon bei der gestrigen Abendbesprechung hatte Arminius darauf gedrängt, die Nachtstunden nutzen zu dürfen, um die verstreut stationierten Truppen möglichst zügig zu sammeln. So könne er in kürzerer Zeit die unruhigen Stammesteile in die Zange nehmen, damit sie sich nicht, wie es ihre Art sei, in die Wälder flüchteten, sobald Varus sich mit den Legionen näherte.

Vala strich seinem Pferd über den Mähnenkamm, während er über Arminius lächelte, den Günstling des Statthalters, der sich noch eifriger darum bemühte, seine Treue und seinen Leistungswillen herauszustreichen, nachdem er von seinem Rivalen Segestes angeschwärzt worden war. Gerade ritt der Tribun die Reihen seiner Männer ab, zügelte gelegentlich seinen Braunen, um ein paar Worte zu sagen. Praefect Iulius Segimerus, der die zweite Ala führte, war bereits abgesprungen, um letzte Befehle entgegenzunehmen. Über den Hügeln im Süden versickerte das Licht, während die Reiter ihre Laternen entzündeten, eine für jede Reihe.

Endlich kehrte Arminius zum Lagertor zurück, schwang das Bein über den Hals seines Pferdes und glitt zu Boden.

»Die Männer sind bereit zum Aufbruch«, meldete er Vala, dann blickte er zum Himmel, unter dem dunkle Wolkenfetzen dahinzogen und die Sterne verschluckten und wieder freigaben. »Wenn das Wetter nicht umschlägt, werden wir die erste der vier Cohorten vor dem Morgengrauen erreichen.«

Vala nickte. »So ist es geplant. Aber begebt euch in keine Gefahr.«

»Dies ist unser Land«, erwiderte Arminius. »Hier gibt es keine Unruhen. Das Einzige, was uns gefährlich werden kann, sind die Höhlen der Maulwürfe. Solange die Reiter auf dem Weg bleiben, sind wir sicher.«

»Wilde Keiler könnten unseren Weg kreuzen«, wandte Segimerus grinsend ein.

Vala ersparte sich eine Antwort, und auch Arminius schien den Spott zu überhören, denn er richtete schweigend den Blick auf den Torweg, woher sich gedämpfter Hufschlag und das helle Klingeln der Silberbeschläge eines kostbaren Pferdegeschirrs näherte. Der Statthalter erschien auf seinem prächtig aufgezäumten Schimmel, gefolgt von einigen persönlichen Begleitern, jungen Volontariern und dem Quaestor Marcus Fulvius. Allen war die Anstrengung dieser Tage anzusehen, nur Varus sah erholt aus, obwohl die Reise in der Pferdesänfte auf Dauer kaum angenehmer war als zu Fuß oder im Sattel.

»Dein Erscheinen ehrt mich«, sagte Arminius nach der Begrüßung.

»Schau her!« Varus schob den prachtvoll drapierten Mantel beiseite und deutete auf seinen Gürtel, wo Metallbeschläge und Edelsteine im Fackellicht helle Funken warfen. »Ich trage sogar deinen Dolch. Und ich wollte, ich könnte euch beiden und euren Männern noch eine Ermutigung mit auf den Weg geben, damit euer Vorhaben nicht nur erfolgreich, sondern auch leicht von der Hand gehen wird. Vom Glück und der Gunst der Götter seid ihr ohnehin begleitet, wie die Auguren berichteten.«

Vala musterte den Dolch an Varus' Seite, ein kostbares Stück mit elfenbeinernem Griff, das in einer Scheide mit Silberbeschlägen steckte. Ein Geschenk also, und der Statthalter ehrte seinen jungen Günstling, indem er sich mit diesem Geschenk zeigte.

»Du wirst den Dolch eines Tages brauchen«, sagte Arminius. »Das ahne ich, deshalb habe ich ihn dir geschenkt. Ein Dalmaterfürst führte diese Waffe einst gegen mich, doch ich konnte ihn überwältigen und mit der eigenen Klinge unschädlich machen.«

Arminius verneigte sich leicht, ein Gruß, den Varus erwiderte, bevor er die Rechte hob. »Fahre wohl, Iulius Arminius!«

Mit einer letzten Verbeugung lenkte Arminius sein Pferd zur Straße, und die Reiter folgten ihm Reihe für Reihe in gemächlichem Trott. Vala atmete erleichtert durch. Der Tag war zu Ende, er durfte ausruhen – sofern der Statthalter nicht noch eine späte Besprechung ansetzte. Aber ein rascher Blick beruhigte ihn, denn Varus verabschiedete ihn mit einer freundlichen Geste, bevor auch er sein Pferd zum Tor zurücklenkte, ins Lager hinein, wohin seine Begleiter und Vala ihm folgten.

Sie hatten die ersten Zeltgassen hinter sich gelassen, als ihnen jemand entgegenrannte. Sie zügelten ihre Pferde und blickten auf einen jungen Mann in weißer Tunica mit breitem senkrechtem Purpurstreifen, auf kastanienbraunes Haar und in die verstörten Züge des senatorischen Tribunen Gaius Caelius Caldus.

»Ich bitte um Verzeihung«, stammelte er atemlos. »Ich habe etwas erfahren, das ihr sofort zur Kenntnis nehmen müsst.«

»Wie wäre es mit Höflichkeit, Gaius Caelius?«, entgegnete der Statthalter schneidend kalt, während Vala schier übel wurde von der Galle, die sich in ihm emporfraß.

Hastig hob der junge Kerl die Hand zum Gruß. »Ich bitte um Verzeihung. Es ist wichtig. Sehr wichtig! Iulius Segestes ... Er hat die Wahrheit gesagt.«

Stille.

Vala krampfte die Fäuste um die Zügel und biss sich auf die Zunge, um nicht loszubrüllen. Varus' Schimmel schnaubte und scharrte im Lehm. Keiner der Reiter bewegte sich, während der törichte Tribun zum Statthalter aufsah. Vala atmete schwer. Er würde diesem Narren eine Lehrstunde geben, die er niemals vergessen würde!

»Gaius Caelius ...« Varus räusperte sich gepresst. »Deine Bemühungen sind löblich, aber ich dachte, wir«, er nickte zu Vala, »hätten uns klar und deutlich ausgedrückt.«

»Ich weiß, was geschehen ist. Ich weiß, wer der Zeuge war, den Segestes aufrufen lassen wollte. Ich weiß, dass dieser Zeuge –«

»Halt den Mund!«, blaffte Vala. »Und melde dich nach dem Weckruf in meinem Quartier!«

Er sah den Schrecken in den Augen des Tribuns, der sich mit bittend erhobenen Händen dem Statthalter zuwandte. Doch Varus trieb den Schimmel an und ritt im Schritt so dicht an dem jungen Mann vorbei, dass dieser beiseitestolperte. Er hatte es sich verscherzt, und das verdientermaßen, dachte Vala grimmig.

VI

Marcus Caelius ließ den Weinstock, Abzeichen seines Ranges als Centurio, gegen seine Wade pendeln, während er den Tribun, der seit dem frühen Morgen die Verladung der schweren Lasten für den Tross überwachte, mitleidig beobachtete. Trossdienst war eine tiefe Demütigung für einen jungen Offizier aus noblem Geschlecht, der sich eigentlich mit Verhandlungsgeschick, kleinen taktischen Operationen und Führungsaufgaben hervortun sollte. Caelius fragte sich, was Caldus angestellt haben mochte, dass er einen solchen Zorn auf sich gezogen hatte. Gerüchten traute er aus langjähriger Erfahrung nicht, und Caldus erschien ihm gutartig, anstellig, er trotzte nicht und führte keine gehässigen Reden im Munde. Und dennoch hegte Legat Vala, den Caelius schätzte, einen unübersehbaren Groll gegen diesen Tribun.

Jetzt war er zum wiederholten Mal auf seinem Braunen hergeritten, hatte überflüssige Fragen gestellt und einen wachsamen Blick auf den Tribun geworfen, der mit Tafeln und Griffel umherging und Buch führte. Caelius las aus der Miene des Legaten Häme, als dieser sein Pferd wendete und durch die Lagergasse, die sich allmählich wieder in eine niedergetrampelte Wiese verwandelte, davonritt. Soldaten packten das Notwendige auf die Tragstangen, während

Trossknechte die ledernen Zeltplanen aufrollten, die Stangen zusammenschnürten und auf Karren und Tragtiere verluden. Der Tribun stopfte das Schreibzeug in eine seiner Satteltaschen, nahm seinen zierlichen Goldfuchs am Zügel und näherte sich Caelius.

»Ich werde mich dem Tross anschließen«, sagte Caldus, dem noch immer nicht anzumerken war, wie er diese Erniedrigung nahm. Caelius brummte eine Bestätigung und wollte ihn in Ruhe ziehen lassen. Doch der junge Mann blieb stehen und nestelte an den Zügeln des Pferdes. »Marcus Caelius ... das ist ungewohnt für mich. Was genau habe ich zu tun?«

»Die Augen offenzuhalten.« Caelius setzte ein aufmunterndes Grinsen auf und verkniff sich jedes weitere Wort. Der Junge war weggeschickt worden, weg vom Stab, der ehrenvollen Umgebung des Statthalters, weg von der kämpfenden Truppe zu den Knechten und Maultieren, den Weibern und Kindern. Dorthin, wo man sich beim besten Willen keine Ehre machen konnte.

Caldus' Miene verriet, dass er sich darüber im Klaren war, aber auf eine andere Antwort gehofft hatte. Er griff nach den Sattelhörnchen und sprang auf sein Pferd, das den Kopf hochwarf und einen dunklen, zitternden Laut von sich gab.

»Du weißt, wo du mich findest«, murmelte er, ehe er dem Goldfuchs die Sporen in die Flanken drückte, dass dieser sich in Bewegung setzte. Langsam wandte Caelius sich seinen Männern zu, die nun fast vollzählig aufgestellt waren.

»Warte, Centurio!«

Der Tribun war abgesprungen und kam auf Caelius zu. Sein Pferd hatte er sich selbst überlassen, wie er es gewohnt war, aber weil kein Pferdebursche die Zügel nahm, schlenderte es nach kurzem Verweilen einige Schritte beiseite und tauchte die Nase ins Gras.

»Wurde dir mitgeteilt, warum ich den Befehl erhielt, mich um den Tross zu kümmern?«

Caelius war es gewohnt, Vorgesetzten gegenüber niemals zu zeigen, was er dachte, obwohl es ihm schwerfiel, jetzt, da dieser Tribun mit ihm reden wollte, während er sich doch mit seiner Centuria in Marsch setzen musste, damit die Ordnung nicht ins Stocken geriet. Nur widerwillig wandte er sich dem Tribun zu und blickte in dessen verfinstertes Gesicht.

»Hast du von den Vorwürfen erfahren, die Segestes gegen Arminius und andere erhob?«, fragte Caldus.

»Ich habe davon gehört«, erwiderte Caelius vorsichtig.

»Er benannte damals einen Zeugen namens Secutus.«

Caelius machte einen halben Schritt rückwärts. »Das zu beurteilen, gehört nicht zu meinen Befugnissen.«

»Ich mache mir Sorgen, Marcus Caelius. Ich habe erfahren, dass ein Mann dieses Namens damals vermisst gemeldet worden war. Er hatte zu Arminius' Ala gehört. Ich habe auch erfahren –«

»Tribun, ich bin nicht ...« Ergeben verstummte Caelius unter dem aufflammenden Blick des jungen Mannes, der sich im Bewusstsein seiner Stellung und seiner hohen Abkunft vor ihm aufbaute.

»Ich habe auch erfahren, dass zu dieser Zeit ein Soldat getötet wurde, der von seinen Mördern ein Verräter genannt wurde, weil er sich mit Segestes abgegeben habe.«

Argwöhnisch musterte Caelius den Tribun, der ihn seinerseits fest anblickte.

»Die Alen von Arminius und Segimerus haben den Heereszug verlassen«, fuhr Caldus fort. »Ihr Befehl lautet, die auf die befestigten Dörfer verteilten Einheiten zu sammeln und in den Rücken des Feindes zu führen. Doch was geschähe, wenn sie sich stattdessen an einem geeigneten Ort für einen Hinterhalt mit den Aufständischen träfen, um unseren Heereszug zu überfallen?«

Caelius fröstelte bei dem Gedanken an brüllende Scharen, die aus den Wäldern brachen und sich todesverachtend auf marschierende Legionäre stürzten. Rasch schüttelte er die Bilder ab. »Was soll schon passieren?«, entgegnete er. »Unsere Vorhut wird rechtzeitig Meldung machen. Die Männer werden binnen einer Stunde geschanzt haben und den Feind abwehren. Was können zwei Alen und ein paar wilde Horden gegen drei Legionen und mehr als zehn Hilfseinheiten ausrichten? Nicht viel.«

»Wenn sie gezielt den hinteren Tross angreifen, können Geschütze in ihre Hände fallen. Und wenn sie von vorn kommen ... Was, wenn sie die Soldkasse rauben? Wenn der Statthalter selbst in Gefangenschaft gerät?«

»Das ist nicht so einfach, wie du fürchtest. Wir haben eine wachsame Vorhut, Kundschafter begleiten den Heereszug auf beiden Seiten und berittene Truppen geben Flankenschutz. Es wäre schierer Wahnsinn, uns anzugreifen. Selbst aus dem Hinterhalt, wie die Barbaren das ja immer machen.«

Er grinste den Tribun an, dessen Miene sich nicht aufhellte. »Ich werde meinen Männern sagen, dass sie die Augen offen halten sollen. Und ... ich werde die Primipili der beiden anderen Legionen benachrichtigen. Keine Sorge, Tribun! Ich weiß, wie ich das ausdrücke, ohne dass jemand beim Stab nachfragt.«

*

Caldus war abgestiegen und ging zwischen den rumpelnden Wagen neben seinem Goldfuchs her, denn das Reiten war ihm längst unangenehm geworden. Dass Trossknechte und Sklaven, Weiber und Kinder ihn beäugten, spürte er wie feine Stacheln im Nacken. Er war hierher verbannt, das konnte niemandem entgangen sein. Was hätte ein junger Mann, den seine Kleidung als hohen Offizier aus senatorischer Familie auswies, im Tross zu suchen gehabt? Verächtlich schnaufte er durch die Nase und klopfte mit dem Stecken, den er am Straßenrand aufgelesen hatte, immer wieder die Lehmbatzen von den Stiefelsohlen.

Der Primipilus hatte recht. Caldus ließ den Stecken pfeifend durch die Luft sausen. Wahrscheinlich saß er ohnehin Hirngespinsten und leeren Verdächtigungen auf, Intrigen, die die Barbaren gegeneinander spannen. Und selbst wenn es anders sein sollte, könnten sie nicht viel ausrichten gegen diesen hochgerüsteten, waffenstarrenden Heereswurm, der sich über das Land schlängelte, im Rücken die Einheiten, die überall verstreut postiert waren. Schlimmstenfalls würden sie mit nadelstichartigen Angriffen aus dem Hinterhalt für Unruhe unter Vorhut und Kundschaftern sorgen, vielleicht ein paar Vorstöße zum Haupttross wagen, um Geschütze zu erbeuten. Aber ihre einzige Rettung läge darin, sich in den Wäldern zu verstecken und dort zu überwintern, wahrscheinlich ohne Vorräte.

Caldus schalt sich einen Narren, erst recht, als er stolperte und mit Händen und Knien im Schlamm landete. Er verbiss sich den Fluch, führte sein Pferd zum Wegrand und zupfte ein Tuch aus der Satteltasche, um sich zu säubern. Karren rollten vorüber, hoch beladen mit eingerollten Zeltplanen und Stangen, Säcken und Kisten. Mehrere Male hatte er sich die Frage gestellt, wie lange diese Verbannung wohl andauern würde, die Vala als Lehrstunde bezeichnet hatte, und auch diesmal missfielen ihm die unsicheren Aussichten.

Der Goldfuchs schnaubte und scharrte mit dem Vorderhuf. Es gab ohnehin nichts zu tun, deshalb griff er nach den Sattelhörnchen und schwang sich auf den Rücken des Tieres. Obwohl es schmerzhaft in den Leisten zog, als er die Zügel aufnahm, lenkte er das Pferd vom Damm hinunter auf das Feld.

Die Hufe warfen getrockneten Lehm auf, während der Goldfuchs im scharfen Trab auf den Waldrand zuhielt, wo Caldus ihm den Kopf freigab. Ungestüm galoppierte der Hengst dahin, die Ohren gespitzt, dehnte sich in weiten Sätzen, schnaubte freudig. Wie eine Fahne flatterte seine lange Mähne, und die Hufe trommelten fast paarweise auf den Boden. Alopex, der Stolz der Herden seines Vaters.

Caldus genoss den kühlen Wind, der ihm durchs Haar und über die Wangen strich, der die Tunica blähte und den Umhang wehen ließ. Sein Blick wanderte über die Hügel jenseits des Heereszuges, über das dunkle Grün der Wälder unter dem von dünnen Wolken verhangenen Himmel. Er überholte Reiterzüge des Flankenschutzes, die ihm Scherzworte nachwarfen, erreichte eine von Erlen und Weiden bestandene Aue, durch die sich die Arme eines Baches schlängelten. Caldus ließ den Goldfuchs auslaufen, der in einen gemächlichen Trab und dann in den Schritt fiel, bevor er stehen blieb, schnaubend den Hals schüttelte, dass die Beschläge des Zaumzeugs klingelten. Vorsichtig stakste er durch den Schlamm zum Bach, blies über das Wasser, als prüfte er es, und tauchte dann die Nase ein, um zu trinken.

Jenseits des Baches wiegte sich Schilf im Wind, und das Rauschen des Laubes übertönte das ferne Dröhnen des marschierenden Heereszuges. Caldus dachte an seinen Vater, einen rührigen Mann, der es ihn spüren lassen würde, dass er durch sein Verhalten die Ehre der Familie der Lächerlichkeit preisgegeben hatte. Caldus ballte die Faust, hob sie, klopfte dann aber nur sachte auf eins der Sattelhörnchen. Gegen den Vater konnte er nichts ausrichten. Nicht solange er auf ihn angewiesen war.

Als er dem Goldfuchs die Fersen in die Flanken drückte, warf dieser mit einem leisen Wiehern den Kopf hoch. Caldus wendete den Hengst und trieb ihn an, was sich das Tier nicht zweimal sagen ließ. Eifrig pflügten die Hufe Lehmbrocken aus dem Boden, während er am Waldrand entlangflog.

Hufschlag näherte sich. Mit einem Blick über die Schulter erkannte Caldus den Lagerpraefecten Ceionius, der auf seinem schnaufenden Rappen heranpreschte. Caldus verlagerte sein Gewicht, was den Goldfuchs in einen leichten Tölt fallen ließ, sodass Ceionius sich zu ihm gesellen konnte.

»Kränkt es dich sehr?«, fragte der Lagerpraefect ohne weitere Erklärungen.

»Wenn dem so wäre, ginge es dich nichts an«, entgegnete Caldus, ohne Ceionius anzusehen.

»Sachte, Gaius Caelius! Ich zumindest habe nicht die Absicht, dich zu kränken. Im Gegenteil, ich würde gerne erfahren, was zu diesem Befehl geführt hat.«

Caldus starrte unverwandt vor sich hin und antwortete nicht, obwohl es ihn drängte, seinem schwelenden Groll Luft zu machen. Sein Goldfuchs eilte dem Rappen des Lagerpraefecten ein wenig voraus, was ihm nur recht war, denn so konnte Ceionius nicht in seiner Miene lesen. Eine Weile ritten sie gemeinsam weiter, wobei sie sich allmählich dem lärmenden Heereszug näherten; einige Soldaten sangen zur Aufmunterung schlüpfrige Spottlieder, aber Caldus konnte nicht verstehen, über wen die Männer herzogen. Insgeheim argwöhnte er, selbst gemeint zu sein, schüttelte aber den Gedanken ab wie eine lästige Fliege. Neben ihm wippte der Kopf des Rappen.

»Wenn du mir sagst, was du angestellt hast, kann ich vielleicht bei Vala ein Wort für dich einlegen.«

»Nicht nötig«, entgegnete Caldus und trieb sein Pferd vorwärts.

Der Lagerpraefect holte auf, drängte den Goldfuchs mit dem Körper seines kampferprobten Rappen in den Morast, dass er langsamer wurde.

»Was willst du von mir?«, blaffte Caldus aufgebracht.

»Du bist ein begabter junger Mann, Gaius Caelius. Ich verstehe nicht, wie es zu dieser ... Strafe kam. Da muss ein Missverständnis vorliegen.«

Caldus zügelte den Goldfuchs und wandte sich dem Lagerpraefecten zu, der seinen Rappen ebenfalls zum Stehen brachte. Er schaute in Ceionius' dunkle Augen, fand dort jedoch nichts als wohlwollende Neugier.

»Erinnerst du dich an die Klage des Segestes?«, begann er, und Ceionius nickte. »Kurz bevor Arminius und Segimerus gestern aufbrachen mit dem Befehl, die verstreut postierten Truppen zu sammeln und in den Rücken des Feindes zu führen, erfuhr ich, dass die Anschuldigungen durchaus begründet sind. Ich glaube, dass der Zeuge, den Segestes beibringen wollte, ermordet wurde.« Er senkte den Kopf und grub die Zähne in die Unterlippe. »Aber ich kam gar nicht dazu, diesen Verdacht zu äußern.«

Eine Weile schwiegen sie, und der Lärm der Truppen auf dem nahen Damm übertönte sogar den Herzschlag, der in Caelius' Hals pochte.

»Das könnte man durchaus vorschnell nennen«, sagte Ceionius schließlich. »Andererseits frage ich mich, was Arminius damit erreichen wollte. Er ist ein kluger Mann, er würde niemals eine Gefahr eingehen, die ihn und seine Männer in den sicheren Untergang führt. Und zwei Alen gegen drei Legionen und einige Truppen mehr – wie, denkst du, ginge das wohl aus?«

Caldus spürte seine Mundwinkel zucken. Es war in der Tat albern. Auch der Primipilus hatte ihm gesagt, dass nur ein Rasender einen solchen Plan ersinnen würde. Er war einem Irrlicht gefolgt. Er hatte nicht nachgedacht. Die Strafe traf ihn zu Recht. Langsam nickte er.

»Ich rede mit Vala«, sagte Ceionius. »Wenn du Einsicht zeigst, wird er von weiteren Befehlen dieser Art absehen. Und jetzt geh wieder auf deinen Posten, Tribun!«

Vor dem Graben des Marschlagers wurden die Maultiere mit Stroh abgerieben, gefüttert und getränkt. Caldus befühlte die linke Hinterhand des Goldfuchses, die ein wenig geschwollen war. Der Hengst setzte den Huf nur mit der Spitze auf und zitterte, als Caldus die wunde Stelle berührte. Das Sprunggelenk war überlastet, die Sehne hart wie ein straff gespanntes Seil. Caldus gab dem Pferdeburschen einen Wink, den Goldfuchs zu übernehmen. Während er dem Tier nachblickte, bahnte sich ein Mann seinen Weg durch die geschäftig umhergehenden Menschen. Caldus erkannte den Sohn des Weinhändlers aus Tarraco, der in ehrerbietigem Abstand stehen blieb, um zu grüßen.

»Was treibst du hier?«, fragte Caldus. »Als Stabsschreiber hast du doch jetzt genug zu tun.«

»Heute nicht«, erwiderte Titus Annius hastig; er war außer Atem, und es schien, als wollte er sich schnellstmöglich davonmachen.

»Hast du etwas dagegen, wenn ich dich begleite, Titus Annius?«

Der Gefreite stutzte und schüttelte zögernd den Kopf. »Das steht mir nicht zu.«

»Dann tun wir halt so, als würdest du mich begleiten.«

Sie gingen nebeneinander her, während Annius sichtlich Ausschau hielt. Seinen verhaltenen Schritten und seinem häufigen Straucheln merkte Caldus an, dass er den ganzen Tag marschiert war. Schließlich gab der Gefreite ihm ein Zeichen zu warten und trabte auf einen Karren zu, neben dem ein Maultier graste. Zwei tiefverschleierte Frauen bemühten sich um ein kleines, mit Feldsteinen umgebenes Feuer. Irdene Töpfe standen bereit, Vorratsbeutel und ein Wasserkrug. An der Rückseite des Karrens stand eine weitere Frau, aus deren Kopftuch nassdunkle Strähnen hingen.

»Rufilla?«, rief Annius, und sie drehte sich um. Die beiden anderen blickten auf, erhoben und verneigten sich, was Caldus hier und jetzt unerwartet peinlich berührte. Dass die dritte Frau – eigentlich ein junges Mädchen, wie er an dem frischen Gesicht unter dem Kopftuch erkannte – weniger ehrerbietig war, tat ihm überraschend wohl. Sie schlang den Umhang, einen verschlissenen Soldatenmantel, enger um die Schultern und blieb abwartend stehen. Caldus sah auffallend helle Augen unter einer hohen runden Stirn, die schmalen Nasenflügel bebten unter dem schweren Atem. Es war kein wirklich hübsches Gesicht, aber ein lebhaftes, trotz der sichtlichen Erschöpfung. Als Annius ihn vorstellte, bemerkte Caldus, dass dessen Stimme ein wenig belegt klang, als wäre er leicht erkältet. Das Mädchen beugte eilig Knie und Nacken, und ihre Hände wischten ziellos über den Stoff ihres Kleides. Scheu und frisch, wie die kleinen Bauernmädchen in den Weilern bei seines Vaters Landgut, auch wenn sie älter war und blasser. Die stumpfen Strähnen, die unter dem straff gebundenen Kopftuch herausgerutscht waren, verrieten einen matten Kupferton.

Ein Hauch von Zuneigung ließ ihn lächeln, kein Begehren, dafür war sie zu schlicht, zu scheu und vor allem zu mager. Er begriff, warum Annius sie schützte. Sie war beileibe kein Kind mehr, sondern ein Mädchen im mannbaren Alter; wäre sie eine Freie, hätten Vater oder Vormund längst einen Bräutigam ausgewählt, um sie ihm anzuvertrauen. Als Sklavin war sie angewiesen auf die Fürsorge eines Herrn.

Caldus beobachtete den Stabsschreiber, der leise mit dem Mädchen sprach. Sie antwortete fast flüsternd, langsam, stockend, Latinisch schien ihr noch fremd, denn Caldus verstand sie kaum. Annius mochte sie gekauft haben, doch er behandelte sie, als wäre sie eine jüngere Verwandte. Schließlich verabschiedete er sich, sie verbeugte sich erneut und huschte hinter den Wagen.

»Sie fürchtet sich vor dir«, entschuldigte Annius das Verhalten des Mädchens, als sie sich auf den Weg zum Marschlager machten.

»Was kaum verwunderlich ist«, erwiderte Caldus schmunzelnd.

Schweigend ging Annius mit leicht gesenktem Kopf neben Caldus her. Ringsum bereiteten Menschen ihre Nachtlager und nahmen an kleinen Lagerfeuern ihr Abendessen ein. Das also war die Zeugin, die Annius zu schützen versuchte. Voreilig, so schalt Caldus sich, hatte er seine Schlüsse gezogen aus dem, was er von Annius erfahren hatte. Er zweifelte nicht daran, dass das Mädchen etwas gesehen hatte, aber sie hatte sich wohl ihren eigenen Reim darauf gemacht. So wie auch er Dinge zusammengezählt hatte, die offenbar nicht zusammengehörten. Er hoffte inständig, dass Valas Groll schon nachgelassen hatte, dass die Verbannung aus dem Kreis der hohen Offiziere nicht noch länger andauerte.

»Ich muss die Sache in Ordnung bringen«, unterbrach Annius die Stille. »Wenn die Unruhen beendet sind, möchte ich das Mädchen nach Aliso zu ihrer Familie zurückbringen.«

Verwundert sah Caldus ihn an. »Wozu soll das gut sein? Wer nimmt eine Braut, die keine Jungfrau mehr ist?«

»Ich habe sie nie angerührt«, entgegnete Annius unerwartet schroff. »Ich habe sie doch nicht diesem stinkenden Bock entrissen, um ... Sie ist fast noch ein Kind!« Kopfschüttelnd verlangsamte er seine Schritte, fiel zurück. »Ich habe keinen Gefallen an so jungen Dingern«, murrte er kaum noch hörbar. »Und außerdem verstößt es gegen die Sitten der Vorfahren.«

Caldus blickte voraus, die Hauptstraße des Lagers hinauf, sah die aufgepflanzten Feldzeichen, die Wimpel, die im Abendwind flatterten. Er hatte einen Bericht zu diktieren, musste seinen Schreiber rufen. Dabei ging gerade ein Stabsschreiber hinter ihm her. Caldus blieb stehen.

»Titus Annius, kennst du dich mit Berichten aus?«

Der Gefreite lachte leise. »Nichts anderes ist meine Aufgabe, seitdem ich nicht mehr für kampftauglich gelte.«

»Nicht mehr kampftauglich?«

»Das ist eine andere Geschichte.«

Annius winkte so unwirsch ab, dass Caldus nach kurzer Besinnung die aufgekeimte Neugier dämpfte. »Ich mache dir einen Vorschlag. Du begleitest mich in mein Quartier und schreibst meinen heutigen Bericht. Mein Einfluss reicht zurzeit nicht weit«, Caldus verzog die Lippen zu einem schiefen Grinsen, »aber dafür, dir einen Auftrag zu verschaffen, der dich nach Aliso führt, genügt er sicher noch.«

Kurz bevor sie das Tor erreichten, wurde Annius langsamer und fiel hinter Caldus zurück, wie es sich gehörte. Erst dann bemerkte Caldus den Gefreiten, der auf ihn zu rannte und dabei eine Nachricht in den Händen schwenkte.

»Gaius Caelius«, keuchte der Mann, »du sollst dich am späteren Abend zum Hauptzelt begeben. Numonius Vala und der Statthalter erwarten dich.«

*

Ein Sklave schob den Vorhang zur Seite, der das Zelt des Statthalters teilte, und machte Platz für Varus, der die langen Ärmel seiner Tunica glatt wischte, während er eintrat.

»Ich frage mich, ob wir nicht ein wenig zu streng waren mit unserem jungen Freund.«

Sein mildes Lächeln behagte Vala nicht, der rasch einen Schluck aus dem Silberkelch nahm.

»Immerhin gehört sein Vater zu meinen engen Vertrauten«, fuhr Varus fort. »Ich gebe viel auf sein Wort und bedaure zuweilen, dass er mich nicht hierherbegleitet hat. Seinen Sohn zu unterstützen, ist mir ein Bedürfnis. Er hat zwar das Soldatische im Blut, weil schließlich schon seine Vorväter tapfere Männer waren, aber er ist ebenso jung wie unerfahren. Du hast es ja gesehen.«

Vala nickte, während Varus auf seine Kline stieg und es sich dort, unterstützt von seinem Kämmerer, bequem machte, ein Sklave reichte ihm einen Silberkelch, verziert mit Ranken und Masken, gefüllt mit dem gleichen gesüßten, gewürzten und verdünnten Wein, den auch Vala genoss.

»Wir werden sehen, ob Ceionius die Sache richtig beurteilt«, sagte Vala und hob seinen Kelch, um Varus zuzutrinken.

Der Türvorhang wurde beiseitegeworfen, und ohne Ankündigung betrat ein Gefreiter das Zelt, gefolgt von dem Tribun, den Vala hatte rufen lassen. Als Caldus die Anwesenden begrüßte und sich vor Varus und Vala verneigte, zuckte ein dünnes Lächeln in den Mundwinkeln des Legaten. Ihm gefiel die Verunsicherung, die er aus Caldus' Miene las. Der Bursche war einfach noch zu jung für dieses Geschäft, dachte er, während er die Wachstafeln entgegennahm, die der Gefreite ihm darbot. Schon beim bloßen Überfliegen erkannte Vala, dass er einen ebenso klaren wie ausführlichen und sauber gegliederten Tagesbericht in der Hand hielt, wie er es von diesem Tribun erwartete. Mit einem befriedigten Nicken legte er die Tafeln beiseite und nahm einen Schluck aus seinem Kelch. Varus lächelte den jungen Mann, der sich zögernd auf Valas Kline setzte und einen gefüllten Kelch aus der Hand eines Sklaven entgegennahm, undurchdringlich an, wie es seine Art war, wenn er jemanden aufmerksam beobachtete.

»Irgendwelche Besonderheiten? Verluste?«, fragte Vala betont sachlich.

Der Tribun schüttelte den Kopf. »Nichts dergleichen. Verladung und Beförderung der schweren Lasten verliefen reibungslos und ohne Zwischenfälle.«

»Keine Angriffe von Barbaren? Oder von meuternden Hilfstruppen?«

Belustigt beobachtete Vala, wie die Wangen des jungen Mannes sich röteten, und es fiel ihm schwer, nicht zu lachen. Der Tribun atmete sichtlich tief durch, bevor er sich nochmals verneigte.

»Ich bitte um Nachsicht. Ich habe voreilige Schlüsse gezogen, ohne die Grundlagen zu prüfen. Deshalb wähnte ich Gefahr im Verzug.«

»Das weiß ich, Gaius Caelius«, mischte sich nun der Statthalter ein. »Da ich deinen Vater kenne, weiß ich, woher dein feuriges Blut stammt. Umso mehr sah ich mich in der Verantwortung, dieses Feuer zu zähmen. Ich hoffe, das ist mir gelungen.«

»Ich hatte Zeit nachzudenken, Publius Quinctilius.« Caldus' Stimme klang ein wenig gepresst, und er zog ein Gesicht, als schicke er sich an, eine auswendig gelernte Rede vorzutragen; doch dann schloss er nur den Mund, und das Schweigen schien ihn zu umhüllen wie ein Mantel. Während Varus' Züge stille Anerkennung verrieten, verspürte Vala einen säuerlichen Unwillen.

»Dann hast du von den Zwischenfällen des heutigen Tages also nichts erfahren?«, begann er von neuem. »Um es kurz zu machen: Es gab eine vorübergehende Unterbrechung der Nachrichtenkette zwischen den beiden germanischen Alen und uns, und du kannst dir denken, dass wir eingedenk deiner Verdächtigungen beunruhigt waren.« Er musterte Caldus und bemerkte, dass sich dessen Miene verhärtete. »Die Nachrichtenkette wurde durch Boten von beiden Seiten wieder aufgenommen. Wir hörten, dass einige Aufrührer sich offenbar bis hierher durchgeschlagen und die Boten überfallen hatten. Einigen von Arminius' Männern gelang es jedoch, die Angreifer zu überwältigen.«

»Müssen wir mit Angriffen auf den Tross rechnen?«, fragte Caldus.

»Es war nur eine kleine Schar«, erwiderte Vala, »Kundschafter, die ihren Auftrag damit krönen wollten, dass sie unseren Vormarsch störten. Was ihnen allerdings nicht gelungen ist.«

Er leerte seinen Kelch in einem Zug, und sogleich trat einer der neben dem Mischkrug bereitstehenden Sklaven zu ihm, um ihm nachzuschenken. Der Statthalter trank dem Tribun aufmunternd zu, der seinerseits vorsichtig an seinem Kelch nippte.

»Im Stab wirst du eher benötigt als beim Tross, Gaius Caelius«, sagte Varus. »Dennoch wiegt für mich die Bitte deines

Vaters, deinen stolzen Sinn zu zähmen, schwerer. Außerdem kann es, wie die Dinge liegen, nicht schaden, wenn ein wacher junger Geist die Geschütze im Auge behält.«

Müde dehnte Vala sich auf der Pritsche, und ein feiner Duft breitete sich aus, während sein Leibsklave die Hände in eine Schale voll Öl tauchte.

Bei Varus' abschließenden Worten waren Caldus' Züge scharf geworden, seine Augen schmal, doch er hatte die Bestätigung des schmählichen Urteils, das über ihn verhängt worden war, schweigend zur Kenntnis genommen. Insgeheim hatte Vala gehofft, der Statthalter hätte nach Ceionius' Fürsprache seine Meinung geändert; andererseits tat es diesem jungen Herrn gut, ein wenig zurechtgestutzt zu werden, zu sehen, dass sich verscherztes Wohlwollen nicht an einem einzigen Tag zurückgewinnen ließe.

Der Sklave begann, mit kreisenden Bewegungen die Muskeln des Schultergürtels zu lockern, knetete hier und da, blieb dabei zunächst sanft, dann klatschten die Handflächen in schneller Folge an der Wirbelsäule entlang. Vala entließ einen wohligen Seufzer, lauschte dem Rasseln einer draußen vorübereilenden Wachmannschaft, dem knappen Befehlsgebrüll eines Offiziers, dem Dröhnen der genagelten Sohlen, das sich rasch entfernte.

Als ein zweiter Zug sich näherte, wurde er hellhörig, und sofort nahm sich der Sklave der Muskeln an, die sich unwillkürlich spannten, drückte sie schmerzhaft, dass Vala zischte und sich auf die Unterarme aufstützte. Der Sklave hielt inne und trat von der Kline zurück. Vala bemerkte weitere Schritte, Stimmen, die hastig sprachen, und ein Rauschen verriet, dass der Zelteingang beiseitegeschlagen wurde. Schnell richtete er sich auf, sprang auf die Füße, schlüpfte in die Tunica, die sein Leibsklave ihm darbot, und in die bereitstehenden Schuhe. Ein Räuspern hinter dem Vorhang, der das Zelt teilte, verriet ihm, dass Eile geboten war. Er schlang den Gürtel um die Mitte und trat zum Vorhang, den der Sklave rasch öffnete.

Vor ihm stand Opimius, der Optio des Marcus Caelius, und grüßte straff, während der Leibsklave Vala den Feldherrnmantel umlegte.

»Die Weiber aus dem Tross drängen ins Lager«, sagte er. »Sie behaupten, zwei von ihnen seien verschwunden und ein Wagen sei in Brand gesteckt worden.«

»Verschwunden? Wie soll das geschehen sein?«

Der Sklave schloss die Fibel und ordnete die Falten, bis Vala seine Hände ungeduldig abschüttelte.

Der Optio hob hilflos die Hände. »Das wissen wir nicht. Da hat wohl wieder eine nicht auf ihr Feuer aufgepasst, und schon fliegen die wildesten Gerüchte umher!«

»Ist denn etwas dran an der Sache?«

»Das wissen wir noch nicht. Centurio Primipilus Marcus Caelius kümmert sich darum.«

Vala rieb sich nachdenklich das Kinn. Wenn Marcus Caelius ihm seinen Optio schickte, um ihn zu unterrichten, dann beurteilte er die Lage als ernst. »Soll ich zu den Frauen sprechen? Oder wäre es sinnvoll, ein paar Wachmannschaften draußen zu postieren?«

»Marcus Caelius erbittet die Befugnis, über die weiteren Maßnahmen frei zu entscheiden. Zusätzliche Wachmannschaften sind allerdings nicht seine erste Wahl, weil dadurch nur noch mehr Männer morgen übermüdet wären und der Heereszug zu langsam vorankäme.«

»Ich hoffe, ihr habt den Statthalter bisher in Ruhe gelassen. Solange sich der Verdacht, dass Aufständische uns bedrohen, nicht erhärtet, besteht keine Notwendigkeit, ihn zu behelligen.«

*

Thiudgif stand dicht neben Amra, während die Menge der Frauen von allen Seiten das Tor umlagerte. Amra hielt ihren Schleier fest, damit er ihr nicht im Gedränge vom Haar rutschte, und ihre Tochter hatte sie eng an sich gezogen, um sie zu schützen.

Sie hatten beim niedergebrannten Feuer gesessen, als eine Reisegefährtin eilig näher gekommen war und sich neben Amra hingekauert hatte, um dieser nach kurzer Begrüßung und Umarmung etwas ins Ohr zu flüstern. Amra war zurückgezuckt, hatte laut geantwortet, das könne doch nicht wahr sein. Zwei Sklavinnen eines Centurios der Siebzehnten seien vom Beerensammeln nicht zurückgekehrt, flüsterte die Frau aufgeregt. Wie eine eisige Faust hatte die Angst nach Thiudgifs Herz gegriffen, und sie klammerte sich an den warmen Klang der Stimme ihrer Beschützerin, die beruhigend auf ihre Gefährtin einredete.

Jetzt, da Thiudgif eingezwängt zwischen den verängstigten Frauen und Kindern vor dem Lagertor stand, erinnerte sie sich, die drei Näpfe, aus denen sie gegessen hatten, und den geleerten Tontopf beim Wagen abgespült zu haben. Ringsum hatten die vertrauten Lichter der Kochfeuer zwischen den Wagen geschimmert, schwarzgraue Wolken über ihr gehangen, von unten matt beleuchtet. Dann hatte sie die Unruhe bemerkt, ferne Schreie, flackernde Zungen, die an den Dunstschwaden leckten.

In Windeseile hatte sich mit der Nachricht, dass ein Wagen in Brand geraten war, Unruhe ausgebreitet, waren die Menschen hilferufend zum Tor gerannt, erst einzeln, dann in

Gruppen, bis Thiudgif sich schließlich inmitten eines schiebenden Volkshaufens auf dem Zugang zum Lager wiedergefunden hatte, wohin sie von Amra mitgezerrt worden war. Auf dem Quergang über dem Tor reihten sich die Soldaten, von denen einer die Menschen mit wütendem Gebrüll aufzuhalten versuchte. Doch das schürte nur die Unruhe in der Menge.

Plötzlich wurde der Mann beiseitegeschoben, und an seiner Stelle tauchte ein anderer hinter der Brüstung auf, lehnte sich darüber. Er trug einen weißen Umhang, der seine Gestalt deutlich vor dem nächtlichen Schatten abhob. Amra drehte den Kopf zu Thiudgif.

»Einer der Legaten«, sagte sie. »Numonius Vala von der Achtzehnten.«

Die Nachricht flog über die Köpfe hinweg, und als der Offizier auf dem Quergang langsam und gebieterisch die Rechte hob, wurden die Leute still.

»Wer spricht für euch?«, donnerte die Stimme des Mannes auf sie herab.

Ringsum erhob sich leises Zischen und Tuscheln, die Blicke huschten unsicher umher, Hände wurden abwehrend erhoben, manch einer duckte sich weg oder senkte betreten den Kopf.

»Amra«, rief eine helle Stimme aus der Menge. »Flavia Amra, die Frau des Quintus Statilius, soll für uns sprechen!«

Andere stimmten ein in den Ruf, und je tiefer sich Amra in ihren Schleier verkroch, desto lauter echote ihr Name über den Köpfen, die Leute wichen ein Stück beiseite und bildeten eine Gasse bis zum Tor. Thiudgif bemerkte, dass Amra sich ruckartig straffte und den Mantel zurechtzupfte.

»Kommt mit mir!«, befahl sie und zog sacht an Thiudgifs Umhang.

Hochaufgerichtet ging sie ihrer Tochter und Thiudgif voran zum Tor, dessen hohe hölzerne Flügel langsam nach innen schwangen und den Blick freigaben auf eine von Fackeln gesäumte Straße. Scheu unter ihrem weit in die Stirn gezogenen Kopftuch hervorblinzelnd beobachtete Thiudgif den Mann, mit dem Amra wohl reden sollte. Er schritt hinter zwei Fackelträgern die in den Wall geschnittene Treppe hinunter, bekleidet mit einem weißen Rock unter dem ebenso weißen Umhang, den er über die Schultern zurückgeworfen hatte. Ihm folgte eine Schar weiterer Männer, darunter einige ältere, in denen Thiudgif Centurionen erkannte und einen der Lagerpraefecten, die gelegentlich den Tross in Augenschein nahmen.

Wenige Schritte vor dem Legaten, der sich mit verschränkten Armen am Fuß des Walles aufgebaut hatte, blieb Amra stehen und verneigte sich ehrerbietig, was Thiudgif ihr gemeinsam mit Sura nachtat.

»Mit wem habe ich das Vergnügen?«, begann der Legat herablassend.

»Flavia Amra, Frau des Gefreiten Lucius Statilius, zugeteilt dem Lagerpraefecten der Siebzehnten Legion, Lucius Eggius.«

»Du kennst mich also, Amra«, erwiderte der Legat. »Du genießt großes Vertrauen und Ansehen bei den Leuten da draußen, wenn sie dich auffordern, für sie zu sprechen. Wenn du dich fürchtest, das zu tun, lasse ich deinen Mann rufen, damit er dir beisteht.«

»Es ist nicht nötig, die Ruhe meines Mannes zu stören, Quintus Numonius«, entgegnete sie. »Ich fürchte keinen Menschen, sondern nur Gott allein.«

Der Legat wölbte die Brauen und musterte die Frau eindringlich. »Du bist aus dem Osten, vermute ich.«

»Meine Familie stammt aus Tarsos, und mein Vater ist römischer Bürger.«

»Das erklärt zumindest teilweise, warum sie dich ausgewählt haben. Ich habe erfahren, dass zwei Frauen vermisst werden und ein Wagen in Brand geraten ist. Und nun sage du mir, was ihr damit erreichen wollt, dass ihr vors Lagertor gezogen seid.«

Amra senkte einige Atemzüge lang den Kopf, was Thiudgif, die hinter ihr stand, Gelegenheit gab, den Legaten unauffällig zu beäugen. Er war nicht groß, wie die Römer überhaupt etwas kleiner waren als die Männer der Stämme, dunkles Haar und dunkle Augen verrieten seine Herkunft aus den reichen Ländern jenseits der fernen Schneegebirge. Vom Halssaum des weißen Hemdes liefen zwei breite rote Streifen herab, und ein Band von gleicher Farbe war um seine Brust geschlungen. Den Gürtel zierten kostbare Silberbeschläge, ebenso die Lederstreifen, die von diesem Gürtel herabhingen. Doch trotz dieser Pracht musste Thiudgif sich auf die Lippen beißen angesichts der knochigen Knie und der dünnen Waden, die unten aus dem Rock herauslugten und in roten Lederstiefeln steckten.

Schließlich straffte Amra sich wieder. »Viele sind in Angst, Quintus Numonius. Es gehen Gerüchte, dass sich ringsum Feinde verbergen. Die Menschen wollen in den Schutz des Lagers aufgenommen werden.«

»Du weißt, dass das nicht möglich ist. Zum einen dürfen wir keine Frauen aufnehmen, zum anderen können wir das Marschlager jetzt nicht mehr umbauen, doch genau das wäre nötig, um euch unterzubringen.«

Amra räusperte sich leise. »Wäre es möglich, Wachmannschaften abzustellen, um den Leuten das Gefühl zu geben, unter eurem Schutz zu stehen?«

Als der Legat zunächst keine Antwort gab, zog Thiudgif die Schultern hoch in Erwartung eines Donnerwetters, aber als sie unter dem Rand ihres Kopftuches nach ihm spähte, rieb er sich nachdenklich das Kinn.

»Das ist ein kluger Vorschlag, Amra«, sagte er schließlich. »Immerhin sind viele von denen, die außerhalb von Wall und Graben nächtigen, Angehörige von Soldaten. Wenn die Männer in Sorge geraten, greift die Unruhe auf das Lager über.«

Amra nahm die Anerkennung mit einer leichten Neigung des Nackens entgegen und dankte, indem sie das Knie beugte. Vala trat beiseite und winkte einige der Offiziere zu sich, sprach unhörbar mit ihnen. Besorgt beobachtete Thiudgif, wie der eine energisch den Kopf schüttelte und ein anderer abwehrend mit den Händen wedelte, während ein dritter unschlüssig die Schulter zuckte. Sie versuchte in den Mienen zu lesen, doch die Entfernung war zu groß und die meisten wandten ihr nicht das Gesicht zu.

»Was geschieht dort?«, flüsterte sie Amra zu.

»Das siehst du doch. Sie beraten sich, wie sie mit der Lage umgehen.«

Neben ihr stammelte Sura mit erstickter Stimme unverständliche Worte in ihrer Sprache, tastete nach Amras Mantel, krallte ihre Finger in den Stoff, bis die Mutter sie in ihre Arme zog und unter beruhigendem Murmeln ihre zitternden Schultern streichelte. Verärgert zog Thiudgif die Brauen zusammen. Amra hätte dieses kleine Mädchen jemandem anvertrauen sollen, statt sie mitzubringen. Sura war zu scheu, geriet zu schnell in Angst. Es war wunderlich, dass die tapfere Amra und ihr Mann, der sich jeden Tag ein wenig Zeit nahm, um nach seiner Familie zu sehen, ein solch furchtsames Kind hervorgebracht hatten. Andererseits war Thiudgif immer wieder aufgefallen, dass Statilius seine Tochter verhätschelte und Amra ihn deshalb schalt.

Das Geräusch von Schritten ließ Thiudgif aufblicken. Einer von den jungen Männern aus Valas Gefolge kam auf sie zu, während der Legat selbst Amra aus der Ferne einen stummen Gruß sandte und dann die von Fackeln gesäumte Lagerstraße hinaufging.

»Quintus Numonius hieß mich dir mitzuteilen, dass Wachmannschaften zu eurem Schutz abgestellt werden«, sagte der junge Mann, ohne sich vorzustellen. »Beruhige jetzt die anderen und kehre mit ihnen zu euren Wagen zurück.«

Die Hände im Nacken verschränkt, lag Thiudgif auf der Ladefläche des Wagens und lauschte in die Dunkelheit. Neben ihr atmeten Sura und Amra leise und gleichmäßig; und gelegentlich erhaschte sie das gedämpfte Rasseln einer Rüstung, die fernen Stimmen der Wachtposten und das Schnauben eines Maultiers. Von Zeit zu Zeit fuhr eine Windböe unter die Lederplane, dass diese sich blähte. Thiudgif konnte den bevorstehenden Regen riechen und nagte missmutig an der Unterlippe. Es würde ein unwirtlicher Tag werden, ein weiterer Marsch durch kalten Morast, in schwerer, durchnässter Kleidung. Neben ihr regte sich Sura, schmiegte sich leise murmelnd an sie. Das Mädchen tat ihr leid, obwohl es den halben Tag auf dem Wagen sitzen durfte.

Dieses Mädchen würde seinem Mann einmal keine Hilfe sein. Oder sie würde es unter Tränen lernen. Thiudgif schnaubte kaum hörbar und spürte einen Stich in der Brust. Die Kleine würde eines Tages heiraten, ihr selbst bliebe das verwehrt. Sklaven heirateten nicht. Sklaven gehörten ihrem Herrn, der nach seinem Willen über sie verfügte, sie sogar verkaufen konnte, wenn er ihrer überdrüssig war. Sie hatte davon geträumt, unter Flötenklang in das Haus der Familie eines Bräutigams gebracht zu werden. Deshalb hatte sie auf sich achtgegeben, die Burschen von sich ferngehalten. Schließlich gehörte sie nicht zu den Mädchen, denen die jungen Männer nicht nachzustellen wagten, weil sie harte Strafen fürchten mussten. Bei ihr hatten sie es durchaus versucht, auf Dorffesten und Volksversammlungen.

Dann war sie verschleppt worden, und ganz sicher hätte der schmierige Sklavenhändler mit dem gierigen Blick nicht viel Zeit verloren, wenn er sie nicht hätte abgeben müssen. Wegen eines Würfelspiels. Alle Männer waren versessen auf Würfelspiele, manche verloren dabei Haus und Hof und Freiheit. Aber der Mann, der sie gewonnen hatte, hatte nie sein Recht geltend gemacht. Er behandelte sie wie eine Wäscherin, wie eine Hausmagd und ließ sie ansonsten in Ruhe. Es ging ihr besser als bei ihrem Onkel, der bei den jüngeren Mägden kaum eine Gelegenheit ausließ, sie anzufassen, in den Hintern zu zwicken und dabei anzüglich zu blinzeln. Was die jungen Dinger in Schrecken versetzte.

Sie würde nie eine Braut sein! Nie auf einem mit Blüten bestreuten Bett ihren Bräutigam erwarten. Wie es ging, wusste sie ja, sie war ja nicht blind und taub. Aber wie es tatsächlich wäre ... Sie klammerte die Hände in die Decke, um den Schweiß zu trocknen, und wischte dann hastig über ihre wunden Lider, rollte sich auf die Seite und schloss die Augen. Vom Wall ertönten die Signale zum Wachwechsel, dem letzten vor Tagesanbruch. Thiudgif horchte auf das Stampfen der abrückenden Wachmannschaften, doch ihre Gedanken kamen nicht zur Ruhe, wie gefangene Vögel schwirrten sie umher. Lichte Auwälder lagen vor ihr, abgeerntete Felder, verlassene Dörfer, die sich hinter Palisaden duckten, der Widerschein des Feuers an den dunklen, tief hängenden Wolken, die Menschenmenge, die vor dem Tor zusammenströmte und sich vor Amra teilte. Die von zuckendem Fackellicht erhellte, schnurgerade Lagerstraße. Thiudgif hatte nie zuvor ein Heerlager betreten und wunderte sich, dass sie keine besondere Furcht empfunden hatte. Die stattliche Gestalt des Legaten, der den Wall herunterschritt, die feixenden Gesichter zweier Soldaten, eine Hand schloss sich um ihren Arm. Sie fröstelte. Niedlich nannte der eine sie und sagte, es wäre doch schade um sie.

Zwei Sklavinnen waren verschwunden.

Sie schlug die Augen auf, starrte ins Dunkel. Irgendwo zwischen den Wagen, Lasttieren und Zelten schwärmten die Idisen umher, zornig, keine Opfer erhalten zu haben von den Sterblichen, die über ihre Wiesen trampelten, Pferde, Mulis und Vieh mit ihrem Gras nährten. Die Geister schickten Angst und böse Träume, verscheuchten erholsamen Schlaf. Einzelne Tropfen klatschten auf die Plane, rasch wurden es mehr, bis es ringsum sanft und beharrlich herniederrauschte. Thiudgif blieb regungslos liegen. Sie sollte Amra wecken, denn auch wenn sie sicher waren, alles gut verpackt zu haben, wäre es besser, nochmals Kisten und Taschen, Beutel und Planen zu überprüfen, bevor etwas durch die Nässe verdarb. Sie spürte, wie etwas warm über ihre Schläfe rann, ein feiner Schmerz im wunden Augenwinkel. Sie durfte nicht weinen, nicht verzagen.

Abrupt setzte sie sich auf, tastete über Sura hinweg nach Amras Schulter, um sie leicht anzustupsen. Einmal, zweimal. Bis Amra sich bewegte, unwirsch stöhnte. Sura gab ein schlaftrunkenes Wimmern von sich.

»Es regnet«, flüsterte Thiudgif.

»Das höre ich«, erwiderte Amra. »Weißt du, wie lange die Nacht noch dauern wird?«

»Die letzte Nachtwache hat begonnen.«

Amra seufzte. »Ich weiß, dass ich dir gesagt habe, dass du mich wecken sollst, Mädchen, aber lass uns noch etwas ruhen. Wir brauchen unsere Kräfte für den Weg. Schlaf weiter!«

Ein Rascheln verriet, dass Amra sich wieder an ihrem Platz eingerollt hatte. Thiudgif blieb sitzen, schmiegte den Kopf auf die Knie und blickte in die Finsternis. Die Kühle des Regens tat ihr gut. Nach einer Weile rutschte sie leise zur rückwärtigen Wand des Wagens, schob die schützende Plane ein wenig zur Seite und streckte den Kopf hinaus. Tropfen fielen ihr auf Stirn und Wangen, glitten wie Salbe über die wunden Augen. Thiudgif blinzelte, erkannte die anderen Wagen als dunkle Schemen vor dem grauen Vorhang des Regens. Sie hörte einen fernen Fluch, sah Menschen umherhuschen, lauschte ihrem Schimpfen und lächelte.

*

Die vorübermarschierenden Legionäre hatten aufgehört zu singen. Anscheinend verging auch ihnen allmählich der Geschmack an Regen. Unablässig strömte das Wasser aus den dunklen Wolken, die den Himmel verdeckten, füllte die Bäche und kleinen Flüsse an ihrem Weg und stand auf den Wiesen und Äckern, weil die Erde so viel Nass nicht trinken konnte. Jetzt war nur noch das eintönige Klatschen der Schritte zu hören.

Sextus Ceionius wischte mit dem Handrücken die Tropfen von Augenbrauen und Wimpern, ein Gemisch aus Schweiß und Regen, das seine Sicht behinderte. Der Mantel war inzwischen durchtränkt und hing bleiern von seinen Schultern. Weil sein Pferd Mühe hatte, auf den glitschigen Bohlen, die den Weg befestigten, nicht auszugleiten, hatte er es beiseitegelenkt. Er hätte an diesem Morgen den massigen Braunen nehmen sollen, nicht dieses zierliche Tier, dessen Ohren unruhig zuckten. Beruhigend tätschelte er den Hals des jungen Hengstes, winkte dann seinen Begleiter zu sich.

»Ich mache mich auf den Weg zum Tross«, rief er. »Ich brauche ein anderes Pferd.«

Als der Mann nickte, trieb Ceionius den Hengst mit einem Schnalzen an. Sie kamen zu langsam voran an diesem Tag, sie schleppten sich durch den Schlamm. Dabei hatten die Vorzeichen am Morgen ein Aufklaren verheißen. Aber auf den Vogelflug war eben nicht immer Verlass, und die Auguren hielten sich mit ihren gewundenen Floskeln stets ein Hintertürchen offen. Die Fabri hatte den heutigen Lagerplatz sicher schon erreicht, steckten die Wege und Zeltreihen ab und erneuerten Gräben und Wälle wie jeden Tag. Doch die ersten Einheiten würden dieses Lager erst zur Dämmerung erreichen, die letzten nach Einbruch der Dunkelheit.

Ceionius schnaubte verärgert und ließ sein Pferd in einen verhaltenen Galopp fallen, der angenehmer war als ein zuckelnder Trab. Er hasste das Durcheinander, das solch schlechtes Wetter verursachte.

Schreie alarmierten ihn, klatschender, schneller Hufschlag und die schrillen Signale eines Horns. Aufblickend erkannte er, dass ihm Reiter entgegenkamen, der vorderste ruderte wild mit den Armen und schrie gellend, aber unverständlich. Sie erkannten ihn nicht, befahlen ihm, den Weg freizumachen.

Da musste etwas passiert sein.

Ceionius riss gebieterisch die Hand hoch, und diese unmissverständliche Bewegung brachte die Reiter dazu anzuhalten. Er blickte in verstörte Gesichter, ihre Pferde keuchten wie sie selbst.

»Überfälle auf die Nachhut!«, stieß der vorderste Reiter grußlos hervor. »Zwei Cohorten sind vom Heereszug abgetrennt. Die Siebzehnte wird aus dem Wald von Bogenschützen beschossen.«

Ceionius stockte der Atem, er lockerte den straff um den Hals geschlungenen Schal. Der Wald lag bereits etliche Meilen hinter der Stelle, an der er sich befand.

»Und damit kommt ihr jetzt erst?«

»Wir wurden aufgehalten. Der Zug ist an mehreren Stellen unterbrochen. Wir gerieten in einen Hinterhalt und verloren elf Mann.«

»Elf Mann?« Ceionius zählte die verbliebenen Reiter, die sich jetzt sammelten. Es musste eine vollständige Turma gewesen sein. Nun erkannte er auch sein Gegenüber, einen Hornisten, an dem Lituum, das ihm von der Schulter hing. »Wo sind Decurio und Signifer?«

»Gefallen«, erwiderte der Mann. »Sie wurden als Erste vom Pferd geschossen.«

»Verflucht!«, brüllte Ceionius. »Was geht da hinten vor?«

Schweigend saßen die Männer auf ihren keuchenden, schnaubenden Pferden, zwanzig Mann. »Wer hat euch geschickt?«

»Wir sind von der Siebzehnten. Zweite Turma der Legionsreiterei. Centurio Primipilus Quintus Sertorius schickt uns zum Statthalter und zu unserem Legaten. Wir brauchen Unterstützung.«

VII

Dicht neben dem Weg preschten die Reiter am Heereszug vorbei, und die Hufe der Pferde schleuderten den Schlamm in großen Batzen umher. An ihrer Spitze ritt ein Legat, wie Annius an Helmbusch und hellem Umhang erkannte. Hinter ihm jagte ein Reiterzug in Richtung der Spitze des Heereszuges, aber Annius konnte weder einen Decurio noch einen Signifer ausmachen.

»Was da wohl wieder vorgefallen ist?« Sabinus konnte den Lärm, den die durch den schmatzenden Morast marschierenden Gefreiten machten, kaum übertönen.

Achselzuckend reckte Annius den Hals, aber es gelang ihm nicht, über die Köpfe und Schultern der Vorausgehenden hinweg etwas zu erkennen. Einige Reihen vor ihnen ritten die Beamten und die Offiziere des Stabes der Achtzehnten, und vor diesen wusste Annius den Reisewagen, den der Statthalter heute benutzte. Die blattförmigen Spitzen der Standarten glänzten über den Männern, scharfe Böen zerrten an den Wimpeln, mehr konnte er nicht ausmachen. Doch sein Herz schlug ihm mit einem Mal im Halse. Er drehte sich zu Sabinus um, der ihn neugierig anschaute, und schürzte die Lippen zu einem Grinsen, das ihm spürbar misslang. Hastig wischte er die Tropfen vom Stirnteil seines Helms, den er wie alle Kameraden wegen des Regens aufgesetzt hatte.

Der scharfe Ton eines Horns durchschnitt den Tropfenschleier, einige Reiter galoppierten zurück. Dann ertönten vor ihnen Signale, die Feldzeichen drehten sich, lautstark wurde Stillstand befohlen.

»Da ist doch etwas faul«, zischte Sabinus.

Weitere Reiter tauchten auf; der erste, ein hoher Offizier, zügelte neben ihrer Reihe sein tänzelndes Pferd. Annius erkannte Caldus, den senatorischen Tribun.

»Beneficarius Titus Annius, vortreten!«

Zögernd gehorchte Annius, drängte sich an Sabinus vorbei.

»Was immer da läuft, es klingt übel«, sagte dieser. »Pass auf dich auf! Ich verspreche Mars und Mercurius ein paar passende Vögel für dein Wohl, und du –«

»Solltest das auch tun«, unterbrach Annius ihn und tätschelte seinen Arm. »Ist schon gut. Wir sehen uns heute Abend im Lager.« Er wandte sich Caldus zu. »Melde mich zur Stelle, Tribun.«

»Hast du ein Pferd?«

Verwirrt schüttelte Annius den Kopf. »Ein Lasttier im Tross.«

»Das hilft uns nicht weiter.« Caldus wandte sich den drei Reitern zu, die ihn begleiteten, deutete auf einen. »Absteigen! Gib ihm dein Pferd und nimm seine Stelle ... Nein, ich lasse dir vom Tross ein frisches schicken, und dann kommst du nach. Bis dahin folgst du uns zu Fuß! Und du hältst den Mund – ist das klar?«

Der Mann, der inzwischen von seinem Pferd gestiegen war, nickte. Während er das schnaubende Tier näher führte, spürte Annius, wie seine Knie nachgaben. Er hasste Pferde. Besonders die Soldatenpferde der Reiterei. Kräftige, angriffslustige Biester, die schnappten, wenn man ihnen zu nahe kam. Schon als Kind hatte er gelernt, wie schmerzhaft der Tritt eines steigenden, keilenden Gaules sein konnte. Vaters Hengst hatte ihm einmal einen Arm gebrochen. Hart schluckte er, rang den Wunsch nieder, in die Reihen der Stabsgefreiten zurückzuweichen.

»Leg das ab!« Caldus deutete sichtlich ungeduldig auf den Tragestock, an dem Annius' nötigstes Gepäck hing. »Kannst du reiten?«, fragte er schroff.

»Nicht gut«, erwiderte Annius, so leise, dass er nicht sicher war, ob der Tribun seine Worte gehört hatte. »Offen gestanden, ich bin ein jämmerlicher Reiter«, fügte er lauter hinzu und übergab seine Sachen Sabinus, der ihm zum Abschied einen aufmunternden Rippenstoß verpasste.

»Dann wirst du es jetzt lernen«, fuhr Caldus ihn an. »Rauf mit dir!«

Langsam hob Annius den linken Fuß, stellte ihn in die bereitwillig verschränkten Hände des Soldaten, der die Zügel des Tieres hielt, machte zwei halbherzige Hüpfer, bevor er sich vom Boden abstieß. Der Mann half mit Schwung nach, sodass er beinahe auf der anderen Seite wieder hinuntergerutscht wäre. Aber niemand lachte, als Annius sich mühsam im Sattel des tänzelnden Pferdes zurechtrückte. Im selben Augenblick ertönte ein gellender Pfiff, und die Tiere setzten sich in Bewegung, sprangen in einen schnellen Galopp.

Annius' Herz pochte wild, seine Schenkel umklammerten den Leib des Tieres, und er hielt sich nicht nur an Zügeln und Mähnenhaar fest, sondern auch an den vorderen beiden der vier Sattelhörnchen, die sich eng um seine Beine schlossen und ihn überraschend gut sicherten. Er blieb hinter Caldus, neben den beiden anderen Reitern, die unverwandt nach vorn starrten. Obwohl er es gewohnt war, keine Fragen zu stellen, verstärkte sich das mulmige Gefühl, das auch der kalte Regen, der ihm ins Gesicht klatschte und vom Wind unter die Wangenklappen des Helms gedrückt wurde, nicht abwaschen konnte.

Plötzlich riss der Tribun den Arm hoch, wendete sein Pferd in Richtung des Waldes und zügelte es, dann winkte er Annius zu sich.

»Beneficarius Titus Annius«, begann Caldus, »du wirst mich zu deiner Sklavin begleiten, und wir werden das Mädchen wegen des Mordes, den sie beobachtet hat, befragen.«

Annius erschrak. »Du hast sie verraten!«

»Das habe ich nicht! Wir werden sie befragen, wir beide – niemand sonst. Aber ich muss erfahren, was sie gesehen und gehört hat. Ob sie jemanden erkannt hat.«

»Wie sollte sie jemanden erkannt haben? Sie hätte mir doch gesagt –«

»Die Siebzehnte, die am Schluss geht, wird von aufständischen Barbaren angegriffen, die Neunzehnte steht in Teilen unter Beschuss von Bogenschützen. Es gibt keine Verbindung mehr zu den Cohorten der Nachhut. Wir haben nicht die leiseste Ahnung, was da hinten vor sich geht.«

Kalt sickerte Wasser in Annius' Schal, rieselte ihm den Rücken hinab.

»Es wird ihr nichts geschehen, wenn ich es irgendwie vermeiden kann, das verspreche ich dir«, fuhr Caldus fort. »Aber ich muss wissen, was damals vorgefallen ist!«

»Schwöre mir, dass du sie nicht an eure Leute ausliefern wirst, Gaius Caelius! Bei deinem Leben! Beim Leben deines Vaters und allem, was dir heilig ist!«

»Bist du verrückt, Gefreiter?«, entgegnete der Tribun. »Willst du Bedingungen stellen, weil dir ein Mädchen wichtiger ist als die Zahl der Opfer bei der Niederschlagung eines Aufstandes?«

»Darum geht es nicht! Sie wird dir sagen, was sie weiß, davon bin ich überzeugt. Aber ich will nicht, dass ihr sie foltert oder ihr auch nur damit droht.«

»Und wie soll ich ...«

Caldus verstummte und ließ die Arme sinken, die er im Eifer erhoben hatte. Er schien nachzudenken.

»Gut, ich habe verstanden«, sagte er schließlich. »Ich werde sie in deiner Gegenwart befragen.« Warnend funkelte er Annius unter dem Helm an. »Aber du wirst dich nicht einmischen.«

Der Tross geriet ins Stocken, einige Wagen mit schwerem Gerät waren im Schlamm stecken geblieben. Die Knechte legten sich gewaltig ins Zeug, schlugen die vorgespannten Mulis und schoben von hinten mit aller Kraft an. Boten galoppierten vorüber, einem befahl Caldus zu halten und erhielt einen atemlosen Bericht über ungeordneten Vormarsch unter schwerem Beschuss. Es gab Gefallene zu beklagen, aber vor allem verursachte die hohe Anzahl an Verwundeten Sorgen.

Annius hoffte, dass Caldus das Gespräch bald beenden würde; er wollte nichts hören von Kämpfen und drohenden Angriffen. Die Trossknechte hatten ihnen zugerufen, dass sie von Beschuss nichts wüssten. Aber ein kleiner Junge werde vermisst, den sie weggeschickt hätten, Äste zu beschaffen, weil er ihnen lästig gewesen sei. Betretenes Schweigen breitete sich aus, und die Männer sahen zu Boden.

Caldus drängte zum Weiterritt. Sie mussten vorbei an den Wagen und Lasttieren mit schwerem Gerät und Proviant, vorbei an den Ersatzpferden der Stabsoffiziere und der Legionsreiterei. Der Regen fiel in dichten, schweren Tropfen, behinderte die Sicht. Mühsam wischte Annius immer wieder die Nässe aus den Augen.

Plötzlich stolperte sein Pferd, Annius rutschte über die Hörnchen, die ihn empfindlich in die Leisten stießen. Er schrie leise auf, krümmte sich, riss an den Zügeln, doch das Tier gehorchte ihm nicht. Es gelang ihm, im Sattel Halt zu finden. Als Caldus ihn unwirsch zur Eile anspornte, verfluchte er den jungen Kerl stumm.

Endlich erblickte Annius die beiden verschleierten Gestalten, die Magd im schlammtriefenden Umhang, die das Maultier führte, und stieß einen leisen Ruf aus. Sie hielten an, und der Tribun sprang vom Pferd. Annius schwang nach kurzem Zögern ein Bein über den Hals des Pferdes und rutschte vorsichtig hinunter. Als seine Füße in den Morast tauchten, quoll Wasser durch die Ritzen der Sandalen. Annius taumelte vorwärts und überließ das Pferd sich selbst, hoffte, dass ein anderer sich des Tieres annahm, während Caldus winkte, ihm zu folgen. Sie stolperten zu den Frauen, die in nassdunkle Mäntel gehüllt waren. Der Tross stand, kein Mensch, kein Tier, kein Rad rührte sich von der Stelle. Annius erkannte Amra, die bei seinem Anblick große Augen machte.

»Wo ist Rufilla?«

Die Frau wies hinter sich auf den Wagen. »Sie ist hingefallen, hat sich den Knöchel vertreten.«

Hastig wollte Annius weiterlaufen, doch sie hielt ihn fest. »Es ist nicht schlimm, Titus Annius«, raunte sie ihm zu.

Das Mädchen starrte ihm aus schreckgeweiteten Augen entgegen, als er den Wagenschlag beiseitewarf. Er wollte beschwichtigend die Hände heben, als sie ihm mit einem erstickten Aufschrei um den Hals flog. Leise flüsterte sie seinen Vornamen – nach Sklavenart, dachte er. Aber er hörte es gern, es erfüllte ihn mit willkommener Wärme. Dann schob er sie von sich. Er hatte Caldus' Atem im Nacken gespürt. Tatsächlich stand der Tribun dicht hinter ihm.

»Dieser Mann«, Annius sah sie eindringlich an und deutete mit dem Daumen über seine Schulter, »Gaius Caelius Caldus heißt er ... Er will dir einige Fragen stellen.«

Schniefend wischte sie mit dem Ärmel über ihr Gesicht und blickte mit einem dünnen Lächeln an Annius vorbei. »Was will er fragen?«

»Es geht um die ... Schlägerei. Die Männer ... denen du damals im Wald begegnet bist. Die du beobachtet hast. Am Flussufer.«

Thiudgif schrie auf. Ihre Hände stießen vor. »Du hast mich verraten!« Sie traf sein Gesicht. Mehrmals. Kratzte. »Du hast geschworen, du wirst schweigen! Du hast gelogen!«

Er bekam ihre Arme zu fassen, hielt sie fest, schüttelte sie leicht. Seine Wangen brannten, und die Nässe biss in den feinen Schürfungen, die ihre Nägel hinterlassen hatten.

»Es ist wichtig. Es geht um ... das kleine Raubtier. Welches Raubtier meinten sie? Weißt du den Namen? Kannst du es beschreiben?«

Sie sprach ein Wort aus, das Annius nicht verstand. »Klein und braun«, fuhr sie fort und formte etwas mit den Händen nach. »Mit weißem Bauch und sehr dünn. Im Winter ganz weiß. Es hat kurze Beine und einen langen –«

»Ein Wiesel!«, rief Annius. »Sie meint –«

»Segestes«, unterbrach Caldus ihn. »Also stimmt es doch!«

Er trat so dicht neben Annius, dass ihre Körper eine Wand bildeten und es im Wagen dunkel wurde. Das Mädchen wich zurück, duckte sich und schützte das Gesicht mit den Armen.

»Der Mann wurde nicht wegen einer Kleinigkeit getötet. Nicht wegen eines Würfelspiels, nicht wahr?«, fragte der Tribun.

Regungslos hockte sie vor den Kisten und Säcken, keineswegs außer Reichweite der Männer. Annius schob die Handflächen unter die Wangenklappen. Ein Helm schützte vor so manchem, aber nicht vor den Nägeln einer wütenden Frau.

Unvermittelt sackten ihre Schultern herab und sie ließ die Hände sinken. »Sie nannten ihn Verräter.«

»Haben sie einen Namen genannt?«

Das Mädchen schüttelte langsam den Kopf. »Ich weiß nicht. Sie sagten mehrmals etwas zu ihm, etwas wie ... Sec... Secu...« Sie zuckte die Achseln, blickte mit eingezogenem Kopf auf.

»Secutus?«, fragte Caldus leise.

»Vielleicht ... Ich weiß es nicht.« Sie barg das Gesicht in den Händen, und ihre Schultern zuckten.

Annius spürte, dass Caldus ihm eine Hand auf die Schulter legte. »Das reicht. Kümmere dich um sie!« Dann entfernte der junge Tribun sich.

Annius versuchte ein Lächeln, tippte das Mädchen an. Sie blinzelte, bog die Mundwinkel ein wenig nach oben.

»Geht es dir gut?«

Das Lächeln erlosch, stattdessen rollte sie die Augen gen Himmel. Dennoch fand seine Hand ihre, und zu seiner Überraschung flochten sich ihre Finger um seine.

»Herr ...?«

»Nenne mich nicht Herr«, sagte er. »Du weißt, dass Sklaven ihre Herren beim Vornamen rufen.«

Sie senkte den Kopf, löste ihre Finger aus seiner Hand und krampfte sie in den Stoff ihres Rockes, dessen Saum schlammverkrustet war. Schmutzige Zehen lugten unter dem karierten Tuch hervor.

»Zeig mir deinen Fuß. Ich will mir das ansehen. Glaub mir,

Legionäre bringen lange und schlimme Märsche hinter sich. Wir verstehen einiges von solchen Beschwerden.«

Zögernd schob sie einen Fuß unter dem Rock heraus; der Knöchel erschien ihm ein wenig geschwollen, was aber auch vom Gehen herrühren konnte.

»Sagst du mir dann, was geschehen ist ... Titus?«

Rasch drehte er sich um, spähte nach Caldus, der mit den beiden anderen Männern bei den Pferden stand und aus einem Becher trank. Sie schienen keine Eile zu haben. Der Tross hing fest, nichts tat sich. Die Wagenplanen flatterten und blähten sich in den Böen. Amra schwatzte mit anderen Frauen, die auf ein Weiterkommen warteten. Niemand schien zu ahnen, dass die Legionen hinter ihnen angegriffen worden waren. Doch sie würden es erfahren. Bald. Das Gerücht würde sich auf den Flügeln des Windes verbreiten und dabei immer grellere Farben und schrecklichere Züge annehmen. In welcher Gestalt würde Fama sein Mädchen erreichen?

Er sah sie an, seine Augen hatten zunächst Mühe mit dem Dämmerlicht des Wageninneren. Behutsam schloss er beide Hände um den sichtlich angeschwollenen Knöchel. Als er ihn abtastete, zuckte sie zusammen und zog pfeifend den Atem ein. Zu seiner Erleichterung konnte er keine Verfärbung entdecken, die Schwellung war auch nicht groß, aber die Wunden an ihren Füßen, manche verschorft und verkrustet, machten ihm Sorgen.

»Ich habe Hirschtalg in meinem Gepäck«, sagte er. »Aber das befindet sich auf Sabinus' Maultier, weiter vorn im Tross. Ich lasse dir davon schicken. Reib damit die Füße gut ein! Immer wieder. Ich werde Amra sagen, dass du dich heute schonen musst, sonst wird es nur schlimmer.«

Als sie nickte, schob er die Hände tastend ihre Wade hinauf, spürte, wie sie erstarrte und die Luft anhielt, und machte einen schnellen Schritt rückwärts. Sie war tief errötet, schlang die Arme um die Knie und schmiegte sich zwischen die Gepäcksäcke im Wagen. Er spürte seine Wangen und Ohren heiß werden, warf einen raschen Blick zu Caldus, der mit den anderen inzwischen zu Pferd saß und ihn ungeduldig zu sich winkte.

»Tut ... mir leid«, stammelte er. »Ich muss gehen. Pass auf dich auf!«

»Aber du hast versprochen, mir zu sagen, was geschehen ist!«, rief sie.

»Später. Heute Abend.« Hastig ging er zu Amra, erklärte ihr, was zu tun sei, bevor er zu den anderen zurückkehrte, und rieb sich die Wangen, während er den Göttern dankte, dass dank des Helms sicherlich niemand seine Verlegenheit bemerkt hatte. Narr!, schalt er sich. Sie war eine Sklavin! *Seine* Sklavin! Er konnte sie anfassen, sooft er wollte. Entschlossen griff er nach den Sattelhörnchen und sprang auf das Pferd.

*

Die Trossknechte hatten mit vereinten Kräften die festgefahrenen Wagen wieder flottgemacht; nun rollten die Räder weiter und auch die Angehörigen kamen wieder langsam voran. Der letzte Bote, den Caldus angehalten hatte, hatte von einem Nachlassen der Kämpfe berichtet; die meisten Angreifer hätten sich in die Wälder zurückgezogen.

Caldus war mit seinen Begleitern weitergeritten zu den hinteren Teilen des Heereszuges. Er ahnte die Unruhe der Reiter, die ihm folgten, schließlich führte er sie ins Ungewisse. Insbesondere Annius, den er einfach aus der marschierenden Truppe herausgeholt hatte, um dessen Sklavin zu befragen, merkte man das mulmige Gefühl deutlich an. Stirnrunzelnd saß er auf dem Pferd, die Beine umklammerten den Leib des Tieres, die Hände Zügel und Mähne.

Sie hatten die Lücke zwischen dem Tross der Achtzehnten und der Neunzehnten Legion erreicht, aber durch den dunstigen Regenschleier waren weder Menschen noch Feldzeichen auszumachen. Caldus ließ sein Pferd langsamer werden und bemerkte, dass Annius zu ihm aufschloss.

»Was suchst du hier?«, fragte der Gefreite.

»Gewissheit«, erwiderte Caldus. »Keine Bange, ich habe nicht die Absicht, mich ins Kampfgetümmel zu stürzen, aber um Vala und erst recht Varus zu überzeugen, benötige ich mehr als die Worte einer Sklavin.«

»Wovon willst du die beiden überzeugen?«

»Dass wir Kampfbereitschaft brauchen. Dass wir uns zur Not einige Tage hier einigeln müssen, bis der Feind sich entweder zum Kampf stellt oder abzieht. Wenn wir einfach weitermarschieren und uns darauf verlassen, dass wir die Aufständischen mit Beharrlichkeit und Disziplin letztendlich entmutigen, wird das viele Opfer kosten.«

Eine Zeit lang schwiegen sie, während ihre Pferde nebeneinander her trotteten und Caldus nach den ersten Reihen der Neunzehnten Ausschau hielt. Der Hufschlag im Schlamm übertönte das Rauschen von Sturm und Regen im Laub des nahen Waldes.

»Was willst du damit sagen?«, hakte Annius nach. »Glaubst du etwa wirklich, dass Arminius zu den Aufständischen gehört?«

Caldus spürte, dass sich sein Magen kalt zusammenkrampfte. Den Verdacht laut ausgesprochen zu hören, war etwas anderes, als ihn zu denken. Angestrengt lauschte er dem Regen, weil er glaubte, unter all dem Klatschen, Plätschern und Rauschen gedämpfte Schreie gehört zu haben, Waffengeklirr und den fernen Donner einer marschierenden Legion.

»Du hast den Verdacht ja schon einmal geäußert«, fuhr Annius fort, doch Caldus brachte ihn mit einer kurzen Handbewegung zum Schweigen.

»Was ist los, Gaius Caelius?«

Caldus zügelte sein Pferd, und die anderen taten es ihm nach. Er starrte an dem Gesicht des Gefreiten vorbei. Da war es wieder, Eisen klirrte, kreischte leise, ein dumpfes Brüllen, dann der scharfe Ton einer Tuba.

»Da vorn ist ein Gefecht.« Caldus nahm die Zügel auf, sein Herz schlug hart und fest in der Brust. »Wir schnappen uns einen der Kerle!«

Doch bevor er seinem Pferd die Sporen geben konnte, warf Annius ihm seinen Braunen in den Weg. »Halt, Tribun! Hast du Erfahrung in Reitergefechten?«

Verblüfft blickte Caldus den Gefreiten an, der sich ihm dreist entgegengestellt hatte, blieb aber eine Antwort schuldig. Er hatte ohnehin noch nie gekämpft, aber was machte das schon? Er hatte die bestmögliche Ausbildung an der Waffe genossen.

»Ich bin Fußsoldat, Tribun«, setzte Annius nach. »Und somit sind diese beiden«, er deutete auf die anderen Reiter, »die Einzigen, die auch nur die geringste Ahnung davon haben, was uns bevorsteht, wenn wir uns da blindlings hineinstürzen.«

Heiß loderte der Zorn in Caldus auf, während er den unverschämten Gefreiten musterte. »Für diese Frechheit könnte ich dich töten lassen!«

»Die Entscheidung über mein Leben hast du bereits in dem Augenblick gefällt, als du den Befehl zum Angriff gabst.

Es geht nur noch darum, ob wir vier gemeinsam den Tod finden oder nur der, der dir in den Arm fällt.«

»Du wagst es ...?« Caldus schnappte nach Luft, am liebsten hätte er den Gefreiten mit einem einzigen Blick in den Staub geworfen. Doch der Mann wich nicht zur Seite, wohin auch immer Caldus seinen Hengst drehte, Annius drängte sein Pferd vor ihn. Die beiden Tiere wieherten und schnaubten angriffslustig, sie buckelten auf der Hinterhand, schnappten nacheinander. Der Gefreite hatte sichtlich Mühe, sich bei diesen scharfen Wenden im Sattel zu halten.

Caldus hielt inne, zog blitzschnell einen Wurfspieß aus dem Sattelköcher und hieb mit dem Schaft auf die Kruppe von Annius' Pferd ein, das einen Satz machte und auskeilend davonsprang. Mit einem Schrei stieß Caldus seinem Hengst die Sporen in die Flanken und sprengte davon, dorthin, woher die Kampfgeräusche kamen.

Als er einen Blick zurückwarf, sah er die beiden Reiter und den Gefreiten, deren Pferde in gestrecktem Galopp daherstürmten. Aber sie würden ihn nicht einholen, nicht noch mal stellen. Alopex war der schnellste, zäheste Hengst im väterlichen Stall. Caldus richtete den Blick nach vorn auf den Wald, der den aufgewühlten Weg säumte. Rauch ballte sich über den Wipfeln. Von beiden Seiten rückten die sanften Hänge näher und der Wald lichtete sich. Am späten Vormittag waren die Offiziere hier vorbeigezogen.

Mit der Rechten umklammerte Caldus Wurfspieß und Zügel, die Linke lockerte den Zug des wehenden Mantels an seiner Kehle. Mars war bei ihm, er spürte seine Macht heiß durch die Adern strömen. Caldus führte den Wurfarm über die Schulter zurück und spähte nach Zielen unter den umherhuschenden Schemen, denen er sich schnell näherte. Diesmal tönten die Hörner lauter. Er erkannte kampfbereit auf dem

Weg aufgestellte Legionäre, geschützt von ihren Schilden; die vordere Reihe kniete mit aufgepflanztem Pilum. Er sah Reiter den Hang hinaufschwärmen, hörte Schreie, Befehle, sirrend stiegen Pfeile vom Hügelkamm auf, beschrieben einen Bogen, bevor sie auf den Schilden niederprasselten.

Dröhnend schlug Caldus das Herz in der Brust, als er sein Pferd lauthals antrieb, schräg den Hang hinauf, wo er den Feind wusste. Ringsum flogen Grassoden auf, weiße Flocken flogen vom Maul des Hengstes. Auf dem Hügelkamm erhob sich ein scharfkantiger Saum schräg eingerammter Schanzpfähle, die Spitzen wiesen bedrohlich nach außen. Dahinter erhob sich ein dumpfes Brüllen, dessen Anschwellen die Sprünge des Hengstes hemmte. Das Tier warf den Kopf zurück, scheute, Caldus mochte ihm noch so scharf die Sporen in die Flanken bohren. Es bäumte sich auf, schlug wild mit den Hufen, als könnte es damit das ohrenbetäubende Dröhnen menschlicher Stimmen abwehren.

Ein Stoß verwandelte das spitze Wiehern in ein Röcheln, der Goldfuchs taumelte auf der Hinterhand, drehte sich und kippte. Caldus stieß sich hastig aus dem Sattel, um nicht unter dem Körper des Tieres begraben zu werden, rutschte über die Kruppe, sah Menschen über die Schanzpfähle klettern, wie Ameisen den Hang heruntereilen. Schwarz und rot beschmierte Gesichter mit weit aufgerissenen Mäulern, aus denen das alles übertönende Gebrüll drang.

Kaum dass seine Füße auf den Boden prallten, zückte Caldus das Schwert, der Schild lag unter dem Pferd, das sich zuckend im Gras wälzte. Aus seiner Brust ragte ein Speer. Die röhrende Menschenmenge rollte unaufhaltsam näher, auch wenn die meisten Angreifer dem Gefälle zur Straße folgten, wo die Legionäre sich unter ihren Schilden duckten. Eine weitere Salve von Pfeilen pfiff durch die Luft.

Breitbeinig erwartete Caldus die Barbaren, die auf ihn zurannten, ein wenig geduckt, die Klinge vorgestreckt. Jetzt zählte er nur noch zehn, und sie wurden langsamer, wild bemalte Gesichter unter straff zurückgebundenen Haaren, in der Linken den Schild, in der Rechten Spieß oder Keule.

Dicht hinter ihm ertönte ein Schrei, ein Zischen erfüllte die Luft, Spieße sausten über Caldus' Kopf hinweg auf die Barbaren zu, die ihre Schilde hochrissen. Zwei Reiter preschten an Caldus vorbei, Klingen blitzten. Ein drittes Pferd blieb neben ihm stehen, eine Hand streckte sich ihm entgegen. Er erblickte Annius über sich, der ihm aufs Pferd helfen wollte, griff zu, dann traf ihn ein harter Schmerz an der Schulter, warf ihn zu Boden. Das Pferd schrie und stieg auf der Hinterhand. Rasch rollte Caldus sich zur Seite, kehrte die Spitze des Schwertes gegen den drohenden Feind, der über ihm den Speer hielt und Maß nahm.

Ein Schatten wirbelte zwischen sie. Ein hässliches Schmatzen, ein Röcheln. Jemand packte ihn am Arm, zerrte ihn hoch.

»Aufs Pferd!«, schrie Annius.

Caldus griff nach den Sattelhörnchen und sprang auf, erblickte den Mann mit blutendem Bauch auf dem Boden, die zwei, die sich näherten, denen Annius mit Schwert und Spieß entgegentrat. Der Geruch, der Caldus in die Nase stieg, war der des Schlachttages, wenn die leblosen Körper der Schweine von den Haken hingen, um auszubluten. Ihm wurde kalt und übel.

Die Barbaren machten einen gemeinsamen Schritt, da stieß Annius einen kurzen Schrei aus, stürmte auf sie zu, die Klinge blitzte bald hier, bald da. Das Pferd bäumte sich auf bei dem Gebrüll, und als Caldus es wieder im Griff hatte, stand nur noch der Gefreite auf dem nassen, blutgetränkten Gras, breitbeinig, die Klinge vor sich haltend. Mit einem tierischen Laut stieß er nach den verbliebenen Männern, die sich nicht rührten.

Hufschlag näherte sich, brachte die Barbaren in Bewegung. Sie wichen zurück, drehten sich um und rannten den Hang hinunter, wo das Getümmel wogte. Berittene griffen die Barbarenhorden von allen Seiten an, und die Legionäre drängten sie mit ihren Schilden zum Hang. Die beiden zurückgekehrten Reiter sprangen ab, suchten nach Lebenszeichen bei den Gefallenen, durchstießen einem den Leib, der sich aufbäumte, dann erlahmte. Erst jetzt bemerkte Caldus, dass der Gefreite, der inmitten dreier Leichen stand, keuchte und zitterte.

»Zurückziehen!«, stammelte Annius. »Wir müssen uns zurückziehen. Weg von hier!«

Er schob das Schwert in die Scheide und streckte den Arm nach Caldus aus, einen bluttriefenden Arm, den Caldus entschlossen packte. Annius sprang auf die Kruppe des Tieres, das unter ihrem Gewicht beinahe einknickte. Dann trieben sie das Pferd den Hang hinunter, lenkten es in weitem Bogen auf den Weg, wo ihnen weitere Reiter entgegenkamen, an ihrer Spitze ein Decurio.

»Gaius Caelius Caldus, senatorischer Tribun der Achtzehnten«, meldete sich Caldus.

»Wolltest du dich umbringen?«, blaffte der Decurio, ohne sich vorzustellen. »Danke den Göttern, dass sie dir drei tapfere Gefährten zur Seite stellten – anderenfalls wärst du jetzt Futter für Rabe und Fuchs oder, schlimmer noch, in der Gewalt der Wilden!«

»Beeil dich!«, drängte Primipilus Quintus Sertorius, als er Caldus eine Feldflasche und ein Tuch reichte. »Wir müssen zusehen, dass wir schnell weiterkommen, solange die Reiterei die Kerle noch vor sich hertreibt.«

Nickend setzte Caldus die Flasche an die Lippen und trank in großen Schlucken das erfrischend kalte Nass, ließ dann etwas davon über seine Arme rinnen, um Schmutz und Blut abzuwischen. Die linke Schulter schmerzte, kein Gedanke daran, dass er einen Schild halten könnte, aber der Medicus, der ihn untersucht hatte, hatte nichts Schwerwiegendes gefunden. Er und seine Kameraden waren ausreichend damit beschäftigt, die Verwundeten der Ersten und Zweiten Centuria zu versorgen.

Fünfzehn Gefallene hatten sie gezählt, die auf eilends herbeigeschaffte Maultiere gepackt wurden, während die Verwundeten auf Wagen im Tross der Neunzehnten befördert werden sollten. Durch das Gefecht hatten sie so viel Zeit verloren, dass sie im Laufschritt würden marschieren müssen, um aufzuholen.

»Tapferer Kerl«, murmelte Sertorius und wies auf Annius, der wenige Schritte entfernt an einem Baumstamm lehnte. Er atmete noch immer abgerissen und starrte blicklos vor sich hin. Verstohlen beäugte Caldus den Gefreiten, dem ein Legionär im Vorbeigehen die Schulter tätschelte. Ein flaues Gefühl hielt sich hartnäckig in seinem Magen wie Katzenjammer nach einem rauschenden Gelage. Ihm war, als wäre er aus einem Albtraum erwacht. Er hatte geglaubt, Mars an seiner Seite zu haben, stattdessen war er den Aufständischen blind ins Messer gelaufen und hatte sein Pferd verloren, sein bestes Pferd, den Goldfuchs Alopex, für den sein Vater ein kleines Vermögen bezahlt hatte.

Er ließ den Blick über den Hang schweifen, und während er unter den Kadavern, die dort lagen, denjenigen suchte, in dem er sein Lieblingspferd vermutete, wurden seine Augen trüb und der Schal um seinen Hals schien enger und enger zu werden. Jahrelang hatte sein Vater ihn von einem ehemaligen Decurio drillen und prügeln lassen, damit er ein guter Kämpfer werde, zu Pferd und zu Fuß. Jahrelang hatte er mit Gleichaltrigen jede Gelegenheit zum Wettstreit gesucht, was nicht selten in ernsthafte Raufereien ausartete, bei denen die Jungen sich gehörig wehgetan hatten. Nichts, gar nichts hatte ihm all das in dieser Stunde genutzt, als sich unvermittelt der Schlund der Unterwelt vor ihm aufgetan hatte in Gestalt einer rasenden, brüllenden Bestie. Er ballte die Fäuste, widerstand dem Drang, sie auf die Augen zu pressen.

»Reiß dich zusammen, Tribun!«, knurrte Sertorius neben ihm. »Ich kann bei dir nicht das Kindermädchen spielen, wenn ich meinen Soldaten für solche Schwächen das Fell gerbe.«

Schleppender Hufschlag näherte sich. Ein Soldat führte ein Pferd zu ihnen, einen Falben mit schlichtem Zaumzeug.

»Für deine Rückkehr überlasse ich dir eines meiner Pferde«, sagte der Primipilus. »Zwei Männer werden euch begleiten und das Tier zu mir zurückbringen.« Er tippte an seine Nase. »Ich habe eine Vorahnung, dass ich den Gaul noch brauchen werde.«

*

Marcus Caelius saß auf dem Pferd, das ihm vor Jahren ein Legat zum Geburtstag geschenkt hatte, einem zuverlässigen und starken Tier, das allmählich alt wurde. Seine ruhigen Schritte ermöglichten es Caelius, unterwegs den leidigen Pflichten nachzukommen, Berichte zu lesen und mit Optio Opimius und anderen Unteroffizieren Listen durchzugehen. Er hatte ein Bein so über den Sattel geschlagen, dass er die Tafeln darauflegen und sogar schreiben konnte. Nach den

Angriffen auf die hinteren Teile des Heereszuges wollte er sich vergewissern, dass die Ausrüstung der Legionäre sichergestellt war. Als Primipilus beschränkte er sich nicht nur auf die Bestände seiner eigenen Centuria, der Ersten, sondern prüfte auch die der anderen und fand die Mängel, wo er sie vermutete. Grimmig nahm er sich vor, den einen oder anderen Centurio am Abend zu sich zu rufen.

»Wir sind da!«

Opimius, der am Wegrand ging, deutete voraus. Zwischen den Standarten und Wimpeln erkannte Caelius den Schemen eines Hügels und nickte befriedigt, bevor er sich wieder in die Liste vertiefte, die letzte für heute, so hoffte er. Doch er hatte noch keine fünf Zeilen gelesen, als jemand seinen Namen rief; ein stämmiger Praetorianer grüßte stramm und setzte sich neben ihm in Bewegung, da Caelius keine Anstalten machte, sein Pferd anzuhalten.

»Publius Quinctilius Varus wünscht deine Gegenwart«, schnarrte der Mann.

»Sofort?«

»Sofort«, entgegnete der Soldat knapp, nickte noch einmal und trabte voraus zu den Offizieren.

Caelius setzte sich im Sattel zurecht, verständigte sich wortlos mit seinen Unteroffizieren, blickte dann zu dem goldenen Adler auf, den der Aquilifer neben ihm trug, und beugte den Nacken, ehe er das Pferd an den Rand des Weges lenkte und vorwärtstrieb. Bald darauf erreichte er den großen Reisewagen des Statthalters, dessen mannshoher Wagenkasten quietschend in den Riemen schaukelte. Als Caelius den verhängten Eingang an der Seite des Wagens erreichte, brachte er sein Pferd mit einem Laut zum Stehen, von dem er wusste, dass er dem Statthalter seine Ankunft verraten würde. Der Wagen hielt an, einer von Varus' jungen

Volontariern kletterte heraus und bedeutete Caelius stumm, aber nachdrücklich, einzusteigen.

Der Statthalter saß auf der dick gepolsterten hinteren Bank, beendete die Förmlichkeiten mit einer huldreichen Geste und wartete, bis Caelius sich ihm gegenüber niedergelassen hatte. Ein kleiner Sklave, der in dem halbdunklen Fahrzeug kaum noch Platz fand, versorgte sie mit Wein und Früchten. Caelius' Ferse stieß gegen etwas Hartes; unter den gesteppten Seidendecken auf Varus' Seite lugte ebenfalls dunkles Holz hervor, funkelten schwere Beschläge. Sie saßen auf der Soldkasse, einem Vermögen, das auf keinen Fall in die Hände der Aufständischen fallen durfte.

»Marcus Caelius, du bist ein kriegserfahrener, kampferprobter und tapferer Mann«, begann Varus. »Deshalb brauche ich deinen Rat.«

Caelius, der die Hände auf die Oberschenkel gelegt hatte, erwiderte schweigend den Blick des Statthalters. Der Helm, den er an seinen Gürtel gebunden hatte, drückte ihn schmerzhaft, aber er ließ sich nichts anmerken.

»Regnet es?«, fragte Varus.

»Jetzt nicht, aber das ist nur ein Atemholen«, erwiderte Caelius, der sich über diese Plauderfrage nicht wenig wunderte.

»Du weißt, warum ich das frage. Sie greifen im Regen an, weil das für sie von Vorteil ist. Die Ausrüstung der Legionäre wird durch Nässe schwer, das hemmt die Beweglichkeit. Und wenn die Angreifer sich dann von einem Hang herab oder aus dem Schutz des Waldes auf unsere Männer stürzen ...« Er verstummte, als hätte er bemerkt, dass sich Caelius' Miene während seines Vortrages zunehmend verhärtet hatte. »Hab Nachsicht, Marcus Caelius. Ich bin meinen Gedanken nachgehangen. Du weißt all das viel besser als ich, und dir einen Vortrag darüber zu halten, kommt einer Beleidigung gleich.«

Varus hob seinen Kelch, trank Caelius zu, der pflichtschuldig am Wein nippte.

»Arminius hat die verteilten Truppen inzwischen zusammengeführt und zieht voran zu dem Ort, an dem wir unsere Kräfte vereinen werden, um die Aufständischen im Herzen ihres Rückzugsgebietes aufzureiben. Das ist das Letzte, was wir erfahren haben, denn die Botenkette ist erneut abgerissen. Ich vermute, dass die Banden, die uns auf dem Marsch zu schaffen machen, auch die Boten abfangen.«

»Das ist wahrscheinlich«, sagte Caelius, als er nach kurzem Schweigen argwöhnte, man erwarte eine Antwort von ihm.

»Wir müssen schnellstmöglich vorankommen, Marcus Caelius. Ich befürchte, dass die Kräfte der Barbaren erstarkt sind, da sie auf dem Land eines anderen Stammes Angriffe führen. Immerhin sind wir hier noch im Gebiet der Cherusker, die unseren Frieden und unsere Gesetze angenommen haben – es sind die Brukterer, die einfach keine Ruhe geben.«

»Was, wenn ein Teil der Cherusker sich dem Aufstand angeschlossen hätte?«, wandte Caelius vorsichtig ein.

Varus lehnte sich in die Polster zurück. »Das ist unmöglich. Die Cherusker sind uns treu verbunden. Nicht einmal dieser Segestes käme auf solch einen Gedanken.« Er rieb sich nachdenklich das Kinn. »Einen Teil der wehrfähigen Männer habe ich mit Segestes zurückgelassen, die anderen sind in mehreren Alen und Cohorten gebunden. Wahrscheinlich haben die Cherusker im eigenen Land kaum noch Kräfte, die eindringenden Banden zu bekämpfen.«

Eine Weile ließen sie sich schweigend vom Wagen schaukeln, und der frisch gefüllte Silberkelch pendelte in Varus' Hand, dass der Wein über den Rand zu schwappen drohte. Von draußen drang Hufgetrappel herein, übertönte das Dröhnen der hinter ihnen marschierenden Legion.

»Sag mir, Marcus Caelius, wie würdest du vorgehen, wenn du in diesen Stiefeln stecktest?« Varus deutete auf sein Schuhwerk aus feinstem rotem Leder, Abzeichen senatorischer Würde.

Ohne lange nachzudenken, atmete Caelius tief durch und leerte seinen Kelch, bevor er zu sprechen begann. »Ich würde alle Truppen sofort in Kampfbereitschaft versetzen und in einem Lager zusammenziehen, Wall und Graben befestigen, mich gewissermaßen einigeln und warten, bis der Feind sich entweder der Entscheidung stellt oder, was in diesem Fall wahrscheinlicher ist, abzieht. Zöge er ab, würde ich ihn in Eilmärschen verfolgen und zu stellen versuchen.«

Erleichtert, seine Meinung kurzgefasst ausgesprochen zu haben, ließ er zu, dass der kleinwüchsige Sklave ihm nachschenkte, während Varus ihn wortlos ansah. Doch je länger der Statthalter eine Antwort hinauszögerte, desto unbehaglicher wurde Caelius, er spürte den Helm an seiner Hüfte deutlicher, als ihm lieb war, und widerstand nur mühsam dem Drang, ein wenig beiseitezurutschen.

»Du kannst dir sicher denken, dass du nicht der Einzige bist, der so handeln würde«, sagte Varus schließlich. »Es bleibt zu bedenken, dass wir ohnehin Verzögerungen durch den großen Tross hinnehmen müssen. Je schneller wir ins Gebiet der Aufständischen vorrücken, desto früher ist das Übel bei der Wurzel gepackt. Jeder Tag, den wir uns hier mit diesen Banden beschäftigen, wird uns dann fehlen.«

»Das mag sein, Publius Quinctilius, aber wir verlieren Männer. Einige Angriffe waren verheerend, die Marschordnung ist durcheinandergeraten, zur Nachhut haben wir derzeit gar keine Verbindung mehr.«

»Ich werde entscheiden, sobald die Verluste bemessen sind«, antwortete der Statthalter. »Und glaube mir, ich werde deine und die Meinung anderer, die wie du denken, dabei berücksichtigen.«

Dass der Statthalter sich leicht verneigte und dann eine Schriftrolle zur Hand nahm, um sich darin zu vertiefen, erkannte Caelius als Verabschiedung. Er erhob sich, trat zum Eingang und schob den schweren ledernen Vorhang beiseite, blieb jedoch stehen und drehte sich nochmals um.

»Ich würde zumindest jeweils den gesamten Tross der einzelnen Legionen ins Marschlager aufnehmen«, sagte er vorsichtig. »Obwohl es nicht üblich ist, dürfte es der Stimmung unter den Männern zuträglich sein, wenn sie ihre Familien und ihre Habseligkeiten geschützt sehen.«

Varus musterte Caelius, während er fortfuhr, mit den Fingern über sein Kinn zu streichen; schließlich nickte er langsam, aber ohne eine Miene zu verziehen, und widmete sich wieder dem Buch.

Als Caelius sich dem Tross der Achtzehnten näherte, eilte ihm ein Trossknecht auf einem Maultier entgegen, dessen finstere Miene Caelius Schlimmes befürchten ließ. Kurzerhand hieß er den Mann anhalten.

»Reiter haben den Tross überfallen«, berichtete der Knecht gehetzt. »Nicht die Ausrüstung, die wird ja bewacht, aber sie haben mehrere Männer verletzt, zwei getötet und einige Frauen und Kinder verschleppt.«

Caelius drückte seinem alten Pferd die Fersen in die Flanken, dass es nach einigen unwilligen Sprüngen losgaloppierte. Bei den Lastwagen, die schweres Gerät, zerlegte Geschütze und Vorräte beförderten, herrschte Aufregung wegen ein paar verirrter Pfeile. Die Knechte hielten sich dicht bei Wagen und Zugtieren auf und spähten unruhig umher. Der hintere Teil des Trosses, in dem die Angehörigen der Soldaten reisten, war zum Stillstand gekommen. Mehrere Wagen waren umgestürzt, von Pfeilen und Spießen getroffene Maultiere lagen herum, manche keilten blindlings aus oder wälzten sich hilflos im Morast. Frauen irrten klagend zwischen den Wagen umher, einige hatten im Schlepptau eine greinende Kinderschar.

Es war gespenstisch. Die Barbaren tauchten aus dem Nichts auf, fielen über kleine Truppenteile her wie Marder über ihre Beute, doch ebenso schnell ließen sie wieder ab und verschwanden in den Wäldern. Teile der Reiterei waren ständig damit beschäftigt, diese kleinen Scharen zu verfolgen, und wurden offenbar nur in die Irre geführt. Auch jetzt sah Caelius sie wieder unverrichteter Dinge aus dem Wald zurückkehren, um sich auf ihren müde werdenden Pferden dem Flankenschutz zu widmen, in dessen Lücken der Feind gestoßen war.

Caelius kannte diese Taktik, sie war typisch für die Barbaren. Dass die Angriffe inzwischen alle drei Legionen betrafen, erfüllte ihn mit Sorge. Die Siebzehnte Legion, die an diesem Tag als letzte marschierte, würde das Lager erst nach Einbruch der Nacht erreichen, und in der Dunkelheit würden die Angriffe der Aufständischen umso gefährlicher werden.

Mit der flachen Hand schützte er die Augen vor dem einsetzenden Regen und hielt Ausschau nach seinem Wagen, während er sein Pferd am Tross vorübertraben ließ. Den jungen Mann, der ihm entgegenrannte, erkannte er sofort, seinen Freigelassenen Thiaminus.

»Herr, euer Eigentum ist vollständig und wohlbehalten«,

sagte der junge Mann nach kurzer Verbeugung. »Die Kerle hatten es auf Frauen und Kinder abgesehen.«

Caelius glitt vom Pferd, übergab Thiaminus die Zügel und ging zu seinem Wagen, umrundete das Fahrzeug, prüfte die lederne Plane, schlug sie zurück und blickte auf die Ladefläche. Er sah sorgfältig gestapelte Kisten und Säcke, die dazwischengestopft worden waren, alles säuberlich festgezurrt. Am Wagen lehnte Privatus und rieb sich die Arme.

»Angst gehabt?«, brummte Caelius, und der Freigelassene nickte.

»Ihr seid eine Stunde vom Lager entfernt. Von jetzt an werden sie hier keine Angriffe mehr durchführen. Allerdings müssen wir zusehen, den Tross wieder in Gang zu bringen.« Er ließ die Plane zufallen. »Schick Thiaminus zu den Trossknechten, sie sollen anhalten und mithelfen, die Wagen wieder flottzumachen. Je mehr Männer sich darum kümmern, umso besser. Wenn der Tross beisammen bleibt, ist das der sicherste Schutz gegen weitere Vorstöße der Wilden – auch wenn ich nicht damit rechne, dass sie so dicht vor dem Marschlager noch einmal zuschlagen.«

Privatus eilte davon, während Caelius den Blick über die Wagen schweifen ließ. Eine tief verschleierte Frau hatte sich einer der Klagenden angenommen, hielt sie im Arm und sprach auf sie ein. Die Weiber wussten sich zu helfen. Er langte unter die hochgeklappte Rückwand seines Wagens, ertastete die geräumige Tasche, in der Thiaminus und Privatus ihren Tagesvorrat verstauten, öffnete sie und fingerte die alte Feldflasche heraus. Seine alte Feldflasche, die ihn auf vielen Feldzügen begleitet hatte. Er entstöpselte sie und setzte sie an die Lippen, trank das gesüßte Gemisch aus Wasser und Essig in großen Schlucken. Als er die Flasche absetzte, entfuhr ihm ein Laut des Behagens.

Er packte das leere Gefäß zurück und wollte nochmals den Wagen umrunden, als schneller Hufschlag seine Aufmerksamkeit weckte. Sechs Reiter preschten heran. Einer von ihnen war Caldus, der senatorische Tribun der Achtzehnten. Der Mann neben ihm stieß einen Schrei aus und hatte es so eilig, vom Pferd zu kommen, dass er beinahe gestürzt wäre. Er rannte zwischen den Wagen hindurch, packte die verschleierte Frau, redete laut auf sie ein. Als auch Caldus vom Pferd sprang und dem aufgeregten Soldaten hinterhereilte, folgte Caelius, der zunächst dem Tribun seinen Gruß hatte entbieten wollen, ihnen. Verwundert sah er, wie freundschaftlich Caldus seine Hand auf des anderen Schulter legte.

»Was ist hier geschehen?«, fragte der Tribun ihn grußlos, kaum dass er sie erreicht hatte.

»Ich war auch nicht hier«, erwiderte Caelius. »Aber ein Bote erzählte mir, dass es einen Überfall gegeben habe. Die Kerle richteten ein kleines Durcheinander an, schnappten sich ein paar Frauen und Kinder und verschwanden damit.«

»Deinem Mädchen ist nichts zugestoßen«, sagte die Frau zu dem Soldaten, in dem Caelius einen der Stabsgefreiten erkannte, an dessen Namen er sich jedoch nicht erinnerte. Sie ging davon und verschwand zwischen den Wagen.

»Ich will sie sehen«, rief der Gefreite hinter ihr her. Er hatte den Blick eines Soldaten, der aus einem Kampf kam, dunkel glomm es in seinen Augen, und seine Miene schien versteinert, als könne er sich nur mit Gewalt beherrschen.

»Wir rückten bis zur Neunzehnten und gerieten dort in ein Gefecht«, ergriff Caldus das Wort. »Die Aufständischen greifen immer nur vereinzelt und in kleinen Gruppen an. Sie sind nicht zu fassen.«

»Sie versuchen den Heereszug aufzuspalten.« Caelius beobachtete den Gefreiten, seine schweren Atemzüge, die starre Haltung. »Aber sie sind wohl zu wenige, um das zu schaffen.«

Zwischen den Fahrzeugen tauchte die verschleierte Frau wieder auf, die ein Mädchen zu ihnen führte. Als der Gefreite sie sah, atmete er auf, schloss kurz die Augen, betrachtete sie dann mit einem Lächeln, das seinen Zügen alle Härte nahm. Caelius schmunzelte und dachte unwillkürlich an ein Mädchen mit haselnussbraunen Augen, die unter Kopftuch und Strohhut blitzten, ein rundes Gesicht mit weichem Kinn und vollen Lippen. Ein Gesicht, das ihm half, die Raserei, die Mars und Bellona in der Schlacht über einen Mann warfen, zu bannen. Der Soldat hatte die Hand ausgestreckt, als wollte er nach ihr greifen, rührte sich aber nicht von der Stelle, sondern schaute sie nur stumm an.

»Heute Nacht werden Wachen nicht reichen«, murrte die andere Frau.

Der Tribun rieb das Gesicht mit den Händen, auch seine Bewegungen verrieten die überstandene Gefahr. Caelius behielt für sich, dass er dem Statthalter geraten hatte, den gesamten Tross aller drei Legionen über Nacht im Marschlager unterzubringen. Er wollte keine Hoffnungen nähren, die er nicht erfüllen konnte.

Männer und noch mehr Frauen waren näher getreten und umringten sie, als die Frau einen Schritt auf ihn und den Tribun zu machte.

»Ich bin Flavia Amra, die Frau des Quintus Statilius, eines Gefreiten unter Lucius Eggius. Ich habe gestern für die Leute im Tross gesprochen, und Legat Vala hat uns Wachmannschaften zugestanden. Ich hoffe, es wird nicht nötig sein, wieder vor das Lagertor zu ziehen, um Schutz zu erhalten.«

»Ich kann dir nichts versprechen.« In Caldus' Stimme

zitterte Unsicherheit. »Das fällt nicht in meine Befugnisse.«

»Aber du kannst ein Wort für uns einlegen!« Sie wandte sich abrupt Caelius zu. »Und du auch!«

Caelius sah den Tribun hastig nicken und tat es ihm nach. Dabei fiel sein Blick auf den Gefreiten, und jetzt erinnerte er sich an dessen Namen. Titus Annius. Er war von der Vierzehnten als Gerichtsschreiber in Varus' Stab überstellt worden. Zuvor hatte er in Pannonien gekämpft, sich dort ausgezeichnet und war verwundet worden. Prüfend blickte Caelius an ihm herunter, sah, dass die Hand des Mädchens sich vorsichtig in die des Mannes gestohlen hatte, und lächelte milde.

VIII

Annius schulterte die Tasche mit seinen Utensilien und verließ nach kurzem Gruß in die Runde der Kameraden das Zelt, in dem er seit ihrem Eintreffen im heutigen Marschlager beim matten Licht vieler Öllampen Tagesberichte zusammengestellt und abgeschrieben hatte. Mit großen Schritten eilte er zwischen den hausartigen Zelten, die notdürftig das Stabsgebäude ersetzten, hindurch zur von Fackeln erhellten Hauptstraße. Sabinus hatte inzwischen sicher das Zelt hergerichtet und ein Abendessen zubereitet. Er hatte ein missmutiges Gesicht gezogen, als Annius gleich nach ihrer Ankunft den Befehl erhielt, sich mit seinen Sachen bei Lagerpraefect Ceionius einzustellen.

Obwohl die Nacht längst angebrochen war, marschierten jetzt erst die vorderen Centurien der Siebzehnten Legion ins Lager, und bei dem Geräusch Tausender genagelter Stiefel sträubten sich Annius' Nackenhärchen. Vereinzeltes Husten war zu hören, doch weder derbe noch spöttische Lieder. Von den Schilden, die sie sich ohne schützende Umhüllung auf ihre Rücken geschnallt hatten, war Farbe abgesplittert, und der eine oder andere trug einen frischen Verband.

Annius schob die Kapuze seines langen Umhangs ein wenig zurück und suchte nach bekannten Gesichtern, während das Pfützenwasser ihm in die Sandalen drang. Seit

Sonnenuntergang fröstelte er in dem klammen Zeug, das er am Leibe trug. Bilder des überstandenen Gefechts stiegen vor ihm auf, das barbarische Gebrüll dröhnte in seinen Ohren. Er ballte die Fäuste, atmete langsam, zählte seine Atemzüge.

Ein Stoß traf seine Schulter. »He, Mann, hörst du nichts?«

Verwirrt blickte Annius sich um und erkannte einen Praetorianer, der ihn finster musterte.

»Du bist Schreiber, richtig?« Der bullige Soldat deutete auf die Tasche, die Annius unter den Arm geklemmt hatte, und Annius nickte. »Dann mir nach!«

Der Praetorianer steuerte zielsicher auf ein Zelt zu, dessen Eingang zwei Posten flankierten; die Männer hatten Schutz unter dem Vordach gesucht und machten deshalb den Zugang eng. Drinnen war es dampfig von der Nässe des Bodens unter den Teppichen und Matten. Legat Vala, den sie im matt erleuchteten Zelt antrafen, schickte den Praetorianer wieder hinaus und bedeutete Annius nach einem langen, nachdenklichen Blick, sich auf einen freien Schemel neben zwei älteren Soldaten zu setzen. Ihre Kleidung und Taschen wiesen sie ebenfalls als Schreiber aus.

»Worum geht's?«, flüsterte Annius seinem Nebenmann zu.

»Weiß nicht. Uns sagen sie ja nichts.«

Legat Vala hatte die Hände auf dem Rücken verschränkt und durchmaß das Zelt mit ruhelosen Schritten. Seine zerfurchte Stirn verhieß nichts Gutes, und es schien, als hätte er diese sinnlose Wanderung nur bei Annius' Eintreten kurz unterbrochen. Annius nahm die Schreibsachen aus der Tasche und wischte verstohlen die schweißnassen Hände an der Tunica ab. Das Dröhnen der draußen vorüberziehenden Truppen weckte erneut die Erinnerung an das Gefecht. Er durfte jetzt nicht die Augen schließen, die Bilder würden wie Wellen über ihm zusammenschlagen und ihn hinabreißen.

Er hatte geglaubt, es überwunden zu haben, aber ihm war, als hätten sich in diesem kurzen Rausch auch die alten Erinnerungen aus ihrem Gefängnis befreit und lauerten nun in den Winkeln seines Herzens. Der Zwang, sie wegzuschließen, umklammerte seine Brust wie ein eisernes Band und machte ihm das Atmen schwer. Im Schlaf würde sich das Band lösen, und die Furien würden ihn durch das Labyrinth böser Träume hetzen, in dem er sich schon einmal fast verloren hätte.

Annius legte die Hände auf die Oberschenkel, atmete langsam aus und ein und schickte stumme Bittgebete zu Apollon, versprach ihm ein Zicklein, ein Erstlingslamm, bis er spürte, dass die Ruhe zurückströmte.

»Fehlt dir was?«, fragte sein Nachbar.

Annius schüttelte langsam den Kopf und klappte eine der Tafeln auf, um sich darin zu vertiefen oder wenigstens diesen Anschein zu erwecken. Ihm war nicht nach Geschwätz, er war mit sich selbst genug beschäftigt. Auch das Mädchen würde ihm nicht helfen können, sie war gut, aber zu jung, er sollte sie schützen, und dazu fühlte er sich nicht imstande. Er musste sie auf dem schnellsten Wege nach Aliso bringen, zu ihrer Familie.

Wenn das hier vorbei war.

Aus dem Stapel, der auf seinen Oberschenkeln lag, zog er ein aus Papyrusblättern gefertigtes Heft, das Caldus ihm in die Tasche gestopft hatte. Auf dem Rückweg zur Heeresspitze hatte der sonst eher ruhige Tribun unentwegt geredet, belangloses Zeug über Neuerungen, die bevorstünden, als hätte er zu viel getrunken. Annius kannte diesen Zustand nur zu gut; der erste wirkliche Kampf war wie ein schweres Essen, nach dem man entweder einen langen Schlaf oder viel Bewegung brauchte, um es zu verdauen. Caldus brauchte Bewegung, er übertönte die Stimmen in seinem Inneren durch gedankenloses Geschwätz und drückte seinen Dank dann in einem wertlosen Geschenk aus.

Annius drehte das Heft in den Händen, und der Papyrus schnarrte leise, als er die steifen Seiten durch seine Finger fliegen ließ. Ein senatorischer Tribun aus bestem Hause konnte sich solches Schreibmaterial leisten, das zwar wesentlich leichter und handlicher war als Wachstafeln, das man jedoch mühselig abschaben musste, wenn man es wieder verwenden wollte.

Vala blieb stehen und wandte sich den Schreibern zu. »Ich habe euch gerufen, damit ihr den Bericht eines Boten niederschreibt, den uns Arminius und Segimerus geschickt haben. Angesichts der anhaltenden Angriffe durch Aufständische nehme ich mir das Recht heraus, den Boten als Erster anzuhören, und ich möchte euch zu Zeugen haben. Zugleich verpflichte ich euch hiermit zu vollkommenem Stillschweigen, das ihr mir bei euren heiligen Standarten schwören sollt.«

Annius und die beiden anderen Schreiber hoben die Rechte, schlugen sich damit leicht auf die Brust und gelobten das Verlangte. Als Vala sich auf die Kline setzte, eilte sein Leibsklave herbei und ordnete rasch seine Kleidung, bevor auf seinen unwirschen Wink hin der Zeltvorhang beiseitegeschlagen wurde. Ein Mann trat ein, gefolgt von zwei Soldaten. An den ledernen Hosen, die unter Kettenhemd und Waffenrock hervorlugten, war er leicht als Berittener erkennbar. Den Helm hatte er an den Gürtel gebunden, am Schultergurt hing das längere Schwert der Reiter, und eine schön gearbeitete Ledertasche hing von seiner Schulter. Auffallend war sein gebräuntes, jungenhaftes Gesicht unter dem hellen Haarschopf, die rötlich blonden Augenbrauen. Trotz der Bartstoppeln schätzte Annius, dass er mindestens zehn Jahre jünger war als er selbst.

Der Bote grüßte straff und verharrte hochaufgerichtet vor dem einschüchternd auf seinem Möbel thronenden Legaten.

»Iulius Arminius, Tribun der Ersten Germanischen Ala, und Iulius Segimerus, Praefect der Zweiten Germanischen Ala, schicken mich. Mein Name ist Actala, ich bin Reiter aus der Ersten Turma der Ala des Arminius. Ich habe Nachrichten für den Statthalter Publius Quinctilius Varus.«

»Die du zunächst mir mitteilen wirst«, entgegnete Vala scharf.

Der Bote warf einen raschen Blick auf die drei Schreiber.

»Hast du tatsächlich geglaubt, dass du ungehindert zum Statthalter vordringen könntest, nur weil du behauptest, dass deine Botschaft von Arminius und Segimerus selbst stamme?«, setzte Vala nach.

Nach kurzem Zögern griff der Bote in seine Tasche und förderte mit eckigen Bewegungen Wachstafeln zutage, zusammengeklappt und verschnürt, die er dem Legaten reichte. Vala kappte die Siegelkapsel mit einem Dolch, zerriss die Schnüre und öffnete das Dokument, dann winkte er einen der Schreiber zu sich und übergab ihm das Schreiben. Annius schloss die Finger um den Griffel und setzte die Spitze an die obere linke Ecke des dunklen Wachsfeldes, bereit, jedes Wort darauf zu bannen.

»Iulius Arminius entbietet dem Publius Quinctilius beste Grüße«, las der Mann. »Wir haben die Truppen vollständig versammelt und bewegen uns in Eilmärschen auf das Gebiet der Brukterer zu. Die Aufständischen haben sich in das Herz ihres Stammesgebietes zurückgezogen. Dort werden wir sie umzingeln und –«

»In das Herz ihres Stammesgebietes zurückgezogen?«, blaffte Vala. »Und wer sind die Kerle, die uns heute auf der ganzen Strecke angegriffen haben?«

Hart knallte seine Faust auf das Holz des neben ihm stehenden Schränkchens, so hart, dass er sichtlich zurückzuckte und sich den Handballen rieb. Mit zusammengepressten Lippen senkte Annius den Kopf, um seine Erheiterung zu verbergen. Der Bote antwortete nicht, aber was hätte ein Bote auch antworten sollen? Dennoch wirkte Valas Frage wie eine Flamme, an der sich die Luft im Zelt hätte entzünden können.

»Ich weiß es nicht«, stammelte der Bote. »Vielleicht ist es einzelnen Trupps Aufständischer gelungen, unbemerkt zwischen uns und dem Heereszug vorbeizuschleichen. Es können nicht viele sein.«

»Nicht viele?«, brüllte Vala, der sich noch immer die Hand hielt. »Wir haben heute wahrscheinlich ein paar Hundert Männer verloren, und du behauptest, es können euch *nicht viele* entwischt sein?«

Annius hielt den Atem an, bis in die innerste Faser angespannt, als die Zeltplane zurückgeschlagen wurde. Alle wandten sich dem Eingang zu, wo der Statthalter stand, im Gesicht ein hartes Lächeln.

»Mach den Boten nicht haftbar für die Botschaft, die er bringt, Quintus Numonius«, ertönte Varus' warme, dunkle Stimme. »Wir kämpfen mit unerwarteten Schwierigkeiten, die Aufständischen setzen sich heftiger zur Wehr, als wir dachten, sie haben uns mit einigen Angriffen überrumpelt. Ja, Quintus Numonius, wir *haben* Schwierigkeiten, weil die Aufständischen offenbar unsere Schritte vorhergesehen haben.

Aber das geschieht ja nicht zum ersten Mal in der Geschichte des römischen Volkes. Dein Zorn ist berechtigt, doch er führt zu nichts. Wir müssen unsere Lage ruhig und besonnen betrachten und den Willen der Götter erkunden, dann werden wir auch die richtigen Entscheidungen fällen.«

Varus durchmaß den Raum, gefolgt von den beiden Lagerpraefecten Ceionius und Eggius und den führenden Centurionen, einigen Tribunen und einem Schwarm von Schreibern. Neben ihm her eilte sein Leibsklave, der ihm den Mantel richtete, während er sich langsam und würdevoll auf der Kline niederließ. Annius suchte vergeblich nach Caldus unter den Offizieren. Die meisten täuschten die ihrem Stand und Rang angemessene Teilnahmslosigkeit vor, doch an diesem Abend gelang es ihnen keineswegs so gut wie sonst.

»Habt ihr schon die Kundschafter angehört?«, fragte Varus mit hochgezogenen Brauen, und als Vala den Kopf schüttelte, schickte er einen seiner Volontarier mit einem Fingerschnippen hinaus. Der Leibsklave reichte ihm einen Kelch, dann ein Tuch, um sich den Mund abzutupfen, was Varus nur nachlässig tat. Flüsternd unterhielt er sich mit Vala, bis der Volontarier endlich zurückkehrte. Ihm folgte ein Soldat im lehmbespritzten Umhang, den Helm unter den Arm geklemmt, ein Decurio mit vernarbtem, sonnengegerbtem Gesicht, der straff grüßte.

Annius beugte sich wieder über die aufgeklappten Wachstafeln. Mit einer raschen Notiz vermerkte er das Eintreffen der Offiziere, kritzelte Kürzel anstelle der vollständigen Namen und Ränge.

»Bei der Vorhut gab es keine besonderen Vorfälle«, beantwortete der Decurio nach kurzer Vorstellung Valas Frage, und Annius ritzte ebenso flink wie seine Nachbarn Buchstabenkolonnen in das dunkle Wachs. »Alles scheint ruhig zu sein. Wir haben einen halben Tagesmarsch durch die Berge vor uns. Wegen der dicht stehenden Bäume und der engen Täler ist der Weg schwerer begehbar als die Straßen entlang der Lupia. Außerdem hat der Regen den Boden aufgeweicht, die Bäche fließen über und an manchen Stellen sind Bäume umgestürzt.

Wo sich die Berge absenken, führt der Weg an den Hängen entlang. Es ist ein alter Bohlenweg unterhalb eines niedrigen Damms, der wohl eine ehemalige Befestigung aus den Zeiten der letzten Kriege ist. Damals trachteten die Stämme dieser Gegend ja danach, einander zu vertreiben. Da die Barbaren gegenüber ihren Nachbarn misstrauisch sind, halten sie solche alten Befestigungen instand. Die Palisade, die den Wall krönt, ist gut gepflegt, aber nicht vergleichbar mit einer Befestigung aus Schanzpfählen.

Stellenweise grenzt der Weg an die ausgedehnten Moore, die sich jenseits der Berge erstrecken. Es führen Wege in diese Sümpfe, aber sie verlieren sich. Vermutlich sind es Jagdpfade. Das Land ist flach und weitgehend nur von Gras und Schilf bewachsen. Feinde kann man auf dieser Seite schon von weitem sehen, allerdings ist von dort nicht mit Angriffen zu rechnen.

Wir haben zwei Dörfer gesehen, die vor einiger Zeit verlassen wurden. Dort steht alles unter Wasser, auf den Äckern fault das letzte Getreide, das hat die Menschen wohl vertrieben.«

»Seid ihr auf Barbaren gestoßen? Auf Aufständische?«

»Nein, Legat«, erwiderte der Kundschafter. »Wir haben die Wälder oberhalb des Walles durchkämmt und sind niemandem begegnet. Wir haben keine Spuren gefunden, die darauf schließen lassen, dass dort größere Scharen von Barbaren unterwegs gewesen seien.«

Vala verzog die Lippen zu einem dünnen Grinsen. »Dann hängen sie also an uns wie Zecken, und wir müssen zusehen, wie wir sie loswerden.« Er wandte sich Caelius zu, schaute ihn eindringlich an.

»Du kennst meine Meinung, Publius Quinctilius«, erwiderte Caelius. »Wir sollten uns hier festsetzen. Sie sind nicht imstande, uns zu belagern, und wenn sie abziehen, jagen wir sie vor uns her.«

»Dem stimme ich zu«, meldete sich Nervius, Primipilus der Neunzehnten, zu Wort, und sein Kollege Sertorius nickte. »Wir haben schwere Verluste hinnehmen müssen, Publius Quinctilius. Solange wir uns in Marschordnung bewegen, sind die Aufständischen im Vorteil. Sie beschießen uns aus dem Hinterhalt, spalten die Abteilungen und greifen die durcheinandergeratenen Züge an. Über die Nachhut wissen wir nur, dass Teile davon etwa zehn Meilen hinter uns ein Notlager aufgeschlagen haben, weil sie es nicht mehr bis hierher geschafft haben, so zerrissen ist die Marschordnung inzwischen.«

Annius wechselte den Griffel in die Linke und schüttelte die andere Hand, um sie zu lockern. Bei schnellen Mitschriften verkrampfte er bald, und die Kürzel wurden unleserlich. Er wollte nicht darüber nachdenken, was die Offiziere sagten, es lediglich im Wachs festhalten. Erst jetzt ging ihm auf, dass er nur den Lärm der noch immer einmarschierenden Truppen hörte. Im Zelt herrschte drückendes Schweigen.

Eine Bewegung ließ ihn aufschauen; der Bote trat rasch einen Schritt vor. »Imperator, ich möchte nicht unverschämt –«

»Dieser Titel steht mir nicht zu«, unterbrach Varus ihn, und der junge Mann stutzte, ehe er den Kopf senkte. »Was hast du zu sagen, Soldat?«

»Tribun Arminius befindet sich bereits ein gutes Stück vor euch. Er wird den Feind morgen erreichen. Wenn der Hauptteil eurer Truppen sich hier festsetzt, um eure Verfolger zu bekämpfen, werdet ihr Tage verlieren, Tage, in denen Arminius und Segimerus den Aufständischen allein gegenüberstehen. Wenn ihr eure Verfolger schließlich vor euch hertreibt, werden Arminius' Männer zwischen diesen und dem Feind stehen. Das könnt ihr nicht wollen!«

In der Stille richteten sich alle Blicke auf den Boten, der mit einem Mal vor dem Statthalter das Knie beugte wie ein unterworfener Gegner. Sichtlich verblüfft hielt Varus inne, berührte dann den Mann an der Schulter.

»Steh auf! Es gibt keinen Grund niederzuknien.« Er blickte sich um, suchte den Lagerpraefecten Eggius. »Wann kann die Nachhut morgen hier eintreffen?«

»Vermutlich noch am Vormittag«, antwortete Eggius.

»Gut, das würde genügen, rechtzeitig hier zu sein, sollten wir den Marsch fortsetzen.«

»Das wäre Irrsinn! Die Nachhut müsste an diesem Tag einen unerträglichen Gewaltmarsch hinlegen –«

»Sei unbesorgt, Lucius Eggius, das müssten sie nicht, denn wenn wir morgen weitermarschieren, werden wir nur bis zum Ende der Berge vorrücken. Dann bliebe der Heereszug beisammen.«

»Du willst weitermarschieren?« Marcus Caelius vergaß, den Mund zu schließen.

»Ich habe mich noch nicht entschieden. Ich werde beide Seiten abwägen und die Vorzeichen abwarten, bevor ich meinen Entschluss fälle.«

Nachdem Annius die säuberlich geglättete Tafel seiner Mitschrift vorgewiesen und eine Kopie mit ausgeschriebenen

Kürzeln abgegeben hatte, verließ er hastig das Zelt. Straßen und Gassen des Lagers wimmelten von Soldaten, die um Wasser anstanden oder bei den Trosswagen ihre Vorräte auffrischen wollten. Doch anstatt von der Hauptstraße des Lagers abzubiegen, um sein Quartier aufzusuchen, hastete Annius die Reihen der Offiziersunterkünfte entlang, bis er Caldus' großes rechteckiges Wohnzelt erkannte. Als er durch den matt erleuchteten Eingang schlüpfte, stellte sich ihm ein Schatten in den Weg.

»Halt, Herr! Was willst du?«

Annius erkannte einen der Sklaven, die mit Caldus reisten, einen stämmigen Schwarzen, dessen weiße Zähne im Halbdunkel blitzten.

»Titus Annius, Schreiber im Stab des Statthalters. Ich muss deinen Herrn sprechen.«

»Er ist nicht hier«, erwiderte der Schwarze, der Annius mit ausgebreiteten Armen den Weg versperrte. Das Spiel seiner fleischigen Muskeln war beeindruckend. »Und ich weiß nicht, wo er sich gerade befindet. Du wirst eine Nachricht hinterlassen oder später wiederkommen müssen.«

Mit einem wütenden Schnauben machte Annius kehrt und hastete zurück, fand die Gasse, an der sein eigenes Quartier aufgeschlagen war. Der dreieckige Giebel des Zeltes überragte ihn um kaum mehr als eine Elle, sodass er sich bücken musste, um hineinzugelangen. Regen rieselte auf das Ziegenleder, und drinnen, wo man sich ebenfalls nur geduckt bewegen konnte, war die Luft dick von der Nässe, die vom Boden aufstieg. Zwei Laternen verbreiteten schwaches Licht. Sabinus, der sich auf der Strohmatte ausgestreckt hatte, stemmte sich auf seine Unterarme.

»Endlich! Ich habe dir deinen Anteil vom Abendessen aufgehoben.«

Er deutete mit dem Kinn zur Zeltmitte, wo ein Deckenbündel auf dem Boden lag. Als Annius das schwere Tuch auseinanderschlug, fand er darin seinen bronzenen Stieltopf, noch warm. Er hob den Deckel und prüfte den Duft. Weizengrütze mit Speck.

»Du hast es verdient«, murmelte Sabinus vielsagend, als er sich aufsetzte und Annius einen Löffel reichte.

Mit untergeschlagenen Beinen saßen sie auf ihren Strohmatten und Mänteln; Annius schaufelte Grütze in den Mund, kaute und schluckte, während er ruhelos seine Gedanken weiterspann. Die Nachricht ... irgendetwas stimmte nicht damit. Dass er nicht mit Caldus darüber sprechen konnte, beunruhigte ihn.

»Werden wir hierbleiben?«, fragte Sabinus unvermittelt.

Achselzuckend rührte Annius im Topf.

»Wann werden wir erfahren, wie es weitergeht?«

»Morgen«, erwiderte Annius zwischen zwei Bissen. »Nach den Auspicien.«

»Sie lassen uns also schmoren«, schnarrte Sabinus.

Annius aß unbeirrt.

»Mit den Barbaren werden wir schon irgendwie fertig«, fuhr Sabinus fort. »Es können ja nicht viele sein.«

Nicht viele. Annius steckte den Löffel in die Grütze und stellte den Topf auf den Boden, tastete nach dem Wasserkübel und tauchte die Hände hinein, um sein Gesicht zu kühlen. Es war nur noch sehr wenig Wasser darin.

»Da stimmt etwas nicht«, murmelte er. »Wie kommt es, dass Scharen von Aufständischen bis hierher vorgedrungen sind? Als hätten sie schon lange im Hinterhalt gelegen.«

»Aber dann hätten sie doch wissen müssen, welchen Weg wir nehmen«, wandte Sabinus ein. »Wie hätten sie das erfahren sollen?«

»Es sind Einheimische«, entgegnete Annius gedankenverloren. »Sie kennen die Wege durch das Land. Wenn sie wissen, wohin wir wollen, wissen sie auch, welchen Weg wir nehmen können und welchen nicht.«

»Vielleicht haben sie Spione, vielleicht gibt es Verräter unter den Soldaten der Hilfstruppen.«

Annius stutzte. In den Worten des Boten hatte etwas angeklungen, das ihn argwöhnisch gemacht hatte. Er kramte in seiner Tasche nach den noch fast handwarmen Tafeln, kroch auf Ellbogen und Knien zur Laterne und hielt die aufgeklappte Tafel schräg ins Licht. Versuchte, die Restspuren der Buchstaben auf dem glatt gestrichenen Wachs zu entziffern. Las den kurzen Bericht, die aufgeregte Bitte des Boten. Als er aufblickte, sah er Sabinus' verwirrte Miene.

»Was ist los?«

»Der Bote ... Warum sagte er *ihr?* Warum sprach er nur von *Feinden* und nicht von *unseren Feinden?*«

»Was meinst du damit?«

»Er ist Soldat im Dienst des römischen Heeres, bezieht Sold, hat einen Treueid auf sein Feldzeichen geschworen, ein römisches Feldzeichen – aber er sprach, als gehörte er nicht zu uns, sondern sei ein Fremder, der uns ... Ratschläge gibt.«

Sabinus schüttelte den Kopf. »Das ist mir zu spitzfindig, mein Freund. Du solltest dein Mädchen besuchen, und«, er schlug sachte mit der Faust in die gewölbte Hand, »du solltest es endlich tun. Glaub mir, sie wartet darauf.«

Unwillig zog Annius die Brauen zusammen, griff nach dem Stieltopf und aß schweigend weiter, während Sabinus ihn aufmunternd angrinste.

»Ich werde sie zu ihrem Vater zurückbringen, wo sie hingehört«, sagte Annius schließlich.

»Du spinnst!«, entgegnete Sabinus. »Der will sie nicht zurückhaben. Jeder muss doch denken, sie sei schon gebraucht, deshalb kann er sie nicht mehr verheiraten und hat nur ein weiteres nutzloses Maul zu stopfen. Der verkauft sie an den ersten dahergelaufenen Kerl, an irgendeinen Händler. Mann!« Sabinus beugte sich vor. »Sie könnte es wahrlich schlechter treffen als mit dir.«

Annius löffelte wortlos seine Grütze, was den aufkeimenden Groll besänftigte. Gesättigt blickte er umher, erhielt auf einen Wink seine Feldflasche, in der nur noch ein Rest Wasser war, wie er am hohlen Gluckern erkannte. Als Sabinus hilflos die Achseln zuckte, langte er nach den drei anderen Feldflaschen.

»Ich gehe Wasser holen«, murmelte er und wandte sich zum Zeltausgang.

»Und geh zu ihr!«, rief Sabinus ihm nach.

Die tropfende Kapuze tief ins Gesicht gezogen, nahm Annius den Weg zum hinteren Teil des Lagers, wo der Tross der Achtzehnten und Neunzehnten Legion untergebracht war. Die Wagen, die langsam die nächtliche Lagerstraße hinaufrollten, zeigten Brandspuren und Schäden, viele der Knechte trugen Verbände oder humpelten. Von einem erfuhr Annius, dass dies die Überreste des Trosses der Neunzehnten waren; ein Teil sei bei Angriffen zerstört worden, vieles hätten sie zurücklassen müssen, weil Zugtiere geraubt und getötet worden seien. Die Frage nach den Frauen und Kindern stellte Annius lieber gar nicht erst.

Er reihte sich in die Schlange derer ein, die vor dem von den Pionieren neu ausgeschachteten Brunnen warteten, ließ die Flaschen füllen und hängte sie über die Schulter. Nach kurzem Nachdenken folgte er der Straße und äugte nach

Wagen, die innerhalb von Wall und Graben sonst nichts zu suchen hatten. Fackelschein und bunte Planen, helles Gekicher und Geflüster lockten, als wäre an diesem Tag gar nichts Besonderes geschehen. Ehe Annius ausweichen konnte, flog ihm schon eine Frau um den Hals, die nach Schweiß und süßen Ölen roch und sich gurrend an ihm rieb. Missmutig schubste er sie beiseite, hob die Feldflaschen vom Boden auf, die bei ihrem Aufprall heruntergefallen waren, und schritt davon, unbeirrt von den schrillen Flüchen, die sie ihm nachschickte.

Er setzte seine Suche fort, traf auf Familien, die im Schutz von Windschirmen an niedergebrannten Feuern saßen, prallte gegen ein Maultier, das überrascht brüllte, und schließlich auf einen Kameraden, der seine Frau suchte. Sie grüßten einander, und als Annius sich wieder umdrehte, sah er einen Schatten vor sich, der eine kleine Laterne trug, erkannte bloße Füße im zertrampelten, morastigen Gras. Eine Hand schob den Umhang aus der Stirn und enthüllte ihm das Gesicht des Mädchens.

»Rufilla«, rief er leise und hielt sich zurück, als ihm klar wurde, dass er sie gerade umarmen wollte.

»Ich habe gewartet«, sagte sie.

»Es ... tut mir leid. Ich musste zu einer Beratung.«

»Gibt es Neuigkeiten? Werden wir hierbleiben?«

Zögernd hob er die Schultern, ließ sie wieder fallen, er wusste nicht, was er sagen sollte. Er musste sie nach Hause bringen, das war kein Leben für ein Mädchen, im Tross mitzulaufen, in schmutzigen Kleidern, ohne Schuhe, ohne Gelegenheit, sich reinlich zu halten.

»Ich bringe dich nach Hause«, flüsterte er. »Zu deinem Vater. Das verspreche ich dir.«

Ein schmales Lächeln hellte ihre Züge auf, die ihm grau

vor Erschöpfung schienen. Sein Herz pochte spürbar, und ihm war, als wärmte es von innen her seine klammen Kleider. Behutsam legte er eine Hand auf ihre Schulter. Sie schob eine Haarsträhne hinter ihr Ohr und hielt die Laterne vor sich, als könnte sie sich damit schützen.

»Ich bin müde, Herr.«

Die Anrede traf ihn wie eine Ohrfeige. Schnell zog er die Hand zurück. »Geh schlafen!«, erwiderte er rau. »Du musst stark sein morgen. Ich bringe dich zu eurem Wagen.«

»Das hier«, sie klopfte lautlos auf die Plane des Fahrzeugs, neben dem sie stand, »ist Amras Wagen.« Sie zog sich einen Schritt zurück, sah ihn scheu an. »Ich habe viele tote Männer gesehen heute. Ich bete zu den Göttern, dass wir hierbleiben, bis die Angreifer weggehen.«

*

Vala saß auf seiner Rappstute und zählte die zu beiden Seiten vorüberschwärmenden Reiter, den Flankenschutz, bestehend aus zwei gallischen Alen und der Legionsreiterei. Am Stirnschutz seines Helms sammelten sich zitternde Tropfen, die immer wieder herabfielen, und von den Wangenklappen sickerte es kalt in seinen Schal. Er war ein Stück vorausgeritten, hatte sich mit zwei Praetorianern vor den Trupp Stabsoffiziere gesetzt, die Varus heute hoch zu Ross, umringt von seinen zwölf Lictoren, anführte. Das Alleinsein dämpfte seinen Groll, hielt seine Aufmerksamkeit wach. Fassungslos war er gewesen, als Varus ihm im Morgengrauen, noch vor dem Einholen der Auspicien, eröffnete, wie auch immer die Vögel flögen, er würde den Befehl zum Abmarsch geben. Als bald darauf die Auguren gemeldet hatten, die Götter verhießen einen Tag ohne besondere Zwischenfälle, drängten jedoch zur Eile, keimte in Vala bitterer Argwohn auf.

Nie zuvor hatte Varus die Vogelschau beeinflusst. In diesen Dingen gehörte er zu den bodenständigen, am Alten festhaltenden Männern, was für einen fast sechzigjährigen Mann auch angemessen war. Er hatte Erleichterung in Varus' Miene gesehen und wollte ihm die auch glauben. Trotzdem nagte eine dunkle Ahnung an ihm, die Auguren könnten ihre Deutung vorauseilendem Gehorsam unterworfen haben.

Zu beiden Seiten verschwammen die bewaldeten Bergkuppen hinter einem Dunstschleier. Die Sonne hatte den Scheitel ihrer Bahn überschritten, und die Spitze des Heereszuges war nur noch wenige Meilen vom nächsten Marschlager entfernt, das zu diesem Zeitpunkt von den Pionieren schon vermessen und vorbereitet wurde. Ob die Cohorten der Nachhut aufgeschlossen hatten, wusste er nicht, da er seit geraumer Zeit Abstand von den anderen hohen Offizieren gesucht hatte.

Schneller Hufschlag näherte sich, sodass er seine Rappstute wendete; zwei Reiter preschten heran.

»Wir vermissen mehrere Turmen!«, rief einer der beiden. »Die Männer sind mit ihren Pferden spurlos verschwunden!«

Eisiger Schrecken durchrieselte Vala. »Wann und wo?«

»Seit Mittag. Zwei im Umfeld der Achtzehnten, eine bei der Neunzehnten.«

»Habt ihr nach ihnen gesucht?«

»Die Männer waren in kleinen Abteilungen unterwegs. Es wurden Spuren gefunden, die tiefer in die Wälder führten.«

Vala wollte einen Fluch ausstoßen, doch etwas hielt ihn zurück, ein feines Sirren, als zittere die Luft wie eine losgelassene Bogensehne. Seine Blicke suchten die Quelle des Tons über den Hügeln zu beiden Seiten der Straße. Von deren Kamm schwang sich etwas wie ein Schwarm riesiger

Mücken gen Himmel, beschrieb einen Bogen und sank über dem Weg herab, wo sich die Spitze der Achtzehnten befinden musste. Die Stimme versagte Vala angesichts des Pfeilregens, dem sogleich ein zweiter von der anderen Seite folgte.

»Unsterbliche Götter ...«, flüsterte einer der beiden Praetorianer.

Vala stieß der Stute die Sporen in die Seiten, dass sie einen Satz machte, doch der andere Praetorianer warf sich ihm in den Weg.

»Du musst hierbleiben, Quintus Numonius! Du bist der Vorhut und dem Flankenschutz zugeteilt!«

»Dem Flankenschutz! Und dann geschieht so etwas!«, schrie er.

»Du kannst den Männern nur helfen, indem du die Reiter sammelst und einen Angriff auf den lauernden Feind befiehlst.«

»Dann macht das!«, blaffte Vala. »Aber schleunigst!«

Mehr musste er nicht sagen, die Reiter trennten sich, zwei sprengten in Richtung der angegriffenen Legionen davon, einer zur Vorhut, wo sich weitere Turmen befanden. In der Ferne tönten Hörner, stritten sich mit Bucinen und Tuben. Dann erhob sich ein dumpfes Brausen beiderseits über den Hängen, schwoll an, ein Wort klang heraus. Die Rappstute tänzelte unter Vala, der angespannt lauschte. Gellend antworteten Stimmen mit einem anderen Wort, das mit dem Zischen einer Schlange begann. Und endete.

Vala erstarrte. Die Worte des Boten kamen ihm in den Sinn, Arminius und Segimerus seien ihnen voraus und würden den Feind heute erreichen. Er fuhr herum, starrte in die angespannten Gesichter der Praetorianer.

»Hört ihr das?« Seine Stimme zitterte. »Hört ihr, was sie schreien?«

Die Soldaten schüttelten die Köpfe.

»Das sind Namen!«, bellte Vala. »Die Namen ihrer Anführer!«

Sie lauschten dem wieder anschwellenden Brüllen, und Vala konnte sehen, wie sie nacheinander erbleichten. Segimerus. Arminius. Wenn auch nach Barbarenart ausgesprochen, konnte kein Zweifel bestehen.

»Ich werde im Tartarus schmachten für meine Dummheit! Wagt es ja nicht, mich aufzuhalten!«

Vala riss den Schild aus der Halterung, rammte die Fersen in den Bauch der Stute, dass sie mit einem spitzen Wiehern lospreschte. Er verlagerte sein Gewicht auf ihre Hinterhand und beugte sich vor, um die Zügel schießen zu lassen. Wickelte die Enden der Riemen um seine Hände, um das Tier mit einem einzigen scharfen Zug anhalten oder wenden zu können. Die Stute machte ihrem Namen Ehre, als sie wie ein Pfeil auf den Lärm zuhielt. Ringsumher spritzte Lehm auf, während Vala und seine Leibwächter sich dem lauter werdenden Kampflärm näherten, dem Stampfen Tausender genagelter Sohlen. Es klang, als wäre eine Viehherde durchgegangen. Waffenklirren spitzte heraus, Schreie. Hinter ihm donnerten acht gallische Turmen aus der Vorhut heran, und ehe er sich versah, war er umringt von Reitern, die ihre kurzen Speere wurfbereit in den Händen schwangen.

Der Weg beschrieb einen leichten Bogen, hinter dem eine wimmelnde Menschenmenge auftauchte. Vom Hügel zischten Pfeile herab, jetzt nahmen die Angreifer die Soldaten unter direkten Beschuss. Irgendwo inmitten dieses Gewühls befand sich der Statthalter. Vala zog das Schwert aus der Scheide und stieß die blitzende Klinge in die Luft. Hörner gellten auf, eine Salve von Wurfspießen sauste über ihn hinweg. Vor ihnen wichen Soldaten zur Straßenmitte zurück, bildeten eine Schildwand. Vala sah den Schrecken in ihren Augen, als er gemeinsam mit den anderen Reitern auf den Feind prallte.

Er stieß mit der Klinge nach Gesichtern, Schultern, Armen, die er in den Lücken zwischen den Rundschilden erblickte. Die Reiter schoben die Barbaren vor sich her, ihre Pferde keilten nach ihnen aus, Verletzte schrien, knackend brachen Knochen. Neben ihm mähte ein Gallier mit seinem langen Schwert einem Mann den unbehelmten Kopf vom Rumpf. Die Gegner wehrten sich mit Keulen und Spießen, dann drängten Krieger mit schwerer Rüstung und Langschwertern nach vorn, einige mit Lanzen, die sie gegen die Pferde richteten.

Eines der gallischen Pferde stieg und sackte durchbohrt zusammen. Der Reiter schleuderte im Abspringen seinen Wurfspieß auf den triumphierend brüllenden Barbaren.

Endlich brach die feindliche Schildmauer, die Reiter trieben einen Keil in die Menge, zerhackten die Schilde aus Stroh und Leder, trieben die Krieger auseinander. Vala bemühte sich, den Überblick zu bewahren, suchte die Aufmerksamkeit der anderen Reiter, um sie durch Gesten mit dem Schwert zu lenken.

Mit einem Mal wichen die Barbaren unter Befehlsgebrüll auseinander, löste sich die Menschenmenge vor ihnen auf, teilte sich in zwei Gruppen, die zu beiden Seiten weitgehend geordnet vom Weg abrückten. Vala hieß die nachdrängenden Reiter anhalten, in breiter Kampflinie tief gestaffelt auf dem Weg verharren, während die Barbaren zwischen Unterholz und Baumstämmen verschwanden. In einiger Entfernung wogte ein weiterer Kampf auf dem Weg.

»Stellung halten!«, rief er. »Das ist eine Finte! Sie *wollen,* dass wir nachsetzen, um uns in den Rücken zu fallen!«

Fieberhaft überlegte er, wie sie die lauernden Gegner überlisten könnten, aber hier senkte sich die Straße in einen Hohlweg und sie wären eingekesselt. Er winkte die beiden Praetorianer zu sich.

»Schlagt euch durch bis zum Stab! Meldet dem Statthalter, dass wir das Marschlager sichern werden!«

Sie preschten den Weg hinunter. Ein paar Krieger rannten aus ihrer Deckung, um die beiden Reiter zu stellen, doch als die Zurückbleibenden wurfbereit die Speere hochrissen, flüchteten sie zurück in den Schutz des Waldes.

Der Befehl, sich auf eine volle Kehrtwende vorzubereiten und schleunigst zum Marschlager vorzurücken, breitete sich unter den Galliern aus. Einige murrten vernehmlich, aber sie rührten sich nicht von der Stelle, bis Vala das Schwert hob und mit der Klinge einen schnellen Kreis beschrieb. Wie eine Welle breitete sich die Wende von den hinteren Reihen aus und hatte die vordersten erreicht, noch ehe die Barbaren mit Kampfgebrüll wieder aus dem Wald hervorbrachen.

Als Vala aus seinem Stabszelt trat, erblickte er Caldus in Begleitung eines Mannes und eilte wie von einer Bogensehne geschnellt auf ihn zu.

»Wie konnte ich nur so blind sein!«, rief er.

Caldus starrte ihn an, er war kalkweiß und seine Züge wie versteinert. »Du hast also gehört, welche Namen die Aufständischen im Munde führen.«

»Ich kann es immer noch nicht fassen.«

»Wie nimmt der Statthalter es auf?«, fragte Caldus.

»Er lässt niemanden vor. Offenbar hat er den Boten zu sich bringen lassen, aber was er tut, weiß niemand. Rings um sein Zelt stehen Praetorianer und die Lictoren, um ihn abzuschirmen.«

»Er hat guten Grund nachzudenken. Wir sitzen in der Klemme. Wir haben es ins Lager geschafft, aber nur unter schweren Verlusten. Von der Neunzehnten kam die Nachricht, dass sie von Teilen unserer eigenen Nachhut angegriffen worden seien, seither habe ich nichts mehr gehört. Fest steht, dass wir umzingelt sind und einige Truppen durch Meuterei vollständig eingebüßt haben, während andere mehr oder weniger schwere Verluste hinnehmen mussten.«

»Den Tross der Achtzehnten haben sie überfallen und die Ausrüstung geplündert«, fuhr der andere Mann fort, in dem Vala einen der Gefreiten erkannte, die am vergangenen Abend Mitschriften angefertigt hatten. »Der größte Teil der Schanzpfähle und Zeltplanen ist durch Brand verloren, und etliche Wagen mit Geschützen wurden weggeschleppt.«

»Sich hier einzuigeln, wird äußerst schwierig werden. Der Wald rings um das Lager steht zu dicht, und wir können niemanden zum Roden hinausschicken, weil überall der Feind lauert.«

Vala atmete tief durch, bekämpfte den Groll, der in ihm wühlte. »Ob wir uns nun hier einigeln oder nicht, wir werden noch einige Verluste hinnehmen müssen, um entweder Vetera oder ein anderes Lager zu erreichen.«

»Wie hoch sind die Verluste bisher?«, fragte Caldus.

»Ich habe noch keine genauen Zahlen«, erwiderte Vala mit einem müden Achselzucken, »und ich möchte nicht schätzen.«

Der Gefreite, der Caldus begleitete, wirkte fahrig, ständig strich er sich übers Gesicht, befeuchtete seine Lippen, nagte daran.

»Ich brauche die Erlaubnis, das Lager kurz zu verlassen«, platzte er heraus, nachdem er sichtlich Luft geholt hatte.

Bestürzt zog Vala die Brauen hoch. »Willst du dich umbringen?«

»Da draußen beim Tross ist etwas ... jemand, der mir gehört.«

Vala wechselte einen Blick mit dem Tribun, der die Achseln zuckte. Sie hatten den größten Teil des Trosses nicht in das Marschlager aufnehmen können, weil die Anlage zu klein geraten war. Das Gelände bot nicht genug Fläche, und es waren so viele Schanzpfähle geraubt oder zerstört worden, dass sie auf eine lückenlose Befestigung hatten verzichten müssen.

»Ich darf das nicht gestatten«, antwortete Vala. »Wir werden geradezu belagert. Weder wirst du das Lager verlassen noch jemanden hereinschaffen.«

»Was, wenn ich ihn begleite?«, mischte Caldus sich ein, und als Vala ihn streng musterte, fügte er hinzu: »Ich bin ihm etwas schuldig.«

*

Die angesengte Plane musste ausgebessert werden, um ihre Habe vor der Nässe zu schützen. Gemeinsam zerrten Amra, Sura und Thiudgif sie vom Wagen und versuchten im Schein eines Öllichts die größten Löcher notdürftig mit Stofffetzen zu flicken. Die Arbeit betäubte die drohenden Stimmen in ihrem Inneren, die von Tod und Verderben raunten. Dass ihr Herr längst erschlagen war, irgendwo unbestattet am Wegrand lag wie so viele Leichen, die sie gesehen hatte.

Ringsum war es still bis auf leises Schniefen und das Jammern der Kinder. Sura stach sich immer wieder in die Finger und weinte, bis Amra sie tröstete. Sie hatten es noch gut getroffen, ihr Wagen war nur leicht beschädigt worden. Viele hatten bei den Angriffen ihre Maultiere, ihr Vieh, ihre

Fahrzeuge verloren und nur retten können, was sie am Leibe trugen. Thiudgif richtete sich auf, um den schmerzenden Rücken und die Schultern zu dehnen, als vom Wall ein Ruf ertönte. Die Kinder erhoben ein verängstigtes Geheul, Frauen liefen zusammen, eilten in Richtung Lagertor.

Die schrillen Schreie, das dünner werdende Weinen der Kinder, die während des Angriffs verschleppt worden waren, hallten in Thiudgifs Ohren wider. Ein Zittern durchlief ihren Körper. Gewaltsam riss sie die Füße vom Boden los, raffte den schmutzstarrenden Rock zusammen und hastete zwischen den Lastkarren hindurch zum Weg, wo die Frauen versammelt waren. Bis eine jähe Lähmung sie überfiel, als griffe eine kalte Hand in ihren Leib und ballte sich um ihre Eingeweide. Sie blieb stehen und hielt den Atem an, um auf die Stimmen zu lauschen, das Tosen, das der Wind vom Wald herbeitrug, doch ihr Herzschlag übertönte jeden Laut.

Drei Schatten bewegten sich auf dem Weg herunter in die Wagenburg. Die Kapuzen ihrer Umhänge hatten sie zurückgeworfen, sie trugen Helme und waren mit Lanzen bewaffnet. Thiudgif stockte der Atem, als sie Annius erkannte, neben ihm den jungen Offizier, der sie befragt hatte. Er hielt auf sie zu, hatte sie wohl erspäht, wurde von zusammenlaufenden Frauen umringt, aufgehalten. Thiudgif patschte durch knöcheltiefe Pfützen und Schlamm, bis sie die rangelnden, jammernden Frauen erreichte, schrie seinen Namen, schlug nach denen, die sie festhalten wollten.

Eine helle Stimme beendete den Lärm, ein Weg öffnete sich, Thiudgif drängelte sich an Leibern vorbei, bis sie vor den Männern stand.

»Rufilla?«, fragte der Offizier.

Sie nickte heftig, deutete mit der Hand auf Annius, der neben ihm stand. »Titus Annius ist mein Herr.«

Thiudgif rieb ihre Oberarme, während sie Annius unverwandt anstarrte. Obwohl der Wunsch, ihn zu berühren, sich zu vergewissern, dass er wirklich und wahrhaftig lebte, dass er vor ihr stand, übermächtig zu werden drohte, verharrte sie auf der Stelle.

»Lasst es gut sein«, sagte der Offizier zu den Frauen. »Wir sind nur aus einem einzigen Grund hier, und wir werden niemanden mit uns dort hineinnehmen, wenn wir zurückgehen. Das wisst ihr!«

Flink schob Thiudgif sich näher, streckte die Hand aus, strich über Annius' Arm, fing seinen Blick ein. Da war kein Lächeln auf seinen Zügen. Wieder glaubte sie die schrillen Schreie der Kinder zu hören, das erstickte Kreischen der Frauen, die die Angreifer davongeschleift hatten, die hohen, dünnen Stimmen, die über der Senke, über dem dumpfen Raunen und Lachen der Feinde geschwebt hatten.

»Wo steht der Wagen?«, fragte er.

Langsam drehte Thiudgif sich um, stolperte zum Karren zurück, in dem sich ihre und Annius' Habe befand. Noch immer flickten Amra und ihre Tochter die Plane. Mit zitternden Händen hielt Sura das Leder fest, mühte sich, mit den langen Dornen, die sie von Schlehengestrüpp gebrochen hatte, eine feste Naht zu bewerkstelligen. Thiudgif blieb stehen; ringsum leuchteten die Augen der Frauen und Kinder, die ihnen gefolgt waren, im Dunkel.

Annius' ohnehin schmale Lippen bildeten nur noch eine scharfe waagerechte Linie. Hinter ihm standen die beiden anderen Männer. Er wirkte blass und erschöpft, und erst jetzt bemerkte sie den Verband, der aus seinem Waffenrock lugte.

»Nur eine Fleischwunde«, murmelte er, als sie darauf deutete. »Nichts weiter.« Er fasste sie bei der Schulter und schob sie mit einem gemurmelten Befehl an dem Maultier vorbei, ehe er stehen blieb und sie anblickte, dann die Augen niederschlug. Seine beiden Begleiter traten von einem Fuß auf den anderen und hielten nach allen Seiten Ausschau, als rechneten sie mit neuen Angriffen.

»Rufilla ...«, begann Annius zögerlich, »ich werde wieder kämpfen müssen.«

Sie würgte an dem Kloß in ihrem Hals, und auch er schluckte schwer. »Ich wurde nicht einberufen, weil ich so tüchtig bin, sondern ...« Anstatt weiterzusprechen, kramte er umständlich in den Falten seines Umhangs, zog einen ledernen Beutel hervor, dem er ein schmales Bündel hölzerner Tafeln entnahm. Tafeln wie die, auf denen die Schreiber ihre endlosen Reihen von Zeichen hinterließen, um damit Wörter, ja ganze Sätze aufzubewahren. Tafeln, die nur halb so groß waren wie seine Hände. Neugierig sah sie zu, wie er die Schnüre löste, die Tafeln aufklappte, dann nacheinander seinen beiden Begleitern zunickte.

»Rufilla, das sind Gaius Caelius Caldus, senatorischer Tribun der Achtzehnten Legion, und Aulus Caecilius Sabinus, Schreiber wie ich, ein Freund. Ich ...«

Es schien, als versage ihm die Stimme, als müsste er sich zusammenreißen, um nicht ... Um was nicht? Sie setzte ein vorsichtiges Lächeln auf und strich ihm über den Arm. Noch immer kam ihr seine Anwesenheit wie ein Traum vor.

Hastig wischte er sich die Nässe von der Stirn. »Rufilla, diese beiden sind meine Zeugen und deine Zeugen ... Du bist frei.«

Sie stolperte rückwärts, der Atem stockte ihr in der Kehle. Ungläubig starrte sie ihn an. Die schwarzen Bartstoppeln stachen von der ungewohnten Blässe seiner Haut ab, und unter seinen Augen zeichneten sich dunkle Flecken und scharfe Linien ab. Er suchte ihren Blick. »Du bist frei«, wiederholte er, »und von jetzt an ist dein Name Annia Rufilla.«

Der Mann links neben ihm, den er als Sabinus vorgestellt hatte, eilte mit langen Schritten zu einem der Feuer und kehrte zurück, in der Hand ein Stück glimmendes Holz. Er fingerte etwas Dunkles aus dem Beutel und hielt es an die Glut, die er im Schutz der tief ins Gesicht gezogenen Kapuze mit seinem Atem anfachte. Annius hielt ihr die Tafeln hin, dunkles Wachs im hellen Rahmen, durchzogen von Reihen enger, steiler Zeichen, die sie an Soldatenkolonnen erinnerten. »Das hier ist meine Willenserklärung, Caldus und Sabinus haben sie beglaubigt«, fuhr er fort.

Zwischen den Fingern der Linken klemmte etwas, das wie ein Stück zusammengelegter, sehr steifer Stoff aussah. Papyrus, erkannte sie. Er klappte das Stück geschickt auf, das ebenfalls bedeckt war mit Reihen von Zeichen, mit seiner Schrift. »Das ist ein Brief an meine Eltern in Tarraco. Darin bitte ich sie, die Überbringerin in ihrem Hause aufzunehmen, als wäre sie ihre Tochter.«

»Titus ...«

Sein Blick ließ sie verstummen. Wie ein gehetztes Tier starrte er sie an. »Lass mich ausreden.« Er verstaute den Papyrus zwischen den zusammengeklappten Tafeln und band diese mit Schnüren zusammen. Aus Sabinus' Hand nahm er das aufgewärmte dunkle Ding, drückte es auf die Mitte der vorderen Tafel und presste dann seinen Ring mit dem geschnitzten Stein darauf. Seine leicht verzerrte Miene verriet, dass er sich am heißen Wachs verbrannte.

Als er ihr die zusammengeschnürten und versiegelten Tafeln reichte, zögerte sie. »Was ... wird nun mit mir?«

»Ich habe versprochen, dich zu deinem Vater zurückzubringen, aber ich darf hier nicht weg.« Er machte einen kleinen Schritt auf sie zu. »Wenn wir getrennt werden, wenn mir etwas zustößt, können diese Dinge dich retten. Versuch, den Weg zu deinem Zuhause zu finden. Und wenn ... wenn dort kein Bleiben für dich ist, dann versuch, dich über den Fluss zu retten nach Vetera, zur Ubierstadt, irgendwohin in der Gallia. Dieser Brief«, er tippte hart auf die Tafeln in ihren Händen, »schenkt dir eine neue Familie, ganz gleich, was mit mir geschieht. Meine Eltern werden sich meinem Wunsch nicht widersetzen. Sie sind gute Menschen.«

Wie betäubt hörte sie seine Worte, verstand sie erst allmählich. »Gute Menschen«, murmelte sie, und wieder stieg ihr ein Kloß in den Hals. Hastig stopfte sie die Tafeln unter ihren Gürtel, legte die Hände um seine kratzigen Wangen, zog sein Gesicht dicht an ihres. Sein Atem flog warm über ihre Wangen.

»Lass den Tod nicht in deine Gedanken!«, flüsterte sie, bevor sie ihren Mund auf seine Lippen drückte.

Er rührte sich nicht. Sie spürte die spitzen Stoppeln und löste sich von ihm, da schlang er die Arme um sie, drückte ihren Kopf an seine Schulter, sodass ihr Gesicht sich in seine Halsbeuge schmiegte. Der Geruch von Schweiß, Leder und Wolle stieg ihr in die Nase, und darunter nahm sie etwas wahr, das ihr vertraut war und lieb. Ihre Augen brannten, heiß stahl es sich ihre Wangen hinunter und versickerte im Halssaum seiner Tunica. Sie schniefte, schluckte, unterdrückte das Schluchzen, indem sie die Fäuste ballte und gegen seine Brust presste.

»Was immer geschieht, du findest einen Weg«, stieß er heiser hervor – sie spürte es mehr, als dass sie es hörte.

Mit aller Kraft stemmte sie sich gegen seine Umarmung, schaute ihn an, erkannte die Strapazen der vergangenen Tage ebenso wie die Spuren, die erlebte Gräuel in seinen

Zügen hinterlassen hatten. Die feinen Linien in seinem Gesicht waren verhärtet, seine Lippen kaum noch sichtbar. Seine Hände legten sich um ihre Schultern, drückten sie sacht. Dann griff er an seine Seite, schob den Gürtel herum, nestelte an den Riemen, mit denen die Dolchscheide daran befestigt war, nahm sie ab und drückte ihr die Waffe in die Hand.

»Ich muss zurückgehen.«

»Lass den Tod nicht in deine Gedanken!«, murmelte sie nochmals, als er sich umdrehte und mit den beiden anderen davonging. Ein Windstoß fegte ihr einen Schwall Regentropfen übers Gesicht und füllte sie mit kalter Angst, während sich die Männer entfernten, gefolgt von einem schnatternden Schwarm verängstigter Frauen.

IX

Varus saß auf dem Sessel und umklammerten den Kelch, als müsste er sich daran festhalten. Unverwandt stierte er in das leere Gefäß, als gäbe es die Runde der Offiziere nicht, die sich um ihn im Hauptzelt drängte. Die Plane blähte sich im Sturm, Verlustlisten waren verlesen, Berichte erörtert worden, doch niemand hatte es gewagt, das markerschütternde Kampfgebrüll der Aufständischen zu erwähnen, geschweige denn die Namen der Anführer, die sie laut im Munde geführt hatten.

Ceionius erspähte den Tribun Caldus, der so weit wie möglich vom Statthalter entfernt stand. Er war verspätet eingetroffen, und sein Schweigen war beredter als jeder Bericht. Auch Vala, der sich wie üblich neben dem Statthalter hielt, hatte ihn wohl gesehen und wechselte einen hilflosen Blick mit Ceionius. Nachdem auch der letzte Offizier sich zur Lage geäußert hatte, senkte sich eine bleierne Stille herab. Die unruhigen Flämmchen an den Kandelabern warfen einen zitternden Lichtschein auf Mäntel und Waffenröcke. Endlich hob Varus den Kopf, schaute in die Runde und richtete sich auf. Den Kämmerer, der zu ihm eilen wollte, verscheuchte er mit einer ungeduldigen Handbewegung. Dann räusperte er sich leise und rieb sich das Kinn.

»Wir sind auf eine überaus heimtückische Weise verraten worden«, begann er rau. »Wohlwollen und Freundschaft wurden ausgenutzt, um uns in Sicherheit zu wiegen, heimlich wurden feindselige Bande geschmiedet und ...«

Plötzlich erstarrte er, aber er hatte keine Vision erschaut, sondern nur Caldus unter den Offizieren erkannt, wie Ceionius bemerkte, als er dem Blick des Statthalters folgte.

»Ich werde uns nicht aufhalten mit Reden«, fuhr Varus schließlich fort. »Wir sind in der Klemme und müssen zusehen, uns so schnell wie möglich freizuhauen.«

Er ließ sich wieder auf dem Sessel nieder und schien in sich zusammenzusinken. Die Offiziere schwiegen. Ceionius ahnte, dass die Lähmung, die er fühlte, beinahe alle Anwesenden befallen hatte. Mühsam erfolgte die Aufteilung der Nachtwachen, Kundschafterberichte wurden angehört, während Varus teilnahmslos in seinem Sessel saß und vor sich hin starrte, als wollte er nicht hören, wie es um sie stand. Sie waren auf ihrem Hügel von drei Seiten umzingelt; die vierte Seite fiel zu den Mooren hin ab und bot keine Möglichkeit zum Entkommen. Die Zahl der Gegner schien von Stunde zu Stunde anzuwachsen. Als der letzte Kundschafter verstummt war, schnaubte Ceionius.

»Offenbar steht jeder Mann zwischen diesen Mooren und der Lupia unter Waffen, und ich frage mich, wie Arminius und Segimerus das –«

»Nenne diese Namen nicht!«, dröhnte die Stimme des Statthalters durch das Zelt. Er war aufgesprungen und funkelte Ceionius angriffslustig an.

Beschwichtigend hob Ceionius die Hände und trat einen Schritt zurück. Der Statthalter atmete tief durch, blickte in die Runde.

»Ihr wisst, was zu tun ist«, schnaubte er übellaunig. »Sichert das Lager und beobachtet die Wälder!«

Herrisch warf er den hellen Umhang über die Schultern und stapfte hinaus, ließ die Runde der Offiziere bestürzt zurück.

Auf dem Wall suchten die Wachen Schutz hinter zusammengebundenen Schanzpfählen und Schildmauern. Ceionius, der mit einem kleinen Gefolge einen nächtlichen Rundgang machte, grüßte jeden von ihnen, während er sich von einem Stabsgefreiten die Liste der eingegangenen Klagen vortragen ließ. Am Haupttor blieb er stehen und blickte hinunter auf die Wagenburg, die sich dort gebildet hatte.

»Wir sollten zumindest die Leute ins Lager holen«, murmelte er, nicht zum ersten Mal an diesem Abend.

»Du weißt, was sie sagten, als es hieß, sie könnten rein, müssten aber ihre Tiere und Wagen draußen lassen. Sie wollten lieber draußen übernachten.«

Besorgt schüttelte Ceionius den Kopf. »Die Aufständischen haben sich zwar zurückgezogen, aber ich traue dieser Ruhe nicht.«

Er stieg auf den Kamm des Walles, blickte über den Doppelgraben und den schmalen Wiesenstreifen hinweg auf die schwarze Schattenlinie des Waldes. Ein leichter Nachtwind verursachte ein feines Rauschen im Laub. Kundschafter durchkämmten die Umgebung, seitdem die ersten Truppenteile beim Lagerplatz eingetroffen waren. Sie hatten die Feinde beobachtet, konnten sich ihnen aber nur sehr vorsichtig nähern, denn deren Späher kannten das Gelände und spürten die Kundschafter immer wieder auf. Es hatte etliche Tote gegeben. Gute Männer. Ceionius räusperte sich. Der Statthalter erschien ihm wie gelähmt, nachdem er hatte erkennen müssen, dass ihn ausgerechnet diejenigen unter den einheimischen Offizieren, die er zu den treuesten gerechnet hatte, schimpflich verraten und einen Aufstand angezettelt hatten. Dieser Marsch geriet zu einer schmachvollen Niederlage, daran bestand kein Zweifel mehr. Sie würden sich auf die Standlager und Posten entlang der Lupia zurückziehen und von dort aus im kommenden Jahr mit frischen Kräften den Landstrich, den sie gerade an Aufständische zu verlieren drohten, zurückerobern.

Wie von einer jähen Böe erfasst, raschelte das Laub des Waldes, doch kein Wind strich über Ceionius' Wangen; stattdessen hörte er ein Sirren, als wären Hunderte von Bienenvölkern in Aufruhr geraten. Er blickte nach oben, wo ein dunkler Schwarm die Wolken verfinsterte. Ihm stockte der Atem.

»In Deckung!«, schrie der Gefreite neben ihm und zerrte ihn hinter eine Schildwand, die augenblicklich über ihnen zusammenbrach. Die Bläser riefen zu den Waffen, als der tödliche Hagel auf das Lager herabprasselte. Ein weiteres Sirren warnte vor der nächsten Salve, zugleich brach im Lager hörbar das Chaos aus. Kaum ließ das Rattern der herabfallenden Pfeile nach, riss Ceionius sich los und kroch unter den Schilden hervor. Zwischen den Zelten rannten die Soldaten umher, hielten die Schilde über ihre Köpfe und sammelten sich auf den Hauptwegen und entlang der Wälle. Befehle gellten über den Platz, die Einheiten am Hauptweg setzten sich in Bewegung, einige in Richtung der Tore, andere sicherten die Stabszelte im Herzen des Lagers. Immer neue Pfeilsalven sausten herab. Die Aussicht, verlustig gegangene Waffen auf diese Weise ersetzen zu können, entlockte Ceionius ein bitteres Grinsen. Bis er die fliegenden Lichter bemerkte.

Wie ein Regen von Sternschnuppen senkten sich Brandpfeile ins Lager. Ihr Ziel waren die Zelte im Herzen des Lagers, deren Dächer zwar aus Leder bestanden, die Wände jedoch oft aus Leinwand. Alles war feucht, das würde schwere Brände verhindern, dennoch waren einige Einheiten bald damit beschäftigt, kleine Brandherde zu löschen, und eines der Zelte ging ganz in Flammen auf. Eines, das ganz in der Nähe des Quartiers des Statthalters stand.

Ceionius eilte den Wall hinunter; er musste einen weiten Umweg laufen, und der Schild, den er schützend über sich hielt, behinderte ihn. Wieder prasselten Pfeile herab. Als Ceionius sich unter dem Schild duckte, ertönte hinter ihm ein Aufschrei. Einer seiner Begleiter krümmte sich vor Schmerz am Boden, strampelte, um Halt zu finden. Ein Geschoss ragte aus seiner Flanke. Ein anderer Mann eilte zu ihm, beugte sich mit seinem Schild schützend über ihn.

Damit durfte Ceionius sich nicht aufhalten, er hastete weiter, bestätigte vorüberrennenden Centurionen und Unteroffizieren deren Befehle, die Tore zu sichern, die Wälle und die Zelte des Stabes. Dann hörte er die Stimmen. Hilferufe. Sie kamen vom Haupttor, durch das schreiende Menschen hereinströmten wie ein Wasserschwall durch einen gebrochenen Damm.

Ceionius verspürte eine lähmende Kälte in den Gliedern. Wenn die Frauen ihre Habseligkeiten zurückließen, dann hatte der Angriff weniger dem Lager gegolten als ihnen. Er machte kehrt, kämpfte sich schnaufend den Wall hinauf, wobei die Last der Jahre an ihm zerrte, jede seiner Bewegungen hemmte. Über dem Kamm leuchtete Feuerschein, hallten ferne Schreie und das Brüllen der Maultiere, noch bevor er die zitternden Lichter sah, Fackeln, die zwischen den Bäumen verschwanden. Helle Flammen loderten aus den Trümmern der verlassenen Wagen. Schnell reichten lange Reihen von Männern Wassereimer weiter, bewacht von schwer bewaffneten Soldaten, die einen Ring um den Brandherd bildeten. Doch der Waldrand stand schwarz und stumm. Der

Spuk war ebenso schnell vorübergegangen, wie er begonnen hatte.

»Sie haben Frauen und Kinder geholt!«, rief einer der Posten. Er kniete hinter einer Schildwand, beugte sich über einen anderen, der ausgestreckt auf dem Boden lag, wie schlafend, ohrfeigte ihn leicht. »Er wollte ihnen nach. Wir mussten ihn ...«

Nickend drehte Ceionius sich um, beinahe wäre er gegen die Gefreiten geprallt, die ihm nachgerannt waren. Im Lager herrschte ein kaum beschreibbares Durcheinander. Eine Menschenmenge wälzte sich über die Hauptstraße wie ein Fluss voller Strudel, die Einheiten hatten sich aufgelöst, Soldaten suchten unter denen, die im Lager Zuflucht gefunden hatten, nach ihren Frauen und Kindern. Das Kreischen und Klagen gellte in den Ohren.

»Welche Furien aus den tiefsten Tiefen des Orcus haben die Wilden das gelehrt?«, stieß einer der Gefreiten hervor.

Ceionius fuhr herum. »Wir!«, entgegnete er kalt. »Oder hast du vergessen, wie der Aufstand in der Pannonia niedergeschlagen wurde? Wie der letzte Aufstand hier in der Germania erstickt wurde?«

Er verschwieg, was die Barbaren vermutlich mit den Gefangenen machen würden. Er hatte schon zu viele Gräuel gesehen, hatte in seiner Zeit als Centurio mehr als einmal Befehle weitergegeben, vor deren Ausführung ihn selbst geekelt hatte. Entschlossen verdrängte er die Erinnerungen, richtete seine Gedanken darauf, im Lager Ordnung zu schaffen, die Flüchtlinge unterzubringen und dankte den Göttern, dass er etwas tun konnte, was ihn ablenkte.

Varus stand im verschwenderischen Licht der Öllampen vor der Kline, in den Händen Wachstafeln, die er überflog und dann an den Volontarier weitergab. Verlustmeldungen, Schadenslisten. Der für die Auguren zuständige Verbindungsoffizier trat zu ihm, doch Varus gab ihm einen Wink, seine Nachricht abzulegen und sich zu entfernen. Der Statthalter hielt sich gerade, seine Miene war hart und kündete von Entschlossenheit.

Während Ceionius den Statthalter aufmerksam beobachtete, machte sich Erleichterung in ihm breit. Das Zelt füllte sich mit den hohen Offizieren und ihren Schreibern. Unter ihnen erkannte er den Tribun Caldus, der von einem der Stabsgefreiten begleitet wurde. Der Mann, der ebenso unrasiert war wie die anderen Gefreiten, hielt sich hinter Caldus und nagte gedankenverloren an den Fingernägeln.

»Wir können hier nicht bleiben«, begann Varus ohne lange Vorrede. »Dieser Lagerplatz bietet keinen ausreichenden Schutz. Der Rückweg ist versperrt, weil die Feinde bei den Hohlwegen im Hinterhalt liegen, also bleibt uns nur der Weg entlang der Moore. Um schnell voranzukommen, werden wir uns allen Gepäcks entledigen müssen, das wir entbehren können. Das bedeutet, wir werden die Reste des Trosses vernichten und zurücklassen, da die Wege schlammig sind und die Wagen ständig stecken bleiben würden. Um dieser Bedrängnis zu entkommen, müssen wir morgen mehr als einen Tagesmarsch hinter uns bringen.«

»Sollten wir nicht die offene Feldschlacht suchen?«, wandte Marcus Caelius ein.

»Nichts lieber als das! Doch dieser Feind weiß, dass das seine Schwäche ist. Und wir finden innerhalb eines Tagesmarsches kein Gelände, das sich dazu eignet. Wir müssen diese unselige Region erst verlassen haben, ehe wir überhaupt an eine Schlacht denken können. Aber glaubt mir, ich brenne ebenso sehr auf Vergeltung wie ihr, und ich werde die erste Gelegenheit, die sich mir bietet, nutzen, um die Verräter und Aufrührer der angemessenen Strafe zuzuführen. Dazu werde ich das gesamte mir zu Gebote stehende Heer sammeln, auch die übers Land verteilten Einheiten, und diesen Aufstand niederschlagen, ganz gleich, wer ihn angezettelt hat! Wenn nicht in diesem Herbst, dann gleich nach dem Winter!« Er schüttelte die geballte Faust. »Wir lassen uns nicht vertreiben! Wir werden uns vorerst in den Standlagern entlang der Lupia festsetzen und unsere Kräfte erneuern, bis unsere Stunde gekommen ist.«

Ceionius hob die Hand, erhielt das Wort und trat vor. »Ein solcher Gewaltmarsch wird die Männer entkräften, zumal sie in dieser Nacht kaum genug schlafen werden. Wir haben nicht ausreichend Zelte retten können, und ob die Aufständischen Ruhe geben werden –«

»Wir haben keine andere Wahl!«, unterbrach Varus ihn. »Hierzubleiben würde uns zu einer leichten Beute machen.«

Ceionius' Blick streifte den hinter Caldus stehenden Gefreiten, der wie erstarrt schien, während in seinen Augen jene dunkle Glut flackerte, die einen Mann blindwütig handeln ließ und ihn tiefer und tiefer in ein Geflecht aus Hass und Ekel verstrickte. Die Philosophen hatten recht. Das Böse geschah in der Finsternis des Herzens, wenn kein Licht hineingelangte, weil das Auge sich vom Licht abgewandt hatte. Weil ihm etwas geraubt worden war, das Licht hineintrug. Ansehen. Eine Frau. Kinder.

Ceionius erhob nochmals die Stimme. »Wenn wir mit den verbliebenen Geschützen die Feinde zurückdrängen, um uns mit Holz zu versorgen, sollte es gelingen, das Lager stärker zu befestigen, um wenigstens einen Tag zu gewinnen. Die Männer brauchen Ruhe, sie müssen sich erholen.«

Varus strich langsam mit den Fingern über sein glatt rasiertes Kinn und musterte ihn nachdenklich. Die Stille in diesem Zelt schien sich gegen den Lärm und die Unrast unter den Soldaten zu stemmen.

»Ich gebe dir recht, Sextus Ceionius. Die Männer brauchen Ruhe. Und ich bin sicher, dass viele in dieser Runde dir zustimmen.«

Beifälliges Gemurmel erhob sich, Caelius, Sertorius und Nervius nickten ebenso wie Eggius, der Ceionius einen seiner seltenen anerkennenden Blicke schenkte. Varus hob den Kopf.

»Aber glaubt ihr, dass die Männer nach dem letzten Angriff noch die nötige Ruhe finden werden?«

Er hatte die Stimme gesenkt, sodass der Lärm von draußen sie beinahe übertönte; eindringlicher hätte niemand die bedrückende Lage in Worten schildern können.

»Warten wir den Rest der Nacht ab«, sagte der Statthalter und löste die Versammlung auf, indem er seinen über die Schultern zurückgeworfenen Umhang schloss und sich zum Zelteingang begab, ohne eine Verabschiedung abzuwarten. Der Bericht der Auguren blieb unbeachtet auf dem Tisch zurück.

*

In voller Rüstung, mit Schwert, Schild und Speer erreichte Annius wie befohlen die Erste Centuria und reihte sich auf Befehl des Optio in den Zweiten Zug ein. Als er nach der Beratung das Stabszelt verlassen hatte, hatte ihn draußen bereits der Primipilus der Achtzehnten, Marcus Caelius, erwartet, um ihm mitzuteilen, dass er der zweiten Nachtwache zugeteilt sei und sich sofort, gerüstet und bewaffnet, melden solle.

Da auch Sabinus ebenso wie alle anderen Stabsgefreiten wieder in die kämpfende Truppe eingegliedert worden war, um zumindest einen Teil der Verluste aufzuwiegen, gab es niemanden, den Annius auf die Suche nach seinem Mädchen schicken konnte. Er bemühte sich, jeden Gedanken an sie zu verdrängen, aber die Sorge zerfraß ihn inwendig. Er kannte nicht einmal ihren richtigen Namen, erinnerte sich nur, dass dieser ihm unaussprechlich erschienen war, weil er mit einem Lispeln begann – und jetzt war sie vielleicht in der Hand der Barbaren.

Die Bläser verkündeten die Wachablösung. Annius weigerte sich, den Gedanken weiterzuverfolgen, überließ sich stattdessen dem gleichförmigen Marschschritt, in den er zwischen den anderen Soldaten verfiel. Sie erreichten den Wall am Haupttor und arbeiteten sich zum Kamm hinauf. Die Wachablösung übernahmen die Zugführer, die Soldaten wurden jeweils zu viert auf ein Stück Palisade oder eine Schildwand verteilt. Jeweils zwei Männer beobachteten den Saum des Waldes, während die beiden anderen warteten, um sie nach einer Weile abzulösen.

Der Wald schwieg; nur gelegentlich rauschten Böen durch das Laub, auch im Lager kehrte Stille ein. Annius kauerte im Schutz der Schilde und spürte seine Beine deutlicher, als ihm lieb war. Er massierte die Narbe am Knie, die sich wieder einmal schmerzhaft bemerkbar machte. Einer seiner Kameraden, Maro, nur wenig jünger als Annius, kramte aus einem Beutel ein paar geschälte Haselnüsse und beschäftigte sich mit Murmelspielen, während die beiden anderen, Venicius und Blaesus, flüsternd Ausschau hielten. Kalt fuhr der Wind unter Annius' Umhang und den Nackenschutz des Helms, verbiss sich in den Wangenklappen wie das Heulen des Sturms in einem baufälligen Haus, ein schrilles Surren, das ihm durch und durch ging. Er hob den Kopf. Das leise Geplauder der Kameraden war verstummt. Alle lauschten in die Nacht.

Als Annius eine Wangenklappe anhob, knirschte das Scharnier, und dennoch erkannte er das dünne Wimmern eines Kindes, unterbrochen von Schluchzern. Maro nahm hastig den Helm ab. Legte den Kopf schräg. Er starrte in Annius' Augen, durch sie hindurch.

Ein spitzer Schrei ließ sie zusammenschrecken.

»Was ist das?«, presste Blaesus hervor, und seine Stimme kiekste, als wäre er noch ein unreifer Junge. »Was geschieht da?«

Plötzlich schlug Maro die Hände vors Gesicht, sein Atem ging in kurzen unterbrochenen Stößen, und er blickte über die schmutzigen Fingerspitzen hinweg ins Leere. »Sie haben meine Blandula ...«

»Hört nicht hin!«, befahl Annius. »Das kann ebenso gut eine Finte sein. Macht die Wangenklappen dicht, stopft euch irgendetwas in die Ohren und hört nicht hin!«

Hastig verknoteten sie die Helmbänder unterm Kinn, bevor sie ihre dicken Schals darumwickelten. Doch schon das nächste Kreischen drang durch die Wolle wie ein Messer durch rohes Fleisch. Maro presste die Hände auf den Schal und murmelte gemeinsam mit den beiden anderen unhörbar vor sich hin. Annius spähte über den Rand der Schildmauer zum Waldrand, wo alles schwarz und dunkel blieb, während Venicius sich um Maro kümmerte, der hustete und keuchte wie ein Pferd nach langem Galopp. Blaesus gesellte sich zu Annius, und sie tauschten ein falsches Zwinkern. Nur dumpf und wie aus weiter Ferne drangen Angstschreie und Hilferufe an Annius' Ohren.

Als jemand ihn an der Schulter berührte, fuhr er herum und starrte in Venicius' helle Augen. Der vierschrötige Mann vom Oberlauf der Atesia deutete ins Lager hinunter, wo sich am Fuße des Walls zu beiden Seiten des Haupttores immer mehr Soldaten sammelten. Sie krochen aus den verbliebenen Zelten und unter ihrem notdürftigen Wetterschutz hervor, kamen über die Hauptstraße näher und blickten zum Kamm des Walls herauf. Annius lockerte den Schal, schob ihn herunter, hörte das Murren unter sich, wütende Zurufe, die er nicht verstand, als ein gellendes, langgezogenes Kreischen aus dem Wald ihn schier durchbohrte und die Menge zum Schweigen brachte. Einen Augenblick lang.

Maro hatte sich beruhigt, der Erstickungsanfall war vorüber. Er rappelte sich trotzig auf, seine Fäuste umklammerten den Rand des Schildes.

»Die Furien mögen diese Bestien in Menschengestalt zerreißen!«, brüllte er in die Nacht, ein Fluch, in den die Menge am Fuß des Walls tausendfach einstimmte.

In diesem Augenblick bemerkte Annius die funkelnden Lichter am Waldrand, Fackeln, aber nur wenige. Fernes Gelächter hallte von den Bäumen wider, Beschimpfungen, jemand spuckte laut aus. Annius verstand die Worte nicht, aber der Sinn war leicht zu erraten. Neben ihm drängten sich seine Kameraden, als plötzlich eine Frau im Fackelschein stand, nackt, die Haare gelöst. Annius stieß seine Kameraden in die Rippen.

»Umdrehen!«, blaffte er. »Ihr schaut euch das nicht an!«

Maro erwiderte den Stoß. »Du befiehlst uns nichts! Wir sind genauso lange im Dienst wie du!«

Dennoch duckten sie sich hinter die Schilde. Annius kniff die Augen zu und richtete alle Aufmerksamkeit auf seinen Atem, Blaesus machte seinem Zorn in einem Aufschrei Luft. Als Annius die Augen aufschlug, rannten die Bogenschützen der syrischen Cohorte herauf, nahmen Aufstellung auf dem

Wall und schickten binnen weniger Atemzüge nach einem scharfen Hornsignal eine pfeifende Pfeilsalve gen Himmel. In einer einzigen fließenden Bewegung zogen die Männer mit den spitzen Helmen neue Geschosse aus dem Köcher, legten sie auf die Sehnen, spannten die doppelt geschwungenen Bogen, bis sie sich in einen Halbkreis verwandelten, und entließen die Pfeile. Aus dem Lager dröhnte Beifall herauf, doch nach einer dritten Salve senkten die Syrer ihre Waffen und traten vom Kamm des Walles zurück.

Durch einen Spalt zwischen zwei Schilden sah Annius, dass die Fackeln im nassen Gras erloschen. Die Barbaren zogen sich zurück. Vielleicht hatten sie sich zu früh gefreut.

In einer langen Reihe kauerten die Bogenschützen auf dem Hang des Walls, dösten oder verständigten sich mit Handzeichen. Zweimal hatten sie sich in Windeseile aufgestellt, weil grölende und Fackeln schwingende Barbaren mit menschlicher Beute am Waldrand aufgetaucht waren. Ihre Salven waren gezielter gewesen als beim ersten Mal, und Schmerzgeheul hatte die Menschen im Marschlager jubeln lassen.

Es hatte wieder zu regnen begonnen. Annius zog die Kapuze seines Umhangs tief in die Stirn, als er Stimmen hörte und aufsah. Er bemerkte einen Schatten am Hang des Walls, eine Frau, die näher eilte und unter der Kapuze ihres triefenden Umhangs hinweg einem nach dem anderen ins Gesicht schaute.

Ehe Annius begriffen hatte, dass er sein Mädchen vor sich hatte, hatte er schon ihre Arme gepackt, sie zu sich gezogen, dass sie mit einem leisen Aufschrei auf die Knie fiel.

»Du lebst?«

»Ich habe dich gefunden!«, jubelte sie. »Ich habe dich überall gesucht und endlich gefunden.«

Er zog sie an sich, ohne dass sie sich wehrte, umschlang sie, drückte ihren Kopf in seine Halsbeuge und hielt sie fest. Atemlos. Ungläubig. Sie lebte. Sie war zumindest für jetzt in Sicherheit. Er nahm eine Spur ihres warmen Atems wahr, eine süße, köstliche Spur. Ihre Kapuze war verrutscht, sodass ihr klebrig feuchtes Haar sein Kinn streifte. Sie schmiegte sich an ihn wie ein Lamm ans Mutterschaf – Annius lächelte bei diesem Gedanken. Als ihm der Helm hinderlich wurde, nestelte er mit einer Hand das Band auf und zog ihn vom Kopf, ließ ihn zu Boden fallen. Seine Hände glitten über ihre Arme hinauf, legten sich um ihre Wangen, hoben ihr Gesicht, dass er sie ansehen konnte.

»Sag mir deinen Namen!«

Ihre Augen weiteten sich vor Erstaunen, das erkannte er, obwohl er kaum mehr als ein Glitzern im fernen Fackelschein sah.

»Rufilla«, flüsterte sie.

Er schüttelte den Kopf. »Deinen Namen! Den Namen, den dir deine Eltern gaben!«

Sie rührte sich nicht. Ganz still war sie, im Dunkeln ahnte er, dass sich ihre Lippen bewegten, und verspürte den leisen Wunsch, mit den Daumen ganz sacht darüberzustreichen. Ihr Atem flog über sein Kinn. Er widerstand dem Drang, seinen Mund auf ihren zu drücken; er würde ihr wehtun, unrasiert wie er war.

»Thiudgif«, flüsterte sie.

Unsicher schob er die Zunge zwischen die Zähne, zögerte. »Bitte ... Sag es noch mal.«

»Thiudgif.«

Er versuchte es, merkte, dass er über die Laute stolperte wie ein Wild über eine Fangschlinge. Sie barg das Gesicht in den Händen, kicherte leise. Dann schmiegte sie ihre Wange an seine und flüsterte ihm das fremde Wort ein, als träufelte sie etwas in seine Brust, das ihn vergessen ließ, dass sie nicht allein waren.

»Es tut mir leid, ich habe alles falsch gemacht«, murmelte er.

»Du hast nichts falsch gemacht. Die Götter wollen es so. Wir können nur versuchen, es auszuhalten.«

Verwirrt schob er sie von sich. »Das glaubst du?«

»Was soll ich sonst glauben? Es ist das, was geschieht.«

»Das, was hier geschieht, Thiudgif, ist ein heimtückischer Anschlag. Meuterei, Verrat und Aufruhr! Das haben Menschen ausgeheckt, nicht Götter!«

»Aber mit dem Willen der Götter! Mit ihrer Hilfe!«

Durch die Nacht tönte ein dumpfes Poltern und Rumpeln, als mühte sich ein schwerer Tross durch den Wald. Annius drehte sich zu Venicius und Blaesus um, die angestrengt ins Dunkel spähten und nur die Achseln zuckten. Da draußen braute sich neues Unheil zusammen. Das Mädchen kauerte sich hin und zog den Kopf ein.

»Oder mit der Hilfe böser Geister aus den tiefsten Tiefen der Unterwelt«, knurrte Annius. »Aber auch die tun nichts anstelle von Menschen, sie treiben sie nur an. Handeln müssen wir selbst. Jetzt lauf hinunter und such Deckung!«

»Aber was können wir denn tun?«, beharrte sie.

Ihre Augen funkelten so eindringlich, so verzweifelt in der Dunkelheit, dass er sie ungestüm an sich zog. »Wir haben eine Aufgabe zu erfüllen, Thiudgif. Ich bin Soldat, ich muss diesen Kampf führen, bis wir in einem sicheren Lager sind. Ich muss meinen Kameraden beistehen, den Feind abwehren, in die Knie zwingen. Und deine Aufgabe ist es, zu deinem Vater zurückzukehren. Auch ohne meine Hilfe, wenn ... wenn mir etwas zustößt. Nun geh! Bitte!«

»Aber wie soll ich nach Hause finden?«, rief sie.

»Mit Mut und Hartnäckigkeit, mit Klugheit und wachen Sinnen, mit –«

Ein vielfacher, scharfer Knall ließ ihn verstummen.

»Katapulte!«, stieß Blaesus hervor und duckte sich.

Annius packte einen der Schilde, zerrte ihn schnell über sich und Thiudgif. Er schickte ein stummes Stoßgebet gen Himmel, zu den Geistern seiner Ahnen, drückte das Mädchen an sich, als das Poltern begann. Etwas schlug auf den Schild, rollte neben sie. Das waren keine Steine.

Vorsichtig spähte Annius nach dem Ding, obwohl noch immer Geschosse durch die Luft sausten, sonderbar dumpf auf den Boden prallten, wie Holzstücke oder ...

Ihm stockte der Atem, sein Herz schien einen Satz zu machen. Dicht neben ihnen lag eine schmutzige, blutige Hand. Er umfasste Thiudgifs Hinterkopf, presste sie an sich.

»Was siehst du?« Ihre Stimme war undeutlich, sie stemmte sich gegen ihn.

»Nichts«, flüsterte er. »Dreh dich nicht um!«

Einer seiner Kameraden heulte auf, es war Maro. Kampfgeräusche und ein fast tierisches Keuchen verrieten, dass die beiden anderen ihn gewaltsam festhalten mussten. Annius tastete nach seinem Helm. Aus dem Lager tönte gellendes Kreischen herauf, wütendes Gebrüll, Menschen rannten wild durcheinander, während eine weitere Salve herabprasselte. Stumm verwünschte Annius die Mörder, forderte Iupiters Zorn auf sie herab für diesen scheußlichen Frevel, während sein Herz hart gegen die Rippen schlug.

Endlich ließ der Beschuss nach, stattdessen erhob sich am Waldrand triumphierendes Grölen und Waffengeklapper. Die Bogenschützen drängten den Hang herauf, und wenig später pfiffen Hunderte von Pfeilen durch die Luft, regneten auf die Feinde hinab. Annius fluchte, als er sich und Thiudgif von der Last der Schilde befreite, und beförderte die verstümmelte Hand mit einem schnellen Tritt den Hang hinunter. Doch zu spät, denn Thiudgif kauerte bereits wie versteinert neben ihm und starrte auf etwas, das kaum zwei Schritt entfernt lag, rund, teils bedeckt von langen verfilzten Haaren. Annius hielt ihr hastig die Augen zu, aber sie schüttelte ihn ab und sprang auf. Blickte ihn aus weit aufgerissenen Augen an.

»Wer ... tut so etwas?«, stammelte sie.

Hilflos zuckte Annius die Schultern. Eine Bucina schallte durch die Nacht. Wachwechsel. Annius wandte sich nach seinen Kameraden um. Sie nahmen Haltung an, während im Lager die Unruhe wuchs. Viele gingen umher, sammelten unter Wehklagen die Überreste der zerstückelten Leichen ein. Wachmannschaften bahnten sich ihren Weg durch die Menge, die auf der Hauptstraße zusammengelaufen war, und an der Spitze seines Stabes erschien nun auch Varus auf seinem weithin leuchtenden Schimmel, offenkundig in der Hoffnung, wenn er sich zeigte, könnte das ein wenig Zuversicht wecken.

Als vier Legionäre nach kurzer gegenseitiger Meldung ihren Posten übernahmen, rückten Annius und seine Kameraden ab. Er suchte Thiudgifs Blick, doch sie stand stumm da, der Umhang war von ihren Schultern gerutscht, und ihre zerzausten Zöpfe hingen schwer herab.

»Bring sie hinunter«, sagte Blaesus. »Bring sie irgendwohin in Sicherheit. In diesem Durcheinander merkt niemand, dass du weg bist, und wenn jemand fragt, fällt mir schon etwas ein.«

Annius zögerte, dann nahm er Thiudgifs Arm und führte sie behutsam den Wall hinunter, an dessen Fuß er sich von seinen Kameraden trennte. Er strich dem Mädchen ein paar wirre Strähnen aus dem Gesicht, doch sie ließ den Kopf hängen, und als er sie fragte, wo Amra sei, wohin er sie bringen solle, erhielt er nur ein stummes Achselzucken zur Antwort. Er legte den Finger unter ihr Kinn, brachte sie dazu, ihn anzusehen. Sie wisse es nicht mehr, flüsterte sie, sie sei einfach immer weiter gelaufen und habe nach ihm gefragt, bis sie ihn gefunden habe. Verdrossen zog Annius sie zum Haupttor, bog dann in den noch immer belebten Hauptweg ein, der bis zu den Stabszelten längs durch das Lager führte. Thiudgif schaute ihn kurz an, nickte und folgte dem Weg, ging um die Ansammlung der Stabszelte herum. Dass sie im hinteren Teil des Lagers untergebracht waren, hätte er sich denken können, aber die Enge, in der die Menschen dort saßen und lagen, nur durch Decken und Planen geschützt, machte ihn betroffen. Vereinzelt glommen kleine Feuer, verhärmte Frauengesichter blickten zu ihm auf, große Kinderaugen schimmerten im Dunkel, während sie über Bündel und ausgestreckte Beine hinwegstiegen. Er hörte unterdrücktes Geflüster, leises Weinen, zerschnitten vom Schreien eines hungrigen Säuglings. Retten können hatten sie nur ihr Leben.

Jemand rief sie an, eine dunkle Stimme. Thiudgif wandte sich um. Sie deutete auf die verschleierte Frau und das Mädchen an ihrer Seite, ein mattes Lächeln hellte ihre Züge auf.

»Wenn ihr morgen das Lager verlasst«, sagte Annius, »richte deinen Blick zumindest während der ersten tausend Doppelschritte auf irgendetwas, das du den ganzen Weg vor Augen hast. Auf den Rücken deines Vordermanns, die Schweifrübe des Mulis – irgendetwas, aber schau nicht nach rechts und nicht nach links, ganz gleich, was geschieht. Versprichst du mir das?«

»Warum?«

Annius zog die Brauen zusammen und nagte an der Unterlippe, aber er antwortete nicht.

»Sag mir, hast du solche Kämpfe schon einmal erlebt?«, fragte sie scheu.

»Solche nicht«, erwiderte er. »Aber ich weiß, mit welchen Mitteln die Aufständischen früher gekämpft haben. Und wer ihnen das befahl.«

Ihre Augen wurden groß in dem schmalen Gesicht, doch sie nickte nur schweigend, drehte sich um und ging auf unsicheren Beinen durch die murmelnde Menschenmenge davon.

*

Angewidert blickte Caldus in das trübe Wasser, bevor er seine Hände eintauchte, um sich etwas ins Gesicht zu spritzen. Er besaß kein einziges sauberes Tuch mehr, um sich abzuwischen, und rieb sich die Augen, bis er das Gefühl hatte, ein wenig wacher zu sein, während einzelne Tropfen von seinem Kinn in die Schüssel fielen. Im Wasser bildeten sich rötlich braune Schlieren. Die Angreifer hatten sich zurückgezogen wie eine Welle, die sich auf dem Strand ausgelaufen hatte und ins Meer zurückgezogen wurde. Von einer neuen Welle.

Sie würden wiederkommen. Die Tafeln, die um die Hälse der geschändeten, gemarterten und ermordet an den Bäumen aufgeknüpften Frauen hingen, an denen sie nach Verlassen des Lagers hatten vorbeireiten müssen, bewiesen es: *Ich war, was du bist. Ich bin, was du sein wirst.*

Caldus schüttelte sich die Nässe aus dem Haar und griff nach der dünnen Tunica, die neben ihm über den Zweigen hing. Als er den klammen Waffenrock, besetzt mit breiten, schützenden Lederstreifen, über den Kopf zog, fröstelte er. Seit dem Morgengrauen regnete es, zuerst in feinen Schnüren, später waren die Tropfen immer dicker geworden. Nichts trocknete. Es wurde Zeit, dass die Verstärkung eintraf, die übers Land verteilten Einheiten, mit denen Varus noch immer rechnete.

Caldus warf einen Blick über die Schulter zu Annius, der den notdürftig gereinigten Brustpanzer an sein Knie gelehnt hatte. Auf dem Weg schulterten die Soldaten ihre Traggabeln und Schilde, ordneten sich nach Zeltgemeinschaften. Caldus wickelte den muffigen Schal um seinen Hals, und der Gefreite legte ihm die beiden passend geformten Hälften des Bronzepanzers um den Oberkörper. Gewissenhaft hakte Caldus die Schulterplatten ein und sicherte sie mit den Halteriemen, während Annius die Schnallen an den Seiten schloss und nochmals überprüfte. Caldus zog das purpurfarbene Band um die Brust, band eine Schleife, ein weiteres Zeichen seines Ranges, bevor er den Helm annahm, über die rote Rosshaarbürste wischte, um das Wasser abzustreifen, und ihn aufsetzte. Sofort wurden alle Geräusche gedämpft, abgesehen vom leisen Geprassel der aufklatschenden Regentropfen. Annius kniete hinter ihm, befestigte die Beinschienen, während Caldus den silberbeschlagenen Gürtel mit Schwert und Dolch um seine Mitte wand. Zuletzt hängte der Gefreite ihm den bleischweren Umhang über und steckte ihn an der rechten Schulter mit einer großen Fibel fest. Er trat zurück, verschränkte die Arme.

»Wie lange noch?«, fragte Caldus.

Annius zuckte die Achseln; mit einem Mal erschienen seine Züge wie gemeißelt, einer rohen Marmorstatue gleich, bevor ihr frische Farben Leben einhauchten.

»Wie weit ist es noch bis zu den langen Dämmen?«, setzte Caldus nach.

»Vier, fünf Tagesmärsche, das weißt du doch«, erwiderte Annius. »Vielleicht sechs. Es hängt davon ab, wie schnell wir vorankommen. Wie lange die Aufständischen uns noch behelligen.«

»Und wie lange, denkst du, werden sie das noch tun?«

»Was fragst du mich? Du warst doch heute Morgen bei der Beratung.«

»Weil ich nicht mehr weiß, was ich glauben kann, mein Freund.«

Caldus bemerkte, dass die Augen des Gefreiten sich bei dieser Anrede kurz verengten.

»Einen Tagesmarsch, vielleicht zwei«, erwiderte Annius langsam. »Niemand kann einen Hinterhalt über vierzig, fünfzig Meilen anlegen. Sie können uns verfolgen und drangsalieren wie hungrige Marder, aber je länger wir durchhalten, desto schwächer werden sie.«

»Es sei denn, der Marder packt seine Beute bei der Kehle.«

Schweigend wandte sich der Gefreite ab, strich über die Lederstreifen seines Waffenrocks, die unter dem Schienenpanzer hervorhingen, legte sich den Schwertgurt über die Schulter und griff nach dem Helm. Als er das Helmband unter dem Kinn verknotet und den Schal zurechtgezupft hatte, flog ein Grinsen über sein Gesicht.

»Was wirst du als Erstes tun, wenn wir diese Sch... Wenn wir das hier hinter uns haben?«

Caldus konnte sich das Lachen nicht verkneifen. »Du darfst ruhig genau das sagen, was du denkst, Titus Annius. In deinen Worten.«

»Dann sag mir in deinen Worten, was du als Erstes tun wirst, wenn wir«, er zuckte mit einer Schulter, »diese Scheiße hinter uns haben.«

»Ich werde mich einfach in den Dreck fallen lassen und einen Tag und eine Nacht lang durchschlafen«, entgegnete Caldus, ohne zu zögern.

»Keine Mädchen? Kein Wein?«

»Später. Die Mädchen müssen vorher baden, und Wein haben wir erst wieder in Aliso oder Vetera.«

Ein Befehl ertönte, und die Legionäre setzten sich in Bewegung.

Caldus winkte nach seinem Pferd, das jetzt mit Stirnmaske und Brustwehr gewappnet war.

»Wenn mein Vater erfährt, was hier geschehen ist, wird er mir einen Posten in der Africa oder in Aegyptus beschaffen, irgendeine harmlose, ungefährliche Aufgabe im Gefolge eines proconsularischen Statthalters in einer friedlichen Gegend, wo es warm ist. Und was wirst du tun?«

»Die letzten Jahre meiner Dienstzeit als Gerichtsschreiber absitzen.«

Caldus nahm die Zügel, umfasste die Sattelhörnchen, hob den linken Fuß und blickte den Soldaten, der ihm das Pferd gebracht hatte, auffordernd an. Annius schob den Mann beiseite, beugte sich mit verschränkten Händen vor, sodass der Offizier seinen Fuß hineinstellen und sich in den Sattel schwingen konnte.

»Nimm das Mädchen zur Frau«, sagte Caldus. »Sie tut dir gut. Zeuge ein paar Kinder, sie werden nach deiner Dienstzeit in die Bürgerlisten eingetragen werden. Es ist vielleicht nicht das, was dein Vater sich vorgestellt hat, aber ich glaube nicht, dass du es besser treffen könntest.«

Er bemerkte den nachdenklichen Zug im Gesicht des Gefreiten, die Härte war gemildert, in den Augen lag ein matter Glanz.

»Ob sie etwas gegen ein paar Jahre südlicher Sonne einzuwenden hat?«, setzte Caldus nach. »Ich werde einen guten Schreiber brauchen können.«

Rasch passierte Caldus auf seinem Braunen die Reihen der Praetorianer, den schweren Reisewagen, in dem Varus' kostbarstes Gepäck und die Soldkasse befördert wurden, und die Leibgarde, die auf kräftigen Pferden mit klirrenden Geschirren zu allen Seiten des Statthalters ritt. Endlich erreichte er Varus, der auf seinem Schimmel und mit dem weißen, rot und golden bestickten Mantel weithin zu erkennen war. Caldus ordnete die Schleife des Purpurbandes um seine Brust und wischte nochmals die Hände an der Tunica ab. Viel half es nicht, stellte er mit einem Seufzen fest, als sein Pferd neben dem des Varus in einen forschen Schritt fiel.

»Wie sieht es aus?«, fragte Varus nach kurzer Begrüßung, ohne den Blick vom Weg zu heben.

Caldus stutzte. Das konnte nicht der Grund sein, weshalb der Statthalter ihn von seinem Platz an der Spitze der Achtzehnten hatte rufen lassen.

»Ich kann dir nichts Neues berichten, Publius Quinctilius«, erwiderte er vorsichtig.

»Soll heißen, der Heereszug reißt immer wieder auseinander, die Angriffe der Aufständischen kosten uns hohe Verluste, die Himmlischen sind gegen uns oder haben der Macht der von den Barbaren angerufenen Furien nichts entgegenzusetzen ...« Varus hob den freien Arm in einer hilflosen Geste, dann sah er Caldus unvermittelt an. »Sag mir, Gaius Caelius, warum zieht man die wirklich wichtigen Lehren immer erst, wenn es zu spät ist?«

Verblüfft starrte Caldus den Statthalter an, brachte keinen Ton heraus. Eine Weile waren nur der Hufschlag und das Klappern und Rasseln der Rüstungen zu hören, und Varus richtete den Blick wieder auf den Weg, der vor ihnen lag. Caldus tat es ihm nach, spähte jedoch immer wieder aus dem Augenwinkel vorsichtig nach dem Statthalter.

»Nehmen wir zum Beispiel unsere Tribunen senatorischen Ranges, diese unerfahrenen Ehrgeizlinge bester Abkunft, denen nach Vorvätersitte schon als Lehrlingen ein hoher Rang zusteht«, fuhr Varus fort. »Mein Neffe Asprenas plagt sich mit einigen dieser Nichtsnutze, von denen nur ein einziger Begabung zeigt, der aber zugleich überheblich ist bis ins Mark. Ich hingegen habe einen vortrefflichen und vorbildlichen jungen Mann von bester Abkunft, gescheit, tapfer, wenn auch ein bisschen vorlaut – aber vorlaut zu sein ist nun einmal das Vorrecht der Jugend. Und dennoch habe ich alter Narr ihn nicht einmal angehört!«

Caldus hielt den Atem an, wagte keine Regung, während der Statthalter die Mähne seines Schimmels zauste. Es war ein anderer Schimmel, den Caldus noch nicht kannte, und im Stillen fragte er sich, wie viele weiße Pferde Varus wohl besitzen mochte, dass sie ihm nie ausgingen.

Plötzlich drehte Varus sich um, und Caldus sah sich genötigt, den Blick zu erwidern, mit dem der Statthalter ihn bedachte.

»Ich würde gerne wissen, was du jetzt tun würdest, wenn du in diesen Stiefeln stecken würdest.« Varus tippte nachlässig auf seinen Oberschenkel. »Aber das wäre wahrhaftig zu viel verlangt. Ich werde diese Vorfälle ausführlich dokumentieren müssen, wie du weißt, Gaius Caelius. In diesen Berichten werde ich deine Ermittlungen und deine Bemühungen würdigen und mein Verschulden eingestehen, dich nicht angehört zu haben. Das sollte ausreichen, dass dir der erlittene Schaden ersetzt und ein angemessener Posten zugeteilt wird.«

Während Caldus noch nach Worten suchte, um seinen Dank auszudrücken, sprach Varus bereits von den nutzlosen Aussagen der Auguren, auf die man leider Rücksicht nehmen müsse, weil die Soldaten abergläubisch seien, und nun sei er selbst diesem Gewäsch aufgesessen, hätte sich auf eine günstige Prophezeiung verlassen, ein paar Raubvögel, die über sie hinweggezogen seien, die aber außer den Vogelschauern niemand gesehen habe. Caldus ließ die Worte über sich ergehen, er dachte an Annius, an dessen wütenden Einsatz gegen mehrere Barbaren.

»Publius Quinctilius, ich habe eine Bitte«, begann er, als Varus endlich verstummte. »Der Mann, der mir bei den Ermittlungen geholfen hat, Titus Annius, Beneficarius in deinem Stab, wurde zur kämpfenden Truppe zurückbeordert. Mir wäre lieber ...«

»Du schuldest ihm Dank und möchtest vermeiden, dass ihm etwas zustößt«, unterbrach ihn der Statthalter. »Aber dir ist hoffentlich klar, dass es kaum eine größere Schmach für einen Legionär geben kann, als in einer Situation wie dieser aus den Reihen der Kameraden geholt und in eine Sänfte gesetzt zu werden.«

Beschämt ließ Caldus den Kopf hängen, weil er in seinem Wunsch, Annius in Sicherheit zu wissen, nicht daran gedacht hatte, was das für dessen Ehre bedeuten könnte. »Er ist ein guter Gerichtsschreiber«, murmelte er. »Du hast ihn selbst angefordert.«

»Über meinen Tisch gehen viele Anträge, und ich kann mich nicht an jeden einzelnen erinnern. Der Name des Mannes ist mir nicht geläufig, aber ich bezweifle nicht, dass er fähig ist, wenn er in meinem Namen angefordert wurde. Aber dies ist die Zeit des Kämpfens, und auch er wird wissen, wo jetzt sein Platz ist.«

Eine Zeit lang ritten sie schweigend nebeneinander her, die Pferde griffen zügig aus, und Caldus begann die Gunst, die der Statthalter ihm zuteil werden ließ, zu genießen. Legat Vala befand sich bei der Vorhut und ordnete die Aufgaben der Reiterei, die beiden Lagerpraefecten Ceionius und Eggius kümmerten sich um die unabdingbare Ausrüstung, die unter schwerer Bewachung vorausgeschickt worden war und in deren Schutz auch die verbliebenen Angehörigen der Soldaten sowie Huren und Händler gingen. Die übrigen Tribunen, ritterliche wie senatorische, hielten sich bei ihren Legionen. Bei Varus befand sich sein engster Stab, der Quaestor Flavius, die niederen Richter, einige Vertreter der Steuergesellschaften und die Praetorianer, die auch die Soldkasse bewachten.

»Wird die Sache Folgen für dich haben?«, fragte Caldus vorsichtig.

Varus lachte leise. »Eine Abberufung wird das Mindeste sein, was mir blüht. Dem Senat gegenüber werde ich Rechenschaft ablegen müssen, dann wird man mir vermutlich nahelegen, mich auf eine längere Reise zu begeben. Wenn meine schöne Claudia das möchte und der Kleine alt genug für eine Reise ist, werde ich das sogar tun. Wir wollten uns ohnehin das Land der Griechen ansehen und die Asia.« Er zog ein Tuch aus dem Bausch seines Mantels und wischte sich sorgfältig über das Gesicht. »Du erinnerst dich sicher an Marcus Lollius, der als Statthalter der Gallia am Ufer des Rhenus eine böse Schlappe gegen einige Barbarenstämme hinnehmen musste.« Als Caldus wortlos zustimmte, fuhr Varus fort: »Es war eine schlimmere Niederlage als diese, mit weitaus schwereren Verlusten. Lollius wurde hart getadelt, zog sich einige Jahre lang aus Rom zurück und wurde dann in Ehren ...«

Varus hielt inne. Ein Reiter mühte sich durch die Reihen der Leibgarde, schlug unbarmherzig mit der flachen Seite der Schwertklinge auf die Kruppe des Tieres ein.

»Der Tross!«, schrie er. »Wir werden angegriffen! Es sind Hunderte! Hunderte!«

*

Dicht neben Thiudgif prallte der Körper des Pferdes hart auf die Erde, bäumte sich mit einem durchdringenden Keuchen auf, ehe er zusammenbrach. Thiudgif packte Suras Arm und warf sich mit ihr hinter das Tier in den Schlamm – keinen Augenblick zu früh, denn schon brachen die Angreifer in breiter Front brüllend durch das Unterholz. Thiudgif zog den Kopf ein, tastete nach dem Dolch in ihrem Gürtel, Annius' Dolch, den sie hervorzog. Sie bedeckte sich und das Kind mit ihrem dreckigen Umhang und spürte Suras schrilles Kreischen im ganzen Leib, bis sie ihr den Mund zuhielt. Die Männer rannten über das tote Pferd hinweg, kaum ein Fuß traf Thiudgif, die sich mit Sura noch enger an den Kadaver schmiegte und das Gesicht in den Morast drückte.

Hinter ihr krachten die Angreifer auf die Schildwand, Eisen schlug klirrend aufeinander, prallte auf Holz. Schreie gellten auf, ein Horn tönte. Durch die Luft fauchte eine Fackel. Dumpf schlug hinter Thiudgifs Rücken etwas auf den Boden, zuckte wild, erlahmte mit einem gurgelnden Keuchen. Thiudgif spürte Suras Ohr an ihrem Mund und begann zu summen, eine Weise aus längst vergangenen Tagen, ein Lied, das von blühenden Wiesen und warmem Sonnenlicht erzählte, als könnte sie damit das Getöse zum Schweigen bringen. Sie spürte, dass das Mädchen an ihrer Seite schlotterte wie trocknende Wäsche im Sommerwind, und summte, bis ein Vorhang zwischen sie und das Kampfgetümmel zu fallen schien.

Sie waren eingeklemmt zwischen dem Pferdeleib und einem Toten, die ihnen Deckung boten. Vorsichtig drehte Thiudgif sich um, lugte unter dem Mantel hervor, sah die Lederstreifen eines Waffenrocks und die Lederhose eines Reiters, die durchdringend nach Urin roch. Sie hatte den Hintern eines römischen Reiters vor sich, eines gefallenen römischen Reiters. Obwohl sie diesen Soldaten nicht einmal kannte, füllten sich ihre Augen mit Tränen, und ihr Hals schwoll zu. Wie durch einen Schleier sah sie das Getümmel wenige Schritte entfernt, die nackten Rücken der Angreifer, ihr langes, zusammengebundenes Haar. Sie wusste, dass diese Männer sie töten würden, wenn sie sie entdeckten. Wie gelähmt starrte sie auf die Krieger, die brüllend ihre Spieße und Keulen schwangen. Vielleicht sogar Krieger ihres eigenen Volkes.

Etwas glitt über das Manteltuch, dass ihr Herz einen Satz machte, und rollte weiter, bis der Körper des Toten es zum Stillstand brachte. Thiudgif tastete danach, fühlte eine dünne Stange. Ein Wurfspieß. Am Sattel des Pferdes befand sich ein Köcher mit Spießen.

Das Gefecht entfernte sich. Sura war still geworden, schluchzte nur leise. Thiudgif äugte über den Toten hinweg nach den Kämpfenden, sah Bündel, aus denen Spieße ragten, blickte in schreckstarre Gesichter, bevor sie begriff, dass es Tote waren. Geduckt stemmte sie sich auf die Knie, spürte erst jetzt die kalte Nässe, die ihre Kleidung durch und durch tränkte. Der Kampf tobte in einiger Entfernung, es hätte laut sein müssen, aber ihre Ohren waren wie taub, klingelten schrill, dass sie die Finger dagegen drückte, bis ein wogendes Rauschen alles übertönte.

Sie drehte sich um und sah den Köcher, sechs Wurfspieße darin. Mit dem, der neben ihr lag, sieben. Sie schob den Dolch in die Scheide an ihrem Gürtel, griff über den Rücken des Pferdes nach dem Riemen, nestelte den Knoten auf. Flink hob sie den Köcher aus der Halterung, nahm das Band, an dem man ihn über die Schulter hängen konnte.

»Weiber! Da sind Weiber!«

Ihre Sprache. Thiudgif erstarrte. Irgendwo hinter ihr stand mindestens einer der Angreifer. Ihre Faust umklammerte einen der Spieße. Schwere Schritte näherten sich.

Etwas pfiff durch die Luft, schlug hart auf. Thiudgif hörte ein Stöhnen, blickte auf und erkannte Amra, die eine Steinschleuder hielt. Thiudgif hörte einen Aufprall und drehte sich um. Ein weiteres menschliches Bündel lag unweit von ihr auf dem Boden.

»Niemand bedroht meine Tochter oder den, der sie beschützt!«, fauchte Amra.

Thiudgif legte den Köcher um und sprang auf. Amra, die näher gekommen war, half ihrer Tochter auf die Beine, umarmte sie, brachte das wimmernde Mädchen zum Schweigen. Schneller Hufschlag donnerte heran.

»Wir müssen weg!«, rief Thiudgif.

»Das sind unsere Soldaten!«, entgegnete Amra. »Sie holen uns hier raus.«

»Woher willst du das wissen?«

Ein fernes schnappendes Geräusch, dann Zischen – Bogenschützen! Die Frauen befanden sich zwischen den Kämpfenden.

»Wir müssen weg!«

Sie packte Amras Mantel und rannte in die einzige Richtung, die ihr einfiel, durch das zertrampelte Unterholz in den Wald hinauf, wo sie sich duckten. Ein Pfeilregen ging über dem Weg nieder, als die Reiter eintrafen. Ein Pferd brach auf der Vorderhand ein und warf den Reiter ab, sein Schild polterte vor ihnen auf den Boden. Ein Teil der Truppe kam zum Stillstand. Der Mann war unter dem Pferdekörper eingeklemmt und stemmte sich stöhnend gegen die Last, ein anderer war abgesprungen, zerrte am Arm des Gestürzten, ein dritter versuchte, den Pferdekörper zu bewegen.

Wieder dröhnte der Chor vieler Stimmen auf, diesmal aus dem lichten Sumpfwald jenseits des Weges. Von dort stürmten weitere Angreifer heran. Barsche Schreie ertönten, Befehle. Die Reiter stellten sich zu einer Wand auf, verdeckten die Sicht. Hastig warfen Thiudgif, Amra und Sura sich flach auf den Waldboden, gruben sich im modrigen Vorjahreslaub ein. Ein süßlicher Geruch umhüllte sie. Thiudgif tastete nach dem Lederbeutel mit den versiegelten Wachstafeln, die sie am Leib trug. Ein weiterer Befehl, laut tönte das Horn, und die Reiter sprengten mit einem langgezogenen Brüllen davon, um sich auf die Angreifer zu werfen.

Krampfhaft umklammerte Thiudgif durch Kittel und Hemd die Tafeln in dem schützenden Beutel. Deutlich spürte sie die kleine Siegelkapsel. Annius. Wo war er jetzt? Die Legionen marschierten hinter ihnen, weil der Rest des Trosses das letzte Schanzzeug beförderte. Darauf hatten es die Angreifer abgesehen. Sie wandte sich Amra zu, die ihre zitternde Tochter an sich drückte und ihr die Augen zuhielt, während sie gebannt den Weg hinaufstarrte, ohne das ohrenbetäubende Gefecht zu beachten.

»Statilius ist da vorn«, sagte sie, kaum hörbar. »Ich muss zu ihm.«

»Nicht jetzt!«, entgegnete Thiudgif und legte die Hand auf Amras Arm, als ein Knacken sie aufhorchen ließ. Sie schaute sich um. Bunte Schatten huschten zwischen den Baumstämmen umher. Das waren keine Männer, keine Krieger, das waren Flüchtige. Frauen. Sie drückte Amras Arm. »Wir sind nicht allein.«

»Statilius ist da vorn!«, schrie Amra, die herumgefahren war und sie anfunkelte.

Sofort hielten die Schatten inne. Wie gelähmt kauerte Thiudgif da, atmete heftig, zu kurz, zu schnell. Sie ballte die Fäuste, bis sich die Fingernägel schmerzhaft in ihre Hände bohrten. Die Schatten huschten weiter.

»Wenn du sterben willst«, flüsterte sie mühsam, »dann nimm deine Tochter und geh da hinunter. Dann siehst du, was sie deiner Tochter und dir alles antun, bevor sie euch töten – *falls* sie euch töten!«

Amra hielt Sura fest umschlungen, blickte abwechselnd den Weg hinunter, dann auf ihr Kind, schwieg jedoch.

»Rette euer Kind!«, drängte Thiudgif; sie berührte die Frau an der Schulter, leicht nur, doch Amra zuckte zusammen wie unter einem Schlag. Eine weitere Welle brüllender Barbaren warf sich von den Sümpfen jenseits des Weges her in das Gefecht. Sura weinte und klammerte sich an ihre Mutter, die plötzlich den Kopf in den Nacken warf, in den Augen dunkle Entschlossenheit.

»Wir suchen uns ein Versteck«, sagte sie, »und wenn es ruhig wird, kehren wir zurück. Und wenn es zu lange dauert, suchen wir uns einen Weg zu den Legionen.«

Sie zog ihr Kind auf die Füße, spähte zum Hang, wo noch immer einige Schatten unter den Bäumen hinaufhasteten.

»Aber mit den schlechten Weibern gehen wir nicht!«, fügte sie finster hinzu.

»Wir haben keine Wahl, Amra. Wenn die ein Versteck finden, werden wir uns anschließen müssen.«

»Wir würden es teuer bezahlen, uns ihnen anzuschließen«, entgegnete Amra und schob Sura vor sich her den Hang hinauf.

Thiudgif folgte ihr, setzte Fuß vor Fuß, erst langsam, dann schneller. Sie ließ den Kampf hinter sich, aber auch Annius. Er hatte ihr geholfen. Er hatte ihr immer geholfen. Sie musste ihn wiederfinden, koste es, was es wolle.

X

Laufen, nicht denken. Einen Fuß vor den anderen setzen. Gleichmäßig atmen. Den Blick auf den Schild des Vordermanns gerichtet, trabte Annius bergab, ergab sich dem Takt der Schritte, dem Rasseln der Rüstungen, den Stimmen der Kameraden, die mit jedem Schritt einen dumpfen Ruf ausstießen. *Links, links, links.* Der Schild, den er sich wie alle anderen auf den Rücken geschnallt hatte, zwang ihn, sich aufrecht zu halten, die Schwertscheide pendelte gegen seinen Oberschenkel, und unter dem breiten Lederriemen, der den Schwertarm schützte, pochte das Blut.

Nicht denken. Eingefügt in die Reihen der Ersten Centuria, auf seinem Platz zwischen Blaesus und Venicius, schickte Annius ein letztes Gebet an die Himmlischen. An Iupiter, der ihnen beistehen möge, den heimtückischen Angriff zurückzuschlagen; an Mars, der ihnen die Kraft und den Mut geben möge, den Feind niederzuwerfen. Und dann überfiel sie ihn doch, die Sorge um das Mädchen. Lippen und Zunge formten den seltsamen Namen – Thiudgif. Sie war da vorn, im überfallenen Tross, den Wilden, die schon bewiesen hatten, wozu sie fähig waren, schutzlos ausgeliefert. Das Herz schlug ihm bis zum Hals, und in seinem Leib breitete sich ein Gefühl aus, das er zuletzt als halber Knabe empfunden hatte, damals, als er seinem Vater eröffnete, dass er die jüngste Tochter des Nachbarn heiraten werde, und der Vater das mit einem Lächeln abgelehnt, jeden Umgang verboten hatte. Nicht die leiseste Ahnung von seinem Ansinnen hatte die Schöne gehabt, an deren Gesicht er sich nicht mehr erinnern konnte, nur noch an ihren Namen und die atemberaubende Bewegung, mit der sie jeden Morgen den Wassereimer auf dem Brunnenrand abgesetzt hatte.

Sie waren gewarnt worden von den Centurionen und Unteroffizieren, die sie ausgebildet hatten; immer wieder war ihnen gesagt worden, die käuflichen Mädchen zu benutzen, aber nur die sauberen, und irgendwann einmal ein braves Mädchen zu nehmen, doch sich niemals mit Herz und Verstand an ein Weib zu hängen. Das bringe nur Sorgen, Ärger und Gefahren. Die Angst, was geschehen sein mochte, schnürte Annius die vom Schal ohnehin beengte Kehle zu, er zwang sich, langsam und tief zu atmen. Sie würden die Barbaren stellen und niederhauen, Gefangene aus ihrer Gewalt retten. Er hörte Maro schwer schnaufen, der Soldat eilte ihrer Reihe eine Nase voraus, durstig nach Rache für seine verschleppte Blandula. Gemeinsam würden sie unter den Barbaren wüten, Venicius und Blaesus würden sie nicht aufhalten, im Gegenteil. Sie würden einander antreiben.

Die Erste und Zweite Cohorte waren vorausgeschickt worden, vier würden folgen, sobald das Gepäck neu verteilt worden war. Sie hatten den Wald verlassen, der Weg zog sich am Fuße der Berghänge entlang, während sich rechts eine nebelbedeckte Ebene ausbreitete, die in der Ferne mit den tiefhängenden Wolken zu verschmelzen schien. Die Landschaft war in ein stumpfes Mausgrau getaucht, und Nässe drang durch alle Fasern.

Ein scharfer Befehl brachte sie zum Stillstand. Aus der Ferne dröhnten das Stampfen und Brüllen der Feinde, die sich als wogende dunkle Masse im Dunst abzeichneten. Die Soldaten ordneten ihre Bewaffnung, rückten so weit vor, dass sich beide Cohorten aufstellen konnten. Syrische Bogenschützen rannten in ihren leichteren Rüstungen zu beiden Seiten an ihnen vorbei, reihten sich vor dem ersten Treffen auf. Zwischen ihnen und den Barbaren war nur der Weg, auf halber Strecke lag ein Maultier reglos am Hang und zwei Menschen, bäuchlings, die Gesichter im Schlamm.

Annius war durch den Tod eines Kameraden in die zweite Reihe vorgerückt, wo er auch in den Gefechten mit den Dalmatern schon oft gekämpft hatte. Sein Herz schlug langsam, das Blut rauschte in den Ohren. Die Sorge, Thiudgif könnte dem Feind in die Hände gefallen sein, entfachte brennenden Zorn, und er schloss die schweißnasse Hand fester um den Schaft des Pilums. Blaesus, der vor ihm stand, würde den Aufprall auf den Feind mit aller Wucht zu spüren bekommen. Die Erste und Zweite Centuria waren dem Hang am nächsten aufgestellt, denn von dort war mit weiteren Angriffen zu rechnen. Auch die verbliebenen Reiter hielten sich an der waldseitigen Flanke auf. Vor der ersten Linie pflanzte der Aquilifer der Achtzehnten seinen Adler auf, flankiert von Bläsern, die ihre Hörner geschultert hatten.

Primipilus Marcus Caelius und Lagerpraefect Ceionius hatten sich auf ihre Pferde geschwungen, um für alle sichtbar zu sein, und stellten sich mit einem Schwarm Reiter vor die Legionäre, die bei diesem Anblick still wurden. Es war Ceionius, der zu einer Rede angesetzt und die Tapferkeit der Männer beschworen hatte, als Caldus mit wehendem Mantel auf einem kräftigen Rappen heraneilte und ihn beiseitenahm. Marcus Caelius setzte an seiner Stelle die Ansprache fort.

»Ihr habt gehört, was von euch erwartet wird! Dass ihr

das Barbarengesindel zu Boden werft und niederhaut, wie es ihm zusteht. Und das sage ich euch: Wenn einer von euch sich davonschleichen will, dann mögen ihn seine Kameraden wieder nach vorn stoßen. Und wenn ihr zurückweicht, werde ich noch heute Abend jeden Einzelnen von euch an diesem Weg kreuzigen, selbst wenn es dann hier aussehen sollte wie einst an der Straße von Capua nach Rom! Der einzige Weg, der euch rettet, führt durch diesen Haufen grölender Wilder. Aber unterschätzt sie nicht! Steht zusammen wie ein Mann – einer für den anderen! Werft sie über den Haufen! Treibt sie auseinander und macht sie nieder!«

Kampfgeschrei, in das auch Annius einfiel, erhob sich ringsum, die Soldaten schüttelten drohend die Speere gegen den Feind, die Syrer spannten ihre Bogen. Von den hinteren Reihen aus verbreitete sich die Nachricht, dass die nächsten Cohorten anrückten. Alle Augen richteten sich auf den Aquilifer, die Feldzeichen und die Bläser, die die Tuben und Hörner bereits an die Lippen gesetzt hatten. Angespannt erwarteten sie das Signal zum Angriff, einzelne Stimmen forderten den Sturm, als plötzlich mit vielfachem Knall die Schützen ihre Pfeile abschossen, neue auf die Sehnen legten und eine zweite Salve auf die gegnerische Meute regnen ließen. Lauthals feuerten die Soldaten sich an, die Bucinen schallten über den Weg, der Adler senkte sich gegen den Feind und mit ihm die Standarten der einzelnen Centurien.

Nahezu gleichzeitig setzten sich die ersten Reihen der Soldaten in Bewegung, legten die Pilen zum Wurf an. Die Bogenschützen schwärmten zu beiden Seiten aus. Ein kurzer Anlauf und die Soldaten schleuderten die Speere auf die gegnerische Schildmauer, zückten die Schwerter und schlugen damit im Takt ihrer Schritte auf die Schilde, schneller und schneller, bis sie nach einer zweiten Salve der beiden folgenden Reihen mit vorgehaltenem Schild gegen den Feind stürmten.

Annius spürte die Anspannung wie einen Krampf, der sich entlud, als sie krachend auf die feindliche Schildmauer prallten. Abrupt erstickten das Brüllen der Feinde und die Schlachtrufe der ersten Reihen zu einem dumpfen Stöhnen, während die hinteren unvermindert nachdrängten. Eingezwängt zwischen den Kameraden, das Schwert zwischen Schild und Panzer geklemmt, stockte Annius der Atem in der Enge. Seine Füße schoben sich weiter, näher an die doppelte Schildwand, hinter der Helme hervorlugten oder lederne Kappen. Die Feinde stemmten sich gegen die andrängenden Soldaten, dabei hob der Mann vor Blaesus die Nase über den Rand seines Schildes. Blaesus riss das Schwert hoch und stach nach diesem Gesicht, der Mann wich aus, wehrte sich aber nicht. Die feindliche Schlachtreihe gab sogar nach, brach, und wie ein Keil wurden Blaesus, Annius und andere Soldaten in die entstehende Lücke gedrückt. Plötzlich war Blaesus' rechte Seite ungeschützt, und es gelang ihm im Gewühl nicht, sich zu drehen. Annius zwängte sich neben ihn, wissend, dass er sich damit in Gefahr begab.

»Zurück!«, schrie der Centurio hinter ihnen, doch sie wurden nur tiefer zwischen die weichenden Reihen der Gegner gedrückt.

Annius schnappte nach Luft, spähte nach den Feinden, sah nichts außer den glatten Halbkugeln der Helme. Römische Helme, die die Barbaren erbeutet haben mussten. Er spürte einen scharfen Stich in der Brust, Zorn trieb ihn voran. Die feindlichen Rundschilde überlappten sich, ließen kaum Lücken. Ringsum keuchten, ächzten, röchelten die Männer unter dem Ansturm, der allen den Atem nahm. Das Holz der Schilde knirschte, die Bronzebuckel rieben kreischend übereinander, dazwischen klirrten die Klingen, stöhnten Getroffene auf. Zwischen zwei Schilden erspähte Annius eine Schulter, stieß danach, jauchzte innerlich, als er den erstickten Schrei hörte. Zumindest hatte er dem Kerl Schmerz zugefügt. Grimmig rückte er mit den Übrigen vor, spürte, dass die Hintermänner, Venicius, Maro, nachdrängten. Das ging zu leicht.

Hinter ihm tönte das Signal, sich zu sammeln. Immer wieder. Zurückblickend erkannte Annius, dass die Barbaren dabei waren, ihren Zug und einige andere einzukesseln. Er stieß Blaesus an, zerrte an dessen Schal. »Wir müssen zurück in die Linie!«

Ein weiteres Signal von den Flanken, die quäkenden Hörner der Bogenschützen, warnte ihn, doch bevor er etwas sagen konnte, drang das Sirren der Pfeile an sein Ohr. Rasch duckte er sich hinter seinen Schild, versuchte, diesen hochzustemmen, um auch seine Kameraden zu schützen. Ein gellender Schrei ertönte hinter ihm, die Reihen gerieten in Unordnung, Einzelne stürzten, auch Annius taumelte, plötzlich vom Druck der Kampflinie befreit. Unter lautem Schlachtgebrüll warfen sich ringsum weitere Soldaten auf die Feinde, verbreiterten den Keil. Annius stieß Blaesus vorwärts, damit sie nicht unter die Füße der anstürmenden Massen gerieten. Sie stolperten den Feinden nach, die unversehens Gesichter bekamen, wild blitzende Augen, dunkel beschmierte Wangen. Annius strauchelte, als ein dumpfer Schmerz seinen Arm durchbohrte, überschlug sich, landete auf dem Rücken und hielt schützend die Spitze des Schwertes vor sich. Ein Schatten fiel über ihn, ein Kamerad bot ihm die Hand, riss ihn auf die Füße. Die Feinde flohen in vollem Lauf. Ringsum mischten sich Reiter in das Getümmel. Schreie ertönten, Hilferufe.

Annius suchte seinen Schild, als ein herrenloses Pferd an ihm vorbeitrabte. Ohne zu überlegen, steckte er das Schwert zurück, griff in die Mähne und nach einem Sattelhörnchen und sprang auf den Rücken des Tieres, trieb es den rennenden Feinden nach.

Obwohl der eng geschnürte Schienenpanzer ihn behinderte, war diese Jagd einfacher als alles, was er je im Kampf getan hatte. Er hetzte die flüchtenden Barbaren vor sich her, den Hang hinauf in den Wald, scheuchte sie zwischen den licht stehenden Bäumen auseinander. Lenkte das Pferd zwischen sie und hieb mit der Klinge nach Hals oder Genick. Die Kameraden hatte er längst hinter sich gelassen, er befand sich unter den Berittenen, Jägern, die ihre Beute vor sich her trieben. Er lenkte das Pferd weiter den Berg hinauf, erkannte Caldus zwischen einem Standartenträger und einem Hornisten, hielt auf sie zu, und als er sein Pferd mit scharfem Zügelzug zum Stehen brachte, fuhr Caldus herum.

»Titus Annius! Was treibst du hier? Dein Platz ist in der Achtzehnten, nicht bei den Reitern.«

Nach Luft schnappend, saß Annius im Sattel, unfähig, ein Wort hervorzubringen, nickte nur knapp anstelle eines Grußes. Ein Zittern durchrieselte ihn, der rechte Arm sank herab und erlahmte. Unter dem Ärmel des Waffenrocks war die Haut dunkel verfärbt. Caldus blickte an ihm herab, und als er die blutverschmierte Klinge sah, hob er die Brauen.

»Du hast hier nichts zu suchen. Kehre zurück zu deinen Kameraden.«

»Ich habe sie verloren«, keuchte Annius. »Ich bin gestürzt.«

»Reite hinunter zum Weg!« Caldus legte zwei Finger an die Lippen und stieß einen gellenden Pfiff aus, der den nächsten Reiter veranlasste, sein Pferd herzulenken. »Einer meiner Männer wird dich begleiten, und dem wirst du das Pferd übergeben, verstanden?«

Annius zögerte, doch ehe er zustimmen konnte, hörte er knackendes Holz, schnellen Hufschlag, sehr nahe. Er wandte sich um, erblickte die heranpreschenden Feinde, wollte aufschreien, als er erkannte, dass die Angreifer von drei Seiten anstürmten. Wurfspieße trafen den Signifer, der zusammenzuckte. Gemeinsam mit dem Hornisten warf Annius sich nach vorn, um ihre Pferde anzutreiben, als sie schon gestellt wurden. Annius' Pferd stieg, als zwei Reiter sich zwischen ihn und die anderen drängten. Er sah Blut spritzen, hörte gurgelndes Stöhnen. Rammte seinem Pferd die Fersen in den Bauch, um sich mit blanker Klinge zwischen die Angreifer zu drängen.

Der Signifer lag blutüberströmt mit zerschmettertem Schädel am Boden, während ein Barbar, der triumphierend Helm und Wolfsfell geschwenkt hatte, Annius verdutzt anstarrte. Annius wendete sein Pferd auf der Hinterhand, stellte sich schützend vor den Tribun. Der Hornist indessen deckte Caldus' Rücken.

»Wir brechen durch!«, zischte Annius. »Auf mein Zeichen!«

»Sie wollen nur mich«, entgegnete Caldus leise. »Und du stehst ihnen im Weg.«

»Das weiß ich, und das ist auch gut so!«

Die Angreifer gerieten in Bewegung. Ein ersticktes Stöhnen verriet, dass sie den Hornisten erwischt hatten. Die Barbaren verengten den Kreis, dabei entstand eine Lücke. Annius riss den Arm hoch, als er ein hartes Klatschen hörte und im selben Augenblick sein Pferd wie von einem Katapult geschleudert davonsetzte. Ein Sattelhörnchen quetschte seine Hoden, dass ihm schwarz vor Augen wurde. Sie hatten ihn reingelegt! Er riss an den Zügeln, er würde den Tribun nicht im Stich lassen! Doch das Pferd gehorchte nicht, buckelte und keilte aus. Mühsam hielt Annius sich im Sattel, krallte die Finger in die Mähne, bis er Atem geschöpft hatte. Endlich gelang es ihm, das bockende Tier zu wenden. Unbarmherzig hetzte er es den Weg zurück, den Berg hinauf, zwischen den Bäumen hindurch, bis er das Horn hörte.

Die Reiter stoben über den Hügelkamm, während auf dem Waldboden drei leblose Körper zurückgeblieben waren. Caldus war nicht unter ihnen, wie Annius erleichtert bemerkte; dann durchlief es ihn eiskalt.

Der Tribun war in der Gewalt der Aufrührer. Er war ebenso in ihrer Gewalt wie Thiudgif wohl auch. Wie rasend bohrte Annius die Fersen in die Flanken des Pferdes, peitschte es mit den Zügeln. Er holte auf, hörte sie hinter dem Hügelkamm. Zückte das Schwert, schlug dem Pferd die flache Seite der Klinge auf die Kruppe, als er den Reiter sah, den Barbaren, der aus dem Schatten des Waldes auftauchte, sich ihm in den Weg stellte. Erbarmungslos trieb Annius das keuchende Tier vorwärts. Er würde Caldus nicht kampflos den Wilden überlassen.

Der Barbar griff hinter sich, etwas pfiff durch die Luft, traf Annius' Stirn und schleuderte ihn rücklings aus dem Sattel in die Dunkelheit.

*

Gebückt hasteten die Frauen und Mädchen durch das Dickicht des Niederwaldes, hielten immer wieder an, lauschten und spähten umher. Obwohl sie den Hügelkamm und die nächste Senke hinter sich gelassen hatten, entdeckten sie da und dort Spuren der Aufständischen, hörten Reitertrupps und kleine Rotten Fußvolks, vor denen sie in den Schutz der Büsche und Bäume flüchteten.

Thiudgif und Amra, die Sura bei den Händen genommen hatten, rannten den anderen nach, hielten aber Abstand, nachdem sie schon einige Male mit Ästen und Erdklumpen beworfen worden waren.

»Schlechte Weiber sind das!«, wurde Amra nicht müde zu betonen. »Wir sollten ihnen nicht folgen.«

Thiudgif hatte längst aufgegeben, ihr verständlich zu machen, dass sie allein weitaus mehr zu befürchten hätten, und ertrug Amras Murren ebenso wie das ausdauernde Jammern ihrer Tochter mit einer Geduld, die sie selbst verwunderte. Das Laufen, das ständige Sichern, die Angst, die ihr bei jedem umherhuschenden Schatten, jedem Hufschlag, jeder menschlichen Stimme kalten Schweiß aus allen Poren trieb, beschäftigten sie so sehr, dass sie die Klagen der beiden kaum mehr wahrnahm.

Sie schlüpften zwischen den dornigen Hecken hindurch, als sich eine Frau Thiudgif in den Weg stellte, mit der sie beinahe zusammengeprallt wäre.

»Macht, dass ihr wegkommt!«, zischte die Frau und starrte sie aus dunklen Augen wild an. »Ihr seid nicht eingeladen!«

Flink schielte Thiudgif an ihr vorbei, sah die Frauen umherhuschen zwischen den Sträuchern, die glänzend hellroten Beeren aus dem Gezweig zupfen und in ihren geschürzten Röcken sammeln.

»Zu diesem Mahl will ich gar nicht eingeladen sein«, entgegnete sie ruhig.

Ein Schatten flog über das Gesicht der Frau, die sicherlich schon mehr Sommer als Amra erlebt hatte. »Was soll das bedeuten?«

»Dass ihr diese Früchte pflückt und essen wollt, zeigt, dass ihr in diesen Wäldern nicht überleben werdet.«

Die Frau ballte ihre Hände zu Fäusten, wischte sie an ihrem einst bunten, jetzt schmutzigen und zerschlissenen Kleid ab.

»Was weißt du denn schon?«, schnappte sie.

»Mein Name ist Thiudgif, Tochter des Sahsmers vom Volk der Brukterer. Ich lebe in einem Dorf an der Lupia, und meine Mutter lehrte mich, die Früchte des Waldes zu erkennen, die essbaren und die giftigen. Diese da«, Thiudgif wies auf die Hecken, »sind giftig und werden euch in leichte Beute verwandeln.«

Eine der Frauen ließ den Zipfel ihres Rockes los, sodass die glänzenden Beeren auf den dunklen Waldboden prasselten. Thiudgif schaute sich um, musterte aufmerksam das faulende Reisig auf der Erde, das sanfte Gefälle, den Einschnitt, hinter dem sie eine Talsenke vermutete.

»Du lügst«, sagte die erste Frau, wobei ihre Stimme ein wenig zitterte.

»Es bleibt euch überlassen, ob ihr mir glaubt oder nicht. Ich jedenfalls werde von diesem Zeug nichts nehmen.« Sprach's und zog Sura mit sich, vorbei an den Hecken voller verlockender Beeren.

»Wir sollten an dir erproben, ob das, was du behauptest, wahr ist!«

Die Frau war ihr nachgerannt, hatte sie am Arm gepackt, doch anstelle von Beifall erntete sie eine klatschende Ohrfeige von Amra, die sie obendrein aus dem Weg stieß. Zu dritt gingen sie weiter, und alle Augen waren auf sie gerichtet. Diejenige, die ihre Beeren hatte auf den Boden fallen lassen, folgte ihnen als Erste, ein junges Ding mit Stupsnase und zwei dünnen braunen Zöpfen. Thiudgif sah sich nicht um, aber sie hörte, dass die Frauen sich ihnen anschlossen, und staunte über die Wirkung ihrer wenigen Worte.

Der Einschnitt war tatsächlich das Ende eines Nebentals, aus dem feuchten Grund sickerte ein dünnes Rinnsal, vom Regen der vergangenen Tage gespeist. Vorsichtig ging sie dem Wasser nach, immer darauf bedacht, nicht auszurutschen, während der Wald dichter und dunkler wurde. Kalter Dunst schwebte zwischen den Baumstämmen und behinderte die Sicht. Das Rinnsal verbreiterte sich, Wasser hüpfte über Wurzelwerk, über ein helles sandiges Bett, tiefgrüne Pflanzen und Gras wucherten an den Ufern. Überall lag Reisig verstreut. Hier wohnten seit mehreren Monden, sicher seit dem Sommer, auf eine halbe Tagesreise keine Menschen mehr, denn die hätten alles Brennholz aufgelesen und in ihre Häuser getragen.

Der Bach verband sich mit einem zweiten, das Tal wurde weiter und heller, Sträucher säumten den Hang, Sträucher mit dunkelgrünen fedrigen Blättern und klumpigen schwarzen Früchten. Thiudgif blieb stehen und deutete auf die Sträucher. Die Frauen schrien leise auf und stürzten sich geradezu auf die Büsche, als sie die Brombeeren erkannten, deren latinischen Namen Thiudgif nicht wusste.

Auf der Auwiese, wo der Boden flach war und feucht, betrachtete Thiudgif die verwelkten Dolden und zerrte dicke, erdige Wurzeln aus dem Boden, an denen sie prüfend roch, etliche Möhren und zwei verkümmerte Rüben. Zufrieden trug sie ihre Ernte zum Bach, wusch sie und schabte mit einem Messer die äußere derbe Schicht ab. Neben ihr tauchte Sura ihre bläulich verfärbten Hände ins Wasser und sah zu, wie die bunten Schlieren sich in der Strömung verloren.

»Was ist mit Tata?«, fragte sie scheu.

Verwundert schaute Thiudgif sie an.

»Mein Vater ...«, fügte das Mädchen hinzu. »Werde ich ihn wiedersehen?«

Thiudgif nahm eine geputzte Möhre von ihrem Schoß und bot sie Sura an, die unschlüssig danach griff.

»Ich weiß es nicht«, erwiderte sie, zugleich krampften sich ihre Eingeweide zusammen, und Tränen stiegen ihr in die Augen. Rasch wandte sie sich ab. »Aber ich weiß, er will, dass ihr lebt, du und deine Mutter.«

Sie biss sich fest auf die Unterlippe, als könnte sie damit den Schmerz, der in ihr wühlte, übertönen.

»Vermisst du Titus Annius? Hast du Angst um ihn?«

Heiß rannen die Tränen über Thiudgifs Wangen, während sie nickte, ohne das Mädchen anzusehen; blind starrte sie auf die Sträucher und Binsen am anderen Ufer. Sie hörte das frische Knacken, mit dem Suras Zähne die Möhre zerbissen, dann legte sich eine warme, ein wenig klebrige Hand auf ihren Arm.

»Es tut mir leid«, murmelte das Mädchen. »Und ich bin auch noch so eine Gans, die immer nur jammert ...«

»Du bist ein Kind, Sura.« Thiudgif erfrischte das Gesicht mit zwei Handvoll Wasser.

»Und du nicht viel älter als ich«, versetzte das Mädchen. »Aber du hast schon einen, der dich mag.«

Den ich schon wieder verloren habe, dachte Thiudgif wehmütig. Sie stand auf und kehrte zu den anderen zurück, die noch immer eifrig Mund und Hände mit schwarzen Beeren füllten, zu Amra, die für sich allein sammelte, und Sura schmiegte sich an Thiudgif, federleicht wie ein Vögelchen.

Thiudgif und Amra saßen mit Sura ein wenig abseits und behielten den Wald im Auge. Amra traute den anderen nicht.

»Es sind Huren«, sagte sie leise. »Solange sie dich brauchen, lassen sie uns mit ihnen gehen, aber sie würden uns ohne die geringsten Bedenken opfern, wenn ihnen das weiterhülfe.«

Hungrig verschlang Sura die überreifen Beeren, die ihre Mutter gesammelt hatte, bevor sie gehorsam von den Wurzeln aß. Obwohl sie ihr ungekocht nicht schmeckten, kaute und schluckte sie, während sie in den dunstigen Wald hinaufschaute. Essen vertrieb die Angst; auch die anderen Frauen wirkten nicht mehr so gehetzt, sondern schwatzten und kicherten, als befänden sie sich in der Sicherheit eines gemauerten Hauses.

Thiudgif nagte an dem süßen Inneren einer Möhre, das sie sich aufgehoben hatte. Ihre Gedanken kreisten um Annius, wo er sei, wie es ihm gehe, ob er in Kämpfe verwickelt oder gar verletzt sei. Hart schluckte sie, um den Gedanken nicht zu Ende zu denken, schloss die Augen, richtete ihre Sinne auf die Geister der Ahnen, die sie schon lange nicht mehr angerufen hatte. Sie fühlte die letzten Beeren in ihrer Hand, die sie als süßen Abschluss dieses kargen Mahls aufgehoben hatte, und blinzelte. Ein paar Schritt entfernt ragte auf der Lichtung, kurz vor dem Waldrand, wo noch Gras wuchs, Binsen und niederes Gebüsch, ein Fels aus dem Boden, der ihr bis zu den Knien reichen mochte. Der musste genügen.

Mit einer Handvoll schwarzer Beeren, die sie noch flink gepflückt hatte, und zwei großen Blättern, das Haar unter dem Umhang verborgen, näherte sie sich dem Fels, kniete davor nieder, bettete eines der Blätter in eine Mulde und ordnete die Beeren darauf im Kreis an. Das andere Blatt legte sie daneben. Wieder sammelte sie sich, murmelte tonlos die Anrufungen der Ahnen, die Mutter und Tante sie gelehrt hatten, hielt dann inne, um das Gesagte wirken zu lassen, bevor sie mit den Fürbitten begann, die sie sich zurechtgelegt hatte. Sie bat um Schutz für ihren Vater und den heimischen Herd, mit ein wenig Überwindung auch für das Haus des Onkels und die Menschen darin, dann für sich selbst, dass sie den Weg zum väterlichen Dorf finden möge, für Amra und deren Tochter, die so viele Regeln befolgen mussten, um ihren eifersüchtigen Gott günstig zu stimmen, und alle, die bei ihnen waren. Für eine glückliche Ankunft in Aliso.

Und dann kämpfte sie wieder mit den Tränen, als sie für den betete, der ihre Familie und damit auch die Ahnen vor Schmach und Schande bewahrt habe, indem er sie, Thiudgif, die Tochter des Sahsmers, aus der Gewalt eines Sklavenhändlers befreit und beschützt habe, und sie flehte die Ahnen an, ihn unversehrt entkommen zu lassen. Warm stieg ihr das Blut in die Wangen, als sie erkannte, dass sie für ihn eine Sorge empfand, die nur der eigenen Familie zustand, Eltern, Brüdern und Schwestern, den eigenen Kindern – und dem Mann, dessen Kinder das waren. Hastig beendete sie ihr Gebet, bedeckte die Opfergabe mit dem zweiten Blatt und zerquetschte die Früchte, um sie für jeden Menschen ungenießbar zu machen.

Amra nickte und ein feines Lächeln umspielte ihre Lippen, als Thiudgif zu ihr und Sura zurückkehrte; das Mädchen schien sie nicht zu bemerken, sondern schaute unverwandt in den Wald hinauf. Beim zweiten Hinsehen bemerkte Thiudgif, dass Sura wie erstarrt dasaß.

»Fehlt dir etwas?«, fragte sie, doch Sura rührte sich nicht. Unentschlossen folgte Thiudgif mit den Augen ihrem Blick und lauschte; dass auch Amras Aufmerksamkeit geweckt war, nahm sie nur am Rande wahr.

Sie ahnte die Bewegung mehr als sie zu sehen, das leise

Knacken brechenden Reisigs war jedoch nicht zu überhören. Dann sah sie den Schatten, halb von einem Baumstamm verborgen.

Rasch tastete sie nach dem Dolch an ihrer Seite, berührte Sura am Arm und gab ihr durch ein Nicken zu verstehen, nicht so auffällig in den Wald zu starren. Das Mädchen zog die Schultern hoch, gehorchte aber.

»Da oben versteckt sich jemand«, flüsterte sie Amra zu, die eine Hand vor den Mund schlug und sie erschrocken anstarrte. Thiudgif legte einen Finger auf ihre Lippen.

»Wenn ich dir ein Zeichen gebe, stehen wir auf und gehen zu den anderen. Ohne uns umzusehen. Als hätten wir nichts bemerkt. Einverstanden?«

»Und wenn das ein Späher der Aufständischen ist?« Amras Stimme klang erstickt.

Thiudgif grub die Zähne in ihre Unterlippe, während sie sich mit einem raschen Wink erhob. Sie nahmen Sura in die Mitte und näherten sich den anderen Frauen, die verwundert dreinschauten, als Thiudgif sie mit eindringlichen Handzeichen zu bewegen suchte, ihr zu folgen.

»Genug gebummelt!«, rief sie und bemühte sich, ihre Stimme unbeschwert klingen zu lassen. »Wir brechen auf!«

Sie ging mit Amra und Sura ein Stück voraus, äugte nach dem Waldrand, wo nichts zu sehen war, keine Regung, kein Schatten. Die Frauen klopften ihre Kleider ab, plauderten ahnungslos und kicherten.

»Führe sie den Bach entlang – leise und vorsichtig!«, flüsterte Thiudgif Amra zu und reichte ihr ihren durchfeuchteten Umhang, der ohnehin keinen Schutz bot. »Wenn die Lichtung außer Sichtweite ist, lauft ein Stück. Und sieh dich um nach einem guten Versteck! Dickicht, vielleicht ein Felsüberhang oder ein umgestürzter Baum.«

Amra packte sie am Arm. »Woher willst du wissen, dass uns das rettet?«

»Jedes Mädchen in diesem Land lernt, wie es sich vor streunenden Banden verstecken kann«, erwiderte Thiudgif leise, damit die anderen es nicht hörten. »Wir müssen in die Wälder, um Holz und Farn, Pilze und Früchte zu sammeln. Und für viele junge Herren ist es ein Spaß, uns dort mit ihren Freunden aufzulauern.«

Unwillig schüttelte Amra den Kopf und eilte den anderen Frauen voraus, während Thiudgif nach einem Weg in das Unterholz spähte, als ihr ein Gedanke kam.

»Wenn ich pfeife«, sagte sie gerade so laut, dass Amra sie verstehen konnte, »dann kommst du zu mir.«

Amra nickte wortlos, und die Frauen zögerten weiterzugehen, als Thiudgif sich nach wenigen Schritten in den Wald schlug. Sie machte ein Zeichen, austreten zu müssen, schlich im Schutz der Hecken gebückt den Hang entlang, bis sie die Senke, die der Bach bildete, überblicken konnte. Geschützt von ihrer verschmutzten, ohnehin bräunlichen Kleidung hielt sie Ausschau und erschrak, als sie einen Mann herabkommen sah, der den Spuren der Frauen folgte. Als sie jedoch bemerkte, dass er einen kurzen Kapuzenumhang und darunter eine helle, wenn auch schmutzstarrende Tunica trug, entwich ihr ein erleichterter Seufzer. Selbst der zweite, an seiner Kleidung ebenso als römischer Flüchtling erkennbare Mann, der ihm mühsam nachhinkte, jagte ihr keine Angst mehr ein. Sie ließ die beiden vorbeilaufen, sah, dass der Verletzte deutlich jünger war, vernahm einige Fetzen ihres Wortwechsels, aus dem die Hoffnung klang, sich den anderen anzuschließen. So leise wie möglich huschte sie zu der Stelle zurück, an der sie ins Unterholz geeilt war, und sprang ihnen in den Weg.

»Wer seid ihr?«, fragte sie scharf.

Die beiden starrten sie erschrocken an. Der Ältere trug einen struppigen Bart, er war wohl so alt wie Annius, der zweite hingegen ein Jüngling mit rundem, fast mädchenhaftem Gesicht. Sie kannte die beiden, sie waren Bedienstete eines Centurios. Die Schultern des Jüngeren hoben und senkten sich unter seinem schnellen Atem, er beugte sich vor, legte die Hand schützend um sein blutverkrustetes rechtes Schienbein. Die Wunde musste dringend versorgt werden. Thiudgif drängte das Mitleid zurück, das in ihr aufquoll.

»Eure Namen will ich hören!«, rief sie.

Ergeben senkte der Jüngere den Kopf, während der Ältere ihrem Blick standhielt.

»Privatus bin ich«, erwiderte er zögernd, »und er Thiaminus. Wir sind entkommen. Wie ihr. Vielleicht können wir einander helfen.«

»Vielleicht«, sagte Thiudgif und stieß einen kurzen, trockenen Pfiff aus; dann deutete sie auf das Bein des Jüngeren. »Zuerst müssen wir seine Wunde versorgen.«

*

Die Fäuste in die Seiten gestemmt, starrte Marcus Caelius den Mann an, der vor ihm auf dem Boden kauerte und sich benommen den Kopf hielt, als ob ihm der sonst vom Hals fiele. Ringsum dröhnte der Lärm der sich neu aufstellenden Einheiten. Caelius zitterte vor Wut und hatte Mühe, sich zu beherrschen, obwohl er jedes Recht hatte, diesen Kerl totzuschlagen, den sie ohnmächtig im Wald gefunden hatten, wo die Barbaren einen Großteil der Reiterei in einem überraschenden Angriff zurückgeschlagen hatten. Ohne diesen Flankenschutz waren die dem besiegt geglaubten, flüchtenden Feind in wilder Hatz nachrennenden Legionäre leichte

Beute gewesen für die Barbaren, die plötzlich in Scharen aus den Wäldern gestürmt waren. Und dieser Kerl hatte zu den Legionären gehört, die die Ordnung aufgelöst und so das Unheil begünstigt hatten.

»Wie bist du da oben hingelangt, Soldat?«, brüllte der Centurio so laut, dass der andere sich krümmte und die blutverschmierten Hände fest um Stirn und Schläfen legte.

»Sie haben den Tribun«, erwiderte er. »Sie haben Gaius Caelius Caldus verschleppt.«

Er sah auf, verdrehte die Augen, und sein Kopf kippte nach vorn. Seine rechte Wange war dunkel angelaufen, das Auge zugeschwollen und blutverkrustet. Wieder barg er das Gesicht in den Händen.

»Woher willst du das wissen?« Grimmig runzelte Caelius die Stirn. Die Truppen waren in Bedrängnis, von den beiden anderen Legionen trafen nur spärliche Nachrichten ein, und die klangen schlecht. Lagerplätze waren nicht auszumachen, Erkundungstrupps verschwanden spurlos, sodass sie keine andere Wahl hatten, als diesen Weg möglichst schnell hinter sich zu bringen. Caelius zog die Nase hoch und spuckte aus. Der Kerl vor ihm hatte Schlimmeres verdient als Kratzer und blaue Flecken.

»Ich habe es gesehen.« Die Stimme des Soldaten kam gedämpft aus seinen Händen. »Ich konnte es nicht verhindern.«

»Wenn ich nicht jeden Mann bräuchte, ließe ich dich jetzt hiermit«, wütend schüttelte Caelius den Rebstock, das Abzeichen seiner Züchtigungsgewalt, »totprügeln dafür, dass du deine Einheit im Kampf verlassen hast!«

Der Soldat hob die Schultern und ließ sie kraftlos wieder fallen, seine Hände sanken auf seine Oberschenkel. »Ich konnte ihm nicht helfen«, stieß er hervor. »Ich konnte ihn nicht da rausholen, Centurio, ich habe versagt, und dass ich noch lebe, ist der Gipfel der Schande.«

Caelius holte mit der Faust aus und versetzte dem Soldaten einen Hieb, der dessen unversehrte Wange traf und ihn zu Boden schleuderte.

»Dein Platz war woanders, Kerl!«, brüllte er. »Und den verlassen zu haben, wirst du noch bereuen!« Er winkte zwei der umstehenden Soldaten zu sich. »Schafft diesen fahnenflüchtigen Abschaum weg! Bringt ihn zu den anderen, die ihre Kameraden im Stich gelassen haben! Wenn wir diese Scheiße hinter uns haben, werden sie für ihre Feigheit bezahlen!«

Brüsk wandte er sich ab, als er die Reiter bemerkte, die sich näherten, die Standarten erkannte, die Buchstaben, die Senat und Volk der Römer versinnbildlichten. Praetorianer ritten an ihm vorüber, Stabsoffiziere, dann der Statthalter in Begleitung des jungen Quaestors Marcus Fulvius, dessen Gesicht die ungeheure Anspannung nach zwei Kampftagen verriet. Der Statthalter zügelte sein Pferd, als er Caelius sah, und näherte sich dem Centurio, der Haltung annahm.

»Gibt es Nachricht über den Verbleib von Gaius Caelius Caldus?«, fragte Varus anstelle eines Grußes.

Der Centurio schüttelte langsam den Kopf. »Wir haben keine Spur des Tribuns gefunden. Da ist nur dieser Kerl, der behauptet, er habe ihn nicht retten können.«

Der Statthalter fuhr sichtlich zusammen. »Wer?«

»Einer der Legionäre«, erwiderte Marcus Caelius. »Er war feige weggelaufen.«

»Ich will ihn sehen!«

Missmutig winkte Caelius einen Soldaten heran, dem er befahl, den soeben verhörten Mann zurückzuholen. Als dieser, von einem anderen Soldaten geführt, näher humpelte, empfand der Centurio Genugtuung beim Anblick des zerschlagenen, schmerzverzerrten Gesichtes.

»Centurio Primipilus Marcus Caelius sagte mir, du behauptest, du habest Tribun Caldus nicht retten können«, begann der Statthalter und musterte den Mann mit leicht verengten Augen. »Soldat, ich kenne dich ... Nenne mir deinen Namen!«

Der Legionär atmete schwer und hob mühsam den Kopf. »Titus Annius«, stieß er hervor. »Erste Centuria –«

»Eigentlich gehört er zu deinem Stab«, unterbrach Caelius ihn. »Als Beneficarius, Stabsschreiber. Als diese Männer gestern Abend auf die kämpfenden Truppen verteilt wurden, steckte man ihn in meine Einheit.«

Varus beachtete ihn nicht, sein Blick war unverwandt auf den Soldaten gerichtet. »Du und Caldus, ihr kennt euch. Er hat dich angefordert. Du hast von dieser Verschwörung gewusst, nicht wahr?«

»Nein, Publius Quinctilius, ich habe nicht davon gewusst«, stammelte der Mann. »Ich hatte eine Sklavin, die etwas beobachtet hatte. Drei Soldaten, die einen vierten als Verräter beschimpften und töteten.«

Varus lehnte sich im Sattel zurück, er war blass geworden. »Ich erinnere mich«, murmelte er.

Während der Statthalter ein Bein über den Hals seines Pferdes hob, sprang neben ihm ein Praetorianer aus dem Sattel und half ihm so unauffällig auf den Boden, dass der Würde eines Stellvertreters des Augustus Genüge getan war. Varus trat dicht vor den Soldaten hin.

»Der Mann wird versorgt!«, befahl er. »Bringt ihn zu meinem Reisewagen und ruft einen Medicus – einen guten, keinen von diesen italischen Stümpern!« Während Bewegung in die Umstehenden kam, verharrte Varus auf der Stelle, berührte Annius' Schulter. »Danach werden wir beide uns unterhalten über das, was geschehen ist.«

Der Regen hatte wieder zugenommen. Die Soldaten kamen nurmehr schleppend voran, und die ständigen Angriffe, die weitaus tückischer geworden waren, seitdem der Großteil der Reiterei verloren war, brachten zusätzliche Unruhe in den auseinandergerissenen Heereszug. Caelius mühte sich, für Ruhe und Ordnung zu sorgen, wo immer er konnte, die Stunden zogen sich hin, der Regen strömte vom Himmel und überschwemmte die Wege, heftige Sturmböen behinderten das Weiterkommen, dazwischen pfiffen Pfeilsalven auf sie herab, und immer wieder behinderte Dunst die Sicht. Es war unmöglich, dass sie ihr Tagesziel erreichen würden, so viel stand fest, dachte Caelius, während er der Spitze der Legion nachschaute, und es lag an ihm, Ceionius und Vala, dem Statthalter diese unangenehme Tatsache beizubringen.

Caelius schnaufte missmutig, als er den klatschenden Hufschlag hörte, ein Bote näherte sich vom hinteren Ende der Legion. Doch ehe der Reiter ihn erreichte, gellte ein Warnschrei auf. Eine Salve von Pfeilen schwirrte durch die Luft.

»Schilde hoch!«, rief Caelius.

Der Bote sprang mit einem halsbrecherischen Satz auf den Boden, die Soldaten bückten sich hastig, da es zu spät war, die Schilde vom Rücken zu schnallen, und so prasselten die Pfeile auf ihr Marschgepäck, auf Schilde, Stieltöpfe, Eimer und Feldflaschen. Caelius, der sich mit Optio Opimius unter dessen Schild geduckt hatte, sprang mit seinem Weinstock hervor, brüllte Befehle, und die Männer reihten sich in Windeseile zum Kampf auf. Mit Kriegsgeheul rannten Barbaren in dichten Reihen den Hang hinunter, schleuderten ihre Speere auf die Legionäre, die wieder unter ihren Schilden verschwanden. Doch kaum verhallte das helle Klackern der aufschlagenden Speerspitzen, rückten die Männer mit gezückten Schwertern gegen die Angreifer vor.

Caelius packte den Schild, den ihm ein Bursche gereicht hatte, und stürmte nach vorn an die Seite der Soldaten. Das Heft fest umklammert, prallte er in vorderster Linie gegen die anbrandende Menge. Einen Wimpernschlag lang stockte das Gebrüll. Er wurde einen halben Schritt zurückgedrückt, stieß über den Schild hinweg nach dem Feind, der ihm gegenüberstand, nach dessen triumphierend aufgerissenem Mund. Ein gellender Schrei verriet den Treffer. Caelius zog die Waffe zurück, von deren Spitze Blut troff, hieb nach einem nachrückenden Mann. Klirrend schlug die Klinge auf den Wangenschutz, und Caelius setzte nach, dass sich der Mann beim Zurückweichen schnitt und aufstöhnte.

Der Feind mochte schieben und drängen, die Reihen hielten, wie Caelius sich mit einem schnellen Blick versicherte. Die Standartenträger mit ihren blitzenden Masken und die Bläser waren umringt von schützenden Soldaten. Ein paar Männer aus seiner Centuria rückten den Gegnern gemeinsam zu Leibe, sodass in der feindlichen Front eine Lücke entstand. Doch Caelius rief sie mit einem scharfen Befehl zurück. Die Reihen zu halten war das wichtigste Ziel. Er kannte die Finten der Barbaren; sie lockten unter Einsatz ihres Lebens den Gegner in ihre Reihen, um die Front aufzulösen.

Caelius spähte nach dem Legionsadler, glitt in die zweite Reihe zurück, hieß die Soldaten, die Stellung zu halten. Ohne Reiterei konnten sie nichts ausrichten, aber deren spärliche Reste befanden sich in der Umgebung des Statthalters. Es blieb nichts als zu hoffen, dass der Bote sich zum Stab durchgeschlagen hatte.

In der Nähe des Adlers flogen Spieße auf die römische

Schlachtreihe. Caelius steckte das Schwert zurück und bahnte sich einen Weg durch die Reihen der Soldaten, gefolgt von Opimius und zwei Unteroffizieren. Das Gedränge wurde enger, unübersichtlicher, der Kampf blutiger. Er sah die Augen der Männer, die gehetzten, zornigen Blicke, während sie dem rasenden Gegner standzuhalten versuchten. Geschosse sausten durch die Luft. Die Barbaren opferten ihre eigenen Leute, um den Adler zu erbeuten.

Caelius stieß einen gellenden Pfiff aus, der den Aquilifer auf ihn aufmerksam machte, und bedeutete ihm, zurückzuweichen, auch wenn es kaum möglich war, so drängten die Soldaten, um nicht von der Hauptmacht der Barbaren überrannt zu werden. Verletzte wurden über den Schultern nach hinten gereicht, zu den Feldschern, die reichlich zu tun bekamen. Lärm und Gebrüll schwollen an. Plötzlich kletterten einzelne Barbaren auf die Schultern ihrer Gefährten, spannten Bogen, schwangen Speere, zielten auf den Mann mit dem Adler. Gellende Schreie ertönten, ein Soldat warf sein Schwert auf einen der Krieger, eine verzweifelte, sinnlose Tat. Schützend umringten die Männer den Aquilifer und die Bläser, die Reihe brach, jubelnd rückten die Feinde vor. Caelius mochte befehlen, was er wollte, niemand hörte ihn. Hilflos musste er zusehen, wie die erste Reihe zu Boden gedrückt wurde, Keulen, Spieße und Schwerter die Männer trafen. Auch die nächsten Reihen wankten, während der Aquilifer inmitten des Getümmels trotzig den Adler hochhielt.

Entschlossen kämpfte Caelius sich vorwärts, befahl, die Reihen zu schließen, zusammenzustehen, vorzurücken. Er erreichte den Tumult um den Aquilifer, der ihn durch die Augenschlitze seiner versilberten Maske wild anstarrte. Sein Schwert beschrieb singende Bögen durch die Luft, sauste auf kaum geschützte Körper nieder. Blut spritzte auf. Ringsum drängten die Soldaten nach, als hätte seine Gegenwart ihnen neuen Mut eingeflößt. Gemeinsam stießen sie Gegner mit den Schilden zurück, manche strauchelten über die Gefallenen, stürzten, wurden niedergestochen. Der Adler musste beschützt werden. Caelius holte aus zu einem weiteren Stoß, als ein Krieger schreiend auf ihn zuraste. Ein brennender Schmerz durchzuckte seine Achsel, und er erstarrte mitten in der Bewegung. Unendlich verlangsamt sah er die Keule auf sich zufliegen, krachend auf seine Schläfe treffen. Erst Schwärze, dann blutroter Nebel, und in den Ohren ein scharfes Sirren.

Ein Schleier hüllte ihn ein, dämpfte das Tosen. Er spürte Tritte, wurde gestoßen, gezerrt. Ringsum gellten Schreie, Waffen klirrten. Sein Kopf dröhnte, das Gesicht schmerzte, als sei es in flüssiges Eisen getaucht. Er sah ein rundes Gesicht mit rosigen Wangen, beschattet von einem breitkrempigen Hut, unter dem vorwitzige Locken hervorlugten. Zwei Augen von der Farbe reifer Haselnüsse blitzten ihn an. Über ihre vollen Lippen perlte das Lachen, dann sein Name, ein wenig vorwurfsvoll. Sie legte ihre schwielige Hand auf seinen Mund. Zwinkerte ihm zu, eilte davon in ihrem Kleid, das sich bauschte, doch der Schmerz war wie ein Pflock, der ihn festhielt. Anders als damals, als er die Mistgabel hatte fallen lassen und ihr nachgelaufen war in den Weingarten, wo sie zwischen den Reihen der abgeernteten Rebstöcke Fangen gespielt hatten, fröhliches Lachen, Scherzworte, schwerelos. Bis sie nebeneinander auf der kühlen Erde lagen. Er erinnerte sich an jeden der zahllosen Sprenkel auf ihrer Haut, an jedes Grübchen, an jeden Winter, wenn er den Urlaub auf dem väterlichen Hof verbracht hatte, an die gestohlenen Freuden unter derbem Manteltuch.

Bis er eines Tages auf dem väterlichen Hof eingetroffen

war, die Beförderung zum Centurio in Aussicht, mit dem festen Entschluss, die Frau und ihr Kind zu sich zu holen, und eine andere, jüngere Sklavin vorgefunden hatte, die stumpf ihren Dienst tat und dem Alten das Bett wärmte. Die Kleine sei tot, hatte er von seinem Vater in einem nüchternen Moment erfahren, verblutet, weil der Alte das Geld für die Hebamme versoffen hatte.

Die Kälte breitete sich von Zehen und Fingerspitzen her aus, und das Tosen schien sich zu entfernen. Das Mädchen winkte ihm durch einen Schleier. Ihre Beine waren blutüberströmt, was sie nicht zu stören schien. Sein Atem wurde dünner, der Puls matt.

Sein Körper zerriss zugleich mit dem Nebel.

*

Der Medicus stand vor Vala, hob die blutverschmierten Hände in einer Geste der Hilflosigkeit. Im lichten Baumbestand der Aue, dessen Blätterdach notdürftig vor der Nässe schützte, übertönte das Ächzen und Wimmern der Verwundeten den abebbenden Kampflärm, und die Luft war getränkt von einem scharfen, fauligen Gestank wie in einem Schlachterladen. Hinter dem Medicus lag die Trage, auf der sie den geborgenen Centurio aufgebahrt hatten; der linke Arm lag neben dem Körper, als wäre er abgerissen, und ein reinweißes Tuch bedeckte lose sein Gesicht.

Vala trat an die Bahre und fasste einen Zipfel des weißen Tuches, als der Medicus die Hand auf seine Schulter legte.

»Du willst das nicht sehen, Quintus Numonius. Bewahre ihn im Gedächtnis, wie du ihn kennst.«

Zögernd hielt Vala den feinen Stoff fest und blickte umher, sah schmutzige Klumpen auf dem Boden verteilt, Hände, Füße, und sein Magen krampfte sich zusammen. Er ließ das Tuch fallen, als er erkannte, dass die Konturen darunter nicht mehr die eines menschlichen Gesichtes waren. Der Medicus murmelte, dass es ihm leidtue. Ein gellender Schmerzensschrei traf Vala bis ins Mark, erstickte unter einem Knebel zu einem schrillen Winseln. Hastig winkte Vala ab und eilte zu seinem Pferd. Er wollte weg von diesem Ort. Eigentlich hätte er bleiben müssen, von einem Verwundeten zum anderen gehen und Mut zusprechen müssen, aber er war dazu nicht imstande.

Eine Stimme ließ ihn zusammenfahren.

»Wenn du mir sagst, wie wir mit drei Legionen durch die Sümpfe kommen, dann weiß ich einen anderen Weg für uns!«, blaffte Ceionius. Er stand hinter Valas Pferd, halb von diesem verdeckt; bei ihm war ein zweiter Offizier, von dem nur die Beine zu sehen waren, dünne, knotige Beine – Eggius.

»Nicht durch die Sümpfe!«, entgegnete dieser. »Wir brauchen einen festen Platz, ein Lager, um die Truppen zu sammeln. An diesem Wall kommen wir nicht ohne hohe Verluste vorbei.«

»Und wie willst du das machen? Siehst du hier irgendwo einen festen Platz, groß genug, um alle dort unterzubringen? Weißt du, wie viele Schanzpfähle uns geblieben sind? Wie viele Spaten und Äxte?«

»Zu wenige«, mischte Vala sich ein, der sein Pferd erreicht hatte. »Arminius und Segimerus wissen genau, wo und wie sie römische Truppen auf dem Marsch empfindlich treffen, und genau das tun sie.«

Die beiden Lagerpraefecten starrten ihn wortlos an, während ein Bote Listen mit Verlustmeldungen brachte, endlose Listen. Während Vala die Aufstellungen überflog, war ihm, als griffe eine kalte Faust in seine Brust. Die Zahl der gefallenen Centurionen und Unteroffiziere, Standartenträger und Bläser war unverhältnismäßig hoch.

»Du solltest diese beiden Namen nicht in Gegenwart des Statthalters nennen«, sagte Eggius schließlich.

»Welche Rolle spielt das noch«, erwiderte Vala, ohne von den Wachstafeln aufzusehen. »Die germanischen Hilfstruppen haben sich gemeinsam mit einigen Stammesfürsten gegen uns verschworen. Segimerus und Arminius kennen unsere Stärken und Schwächen sehr genau, und das wissen sie zu nutzen. Das Wetter arbeitet ihnen zu, die Legionen bluten aus, und Varus weiß das.« Er wies den Weg hinunter, den die Soldaten nehmen mussten. »Von hier aus sind es noch einige Meilen bis zum nächsten möglichen Lagerplatz, einer Kuppe am Rande der Moore. Das ist zu weit für die uns folgenden Truppen.«

»Von der Neunzehnten wurde berichtet, dass sie zersprengt sei«, sagte Ceionius. »Ein Teil ist auf dem Weg geblieben, die Übrigen sind in die Wälder ausgewichen.«

»Geflohen trifft es besser«, knurrte Eggius.

»Die Wilden töten Hauptleute und Standartenträger«, wandte Vala ein, »und ohne Führung geraten die Truppen in Unordnung, niemand weiß mehr, was er tun soll.«

»Standhalten sollen sie!« Der Lagerpraefect legte die Stirn in steile Falten.

Vala atmete tief durch. »Lucius Eggius, es ist zu spät, wir sind längst geschlagen und würden uns geordnet zurückziehen, wenn das bei diesem Gelände möglich wäre. Aber uns bleibt nur, den nächsten geeigneten Lagerplatz zu besetzen und dort Befestigungen anzulegen, mit denen wir die Barbaren eine Weile abwehren können, bis Entsatz kommt.«

»Und wer soll den rufen?«, platze Ceionius heraus. »Wir können auf keinen einzigen Reiter verzichten!«

»Wir haben keine andere Wahl, und genau das werde ich dem Statthalter verdeutlichen.«

Brüsk drehte Vala sich um und winkte einen Mann näher, der ihm helfen sollte, aufs Pferd zu springen.

»Wir sollten gemeinsam zu ihm gehen«, wandte Ceionius ein.

»Es ist keine Zeit für Beratungen«, entgegnete Eggius schroff. »Jemand muss den Platz des Primipilus einnehmen.«

»Ich habe dem Optio Opimius den Befehl erteilt, die Centuria bis auf Weiteres zu führen. Eine Beförderung ist das noch nicht, aber ich habe keinen anderen Mann. Es sind zu viele Offiziere gefallen.«

Vala nahm die Zügel auf, nestelte den Helm vom Gürtel und stülpte ihn über den Kopf.

»Jemand muss sich an die Spitze der Legion stellen, jetzt nachdem sowohl der senatorische Tribun als auch der ranghöchste Centurio fehlen«, fuhr Ceionius nachdrücklich fort.

»Das ist jetzt eure Aufgabe«, erwiderte Vala, »ebenso wie die Suche nach einem Lagerplatz. Einer von euch beiden wird diese Stelle übernehmen müssen, der andere folgt mir später zum Statthalter.« Er wendete sein Pferd, zögerte dann, drehte sich im Sattel nochmals um. »Was auch immer geschieht, ich dulde keine Heldentaten! Die Truppe bleibt beisammen, Kämpfe sind auf das Allernötigste zu beschränken. Ich will keinen Mann mehr verlieren!«

Gefolgt von seinen Leibwächtern und einem Schwarm Reitern, trieb er sein Pferd den Weg entlang, um Varus die neuerlichen Verlustmeldungen zu überbringen.

XI

Der Stabsmedicus hatte die Platzwunden in Annius' Gesicht, den großflächigen Bluterguss auf seinem Oberarm und sein Knie untersucht, aber keinen Verband anlegen lassen, sondern nur eine Salbe verordnet, bevor er sich mit einem aufmunternden Klaps auf die Schulter verabschiedete. Die kleineren Blessuren hatte Annius verschwiegen. Ein Gefreiter versorgte die verkrusteten Platzwunden über dem Auge und am Jochbein, dann nahmen ihn zwei Praetorianer in ihre Mitte und führten ihn zum Wegrand, wenige Schritte nur, doch bei jedem einzelnen war ihm, als bohre sich ein eiserner Dorn in sein Knie.

Im Schutz einiger Bäume stand der Statthalter, tauchte die Hände in ein Bronzebecken, das ihm ein kräftiger Mann hinhielt, und wusch sich Gesicht und Arme, bevor er sich etwas zu gründlich abtrocknete. Erst als er das Tuch zurückgegeben hatte und der Mann sich nach einer angedeuteten Verbeugung entfernte, wandte der Statthalter sich Annius und den Praetorianern zu, die er mit einem Nicken entließ.

»Du hast Gaius Caelius Caldus also begleitet«, begann er. »Wie kommt das? Du trägst die Rüstung eines Legionärs, nicht das Kettenhemd eines Reiters.«

Annius zögerte und umfasste den dunkel verfärbten Oberarm. »Gefolgt bin ich ihm«, sagte er vorsichtig. »Meine Einheit war versprengt, ich allein zurückgeblieben. Das Pferd kam wie gerufen …«

»Du hast dich von deinen kämpfenden Kameraden … entfernt?«

Varus musterte ihn mit einem durchdringenden Blick; sein Gesicht war spitz, die Stirn verfinstert. Einen Atemzug lang legte Annius sich eine Rechtfertigung zurecht, dass er im Gefecht gestürzt sei. Dass er benommen gewesen sei und zu lange gebraucht habe, um wieder auf die Beine zu kommen. Doch wozu? Er hatte in der Tat seine Kameraden ihrem Schicksal überlassen, war zu Pferd flüchtenden Feinden hinterhergejagt, anstatt zu seiner Einheit aufzuschließen. Ergeben ließ Annius den Kopf hängen, grub die Zähne in die Unterlippe, bis er Blut zu schmecken glaubte, dann begann er zu berichten, tonlos, in kargen Worten, ohne sein Versagen zu beschönigen. Als er geendet hatte, schwieg der Statthalter, der ihn unverwandt betrachtete. Seine Mundwinkel hingen tief herab, wie Annius mit einem schnellen Blick unter den Wimpern hervor bemerkte. Centurio Caelius sah das richtig, er hatte den Tod verdient, auch der Statthalter würde zu keinem anderen Schluss kommen. Doch warum überließ er ihn nicht einfach seiner Strafe?

»Das alles hätte gar nicht erst so kommen dürfen«, sagte Varus rau, und es klang, als hätte er Mühe, die Worte hervorzubringen.

Annius hob den Kopf, blickte dem Statthalter ins Gesicht, er fühlte den Drang, sich zu erklären, seine Schuld zu bekennen, doch Varus winkte ab.

»*Ich* habe es so weit kommen lassen, Soldat«, fuhr er fort. »Vielleicht … wenn es nicht gerade Segestes gewesen wäre, der ständig um meine Leute scharwenzelte … Aber vielleicht habe ich auch das falsch eingeschätzt.«

Annius' Nackenhaare sträubten sich, als er erkannte, dass er mit dem Statthalter allein war, so allein sie neben einem marschierenden Heereszug und einer in ausreichendem Abstand harrenden Leibwache nur sein konnten.

Plötzlich hob Varus den Kopf. »Wie lange bist du im Dienst, Titus Annius?«

»Achtzehn Jahre werden es im Winter.«

»Dann hättest du noch zwei Jahre, wenn du gemeiner Soldat wärst – und danach weitere fünf als Veteran.«

»Ich bin Beneficarius«, wandte Annius ein.

»Das weiß ich, daher wirst du die ganze Zeit dienen müssen. Aber als guter Schreiber schaffst du vielleicht auch den Aufstieg in den Stab eines hohen Offiziers.«

Betreten heftete Annius den Blick auf die dreckigen Spitzen seiner Sandalen. Caldus hatte ihm genau das verheißen, Caldus, den er vor den Häschern nicht hatte retten können. Er kämpfte mit der lähmenden Schwäche, die ihn befiel, reckte das Kinn und schaute in Varus' dunkel überschattete Augen.

»Die Sache wird mich wohl einige Jahre kosten, in denen ich mich auf ein Landgut zurückziehen werde«, fuhr Varus fort. »Oder ich mache eine Reise in den Osten, besuche die griechischen Inseln und die ionische Küste. Meine Frau ist eine liebe Verwandte des Augustus, und wir haben einen Sohn, das rettet mich.«

Das dünne Lächeln, das Varus' Lippen umspielte und die bartlosen Wangen glättete, machte Annius einmal mehr seine unwürdige Erscheinung deutlich; seit Tagen unrasiert und nur notdürftig gewaschen, ohne Tunica oder Schuhe gewechselt zu haben, bot er das gleiche schäbige Bild wie alle Kameraden. Über allem schwebte ein Dunst, gemischt aus dem Geruch von durchweichtem Leder und nasser Wolle,

Rost und altem Schweiß. Er stand einem Mann gegenüber, der mit Augustus befreundet war, der vor nicht allzu langer Zeit eine Nichte des Augustus geheiratet hatte, einem Mann, der vor über zwanzig Jahren den Consulat bekleidet und danach als Statthalter im Osten mit aufsässigen Völkern und machthungrigen Kleinkönigen gerungen hatte.

»Woher stammst du?«, fragte Varus unvermittelt.

»Aus Tarraco in der diesseitigen Hispania. Mein Vater handelt mit Wein.«

»Dieser heimtückische Verrat hat schon so vielen Vätern die Söhne geraubt ... Der Vater des Gaius Caelius Caldus ist mein Freund, und ich habe ihm versprochen – ich habe ihm mein Wort gegeben, seinen Sohn zu hüten und ihm zu helfen, sich zu einem guten Mann und tapferen Soldaten zu entwickeln.«

Varus wandte sich zur Seite, um sich mit beiden Händen über das Gesicht zu fahren, barg es eine Weile darin, ehe er den Kopf wieder hob. Ein Soldat in Kettenhemd und Beinschienen, ein Reiter, war herbeigelaufen, stand mit dem Helm unterm Arm wenige Schritt entfernt atemlos bei einem der Schreiber aus Varus' Stab, der die geflüsterte Botschaft entgegennahm, bevor er sich dem Statthalter näherte. Die düsteren Mienen verrieten, dass es neue schlechte Nachrichten waren. Varus ließ die Hände sinken und neigte ihm den Kopf zu, um zuzuhören, während der Schreiber leise zu ihm sprach. Der Bote war ihm gefolgt, nickte mehrmals zu den Worten des Schreibers, während Varus Schultern merklich herabsackten.

»Der schwerste Gang liegt wohl noch vor uns.«

Er sprach gerade laut genug, dass Annius es hörte und in dem jäh aufflackernden Drang, seinen Kameraden beizustehen, einen Schritt auf den Statthalter zu machte. Der

Schmerz traf ihn wie ein Messerstich, er knickte ein, fing sich mühsam auf.

»Ein Wall mit Palisade ist ein ernst zu nehmendes Hindernis, wenn ich mir den Zustand der Legionen anschaue«, sagte Varus, während Annius weiterhumpelte. Als die Männer ihn bemerkten, blieb er stehen, schwer atmend und so aufrecht er sich nur halten konnte.

»Schickt mich zu den anderen zurück, Publius Quinctilius. Mein Platz ist dort, nicht hier!«

Doch der Statthalter schüttelte den Kopf. »Du bist verletzt, und ein Verletzter bedeutet für seine Kameraden mehr Last als Unterstützung. Für dich habe ich eine andere Aufgabe.«

Annius saß auf dem Pferd, das man ihm gebracht hatte. Eine der Ketten, mit denen der Bote des Arminius gefesselt war, hatte er durch seinen Gürtel geführt und am Sattel befestigt, die andere hielt ein einäugiger Praetorianer, der abgesessen war, um sein Reittier zu schonen. Begleitet wurden sie von vier weiteren Praetorianern, denen Annius ohne ein weiteres Wort zugeteilt worden war.

Annius hatte versucht, sich in jene kühle, abgeklärte Ruhe zu versetzen, die ihm stets geholfen hatte, seinen Dienst in der Gewissheit, das Richtige zu tun, gehorsam zu verrichten. Man tötete, weil der Feind einen selbst mit dem Tode bedrohte. Schlachten dienten dazu, den Feind aus dem Feld zu schlagen und die Zahl seiner Kämpfer zu vermindern, bis er den Krieg aufgab, sich unterwarf. Feldzüge hatten ihren Sinn darin, den Frieden zu sichern, räuberische Banden daran zu hindern, mordend und brandschatzend ins Land einzufallen, was jahrzehntelang hingenommen worden war. Man brachte den Barbaren Gesetze, schonte diejenigen, welche sich fügten, während harte Strafen jeden erwarteten, der übermütig auf Umsturz und Tumult sann. Lautlos wiederholte Annius diese Worte, unentwegt, doch die Argumente, Bestandteile jeder Rede eines jeden Befehlshabers oder Statthalters, hatten ihre Bedeutung verloren. Wie Verbannte waren sie abgeschnitten von jenem Teil der Welt, in dem Frieden herrschte und Gesetze galten, der Willkür und Grausamkeit der Barbaren ausgeliefert. Frühestens in drei Tagen würden sie die Amisia erreichen, von dort aus müssten sie bis Vetera oder Aliso noch mehrere Tage marschieren durch wildes, raues Land, Heimstatt gesetzloser, kriegerischer Barbaren.

Obwohl die Angriffe wieder einmal nachgelassen hatten, war keine Erleichterung aufgekommen, zu sehr hatte sie in den vergangenen Tagen die Ruhe zwischen den Kämpfen getrogen. Nur vor ihnen wurde wieder gekämpft, die Erste und Zweite Cohorte der Achtzehnten waren in Gefechte verwickelt worden, deren Lärm bis zu ihnen dröhnte. Der Praefect der Praetorianer hatte darauf gedrungen, nicht weiter vorzurücken, doch Varus entschied anders. Er setzte sich an die Spitze der nachrückenden Cohorten und ließ einen Teil seiner Praetorianer bei dem Gefangenen zurück.

Argwöhnisch spähte Annius nach Bewegung in den Wäldern, die den Hang säumten. Es hatte sich bereits herumgesprochen, dass sie noch ein weiteres Hindernis erwartete, wenn sie den nächsten auch nur halbwegs notdürftigen Lagerplatz erreichten; ein langer Wall mit Palisade, entlang des Berghangs errichtet, versperrte den Weitermarsch, und es bestand kein Zweifel daran, dass diese Befestigung ein Werk der Aufständischen war.

Annius fühlte sich zerschlagen, der dunkle Fleck an seinem Oberarm pochte, sein Knie war angeschwollen, und allein der Gedanke, irgendwann abspringen zu müssen, war ihm unbehaglich. Dennoch zitterte er vor Anspannung, und der Drang, sich einzumischen, den Weg freizuhauen, wollte ihn schier zerreißen. Er brannte darauf, Feinde, Aufständische, Meuterer niederzumachen, Rache zu nehmen für die erlittene Schmach, für den Verlust Thiudgifs und Caldus', für die bange Ungewissheit, wie es Sabinus seit ihrer Trennung ergangen sein mochte. Annius ballte die Hände zu Fäusten, bis die Nägel sich ins Fleisch bohrten, würgte an dem Kloß in seinem Hals, ohne zu wissen, ob es Zorn war, der in ihm wühlte, oder Verzweiflung. Die Götter hatten sich abgewandt, kein Gebet, kein Gelöbnis würde ihre Gunst erkaufen.

Sie erreichten den Ort des Gefechtes am Fuß eines Grashangs, wo der Weg zwischen den ausgedehnten Mooren zu ihrer Rechten und dem nassen, rutschigen Gefälle eng wurde. Die vielen Hundert Soldaten, Pferde, Maultiere und Burschen hatten die morschen Bohlen zertrampelt und mit dem Schlamm des Weges zu einer matschigen Masse geknetet, in der Füße und Hufe immer wieder ausglitten. Der Anblick der zahlreichen Leichen auf dem niedergetretenen Gras verursachte Annius Übelkeit. Die Gefallenen mussten bestattet werden, sonst würden ihre Geister keine Ruhe finden. Etliche Männer waren damit beschäftigt, den Hang abzugehen, Waffen und Teile der Rüstungen einzusammeln, aber die Leichen ließen sie liegen.

Annius wandte sich verstört ab. Am Wegrand standen die Offiziere des Stabes beieinander. Einer der ritterlichen Tribunen, ein älterer Mann, winkte Annius und die anderen Bewacher des Gefangenen zu sich, packte den jungen Barbaren an seinem zerrissenen Waffenrock und zerrte ihn mit sich, ungeachtet der Ketten, die Annius zwangen, ihm zu folgen.

»Ein frontaler Sturm auf den Wall ist sehr gefährlich«, hörte Annius den Lagerpraefecten Ceionius sagen. »Die Soldaten müssen dabei ein Stück den Hang hinauf. Das erschwert den Angriff, denn wir können keinen Druck auf die Feinde erzeugen, während diese uns von oben leicht abwehren können.«

»Eine andere Möglichkeit haben wir nicht«, entgegnete sein Kollege Eggius. »Wir können sie nicht umgehen, und sie versperren den Weg aus den Sümpfen.«

»Wir sollten den hier fragen!«, blaffte der ritterliche Tribun, der den Gefangenen festhielt.

Vorsichtig glitt Annius aus dem Sattel und sprang mit dem gesunden Bein zuerst auf den Boden. Während er näher trat, versuchte er angestrengt, das Hinken zu unterdrücken. Legat Vala, der finster vor sich hin stierte, schüttelte wortlos den Kopf.

»Der Mann hat nicht einmal gelogen, als er seine Botschaft überbrachte«, sagte er schließlich. »Er berichtete, Arminius werde dem Feind am nächsten Tag begegnen, was dann auch geschah, denn am nächsten Tag überfielen uns die aufständischen Barbaren. Ihr wisst doch, bei wem Arminius und Segimerus das Handwerk des Krieges gelernt haben – oder habt ihr das vergessen? Dieser Mann weiß nicht mehr als das, was er für seine Aufgabe wissen muss.«

Varus' Miene verdüsterte sich, von seinen Lippen war nur noch eine schmale, abwärtsgebogene Linie zu sehen.

»Wir brauchen Entsatz«, sagte er nach einer Weile. »Aber bisher ist offenbar jeder Bote abgefangen worden. Wir haben keinerlei Verbindung zu den anderen Truppen im Land und den Lagern entlang der Lupia und am Rhenus.«

»Ich frage mich, ob es diese anderen Truppen überhaupt noch gibt«, knurrte Eggius.

»So viele Männer, um sämtliche verteilten Einheiten zu überwältigen, können die Aufständischen nicht aufbringen«, entgegnete Vala.

Varus' Blick wanderte von einem zum anderen und heftete sich schließlich auf den Gefangenen, der steif aufgerichtet zwischen Annius und dem anderen Bewacher stand. Der Barbar schluckte sichtlich, reckte trotzig das Kinn.

»Dazu braucht es nicht viele Männer«, sagte Varus scharf. »Wenn man den Gegner sehr genau kennt, um seine Schwächen und Stärken weiß, sich auf die eigenen Leute verlassen kann und das ganze Vorhaben gut vorbereitet ist, genügen wenige Verschwörer für den Anfang.«

Der junge Barbar, den Varus unverwandt anstarrte, senkte den Kopf und zog die Schultern hoch.

»Ich habe die Fürsten gegen mich aufgebracht, indem ich nach unseren Gesetzen Recht sprechen und Tribute einholen ließ«, fuhr Varus fort. »Ich vertraute denen, die mich unterstützten – vielmehr, von denen ich glaubte, dass sie mich unterstützen, aber nicht denen, die mich warnten. Als das einfache Volk die Gerichte bestürmte mit seinen Klagen gegen ungerechte Herren, erkannte ich nicht die Gefahr, dass die angeklagten und oft auch schuldig gesprochenen Herren dadurch gegen uns aufgebracht würden. Die Barbaren sind ein wildes Volk, durch Gesetze nicht zu zähmen. Hier, am Rande der Welt, ist Frieden kein ersehntes Ziel, sondern ein schändlicher Zustand, und die Barbaren achten nur den, der sie mit dem Schwert bezwingt. Also werden wir sie mit dem Schwert bezwingen müssen, ganz gleich, wie schwer dieser Gang für uns wird.« Er wandte sich Vala zu. »Die Reiterei muss dem Feind in den Rücken fallen, damit wir darauf hoffen können, ihn zu überwältigen.«

Schweigend wechselten die Offiziere argwöhnische und unsichere Blicke wie Schüler, die befürchten mussten, dass derjenige, welcher ausspräche, was alle dachten, eine gehörige Tracht Prügel davontrüge.

»Rechnest du damit, die Barbaren bezwingen zu können, Publius Quinctilius?«, fragte Vala schließlich.

»Wenn ich nicht damit rechnete, ließe ich die Truppen nicht zum Kampf aufstellen.« Varus straffte sich und machte einen Schritt in die Runde. »Wer behauptet, wir hätten schon verloren, mein lieber Quintus Numonius? Wir werden bedrängt, Wetter und Gelände lassen uns nicht kämpfen, wie wir zu kämpfen gewohnt sind, und die Feinde drangsalierten uns mit feigen Angriffen aus dem Hinterhalt und ebenso feiger Flucht. Doch Fortuna steht den Tapferen bei.« Er legte Vala eine Hand auf die Schulter. »Bereite die Reiter auf ihre Aufgabe vor. Sobald die Schanzarbeiten beendet sind, werden wir angreifen.« Beschwörend hob er die Hände. »Dies ist der Ort der Entscheidung, nach dem wir seit zwei Tagen gesucht haben. Dem Feind auf breiter Front entgegenzutreten, das ist unsere Stärke, und in einer solchen Schlacht trägt derjenige den Sieg davon, der die besseren Männer befehligt, die tapfereren und standhafteren. Ihn werden die Götter begünstigen, und die feige List wird sich am Ende nicht auszahlen. Sagt das unseren Männern!«

Annius spürte sein Herz pochen, neuer Mut durchströmte ihn, während die Runde sich auflöste. Für jeden der Offiziere hatte Varus noch ein paar Worte, und Annius sah ihnen an, dass sie sich nicht nur zusammennahmen, um ihre Pflicht zu tun, sondern wieder Zuversicht ausstrahlten. Sosehr das Knie ihn auch schmerzte, er drängte nach vorn, bis er unversehens vor Varus stand, der einen Augenblick lang verdutzt erschien.

»Schick mich zurück zu den kämpfenden Truppen, Publius Quinctilius! Mein Platz ist dort!«

»Deine Tapferkeit ehrt dich, Titus Annius, aber ich schicke keinen untauglichen Mann in die Kampflinie.«

Ehe Annius sich versah, wurde er beiseitegeschoben. Auf seinen Wangen brannte die Scham darüber, zum Wächter eines Gefangenen herabgewürdigt zu sein.

»Was machen wir mit dem hier?«, rief der einäugige Praetorianer und rasselte mit den Ketten des Gefangenen. »Man könnte es halten wie die Barbaren – ihm den Kopf abschlagen, ihn dann auf ein Pferd binden und zu seinen Leuten schicken.«

Die Umstehenden lachten, doch Varus musterte den jungen Barbaren stumm unter leicht zusammengezogenen Brauen und rieb sein Kinn, während das Gelächter allmählich erstarb.

»Ich weiß nicht, was für eine Rolle die Götter ihm zugedacht haben, aber er hat kein todeswürdiges Verbrechen begangen.«

»Er gehört zu den Meuterern!«, bellte der Einäugige aufgebracht.

»Und er gehört zu einer Handvoll Gefangener, deren Aussage uns helfen wird, diese Verschwörung aufzudecken. Deshalb werdet ihr ihn bewachen – und das ist keineswegs ehrloser, als in der Schlacht zu stehen.«

*

Das Zelt des Statthalters war eines der ersten, die in dem notdürftig geschanzten Marschlager errichtet worden waren. Als Vala eintrat, sah er nur zwei Schreiber, den gefangenen Barbaren und den verwundeten Gefreiten, den Varus jetzt offenbar zu seinen Begleitern zählte. Ein Freigelassener wies ihm wortlos den Weg in den hinteren, abgetrennten Teil des Zeltes, wo Varus stand, angetan mit einer schneeweißen Tunica, deren breite Purpurstreifen den hohen Rang ihres Trägers kennzeichneten. Varus nickte ihm zu, während der Leibsklave zwei andere Bedienstete anwies, den ebenfalls weißen Waffenrock zu bringen. Sorgfältig bekleideten sie den Statthalter, glätteten die schützenden Lederstreifen und entwirrten die Fransen. Zwei Männer aus seiner Leibwache legten ihm den Brustpanzer um, den ein versilbertes Medusenhaupt zierte, schlossen die Schulterspangen und die Schnallen an den Seiten.

»Wirst du zu den Soldaten sprechen?«, fragte Vala.

»Welch eine Frage! Selbstverständlich werde ich das! Und ich werde mich auch nicht hinter die Linien zurückziehen.«

Vala hatte bemerkt, dass die beiden Leibwächter, die nun die Beinschienen bereithielten, zusammengezuckt waren. Den Feldherrn in der vordersten Reihe zu schützen, war in einer Schlacht auf ebenem Feld schon schwierig und für die Leibwächter lebensgefährlich - umso mehr, wenn eine Befestigung angegriffen wurde.

»Keine Bange!«, fuhr Varus mit strenger Miene fort. »Ich werde ihnen nicht erzählen, es sei süß und ehrenvoll, fürs Vaterland zu sterben. Sie sollen nicht an den Tod denken, sondern sich durch die feindliche Mauer schlagen, um diesem widerlichen Spuk ein Ende zu bereiten.«

Die Leibwächter legten ihm den Gürtel mit dem Schwert um, die Sklaven drapierten das leuchtend rote, mit goldenen Zweigen bestickte Manteltuch über seine Schultern, während er sich den Schal zurechtzupfte. Den Helm knüpfte er eigenhändig an den Gürtel, dann ging er auf Vala zu, nahm diesen bei der Schulter und führte ihn in die andere Hälfte des Zeltes.

»Herr!« Varus' Leibsklave stand im Durchgang, hielt in den Händen einen kunstvoll gearbeiteten Dolch, den Varus mit verkniffener Miene anstarrte. Plötzlich sprang der Gefreite auf und humpelte näher, die Hände abwehrend erhoben; keinen Laut gab er von sich, aber er sah aus, als hätte er ein Gespenst gesehen. Abrupt drehte Varus sich um und ließ den Sklaven mit dem Dolch stehen.

Draußen musterte der Statthalter mit verengten Augen die Wolkendecke, die weniger dicht erschien als in den vergangenen Tagen. Ein dünnes Lächeln umspielte seine Lippen, als er den Arm ausstreckte und über die Hügel deutete. Angestrengt starrte Vala in die Richtung, die Varus wohl meinte, und erkannte über dem mühsam aufgeworfenen Wall mit dem lückenhaften Zaun, dem dürftigen Schutz dieses Marschlagers, eine Lücke zwischen den grauen Wolken, ein fahles Licht, einen Hauch von Blau.

»Ein gutes Zeichen«, sagte Varus. »Ich vertraue darauf, dass Iupiter sich uns zeigen und uns zum Sieg führen wird.«

Vala wischte sich mit einem Tuch den Schweiß unter dem Stirnschutz des Helms ab, ohne den Blick von der feindlichen Palisade abzuwenden. Als die Legionen – besser gesagt, was davon noch übrig war – sich etwa fünfzig Schritt vom Fuß des Hanges entfernt nach Cohorten aufgestellt hatten, waren immer wieder Salven von Geschossen auf sie niedergegangen, die zwar wenig Schaden angerichtet, aber Unruhe verbreitet hatten. Die Bogenschützen hatten zumindest dafür sorgen können, dass sich die feindlichen Plänkler hinter die Palisade zurückgezogen hatten und dort blieben.

Vala wendete seine Rappstute, lenkte sie neben Varus' schweren Schimmel. Die Offiziere des Stabes hatten sich vor der Kampflinie aufgereiht, einer Mauer aus Schilden und Männern, die langen Pilen aufgestellt wie die Stacheln eines Igels. Doch Vala wusste ebenso gut wie jeder andere, dass die Zahl der Pilen geschrumpft war und nur die ersten vier Reihen überhaupt noch Speere besaßen. Unbehaglich lockerte er den straff gewickelten Schal. Ein kühler Wind kroch unter seinen Nackenschirm, trocknete das schweißfeuchte Haar, ließ die Bänder an den Standarten flattern und spielte in den Rosshaarbüscheln der Helme. Die Soldaten standen vollkommen still, kein Laut war zu hören. Der Statthalter trieb den Schimmel mit dem versilberten Stirnschutz einige Schritte auf die Männer zu, die ohne Ausnahme ihre Blicke auf ihn richteten. Ein Zischen flog über die Reihen, forderte Ruhe ein.

»Wir sind hierhergekommen, Soldaten, weil es unsere Pflicht ist, das Gesetz auch zu den Aufrührern zu bringen«, begann der Statthalter mit seiner dunklen, durchdringenden Stimme. »In diesen Gebieten, innerhalb der Grenzen römischer Herrschaft, den Frieden einzurichten und Ordnung zu schaffen, schützt die übrigen Gebiete und das Vaterland vor den Raubzügen barbarischer Horden, die Felder und Dörfer niederbrennen und Menschen erschlagen oder in die Sklaverei verschleppen. Jahrzehntelang haben tapfere Männer wie Drusus Claudius Nero, Gnaeus Domitius Ahenobarbus, Tiberius Iulius Caesar und Marcus Vinicius hier mit ihren Heeren gekämpft, um die wilden Barbaren zu unterwerfen.«

Als er innehielt, herrschte Stille, nur der Wind rauschte in den fernen Baumkronen und ließ die Wimpel einzelner Feldzeichen knattern.

»Starke Legionen haben sie begleitet«, fuhr Varus fort, »Legionen wie die euren! In unwegsamem Gelände kämpften die Heere gegen Feinde, die sie feige aus dem Hinterhalt angriffen und ebenso feige flüchteten, sobald ihre Sache schlecht stand. Doch am Ende siegten die Legionen, denn beharrlich verfolgten sie die Feinde, stellten sie und rangen sie nieder, bis sie unters Joch gehen mussten.«

Einzelne Stimmen wurden laut, Veteranen in den letzten Reihen reckten die Fäuste, manche zeigten Narben, die sie in jenen Kämpfen davongetragen hatten. Trotzige Flüche gegen die Barbaren ertönten und Anfeuerungsrufe für die starken Männer, die in den ersten Reihen standen.

»Auch euch«, Varus' Stimme dröhnte laut über die Soldaten hin, »griff der Feind tagelang feige aus dem Hinterhalt an und flüchtete ebenso feige, sobald er Gefahr lief, gestellt zu werden. Schlimmer noch traf uns die Erkenntnis, dass dieser Feind sich uns als Freund und Verbündeter angedient hatte. Dass ihre Anführer die Ehre römischen Bürgerrechts genossen und einem sogar der Rang eines Ritters zuerkannt worden war! Meineidiger Verrat ermöglichte die Verschwörung dieser übelsten Kerle, die euren Tod, Soldaten, fordern, um sich selbst die Macht über die wilden Stämme anzueignen!«

Lärmend machten die Männer ihrem Zorn Luft, und endlich spürte auch Vala die Kraft, die trotz aller Verluste und Entbehrungen in diesen Männern steckte und sie in eine tödliche Walze verwandeln würde, wenn sie erst losgelassen wären. Er spreizte die Finger, wechselte die Zügel von der Rechten in die Linke, tätschelte beruhigend den Hals seiner Rappstute, als diese unruhig zu tänzeln begann. Varus ließ sich Zeit, während das Geschrei anschwoll, bis er den Arm hob, worauf augenblicklich Stille einkehrte.

»Drei Tage lang haben sie uns drangsaliert und den offenen Kampf gemieden«, sprach er, leiser, aber eindringlicher als zuvor. »Jetzt endlich stehen wir den Feinden zur Schlacht gegenüber. Feinden, die sich uns in den Weg stellen – welch törichtes Ansinnen, wenn die eigene Stärke nur in der Heimtücke liegt!«

Vereinzeltes Gelächter ertönte, sogar Vala schmunzelte. Dies war tatsächlich ihr einziger Vorteil, aber vor ihnen lag keine offene Feldschlacht, sondern die Einnahme einer Befestigung.

»Wenn ihr, die tapfersten unter den Soldaten des römischen Imperiums, gleich aufbrecht in diese Schlacht, dann kämpft ihr für eine gerechte Sache! Ihr werdet eure gefallenen Kameraden ebenso rächen wie die Schande der Gefangenschaft! Ihr werdet die Feinde gebührend bestrafen, damit ihr Übermut für alle Zeit gebrochen wird!«

Seine Worte gingen beinahe unter in dem Getöse, als die ersten ihre Schwerter zückten und damit auf den Schilden trommelten.

»Wir werden sie schlagen!«, brüllte Varus den Männern zu, die kaum noch zu halten waren. »Wir werden sie vernichten und die Fliehenden in die Finsternis ihrer Wälder und Schluchten hetzen, wo sie zitternd ihre Strafe erwarten werden oder zurückkehren in die Löcher, die sie Heim nennen.«

Stimmen und Waffengeklapper brandeten auf zu ohrenbetäubendem Lärm, gingen über in einen Takt aus abgehackten Rufen, unterlegt vom Krachen, das jeder Schlag der Schwerter auf die Schilde machte. Ein Horn gellte über sie hinweg, ein zweites antwortete, und die Plänkler eilten zu beiden Seiten davon. Prompt kam Leben in den Wald oberhalb des Walls, Männer erschienen hinter der Palisade, kindische Spottlieder schollen herüber, Flüche und Gelächter. Spieße reihten sich dort wie Borsten auf dem Rücken eines Keilers. Varus drehte sich auf dem Rücken seines Schimmels um und nickte Vala knapp zu.

»Die Himmlischen mögen euch beistehen!«, rief er zum Abschied, ehe er das Pferd wendete und an der Kampflinie entlangkantern ließ. Winkend erwiderte er die Zurufe der Soldaten, während die Stabsoffiziere ihm im scharfen Trab zur rechten Flanke der Schlachtreihe folgten. Lagerpraefect Ceionius war abgesprungen und ging auf den Adler der Achtzehnten Legion zu, deren Primipilus er vertrat. Vala wandte sich zur anderen Seite, wo die verbliebene Reiterei hinter der Kampflinie versammelt war. Den Feind umgehen, ihm in den Rücken fallen, das war ihre Aufgabe.

Er fand die Reiter an der linken Flanke, sie warteten wie befohlen auf einer Linie mit dem zweiten Treffen. Die Männer schwätzten etwas zu munter und verstummten, als Vala die Hand zum Gruß hob. Sie waren wenige, kaum mehr als dreihundert Mann, eine bunt gemischte Truppe, zusammengezogen aus den Überresten einer gallischen Ala und der Legionsreiterei. Sie hatten keine Zeit gehabt, die Männer einander vertraut zu machen, sodass er klare Befehle geben musste, damit überhaupt Aussicht bestand, dass sie ihre Aufgabe erfüllten.

Eine Tuba gellte über die Soldaten hinweg, andere Bläser fielen in das Angriffssignal ein. Wie ein Mann machten die Soldaten einen Schritt, hoben die Schilde vor sich, lehnten die Speere an ihre Schultern, setzten sich in Marsch. Während das Signal zum Angriff unter dem Getöse erstickte, verharrte Vala mit erhobener Hand an der Spitze der Reiter. Unter ihm tänzelte die Rappstute, schnaubte und gab zitternde Laute von sich, die vom Dröhnen und Rasseln der vorwärtsmarschierenden Soldaten und ihren Stimmen fast übertönt wurden. Beruhigend schloss Vala die Schenkel um die Flanken des Pferdes und zählte die Schritte der Legionäre. Zwanzig, dann erklang ein weiteres Signal, die erste Reihe rannte geschlossen los, blieb stehen, schleuderte die Pilen auf den Feind hinter dem Wall, kauerte sich hin, weil die zweite Reihe Anlauf für eine Salve machte. Dann die dritte. Die vierte. Hinter dem Wall ertönten Schreie. Die Offiziere rückten nach. Von der Last der Speere befreit, zückten die Soldaten die Schwerter, im Takt ihrer Schritte schlugen sie damit auf die Schilde und stießen kurze, tiefe Rufe aus. Der Lärm, den diese mehreren Tausend Mann in klirrender Rüstung machten, betäubte die Ohren.

Vom Hang, aus der Tiefe des Waldes, erscholl die Antwort, ein dumpfes Grollen, das anschwoll wie Meeresbrandung, sich in das Brüllen eines riesigen Raubtieres verwandelte. Salven von Wurfspießen und Pfeilen regneten auf die Soldaten herab. Vala warf den Arm nach vorn, stieß der Stute die Sporen in die Seiten und schrie den Befehl – »Vorwärts!« – über den Lärm hinweg. Hinter ihm gellten die Hörner, donnerten die Hufe der Pferde. Er hielt auf den Wall zu, zählte bis fünf, stieß dann den linken Arm empor. Sofort ertönte der Befehl zur Wende.

In weitem Bogen umgingen die Reiter den Wall, erreichten den Wald, während hinter ihnen der Kampflärm leiser wurde, unter dem Rasseln der Geschirre und dem Hufgetrappel erstarb. Der Wald dämpfte alle Geräusche. Vala führte sie den Hang hinauf, spähte nach beiden Seiten, ob Feinde in Sicht kamen. Sie erreichten den breiten Rücken des Hügels, der übersät war mit Spuren. Laub und niedrige Pflanzen waren zertrampelt, breite Pfade verrieten die Wege der Barbaren. Vala querte diese Wege, führte die Reiter in das sanfte Hochtal dahinter, eine Senke zwischen den Hügeln, bedeckt von lichtem Buchenbestand, schwenkte in einen Pfad gen Sonnenuntergang ein.

Im Wald dunkelte es bereits, der Tag ging zur Neige. Ihnen blieb nicht viel Zeit. Bei diesem Gedanken brach ihm der Schweiß aus; er musste sich die Finger an der Tunica abwischen, damit ihm die Zügel nicht entglitten. Er drückte die Sporen an die Flanken der Stute, die sogleich weiter ausgriff und den Hals lang machte.

Unversehens hörte er Rufe, bemerkte einen Reiter, der zu

ihm aufgeholt hatte, die Hand um den Mund wölbte und ihm etwas zuschrie. Dann hinter sich deutete. Sie wurden verfolgt! Arminius und Segimerus hatten jeden ihrer Schritte voraussehen können, zu lange hatten beide als erfahrene Führer berittener Einheiten in römischen Diensten gestanden.

Zischend sausten ihnen Geschosse entgegen. Er befahl eine halbe Wende nach links, über den Hügel in die Senke hinunter, hörte die Signale, als ihm klar wurde, dass nichts diesen Feind überraschen würde. Vor ihm schwärmten feindliche Reiter auseinander, stießen kurze Schreie aus, schwangen Wurfspieße. Immer mehr Barbaren wälzten sich durch den Wald. Vala trieb die Rappstute in halsbrecherischem Galopp geradewegs den Hang hinunter, riss den Schild aus der Halterung am Sattel und zückte das Schwert.

Er und die ersten Züge seiner Reiter erreichten den Talgrund vor den Kriegern, trieben ihre Pferde über den Bach, den nächsten Hang entlang, wendeten und stellten sich. Jahrelanges Üben und Exerzieren bewährte sich, als nach der Wende die Reiter in einer breiten Front auf die Barbaren zuhielten und diese in einem Augenblick der Verblüffung ihre Pferde zügelten.

Vala hielt den Atem an. Die Hörner gellten zu beiden Seiten, der Signifer mit seiner blitzenden versilberten Maske hielt sich neben ihm, und auch die übrigen Reiter der ersten Linie schlossen auf, Schild und Zügel in der Linken, das Schwert in der Rechten. Im Sprung prallten die Pferde der Soldaten und Barbaren aufeinander, Schilde krachten, Klingen knirschten über Holz, die Schlachtreihen verkeilten sich. Pferde schrien, als die hinteren Reihen nachsetzten. Vala spähte nach einem Flecken bloßer Haut, nach dem Gesicht des Gegners, der ihn mit seinem Schild bedrängte. Er stieß die Klinge über den Schild hinweg, stieß nach, als der Gegner fluchend zurückzuckte, und jauchzte, als er das unterdrückte Ächzen hörte, den Mann aus dem Sattel rutschen sah. Er trieb die stampfende, wild um sich schnappende Stute gegen den nächsten Krieger, warf ihn mit dem Schwung seines Schildes vom Pferd.

Die Gegner waren allzu leicht zurückgedrängt. Argwöhnisch blickte Vala sich um, sah sich durch einen Ring von Barbaren getrennt von seinen Leibwächtern und den Soldaten. Hinter ihm herrschte wildes Kampfgetümmel. Einer der Bläser stieß ins Horn zu einem sinnlosen Hilferuf, der jäh abriss, als eine Klinge ihm die Kehle durchhieb. Die Barbaren jubelten, reckten siegestrunken die Waffen in die Luft. Vala wendete die Stute, schlug mit dem Schwertblatt auf ihre Kruppe ein, und sie durchbrach den feindlichen Ring. Die Krieger waren zu überrascht, um ihre scheuenden Pferde zu halten. Schon war er wieder unter seinen Männern, befahl, ihm zu folgen, trieb mit rohen Sporenhieben die Stute vorwärts, die Senke entlang und hielt Ausschau nach einem Weg, nach einer Möglichkeit, seinen Auftrag auszuführen, dem Feind in den Rücken zu fallen, so sinnlos das auch erscheinen mochte. Aber er hatte die Orientierung verloren, und als von der Seite Hufschlag ertönte, er die feindlichen Reiter im Augenwinkel erspähte, die aufholten, seine Männer bedrängten, packte ihn die Angst wie eine eisige Faust. Er hatte die blutigen menschlichen Glieder vor Augen, die in der vergangenen Nacht ins Lager geschossen worden waren, die gehenkten Leichen von Frauen und Kindern an den Bäumen, übersät mit Wunden. Diese Feinde waren zu schnell, zu stark, sie waren härter und grausamer als alles, was er bisher bekämpft hatte. Als hätten sie böse Geister, unterirdische Mächte, Furien als Helfer gewonnen.

Er spähte über die Schulter, die Leibwächter mühten

sich, ihn abzuschirmen, sich zugleich der Barbaren und ihrer Spieße zu erwehren. Die fliehenden Soldaten wurden aus den Sätteln gestoßen, gerissen, von den nachfolgenden Pferden niedergetrampelt. Schreie übertönten den vom weichen Boden gedämpften Hufschlag.

Schräg vor ihm fiel der Abhang steil ab, dorthin drängten die Barbaren Vala und seine letzten Begleiter. Sie vertrauten wohl darauf, dass er sein Pferd zügeln, dem Abhang ausweichen und dabei in ihre Hände geraten würde. Er ließ den Schild fallen, umkrampfte das Heft des Schwertes und die Zügel, verlagerte das Gewicht nach hinten und hetzte die Stute hinab. Er kniff die Augen zu, ein Stoßgebet entfloh seinen Lippen, eine ziellose Bitte. Sie sprang. Flog. Setzte auf und rutschte, sprang weiter. Das erste Steilstück war überwunden, und Vala warf in jäher Verzückung einen Blick zurück, hinauf zu den Barbaren, die einen Weg suchten.

Noch einmal trieb er die Stute voran, die sich sträubte und wiehernd stieg. Dann machte sie einen Satz in die Tiefe. Als die Vorderhufe den Boden berührten, knickte sie ein, noch im Schwung überschlug sie sich, schleuderte den Reiter aus dem Sattel, der sich in der Luft drehte und auf dem Rücken aufprallte, ehe etwas ungeheuer Schweres ihn halb unter sich begrub.

Ein jäher Schmerz durchbohrte ihn zwischen den Schulterblättern, schoss bis in die Fingerspitzen und Zehen. Blutrote Schwaden schwebten vor seinen Augen, als hätte jemand einen mit Farbe getränkten Pinsel in Wasser getaucht. Er rang nach Atem, vergeblich, in seiner Brust schien etwas zu bersten.

Die Stute keuchte leise. Schritte näherten sich, er hörte Stimmen, konnte endlich atmen, schnell und abgehackt. Die Lunge füllte sich nicht. Das Schwert. Er wollte danach tasten, drehte, dem knirschenden Schmerz zum Trotz, den Kopf, doch seine Hand, sein Arm gehorchten ihm nicht. Er hörte Männer in der Sprache der Barbaren sprechen. Sie waren nahe, sehr nahe. Einer stand neben seinem Kopf. Das Pferd zuckte einmal heftig, als wollte es aufspringen, und wurde dann still. Der Mann kniete nieder, öffnete das Helmband an Valas Hals, löste bedächtig den Schal, während Vala keuchend bewusst wurde, dass er kein Glied mehr rühren konnte, weder Arme noch Beine. O Iupiter!

Schweigend nahm der Mann ihm den Helm ab, hob seinen Kopf an den Haaren hoch und schob langsam ein Scheit unter das Genick. Vala spürte sein Herz schlagen, mächtiger und härter als je zuvor. Etwas rann über seine Schläfen. Eine Hand umschloss sein Kinn, die andere legte sich auf seine Stirn. Dann ein scharfer Ruck.

*

Ebenso wie die Leibwächter an seiner Seite riss Ceionius den Schild hoch, als eine weitere Salve von Wurfspießen vom Wall herabregnete. Die meisten Geschosse prallten an Holz und Bronzebuckeln ab, dennoch entstanden einzelne Lücken in den Reihen der Soldaten. Verwundete wurden nach hinten zu den Feldschern gereicht, während die Legionäre den Hang hinaufstürmten, und die Frontlinie näherte sich unaufhaltsam dem niedrigen Wall, während die Offiziere sich zurückfallen ließen. Ceionius' Nackenhaare sträubten sich, als die erste Reihe den Wall erreichte, der steil und glitschig war. Sie wurden von den Nachdrängenden geschoben, hinaufgedrückt, wo die Barbaren sie schon mit Spießen, Schwertern und Keulen erwarteten. Mann neben Mann standen sie hinter der roh gezimmerten Palisade, hieben und stachen auf die Angreifer ein.

Einen Atemzug lang schloss Ceionius die Augen und flehte Iupiter um einen Blitzstrahl an, der aus den Wolken fahren und die Feinde versengen sollte. Stattdessen wurde er vorwärtsgedrückt, an den Wall. Anfeuernd stieß er das Schwert in die Höhe, befahl vorzurücken. Nach weiteren Speersalven berannte die zweite Schlachtreihe den Wall, und das Geschiebe machte es den Feinden leicht, die Soldaten, die sich kaum bewegen konnten, abzuwehren. Zwei der ritterlichen Tribunen hetzten ihre Pferde hinauf, aber die Tiere rutschten aus, eines knickte ein, keilte wild um sich und fiel samt dem Reiter unter die Soldaten. Blanker Schrecken ließ die Männer zurückweichen vor den wirbelnden Hufen, Schreie gellten auf, einzelne Männer verschwanden wie Ertrinkende in den Wellen. Die Befehle, die Töne der Hörner verhallten nutzlos, und es war kein Hinkommen, um die verstörten Soldaten zu beruhigen.

Plötzlich brach der Wall unter den Füßen einiger Männer, sie stürzten, ein Keil entstand in der Schlachtreihe, Barbaren erschienen zu beiden Seiten des Durchbruchs. Mit langen Lanzen stießen sie nach den zurückweichenden Soldaten. Wütend bahnte Ceionius sich zwischen den Soldaten einen Weg, brüllte, sie sollten die Reihen schließen, die Stellung halten. Als er den Halt verlor, sich an einen Legionär klammern musste, ihn beinahe zu Boden gerissen hätte, wurde ihm klar, dass der Wall nicht zufällig gebrochen war. Ein schmieriger Film bedeckte das zertrampelte Gras. Die Barbaren lenkten Wasser durch den Durchbruch.

Kriegsgeschrei erhob sich auf dem Wall. Ein rascher Blick auf die Lücke ließ das Blut in den Adern gefrieren. Eine Horde Barbaren warf sich auf die weichenden Soldaten, die rückwärts stolperten, ihre Schilde nicht halten konnten. Entschlossene Krieger zerschlugen die durcheinandergeratene

Schlachtlinie und stießen die überrumpelten Soldaten zu Boden, einige wurden gepackt und hinter den Wall gezerrt. Die Verletzten schrien, doch niemand rettete sie in die eigenen Reihen, Ceionius mochte brüllen, was er wollte. Die Soldaten wichen weiter zurück, strauchelten, schlitterten, stürzten, leichte Beute für die Barbaren, deren wutverzerrte Gesichter hinter den ovalen Schilden kaum zu erkennen waren.

Endlich rückten die Soldaten wieder zusammen, dank der erfahrenen Männer aus den hinteren Reihen wurde die Schildmauer wieder geschlossen, die Angreifer von der schieren Masse der Legionäre zurückgedrängt.

»Zum Orcus mit euch Jungvolk!«, rief Ceionius den Soldaten zu, die zurückgewichen waren. »Ihr müsst zusammenstehen! Lückenlos! Schilde hoch! Dann können sie euch nichts anhaben! Das wisst ihr doch!«

Mühsam kämpfte Ceionius sich durch den schlüpfrigen Morast, verteilte aufmunterndes Schulterklopfen. Der Wall war an mehreren Stellen gebrochen, und das Durcheinander machte die Männer in den ersten Reihen zu leichten Zielen. Inzwischen waren so viele gefallen oder verwundet, dass die mittleren Reihen, die aus jüngeren und weniger erfahrenen Soldaten bestanden, die Hauptlast des Kampfes tragen mussten. Diese Männer waren so sehr damit beschäftigt, die Hiebe der Barbaren abzuwehren, dass sie kaum zum Angriff kamen. Schließlich schoben sich die Veteranen durch die Lücken nach vorn, rissen den einen oder anderen Mann an seinem Spieß herunter und stachen ihn nieder. Schreie und Waffenklirren, Kampfgebrüll und Stöhnen erfüllten die Luft, die geschwängert war vom Geruch modriger Erde, von Blut und Schweiß. Es wurde Zeit, dass Valas Reiter eingriffen. Ceionius sah über den Hügel hinweg, bemerkte, dass es zu dämmern begann. Der Angriff auf der Flanke hätte längst erfolgt sein müssen, aber davon war nichts zu bemerken.

Geschütze knallten, dann prasselten einzelne große Geschosse auf sie herab, die dumpf auf die Schilde prallten. Als eines dieser Geschosse den Mann, neben dem Ceionius gerade stand, an der Schulter traf, schrie dieser schrill auf. Eine blutige Hand rutschte über seinen Panzer. Ceionius überwand den Brechreiz, fluchte, während die Soldaten ringsum schreckstarr zurückwichen. Vorn erlahmte der Kampf, als hinter der Palisade Pfähle hochgestemmt wurden, Pfähle, an denen nackte, blutüberströmte Körper hingen. An den Füßen aufgehängt. Ohne Kopf. Vor Ceionius erbrach sich ein junger Soldat, manche stolperten einfach davon, andere bestürmten unter Zorngebrüll den Wall und rannten blind in die Spieße und Klingen der Feinde. Wie gelähmt starrte Ceionius die Leichen an, die Barbaren, die johlend die Köpfe über der Palisade schwenkten. *Ich war, was du bist. Ich bin, was du sein wirst.* Sie machten ihre Drohung wahr. Sie würden alle töten.

Er riss sich aus der Erstarrung, befahl die Männer zurück, immer wieder, bis der Befehl den Bläser erreichte, der daraufhin ins Horn stieß. Geordneter Rückzug auf eine sichere Position, das würde die Männer beruhigen. Sie mussten einen neuen Angriff wagen.

Doch überall wogte die Menschenmenge. Wieder stießen Trupps aus den Durchbrüchen hervor, und diesmal endete der Strom nicht, immer mehr Männer quollen hervor, zu Fuß und zu Pferd. Sie überrannten die weichenden Soldaten, die sich umdrehten, flohen. Ceionius rief einzelne, die er erkannte, beim Namen, doch als die ersten die Schilde fallen ließen, als sie auf ihn zu hasteten mit angstgeweiteten Augen, erkannte er, dass kein Halten mehr war.

Er schaute sich um, sah am rechten Flügel ein Gewühl

von Reitern, die eigenen Stabsoffiziere und deren Leibwachen, die Praetorianer, umringt von Barbaren. Vom Statthalter waren keine Befehle zu erwarten, die Ordnung hätten bringen können. Auf dem ganzen Feld wimmelten Legionäre und Feinde, bewegten sich auf die notdürftige Befestigung zu. Ceionius suchte andere Offiziere, entdeckte Eggius, der mit einem versprengten Trupp inmitten des Durcheinanders den geordneten Rückzug angetreten hatte. Die Schilde vor sich haltend, schritten sie dicht gedrängt rückwärts, erwehrten sich der Angreifer, die ihnen zahlenmäßig weit überlegen waren. Die Barbaren stießen ihre langen Lanzen nach ihnen, suchten Lücken zwischen den Schilden.

Ein Ruf lenkte Ceionius ab. Wie auf Befehl brachten zwei seiner Leibwächter ihm ein Pferd, einer half ihm aufzuspringen. Mitten unter den Fliehenden ritten sie in Richtung der Moore, Haken schlagend, um den feindlichen Reitern zu entkommen. Ein Blick zurück zeigte ihm die aussichtslose Lage, in der Eggius und alle, die mit ihm waren, sich befanden. Von Feinden umzingelt, war der Panzer der Schilde aufgebrochen worden, die Männer verzettelten sich in Gefechte. Eggius' hellroter Helmbusch blitzte immer wieder zwischen den Reitern auf. Ceionius durfte nicht eingreifen, musste retten, was zu retten war. Schweiß brach ihm aus, als er den Kollegen zu Boden sinken sah, bis zum Ende ein Mann von Ehre.

Ceionius riss das Pferd herum und trieb es vorwärts. Tausende waren in Gefahr, irgendwie musste es gelingen, den heimtückischen Plan der Barbaren zu vereiteln, musste verhindert werden, dass die Falle zuschnappte und sie alle verschlang.

*

Dunkelheit senkte sich über den Wald, und zwischen den Bäumen stand der Nebel in dicken Schwaden. Die Krieger, von denen Caldus gefesselt und hierhergebracht worden war, hatten ihm den Mantel weggenommen, sich dabei lautstark um die vergoldete Fibel gestritten, dann Panzer, Helm, Gürtel mit Schwert und schließlich die Beinschienen an sich gerissen. Ketten hatte man ihm angelegt wie einem Sklaven im Steinbruch, und ihn hierhergezerrt, ihn wie ein Tier an einen Baum gebunden. Caldus hatte den Kopf in den Nacken gelegt und in das Astwerk hinaufgeblickt, dann war er am Stamm heruntergerutscht, bis er auf dem nassen Boden saß. Für ihn war der Kampf vorüber. Fürs Erste.

Mit angezogenen Beinen kauerte er an dem Baum, die aneinandergeketteten Handgelenke auf den Knien, den Blick auf den Boden gerichtet; er betrachtete das halb verrottete Laub, braune, eingerollte Blätter, glänzend vor Nässe. Irgendwie stünde er die Gefangenschaft schon durch, bis sein Vater das Lösegeld aufgebracht hätte. Viel stärker beunruhigte ihn die Frage, ob es ihm gelungen war, Annius zu retten. Offiziere wollten die Barbaren lebend – einen Soldaten hätten sie kalt lächelnd erschlagen.

Caldus grinste matt bei der Erinnerung daran, wie Annius' Pferd nach dem Schlag davongesprungen war. Die Barbaren waren so versessen darauf gewesen, einen hohen Offizier gefangen zu nehmen, dass sie den Soldaten nicht einmal verfolgten, sondern ihn auf dem durchgehenden Pferd seinem Schicksal überließen. Stattdessen machten sie den zweiten Bläser nieder, raubten dessen Helm samt Wolfsfell, Waffen, Hörner und Pferde. Das alles war so schnell gegangen, dass Caldus geglaubt hatte, sich noch wehren zu können, als sie ihn schon umzingelt und ihre Pferde angetrieben hatten. Hinter dem nächsten Hügel waren sie auf andere Krieger getroffen, hatten grimmige Scherze ausgetauscht, die Caldus nicht verstand. Aber dass sie mit ihrem Fang prahlten, begriff er schnell. Jetzt saß er hier, ließ den Kopf hängen und übte sich in Gleichmut, versuchte zu dösen. Aus der Ferne vernahm er ein tiefes Dröhnen, unterbrochen von den scharfen Klängen der Tuben und Hörner. Er horchte auf. Stärke und Häufigkeit der Signale deuteten auf eine geordnete Feldschlacht hin. Ein bitteres Lächeln grub sich in seine Mundwinkel. Vielleicht wendete sich das Glück, vielleicht lachte den Römern wieder die Gunst der Unsterblichen. Unwillkürlich ballte er die Fäuste, schloss die Augen und rief lautlos Iupiter an, Iupiter Stator, der den Soldaten Standhaftigkeit verlieh, Iupiter Versor, der den Feind zurückwarf, Iupiter Victor, der den Sieg brachte. Er versprach Kränze, Lämmer, Kälber und Altäre für einen glücklichen Ausgang.

Nach den Bittgebeten verlegte er sich auf all jene kindlichen Andachten, die ihn seine Amme gelehrt hatte, wärmte sich an Kindheitserinnerungen, sooft ein kalter Luftzug ihn frösteln ließ. Bisweilen rieb er sich das Gesicht mit den Händen ab, starrte wie blind vor sich hin, um die Barbaren, die ihn bewachten, nicht anzusehen. Der ferne Lärm ebbte nicht ab, was ihn beunruhigte. Kleine Trupps, manchmal Reiter, manchmal Fußvolk, trabten durch den Wald.

Caldus fuhr hoch, als ein paar Barbaren im Gleichschritt näher kamen, zwischen ihnen stolperten halb bewusstlose, keuchende Gefangene. Erschrocken erkannte er mehrere ritterliche Tribune und einige Hauptleute. Die Blicke der Gefangenen flackerten, wenn sie ihn streiften. An den Armen der Barbaren bemerkte er dunkle Flecken und Schlieren von fremdem Blut, und als die Männer scherzten und lachten, spürte er, wie mit jedem Atemzug lähmende Kälte sich in ihm ausbreitete. Seine Bitten waren vergebens gewesen.

Ein Tritt gegen sein Bein weckte ihn aus der Erstarrung. Neben ihm stand ein grimmig dreinschauender Barbar, der ihm wortlos befahl aufzustehen. Mühsam rappelte Caldus sich auf, das Herz pochte hart, aber kraftlos in der Brust, während weitere Männer ihn umringten, lästerten, lachten. Er verstand zwar nicht, was sie sagten, aber dass es Siegerspott war, daran konnte kein Zweifel bestehen. Einer löste die Kette vom Baum, und Caldus erkannte, dass ihn nichts als ein Pflock, der zwischen den Wurzeln in den Boden gerammt war, festgehalten hatte.

Sie nahmen ihn in ihre Mitte, unverständlich schwatzende Kerle, ungeschlacht und wie berauscht von ihrem Sieg. Er war wohl der ranghöchste Gefangene, man würde ihn vermutlich für die Verhandlungen heranziehen. Einer der Kerle befühlte ungeniert den Stoff seines Waffenrocks und grinste nur frech über Caldus' bösen Blick. Ein anderer fuhr ihm von hinten mit schmierigen Fingern durchs Haar.

Als sie den Wald verließen, sah Caldus zu seinem Erstaunen ein Heerlager auf der Kuppe des Berges. Bald darauf kreuzten sie einen Doppelgraben, traten unter einem Torweg hindurch auf eine Lagerstraße, flankiert von dichten Zeltreihen. Verwirrt schaute Caldus sich um, verlangsamte seine Schritte, bis einer der Kerle ihn schubste. Sogar Zelte für einen Offiziersstab waren im Herzen des Lagers errichtet, denen sie sich näherten. In der Mitte befand sich ein großes, hausartiges Offizierszelt, vor dem mehrere Standarten in den Boden gepflanzt waren, bewacht von bulligen Kriegern in voller Rüstung mit Lanzen und fleckigen, schartigen Rundschilden. Caldus erschrak, als er die goldenen Adler sah, die mit gen Himmel gespreizten Schwingen die größten Standarten krönten und unter denen ausgefranste, schmutzige Fahnen aus rotem Tuch hingen. Ein Stoß ließ ihn straucheln, zwei

Hände packten ihn bei den Oberarmen und schleppten ihn weiter, sodass er wehrlos in das Zelt stolperte, wo sie ihn wie ein Ding abstellten und einen Schritt zurücktraten.

Leises Plätschern lenkte Caldus' Blick zur Seite. Hinter einem beiseitegezogenen Vorhang sah er einen halb nackten Mann, der seinen kräftigen Oberkörper wusch. Er tauchte den Kopf mit dem kurzen, rotblonden Haar in das Bronzebecken, prustete und griff nach dem Tuch, das neben dem Becken an einer Stange des halbhohen Dreifußes hing, ehe er sich aufrichtete. Caldus kämpfte mit dem Druck auf seiner Brust und ballte die Fäuste, als der Mann sich aufrichtete und von dem Becken zurücktrat.

Zorn flammte in ihm auf, er warf sich vorwärts, wurde zurückgerissen von seinen Bewachern, die ihm beide Arme hinter dem Rücken verdrehten, dass er nicht mehr aufrecht stehen konnte. Keuchend kämpfte er gegen die beiden an, aber vergeblich. Er hatte es geahnt, hatte diesen Augenblick kommen sehen, aber dem räudigen Verräter gegenüberzustehen, war unerträglich. Einer der Kerle griff in Caldus' Haar und zerrte ihm den Kopf in den Nacken, wollte ihn zwingen, Arminius aus dieser unwürdigen Haltung anzusehen, doch Caldus heftete den Blick stattdessen auf die Falten des Vorhangs.

»Lasst ihn los!«, sagte Arminius kühl. »Wenn es sein muss, werde ich schon mit ihm fertig.«

Mit einem Stoß gaben sie Caldus frei, sodass er strauchelte und beinahe gestürzt wäre. Der Zelteingang schleifte hörbar über den Boden. Hastig richtete Caldus sich auf, spürte den schier unbeherrschbaren Drang, sich auf den großen, breitschultrigen Mann mit den kurzen nassdunklen Locken zu stürzen. Außer ihm und Arminius, der mit einem wohligen Laut sein Haar trocken rieb, befand sich niemand mehr in diesem Zelt. Zumindest nicht im vorderen Teil, den zwei Kandelaber erleuchteten. Caldus starrte vor sich hin, die Lippen fest zusammengepresst.

Unversehens ruhte Arminius' Blick auf ihm, ein Lächeln, das ein wenig schief geraten war, kräuselte die Lippen in dem glatt rasierten Gesicht.

»Du siehst schlecht aus, Gaius Caelius.«

Arminius wischte mit dem Tuch über seine Arme, ehe er es hinter den Vorhang warf; als das Tuch flink aufgehoben wurde, erkannte Caldus, dass sie nicht allein waren.

»Ich bedaure, dass wir uns unter diesen Umständen wieder begegnen«, fuhr Arminius fort. »Auch ich hätte mir eine angenehmere Gelegenheit gewünscht, aber dazu ist es jetzt zu spät.«

Mühsam zwang Caldus sich zu schweigen, presste die kalten Hände an die Lederstreifen seines Waffenrocks, um das Zittern zu unterdrücken, das ihn befallen hatte, so loderte der Zorn in ihm.

»Ich wollte dichkennen lernen, Gaius Caelius. Immerhin hättest du beinahe dafür gesorgt, dass wir –«

»Wohl wahr!«, platzte Caldus heraus. »Beinahe hätte ich deine Pläne vereitelt, ehe du sie durchführen konntest!«

Arminius lachte leise. »Du hättest nicht viel vereiteln können, nur einen kleinen Teil des Plans. Der Vogelleim war gelegt, das Netz ausgespannt.«

»Glaubst du etwa, der Statthalter hätte den Marsch fernab der Lupia und der schützenden Lager fortgesetzt, wenn er gewusst hätte, dass du und andere gegen ihn eine Meuterei ausgeheckt hatten und die Legionen ein Hinterhalt erwartete?«

Beharrlich erwiderte Caldus den brennenden Blick, der ihn versengen wollte, dann abkühlte.

»Es ist bedauerlich, dass ich niemals in den Genuss deines Rates kommen werde«, sagte Arminius überraschend freundschaftlich. »Schließlich ist die Klugheit ein Gewächs, das bei guter Pflege über lange Zeit prächtige Früchte trägt für den, der es pflanzt, ebenso wie für den Herrn des Gartens. Aber es ist zu spät, Gaius Caelius.« In einer übertriebenen Geste der Hilflosigkeit hob Arminius die Arme. »Varus' Legionen sind geschlagen. Völlig geschlagen. Die Soldaten haben sich verschanzt, so gut sie das noch können, und warten darauf, dass der Statthalter sich uns ergibt. Wir beschäftigen sie ein wenig mit Pfeilen und Spießen, damit sie nicht vergessen, dass ihr Schicksal besiegelt und ihre Niederlage vollkommen ist.«

Caldus kämpfte mit der Übelkeit, die in ihm aufstieg. Dass der Verrat obendrein durch einen Sieg belohnt worden war, nahm ihm jede Kraft, als hätte ein zuvor eingeflößtes Gift begonnen, seine Wirkung zu tun. Er schloss die Augen, um den Schwindel zu dämpfen.

»Also brauchst du jemanden, der deine Unterhändler begleitet, jemanden, dem Varus vertraut, wenn es um die Bedingungen des Abzugs geht«, erwiderte er.

Arminius sah ihn an, in den Augen lag etwas, das wie leises Bedauern wirkte, und er schüttelte den Kopf. »Es wird keinen Abzug geben, Gaius Caelius.« Und als spürte er Caldus' Befremden, fügte er hinzu: »Ihr seid einem Gott geweiht.«

Caldus spürte, dass ihm das Blut aus dem Gesicht wich, und in seinem Leib schien ein lärmender Möwenschwarm aufzuflattern. Er erinnerte sich an die Erzählung eines alten Centurios, vor langer Zeit hätten zwei verfeindete Barbarenstämme um eine Salzlege gestritten, und da sie sich nicht hätten einigen können, sei es zu einer Schlacht gekommen, die an Grausamkeit alles überboten habe, was je geschehen sei. Denn beide Stämme hätten demselben rasenden Gott das jeweils feindliche Heer bis auf den letzten Mann als Opfer gelobt.

»Wenn wir uns ein wenig ausgeruht haben, werden wir uns die verbliebenen Offiziere holen, vor allem den edelsten Preis, den Heerführer und Statthalter Varus. Dann kann das Fest beginnen.« Arminius klatschte kurz in die Hände. »Diese Männer«, er nickte in Richtung des Zelteingangs, wo zwei Krieger mit verschränkten Armen erschienen waren, »werden dich zum Hain begleiten. Du kannst dich selbstverständlich noch waschen, wenn dir danach ist.«

Einen Atemzug lang rang Caldus nach Fassung, dann trat er zwei Schritte auf Arminius zu, bis die Wächter ihn packten und festhielten.

»Ein ... Menschenopfer?«, rief Caldus, wand sich und sträubte sich gegen die beiden, doch er konnte nichts ausrichten. »Du glaubst, wir werden uns willenlos zur Schlachtbank führen lassen wie Tiere?«

»Tiere wehren sich durchaus, aber es hilft ihnen nichts«, entgegnete Arminius kalt, während die Männer Caldus hinauszerrten.

XII

Das anschwellende Donnern machte Annius hellhörig. Er warf einen raschen Blick auf den Gefangenen, der ebenfalls aufgeschreckt war und mit geweiteten Augen lauschte. Signale, die zum geordneten Rückzug riefen, schollen über den Wall, übertönten den fernen Kampflärm, der jetzt mehr an eine durchgegangene Pferdeherde erinnerte als an ein marschierendes Heer. Mit Herzklopfen humpelte Annius zum Zelteingang, schob die Plane zur Seite. Er sah das Tor am anderen Ende der Hauptstraße, sah die wenigen Wachen auf dem Wall wie Ameisen umherlaufen. Wolken dunkelten im nachlassenden Abendlicht, und die Luft schien zu zittern unter dem Getöse, das sich unaufhaltsam näher wälzte.

Wie Schlammflut durch einen gebrochenen Damm quollen Soldaten durch das Tor, rannten die Hauptstraße des Lagers herauf, schwärmten ziellos aus. Im Lager wurden sie langsamer, drehten die Köpfe hierhin und dorthin, irrten herum. Die meisten hatten ihre Schilde verloren, viele hielten das Schwert blank in der Hand. Manche fanden Kameraden, fielen einander in die Arme, liefen gemeinsam weiter.

Was Annius sah, war ein geschlagenes, fliehendes Heer, versprengte Soldaten, die Schlupfwinkel suchten, führerlos. Ein Zittern durchlief ihn angesichts der Erkenntnis, dass diese notdürftigen Wälle ohne Palisade, ohne geordnete Wachen keinen ausreichenden Schutz mehr bieten würden vor den Barbaren, die siegestrunken ihren Raubzug angetreten hatten, wie an dem Jubel zu hören war, der über den Wall scholl. Ein Fluch ertönte hinter ihm, dass er sich umdrehte. Der junge Gefangene zerrte an seinen Ketten, trat dagegen in dem sinnlosen Versuch, sich zu befreien. Die Augen hatte er weit aufgerissen, hell flackerte darin die Angst, hilflos dem Zorn der Unterlegenen ausgeliefert zu sein.

Annius nagte an der Unterlippe, ballte die Faust um die lederne Plane und zwang sich hinauszublicken. Die ersten Männer erreichten ihn, auch in ihren Augen leuchtete Angst, gemischt mit Zorn. Reiter preschten ins Lager, zügelten ihre Pferde vor dem Zelt. Mancher konnte sich kaum noch im Sattel halten. Einige Praetorianer mit schmutzigen, blutbefleckten Rüstungen und Waffenröcken sprangen als Erste zu Boden, umringten den großen Schimmel des Statthalters, den Annius beinahe nicht erkannte hätte, da Varus in sich zusammengesunken über dem Hals des schweißdunklen, keuchenden Pferdes hing, dem graue Schaumflocken vom Maul troffen. Behutsam halfen sie dem Statthalter herunter, zwei legten sich seine Arme über die Schultern und zogen ihn mehr, als dass sie ihn führten. Annius hielt den Zelteingang auf. Er hörte Varus' leises Ächzen, bemerkte die Blutstropfen und die schmierigen Fußstapfen, die der Statthalter hinterließ, beide Beine waren von bräunlich roten Schlieren überzogen.

Drinnen setzten sie ihn auf die Kline, weitere Stabsoffiziere betraten das Zelt, viele von ihnen zogen ein Bein nach, trugen Wunden und dunkle Male an den Armen. Ein Schwarm Gefreiter eilte im Gefolge des obersten Medicus herein, auch Varus' Leibsklave erschien mit verkniffener Miene und verschränkten Armen, hielt sich jedoch im Hintergrund.

»Es ist gut, es ist gut!«, ließ sich Varus dumpf, aber gebieterisch vernehmen.

Einer der Männer hatte ihm den Helm abgenommen, zwei Praetorianer halfen ihm aus dem Brustpanzer und entfernten die Beinscheinen, ehe der Stabsmedicus zu ihm trat; Varus' Leibarzt war seit dem Überfall auf den Tross verschollen. Der Medicus unterzog den Statthalter einer eingehenden Untersuchung, während die übrigen Offiziere sich ihrer Rüstungen entledigten.

»Ich weiß, dass ein Mann meines Alters nicht mehr in die Schlacht ziehen sollte!«, entgegnete Varus auf das Gemurmel des Medicus. »Aber sag mir, wäre es anständig von mir gewesen, die Männer in den Kampf zu schicken und wie ein furchtsamer Greis hier auf ihre Rückkehr zu warten? Die Annalen unseres Volkes sind voll von alten Männern, die im Senat ihre Debatten führen, während draußen im Feld die jungen erschlagen werden.« Er schob den Medicus weg. »Mir fehlt nichts. Das sind nur ein paar Kratzer. Kümmere dich um die anderen!«

Der Statthalter sah zerzaust aus, die Falten in seinem Gesicht waren schärfer und tiefer als je zuvor, die Augen dunkel und matt. Sein Blick wanderte von einem zum anderen, bis Annius, der am Zelteingang verharrte, ihn auf sich spürte. Heiß stieg ihm das Blut in die Wangen vor Scham, nicht mit den anderen gekämpft zu haben, als die Legionen in Bedrängnis geraten waren. Varus hob die Hand und winkte ihn zu sich. Zögernd folgte Annius dem Befehl, er wollte sich keine Blöße geben, obwohl er bei jedem Schritt vor Schmerz einzuknicken drohte. Angespannt ging er an den Praetorianern und Offizieren vorbei, bis er schließlich vor dem Statthalter stand, der ihn wortlos musterte.

»Seht her!«, begann Varus leise. »Ich habe diesem Mann,

einem Soldaten, einem Stabsgefreiten, der der kämpfenden Truppe zugeteilt wurde und sich in einem Gefecht verletzte, Schmach zugefügt, indem ich ihm untersagte, an dieser Schlacht teilzunehmen, weil er verwundet ist. Ich dachte, er könne mir als Bewacher meines Gefangenen bessere Dienste leisten. Aber ich habe ihm damit keinen guten Dienst erwiesen, denn manchmal ist Schonung schlimmer als der Tod.«

Er fuhr sich durch die wirr vom Kopf abstehenden, kurzen grauen Haare, als jemand ins Zelt stürmte und sich durch die Reihen drängte, Lagerpraefect Ceionius, gefolgt von zwei Soldaten, die am Eingang zurückblieben.

»Sie schlachten die Männer einfach ab!«, rief er. »Und die Offiziere versuchen sie lebend zu fangen!«

Schlagartig kehrte Stille ein, und alle Augen richteten sich auf Ceionius, der in seinem schmierigen Panzer und dem verdreckten, abgerissenen Waffenrock unter ihnen stand, schwer atmend und sichtlich völlig erschöpft.

»Wir können sie nicht länger abwehren«, fuhr er fort. »Sie sind dabei, ins Lager einzudringen. Wir können keine Ordnung mehr aufrechterhalten angesichts der Gräuel, die die Soldaten schon mit ansehen mussten. Ich ... Ich habe so etwas noch nie erlebt ...«

»Sie werden alle töten, deren sie habhaft werden können«, erhob sich eine dünne Stimme vom anderen Ende des Zeltes. »Sie werden die Köpfe zusammentragen und diese Orte zu heiligen Hainen erklären. Und die Offiziere werden sie opfern, einen nach dem anderen, ohne Ausnahme, wie sie es gelobt haben.«

»Was sagst du da?«, fragte Varus, ohne sich umzudrehen.

Annius spürte den Schrecken, als rieselte eiskaltes Wasser seinen Nacken hinab. Er straffte sich, reckte das Kinn und atmete tief durch, als ihn jäh die Erinnerung an Caldus überfiel, an dessen junges, lächelndes Gesicht, und die Schuld, ihn nicht gerettet zu haben, an seiner Stelle davongekommen zu sein, nagte in seiner Brust.

Einer der Praetorianer packte den Gefangenen, riss ihn auf die Füße, ein anderer löste die Fesseln, dann schleppten sie ihn vor Varus, der ihn scharf ins Auge fasste und seine Frage wiederholte. Der junge Barbar, der nun dicht neben Annius stand, blickte zu Boden und presste die Lippen aufeinander.

»Ist das die Nachricht, die du mir eigentlich hättest überbringen müssen?«, setzte Varus nach.

Der Barbar bewegte langsam den Kopf von einer Seite zur anderen, schwieg jedoch.

»Wozu heben wir den Kerl eigentlich auf?«, warf Ceionius ein. »Wäre es nicht besser, ihn in seine Einzelteile zu zerlegen und über den Wall zu schießen, wie seine Leute es mit unseren Männern gemacht haben?«

»Er ist ein Bote, Sextus Ceionius«, entgegnete Varus, »und Boten stehen unter dem Schutz der Götter.«

»Ich frage mich, ob die Wilden dieses Gebot auch beachtet haben, wenn sie unseren Boten begegnet sind.«

»Das gibt uns nicht das Recht, dieses Gebot zu brechen.« Mit einem strengen Blick brachte Varus den Lagerpraefecten zum Schweigen, ehe er sich wieder dem Gefangenen zuwandte. »Sprich!«

Während draußen Schreie ertönten, Menschen durcheinanderrannten, verharrte der junge Barbar in Schweigen.

»Wir müssen etwas tun!«, zischte einer der ritterlichen Tribunen, doch Varus hob nur gebieterisch die Hand, ohne den Blick von seinem Gefangenen zu wenden, der endlich den Kopf hob und ihn wie schlafwandelnd anschaute.

»Wenn ein Heer eine schwere Schlacht zu bestehen hat

und sich der Macht eines Gottes versichern will, die ihm zum Sieg verhelfen kann, dann verbindet es sich mit diesem Gott. Aber dieser Gott ist ein rasender Gott, ein gefährlicher, blutrünstiger Lenker der Schlachten, der Führer einer Schar schrecklicher Geister, Krieger, die im Kampf gefallen sind. Dieser Gott verlangt das Blut der Gegner für seine Hilfe, denn dieses vergossene Blut nährt ihn und macht ihn und seine Schar stark und wild, sodass auch das Heer stark und wild und damit siegreich wird.«

Im Zelt schien es kalt und dunkel zu werden, die Flämmchen der Öllampen an den Kandelabern flackerten. Annius spürte sein Herz pochen, der Schienenpanzer schien ihn immer enger einzuschnüren.

»Einen nach dem anderen ohne Ausnahme«, murmelte Varus, dann räusperte er sich. »Dass wir die Schlacht verloren haben, kann ich nicht bestreiten - deshalb sollten wir Boten schicken, um über eine ... Anerkennung der Niederlage und freien Abzug zu verhandeln.«

Der Gefangene schüttelte den Kopf, blickte wieder zu Boden. »Das wird niemanden retten.«

Der Lärm nahm zu, ein Soldat stolperte herein, der sich den rechten Arm hielt, das blanke, blutige Schwert in der Hand.

»Sie drängen rein!«, keuchte er. »Wir versuchen, sie vom Kern des Lagers fernzuhalten, aber die Reihen sind dünn ...«

Seine Worte erstarben in Unruhe, die Offiziere griffen nach ihren Schwertern, die Praetorianer bauten sich in der Nähe des Zelteingangs auf, der junge Gefangene wurde beiseitegestoßen. Der Statthalter rückte seinen Waffenrock zurecht.

»Dann gehen wir jetzt da hinaus und werfen uns mit allen Kräften, die uns verblieben sind, auf den Feind«, rief er.

»Und wenn wir sie nicht zurückschlagen können, werden wir wenigstens in den Stiefeln sterben!«

Er streckte die Arme aus, damit die beiden Praetorianer, die bei ihm standen, ihm den Panzer wieder anlegen konnten, doch kaum hatten diese die Rüstung in die Hände genommen, rappelte sich der Gefangene auf und hob beschwörend die Hände.

»Es wird euch nichts helfen!«, rief er. »Ihr habt es doch gehört: Eure Soldaten töten sie auf der Stelle, die Offiziere fangen sie wie Tiere – Opfertiere!«

Schlagartig hielten alle inne, es wurde still.

»Ihr werdet keine Gelegenheit bekommen, im Kampf zu fallen«, setzte der Gefangene nach. »Sie werden es zu verhindern wissen.«

»Und dieser Wicht will verhindern, dass wir ein Beispiel der Tapferkeit liefern«, blaffte Ceionius und schlug dem Barbaren seine Faust auf den Kopf, dass dieser in die Knie brach und umkippte. Während sich die Offiziere anschickten zu gehen und die beiden Praetorianer bereits die Schnallen an Varus' Panzer schlossen, rappelte er sich mühsam wieder auf alle viere.

»Wenn die edelsten Opfer tot sind«, keuchte der Gefangene, »bevor die Krieger ihrer habhaft werden, könnten viele eurer Soldaten vielleicht entkommen.«

Die Offiziere blieben stehen.

»Wir sollen uns ... ergeben?«, stammelte einer in der Runde. »Um uns von den Wilden ...?«

Varus schüttelte den Kopf. »Unter diesen Umständen werden wir uns auf keinen Fall ergeben. Aber wenn weder ein Entkommen möglich ist noch ein ehrenhafter Tod ...« Er stand auf und umklammerte Annius' Arm mit schweißfeuchter Hand, zog ihn näher, um ihn den Offizieren vorzuführen wie ein Advocatus das Opfer eines Verbrechens den Richtern zeigt, um sie günstig zu stimmen. »Ich befehle euch das nicht, aber ich bitte euch um der Männer willen, die seit Tagen tapfer und gehorsam für uns gekämpft haben, während Tausende ihrer Kameraden erschlagen oder verschleppt wurden. Es gibt keinen ehrenhaften Weg mehr aus dieser Falle, und wer von uns nicht abgeschlachtet werden will wie ein Schwein am Altar, hat nur noch diese Wahl.«

»Aber was machen wir mit dem da?«, blaffte Ceionius, auf den Gefangenen deutend.

»Schafft ihn aus dem Lager – oder hältst du es für ehrenhaft, aus Rachsucht und Zorn einen gefesselten Mann zu töten?«

Varus tätschelte Annius' Schulter, seine Hand war hart vor Entschlossenheit. Zwei Praetorianern befahl er, die Ketten des Gefangenen zu lösen und ihn hinauszubringen.

»Geht jetzt und tut, was euch richtig dünkt«, sagte er leise zu den Offizieren, ohne seine Hand von Annius' Schulter zu nehmen. Die Offiziere verneigten sich vor ihm, einige schritten rückwärts bis zum Zelteingang, andere wandten sich dort nochmals zu einem letzten Gruß um. Schließlich war Annius mit dem Statthalter und seinem Leibsklaven allein. Die übrigen Diener hatte Varus mit einem Wink – »Sie haben nur das Leben« – weggeschickt. Er schob Annius vor sich her in den abgetrennten Teil des Zeltes, und erst als er sich an eine der Klinen lehnte, die unter seinem Gewicht kippelte, glitt seine Hand endlich von Annius' Schulter. Den Leibsklaven hieß er, Wein aus dem bereitstehenden Krug einzuschenken, reinen Wein, dann deutete er auf eine Truhe, auf der, halb in festes Tuch gewickelt, jener prächtige Dolch lag, den Varus nicht mit in die letzte Schlacht genommen hatte. »Bring mir das, Soldat!«

Annius zögerte.

»Muss es gerade diese Klinge sein, Herr?«

»Nenn mich nicht Herr, Titus Annius – das war doch dein Name, oder nicht?«, und als Annius unsicher nickte, fuhr er fort: »Keine andere Waffe als diese ist die richtige. Sie ist wie eine Allegorie des Verrats, den dieser Mann verübte, und der Leichtgläubigkeit eines alten Mannes, der ihm auf den Leim ging.« Zögernd ergriff er die Waffe.

»Ein prachtvolles Stück«, murmelte er. »Damit einem solch ein Beutestück verliehen wird, muss man Großes vollbringen. Und Arminius hat im Illyricum Großes vollbracht. Ich verstehe ihn nicht ...« Kopfschüttelnd verstummte er, legte den Dolch zurück auf die Kline und nahm einen Kelch aus der Hand des Sklaven, der Annius einen zweiten reichte.

Es war ein schwerer, süßer Wein, schon mit dem nächsten Schluck fühlte Annius sich ein wenig benebelt. Varus schmunzelte, als hätte er das bemerkt, und schickte den Sklaven weg, der nach einigen tiefen Verbeugungen den abgetrennten Teil des Zeltes verließ. Ein schleifendes Geräusch verriet, dass er hinaushastete. Flüchtete. Annius schrak bei dieser Erkenntnis zusammen.

»Ich habe ihm zu verstehen gegeben, dass er sich aus dem Staub machen soll. Und du wirst das auch tun, sobald ich getan habe, was zu tun ist. Das wird mein letzter Befehl an dich sein, Titus Annius.«

Der Statthalter schob die Hände zusammen, zerrte und drehte ungeduldig an seinem Siegelring, bis sich das Kleinod abziehen ließ, das er neben den prunkvollen Dolch legte. Er griff in eine Tasche, die ebenfalls auf der Truhe lag, und zog ein verschnürtes Bündel dünner, kleiner Wachstafeln hervor. »Dies ist ein Brief an meine Frau. Ich schrieb ihn heute vor der Schlacht für den Fall …« Varus biss sich auf die Unterlippe, ließ die Tafeln ebenfalls auf die Kline fallen, öffnete dann die Schnalle seines Gürtels und breitete Gürtel und Schwert neben den Tafeln aus. »Mein Schwert und mein Ring sollen ebenfalls nach Vetera gebracht werden. Mein Leichnam hingegen bleibt hier, und niemand von euch wird ihn anrühren – hast du mich verstanden?«

»Aber wenn die Barbaren –«

»Ich will, dass sie mich finden! Ich will, dass sie triumphieren und darüber die Soldaten vergessen, damit diese fliehen können! Vergiss alles, was man über Totengeister erzählt! Die Leben, die dieses Gemetzel bereits gekostet hat, sind durch meine Leichtgläubigkeit und Blindheit verschuldet – und *wenn* es ein Gericht nach dem Tode gibt, werde ich lange ruhelos büßen müssen, ganz gleich, ob mein Leichnam bestattet wird oder nicht! Und wenn nicht …« Er zuckte die Achseln. »Nun, dann halte ich es mit Epicurus und fürchte den Tod nicht, denn solange ich lebe, ist der Tod nicht hier, und wenn der Tod da ist, dann bin ich nicht mehr hier. Und jetzt hilf mir, Titus Annius, wir haben nicht viel Zeit! Sag mir, was ich tun muss.«

Varus zog den Dolch aus der Scheide. Sofort stieg Annius ein Kloß in die Kehle, und sein Magen verwandelte sich in einen harten, kalten Klumpen. Er räusperte sich, um sprechen zu können, richtete seine Gedanken auf das, was er bei zahllosen Fechtübungen und während der Stunden, in denen er darüber belehrt worden war, wie er verletzte Kameraden behandeln konnte, gelernt hatte.

»Knie dich hin, setz den Dolch unter dem Rippenbogen an – hier.« Er deutete auf eine Stelle ein wenig links von der Spitze des Rippenbogens, ein Stück unter dem Herzen. »Stoße die Spitze hinein, aufwärts unter die Rippen. Dann wirst du das Herz treffen. Aber du musst schnell und hart zustoßen.«

Varus nickte, während er schweigend die glänzende, schön gearbeitete Waffe betrachtete, ein feines Lächeln um die Lippen, das die harten Falten milderte.

»Soll ich es für dich tun?«, fragte Annius leise.

»Du meinst, weil du gelernt hast zu töten?« Der Statthalter blickte ihn aus müden und umschatteten Augen an, die Annius nie so dunkel erschienen waren wie jetzt. »Ich hoffe, meine Kraft reicht ...«

Varus zerrte den schweren Waffenrock über den Kopf und sank auf die Knie, nur mit einer dünnen weißen Tunica voller Schweißflecken bekleidet. Mit beiden Händen tastete er an seinem Rippenbogen entlang, ehe er die Linke nach der Waffe ausstreckte. Zögernd trat Annius zur Kline, nahm die reich geschmückte Scheide des Dolches und hielt Varus die Waffe so hin, dass dieser das Heft umfassen und die Klinge herausziehen konnte. Dann hob er den Blick und schaute Annius an. Düster, entschlossen.

»Wirst du mir helfen? Nur für den Fall, dass meine Kraft versagt.«

Annius schluckte schwer, ehe er nickte. Hinter dem Statthalter kniete er auf dem Boden nieder, auch wenn ein scharfer Schmerz von seinem Knie bis in den Unterleib schoss. So dicht befand er sich bei Varus, dass er den Schweiß des Kampfes, das Blut der Wunden, die der Statthalter davongetragen hatte, roch und den mageren Körper des alten Mannes ebenso spüren konnte wie sein eigenes Zittern. Benommen legte er die Arme um den Statthalter und umfasste dessen Hände, die das Heft des Dolches umklammerten.

Ein rascher Blick über Varus' Schulter zeigte ihm, dass die

Spitze der glänzenden Klinge sich genau an der Stelle in die Tunica bohrte, die er ihm gezeigt hatte.

»Danke, mein Sohn, und lebe wohl«, stieß Varus heiser hervor. »Mögen die Mächte der Unterwelt und die Himmlischen mir gnädig sein.«

Es gab einen Ruck, einen schnellen Stoß, dann ergoss sich ein warmer Schwall über Annius' Hände, und der Geruch frischen Blutes stieg ihm in die Nase, dass sein Magen sich zusammenkrampfte. Er hielt den Mann fest, der in seinen Armen nach Luft rang, jede Faser des alten Körpers angespannt. Die Wellen, in denen das warme, klebrige Blut aus ihm strömte, verebbten, bis er mit einem rauen Ächzen erschlaffte.

Vorsichtig tastete Annius nach Varus' Hals, suchte nach einem Puls, spürte die Haut papieren und kühl unter den nassen Fingerspitzen. Er lehnte sich zurück, bettete den Leichnam behutsam auf den Boden und wischte die Linke an seinem Waffenrock ab, bevor er ihm die lichtlos zur Decke starrenden Augen schloss.

Die Klinge steckte zur Hälfte in der Wunde, die Hände des Toten umkrampften noch immer das Heft, als Annius sich von den Knien erheben wollte. Er schielte nach dem Ring, der neben Varus' Gürtel und Schwertgurt auf der Kline lag. Annius versuchte seiner Gedanken Herr zu werden, die ihn wie aufgescheuchte Vögel zu umflattern schienen. Ring, Brief und Schwert sollte er nach Vetera bringen. Ohne darüber nachzudenken, löste er die Finger des Toten vom Dolch, zog die Klinge aus der Wunde, wobei ein letzter Schwall Blut hervorspritzte. Mit der blutigen Waffe in der Hand sprang er auf, humpelte zur Kline und nahm das Schwert, das er dem Toten in die Hände legte. Mochte die Klinge auch sauber sein, Annius ertrug die Vorstellung nicht, dass der Verräter durch die Wahl der Waffe doppelt über sein Opfer triumphieren würde.

Erst jetzt merkte er, dass ihm Tränen über das Gesicht strömten und seinen Blick trübten. Er würgte an einem Schluchzen, während er den blutdurchtränkten Waffenrock und die ebenfalls feuchte Tunica aufrollte, um den dünnen Riemen zu lösen, der seinen Schurz hielt. Auf diesen Riemen fädelte er den Ring, bevor er beide Enden wieder verknotete. Dort würden die plündernden Wilden vielleicht nicht suchen, falls sie ihn ergriffen. Hastig wischte er den Dolch am Polster der Kline blank und steckte ihn in die Scheide, die er in seinen Gürtel schob. Den Brief stopfte er sich unter den Panzer.

Es war Zeit zu gehen, doch etwas hielt ihn zurück. Er schaute den Toten an, zu gern hätte er die Kandelaber umgestoßen, das Zelt in Brand gesteckt, um ihn vor den Händen der Feinde zu retten, ihn wenigstens notdürftig zu bestatten und die Totengeister zu besänftigen. Doch er hatte geschworen, nichts dergleichen zu tun. Er sollte einfach gehen und die Leiche ihrem Schicksal überlassen. So viele Kameraden um sich scharen, wie er konnte, um den Fängen der rasenden Barbaren zu entkommen und Varus' letzten Befehl auszuführen.

Langsam bewegte er sich rückwärts zum Vorhang, der das Zelt teilte, verneigte sich nochmals und lief dann hinaus in die hereingebrochene Nacht.

Die Dunkelheit umfing Annius mit Kälte, Brandgeruch, Rauch. Überall loderten kleine und große Feuer, Männer rannten durch das Lager, einzeln und in Gruppen, manche trugen Fackeln, und an den Zugängen wogten lärmende Mengen. Auf den Wällen reihten sich Soldaten, um die andrängenden Barbaren abzuwehren. Centurionen und Unteroffiziere versuchten brüllend Ordnung zu schaffen, doch zu viele Soldaten irrten auf der Suche nach Kameraden führungslos herum.

Der Statthalter war tot, vielleicht hatten es ihm einige andere Stabsoffiziere gleichgetan. Hier draußen, inmitten von Auflösung und Verwirrung mutete Varus' Tod unversehens wie feige Flucht vor einem schändlichen Ende an, das er den ihm anvertrauten Soldaten damit keineswegs ersparte. Die Leere, die Annius empfunden hatte, füllte sich mit Verzweiflung und Zorn. Mit geballten Fäusten eilte er hinkend die Lagerstraße hinunter, spähte in der Dunkelheit nach den Hauptleuten. Die Stimmen der Soldaten übertönten das Krachen von Holz und Klirren der Waffen, da sie, in dem Bemühen, gehört zu werden, lauter und lauter schrien.

Annius drängte sich unter die lärmenden Männer, wurde mitgeschoben, bis er fast keine Luft mehr bekam. Endlich erblickte er einen Centurio, der die Versprengten um sich scharte, lenkte und mit heiser gebrüllter Stimme anfeuerte. Sie hatten die Feinde offenbar noch einmal zurückschlagen können. Annius bahnte sich einen Weg durch die Soldaten, bis ihn einer abrupt anblaffte, er solle sich an seinen Platz scheren und die Stellung halten. Als Annius auf den Centurio deutete, versetzte ihm der Soldat einen Stoß, dass er zurücktaumelte und gegen einen Mann prallte, der zuerst stutzte, dann den Schild fallen ließ und ihn umarmte.

»Ich glaub's nicht!«, tönte Sabinus' Stimme. »Du lebst!«

Eine Welle der Erleichterung überflutete Annius, er konnte kaum fassen, dass der Mann, der vor ihm stand, ihn an den Schultern gepackt hatte und lachend schüttelte, tatsächlich Sabinus war, sein Kamerad, mit dem er über Monate eine Stube und auf dem Marsch ein Zelt geteilt hatte.

»Was machst du hier ohne Helm und Schild? So kannst du nicht mit uns kämpfen.« Schief grinsend tippte Sabinus gegen den Stirnschutz seines Helms. »Geh zu den Verwundeten, da kannst du dich eindecken.«

Sein Nebenmann lehnte sich herüber. »Ihr seid Freunde, nicht wahr?« Als sie verdutzt nickten, stellte er den Schild ab und löste seinen Helm. »Du kannst mein Zeug haben, ich besorge mir was Neues. Ist ohnehin schon mein zweiter Satz, und Freunde sollten im Kampf beieinanderstehen.«

»Warte!« Annius hob abwehrend die Hand, aber der Mann winkte ab, reichte ihm nacheinander Helm und Schal und schob ihm den Schild zu. »Mach mir keine Schande! Der Helm gehörte meinem besten Freund«, rief er über den Lärm hinweg, ehe er durch die Menge davonging.

Zögernd wickelte Annius die feuchte, muffige Wolle um den Hals, zog dann den Helm über den Kopf, der ihm ein wenig zu klein war und an den Schläfen drückte. Der fremde Schweiß stieg ihm bitter in die Nase. Fieberhaft rang er nach Worten, wie er den Männern ringsum begreiflich machen könnte, dass ihr Treiben sinnlos war, dass sie für niemanden mehr kämpften außer für sich selbst. Mit dem Schild in der Linken nahm er den Platz neben Sabinus ein.

»Für diesmal haben wir die Kerle wieder hinausgeworfen, aber lange können wir die Stellung nicht halten.« Sabinus rempelte Annius an. »Bin froh, dass du da bist!«

»Varus ist tot«, stieß Annius hervor.

»Tot?«

»Er hat sich getötet, um nicht lebend in die Hand der Feinde zu fallen und –«

»Du lügst doch«, rief Sabinus, während die Nachricht von Mund zu Mund flog, sich ausbreitete wie eine lähmende Welle. Annius erkannte, dass er den Stein ins Wasser geworfen hatte und nicht mehr aufhalten konnte, was jetzt geschah.

»Und die anderen? Die anderen Stabsoffiziere?«, stammelte Sabinus, der sichtlich um Fassung rang.

»Du meinst die, die noch übrig sind?«, entgegnete Annius bitter und zuckte die Achseln.

Angestrengt richtete er den Blick nach vorn; die Lähmung, die die Männer ringsum befiel, verursachte ihm eine Gänsehaut. Varus' Tod, der Anblick seiner schutzlosen Leiche hatte ihn jeder Hoffnung beraubt – und genau das tue er jetzt seinen Kameraden an, schrie etwas in ihm. Etwas, das machtlos war gegenüber der Verzweiflung, die ihn einholte. Sabinus mochte bis jetzt überlebt haben, aber er würde vor Tagesanbruch sterben. Sie alle würden sterben. Jemand stieß ihn an, um ihn auf sich aufmerksam zu machen.

»Was geschieht mit dem Toten? Wird er bestattet?«

Annius schüttelte wortlos den Kopf.

»Und wenn Feinde ins Lager eindringen und die Leiche finden ...?« Der Soldat schluckte sichtlich. »Oder hält jemand Wache?«

Annius antwortete nicht, er zog nur schweigend die Schultern hoch. Hinter ihnen gerieten die Männer in Bewegung, und eine befehlsgewohnte Stimme bellte über ihre Köpfe hinweg.

»Der dreckige Hund hat erreicht, was er will!« Es war Ceionius, der sich einen Weg durch die Reihen der Soldaten bahnte. »Wir haben die Schlacht verloren, der Statthalter ist tot, und uns bleibt nichts mehr, als den Rest des Heeres hier herauszuholen. Ich werde jetzt hinausgehen und mit den Barbaren über freien Abzug verhandeln.«

»Was sollen wir ihnen denn bieten?«, rief der Centurio, der ihn begleitete. »Die lassen uns doch unters Joch gehen!«

»Wir haben noch die Soldkasse und einige wertvolle Gegenstände aus dem Besitz des Statthalters und anderer hoher Offiziere«, erwiderte Ceionius, just als er sich an Sabinus und Annius vorbeidrängte. »Die Barbaren werden diese Beute sicherlich lieber kampflos erringen wollen.«

Die verbliebenen Bogenschützen, keine hundert mehr, schoben sich hinter ihm durch die Menge. Als der Lagerpraefect vor den Soldaten stand, musterte er sie scharf und hob gebieterisch die Hände.

»Die drei vorderen Reihen auf den Wall!«, befahl er. »Ihr gebt den Bogenschützen Deckung.«

Annius hörte nicht mehr, welchen Befehl Ceionius den übrigen Soldaten gab, er erklomm bereits neben Sabinus den Wall. Aber ein Blick zurück zeigte ihm, dass die anderen sich hinter dem Tor aufstellten, eine gestaffelte Schlachtreihe, die keine großen Barbarenhorden abwehren könnte. Oben auf dem Wall stellten die Soldaten sich zu einer Schildmauer auf, dahinter knieten die Bogenschützen.

Als Annius über den Rand des Schildes spähte, verschlug es ihm den Atem. Auf den niedergetrampelten Wiesen lagen zahllose, wie zufällig verstreute, dunkle Bündel, zwischen denen Krieger mit Fackeln umhergingen, hier und da stehen blieben, etwas aufsammelten. Wie eine finstere Masse zeigte sich in der Ferne ein feindlicher Heeresteil, umfunkelt von flackernden Lichtern. Fröstelnd drehte er sich um und sah Sabinus in gebanntem Entsetzen in die Nacht hinausstarren.

Unten machte Ceionius sich mit zwei Centurionen und weiteren Gefreiten bereit hinauszugehen. Er hatte sich einen Lanzenschaft, der mit schmutzig weißen Bändern umwickelt war, und seinen Stab, das Abzeichen seiner Befehlsgewalt, über den Arm gelegt. So durchschritt er mit seinem kleinen Gefolge die Lücke im Wall, die den Zugang zum Lager bildete.

Eine Reiterschar löste sich aus der Masse der Feinde und näherte sich im verhaltenen Trab. Annius glaubte, den Mann an ihrer Spitze zu erkennen, den Anführer der Meuterer und Aufständischen, bei dessen Anblick ihm das Herz bis zum Halse schlug und er unwillkürlich nach dem Heft seines Schwertes tastete. Die Männer näherten sich auf etwa fünfzig Fuß, sie begrüßten einander, doch ihre Worte verwehte der Wind. Währenddessen stellten sich die Reiter in einem weiten Bogen vor Ceionius und seinen Begleitern auf, nur ihr Anführer hatte sich aus der Gruppe gelöst und den Römern genähert. Er lachte hellauf, ließ sein Pferd einige Schritte rückwärts machen, hob die Arme in einer hilflos anmutenden Geste und schüttelte den Kopf.

Im nächsten Augenblick kam Bewegung in die Reiter, und eine Salve von Wurfspießen ging auf die Abgesandten nieder, ungeachtet des mit weißen Bändern umwickelten Stabes. Ein Schrei flog über den Wall, aber ehe die Bogenschützen ihre Pfeile abschossen, hatten die Barbaren weitere Spieße abgefeuert. Die Menge in der Ferne erhob ihr dumpf grollendes Gebrüll und wälzte sich auf den Wall zu, eine bedrohliche Woge, an deren Spitze sich die Reiter setzten, allen voran ihr Anführer, der mit erhobenem Schwert über Ceionius und die anderen hinwegritt.

Annius stockte der Atem, und der Schrecken über diesen schier unfassbaren Frevel schien wie Brandung über den Wall hinwegzurasen. Diesmal überwand die schiere Masse der Angreifer den Graben, ungeachtet des dornigen Astwerks, das ihr Vorrücken behinderte. Auf allen vieren erklommen sie den auf der Außenseite steileren Wall, während viele Soldaten noch mit dem Schock über den ruchlosen Mord an den Gesandten rangen. Die Schildmauer geriet ins Wanken, bevor die Feinde sie erreichten, sie zerriss, als die ersten Soldaten die Flucht ergriffen, die Bogenschützen voraus. Annius packte Sabinus' Arm und zerrte den Widerstrebenden mit sich, den Kamm des Walles entlang. Zwei Krieger verfolgten sie, jetzt sträubte sich Sabinus nicht länger, und Annius hielt seinen Schild dicht neben dem des Sabinus, ließ dessen Arm fahren und zückte stattdessen sein Schwert. Als einer der Barbaren brüllend vorpreschte, sein runder Schild gegen Annius' langen krachte, fing Annius den Schwung ab und hieb dem Barbaren das Schwert auf die Flanke. Ein schneller Stich traf über den Rand des Holzes das Gesicht des Barbaren, dass dieser aufschrie und zurücktaumelte.

Sabinus hatte unterdessen den zweiten abgewehrt, so konnten sie sich rasch ein Stück zurückziehen, während weitere Soldaten und Barbaren nachrückten, sich in ein Handgemenge verwickelten. Klingen blitzten im Dunkel auf, Körper prallten auf den Boden, rollten den Hang hinunter. Plötzlich erkannte Annius unter den Soldaten Blaesus und Venicius, die ihn ungläubig anstarrten. Ein feiner Schauer durchlief ihn.

Rings um das Tor tobte ein wildes Gefecht, mitten im Lager loderten Feuer inmitten umherrennender Schatten, fraßen auch das Zelt des Varus. Offenbar versuchten Soldaten, den Leichnam des Statthalters zumindest zu verbrennen, um ihn dem Zugriff der Barbaren zu entziehen, doch das durchweichte Leder war zu zäh für die Flammen, und der Barbaren gab es zu viele. Annius schaute seine verbliebenen Kameraden an, einen nach dem anderen. Sie mussten weg. Irgendwohin. Eine Richtung einschlagen, mit der die Barbaren vielleicht nicht rechneten.

»Folgt mir!«, rief er, wandte sich um und eilte zum Eck des

Walles. Die Schmerzen in seinem Knie schienen verschwunden, als tue ihm die Belastung gut. Er hörte ihre Schritte hinter sich, hob an der Kante den Schild über den Kopf und rutschte den Hang hinunter, gefolgt von den anderen. Auf dem Grund des Grabens stakste er durch das spitze Reisig, kämpfte sich auf der anderen Seite hoch und rannte in Richtung des Auwaldes.

Bäume und Laub dämpften den Lärm, als wollten sie ein kleines Friedensreich inmitten der Vernichtung bewahren. Doch auch hier lagen die nackten Leichen Gefallener, umspült von den Armen eines Baches. Venicius hatte eine Fackel gerettet, deren zuckendes Licht ihnen leuchtete. Wortlos verständigten sie sich, Erfahrung ergab das Übrige. Mit nassen Füßen tappte Annius durch das Bachbett und sah sich um. Keine Verfolger. Wie durch ein Wunder waren sie entkommen.

Eine kleine Glocke bimmelte durch die Dunkelheit, eine Maultierglocke. Ein lächerlicher Ton in dieser Finsternis. Dann ein Schnauben. Sabinus lehnte seinen Schild an einen der dünnen Baumstämme und ging voraus, schnalzte leise mit der Zunge und lockte mit seiner Stimme, bis der Schatten eines Maultiers sich zwischen den Bäumen löste und näher kam.

»Die Götter seien gepriesen!«, rief Blaesus, als Sabinus die hängende Führungsleine aufnahm, während das Maultier vergeblich in seinen Händen nach Leckereien suchte. »Das Vieh hilft uns weiter.«

Ein bitteres Lachen löste sich in Annius' Kehle, kaum mehr als ein leises Prusten. Er blickte sich um, tastete durch den Stoff von Waffenrock und Tunica nach dem Ring an seiner Hüfte. Der Dolch drückte schmerzhaft. Er durfte sich jetzt nicht hinsetzen, auch wenn er noch so erschöpft und übermüdet war. Sie mussten weiter. Mussten hoffen, dass die Barbaren zu beschäftigt waren, um eine Handvoll Flüchtlinge für wichtig zu halten.

*

Behutsam strich Thiudgif Sura über die Wange, so leid tat es ihr, das Mädchen zu wecken. Doch sie mussten aufbrechen, es war gefährlich genug gewesen zu rasten. Erst im Morgengrauen hatte Thiudgif es gewagt, eine Herdstelle zu errichten und ein Feuer zu entfachen, das keinen Rauch verursachte, sondern lediglich Glut. In einem kleinen Bronzeeimer, den eine der Frauen hatte retten können, kochte Grütze aus bitterer Grassaat; Thiudgif hatte etwas davon für Sura auf ein großes Blatt gefüllt und mit Beeren, die sie in der Dämmerung gesucht hatte, genießbar gemacht.

Endlich öffnete das Mädchen die Augen, blinzelte und verzog sogleich das Gesicht. Thiudgif tätschelte ihre Schulter und setzte ein aufmunterndes Lächeln auf.

»Komm, ich bringe dir Wasser und etwas zum Essen. Wir brechen bald auf.«

»Ich will aber nicht weitergehen!«, maulte Sura. »Meine Füße tun weh, meine Beine auch, und mir ist kalt.«

»Deine Mutter würde weinen, wenn du nicht mit uns kämst.«

»Dann bleibt sie eben auch hier!«

»Nein, mein Augenstern«, mischte sich Amra ein, »ich bleibe nicht hier, und du auch nicht. Steh auf, reinige dich und dann lass uns beten.«

»Beten!« Kaum hörbar wiederholte Sura das letzte Wort ihrer Mutter und so abfällig, dass Amra ihr eine klatschende Ohrfeige verpasste. Das Mädchen hielt sich die Wange und brach in Tränen aus. »Ich will zu Tata!«

Amras Schultern sanken herab, der Ausdruck der Entschlossenheit in ihrer Miene erlosch. Dass Sura den verschollenen Vater vermisste, war nicht verwunderlich. Es hätte nicht viel gefehlt, und Amra wäre auf dem Weg, den sie gestern zurückgelegt hatten, umgekehrt, um nach ihrem Statilius zu suchen. Nur mühsam hatte Thiudgif sie davon abhalten können, allein die Bitte, ihre Tochter zu retten, hatte die Mutter umgestimmt. Den Verlust der Magd hatte sie hingenommen, den ihres Mannesertrug sie nicht. In der Nacht hatte sie lautlos geweint, während Thiudgif sie in den Armen hielt, weil ihr auch nichts Besseres eingefallen war, um die Unglückliche zu trösten.

Langsam stand Thiudgif auf und begab sich zu der Ältesten in ihrer kleinen Schar, einer lauten, gemeinen Frau namens Fausta, die Amra und Sura unter dem Gelächter der anderen mit derben Zoten bedachte.

»Schweinefraß!«, blaffte Fausta und schleuderte das große Blatt mit dem gesüßten Mus von sich.

»Du musst es ja nicht essen«, entgegnete Thiudgif spitz. »Sicher wirst du auf unserem Weg genügend Garküchen finden, wo du speisen kannst.«

»Blöde Gans! Wo hast du uns überhaupt hingeführt? Mitten in die Wildnis! Was sollen wir hier? Ist das etwa besser als das, wo wir herkommen?« Und als Thiudgif nicht sofort antwortete, überschüttete sie sie mit einem Schwall von Beschimpfungen, denen nicht erst am Gekicher der anderen Weiber anzumerken war, wie unflätig sie waren. Thiudgif spürte, wie der Zorn ihr das Blut in die Wangen trieb. Ohne zu zögern, schlug sie der keifenden Frau ins Gesicht und weidete sich an deren bestürzter Miene.

»Geht allein, wenn meine Führung euch nicht passt!«, blaffte sie, wirbelte herum und stampfte davon.

Aus den Augenwinkeln bemerkte sie das anerkennende Lächeln der beiden Freigelassenen. Sie hatten sich aus langen, geraden Ästen Wurfspieße geschnitten, die sie nun zuspitzten. Sie würden mit ihr, Amra und Sura gehen, und die schlechten Weiber sollten zusehen, wie sie sich behülfen. Sie kehrte zu Mutter und Tochter zurück, die ihre Gebete inzwischen verrichtet hatten und mit Mund und Fingern Mus von den Blättern aßen. Während Amra nicht anzumerken war, was sie von dem kleinen Streit hielt, funkelte in Suras Augen helle Freude.

Weil Gras und Moos taufeucht waren, ließ Thiudgif sich neben den beiden Frauen auf einer Wurzel nieder. Ihre Mahlzeit war inzwischen kalt geworden, aber das störte sie nicht weiter. Sie blinzelte zum Himmelsblau auf, das zwischen den Wolken hervorleuchtete, um herauszufinden, wo genau sich die Sonne befand. Es war noch früh, sie waren über die ersten Hügel gekommen, lagerten auf einer Lichtung, die vor einiger Zeit beweidet worden war, wie sie aus dem Wuchs der Bäume und Sträucher geschlossen hatte. In den Beerensträuchern hatte sie Flocken von Schaffell entdeckt. Auch die Suche nach Reisig für das Feuer hatte sich als schwierig erwiesen, weil im umgebenden Wald kaum totes Holz lag; es bestand kein Zweifel daran, dass ein Dorf in der Nähe lag, dessen Bewohner sich hier versorgten. Sie würden auf Spuren achten müssen, auf Pfade.

Thiudgif musterte der Reihe nach die Frauen und die beiden Freigelassenen, die die Spitzen ihrer Speere im Feuer härteten. Niemand von ihnen würde in dieser Wildnis überleben, niemand außer ihr, Thiudgif, Tochter des Sahsmers, die solche Wälder seit Kindesbeinen kannte, wusste, welche Pflanzen essbar und welche giftig waren, wie man Niederwild fing, Schwarzkitteln und Raubzeug aus dem Weg ging, welches Tier welche Spuren hinterließ. Sie glaubte zu fühlen, wie das Blut warm durch ihre Adern strömte, reckte sich ein wenig und lächelte. Selbst das fade Mus mit den säuerlichen Beeren schmeckte ihr. Annius wäre stolz auf sie.

Bitterkeit schlich sich in ihr Herz, und Tränen stiegen ihr in die Augen. Sie krampfte die Rechte um die Wachstafeln, die sie sich fest an den Leib gebunden hatte, würgte den Rest ihrer Grütze hinunter, warf das Blatt beiseite und erhob sich.

»Wir haben noch einen langen Weg vor uns«, sagte sie und warf sich zum Zeichen des Aufbruchs das über Nacht getrocknete Manteltuch um die Schultern. Die beiden Freigelassenen erhoben sich und schulterten ihre neuen Waffen, die anderen Frauen ließen sich Zeit, einige murrten sogar.

Forsch schritt Thiudgif voran, beäugte wachsam die Umgebung, suchte nach Spuren. Sie ging voraus, weil ihr zum Weinen zumute war, aber niemand sie so sehen sollte, und sie ging so schnell, dass Verwünschungen hinter ihr ertönten.

Als sie das helle Grün eines Wiesengrundes zwischen den Bäumen hindurchleuchten sah, gab sie den anderen Zeichen, zu warten und leise zu sein, ehe sie hinuntereilte, um aus dem Schutz des Dickichts Ausschau zu halten. Vor ihr lag Weideland, im Talgrund wuchsen buschige Korbweiden und Erlen, ein Dorf war nicht zu sehen, auch wenn sich mehrere Hügel vor ihr erhoben. Der nächste Waldrand war weit entfernt; die nächste Hügelkette nur ein blasser Schatten.

Als Thiudgif sicher war, dass sie keinem Menschen begegnen würden, wollte sie zu den anderen zurückkehren, drehte sich um und wäre beinahe mit Thiaminus zusammengeprallt, der ihr nachgegangen war. Als sie vor dem Speer erschrocken zurückfuhr, hob der junge Mann beschwichtigend die freie Hand, sagte, er wolle sie nur beschützen, sie sei unersetzbar. Lächelnd ging Thiudgif an ihm vorbei und winkte den anderen, ihnen zu folgen.

Der Weg durch das Tal führte sie zu einem Flüsschen, gesäumt von Weiden und Erlen. Hier konnten sie kurz rasten, die Füße ins Wasser tauchen, etwas trinken und Beeren von den Hecken naschen, nachdem sie Thiudgif gefragt hatten, ob diese Früchte genießbar seien. Während die meisten auf Steinen am tief eingeschnittenen Bett des Flüsschens saßen, spähte Thiudgif nach der nächsten Hügelkette.

»Wir müssen wieder in den Schutz des Waldes«, murmelte Amra.

Thiudgif nickte, sah nach der Sonne am spärlich bewölkten Himmel und stellte beruhigt fest, dass es noch nicht Mittag war.

»Wenn wir heute Abend hinter dem nächsten Hügelkamm lagern, bin ich zufrieden«, sagte sie.

»Weißt du, wo wir sind? Wenigstens ungefähr?«

»Im Gebiet der Brukterer«, erwiderte Thiudgif. »Wenn wir uns genau zwischen Mittag und Sonnenuntergang halten, treffen wir unweigerlich auf die Lupia und haben es nicht mehr weit bis zum Rhenus.«

»Bist du sicher?«

Zögernd befeuchtete Thiudgif ihre Lippen und senkte den Kopf, während Amras Blick auf ihr ruhte. Schließlich legte die Frau eine Hand um Thiudgifs Arm, drückte sanft zu.

»Wir haben ohnehin keine andere Wahl. Ich sorge mich nur um Sura. Auch wenn sie kein Sohn ist, schulde ich meinem Mann das Leben seines Kindes. Sie ist alles, was von ihm bleibt.«

Als Thiudgif den nassen Glanz in Amras Augen bemerkte, strich sie mit den Fingern tröstend über ihre Hand. »Ich glaube, wir haben einen guten Vorsprung. Den müssen wir nutzen.«

Doch Amra ließ nur müde den Kopf hängen, und dann rollten die Tränen über ihre Wangen. Rasch schloss Thiudgif sie in die Arme, zog sie fest an sich und strich ihr über das vom Mantel verborgene Haar. Der säuerliche Geruch ungewaschener Haut, kaum übertüncht von zerdrücktem Moos und Gras und modriger Erde, stieg ihr in die Nase und sie schämte sich ein wenig für ihr eigenes Zeug, als Amra sie ihrerseits umschlang.

»Versprich mir – nein, schwöre mir, dass du mein Kind vor allem Bösen behüten wirst, wenn mir etwas zustößt!«, flüsterte sie.

»Dir wird nichts zustoßen«, entgegnete Thiudgif.

»Ich flehe dich an, im Namen deiner Mutter, die dasselbe für deinen Vater täte!«

»Meine Mutter ist schon lange tot, Amra, und selbst wenn ich Sura mitnähme, könnte ich sie doch nicht nach deiner Sitte aufziehen.«

»An den Häfen entlang des Rhenus wohnen Menschen von meinem Volk. Nenne ihnen den Namen meines Mannes, Quintus Statilius, dann werden sie seine Tochter freudig als ihr Kind aufnehmen.«

»Bist du sicher?«

Der beschwörende Blick aus Amras schwarzen Augen ließ Thiudgif nachgeben. »Gut, ich verspreche dir, dass ich Sura zu Menschen deines Volkes bringen werde, falls dir etwas zustieße.«

Wieder rannen Tränen über das trotz der Jahre schöne Gesicht, dann schmiegte sie sich fest an Thiudgif und flüsterte Dankesworte und fremd klingende Segenssprüche in deren Ohr. Schließlich gelang es Thiudgif, sich aus der Umarmung zu befreien und Amra zum Weitermarsch zu bewegen. Obwohl ihr der Gedanke an das Versprechen Unbehagen verursachte, erhob sie keinen Einspruch, als Amra und Sura gleich hinter ihr gingen und dann erst die beiden Freigelassenen und die kleine Schar der Frauen folgten.

Sie durchwanderten die Ebene, stießen schließlich auf abgeerntete Äcker, was Thiudgifs Wachsamkeit noch schärfte. Eine der Frauen hatte ihr mitteilen lassen, dass sie keinen Schritt weitergehen würden, wenn sie befürchten müssten, entdeckt zu werden. Thiudgif vertraute auf den Schutz der Hecken und Apfelbäume an den Feldrainen und folgte den Pfaden zwischen den Feldern. Nachdem sie eine Senke durchschritten hatten, erblickte Thiudgif auf dem Kamm eines langgestreckten Hügels, hinter den Überresten einer niedergerissenen Palisade, die geduckten Dächer eines Dorfes. Sie erstarrte, winkte den anderen, stehen zu bleiben, dann spähte sie über die Hecke hinweg, die sie schützte. Da war kein einziger Rauchfaden. Thiaminus schlich näher und kauerte sich neben sie. Ihr verärgertes Stirnrunzeln schien ihn nicht zu stören.

»Ein Dorf?«, flüsterte er, und als sie nickte, setzte er nach: »Bedeutet das Gefahr?«

»Keine Sorge, das Dorf scheint verlassen«, erwiderte sie. »Wahrscheinlich waren die Aufständischen hier.«

»Du denkst ...?«

»Dass Arminius' Leute sich Vieh und Getreide und die waffenfähigen Männer geholt haben – wundert dich das?« Unter hochgezogenen Brauen musterte sie Thiaminus, der leicht errötete. Eigentlich war er ein hübscher Bursche mit Augen von der Farbe reifer Haselnüsse, weichen Zügen, umrahmt von dunkelbraunen Locken, einer, in den ein Mädchen sich leicht verlieben konnte. Ohne den Blick von ihm abzuwenden, tastete sie nach den Wachstafeln an ihrem Leib. Sie wusste ja nicht, was mit Annius war, sie war einfach weggelaufen. Sie musste den Weg nach Hause finden, wo ihr Vater sicher auf sie wartete. Sie durfte sich nicht anrühren lassen, auch nicht im Herzen.

»Was ist los?«, schnarrte Faustas Stimme hinter ihnen. »Was schäkert ihr da herum, wo ihr doch sonst so scham-«

Ihre raue Stimme erstarb, und sie starrte über die Hecke hinweg, ließ die schlechten Zähne sehen. Es dauerte eine Weile, ehe sie die Lippen schloss, die Zunge darüberschnellen ließ. »Was machen wir jetzt?«

»Weitergehen«, entgegnete Thiudgif trocken. »Das Dorf ist verlassen, auf den Äckern droht uns keine Gefahr.«

Rasch erhob sie sich und setzte ihren Weg fort, achtsam den Pfützen und Schlammkuhlen ausweichend. Sie mussten vorsichtig sein und sich zwischen den Hecken zum Waldrand schleichen – nicht aus dem Dorf drohte ihnen Gefahr, sondern aus dem Wald vor ihnen. Dorthin, davon war Thiudgif überzeugt, hatten sich die Dörfler geflüchtet.

XIII

Benommen blinzelte Caldus. Ein scharfer Ruck hatte ihn aus der trügerischen Zuflucht gerissen, mit der die Erschöpfung ihn umhüllt hatte. Ein paar halbwüchsige Jungen standen feixend vor ihm. Einer legte einen Finger an die Nase und rotzte auf den Boden, dann lachten sie. Caldus hatte Neffen, die so alt waren wie diese Jungen. Er spürte, dass ein Speichelfaden von seinen Lippen troff, aber es drang nicht wirklich zu ihm durch. Ein kalter Luftzug fuhr durch das dünne Hemd, das sie ihm als letztes Kleidungsstück gelassen hatten, und ließ ihn frösteln. Eiserne Ringe waren um seine Handgelenke gelegt worden. Die Ketten daran waren an Ästen hoch über seinem Kopf befestigt, die Füße an tief in den Boden gehämmerte Pflöcke gekettet. Mit ausgebreiteten Armen schaukelte er in diesen Fesseln, die Knie brachen ihm weg, wenn ein Gott wie Morpheus seinen Geist gnädig entrückte; aber schon bald weckte ihn wieder der reißende Schmerz in Handgelenken und Schultern. Die klebrigen, warmen Spuren auf seinen Armen waren Blut, das unter den Eisenringen hervorquoll.

Die Wilden taten ihm nichts weiter, ebenso wenig wie den übrigen Stabsoffizieren und Centurionen, die man hierhergeschleppt und auf die gleiche Weise gefesselt hatte. Caldus erkannte den Primipilus der Siebzehnten, Quintus Sertorius, der mit einem Verband um den Kopf in den Ketten hing, und mehrere ritterliche Tribune, einige junge Volontarier aus besten Familien. Ein paar Barbaren hielten Wache, schirmten die Gefangenen von den anderen ab, die ihren Sieg feierten. Obwohl hierher nur der Lärm drang und das Flackern der Freudenfeuer zwischen den Bäumen hindurchblitzte, glaubte Caldus, einen solchen Taumel in seinem ganzen, allzu kurzen Leben noch nicht erlebt zu haben. Nicht nur, dass sie mit vom Rausch heiseren Stimmen Siegeshymnen und Spottgesänge durch die Nacht grölten, er hörte auch gequältes Wimmern und spitze Schreie, die davon zeugten, dass die Kerle sich nicht nur mit dem Wein, den sie in den vergangenen Tagen erbeutet hatten, vergnügten. Irgendwann hatten zwei Männer einen nackten Körper, der sich verzweifelt wand, hergeschleift und einem der Wächter zugeworfen. Caldus hatte die Augen zugekniffen, aber er musste das Winseln anhören, dumpfe Schläge, ersticktes Ächzen, dann ein schnelles rhythmisches Klatschen, als schlüge jemand nasse Wäsche aus, und trockenes Keuchen, das erstarb, ehe sich alles nach einem kurzen brummigen Wortwechsel wiederholte.

Caldus hatte den Kopf in den Nacken gelegt und Morpheus um Schlaf gebeten; er hatte nichts mehr, was er dem Gott versprechen konnte, musste auf dessen willkürliche Gnade hoffen, flehte lautlos darum, dass seine Erinnerung verschlossen werden möge. Als seine Kraft ihn im Laufe der Nacht verließ, brachen seine Knie immer öfter weg, sodass die Ketten seine Arme aus den Gelenken zu reißen drohten. Der Schmerz hatte ihn schließlich erbrechen lassen, doch die Hoffnung, daran zu ersticken, hatte sich nicht erfüllt.

Erst als das Ende der Nacht alles in mattes Grau tauchte, legte sich der Lärm; stattdessen erschienen Männer in langen, hellgrauen Gewändern, zogen gemessenen Schrittes von einem der Gefangenen zum anderen und besprengten die geschundenen Körper mit Wasser aus einem mitgeführten Kessel, während sie Beschwörungen raunten. Einen Atemzug lang kam ihm die Scham zu Bewusstsein, dass er sein Wasser verloren und sich beschmutzt hatte, doch auch das versank in Bedeutungslosigkeit. Er senkte die Lider und ließ die barbarischen Priester gewähren.

Unvermittelt schlüpfte bittere Angst in sein Herz, die Nackenhaare sträubten sich, Schweiß brach aus allen Poren. Man würde sie alle, die hier aufbewahrt wurden, als Opfer für einen finsteren, grausamen Gott schlachten. Krampfhaft zerrte Caldus an den Ketten, beachtete den Schmerz nicht, als das Eisen in die Wunden schnitt, bis die todeskalten Glieder so sehr zitterten, dass sein Körper den Dienst verweigerte und erschlaffte. Er hörte sich schluchzen, spürte, wie der heiße Zorn aufloderte.

Gnädig senkte sich ein matter Dämmerschlaf über ihn, und Bilder rasten an ihm vorüber, als falle er in einen unendlich tiefen Brunnen. Er sah sich auf seinem Pferd einen Hang entlangstürmen, und das Herz schlug ihm bis in den Hals hinauf, Barbarenkrieger rannten auf ihn zu, Keulen und Klingen über dem Kopf schwingend. Ihr Brüllen dröhnte in seinem Kopf. Der mutige Gefreite, Titus Annius, drängte sich dazwischen. Dieser Mann durfte nicht in die Hände der Barbaren geraten, er hatte ihm schon einmal das Leben gerettet. Durch einen harten Schlag auf die Kruppe hatte er Annius' Pferd fortgejagt. Inständig hoffte Caldus, das durchgegangene Tier möge den Mann außer Gefahr gebracht haben, die Schuld möge beglichen sein, Leben um Leben.

Oder falls er den Tod gefunden haben sollte, dann einen ehrenhaften, weder in solch schändlichen Ketten noch durch Martern, denen die gefangenen Soldaten unterzogen wurden, bis sie kreischten und flennten.

Ein Stoß weckte ihn unsanft. Rasselnd lösten sich die Ketten, dass er haltlos in die Arme eines Barbaren sackte, der ihn auf die Füße stellte, aber nicht losließ. Ohne diese Stütze wäre Caldus augenblicklich zu Boden gesunken, bevor der andere Mann die Ringe um die Fußknöchel hätte lösen können. Ein dritter, ein Junge im langen weißen Kittel, bestrich die verkrusteten Wunden mit duftender Salbe und umwickelte sie mit dünnen weißen Wollbinden. Verwirrt nahm Caldus hin, dass ihm anstelle der Eisen nun Lederriemen als lose Fesseln angelegt wurden. Ein Greis im ungegürteten grauen Gewand trat murmelnd vor ihn und malte mit dem Daumen ein Zeichen über seiner Nase.

Caldus kämpfte gegen den Schwindel. Man flößte ihm Wasser ein, dann einen Holzlöffel voller Honig, der klebrig auf der Zunge lag und in den etwas Bitteres gemischt war. Er würgte, um das Zeug auszuspeien, doch starke Hände packten ihn und hielten ihm den Mund zu. Er war zu entkräftet, um sich gegen die Gewalt aufzubäumen, und schluckte widerwillig. Der Greis tätschelte ihm die Wange, begab sich zum nächsten Gefangenen, der wütend mit seinen Peinigern rang.

»Kein Gift«, sagte der Junge, der bei Caldus geblieben war. »Macht nur still, aber kein Gift.«

Sie hatten ihm also etwas eingeflößt, damit er ruhig wurde, wie man es mit Opfertieren machte, die durch eine große Volksmenge zum Altar geführt wurden. Er schnaubte verächtlich. Es fehlte noch, dass man ihn und die anderen mit Kränzen und Bändern schmückte.

Sertorius hatte teilnahmslos in seinen Fesseln gependelt und ließ ebenso teilnahmslos die Behandlung über sich ergehen, während Caldus den stinkenden Wächter von sich geschoben hatte und mit den Fingerspitzen Augen und Schläfen rieb. Langsam setzte sich ihr Zug in Bewegung, Krieger und halbwüchsige Jungen begleiteten die Gefangenen. Man führte sie auf einen breiten, ausgetretenen Weg, und Caldus zählte seine Schritte. Das Frösteln ließ nach, er fühlte sich leichter, wenn auch ein wenig benebelt. Das war nicht mehr bloße Erschöpfung, sondern die Wirkung dessen, was sie in den Honig gemischt hatten. Mohnsaft, argwöhnte er. Fehlten also noch die Kränze und Bänder. Er spürte das dümmliche Grinsen, konnte aber nichts dagegen tun.

Sie bogen in einen schmalen Karrenweg mit frischen, tief eingeschnittenen Räderspuren ein, blieben stehen. Vor ihnen ertönten brüchige Stimmen alter Männer in einem misstönenden Gesang. Erst nach einer Weile ging es weiter, tiefer in den Wald. Gelegentlich erreichte ihn wie aus weiter Ferne die Erkenntnis, dass man sie zu Tode führte, doch ihm war, als geschähe dies einem anderen, als gäbe es nichts, das ihn anrühren könnte. Nicht einmal die kalten Finger der Dämmernebel, die zwischen den Bäumen schwebten und dünner wurden, je weiter sie bergauf gingen.

Das Laub war still, stattdessen hörte man das Rauschen einer Menschenmenge, der sie sich näherten. Schließlich erreichten sie eine weite Lichtung, wo der Lärm vieler unruhiger Männer sie empfing, das gedämpfte Rasseln von Rüstungen und das Waffengeklapper eines aufgestellten Heeres. Sie standen im Halbkreis, füllten beinahe eine Hälfte der Lichtung, die ein Eichenwald und eine übermannshohe Felswand begrenzten. Als ihr Zug zum Stehen gekommen war, schoben die Bewacher Caldus nach vorn, neben Sertorius, der unter halb geschlossenen Lidern ins Leere starrte.

Zwei Männer lösten sich aus den Reihen der Krieger, angetan mit weißen Umhängen, gefolgt von einem eilfertigen jungen Burschen. Caldus, vor dessen Augen alles ein wenig verschwamm, spähte angestrengt in die Gesichter der beiden, bis ihm im Augenblick des Erkennens der Atem stockte. Er hatte es geahnt, eigentlich gewusst, aber Arminius' hartem Blick in diesem Zustand standhalten zu müssen, drohte seine verbliebenen Kräfte zu übersteigen. Der andere, Segimerus, musterte ihn nicht weniger kühl; er hinkte im Gegensatz zu Arminius, der sich mit federnden Schritten näherte. Sie verneigten sich vor den grau gewandeten Greisen, dann nahm Arminius Caldus und Sertorius am Arm und führte sie einige Schritte vorwärts, rief seinen Männern ein paar Sätze zu, die sie mit Freudengebrüll und lautem Waffengeklapper beantworteten. Er hielt keine Rede, nur eine kurze, von Beifallsstürmen unterbrochene Ansprache, von der Caldus kein Wort verstand. Für ihn war es lediglich ein Schwall kehliger Laute, die unter den Kriegern einen wahren Aufruhr auslösten, in ihm aber nur die ferne Ahnung einer Bedrohung.

Während die Krieger noch lärmten, wandte sich Arminius zu Caldus um. »Ich nehme an, du hast kein Wort verstanden.« Und ehe Caldus etwas erwidern konnte, fuhr Arminius fort: »Ich habe ihnen eröffnet, dass wir heute unser Gelöbnis erfüllen werden, bis zum letzten Tropfen Blut werden wir die Besiegten jener Macht zum Opfer darbringen, die uns diesen Sieg schenkte. Und als edelste Gaben sollen mit Sertorius einer der mutigsten Centurionen und mit dir ein Jüngling aus vornehmstem Geschlecht dienen.«

Sein scharfer Blick bohrte sich in Caldus' Augen, während dieser fieberhaft nachzudenken versuchte.

»Der Mutigste und der Vornehmste also«, hörte Caldus sich lallen. »Und einen Vornehmeren als mich hast du nicht aufzubieten?« Er zögerte. »Varus – den hast du nicht in deine Gewalt bekommen?«

Arminius' Gesicht verfinsterte sich, und seine Brauen bildeten einen einzigen, von einer senkrechten Falte durchschnittenen Strich aus rotblondem Haar. Eine bittere Lustigkeit sprudelte in Caldus' Brust auf, er gluckste mehrmals, prustete dann, bis Arminius ihn roh am Arm schüttelte. Jemand rannte zu ihnen, in der Faust ein dunkles Etwas, bedeckt von grauem Haar, in das er die Finger krallte. Caldus sah ein von Brandwunden entstelltes Gesicht, die Augen geschlossen, der Mund klaffte. Die Züge des Statthalters waren kaum noch zu erkennen.

»Sein verfluchtes Haupt habe ich, und das wird mir ein gewaltiges Bündnis einbringen, dem ihr nichts mehr entgegenzusetzen habt. Alles Land diesseits des Alpengebirges wird uns gehören und aufgeteilt werden unter unseren Völkern. Und dann werden wir eure heilige Italia bestürmen und die Mauern eurer Stadt brechen wie dereinst die Gallier! Aber wir werden euch nicht nur all eurer Reichtümer berauben und eure Häuser und Mauern niederbrennen, sondern eure Kinder schlachten und eure Frauen. So wie wir jedem Einzelnen von euch die Haut abziehen und das Fleisch von den Knochen schneiden werden, ehe ihr sterben werdet. Und jeder Tropfen eures Blutes, den wir von Beginn dieser Schlacht an vergossen haben und noch vergießen werden, wird die Götter, die uns führen, noch mächtiger machen und uns noch stärker, bis selbst euer Name auf alle Zeit vertilgt ist, während unsere Namen leuchten werden wie die Sterne am Nachthimmel!«

Schwer atmend stand Arminius vor Caldus, so hatten die eigenen Worte ihn mitgerissen, bis sich ein dünnes Lächeln in seine Mundwinkel grub. Er schnippte den Burschen, der ihm und Segimerus gefolgt war, zu und wies auf die klirrende Ketten in dessen Händen, und ehe Caldus sich versah, waren er und der benommene Centurio Sertorius erneut in Eisen gelegt.

»Und du, kleiner Tribun«, setzte Arminius leise nach, »wirst um den Tod betteln, und er wird wie eine Gnade zu dir kommen, wenn kein Tropfen Blut mehr in dir ist!«

Die Barbaren machten wahr, was Arminius angedroht hatte. Unter den brüchigen Gesängen der Priester wurden die verbliebenen Gefangenen langsam zu Tode gebracht, während Nacht die Lichtung einhüllte und im schwachen Wind gespenstisches Fackellicht über den nass glänzenden, dunklen Felsbrocken leckte, auf den man die Opfer fesselte.

Sertorius dämmerte teilnahmslos vor sich hin, doch weil der Mohnsaft seine Macht über Caldus' Geist verloren hatte, wurde dieser zum hilflosen Zeugen, außerstande, Augen und Ohren zu verschließen. Zumindest die Jungen zeigten Anzeichen von Schrecken und Ekel, mieden seine Blicke, die auf der Suche nach einem Halt umherirrten, als ein Mann nach dem anderen einem unmenschlichen Tod zugeführt wurde. Die meisten sträubten sich, wehrten sich, und mit einem Mal erwiesen sich die derben Witze der Soldaten, der Spott gegenüber den Reitern, die nach dem Kampf sichelbeinig in eingenässten Hosen umherliefen, als bittere Wirklichkeit. Panische Angst gab die Männer der Schande preis, raubte ihnen ihre Würde und zuletzt gar ihre Menschlichkeit. Die den geschundenenToten abgetrennten Köpfe präsentierten die Priester auf Stangen den jubelnden Kriegern.

Hilflos richtete Caldus den Blick zum Himmel, auf das matte Funkeln einiger Sterne hoch über ihnen, und fragte sich stumm, ob irgendwo da oben Götter waren, die auf diese Lichtung herabschauten. Ob wohlwollend oder voller Abscheu. Ob Geister des Waldes oder der Unterwelt dieses Treiben billigten oder darüber zürnten. Ob irgendeine Macht ihm in seiner letzten Stunde beistehen, ihn vor der Entehrung, die ihm grässlicher erschien als der Tod, schützen würde. Er konnte den Wilden nicht die Gewalt über seinen Körper nehmen, aber vielleicht die Macht über seinen Tod.

Übelkeit würgte ihn, als wieder einer seiner Schicksalsgenossen davongeschleppt wurde, zorniges Fluchen zu einem verzweifelten Flehen wurde, das ein Knebel zu einem Gurgeln erstickte. Caldus starrte seine Fesseln an, scharfkantige Kettenglieder, die aufblitzten, als Licht auf sie fiel. Langsam rappelte er sich auf, hob den Kopf und bemerkte vorspringende Ränder an der Felswand, die jetzt in Mondlicht gebadet war. Wenn himmlische Mächte frühere gute Taten berücksichtigten, dann sollten sie die Mutter, die ihn geboren hatte und auf ihn wartete, trösten, und dem Vater trotz des bitteren Verlustes die Schande ersparen, dass sein Sohn sich hatte hinschlachten lassen.

Caldus ballte die Fäuste und schlug sich auf die Stirn; wie die Klauen eines wilden Tieres gruben sich die Kettenglieder in die Haut, wieder und wieder. Warmes, klebriges Blut troff ihm über die Wimpern, in die Augen. Panischer Schrecken packte ihn. Das reichte nicht! Zuerst wichen die Umstehenden vor ihm zurück. Hilflos stand er mitten unter ihnen. Sah die scharfen Kanten an der Felswand. An spitzen Steinen konnte man sich verletzen. Schwer verletzen. Wie von einer Bogensehne geschnellt, rannte er auf die Felswand zu. Hände griffen nach ihm, ein Schatten flog ihm in den Weg, ein Bein fing seinen Fuß ein, er stolperte. Prallte gegen die Felsen, rutschte daran herab, zerschrammte sich Arme und Beine. Hände rissen ihn hoch. Eine Faust traf ihn, schleuderte ihn gegen die Wand. Hart traf sein Kopf auf und zerbarst in gleißendem Licht.

*

Vorsichtig folgte Thiudgif dem alten, von Unkraut und Buschwerk überwucherten Pfad zwischen den Hügeln. Solange sie keine frischen Spuren entdeckte, war nicht zu befürchten, dass sie den Dörflern, die sich irgendwo in diesen Wäldern verborgen hielten, begegneten. Die Sonne blinzelte müde durch das Laub, Mittag stand bevor, und sie musste einen Bach finden, damit sie rasten konnten.

Als sie stehen blieb, hörte sie einen Stolperer und drehte sich um. Beinahe wäre Thiaminus, der dicht hinter ihr ging, gegen sie geprallt. Mit seinen verquollenen Augen sah er übermüdet aus, was wenig verwunderlich war, nachdem er die halbe Nacht Wache gehalten hatte. Gemeinsam warteten sie auf Amra, die ihre Tochter vor sich her schob. Weil Thiudgif Thiaminus' Blick wie eine Berührung empfand, hielt sie krampfhaft Ausschau nach den anderen, selbst als sie schon das Rascheln des Laubes und das Knacken des Reisigs hörte. Bevor sie in die Fänge der Römer geraten war, hatte kein Mann sie ernst genommen, war sie nur Sahsmers magere Tochter gewesen, die mit den roten Haaren. Ihr Vater war einmal ein namhafter Krieger gewesen, aber sein Ruhm war geschwunden, eigentlich war er nur noch ein vorzeitig gealterter Mann mit einem unheilvollen Hang zu Bier und Met.

Und jetzt schielte dieser junge Mann, Freigelassener wie sie, nach ihr und erinnerte sie mit jedem bittersüßen Blick aus seinen braunen Augen an denjenigen, den sie in der Not zurückgelassen hatte. Augenblicklich fühlte sie sich elend, tastete nach den Tafeln unter ihrem Kittel, setzte ihren Weg ein Stück fort, um allein zu sein. Doch Thiaminus folgte ihr, während sie die Hände vor dem Kinn faltete, die Augen schloss und tonlos Gebete flüsterte, Gebete an die Idisen, die den Kriegern im Kampf beistehen, dass sie ihren Titus beschützen und aus der Schlacht retten mochten.

Als sie unversehens stolperte, fing Thiaminus sie schnell, wenn auch etwas unsanft auf. Brüsk stieß sie ihn von sich.

»Kannst du mich nicht ein einziges Mal allein lassen?«

Er öffnete den Mund, schwieg jedoch und hob nur beschwichtigend die Hände. Thiudgif wirbelte herum und bahnte sich ihren Weg tiefer in den Wald. Sie presste die Fäuste vor den Mund, versuchte vergebens, den Zorn zu dämpfen und die Tränen zurückzuhalten. Dicht vor einem Baumstamm blieb sie stehen, legte die Stirn an die glatte Rinde und schlug mit beiden Fäusten darauf. Annius musste es einfach schaffen, sich durchzuschlagen. Sie wollte ihn wiedersehen. Er hatte sie zwar zu ihrem Vater geschickt, ihr den Freilassungsbrief nur gegeben, damit sie eine Rettung in seiner Heimat fände, falls es kein Vaterhaus mehr gäbe für sie. Aber was sollte sie in ihrem Vaterhaus? Wer wollte denn ein Mädchen, das Römern in die Hände gefallen war, noch heiraten?

Schluchzend barg sie das Gesicht in den Händen, drehte sich um und rutschte am Baumstamm herab, bis sie auf dem Boden saß. Eine Weile ergab sie sich ihrem Kummer, bis sie Schritte hörte, sich jemand neben ihr niederließ und sie fest in die Arme schloss, zärtlich auf sie einredete. Amra war ihr in der Not eine Freundin geworden, Amra zuliebe musste sie das Häuflein Geretteter nach Aliso führen. Alles Weitere ergäbe sich dann.

Thiudgif blinzelte die Tränen von den Wimpern, rieb sich die Augen und stand auf.

»Wir müssen weitergehen«, sagte sie, verbarg dabei ihr

Gesicht vor Thiaminus und Sura, die sie aufmerksam musterten.

Sie kämpfte sich durch das nächste Gestrüpp, dem Pfad folgend, den sie mehr ahnte als erkannte. Alte Bruchstellen im Zweigwerk, ein kaum erkennbarer Saum zwischen Gras und Kräutern führten sie weiter. Sie achtete auf die Schatten, richtete sich nach der Sonne und setzte Fuß vor Fuß. Amra blieb bei ihr, ihre Gegenwart tat Thiudgif wohl. Irgendwann würden sie die Lupia erreichen, in drei oder vier Tagen. Von da an würde es leichter sein, sich durchzuschlagen.

Sie waren ein gutes Stück vorangekommen, sicherlich mehr als zwei römische Meilen, als Thiudgif hinter sich Stimmen hörte, Schreie hallten im Wald wider. Sie hieß Amra und Sura zu bleiben und eilte mit Thiaminus zurück, der einen seiner inzwischen vier Eibenspieße wurfbereit in der Rechten hielt. Die anderen Frauen waren weit zurückgeblieben, und im Näherkommen erkannte Thiudgif, dass kein Streit unter ihnen ausgebrochen war, sondern etwas sie in Angst versetzte. Hastig brach sie durch das Unterholz und sah die kleine Gruppe umzingelt von zehn, zwölf Frauen und Mädchen in derber Kleidung und Jungen, die noch nicht alt genug waren, in den Kampf zu ziehen. Bewaffnet mit Speeren, Pfeil und Bogen und Dolchen belauerten sie Privatus und die Frauen, die ihre Messer gezückt hatten.

Die wütend zeternde Fausta verstummte, und einige der Fremden hatten sich umgedreht. Eine jüngere Frau stemmte die Linke auf die Hüfte und blitzte Thiaminus an. Unter dem hoch gebundenen Gürtel wölbte sich ihr Leib.

»Was wollt ihr hier?«, blaffte sie.

Trotz der Schärfe in dieser Stimme trieb der Klang ihrer Muttersprache Thiudgif beinahe Freudentränen in die Augen.

»Das Gleiche frage ich dich!«, entgegnete sie dennoch ebenso hart. »Ich bin Thiudgif, Tochter des Sahsmers. Ich führe diese Leute zum Ufer der Lupia.«

»Du sprichst wie wir, aber diese Leute nicht. Sag mir also, aus welchem Grund ihr in diesen Wäldern herumschleicht!«

Fieberhaft wog Thiudgif die Gefahren ab. Die Fremden waren in der Überzahl, besser bewaffnet, und die Jungen, die mit finsteren Mienen herumstanden, waren offensichtlich die Söhne einiger dieser Frauen. Privatus und Thiaminus wurden wohl als ernste Bedrohung empfunden. Vielleicht half Wahrhaftigkeit weiter. Immerhin waren sie alle in einer ähnlichen Lage.

»Unser Ziel ist Aliso«, sagte sie, »und dass wir Flüchtlinge aus den Kämpfen sind, hast du sicherlich bereits vermutet. Wir sind keine Gefahr für euch.«

Die Schwangere nickte langsam, dann ging sie auf Thiudgif zu, reichte ihr die Hand und stellte sich als Radewiga vor, nannte die Namen ihres Vaters und ihres Ehemannes und wies auf einen blassen Knaben, ihren Sohn.

»Ich vertraue dir, Thiudgif«, fuhr sie fort, »aber nicht diesen schlechten Weibern. Die haben keine Ehre im Leib und würden dich für einen Krug Wein verkaufen. Warum rettest du sie vor einem Schicksal, das sie verdienen?«

»Es geht nicht um sie, Radewiga. Je größer die Schar ist, desto besser für uns.«

»Da irrst du. Wir haben euch nur gefunden, weil diese Weiber plärren und lärmen. Dich und den jungen Mann hätten wir niemals bemerkt. Ihr hättet euch nur davonmachen müssen.«

Ein schelmisches Grinsen kräuselte ihre Lippen und ließ Thiudgif erkennen, wie hübsch sie als Mädchen gewesen war, bevor Schwangerschaften und Sorgen sie ausgezehrt hatten.

»Es gibt nicht nur diese. Da ist auch noch eine Mutter mit ihrer Tochter, und denen bin ich verpflichtet.« Thiudgif beugte den Nacken und hob die Hände. »Radewiga, ich bitte nicht um eure Hilfe, sondern nur darum, uns in Frieden gehen zu lassen. Ich war eine Gefangene und möchte zurück in mein Vaterhaus.«

»Wir alle sind Gefangene«, murmelte Radewiga. »Ich wünschte, alles wäre so einfach, wie die Männer sich das ausgedacht haben. Aber ich fürchte, diese hochfliegenden Pläne werden nur dazu führen, dass immer mehr Blut vergossen wird und wir unsere Tage hungernd und frierend in den Wäldern zubringen werden.« Sie richtete den Blick versonnen in die Ferne und schwieg eine Weile, als dächte sie nach; dann sah sie Thiudgif wieder an. »Die schlechten Weiber wären uns nichts nütze, weil sie arbeitsscheu sind und nur Unruhe stiften, und du bist eine von unserem Volk. Aber mehr kann und darf ich dir nicht zugestehen. Die beiden Männer, die bei euch sind, gehören zu den Feinden und sind bewaffnet –«

»Sie sind Freigelassene, Knechte, keine Soldaten«, warf Thiudgif ein. »Wir gehörten alle zum Tross. Wir sind bei einem Angriff geflohen.«

»Hab keine Angst! Ich weiß, dass du ihren Schutz brauchst. Wenn ihr euch nach Aliso durchschlagen könnt, mehr denn je!«

»Was meinst du damit?«

Radewigas helle Augen funkelten. »Aliso steht unter Belagerung.«

Die Nachricht traf Thiudgif wie eine Ohrfeige, fassungslos starrte sie die Frau an. Ihr Vater kam ihr in den Sinn, sie hatte Angst um den alten Mann, fragte sich, ob er zu den Waffen gegriffen hatte, ob er sich den Aufständischen angeschlossen hatte oder den Verteidigern von Aliso. Es gab ohnehin keine richtige Entscheidung, denn die Römer würden diesen Aufstand mit ebenso harter Hand beantworten wie die in den vergangenen Jahren, daran hatte sie keinen Zweifel.

»Es ist eine schlimme Zeit«, sagte Radewiga leise. »Wir sitzen in unserem Versteck, leiden Not, warten auf unsere Männer und hoffen, dass sie wenigstens überlebt haben.«

»Sie haben den Soldaten sehr zugesetzt. Wir waren ja dort. Sie haben schreckliche Dinge ...« Thiudgif biss sich heftig auf die Unterlippe, weil ihr die Worte unwillentlich über die Zunge gerutscht waren.

»Es herrscht Krieg zwischen uns und den Römern, da geschehen schreckliche Dinge.«

Den versteckten Tadel nahm Thiudgif schweigend hin. Radewigas Wohlwollen wollte sie sich auf keinen Fall verscherzen. Erleichtert bemerkte sie, dass auf den Zügen der Frau ein Lächeln erschien.

»Eine von uns stammt aus einem Dorf in der Nähe von Aliso. Sie wird euch den Weg beschreiben. Zu unserem Versteck werden wir euch nicht führen, das ist zu gefährlich. Aber ich werde dir diese Frau schicken und ihr sagen, sie solle euch Orte für wenigstens ein Nachtlager nennen.«

Thiudgif berührte den Arm der Frau. »Hab Dank, Radewiga. Ich werde das nicht vergessen.«

»Bete für meine Kinder, besonders«, sie legte die Linke auf ihren vorgewölbten Leib, »für das noch ungeborene.«

Die Frau, die Radewiga geschickt hatte, um Thiudgif den Weg zu erklären, hatte ihnen mehrere Rastplätze genannt. Sie war einige Male nach Aliso gewandert, kannte jeden Stein und jeden Strauch auf dem Weg und beschrieb alles sehr genau. Thiudgif zog Thiaminus und Privatus hinzu, übersetzte ihnen mühsam die Worte der Frau, damit zumindest die Männer auch eine Vorstellung vom Weg hatten. Drei harte Tage lagen noch vor ihnen, die wenigen Dörfer und Fluchtburgen mussten sie meiden, aber auch in den Wäldern zwischen den Äckern und Weiden achtgeben, damit sie nicht versteckten Dörflern in die Arme liefen.

Beim Abschied übergab Radewiga Thiudgif einen Bogen und einen Köcher voller Pfeile.

»Den wirst du brauchen«, sagte sie. »Ich hoffe, du kannst damit umgehen.« Dann zeichnete sie ihr einen Segen auf die Stirn und schob sie von sich.

Thiaminus ging dem kleinen Zug voran, während Thiudgif stehen blieb und zurückschaute. Die Barbarenfrauen und deren Kinder blickten ihnen argwöhnisch nach, besonders Radewigas Sohn, der nun seiner Waffen verlustig gegangen war. Amra und Sura hatten im Gebüsch verborgen ausgeharrt, wo Thiudgif sie verlassen hatte. Das Mädchen hatte aus Angst und Entkräftung geweint, und Amras Augen waren trotz aller Erleichterung dunkel umschattet; sie bewegte sich schleppend und seufzte leise, als Thiudgif ihr mitteilte, dass sie noch eine weite Strecke zu gehen hatten.

Kurz vor Sonnenuntergang erreichten sie den bezeichneten Lagerplatz, eine Niederung an einem Teich zwischen Röhricht und Wald, wo Sura stumm zu Boden sank, während die anderen sich am Wasser wuschen, ihre Kleidung reinigten, ja, sogar lachten und scherzten. Eine der jüngeren Huren legte ihre Kleider ab, stieg in das hüfttiefe Wasser und schäkerte unverhohlen mit Thiaminus, der darüber tief errötete, die übrigen Weiber kicherten und rissen Zoten. Thiudgif rief den Freigelassenen zu sich und hieß ihn, nahe beim Waldrand das Holz für die Feuerstelle aufzuschichten, während vom Teich die Stimmen und leises Plätschern herüberklangen. Als Thiudgif Funken schlug und eine erste Glut im Zunderschwamm anfachte, hielt er seine Hände schützend um das Feuer, damit der sachte Abendwind es nicht gleich auslöschte. Sie fing den Brand mit verdorrtem Moos und dürrem Reisig auf, bedeckte dieses mit dünnen Ästen, die bald aufglühten und Wärme verbreiteten.

Es dauerte nicht lange, da versammelten sich alle dicht um die Herdstelle, und es roch nicht mehr nur nach Schweiß und Schmutz, sondern nach Teichwasser und frischem Gras. Über ihnen trockneten an den Zweigen einige Kleider und Mäntel, und unter der leise knisternden Glut wurden die Steine heiß, auf denen Thiudgif und Amra später die Fladen backen wollten. Noch waren sie damit beschäftigt, das Korn, das sie an den Feldrainen im Vorübergehen geerntet hatten, von den Spelzen zu befreien und zwischen anderen Steinen zu schroten. Ein gereinigter Lederbeutel diente als Topf, in dem das Schrot mit Wasser zu einem Teig aufgeschlossen wurde.

Später, als ein schmaler Mond am Himmel stand und die Landschaft mit silbrigem Licht bestrich, brachte Thiudgif zwei der harten, noch warmen Fladen und etwas Beerenmus auf einem großen Blatt zu Thiaminus, der am Rande der kleinen Wiese Wache hielt.

»Du musst schlafen«, sagte sie, während er bedachtsam kaute. »Radewiga und die andere Frau sagten ja, dass hier jetzt niemand sei, weil alle in die Wälder geflüchtet seien.«

»Dies ist eine Wasserstelle. Denkst du nicht, dass sie ihre Wasserstellen aufsuchen werden, um ihre Kleidung zu waschen oder sich zu baden?«

Obwohl sie im Schatten kaum mehr als ein Aufblitzen erkannte, fühlte sie sich unbehaglich unter seinem Blick und nestelte an einem Riss in ihrem Rock. Die Tafeln lagen warm auf ihrer Haut. Sie brauchte sie nicht, dessen war sie sich sicher, aber sie würde sie als Andenken bewahren.

»Vor uns liegen noch drei schwere Tage, ehe wir Aliso erreichen. Es nützt nichts, wenn dich unterwegs die Kraft verlässt. Du solltest wirklich schlafen.«

»Glaubst du, dass eine von denen Wache halten kann?« Er wies mit dem Daumen hinter sich, und dass er die Frauen um Fausta meinte, war ihr klar.

»Wir werden sehen. Sie können sich das ja aufteilen.«

*

Annius beschattete die Augen mit der Hand, während er angestrengt über die Schilfwälder jenseits des Flüsschens spähte. Am zweiten Tag nach der Flucht aus dem letzten Heerlager waren sie auf dieses Gewässer gestoßen und den morschen Bohlenwegen an seinem Ufer gefolgt, bis sie in der Dunkelheit den Pfad nicht mehr erkennen konnten und Rast machen mussten. Erst morgens befreiten sie sich von Dreck und verkrustetem Blut und teilten die spärlichen Reste am Vortag gesammelter Beeren, während Annius im Schutz der Sträucher am Ufer Ausschau hielt.

Flach wie ein gestrafftes Laken breitete sich das Land vor ihm aus, bewachsen mit einem Pelz aus rauschendem Röhricht, das im Sonnenlicht flirrte. Vögel trällerten hoch oben, zwitscherten im Schilf, schwarze Teichhühner stießen schrille Pfiffe aus. Nirgendwo zeichnete sich der Schatten eines Hügels ab. Sie würden dem schlechten Weg folgen müssen, ganz gleich, wohin er sie führte. Dieses Schwemmland würde irgendwo enden. Er kehrte zu den anderen zurück, die auf dem kleinen, mit Sträuchern und verwilderten Korbweiden bewachsenen Buckel lagerten, und nahm die Leine des Maultieres, das sie mit ihren Kettenhemden, Helmen und Schilden beladen hatten. Wortlos verständigten sie sich auf den Aufbruch, dann marschierten sie jeweils zu zweit weiter. Der Vorsicht halber hatten sie auch die Glocke, die sie auf das Tier aufmerksam gemacht hatte, in der ersten Nacht mit Gras vollgestopft, damit das Gebimmel sie nicht verriete, ehe Blaesus das lästige Ding am anderen Tag mühsam vom Geschirr geschnitten hatte.

Nach Tagen schier ununterbrochenen Lärms genoss Annius die Stille dieser Landschaft, die Wärme auf der Haut. Die Schmerzen im Bein ließen sich aushalten, wenn er es nur wenig belastete. Am Vortag hatte er immer wieder darüber nachgedacht, Sabinus in seine unfreiwillig übernommene Aufgabe einzuweihen, nachdem dieser ihn auf den kostbaren Dolch angesprochen hatte; doch weil Sabinus geargwöhnt hatte, er habe die Waffe einfach an sich genommen, also einen Gefallenen beraubt, behielt Annius das Geheimnis von Ring und Brief für sich.

Das Flüsschen wand sich in mehreren Armen, meist vom Schilf verborgen, träge dahin, begleitet von dem alten Bohlenweg, der nur selten ein wenig die Richtung änderte. Schließlich erkannte Annius in der Ferne den dunklen Schattenriss eines Hügels, bekrönt von einer Siedlung. Der Weg würde sie unweigerlich dorthin führen.

Annius blieb stehen, suchte die Umgebung nach Spuren ab, während das Maultier sich am Gras labte. Zwischen niedrigen Sträuchern entdeckte er einen Saumpfad, der sich im Schilf verlor. Er drückte Sabinus die Leine des Tieres in die Hand und bog in den Pfad ein, vorsichtig darauf bedacht, keinen Zweig zu brechen. Sogar die Schuhe mit den genagelten Sohlen zog er aus, um bei den Einheimischen keinen

Verdacht zu erregen. Sie mussten das Dorf umgehen, ihnen blieb keine andere Wahl, als in die Sümpfe auszuweichen.

Die anderen taten es ihm nach, zuerst Sabinus mit dem Maultier, das schnaubend die Sträucher niedertrampelte und jeden Versuch, ihre Spuren zu verwischen, vereitelte. Nach einer Weile verlor sich der Saumpfad zwischen flachen Tümpeln und Binsen. Immer wieder musste Annius von einem festen Tritt zum nächsten springen. Das Maultier scheute, stemmte die Hufe in den allzu weichen Boden, und seine heiseren Schreie hallten über das Moor, bis es Sabinus gelang, das Tier zu beruhigen.

Widerwillig kehrten sie zum Bohlenweg zurück, wo Blaesus und Venicius sich entboten vorauszulaufen, um das Dorf und seine Umgebung auszukundschaften.

»Mutige Kerle«, sagte Sabinus, während sie den beiden folgten. »Sie haben mir erzählt, wie du ihnen während des Gefechtes abhanden kamst.«

Annius heftete den Blick auf den Boden und kaute auf der Unterlippe. Es kränkte ihn tief, dass er im Durcheinander seine Kameraden im Stich gelassen und nicht einmal dem Tribun Caldus hatte helfen können, als dieser in die Hände der Barbaren gefallen war.

»Sie waren ziemlich überrascht, als du auf dem Wall vor ihnen standst.« Leise lachend tätschelte Sabinus Annius' Rücken. »Am Ende haben wir uns alle gefunden und sind aus der Klemme entwischt.«

»Ich frage mich, ob es nicht besser gewesen wäre, dort gefallen zu sein.«

»Was redest du da? Es mag heldenhafter erscheinen, seine Pflicht bis zum Letzten zu erfüllen, aber was hätte es noch geholfen? Glaubst du an den Mist, dass es süß und ehrenvoll sei, fürs Vaterland zu sterben wie die Spartaner, die entweder lebend mit dem Schild in der Hand oder tot auf dem Schild liegend zu ihren Müttern zurückkehren durften? Da lobe ich mir doch diesen Griechen, der das gute Stück in aussichtsloser Lage fallen ließ und Fersengeld gab ... wie hieß er noch?«

»Archilochos«, brummte Annius. »Er war ein gedungener Söldner, kein Soldat.«

»Und wir beide und deine Freunde, wofür kämpfen wir hier? Fürs Vaterland etwa?«

»Wir kämpfen zumindest dafür, dass nie mehr marodierende Barbarenhorden über die Alpen kommen und unsere Heimat plündern.«

»Du glaubst also an diese uns vom Schicksal übertragene Aufgabe, Frieden zu schaffen und den Völkern Gesetze zu geben?«

Verärgert rollte Annius die Augen gen Himmel, schwieg jedoch, obwohl das Gespräch eine Richtung nahm, die ihm nicht gefiel.

»Was ist eigentlich mit deinem Mädchen geschehen?«, fragte Sabinus unversehens und versetzte Annius damit einen Stich in die Brust.

»Sie war im Tross ...«

»Gute Götter!« Sabinus war mit dem Maultier stehen geblieben und starrte Annius, der sich nach ihm umwandte, erschrocken an. »Du wirst sie niemals wiedersehen.«

Mit einem müden Nicken ging Annius weiter. Ihm war nicht nach bedrückenden Erinnerungen, denn einmal angelockt ließen sich diese ungebetenen Gäste nicht mehr vertreiben. Thiudgifs blasses, mageres Gesicht mit den hellen Sommersprossen, ihre schmale Nase, die Augen, deren Farbe er schon nicht mehr benennen konnte, ihr kupferfarbenes Haar, die Grübchen, die sich neben ihren Mundwinkeln bildeten, wenn sie lächelte, die makellosen weißen Zahnreihen – sie war noch so jung ...

»Sie wird schlau genug sein, den Barbaren weiszumachen, dass sie sie aus der Sklaverei befreit haben.«

Sabinus hatte zu ihm aufgeschlossen, ging nun neben ihm, doch Annius schwieg beharrlich und richtete den Blick starr auf den Hügel, der sich vor ihnen erhob und hinter dem sich ein breiter Streifen blauen Himmels erstreckte. Auf dem flachen Hang und über den Dächern regte sich nichts, weder die hellen Flocken von Gänsen oder Schafen noch dünne Rauchfäden von Herdfeuern. Annius blieb stehen, verengte die Augen, um die Siedlung genauer nach Leben abzusuchen.

»Da oben ist niemand«, sagte er schließlich.

Das Gleiche meldeten bald darauf auch Blaesus und Venicius, die sie im Schutz einiger beschnittener Korbweiden erwartet hatten.

»Wenn die Leute sich versteckt halten, sind die Siegesnachrichten wohl noch nicht bis hierher vorgedrungen«, fügte Blaesus nachdenklich hinzu. »Also können wir uns wahrscheinlich unbemerkt an diesen Burgen vorbeischleichen.«

»Aber in den Wäldern könnten wir unversehens auf die Verstecke der Barbaren stoßen«, entgegnete Annius, »und auf den Wegen von Barbarentrupps überrascht werden, die die Nachricht verbreiten.«

»Dann sollten wir uns beeilen, damit die Nachricht uns nicht allzu bald einholt«, schloss Sabinus und setzte sich mit dem Maultier an die Spitze ihrer kleinen Gemeinschaft.

Schweigend marschierten sie weiter, verfielen, als der Weg nicht mehr aus alten, faulenden Bohlen, sondern aus festgestampftem Lehm bestand, in einen leichten Trott, der

Annius zu schaffen machte. Dennoch ertrug er die Pein; auf einem knochigen Maultierrücken durchgeschüttelt zu werden, war auf Dauer kaum angenehmer. Er musste durchhalten, er trug das Vermächtnis des Statthalters bei sich, das nicht in die Hand der Feinde fallen durfte, nachdem sein Leichnam durch ein sinnloses Selbstopfer zur Beute geworden war. Annius biss die Zähne zusammen und lief weiter. In der Nacht würde er Zeit haben, sich zu erholen.

Unterhalb der Siedlung stießen sie auf einen Fluss, breiter als der vorige, der sich irgendwann in den Sümpfen verloren hatte. Ihr Weg mündete in andere Wege ein, und sie irrten eine Weile umher, bevor sie eine Furt durch den Fluss fanden. Die Ebene zog sich hin, brachliegende Felder wechselten sich mit sumpfigen Weiden und weiten Mooren, der Weg war teils hartgetreten, teils mit Bohlen befestigt. Sie fanden nur wenige Spuren, die mehrere Tage alt und vom Regen verwaschen waren, was ihnen ein Gefühl der Sicherheit gab. Als die Sonne hinter den Horizont tauchte, befanden sie sich noch immer inmitten einer flirrenden Schilflandschaft, über die sich wie ein feines Netz das Zirpen der Grillen legte.

Sie warteten, bis der Mond hoch genug gestiegen war, dass sein kaltes Licht den Weg wies. Dann setzten sie ihre Reise fort, gingen dicht hintereinander. Das Atmen der anderen, ein gelegentliches Räuspern oder Husten beruhigte Annius. Niemand sprach. Seit Stunden hing jeder seinen Gedanken nach. Die Geister der Verlassenen riefen aus der Entfernung, klagten Feigheit an und forderten, was ihnen zustand. Als Annius plötzlich in völliger Finsternis stand, erschrak er, doch die schwarzen Schatten ringsum waren keine Geister, sondern Bäume. Sie hatten den Wald erreicht.

Das Sonnenlicht tanzte zwischen den grauen Stämmen, als Annius und Sabinus auf der Suche nach Feuerholz durch den lichten Buchenwald streiften. Annius äugte wachsam umher, denn viel Reisig war nicht zu finden; hier sammelten bereits andere, die Feuer zu erhalten hatten, vereinzelt hatten sie sogar Fußstapfen hinterlassen.

»Sie fühlen sich sehr sicher«, murmelte Sabinus, als Annius am Boden kauernd einen der Fußabdrücke im weichen Lehm betastete.

»Der Wald bietet dem, der sich darin auskennt, für kurze Zeit ausreichend Schutz und Nahrung – zumindest solange das Wetter mitspielt. Auch im Illyricum und in der Pannonia sind die Leute oft in Gegenden geflüchtet, die für die Legionen unzugänglich waren. Das hat sie gerettet.« Langsam erhob er sich und verfolgte die Spuren mit den Augen bis zu der Stelle, wo sie im Unterholz verschwanden. »Ich hoffe, Blaesus und Venicius sind auf der Pirsch vorsichtig.«

»Du meinst, damit die Jäger nicht unversehens zu Gejagten werden?«

Annius nickte. »Wir sollten uns nicht allzu weit vom Lagerplatz entfernen.«

Sie klaubten das wenige Holz auf, das sie im Laub fanden, prüften es und warfen das meiste wieder weg, weil es feucht war. Die brauchbaren Stücke sammelten sie in Sabinus' Umhang, den dieser zu einem Bündel geschnürt und an den Tragsattel des Maultiers gebunden hatte.

Plötzlich richtete Sabinus sich auf, stand ganz still.

»Was ist?«, fragte Annius, der die Gelegenheit nutzte, sein wehes Bein zu entlasten.

»Hörst du nichts?«

Lauschend hob Annius den Kopf. Der Wind rauschte leise in den Bäumen, ließ das Laub am Boden rascheln, Vögel zwitscherten, dazwischen ein einzelner spitzer Laut aus weiter Ferne. Eisen auf Eisen. Sie wechselten einen raschen, erschrockenen Blick, dann rannte Sabinus los, dem Geräusch nach, während Annius nach der Leine des Maultieres griff und hinterherhumpelte. Doch das Tier machte keine Anstalten, sich zu beeilen, und ließ sich auch nicht durch Schläge mit der Leine bewegen, schneller zu laufen. Bald war Sabinus weit voraus, und die Kampfgeräusche wurden lauter, bis sie plötzlich aufhörten.

In dem Hohlweg, der zu ihrem Rastplatz führte, war Sabinus stehen geblieben und schien angestrengt zu lauschen. Annius rieb sich das schmerzende Knie. Außer dem Rauschen der Blätter war nichts zu hören. Er hinkte weiter, doch kurz bevor er Sabinus erreichte, wandte sich dieser zu ihm um und rannte ihm entgegen. Als Annius den Mund öffnete, presste Sabinus eine Hand darauf, stieß leise und eindringlich die Bitte hervor, still zu sein, still! Aufgebracht stieß Annius ihn von sich, stürzte zum Hohlweg, doch Sabinus brachte ihn mit dem Fuß zu Fall, drückte ihn zu Boden, presste die Hand auf seine Lippen, sie rangen stumm und verzweifelt, bis Annius die Umklammerung abschüttelte. Ein Fausthieb holte Sabinus von den Füßen und schleuderte ihn beiseite.

Seinen Schmerzenslaut missachtend stolperte Annius hinunter zu ihrem Rastplatz, doch schon auf halbem Wege erstarrte er. Der Boden war aufgewühlt, am Ausgang des Hohlwegs lag ein Mann auf dem Bauch, nackt bis auf Schurz und Hemd, das bis zu den Rippen aufgerollt war. Aus dem Rücken ragte ein abgebrochenes Holz und das Hemd war dunkel verfärbt. Einen zweiten Mann sah Annius am anderen Ende der kleinen Lichtung, hingeworfen wie ein Spielzeug. Fröstelnd rieb er sich die Arme. Erst vor wenigen Stunden hatten sie sich unter aufmunterndem Schulterklopfen und

Scherzen verabschiedet, als Blaesus und Venicius zur Jagd aufgebrochen waren. Hastig eilte Annius den Weg hinunter, fiel neben dem ersten, Blaesus, auf die Knie, tastete am Hals nach einem Puls. Der Körper war warm, das Blut, das noch immer ins Hemd sickerte, glänzte nass, aber das Leben war schon geflohen. Verstört näherte er sich Venicius, dessen Glieder beim Sturz völlig verrenkt worden waren und der mit einem Ausdruck des Erstaunens ins Leere starrte. Für einen Augenblick fürchtete Annius, aus dem Gebüsch ringsum feindselig beobachtet zu werden. Als er zum Hohlweg blickte, wurde ihm klar, dass Sabinus ihm nicht gefolgt war. Er spähte nach allen Seiten, rannte wieder in den Wald hinauf, wo Sabinus mit angespannter Miene an eine Buche gelehnt dastand und beide Hände in den Rücken stemmte.

»Verfluchter Narr!«, stieß er hervor. »Hättest du nicht besser aufpassen können?«

»Sie sind tot!«, sagte Annius nur.

»Das hab ich gesehen, ich bin ja nicht blöde!« Sabinus taumelte vorwärts und fiel ihm kraftlos in die Arme.

»Was ...?«

»Irgendeine verdammte Wurzel. Es tut weh, aber ich werde es überleben«, knurrte Sabinus. »Wir müssen zusehen, dass wir weiterkommen.«

Er schnalzte nach dem Maultier, das mit einem Schnauben näher kam. Als er die Leine ergriff, sah Annius das Blut an seinen Fingern.

»Du bist –«

»Verletzt – ja, ein Kratzer. Nichts Schlimmes! Machen wir, dass wir hier verschwinden, nachdem wir unsere Freunde notdürftig bestattet haben. Das sind wir ihnen schuldig!«

*

Thiaminus, der ein Stück vorausgegangen war, rannte ihnen entgegen. Angst und Aufregung waren ihm schon von weitem anzusehen.

»Aliso wird tatsächlich belagert«, keuchte er. »Wir können nicht hin.«

»Das wird sich zeigen«, entgegnete Thiudgif und schlug verärgert mit ihrem Wanderstab auf den Boden. Als Amra die Neuigkeit erfuhr, ließ sie die Schultern hängen. Thiudgif wischte sich den Schweiß von der Stirn, stemmte dann die Hand auf die Hüfte.

»Wir sind drei Tage gelaufen!«, schimpfte sie. »Wir werden jetzt nicht aufgeben, so kurz vor dem Ziel.«

»Vielleicht musst du ja gar nicht hinein«, sagte Amra. »Vielleicht kannst du dich in dein Vaterhaus retten.«

»Vielleicht – das ist leider sehr unsicher. Aber du hast recht, ich weiß, wohin ich gehen müsste, sobald wir Aliso erreicht haben.«

»Wir haben weniger als eine Meile vor uns«, mischte sich Thiaminus ein. »Aber zwischen uns und dem Lager befindet sich eine große Schar Barbaren. Ich konnte mich an ihnen vorbeistehlen, aber ob wir gemeinsam dieses Glück haben werden, bezweifle ich.«

Thiudgif verzog unwillig das Gesicht. Drei Tage lang hatte sie immer wieder darüber gegrübelt, ob sie die anderen vor Aliso verlassen sollte, um sich zu ihrem Vaterhaus durchzuschlagen, doch jetzt, als sie Amra ins Gesicht sah, in dem die tiefe Sorge um ihre Tochter geschrieben stand, erschien ihr allein der Gedanke wie Verrat. Sie kämpfte gegen die wehmütigen Erinnerungen ans Gänsehüten – das dürfte sie ohnehin nicht mehr tun; stattdessen würde ihr Vater sie schleunigst aus dem Haus schaffen. Denn auch wenn man ihre Heimkehr vielleicht zunächst feiern würde, war ihre

Reinheit nicht mehr über jeden Zweifel erhaben. Sie würde darüber jubeln müssen, die Frau eines Witwers zu werden oder eine Kebse, sie würde die Kinder einer anderen großziehen, während die eigenen ohne Aussicht auf ein Erbe blieben, oder Gespielin sein für die Tage, an denen die Herrin des Hauses unpässlich wäre.

Heftig brodelte der Zorn in ihr, und sie spie ungestüm aus, so ungestüm, dass alle sie verwundert anschauten. Kopfschüttelnd wandte sie sich ab, winkte ihnen, ihr nicht zu folgen, und schlug sich seitlich in den Wald. Nachdem sie erledigt hatte, wonach ihr schneller Weggang ausgesehen hatte, nämlich Wasser lassen, hockte sie sich auf das knotige Wurzelwerk einer alten Hainbuche und barg das Gesicht in den Händen. Aller Mut, alle Tapferkeit waren verschwunden, als hätte jemand eine Schleuse in ihr geöffnet, um diese abfließen zu lassen. Sie, die diese Gruppe wacker hierhergeführt hatte, war wieder ein Mädchen, das nicht wusste, welcher Weg der richtige war.

Sie tastete nach den Tafeln auf ihrem Bauch, nestelte hastig den Knoten ihres Gürtels auf, rollte den Kittel hoch, um die Binden, die sie um den Leib geschlungen hatte, zu lockern, und zog die Tafeln hervor. Sie wog das Holz in ihren Händen, und während ihre Finger darüberstrichen, quollen Tränen in ihre Augen. Sie mochte diesen Mann, der sie aus dem dreckigen Verschlag gerettet hatte, obwohl er sie in eine Kammer eingesperrt hatte. Er hatte ihr nie etwas zuleide getan – im Gegenteil, er hatte sie in die Arme genommen, sie mit seinem Schild beschützt, als das Marschlager unter Beschuss genommen worden war. Er hatte ihr die Freiheit geschenkt, ihr ein neues Heim zugesichert für den Fall, dass sie nicht in ihr Vaterhaus zurückkehren könnte. Er war wie Vater und Bruder zugleich gewesen. Und sie hatte ihn geküsst.

Mit heißen Wangen saß sie unter dem schattigen Baum und konnte sich das Lächeln nicht verbeißen, obwohl sie zugleich weinte. Sie zog die Schultern hoch, schloss die Augen, umarmte sich selbst, die Tafeln auf den Oberschenkeln, und wiegte sich sacht vor und zurück. Er war nicht tot. Er würde nicht sterben. Sie hatte ihm das Geheimnis verraten, nicht den Tod in seine Gedanken zu lassen. Er würde einen Weg finden, wie auch sie einen Weg finden würde. Und eines Tages ...

Sie verbat sich allzu hoffnungsfrohe Gedanken. Es gab einen Ort, wohin sie gehen konnte, wo man sie achten würde, davon war sie überzeugt. Aber zuerst zog es sie an einen Ort, wo die römischen Heere sich wieder sammelten, einen Ort, den er aufsuchen würde, sobald er sich aus den gefährlichen Wäldern gerettet hätte. Dort würde sie warten.

Sie sprang auf, glättete ihren Rock und stopfte die Tafeln wieder zwischen die Binden um ihren Leib, strich dann noch einmal zärtlich darüber, bevor sie den Kittel wieder gürtete. Alles roch muffig und verschwitzt, und sie war noch knochiger geworden, als sie ohnehin schon war. Aber sie fühlte neue Kraft. Eilig wischte sie das Nass vom Gesicht, kniff in die Wangen, damit sie sich rosig färbten, und rannte zurück zum Pfad, wo sie bereits ungeduldig erwartet wurde.

»Wir schleichen uns durch die Reihen der Belagerer«, sagte sie entschlossen. »Thiaminus, du kennst den Weg, du führst uns. Und wir werden alle beieinanderbleiben und still sein wie Ameisen, die Getreide stehlen.«

XIV

Im fahlen Dunkel der beginnenden Nacht schlüpften sie durch das Dickicht, Thiaminus nach, der sie mit stummen Zeichen mahnte, schneller und leiser zu sein. Thiudgif fröstelte unter ihrem Umhang, den sie fest um den Körper geschlungen und über den Kopf gezogen hatte. Das farblose, schmutzige Tuch tarnte sie und die anderen Frauen. Einige hatten untereinander Kleider getauscht und helle Sachen zurückgelassen, damit keine durch auffällig buntes Zeug die anderen gefährde. Wenn sie die festen Mauern von Aliso erst erreicht hätten, würde sich Neues finden. Nur eine helle Tunica hatten sie zurückbehalten; eine junge Hure hatte sie angeboten, als Amra erklärt hatte, dass sie ein weißes Tuch brauchten, um sich den Belagerten als Flüchtlinge zu erkennen zu geben.

Der Widerschein ferner Lichter spielte auf den Baumstämmen am Rand des Waldes. Thiaminus kauerte zwischen den Büschen und blickte starr hinaus. Thiudgif, Amra und Sura fanden im Schutz des Unterholzes Platz neben ihm, die anderen blieben zurück; nur Privatus wurde nach vorn gewunken. Weit vor ihnen, inmitten von Wiesen und Weiden, erhoben sich schwarz die Mauern des Lagers, bekrönt von Türmen; ihr Ziel, sichtbar nahe, erschien Thiudgif mit einem Mal unwirklich wie ein Trugbild. Lichter funkelten auf den Mauern, blass wie die Sterne am Himmel.

mitten des Belagerungsrings«, flüsterte Thia- Barbaren haben hier und da Posten aufgestellt befindet sich eines ihrer Lager in der Nähe. Ich uf die Schnelle keinen anderen Weg finden.« Er auf das finstere Aliso. »Wenn wir schnell hinüber- zu dem Tor, das sich genau vor uns befindet, gelingt es vielleicht, unerkannt aus der Schussweite der Barbaren kommen. Aber das ist ohnehin der leichtere Teil ...«

Mit gesenktem Kopf nagte er an seiner Oberlippe, als suche er nach Worten, um ihnen die Gefahr zu erklären.

»Die Posten auf der Mauer werden uns zuerst für Angreifer halten«, brach Amra das Schweigen. »Aber dafür haben wir das weiße Tuch.«

»Privatus und ich werden am Schluss laufen«, sagte Thiaminus schnell, als wollte er nicht, dass ihre Worte bei den anderen Ängste weckten. »Wir können euch schützen, falls die Barbaren uns entdecken und verfolgen sollten. Aber gebt acht auf die beiden Gräben! Die werden sicherlich mit spitzen Hölzern und Dornengestrüpp bewehrt sein. Wenn eine da hineinfällt, ist es aus mit ihr.«

Reihum nickten die Frauen, nur Fausta zog eine finstere Miene. »Da hinüber sollen wir rennen? Das sind fast zwei Stadia, Junge! Eine alte Frau wie ich schafft das nicht.«

»Siehst du eine andere Möglichkeit?«

»Sie könnte kriechen wie eine Schlange«, blaffte Amra, und als Fausta nach Luft schnappte, um ihr eine wütende Erwiderung entgegenzuschleudern, hob Privatus beschwichtigend die Hände.

»Streit hilft uns nicht weiter«, sagte er leise. »Das Gras und die wenigen Büsche und Bäume bieten keinen ausreichenden Schutz. Wir können nur laufen und auf wohlgesinnte Götter und Geister hoffen.«

Fausta drehte sich zu den anderen Frauen um. »Und ihr denkt daran, dass da drinnen ein Haufen Männer hocken, die einen warmen Weiberarsch und geschickte Hände zu schätzen wissen. Jede, die es da hineinschafft, hat ausgesorgt – aber vergesst die alte Fausta nicht, die euch Gänse immer gut gehütet hat.«

Thiudgif sandte ein kurzes Stoßgebet zu den Wesen, die dieses Grasland bewohnen mochten, kriegerische Geister, die ihre Füße flink machen, sie zum Tor tragen sollten. Sie verdrängte die Zweifel, ob diese Geister nicht eher den Belagerern beistünden, hoffte darauf, dass deren Umtriebe die Idisen an diesem Ort erzürnt haben mochten. Neben ihr flehten Amra und Sura auf Knien ihren strengen, namenlosen Gott um seine Gnade an. Ihr Geflüster mischte sich unter das dünne Rauschen des Blattwerks im lauen Nachtwind.

Schließlich waren alle verstummt. Thiudgif wechselte einen Blick mit Thiaminus, der ihr zunickte. Dann reichte sie ihm Radewigas Bogen und Köcher. Was sollte sie jetzt noch damit? Seine Augen waren ein wenig geweitet, seine Lippen schmal vor Anspannung.

Ein Kreischen ließ Thiudgif herumfahren. Sie erblickte zwei Krieger, die eine Frau ergriffen hatten. Privatus sprang auf und schleuderte einen Spieß auf die Angreifer, ein Aufstöhnen verriet, dass er getroffen hatte. Die Frau riss sich los. Thiudgif klaubte faustgroße Steine vom Boden auf, doch noch ehe sie diese werfen konnte, flogen weitere Spieße auf die Fremden, die daraufhin verschwanden.

»Nichts wie weg, ehe sie mit Verstärkung zurückkommen!«, rief Thiaminus.

Thiudgif und Amra nahmen Sura zwischen sich, schlichen geduckt aus dem Unterholz und rannten los. Amra umklammerte mit der freien Hand das helle Bündel. Thiudgifs Füße hämmerten auf die Erde, ihr Herz schlug gegen den Brustkorb, als wollte es diesen sprengen. Aus dem Augenwinkel erkannte sie vereinzelte Lichter am Waldrand und Schatten. Lauf!, dachte sie, Lauf! Sura keuchte schon jetzt und ließ sich eher ziehen. Sie eilten durch einen Wiesenstreifen mit hohem Gras, dann schien alles niedergewalzt, und ein ekliger, süßer Geruch streifte sie. Bald hätten sie die Hälfte der Strecke bis zur Mauer geschafft.

Hinter ihnen ertönten Schreie. Thiudgif warf einen Blick über die Schulter, sah einzelne Schatten, die sich aus dem Wald lösten. Doch sie waren außer Reichweite der Waffen ihrer Verfolger. Ungeduldig zerrte sie an Suras Arm, beschleunigte ihre Schritte, obwohl Beine und Füße bereits heftig schmerzten.

Auch auf der Mauer bewegten sich Schatten. Thiudgif hielt auf das Tor zu, spähte über die grasbewachsene Ebene, um vorgelagerte Gräben in der Dunkelheit rechtzeitig zu erkennen und nicht in den sicheren Tod zu stürzen. Amra schwenkte das weiße Tuch über ihrem Kopf, damit die Verteidiger begriffen, dass sie Flüchtlinge waren. Thiudgif hörte die anderen Frauen rufen, sie ließ Suras Hand los und schickte Amra voraus, machte kurz kehrt, um die anderen anzuspornen. Fausta hatte Mühe mitzuhalten, und weit hinter ihnen am Waldrand waren Reiter zu sehen, Hufgetrappel näherte sich.

Eine der Frauen strauchelte. Thiudgif riss sie am Arm hoch, schubste sie weiter, packte Faustas Hand, die sich ihr Hilfe suchend entgegenstreckte, und zog die schwerfällige Frau mit sich. Doch sie waren zu langsam, unaufhaltsam näherten sich Krieger zu Pferd und zu Fuß und das Tor schien noch immer viel zu weit entfernt. Auch wenn auf dem Wehrgang einzelne Schatten winkten.

Sie hörte einen spitzen Schrei, eine der Frauen hinkte, kämpfte verzweifelt um ihr Gleichgewicht. Thiudgif ließ Faustas Hand los, tastete nach dem Arm der Verletzten, die sich ihr an den Hals warf. Taumelnd, um nicht zu Fall zu kommen, schob Thiudgif sie neben sich her, bis Thiaminus sie erreichte, ihr half. Hufschlag donnerte heran. Thiudgif legte sich den Arm der Frau um die Schultern und hastete mit ihr weiter, lief um den vorderen Graben herum, während Thiaminus zurückblieb. Sie sah über die Schulter, sah die beiden Freigelassenen hinter Sträuchern Stellung beziehen gegen die heranstürmenden Krieger.

Sie wollte schreien, aber ihre Stimme versagte, und jetzt zog die verletzte Frau sie weiter, auf das Tor zu, vor dem sich die wenigen Flüchtlinge drängten. Pfeifend flogen Geschosse vom Wehrgang her über sie hinweg. Sie wandte nochmals den Kopf, sah Privatus, der sich aufgerichtet hatte, um seinen Spieß in die Reiterschar zu schleudern, und getroffen zu Boden stürzte. Ein scharfer Ruck riss sie durch den Spalt zwischen Torflügel und Pfosten, hinein in das rettende Feldlager. Donnernd schlugen beide Torflügel gegen den Mittelpfosten und die steinerne Schwelle.

Wie vom Schlag gerührt stand Thiudgif im Torweg unter dem Wehrgang, während Soldaten die mächtigen Riegel vorschoben. Ihr Herz schlug so hart, dass sie die Hände an die Brust legte, als könne sie es damit bändigen. Thiaminus und Privatus blieben draußen. Sie opferten ihr Leben, um die anderen zu retten; der fortwährende Beschuss der Angreifer durch die Schleuderer auf dem Wehrgang half ihnen nichts mehr. Der gellende Jubel traf sie wie ein Faustschlag, der Atem stockte ihr, die Beine verloren ihre Festigkeit, und als sie die Augen wieder aufschlug, fand sie sich in Amras Armen, zu Tode erschöpft und ohne jede Kraft.

Amra half ihr, dem Tor den Rücken zu kehren, Fuß vor Fuß zu setzen. Sie gingen durch einen zweiten Torweg. Zu beiden Seiten der breiten Straße standen langgestreckte Bauten mit flachen Dächern. Dahinter erstreckte sich eine Mauer wie ein einziges, endloses Gebäude, dessen Eingang ein Stück in die Straße ragte. Überall eilten Gruppen gerüsteter Soldaten mit Speeren und Schilden herum, Knechte schleppten schwere Beutel und wahre Sträuße von Wurfspießen hinter ihnen her. Aber es waren wenige Männer für die gewaltigen Ausmaße des Lagers.

Mit weichen Knien ließ Thiudgif sich von Amra führen. Nach all diesen Tagen auf dem Marsch und der Flucht durch die Wildnis befand sie sich endlich innerhalb der schützenden Mauern eines römischen Standlagers.

Ein Gepanzerter stellte sich ihnen in den Weg. Bevor Thiudgif recht begriff, was er von ihnen wollte, hatte Amra schon einige Sätze mit ihm gewechselt. Er schritt ihnen voraus zu dem Gebäude im Herzen des Lagers, wo er die wachhabenden Soldaten ansprach, die sie hineingehen ließen, ohne eine Miene zu verziehen. Der kurze Gang, den sie betraten, war schattig und so kühl, dass Thiudgif, die sich inzwischen aus Amras Armen befreit hatte, fröstelte. Wie eine stumpfe Verletzung schmerzte der Verlust der Freunde in ihrer Brust.

Auf den Vorbau folgte ein weiter Innenhof, den ein Säulengang umlief; ein überdachter Brunnen nahm eine Ecke ein und vor dem hinteren Gebäudeteil erhob sich eine mächtige Statue, ein Mann in einer prachtvollen römischen Rüstung, der stolz über den Hof hinwegblickte. Im linken Arm einen langen Stab, hielt er die Rechte erhoben wie ein Priester, der ein Opfertier segnete.

»Das ist Caesar Augustus«, flüsterte Amra und presste die

Lippen aufeinander, als missbillige sie Thiudgifs unwillentliches Lächeln.

Sie folgten dem Mann in den Säulengang, durch eine Tür in einen weiteren halbdunklen Flur, an mehreren Türen entlang, bis er stehen blieb und ihnen den Weg in einen Raum wies, der von zwei hohen Kandelabern mit vielen Öllampen erleuchtet wurde. Thiudgif bestaunte die Verschwendung und die vom weichen Licht beleuchteten Säulen und Pfeiler, Girlanden und Kränze an den Wänden, ehe sie begriff, dass es nur Malereien waren. Möbel wie es sie hier gab, kannte sie nur aus Erzählungen: gepolsterte Liegen, belegt mit bunten Kissen und Decken, zierliche hochbeinige Dreifüße, ein breiter Tisch, auf dem sich Holztafeln zwischen Schriftrollen türmten, zwei geschnitzte Stühle dahinter und ein hoher Schrank mit vielen Fächern, die man wohl herausziehen konnte. Die beiden Frauen standen mitten im Raum und kneteten die Hände vor ihren schmutzigen, zerrissenen Röcken, als Thiudgif unversehens klar wurde, dass Sura nicht bei ihnen war. Flüsternd fragte sie Amra nach ihrer Tochter.

»Sura musste draußen bleiben. Bei den Wachtposten. Sie werden ihr nichts tun. Die anderen sind auch dort.«

Sie rührten sich nicht von der Stelle, äugten nur umher, sodass sich ihre Blicke gelegentlich begegneten. Jetzt, da sie zur Untätigkeit verurteilt war, sah Thiudgif wieder alles vor sich, was sich soeben erst ereignet hatte, Thiaminus mit Bogen und Köcher, der sie anschaute, bevor er und Privatus mit ihren wenigen Waffen hinter den niedrigen Sträuchern Stellung bezogen. Sie hatte sich kurz vor dem Tor umgedreht, da hockten die beiden noch immer dort, und die feindlichen Reiter stürmten auf sie zu. Thiudgif kämpfte mit den Tränen. Fieberhaft versuchte sie, sich das Gesicht des jungen Thiaminus vorzustellen, doch es blieb ein verwaschener Schemen, ebenso das Bild des Privatus, mit dem sie auf dem ganzen Weg nur wenige Worte gewechselt hatte. Sie empfand es als schäbig, entkommen zu sein, würgte an einem Gefühl der Schuld.

Als die Tür aufflog, schrak sie zusammen. Im Rahmen stand ein bärtiger alter Mann in einem Kettenhemd, acht silberne Ehrenscheiben auf der Brust, geziert von Frauenköpfen, deren Haare Schlangen waren. Er trat ein, warf seinen Helm, den knotigen Stock und den Umhang, den er über den Arm geschlungen hatte, auf eine der Liegen, ehe er sich zu den Frauen umdrehte.

»Wer seid ihr, und woher kommt ihr?«

»Flavia Amra, Gattin des Gefreiten Quintus Statilius – er gehört zur Siebzehnten Legion. Wir haben uns mit einigen anderen Frauen aus der Einkesselung durch die aufständischen Barbaren retten können.« Sie deutete auf Thiudgif. »Diese Frau, Annia Rufilla, Freigelassene des Beneficarius Titus Annius aus Tarraco, hat uns durch die Wälder hierhergeführt.«

»Eine Einheimische?« Der Mann nahm den Schwertgurt von der Schulter, legte den Gürtel mit dem Dolch ab und setzte sich auf die Liege, um die Riemen seiner Sandalen zu lösen. Als er aufblickte, nickte Amra stumm. Da schien er sich zu besinnen, denn er verzog die Lippen zu einem schiefen Grinsen.

»Ihr müsst entschuldigen, ich bin ein einfacher Mann. Ich verstehe mich besser darauf, die verfluchten Barbaren von diesen Mauern fernzuhalten, als auf Unterhaltungen mit Damen. Lucius Caedicius heiße ich, und nachdem ich mein Jahr als Primipilus abgeleistet hatte, wurde ich zum Lagerpraefecten von Aliso ernannt. Und jetzt habe ich ein Problem.« Er seufzte schwer. »Übrigens seid ihr nicht die Einzigen, die es hierhergeschafft haben.«

Thiudgif traf es wie ein Schlag, sie tat einen Schritt auf den Mann zu, wäre beinahe vor ihm auf die Knie gesunken, als Amras Hand sich fest um ihren Arm schloss.

»Es sind mehr als zweihundert Mann, und die erzählen grauenhafte Dinge«, fuhr er fort. »Das Übelste daran ist, dass es niederträchtiger Verrat war, der diesen Aufstand ermöglichte.«

Auf sein Klatschen hin betraten zwei Sklaven den Raum, der eine trug ein Bronzebecken mit Wasser und einige weiße Tücher, der andere ein Körbchen und einen Dreifuß, den er vor dem Offizier aufbaute, damit der erste das Becken darauf abstellen konnte. Als Thiudgif sah, dass Amra ihr Gesicht hinter dem Schleier verbarg und sich abwandte, drehte auch sie sich zur Seite. Verstohlen beobachtete sie aus dem Augenwinkel, dass der erste Diener Caedicius das Gesicht, dann Arme und Hände, schließlich Beine und Füße wusch. Der andere, der sich kurz entfernt hatte, kehrte indessen mit einem Tablett zurück, auf dem sich ein silberner Krug und drei Becher befanden sowie Körbe mit Brot und kleine Schüsseln.

»Darf ich die Damen zu einer kleinen Stärkung einladen? Oder möchtet ihr zunächst ein Bad nehmen? Das lässt sich nämlich einrichten.«

»Meine Tochter ...«, begann Amra vorsichtig.

Er sah sie an, winkte dann einen der beiden Sklaven zu sich, um ihm etwas zuzuflüstern, und der Mann verschwand.

»Ich gehe davon aus, eure kleine Schicksalsgemeinschaft war eine Zufallsbekanntschaft.« Ein launiges Zwinkern legte Falten um seine Augen. »Wichtig ist, dass ihr euch durchgeschlagen habt – zu schade, dass die beiden Männer sich am Ende nicht retten konnten.«

Plötzlich verließ Thiudgif die Kraft, sie schaffte es gerade noch bis zu einer Liege, die ein Stück hinter ihr stand, bevor ihre Knie weich wurden und sie einfach hinsank, die Hände vors Gesicht schlug und von Schluchzen geschüttelt weinte. Sie hörte das Rasseln eines Kettenhemdes, dann schwere Schritte, der herbe Geruch eines Mannes umwehte sie, und eine große, warme Hand umschloss ihre Schulter.

»Es ist alles ein bisschen viel, nicht wahr, Mädchen?« Caedicius' Stimme klang überraschend tröstlich. »Wir sind hier auch nicht in Sicherheit. Ich hab mir zwar mal ein paar von den Burschen da draußen geschnappt und denen unsere Vorräte gezeigt, damit sie wissen, dass sie sich auf eine längere Belagerung gefasst machen müssen. Aber ich fürchte, die bekommen jetzt Nachschub, nachdem sie Varus' Legionen in alle Winde zerstreut haben.«

Er tätschelte sacht ihren Rücken, während sie ruhiger wurde, schniefte und sich mit dem Tuch, das er ihr hinhielt, die Tränen trocknete und die Nase putzte. Das weiße Brötchen, das er ihr anbot, riss sie ihm fast aus der Hand und stopfte es in den Mund, kaute kaum, schluckte umso gieriger. Sie setzte sich auf, umklammerte mit beiden Händen den Becher, ließ den stark verdünnten Wein in den Mund rinnen und trank, bis der Becher leer war.

»Die Soldaten, die sich hierher gerettet haben ... Ist da auch ...« Sie schnäuzte sich nochmals.

»Ich weiß nicht, ob ein Titus Annius unter diesen Männern ist«, erwiderte Caedicius, »aber ich werde danach fragen. Und jetzt soll man sich erst mal um euer Wohl kümmern.«

Unter den Geretteten befand sich kein Titus Annius, aber Thiudgif erfuhr am folgenden Morgen, dass sich einige Bewohner der umliegenden Dörfer nach Aliso geflüchtet hatten, seitdem die Belagerer begonnen hatten, in der Gegend Vorräte einzuziehen. Das Frühstück in der Hand, eilte sie zu den Unterkünften, von denen die Frau, die das Getreide ausgeteilt hatte, erzählt hatte. Die Flüchtlinge hausten in Zelten am hinteren Ende des Lagers in der Nähe der Latrinen, und beim leisen Klang der heimatlichen Sprache blieb Thiudgif stehen und lauschte. Schließlich kroch ein junger Mann aus einem Zelt, kam auf sie zu.

»Was willst du hier? Wer bist du?«

»Thiudgif, Tochter des Sahsmers«, erwiderte sie. »Sind hier Leute aus dem Dorf bei den fünf Eichen?«

Kurz darauf stand eine bucklige, alte Frau vor ihr, das weiße Haar zu einem dünnen Knoten aufgebunden, und starrte sie ungläubig an. Kaum erkannte Thiudgif die alte Bäuerin, eine Witwe, deren Hof unweit ihres Vaterhauses stand.

»Wir dachten, du seist verschollen!«, kam es undeutlich aus ihrem zahnlosen Mund. »Dein Vater erhielt Nachricht, dass der Steuereintreiber dich aus dem Haus seines Schwagers verschleppt habe. Seither nichts. Und jetzt bist du hier!«

»Ich war im Heereszug des Statthalters.«

»Den der schneidige Cherusker wohl den gierigen Mächten der Unterwelt geweiht hat.« Die Greisin legte ihre kühlen Hände um Thiudgifs Wangen. »Armes Kind. Dein Vater hat eine Dummheit gemacht und sich den Kriegern widersetzt. Er besaß ja nichts. Sie haben ihn erschlagen, um zu zeigen, was mit denen geschieht, die sich ihnen im Kampf gegen die Römer in den Weg stellen. Auf heimlichen Wegen mussten wir uns durch den Ring der Belagerer schleichen, weil sie uns nach dem Leben trachten. Mächtige kämpfen gegen Mächtige, und wir zahlen den Zoll, ganz gleich an wen.«

Thiudgif war zusammengefahren und presste eine Hand auf die Wachstafeln, die sie noch immer am Leibe trug. Nur langsam begriff sie, dass ihr Vater tot war, dass sie allein war wie zuvor und es bleiben würde. Doch das Leid wurde nicht schwerer, grub sich nicht tiefer in ihre Brust. Ihr war, als böten die dünnen hölzernen Tafeln einen Schutz dagegen; ohne diese Tafeln wäre sie ein Nichts, ein Ding, das sich jeder Dahergelaufene hätte aneignen können. Schließlich war sie nicht imstande, allein den kleinen Hof zu bewirtschaften, würde sich stattdessen jemandem andienen müssen. Die Tafeln hingegen waren bei den Römern ein Beweis ihrer Freiheit, und Annius' Brief an seine Eltern barg die Verheißung einer Zuflucht. Und sie hegte noch immer die Hoffnung, dass er lebte. Auch wenn er sich nicht unter denen befand, die den Weg nach Aliso gefunden hatten. Er gehörte zu den Tapferen, er würde ausharren, selbst wenn alles verloren war.

Sie ließ die dunkle Ahnung nicht zu, die hinter ihrer Hoffnung lauerte, verabschiedete sich fahrig von den Flüchtlingen, die zu sehr mit ihren eigenen Sorgen beschäftigt waren, als dass sie sich weiter um sie gekümmert hätten. Während sie das Haus suchte, in dem ihr gemeinsam mit Amra und Sura eine Unterkunft zugewiesen worden war, wurde ihr mit jedem Schritt klar, dass diese beiden jetzt ihre Familie waren. Zumindest bis sie in Sicherheit waren.

Noch ehe sie das Haus erreicht hatte, gellten Alarmsignale über das Lager. Thiudgif blieb mit klopfendem Herzen stehen, beobachtete die Aufstellung der Soldaten, hielt sich die Ohren zu bei dem Donnern Hunderter genagelter Sohlen, dem Befehlsgebell, den hellen Tönen von Tuba und Horn, dem Rasseln der Rüstungen und Waffen. Während die Wehrgänge sich füllten, hastete sie in den Schutz des Hauses, in die halbdunkle Kammer, in der sie Amra und

Sura fand, die Tochter in den Armen ihrer sichtlich entkräfteten Mutter.

»Wann wird das aufhören?«, klagte Amra.

»Wenn wir entweder tot sind oder von hier vertrieben«, erwiderte Thiudgif und warf ihren Mantel auf das Bett. Es tat ihr leid, schroffer als beabsichtigt gesprochen zu haben, deshalb setzte sie sich neben Amra und strich ihr über den Rücken. »Wir müssen es aushalten. Die Menschen meines Volkes mussten es über Jahre hinweg aushalten. Seit dem letzten Aufstand sind erst wenige Jahre vergangen. Damals wurde drei Jahre lang gekämpft.«

»Das weiß ich. Ich wohnte damals mit der Kleinen in Vetera und habe Todesangst um meinen Quintus ausgestanden.« Tränen rollten über Amras Wangen. »Ich weiß nicht, ob er am Leben ist oder tot, ich hoffe so sehr, dass er lebt, aber gerade die Hoffnung quält mich.«

Wie von einer Nadel gestochen sprang Thiudgif auf, lief unruhig hin und her, während das Knallen der Wurfmaschinen und die gedämpften Stimmen hereinklangen. Das Dorf, in dem sie aufgewachsen war, lag wenige Wegstunden von hier entfernt flussabwärts. Sie kannte die Umgebung, sie hatte Gänse gehütet, später manchmal auch Vieh in den lichten Wäldern. Sie wusste um die Pfade, die die Frauen beim Sammeln von Beeren und Pilzen nutzten.

Sie blieb stehen. Draußen ertönten helle Schreie, Zorn und Empörung. Aber die Katapulte und Ballisten schwiegen. Es wurde nicht gekämpft.

Rasch griff sie nach ihrem Umhang und hastete hinaus in die von Fackeln erhellte Nacht. Ein rhythmisches Stampfen und Brüllen ließ die Luft erzittern, die Stimmen Tausender Männer, die Namen riefen, Namen aus ihrem Volk. Sie rannte die Querstraße des Lagers zum rechten Nebentor hinunter, dem nächsten Aufgang zum Wehrgang. Ihr Puls beschleunigte sich, als sie Stufe um Stufe hinaufeilte, an den Posten vorbei, die hinter ihr her riefen. Als sie einen Soldaten fragte, wo der Lagerpraefect sich aufhielte, schickte dieser sie verdattert weiter in Richtung Haupttor, wo sich die Männer drängten. Eine düstere, bedrückte Stimmung herrschte dort. Sie glaubte Schrecken und Ekel riechen zu können, schob sich vorsichtig an den Soldaten vorbei, die wie gebannt hinaus auf das Feld vor den Gräben starrten. Tausendfach dröhnten von dort Stimmen herauf. Ein junger Kerl mit verstörtem Gesicht schickte sie die Leiter zu einem der Türme am Haupttor hinauf. Während sie flink die Sprossen erklomm, erhaschte sie einen Blick über die Köpfe der Männer hinweg. Ein gewaltiges Heer hatte sich vor dem Lager aufgereiht und erfüllte die weite Lichtung mit tosendem Lärm. Die ersten Reihen hatten ihre Lanzen aufgepflanzt, auf deren Spitzen große Klumpen steckten. Thiudgif erstarrte. Sie führten triumphierend die Köpfe Erschlagener vor.

Eine Hand schloss sich um ihren Arm, zog sie nach oben, ein Gefreiter, der sie mit einem stummen Wink wegschickte. Doch Thiudgif drängte sich hartnäckig an ihm vorbei zu Lucius Caedicius, der inmitten einiger Offiziere stand. Als sie sich vor ihm aufbaute, wölbte er verdutzt die Brauen.

»Wenn die Aufständischen ihre Truppen hier zusammenziehen, werdet ihr das Lager nicht mehr halten können«, sagte sie ohne jede Begrüßung, mehr trotzig als mutig. »Und an ihren Drohungen siehst du ja, dass sie genau das vorhaben, dass sie gar nicht angreifen wollen, sondern abwarten und bei passender Gelegenheit die Mauern im Handstreich nehmen.«

Seine Miene, die noch immer den inneren Aufruhr spiegelte, den der abscheuliche Triumphzug der Barbaren aufgewühlt hatte, wandelte sich von stirnrunzelnder Missbilligung zu einem leisen Anflug von Anerkennung.

»Asprenas' Legionen werden Entsatz bringen«, warf einer der umstehenden Offiziere ein. »Wir müssen uns nur lange genug halten, bis sie hier sind und die Barbaren von hinten packen.«

»Aber ob wir uns lange genug halten können, wenn die Aufständischen ihr Heer hier sammeln ...« Caedicius' Blick ging durch Thiudgif hindurch, dann blinzelte er, als wäre er gerade erwacht. »Abzug wäre eine Möglichkeit, aber ich habe nicht die Absicht, uns wie ein Rudel Wild aus dem Schutz des Waldes vor die Jäger treiben zu lassen, wie das Varus offenbar zugestoßen ist.«

»Das würde geschehen, wenn ihr auf der Straße marschiert, denn das erwarten die Belagerer«, entgegnete Thiudgif und schaute dem Lagerpraefecten beherzt in die verengten Augen. »Aber es gibt andere, verborgene Wege. Wege, die nicht einmal die Krieger kennen.«

Schweigend verharrte Caedicius, doch das war immer noch besser, als wenn er sie, wie sie befürchtet hatte, einfach davonjagte.

»Du gehörst zu denen da draußen, Mädchen«, knurrte er schließlich.

»Dann stünde ich nicht vor dir, Lucius Caedicius. Mächtige kämpfen gegen Mächtige, und die einfachen Menschen zahlen den Tribut, ganz gleich an wen. Die da draußen bedrohen dein Leben ebenso wie das deiner Soldaten – aber auch das Leben derer, die sich hierhergeflüchtet haben auf heimlichen Wegen, die die Belagerer nicht kennen.«

Caedicius musterte sie weiterhin, ohne dass der Argwohn aus seiner Miene wich, aber etwas schien in seinen Augen erwacht. Nach einer Weile kratzte er sich unter dem Kinn, brummelte nach Altmännerart vor sich hin, biss sich auf die Lippen.

»Du siehst, wozu dieses Pack fähig ist?«, blaffte er und wies mit dem Daumen hinaus auf die grölende Menge der Feinde.

Thiudgif verkniff sich die spitze Erwiderung, die auf ihrer Zunge lag, und nickte stattdessen.

»Wir Flüchtlinge haben das gleiche Ziel wie ihr«, sagte sie scharf, »und auf unseren Pfaden können wir es gemeinsam erreichen.«

*

Zwischen lichten Wäldern und Mooren kamen Annius und Sabinus nur langsam voran. Flussläufe und Sumpfseen versperrten ihnen den Weg, die Bohlenwege waren morsch und oft kaum auszumachen. Dörfer gab es nicht viele in dieser Gegend, dafür fanden sie sich einmal unversehens unter einem riesigen Baum, von dessen Ästen Holzfiguren und Tierschädel hingen, die im Wind leise klapperten.

Nachdem sie ihre getöteten Kameraden notdürftig bestattet hatten – ein Feuer zu machen, hatten sie nicht gewagt –, waren sie rasch aufgebrochen, abseits des befestigten Weges, der für sie unsicher geworden war. Einmal hatten sie sich vor Reitern verstecken müssen; dabei war Annius aufgefallen, dass Sabinus bei seinem Sturz mehr davongetragen hatte als einen Kratzer. Doch als Annius seine notdürftigen Feldscherkenntnisse angeboten hatte, hatte Sabinus nichts davon wissen wollen, was Annius ihm sogar nachfühlen konnte.

Am dritten Tag erbeutete Annius mit einem Wurfspieß eine unvorsichtige Gans, die Sabinus, seinen wachsenden Beschwerden zum Trotz, gekonnt im Lehmmantel buk. Das kostete sie zwar einen halben Tag, aber sie waren dadurch zumindest mit Vorräten versorgt. Heißhungrig verschlangen sie die fetten Teile und Innereien, schliefen viel und träumten schlecht, um am folgenden Tag ihren Weg fortzusetzen. Sabinus war schweigsam, umso ausdauernder versuchte Annius ein Gespräch in Gang zu halten, damit keine trüben Gedanken die Geister der Toten anlockten. Immer wieder fiel Sabinus zurück, er erwähnte Kopfschmerzen, musste mehrfach austreten, aber er klagte nicht.

Als Annius geraume Zeit keine Antwort mehr erhalten hatte, blieb er mit dem Maultier stehen, wandte sich um und bemerkte, dass er wieder einmal allein war. Verwundert wartete er, holte sich aus einer der Tragtaschen auf dem Rücken des Maultiers ein Keulenstück von der gestern erjagten Gans, setzte sich in den Schatten der Sträucher, an eine Stelle, von der aus er die zurückgelegte Wegstrecke gut überblicken konnte, und nahm ein verspätetes Mittagessen zu sich. Sabinus würde schimpfen, denn er hatte die reichlichen Reste des Vogels für die Rast am Abend bestimmt, aber Annius' Magen forderte bereits seit einigen Meilen sein Recht ein. Geduldig nagte er eine Seite der Keule ab, damit noch etwas bliebe, um Sabinus' Unmut zu besänftigen.

Doch als der Kamerad ausblieb, schlich sich dumpfe Sorge in seine Brust. Er schwang sich auf den knochigen Rücken des Maultiers und trieb es mit Zungenschnalzen und Fersentritten den Weg zurück. Im nächsten flachen Talgrund hüpfte ein Bach über große Kiesel, und auf einem vom letzten Hochwasser ans Ufer gespülten Baumstämmchen saß Sabinus, beugte sich über das Wasser und netzte sich die Stirn. Obwohl er den Hufschlag hören musste, drehte er sich nicht um.

Annius sprang zu Boden und näherte sich, rief den Freund an, doch erst als er ihm die Hand auf die Schulter legte, schrak Sabinus auf. Sein Gesicht schien zu glühen.

»Tut mir leid«, lallte er. »Ich bin völlig erschöpft.«

Er wollte aufstehen, sackte aber gleich wieder in sich zusammen, und als der dünne Baumstamm zu schwingen begann, wäre er zu Boden gerutscht, hätte Annius ihn nicht aufgefangen. Entschlossen legte Annius sich Sabinus' Arm um die Schultern und zog ihn mit sich, obwohl Sabinus gepeinigt ächzte. Er lehnte sich an das schnaubende Maultier, presste die Linke an seine Hüfte und atmete stoßweise, Schweiß bildete feine Perlen auf Stirn und Schläfen. Es war die Wunde, die sich Sabinus bei seinem Sturz zugezogen hatte, als sie gerungen hatten. Schuldbewusst erinnerte Annius sich daran, dass Sabinus nur versucht hatte, ihrer beider Leben zu retten. Selbst wenn sie die Mörder von Blaesus und Venicius noch gestellt hätten, wäre nichts dabei gewonnen worden, sie wären ebenfalls erschlagen und beraubt worden – und Varus' Ring, der Brief, ja sogar der Dolch wären möglicherweise in die Hände der Feinde geraten.

»Darf ich mir das ansehen?«, fragte Annius.

Zögernd nickte Sabinus, doch als Annius seine Hände um dessen Gürtel legte, um die Schnalle zu lösen, zuckte er zusammen und schnappte nach Luft. Behutsam nahm Annius ihm den Gürtel ab, trat hinter ihn und bemerkte, dass die Schnürung des Schienenpanzers teilweise gelockert war, teilweise lose herabhing, soweit Sabinus selbst an die Riemen gelangt war. In seinem Rücken war an der linken Flanke ein älterer Blutfleck zu sehen, und eine faulig riechende Flüssigkeit, deren Farbe sich nicht bestimmen ließ, tränkte den Stoff des verschmutzten Waffenrocks.

»Ich halte es aus, mach dir keine Sorgen«, murmelte Sabinus. »Ich kann laufen.«

»Das glaube ich nicht«, erwiderte Annius. »Du nimmst das Maultier, und ich passe auf dich auf.«

Mühsam gelang es Sabinus, mit Annius' Hilfe auf den Rücken des Maultiers zu klettern. Steif saß er auf dem knochigen Tier, zog die Schultern nach vorn und krampfte die Finger um die Haken des Tragsattels. Aufmunternd tätschelte Annius die Linke seines Freundes und machte sich schweigend von neuem auf den Weg.

»Erzähl mir etwas«, stieß Sabinus nach einer Weile rau hervor.

»Was soll ich schon erzählen?«

»Irgendetwas. Du hast mir nie von deiner Heimat erzählt, von deiner Familie.«

»Du weißt doch längst, dass ich aus Tarraco stamme und mein Vater Weinhändler –«

»Du Narr! Erzählen sollst du, keine Listen führen!« Sabinus hustete vor Anstrengung, und es dauerte eine Weile, bis er wieder ruhig wurde. »Wie sieht es dort aus, in Tarraco?«

Zaudernd nagte Annius an der Unterlippe, während er Schritt für Schritt den eigenen Spuren folgte. Spuren, die allzu offensichtlich waren, die er nicht verwischen konnte, weil es zu viel Zeit kosten würde. Er hoffte darauf, dass es nur wenige Menschen in diese Gegend verschlagen mochte, während er an die allzu ferne Heimat seiner Kindertage dachte, die helle Stadt am Meer. Er versuchte, sich den Hafen vorzustellen, den gemauerten Kai mit den dicken Poldern, die teerschwarzen Bäuche der Schiffe und ihre bunten Segel. Er hörte die zahllosen Stimmen der Sklaven und Tagelöhner, die Rufe der Schiffsmeister und das Plärren der feilschenden Händler. Er war wieder ein Knabe, der den Geruch von Tang und Möwendreck, den spröden Duft der See atmete und das Salz auf der Zunge schmeckte. Er schlich im Halbdunkel seines Vaterhauses herum, vom Vestibulum ins Atrium mit dem Sammelbecken für das Brauchwasser – sein Vater hatte das

Haus nach römischer Art auf den Grundmauern eines früheren Baus errichten lassen –, durch den Flur in den Garten, der nach Rosen und Lorbeer, Minze und anderen Kräutern, die seine Mutter anbaute, duftete. In der Erinnerung blendete ihn schier die Farbenpracht der Wandgemälde, unterbrochen von Vorhängen, die Liegen waren voller Decken und Kissen.

»Warum bist du weggegangen?«, fragte Sabinus.

»Das ist eine lange Geschichte.«

»Ein Mädchen?«

Als Annius grimmig nickte, ertönte hinter ihm ein angestrengtes Lachen, unterbrochen von Husten. »Wie so viele von uns. War sie wenigstens hübsch?«

»Atemberaubend. Aber mein Vater meinte, ich sei noch zu jung, ich solle erst einmal auslernen. Er schickte mich über den Sommer auf eines seiner Güter, und als ich zurückkehrte, war sie die Frau eines reichen alten Kerls vom anderen Ende der Stadt.«

»Und dann?«

Annius lachte leise, zuckte dann die Achseln. »Dann habe ich mich mit meinem Vater zerstritten und bin auf und davon zur Legion.«

»Es ist immer dieselbe Geschichte.«

»Bei dir auch?«

»Ich wollte wirklich nur zur Legion«, erwiderte Sabinus. »Meine Leute waren bettelarme Kleinbauern, bis wir schließlich alles verkauften und in die Stadt zogen. In den Kneipen und auf dem Forum hatte mein Vater dann endlich wieder eine Beschäftigung. Meine Mutter schickte mich zu den Anwerbern, damit ich nicht auch so endete.«

»Städter sind selten bei der Legion«, sagte Annius.

»Ja, wir sind schon etwas Besonderes. Aber eigentlich bin ich kein echter Städter, sondern nur zugezogen.«

Sabinus' trockenes Lachen brach zu einem gequälten Husten, sodass Annius das Maultier zum Stehen brachte und den Freund festhielt, bis dieser sich beruhigte.

»Und jetzt sag mir, woher du den Dolch hast«, krächzte Sabinus.

Verdutzt tat Annius einen Schritt rückwärts, während Sabinus ihn aus fiebrig glänzenden Augen anblickte.

»Du bist kein Plünderer, Titus Annius, und wir beide werden das Geheimnis dieses Schmuckstücks mit in den Tod nehmen – also erzähl's mir, damit ich ein bisschen Unterhaltung habe.«

Annius nahm die Führungsleine des Maultiers und ging weiter, zunächst schweigend, denn ihm war nicht wohl dabei, seine Erlebnisse im Zelt des Statthalters zu offenbaren. Er wusste auch nicht, wie er beginnen sollte. Varus habe ihn nicht zurück in die Kampflinie gelassen, sagte er schließlich, sondern bei sich behalten und ihm vor der Schlacht am Wall den schmählichen Befehl erteilt, im Lager zu bleiben, um einen Gefangenen, der für Varus wohl eine besondere Bedeutung gehabt habe, zu bewachen. Er schilderte die düstere Beratung nach der Niederlage, bis die Offiziere des Stabes das Zelt verließen, und verstummte.

»Du warst mit ihm allein?«, fragte Sabinus.

Annius blieb stehen und wandte sich ihm zu, hob den Kopf, ohne damit aufzuhören, die Lippen mit den Zähnen zu bearbeiten.

»Du hast ihm ... geholfen ... sich umzubringen?«

Mürrisch setzte Annius seinen Weg fort. »Er stieß sich das Schwert in die Brust, und dann ging ich.«

Eine Weile sagte keiner von ihnen etwas, obwohl Annius Sabinus' bohrende Unruhe zu spüren glaubte, als wüsste dieser, dass er gelogen hatte. Sonnenlicht tanzte in den Zweigen, es ging auf den Abend zu. Annius hielt Ausschau nach einem Unterschlupf, was ihm eine willkommene Ablenkung war, da ihn unaufhörlich die Frage quälte, ob es nicht doch besser gewesen wäre, den Dolch zurückzulassen, wie Varus ihn geheißen hatte. Vielleicht hätte das die Aufständischen und vor allem Arminius bewegt, die Besiegten zu verschonen. Vielleicht wäre Ceionius' Versuch zu verhandeln dann gelungen.

Als sie eine Lichtung erreichten, zweigte ein kaum erkennbarer Saumpfad ab, verlor sich zwischen hohem Gras. Annius drehte sich um und bemerkte, dass Sabinus schwer atmend im Sattel kauerte, kaum noch bei Bewusstsein. Rasch band er das Maultier an ein Gestrüpp und hastete dem Pfad nach, rannte an einer Schlehenhecke voller blauer, wie mit Staub überzogener Beeren entlang. Am Ende des Weges stand eine Hütte mit steilem, tief herabgezogenem Dach, kaum mehr als ein Zelt, aber ein sicherer Schutz für die Nacht.

Vorsichtig spähte er nach Fußstapfen, gebrochenen Zweigen und niedergetrampeltem Grün, doch außer seinen eigenen Spuren konnte er nichts entdecken. Die Lichtung war spärlich mit jungen Eichen bewachsen, eine Schweineweide. Argwöhnisch sah Annius sich um, aber nichts regte sich. Eine Zuflucht. Zumindest für eine Nacht.

Im matten Licht einiger brennender Späne, die Annius in einen herumliegenden Topf gesteckt hatte, schob er Sabinus' Waffenrock hoch und löste vorsichtig den Stoff des Hemdes von der nässenden Verletzung. Sabinus, der bäuchlings auf einem zusammengelegten Mantel lag, ächzte leise. In der Zeit, die Annius damit zugebracht hatte, mit einem weiteren irdenen Topf, den er in der Hütte gefunden hatte, sauberes Wasser zu beschaffen, war das Fieber gestiegen. Unter dem Vordach der Hütte hatte er ein kleines Feuer entfacht und das Wasser abgekocht, zugleich Sabinus geholfen, den Schienenpanzer abzulegen, wobei er feststellen musste, dass die Rüstung das Einzige war, was den Kameraden noch aufrecht gehalten hatte.

Die Wunde war brandig rot und stellenweise eitrig, die Umgebung stark geschwollen; als Annius sie behutsam betastete, stöhnte Sabinus auf, aber was er im Zwielicht erkannte, ließ ihn schaudern. Als hätte jemand ein Loch in Sabinus' Körper geschlagen, klaffte die Wunde am unteren Rand des Brustkorbs. Vorsichtig reinigte er die Ränder, tupfte die klebrige Flüssigkeit ab, mied den spärlichen Schorf. Ein anständiger Medicus hätte dem Verletzten helfen können, aber Annius wagte nicht, eine derart tiefe Wunde an dieser Stelle zu brennen, zumal er auch keinen Mohnsaft hatte, um Sabinus zu betäuben, und nicht einmal einen sauberen Verband.

»Du hast mir nicht alles erzählt«, keuchte Sabinus so plötzlich, dass Annius zusammenzuckte.

»Wovon sprichst du?«

»Varus' Tod. Warum wollte er ausgerechnet dich bei sich haben?«

»Das weiß ich doch nicht.«

»Jedenfalls nicht nur, weil er jemanden brauchte, der zuschaut.«

Ein krampfhaftes Husten schüttelte Sabinus, dessen Stöhnen schrill wurde. Annius warf sich neben ihn, hielt ihn fest, bis er ruhig wurde.

»Danke«, flüsterte Sabinus kaum hörbar, schluckte einige Male, räusperte sich zaghaft. »Wenn es kein Warum gibt, dann vielleicht ein Wozu?«

»Er befahl mir, seinen Ring, sein Schwert und einen Brief an seine Frau in Sicherheit zu bringen.«

»Aber wo ...?«

Annius setzte sich auf, löste unter dem Hemd das Band seines Schurzes und fingerte den Ring hervor, griff unter den beiseitegelegten Schienenpanzer und zog die inzwischen gebrochenen, handtellergroßen Wachstafeln heraus. Sabinus machte große Augen, stemmte sich auf die Unterarme, nahm den Ring, um ihn zu betrachten und auf die Spitze seines rechten Zeigefingers zu stecken.

»Und das Schwert?«

»Das habe ich bei ihm gelassen.«

»Ich verstehe nicht ...«

»Er tötete sich mit dem Dolch, den Arminius ihm geschenkt hatte. Aber diesen Triumph konnte ich dem Verräter nicht lassen. Ich habe die Waffen vertauscht.«

Sabinus gab Annius den Ring zurück und sank mit geschlossenen Augen auf den schmutzigen Mantel. Er atmete schnell und flach.

»Er war ein guter Mann, ein guter Statthalter. Diesen Verrat hatte er nicht verdient«, flüsterte er. »Das Schicksal hat es so gefügt, dass du zuerst mich getroffen hast, dann deine Kameraden von der Achtzehnten. Du wirst durchkommen, Titus Annius, glaub mir. Du musst diese Sachen nach Vetera bringen. Damit sie dem Feind nicht in die Hände fallen.«

Nachdenklich wog Annius Ring und Tafeln in den Händen, schob dann die Tafeln zurück in seinen Schienenpanzer. Als er den Ring wieder an das Band seines Schurzes knüpfte, vernahm er ein leises, schleifendes Geräusch. Das Maultier, dachte er zunächst, aber das stand auf der anderen Seite, also war es wohl der Wind. Er horchte in die Stille.

»Dich werde ich auch nach Vetera bringen«, sagte er nach einer Weile mit einer Entschlossenheit, die ihn selber überraschte.

Doch Sabinus schien ihn nicht gehört zu haben, und als Annius nach seiner Stirn tastete, glitten seine Finger auf einem dünnen Schweißfilm aus.

»Du bist ein guter Kamerad, Titus Annius, ein guter Freund, und es ehrt mich, dass ich dich bis hierher begleiten durfte. Aber den Rest des Weges musst du allein schaffen.«

Wieder schleifte etwas durchs Gras. Wenn draußen jemand herumschlich, war die Hütte wie eine Falle. Hastig löschte Annius die halb abgebrannten Späne, drückte Sabinus kurz einen Finger auf die heißen, spröden Lippen, legte sich den Panzer um und schloss mit fliegenden Fingern die Schnallen. Dann setzte er den Helm auf, wand den Gürtel mit dem Schwert um die Hüfte und griff nach dem Schild. Er holte tief Luft und schlüpfte hinaus.

Der Nachtwind sang im Tannenwald, vereinzelt raschelte aufgewirbeltes Laub. Die niedrige Pforte im Rücken, lauerte Annius hinter dem Schild und spähte ins Dunkel. Die Wipfel standen schwarz vor dem nächtlichen Himmel. Schweißfeucht lag das Heft des Schwertes in seiner Rechten.

Schemen schälten sich aus der Finsternis, blieben in sicherem Abstand. Zwei vermummte Gestalten, kurze Speere wurfbereit in den Händen. Einer zog eine Laterne hinter dem Rücken hervor, rief ihn an, verstellt, um erwachsen zu klingen, aber es war deutlich zu erkennen, dass da ein junger Bursche sprach, der kaum den Stimmbruch hinter sich hatte. Annius verstand allerdings kein Wort, selbst als der Bursche seine Frage wiederholte. Fieberhaft suchte er die Lichtung nach weiteren Schatten ab, doch ob sich weitere Gegner im Dunkel verbargen, war nicht zu erkennen.

Sie waren um die Hütte geschlichen, hatten gelauscht, wussten sicherlich, dass er nicht allein war. Dennoch – sie hätten die Hütte nur anzünden müssen, sie hatten eine Laterne bei sich, es wäre ein Leichtes gewesen. Er war ein Soldat allein in der Wildnis, ein Mann auf der Flucht, nicht nur nach den Maßstäben der Barbaren ehrlos. Und dennoch musste irgendjemand nun den ersten Schritt tun, die bedrohliche Spannung lösen.

Langsam steckte Annius das Schwert zurück, legte beide Hände gut sichtbar auf den Rand des Schildes. Die beiden flüsterten miteinander, während die Stablaterne schwankend zwischen ihnen hing.

»Du ... Soldat?«, rief einer unversehens mit heller Stimme.

Kurz entschlossen trat Annius einen Schritt vor. »Titus Annius, Beneficarius im Stab der Vierzehnten Legion.«

Schweigend tauschten die beiden einen Blick, dann zuckte einer die Achseln. Sie verstanden ihn nicht. Zum ersten Mal bedauerte Annius, dass er Thiudgif zwar dabei unterstützt hatte, seine Sprache besser zu sprechen, aber kaum etwas von ihrer gelernt hatte, nur notdürftige Brocken.

Plötzlich stießen sie ihre Wurfspieße neben sich in den Boden und näherten sich mit erhobenen Händen. Und dann geschah etwas Sonderbares: Einer der beiden begann zu reden, zu erzählen, in seiner Sprache, bebildert mit Gesten und allerlei Lautmalerei, durchsetzt mit latinischen Wörtern, gerade wie sie ihm einfielen. Er lachte sogar, und sein Gefährte fiel in das Lachen ein, und mit jedem Wort glaubte Annius mehr zu verstehen.

Es sei die Hütte ihres Herrn, sie hüteten seine Schweine – der Junge grunzte lautstark –, sie hätten am Abend das Maultier gehört – er ahmte das jämmerliche Brüllen nach – und sich umgesehen, dabei Stimmen in der Hütte gehört. Sie hätten das Maultier weggelockt und dann überlegt, was zu tun sei. Unwillkürlich lächelte Annius über die beiden, die so stolz waren, die Fremden überlistet zu haben, während eine Stimme in ihm zischelte, er müsse sie töten, schnell, möglichst lautlos, sie seien eine Gefahr.

»Dein Name ist ...?«, begann er zögerlich, indem er Worte aus ihrer Sprache benutzte.

Im fahlen Schein der Laterne erkannte Annius, dass der Junge, der ihn angesprochen hatte, ihn mit offenem Mund anstarrte. Schließlich zog der Junge die Kapuze vom Kopf und stellte sich als Gawila vor, seinen Begleiter als Reda. Mühsam versuchte Annius, ihnen von Sabinus zu erzählen, der verletzt in der Hütte lag; dass er stümperte, bemerkte er daran, dass die beiden sich deutlich das Grinsen verkniffen. Als sie ihn fragten, ob er Soldat unter Varus sei, nickte er nach einigem Zögern, doch sie brachen daraufhin nicht in Jubel aus, wechselten nur Blicke des Verstehens, berieten sich, dann trat Gawila mit der Laterne näher.

»Ihr braucht Hilfe«, sagte er schlicht. »Und Wasser.«

Noch immer argwöhnisch ließ Annius beide Jungen eintreten und folgte ihnen. Zumindest war er sich jetzt sicher, dass niemand die Hütte in einen Scheiterhaufen verwandeln würde. Nicht solange die beiden darinnen waren.

Im matten Schein der Laterne kauerte Gawila sich neben Sabinus und legte eine Hand auf die Stirn des Verwundeten, der von der Berührung erwachte, stöhnend zurückzuckte, aber ihm fehlte die Kraft, den Fremden von sich zu stoßen. Gawila schob den Mantel, den Annius über den Verletzten gebreitet hatte, und das halbwegs saubere Tuch beiseite, betrachtete die brandige Wunde, bevor er über die Schulter zu Annius blickte und kopfschüttelnd die Brauen zusammenzog. Geschwächt ließ Annius sich auf dem Boden nieder, zog die Knie an den Körper und barg das Gesicht in den Händen. Er hörte leises Plätschern, beruhigende Worte, die er nicht verstand, die ihm auch nicht galten. Dazwischen Sabinus' leises Wimmern. Nichts denken. Jeder gute Soldat wusste, wie man das machte, an nichts zu denken. Die Fingerspitzen auf die Augenlider pressen, bis die Finsternis farbigen Wolken weicht und die Augäpfel wehtun. Schließlich legte sich eine Hand auf seine Schulter.

»Ich kann nicht helfen«, sagte Gawila. »Reda holt Wasser. Komm mit!«

Annius folgte ihnen vor die Tür, wo Gawila auf den schwarzen Wipfel der höchsten Tanne deutete. »Dort ist Wald, dann noch eine Lichtung. Da sind wir. Brauchst du Hilfe, kommst du.«

Leise säuselte der Wind durch das Reetdach der Hütte. Sabinus rang pfeifend nach Luft. Behutsam hatte Annius ihm aus einem der Schilde und einem Mantel eine Stütze errichtet, auf der er nun mit halb aufgerichtetem Oberkörper lag. Annius saß neben ihm, gab ihm Wasser zu trinken, tupfte ihm die Stirn ab. Im Morgengrauen öffnete er die Türe, damit Licht hereinfiel und Sabinus, wenn er den Kopf ein wenig zur Seite drehte, wenigstens einen Spaltbreit von der Lichtung draußen sehen konnte und nicht nur das Dach dieser schäbigen Hütte.

»Wir haben den Vogel nicht aufgegessen«, sagte Sabinus matt.

»Das holen wir nach.« Annius massierte sein Knie, das vom dauernden Hocken steif geworden und angeschwollen war. »Ich schieße eine neue Gans, eine fettere!«

Ein dünnes Lächeln umspielte Sabinus' Lippen. »Vielleicht reicht es als Vorrat für dich, bis du den Rhenus erreichst.«

»Bis *wir* den Rhenus erreichen!«, berichtigte Annius und fuhr fort, seine Muskeln zu kneten.

Unversehens bemerkte er, dass es schon eine Weile sehr still war, und warf einen raschen Blick auf Sabinus, der mit leicht geöffnetem Mund zu schlafen schien. Er führte eine Hand zum Mund des Verwundeten, ohne ihn zu berühren, und stellte erleichtert einen warmen, wenn auch schwachen Atem fest. Sabinus' Gesicht hatte alle Farbe verloren, und während Stirn und Hals im Fieber glühten, waren seine Hände, die kraftlos auf der Decke lagen, kalt.

»Versprich mir etwas, Titus Annius«, flüsterte er tonlos. »Versprich mir, dass du Vetera erreichst und diesen Ring und den Brief in die richtigen Hände gibst. Damit es nicht umsonst war.« Er hob seine Rechte ein wenig. »In die Hand, mein Freund!«

Zögernd schlug Annius ein, fühlte kalten, klebrigen Schweiß an den Fingern. Es war seine Schuld. Er hatte Sabinus gestoßen. Blindlings. Ein weiterer Toter, der einst Klage führen würde, wenn in der Unterwelt über ihn Gericht gehalten würde. Schuld auf Schuld hatte er angehäuft, getötet, weil er geglaubt hatte, der richtigen Sache zu dienen. Getötet, weil man es ihm befohlen hatte.

»Und noch etwas.« Sabinus' Hand drückte schwach zu. »Das Mädchen ... Such sie, mein Freund! Mach sie ausfindig!«

»Sie ist tot«, murmelte Annius erstickt.

»Das weißt du nicht. Such sie! Versprich es mir!«

Hilflos umschloss Annius Sabinus' Rechte mit seinen Händen, nickte wortlos, und als Sabinus' Blick eindringlich wurde, biss er sich auf die Lippen und versprach schließlich, alles zu tun, was in seinen Kräften stünde.

»Bei deinem Genius!«, drängte Sabinus.

»Bei meinem Genius.«

»Gut.« Sabinus ließ sich zurücksinken, und ein feines Lächeln umspielte seine Mundwinkel.

Als Annius mit frischem Wasser vom Bach zurückkehrte, fand er Sabinus leblos vor, halb von seiner notdürftigen Liege gerutscht, den Blick starr und staunend auf die Türöffnung gerichtet. Seine Augen waren getrocknet, das Herz eingeschlafen, der Atem geflohen. Annius drückte ihm behutsam die Lider zu, legte ihn zurecht und schloss ihm den Mund. Eine Münze hatte er nicht, um sie ihm unter die Zunge zu legen.

Nachdem er seine Sachen nach draußen geschafft und dem Maultier den Tragsattel aufgelegt hatte, hielt er inne. Nachdenklich stand er vor der Hütte, betrachtete das tief herabgezogene Dach aus Reetbündeln, die Wände aus Weidengeflecht, von dem der Lehmputz in dicken Brocken platzte, die Tür aus dürrem Holz. Sabinus war in einem Scheiterhaufen gestorben.

Was für ein Einfall! Annius schüttelte den Kopf, doch der Gedanke ließ sich nicht vertreiben. Blaesus und Venicius hatten sie nur notdürftig verscharrt aus Angst, ein Feuer würde die Mörder oder andere herumziehende Kriegertrupps auf sie aufmerksam machen. Aber war das nicht schon gleichgültig? Er fühlte den klebrig kalten Fieberschweiß des Toten an seinen Fingern, dann erwachte in ihm die Erinnerung an den warmen Blutschwall, der seine Hände und Arme getroffen hatte, als Varus sich den Dolch ins Herz gestoßen hatte, den Dolch, den jetzt er am Gürtel trug, damit Arminius nicht diesen höchsten Triumph über den verratenen Gönner errang. Er musste diesen Dolch ebenso wie Ring und Brief über den Rhenus schaffen, wollte er nicht, dass diese Dinge früher oder später in die Hände des Arminius fielen.

Eilig bepackte er das Maultier mit Sabinus' Waffen, Rüstung und den Schilden, wappnete sich dann, ehe er den kleinen Beutel mit dem Feuerzeug hervorzog. Ein letztes Mal betrat er die Hütte, stand vor dem toten Freund, den er in seinen Mantel gewickelt hatte. Ringsum waren Reiser und Kleinholz ausgebreitet, so viel er nur hatte finden können. Stumm nahm er Abschied von Sabinus und verließ rückwärts dessen Scheiterhaufen, entzündete Reiser an der aus Funkenschlag gewonnenen Glut, die er vorsichtig in das Reetdach steckte.

Leichter Wind fachte den Brand an, die ersten kleinen Flammen schlugen aus dem Reet, Rauch erhob sich, dunkler, schwerer Rauch, der verräterisch über dem Dach aufstieg. Annius wusste, dass er nicht warten durfte, um die letzte Glut zu löschen, er hatte ja auch nicht den Wein dafür, konnte auch nicht die Asche sammeln und bestatten. Er griff nach der Führungsleine des Maultiers, murmelte ein kurzes Gebet und drehte sich um.

Rufe gellten über die Lichtung. Er sah einen der beiden jungen Burschen wild winkend aus dem Wald rennen. Er würde ihnen nicht entkommen, weder zu Fuß noch auf dem Maultier, aber er konnte sie abwehren, weil sie unerfahren und ungeübt waren. Noch während er sich kampfbereit machte, brach der andere auf einem Pferd aus dem Unterholz. Sie stellten ihn, aber das würde ihnen nichts nutzen. Gawila schrie ihn vom Pferd herunter an, wiederholte immer wieder eine einzige kurze Frage. Warum, ja, warum hatte er das getan?

»Er ist tot«, entgegnete Annius, »und ich bestatte ihn auf diese Weise. Er hat es verdient, dass man ihm diese Ehre erweist.«

Ihre ratlosen Mienen zeigten, dass sie kaum ein Wort verstanden hatten. Sie drohten nicht mit ihren Spießen, begleiteten ihn aber, und Gawila redete unentwegt auf ihn ein, während er neben dem Maultier den Pfad zurückging, der ihn und Sabinus hierhergeführt hatte. Als sie den breiten Weg erreichten, sprang Gawila von seinem Pferd, einem eher kleinen, stämmigen Tier. Annius dachte über einen Tausch nach, aber er wusste nicht, wie er das anbahnen sollte, als sich Gawila ihm mit ausgebreiteten Armen kopfschüttelnd in den Weg stellte.

Hufgetrappel näherte sich, Rufe und schwerer Laufschritt kamen aus der Richtung, die Gawila versperrte. Annius' Blick flog hin und her zwischen dem tänzelnden, schnaubenden Pferd und dem Jungen, der sich in einer Geste schierer Verzweiflung an den Kopf fasste. Er hatte dem Feind geholfen, das würden sie ihn spüren lassen. Annius biss sich auf die Unterlippe, zögerte einen tiefen Atemzug lang. Die Leine des Maultiers fiel zu Boden, in zwei Sätzen war er bei dem stämmigen Pferd, sprang auf dessen ungesattelten Rücken. Das Tier bäumte sich auf, dass er Mühe hatte, nicht hinunterzurutschen. Gawila rannte auf ihn zu, langte nach den Zügeln, doch bevor die Vorderhufe wieder den Boden berührten, hieb Annius seine Fersen in die Flanken des Pferdes, das einen weiten Satz machte und im Galopp zurück in den Wald preschte.

Alles hatte er zurückgelassen, Sabinus' Waffen und Rüstung, die Schilde; das Maultier hätte ihn nur behindert. Er hetzte das Pferd quer über die Lichtung mit der Hütte, aus der die Flammen loderten, eingehüllt in eine schwarze Rauchwolke. Das Dach war bereits eingestürzt.

XV

Auf den Mauern von Aliso brannten die Lichter wie in jeder Nacht, doch es befanden sich nur wenige Soldaten auf dem Wehrgang. In unregelmäßigen Abständen lehnten Zeltstangen an der Brustwehr, jeweils zu zweit: eine lange, die den Spähern der Barbaren wie ein Pilum vorkommen mochte, und eine auf Mannshöhe gekürzte, auf die Bälle aus Werg gespießt worden waren, manchmal auch ein Helm.

Thiudgif, die bei den Kundschaftern und Pfadfindern stand, hatte zugesehen, wie die meisten Posten beim Wachtwechsel gegen diese kümmerlichen Blendwerke ausgetauscht worden waren, aber etwas anderes stand nicht zu Gebote. Kühle Finger stahlen sich in ihre Hand, und als sie sich umdrehte, blickte sie in Suras Gesicht, auf dem ein unsicheres Lächeln lag. Sie und ihre Mutter waren ebenfalls den Kundschaftern und Pfadfindern zugeteilt worden, nachdem Thiudgif Caedicius inständig darum gebeten hatte; sie wollte die beiden um sich wissen.

Die auf dem Forum vor dem Stabsgebäude versammelten Soldaten verharrten reglos in Reih und Glied, aufgestellt für den geordneten Abmarsch. Die Hufe der Pferde und Maultiere waren mit Leder umwickelt, um die Mäuler hingen Futtersäcke; die Soldaten hatten ihre genagelten Stiefel ausgezogen, alles, was klappern oder rasseln konnte, war mit

Tuch oder Leder gepolstert. Stumme Handzeichen und die Bewegungen der Feldzeichen eröffneten den Abmarsch. Ungewöhnlich leise begann die Menschenmasse, sich in einen Wurm zu verwandeln. Thiudgif und einige andere Männer und Frauen, Flüchtlinge aus den umliegenden Dörfern, eilten an die Spitze des Zuges, wo Caedicius seinen großen Apfelschimmel führte, begleitet von seinem kleinen Stab. Vor ihnen öffnete sich das rechte Seitentor, das neben dem Eckturm errichtet war. Kundschafter und einige ausgewählte Soldaten mit dunklen Umhängen huschten hinaus in die mondlose Nacht, während Thiudgif sich mit einem wehen Schauder an Thiaminus und Privatus erinnerte, deren verstümmelte und enthauptete Leichen erst am Tag nach ihrem Tod hatten geborgen und bestattet werden können. Auf das offene Weideland hinauslaufen, es unbemerkt durchqueren zu müssen, erschien ihr eine unmögliche Aufgabe.

Lautlos betete sie um den Beistand der Geister dieses Ortes, wie sie es schon einmal getan hatte. Und sie hatten ihr beigestanden. Sie richtete den Blick auf den Signifer am Tor, der die Schar der Pfadfinder führen sollte, bis dieser lautlos das Feldzeichen drehte und in Richtung Tor senkte. Schnell drückte sie Suras Hand und eilte mit den anderen los. Kaum hatte sie das Tor hinter sich gebracht und die fahlen Lichtkegel unter der Mauer verlassen, umfing sie tiefe Finsternis. Der Wind trug das Rauschen der Blätter bis zu ihnen herüber, dumpf klangen Schritte und Hufschlag hinter ihnen. Thiudgif lief auf Zehenspitzen, spürte den festgetretenen Lehm und die Steine auf dem breiten Weg, dann seidiges Gras. Sie erreichten den Wald, schlüpften durch das Unterholz in den Schutz der Bäume. Hier wurden alle langsamer, weil die Finsternis noch dichter war als auf dem freien Feld.

Von nun an übernahmen die Leute aus den nahe gelegenen

Dörfern die Führung, suchten den Weg mit einer matt leuchtenden Laterne, während die anderen blind folgen mussten. Thiudgif blieb an der Spitze, bei den Kundschaftern und Pfadfindern, von denen sie selbst eine war; aus unerfindlichen Gründen fühlte sie sich hier sicherer als mitten unter den Soldaten. Sie huschten unter den Bäumen weiter, immer mehr Laternen wurden entzündet. Schließlich nahm eine alte Frau Thiudgif beiseite.

»Die Wege werden schlammig«, sagte sie. »Frag den Anführer der Römer, ob wir einen Umweg nehmen sollen, damit niemand im Sumpf stecken bleibt, oder ob wir den schnellsten Weg gehen sollen.«

»Du solltest mitkommen«, erwiderte Thiudgif.

»Wird er mir und diesen Leuten hier glauben?«

»Er hat euch das Heil all seiner Soldaten anvertraut – warum sollte er euch nicht glauben?«

Gemeinsam näherten sie sich Caedicius, Thiudgif aufrecht, die anderen Pfadfinder mit gebeugtem Nacken. Als sie das bemerkte, zog sie einen Atemzug lang den Kopf ein, entschied dann aber, dass das unter der Würde der Tochter eines Kriegers war. Caedicius gab ihnen Zeichen, neben ihm herzugehen; noch immer führte er seinen Apfelschimmel, wie auch die übrigen Offiziere neben ihren Pferden marschierten.

»Was ich über das Schicksal der Legionen des Varus erfahren habe, lehrt mich, den Sumpf zu umgehen«, sagte er, nachdem die Alte ihn in Kenntnis gesetzt hatte. »Wir haben ohnehin noch ein gehöriges Stück Weg vor uns, bevor wir außer Gefahr sind, aber im Dreck stecken zu bleiben wäre so ziemlich das Dümmste, was uns widerfahren könnte. Führt uns auf einem trockenen Weg.«

Die Alte und ihre Begleiter beeilten sich, wieder zur Spitze des Zuges zu gelangen, doch als Thiudgif sich ihnen anschließen wollte, schnappte eine Hand nach ihrem Arm und hielt sie zurück.

»Warte, Mädchen!« Caedicius' Stimme hatte den Klang eines Erwachsenen, der mit einem unmündigen Kind sprach. »Ich habe Fragen an dich. Es gibt Dinge, die mich in Erstaunen versetzen. Dass so ein junges Ding eine Gruppe Frauen, noch dazu eher anrüchige, tagelang durch die Wildnis führt, will mir nicht in den Kopf.«

»Das war nichts Bedeutsames«, entgegnete Thiudgif argwöhnisch. »Es ergab sich. Ich war die Einzige, die sich in den Wäldern ein wenig auskennt.«

Ihr Nackenhaar sträubte sich, und sie zog die Schultern hoch, bis er seinen Griff lockerte.

»Du bist eine Freigelassene«, fuhr er fort, und noch während er sprach, krampften sich ihre Finger um die Tafeln, die sie sich umgebunden hatte. »Was wirst du in Vetera tun?«

»Ich werde warten ... auf meinen Herrn.«

Sie erhielt keine Antwort, stattdessen löste sich Caedicius' Hand von ihrem Arm. Sie wandte sich um und erblickte den Reiter, der wild gestikulierend auf die Spitze des Zuges zustürmte. Dann hörte sie das aufwallende Brüllen und erstarrte.

»Jetzt ist der Augenblick, da sich zeigen wird, ob Lucius Caedicius eine kläffende Töle ist oder ein bissiger Molosser!« Behände sprang er auf sein Pferd und wendete es. »Seid meine Legionen!«, befahl er mit durchdringender Stimme und stieß den Arm in die Luft.

Augenblicke später schmetterten die Bläser zum Angriff, die Soldaten, die ihre Stiefel längst wieder an den Füßen trugen, trampelten johlend auf der Stelle, drängten sich zu einer dicht geballten Masse, trommelten mit ihren Töpfen, mit

Schwertklingen, mit allem, was sie hatten, auf den Schilden. Thiudgif starrte die Menschenmenge an, die Lärm für ganze Legionen machte.

Einer der Kundschafter trat dicht neben sie. »Lauf!«, rief er in ihr Ohr. »Lauf so schnell du kannst! Wir rücken ab!«

Und sie rannte, rannte, ohne nachzudenken, den Weg hinunter, den Pfadfindern nach, die durch den Wald hasteten, gefolgt von einzelnen Berittenen, die wohl die Aufgabe hatten, sie zu bewachen. Als hätten sie einander gerufen, fand sie Amra und Sura in dem Durcheinander und eilte mit ihnen weiter. Angst machte ihre Glieder schwer, als der Lärm hinter ihnen anschwoll, und die Erinnerung an die Gefechte kroch ihr kalt ins Genick. Doch plötzlich hallte Jubel durch den Wald.

Thiudgif blieb stehen, wandte sich um und horchte auf. Der Wald war erfüllt von Getöse, als rückten Tausende schwer bewaffneter Legionäre an. Sie erinnerte sich daran, dass Caedicius erwähnt hatte, zwei Legionen seien auf dem Weg zu ihnen, ihr Herz schlug schneller bei dem Gedanken, dass Rettung nahe sein könnte. Zum ersten Mal auf ihrem Weg zehrte sie nicht nur von Hoffnung, sondern Zuversicht brach wie ein heller Lichtstrahl in diese Nacht. Tränen rannen über ihre Wangen, während sie dem Krach lauschte, und sie dankte den Geistern des Waldes. Als sie sich Amra zuwandte, die auf sie gewartet hatte, erkannte sie in deren weit geöffneten Augen ein Leuchten, und sogar Sura strahlte.

Ein Soldat eilte zur Spitze des Heeres, wohl ein Bote, der Befehle überbrachte; im Vorbeilaufen wedelte er mit den Händen, um die Frauen zur Eile anzuhalten. Widerwillig folgte Thiudgif den anderen, ließ sich von Sura bei der Hand nehmen. Sie verstand nicht, warum sie diese Flucht fortsetzten, jetzt, da Verstärkung zur Stelle war. Ihre Beine wurden schwer und schmerzten, ihr Herz pochte hart, und der Atem brannte in ihrer Kehle, aber sie lief weiter. Weg von dem Jubel, der sich wieder in das Rasseln und Donnern eines schnell marschierenden Heeres verwandelte.

Nach Hunderten von Schritten, die ihr am Ende zur Qual zu werden drohten, ließ man sie endlich wieder gehen. Sura schien kaum angeschlagen, sondern zog ihre Mutter und Thiudgif weiter hinter den Kundschaftern her, bis ein alter Mann, den Thiudgif kaum erkannt hätte, einer aus ihrem Dorf, sie ansprach und Thiudgif an die Spitze des Zuges bat. Sie hatten das Gebiet um das Dorf ihrer Kindheit erreicht.

Im ersten grauen Frühlicht schwebten Nebelschwaden zwischen den Baumstämmen. Thiudgif entdeckte einen der Pfade, die sie vom sommerlichen Beerensuchen kannte. Er führte sie an Brombeergestrüpp entlang, folgte einem Bachlauf, an dem sie Wasser fassen konnten, eine schmale Aue voll wildem Grün mit späten Blüten, die gerade begannen, sich dem jungen Tag zu öffnen. Als zerre jemand an einer einzelnen Faser in ihrer Brust, so peinigte sie Heimweh nach dem Dorf, in dem ihr Vater gelebt hatte und wo sie aufgewachsen war. Das Netz von Pfaden wurde dichter, sie bog bald hier ab, bald da, um das Dorf fast gegen ihren Willen zu umgehen. Unversehens bemerkte sie, dass sie die Nähe der Gräber suchte. Der alte Mann, der neben ihr ging, schwieg, obwohl er bemerken musste, dass sie nicht den kürzesten Weg nahm.

Als der Wald endete, blieb Thiudgif stehen. Vor ihr erstreckten sich Felder und Wiesen, durchschnitten von Hecken, Haselnusssträuchern und Apfelbäumen. Auf einem Hügel, kaum dreihundert Schritte entfernt, thronte das Dorf, umgeben von einer Palisade, die von Giebeln und einzelnen Baumkronen überragt wurde. Ein Hauch rosigen Schimmers lag auf den Gebäuden, in denen um diese Zeit das Leben hätte erwachen müssen. Es war die Zeit, in der die Frauen den glimmenden Herd mit frischem Holz auflodern ließen, um den Morgenbrei zu kochen. Doch kein Rauchfaden erhob sich in den Himmel, unter dessen hellem Blau Wölkchen von der Farbe der Apfelblüte dahinzogen.

»Sahsmers war ein mutiger Mann«, flüsterte der Alte neben ihr. »Ich habe an seiner Seite gekämpft, bis er wegen seiner vielen Verletzungen nicht mehr zu den Waffen gerufen wurde. Es ist eine Schande, dass er als Wehrloser von den Cheruskern erschlagen wurde und nicht im Kampf gegen die Römer fiel.«

Thiudgif fuhr herum. »Warum sagst du das?«

»Weil es sein Wunsch gewesen wäre.«

»Wo sind alle, die dort gelebt haben? Es sind nur wenige bei uns.«

»Viele waren schon geflüchtet, als die Nachricht vom Angriff auf das Heer der Römer uns erreichte. Später kamen dann die Krieger des Arminius und forderten Vieh und Getreide.«

Der Greis verließ den Weg, näherte sich den flachen, von niedrigen Steinmauern umgebenen Erdhaufen, in denen Thiudgif die Gräber der Ahnen erkannte. Sie lief dem Alten nach, fand das kleine Grab ihrer Mutter, das vollkommen zugewachsen war; doch sie kannte die Stelle, die sie nach deren Tod immer wieder aufgesucht hatte. Eine tief vergrabene Pein brach sich Bahn, umkrampfte ihr Herz, sodass sie mit geballten Fäusten vor diesem Flecken Erde stand. Jäh packte sie den Zopf, zerrte das Band heraus und löste die Flechten, dass sie in mattkupfernen Wellen über Schultern und Rücken fielen. Sie riss stumm an ihren Haaren, bis sie eine Strähne in der Hand hielt, kniete nieder und legte sie unter einen faustgroßen Stein auf das Grab. Vielleicht war es die Mutter, ihr umherschweifender Geist, der sie nie verlassen hatte, ihr in der Not beigestanden war und sie nun hierhergeführt hatte. Thiudgif flüsterte Dank, während hinter ihr Soldaten zügig vorbeimarschierten.

Ihres Vaters Grab war noch frisch und sie betrachtete es mit einem Gefühl der Leere, als wäre der Mann, dessen Asche unter dieser Erde lag, ein Fremder geworden. Sie wünschte ihm Frieden und einen Platz unter seinen Vorfahren, hob dann den Blick zu dem Dorf auf dem Hügel. Sie sah sich als Kind auf der Hangwiese hüpfen, bei den Gänsen, die sie hütete. Sah sich mit den anderen Kindern balgen. Sah sich mit den anderen Mädchen – wo waren sie jetzt? – bei Abzählspielen und Reigen. Sah die Mädchen beim Frühlingsfest vor den jungen Männern weglaufen, ein Versteckspiel, bei dem sie, die magere, unschöne Tochter des Sahsmers, im letzten Frühjahr, bevor sie zu ihrem Onkel geschickt wurde, eigentlich nur geduldet worden war, denn die Burschen wollten nichts von ihr, sondern hatten es auf rosige Mädchen mit weichen, runden Gliedern abgesehen.

Matt lächelnd wandte Thiudgif sich ab und legte die Rechte fest auf die Wachstafeln. Sie musste eine neue Heimat finden.

Vetera war eine ummauerte Stadt auf einem Hügel, der zum Fluss hin steil abfiel, eine waffenstarrende Festung, geschützt durch Wasser und Fels. Als die Frauen die Fährboote verließen, waren sie die Letzten, die den lange ersehnten sicheren Boden betraten. Mauern und Türme ragten dunkel vor der Abendsonne auf. An der Anlegestelle warteten ein paar Soldaten auf sie, führten sie ungefragt zu Caedicius, der wieder einmal mit Wachstafeln beschäftigt war. Vor ihm standen

Männer aus dem Lager, Gefreite, die frisch aussahen, nach sauberer Wolle rochen. Nach Frieden. Caedicius' faltiges Gesicht zeigte tiefe Erschöpfung, aber noch mehr Erleichterung, als er sich Thiudgif schließlich zuwandte.

»Nun, meine Kleine, was wirst du jetzt tun?«, fragte er mit einem dünnen Lächeln.

»Warten«, erwiderte sie knapp.

»Auf deinen Patron, nicht wahr?« Er nickte und zog dabei die Brauen zusammen. »Und wo wirst du wohnen?«

Thiudgif nagte an der Unterlippe wie ein ertapptes Kind. Wieder lag ihre Hand auf den Wachstafeln. Amra hatte davon gesprochen, Leute von ihrem Volk zu suchen, die gebe es überall, wo römische Soldaten seien; viele seien Kaufleute, handelten mit Waren aus dem Osten des Imperiums, die überall begehrt waren. Sie hatte ihr versprochen, ihr eine Unterkunft zu besorgen, auch wenn ihre Leute in vielen Dingen sehr eigen seien und lieber unter sich blieben.

»Ich bin dir zu Dank verpflichtet«, sagte Caedicius. »Ohne die Hilfe deiner Leute hätten wir es nicht hierhergeschafft – zumindest nicht ohne große Verluste. Ich werde dafür sorgen, dass jeder von euch angemessen belohnt wird.«

»Ich möchte hier warten, bis ich Gewissheit habe, Lucius Caedicius. Und wenn ...« Ihre Stimme erstickte an dem Kloß in ihrer Kehle.

»Wenn er nicht mehr kommt, meinst du?«

Mit gesenktem Kopf nickte sie mühsam. »Er gab mir einen Brief an seine Eltern mit«, flüsterte sie. »Dorthin solle ich gehen, wenn ich kein Heim mehr hätte. Nach Tarraco.«

»Tarraco! Gute Götter! Das ist eine arg weite Reise!«

Erschrocken blickte Thiudgif auf und konnte nicht mehr verhindern, dass ihre Augen sich mit Tränen füllten. Ihr ganzer Körper fühlte sich bleiern an. Mit einem Mal sank die Hoffnung in sich zusammen wie ein ausgeleerter Schlauch.

Caedicius legte ihr wie einem Kind den Finger unter das Kinn. »Vielleicht lässt es sich einrichten. Was eine Belohnung angeht, möchte ich lieber nichts versprechen, aber womöglich kann ich dir anders helfen, dorthin zu gelangen – und bis dahin werde ich dich gerne in meinem Haus beherbergen.«

*

Wo der Wald sich lichtete, dehnte sich eine weite Aue vor Annius. Silbernen Bändern gleich schlängelten sich Flussarme im goldenen Nachmittagslicht durch eine sandige, von verstreuten Wiesen bedeckte Ebene. Weiden und Erlen wuchsen am Wasser, Schilf in den toten Schleifen. Und über dem jenseitigen Ufer, unter der sinkenden Sonne, zeichnete sich der Schattenriss eines flachen Berges ab, gekrönt von Mauern und Türmen.

Annius richtete mühsam den Blick auf die ferne Befestigung. Vetera, das musste Vetera sein. Er fühlte weder Freude noch Erleichterung, alles war von einer wolkigen Müdigkeit überdeckt, die ihm kaum Kraft zum Atmen gewährte. Er ließ die schmerzenden Beine ein wenig pendeln, mehr konnte er nicht ausrichten, um seinen treuen Begleiter anzutreiben. Seine Leisten taten weh, als hätte jemand schwere Gewichte an seine Füße gehängt, und im geschwollenen Knie pochte ein heißer Puls. Zögernd trottete das Pferdchen vorwärts, aus dem schützenden Schatten des Waldes heraus. Als es den Hals streckte, entglitten Annius' kraftlosen Fingern die Zügel, sodass es ungehindert weiden konnte.

Mit einer Hand stützte Annius sich auf den Widerrist des Pferdes, in der anderen barg er das Gesicht, rieb die glühende Stirn, schob das verfilzte, strähnige Haar zurück. Vor seinen Augen verschwamm das Bild des fernen Standlagers. Sechs Tage waren vergangen seit Sabinus' Tod, sechs Tage, teils zu Pferd, teils zu Fuß. Ständig unterwegs. Er hatte sich nach der Sonne gerichtet, stets in der Angst, er würde im Kreis laufen, sich verirren. Zunächst hielt er sich in die Richtung, wo er den Scheitel der Sonnenbahn vermutete, durch weite Moore, in denen er sich fortwährend neue Pfade hatte suchen müssen. Die zweite Nacht, die er inmitten eines Sumpfes verbrachte, würde er nie wieder vergessen. Fahle Lichter hatten über dem Wasser geschwebt, Frösche lauter gekeckert und gequakt als eine Menschenmenge. An Schlaf war nicht zu denken.

Dann war er in die Wälder geraten, dichte, finstere Wälder, oft unwegsam, sodass er sich einen Pfad mit dem Schwert hatte hauen müssen. Geduldig war ihm das Pferd gefolgt und hatte ihn getragen, wenn ihm die Kraft ausgegangen war oder der Schmerz im Knie jeden weiteren Schritt unmöglich machte.

Als Annius spürte, dass er seitlich vom Pferderücken rutschte, krallte er die Hände in die Mähne, und als er sich wieder zurechtrückte, fiel das Tier in einen schaukelnden Tölt. Die Zügel baumelten, schier unerreichbar für Annius, zu beiden Seiten des Halses.

»Halt! Halt, langsam!«, stieß er rau hervor.

Doch das Pferd beeilte sich, den sanft abfallenden, grasigen Hang hinter sich zu lassen, und mit einem freudigen Schnauben und Quietschen sprang es in den seichten Flussarm, blieb stehen und trank gierig.

»Trag mich hinüber«, murmelte er. »Lauf ... weiter! Trag mich hinüber!«

Gemächlich setzte das Pferd sich in Bewegung, streckte sich wohlig, während es das stehende Gewässer durchpflügte und auf der anderen Seite das Ufer erklomm. Kaum hielt Annius sich auf dem Rücken des Tieres, das sich nun gemächlich über eine saftige Wiese weidete. Er kämpfte um eine halbwegs aufrechte Haltung, fluchte, dass er keinen Sattel hatte, denn ohne die stützenden Hörnchen war es ein mühsames Unterfangen, bis er schließlich zusammengekrümmt auf dem Pferderücken saß. So erreichten sie das nächste Ufer, querten noch einen Seitenarm des Rhenus, der immerhin so tief war, dass Annius' Beine durch das Wasser gezogen wurden und das wohltuend kühle Nass in die Sandalen drang. Er beugte sich über den Pferdehals, reckte den linken Arm, tastete nach Wasser, netzte Schläfen und Stirn, Tropfen versickerten zwischen den struppigen Bartstoppeln auf Wangen und Kinn.

Das Pferd trug ihn wieder an Land, wo er den Kopf hob und nach dem Ziel äugte, doch alles verschwamm vor seinen Augen. Er spie einen leisen Fluch aus, versuchte, sich aufzurichten, vergeblich, fluchte nochmals. Das Pferd bewegte sich am Ufer entlang, als suchte es einen Weg hinüber, blieb hier und da stehen, schüttelte unschlüssig den Kopf, trottete schnaubend weiter. Annius vernahm das leise Gurgeln von fließendem Wasser, helle Rufe aus weiter Ferne. Er stemmte sich hoch, kalter Schweiß brach ihm am ganzen Körper aus, Übelkeit stieg scharf und bitter im Hals auf. Das Pferd hatte ihn zu einem dritten Wasserlauf getragen, an dessen jenseitigem Ufer ein paar Menschen standen. Wie aufgereiht.

Durch einen trüben Schleier erkannte er lange und kurze Kleider, und sein Herz machte einen Satz. Das waren keine Barbaren. Er musste nur noch durch diesen Flusslauf, dann wäre er gerettet, doch das Leben schien aus ihm zu fließen wie Wasser aus einem weggeworfenen Schlauch. Unter Aufbietung aller Kräfte hob er einen Arm in Richtung der Menschen, während es vor seinen Augen bedrohlich dunkel wurde, er streckte die Hand aus, verlor den Halt. Rutschte seitlich vom Pferd und schlug rücklings auf dem Boden auf, unfähig, sich zu bewegen.

Das Pferd war stehen geblieben, tauchte die Nüstern ins Gras, schnoberte und fraß. Annius sah den Wald in der Ferne, den rettenden Flussarm und die Befestigung auf dem Berg hatte er im Rücken, kraftlos lag er da und spürte, wie er still wurde, blind und kalt, sein Gehör jedoch wacher denn je. Vögel zwitscherten im Beerengestrüpp, in den Zweigen der Weiden und Erlen, der Wind ließ das Laub rascheln, das Wasser gluckste und plätscherte leise. Holz schrammte über Sand und Kies, dann Schritte, schwere und leichte.

Hände legten sich auf seine Schulter und seine Hüften, er wurde langsam auf den Rücken gerollt. Was würde geschehen, wenn der Fährmann seinen Mund öffnete und bemerkte, dass keine Münze unter seiner Zunge lag? Mehrstimmiges Gemurmel erhob sich, dann ein spitzer Schrei. Neben seiner Schulter traf etwas dumpf auf dem Boden auf, warme Hände schälten sein Gesicht aus der Kapuze, strichen ihm über Schläfen, Wangen und Hals. Er blinzelte, sah durch den Schleier das helle Oval eines Gesichts, umrahmt von dunklem Manteltuch. Die Stimme flüsterte erstickt seinen Namen, immer wieder. Thiudgifs Stimme.

Er hatte keine Münze gebraucht. Er war nicht in Vetera, sondern an jenem Ort, den die Lebenden fürchten. Bei ihr. Er wurde behutsam hochgehoben und sein Gesicht an einen in Wolle gehüllten Körper gedrückt. Saubere, gewaschene Wolle. Sie hielt ihn an ihrer Brust, die unter heiserem Schluchzen zitterte, ihr Kinn lag auf seinem Scheitel, mit einer Hand kämmte sie immer wieder sein Haar. Elysium. Während ringsumher Geschäftigkeit aufkam, wurde sein Atem flacher, ruhiger, überließ er sich der Stille, die ihn sanft auffing.

Ein scharfer Schmerz riss ihn aus dem Schlaf. Er fuhr hoch, sah einen schwarzhaarigen Mann mit angegrauten Schläfen in gebleichter Tunica am Bett sitzen. Hinter ihm stand ein Gefreiter, der eine flache bronzene Schale trug. Beide Hände hatte der Medicus erhoben, in der Rechten hielt er ein dünnes Instrument, ein Skalpell. Das Knie pochte heiß. Annius ahnte, dass er sich im Valetudinarium eines großen Standlagers befand. Vetera, schoss es ihm durch den Kopf.

»Sachte, Soldat!«, sagte der Mann in der gebleichten Tunica. »Es tut mir leid, dich unsanft geweckt zu haben – mein Fehler.« Grinsend legte er die freie linke Hand auf seine Brust. »Marcus Avidius Panthera, Medicus Ordinarius der Einundzwanzigsten Legion – willkommen in Vetera!«

Annius warf einen Blick durch den Raum, eine weiß getünchte Krankenkammer; er lag auf einem der drei Betten, die übrigen waren unbenutzt, Kissen und Laken sorgfältig gefaltet darauf gestapelt. Man hatte ihn mit einer dünnen Leinentunica bekleidet, die Decken waren am Fußende aufgerollt, und unter das dick geschwollene Knie waren feste Tücher geschoben worden.

Der Medicus legte das Skalpell auf die Schale und trat ans Kopfende des Bettes, tastete an Annius' Hals nach dem Puls und hob die Lider von den Augen, um die feinen Häutchen zu begutachten. Dann kehrte er zu seinem Schemel zurück.

»Wir haben es schon mit Egeln versucht, aber die konnten nicht alle schlechten Säfte heraussaugen«, erklärte er. »Ich muss schneiden, und das wird wehtun.«

Annius zuckte die Achseln, verschränkte die Arme im Nacken und lehnte sich in die Kissen; er starrte ins Leere, während er das Eindringen der Klinge in die zum Bersten gespannte Wunde spürte, presste er die Kiefer aufeinander und atmete stoßweise durch die Nase.

»Eine böse Verletzung«, sagte Panthera. »Das scheint eine alte Sache zu sein, die zu stark belastet wurde und deshalb wieder aufgebrochen ist.«

Der Medicus schien mit dem Messer an den Knochen zu schaben, was Annius neben einem brennenden Schmerz Schweißausbrüche verursachte und ihm Tränen in die Augen trieb.

»Du bist keinen Tag zu spät gefunden worden«, fuhr Panthera fort, ohne die peinvolle Behandlung zu unterbrechen. »Anfangs zogen wir es in Erwägung, das Bein abzunehmen.«

Erschrocken hielt Annius die Luft an. Hände legten sich fest auf den Oberschenkel und das Schienbein.

»Keine Bange!«, fuhr der Medicus fort. »Wir haben davon abgesehen, da wir wissen, welche Folgen dieser Eingriff gehabt hätte. Eine vorzeitige Entlassung wegen Untauglichkeit wäre das Geringste gewesen.«

»Wie lange habe ich ... geschlafen?«, fragte Annius, um über etwas anderes zu reden, während ihm das Wasser aus den Augenwinkeln über die Schläfen rann und im Kissen versickerte.

»Drei Tage. Wir haben dir Mohnsaft verabreicht. Du wurdest ununterbrochen beobachtet und versorgt, du wurdest sogar gefüttert und gebadet, wie du sicher bemerkt hast.«

Der Medicus ließ endlich von Annius' wundem Knie ab. Mit einem Klirren fiel das Skalpell in die Schale. Annius stemmte sich auf die Unterarme und sah Panthera schmunzeln. Die Fingerspitzen des Medicus glänzten nass und dunkel von Blut.

»Danke deiner Freigelassenen, Titus Annius«, setzte er nach. »Das Mädchen hat wie eine Löwin gekämpft, damit du gut versorgt wirst.«

»Meiner ...?« Am Grinsen des Medicus bemerkte er, dass er vergessen hatte, den Mund zu schließen, und fasste sich. Es war kein Fieberwahn gewesen, sie hatte ihn gefunden! »War sie hier?«

»Wenn du sie hier gesehen hast, dann nur in deinen Träumen, Titus Annius, und das könnte dir niemand verdenken.«

Annius spürte, dass ihm das Blut ins Gesicht stieg, drehte sich auf die Seite und erkannte im selben Augenblick, dass er sich lächerlich machte wie ein halbwüchsiger Junge.

»Wann darf ich aufstehen?«, fragte er, um die peinliche Stille zu beenden.

»Wann immer du dich stark genug fühlst. Allerdings solltest du zuvor etwas zu dir nehmen.« Ein Fingerschnippen schickte den Gehilfen hinaus. »Dein erster Gang sollte dich zu Legat Lucius Nonius Asprenas führen«, sagte Panthera dann leise. »Ich hörte, der Legat habe etwas mit dir zu besprechen.«

Erschrocken fuhr Annius hoch. »Wo sind meine Sachen?«

»Die Lumpen haben wir weggeworfen, deine Waffen wurden in Ordnung gebracht, und alles andere ist in guter Obhut.«

Mit schweißnassen Händen tastete Annius nach dem Rand des Lagers, wollte die Beine herunterlassen, doch der Medicus drückte ihn zurück auf das Bett. »Du wirst zuerst etwas essen, mein Freund, dann kannst du dich auf den Weg machen.«

Ein weiterer Gehilfe trat ein, brachte ein Tablett mit Näpfen, einem Becher und einem Krug. Er reichte Annius einen der Näpfe, aus dem es würzig nach Schweinefleisch und Aprikosen duftete, bot ihm einen weichen Fladen aus weißem Mehl und Würzwein an, wie Annius am Geruch erkannte. Vorsichtig nippte er daran, schmeckte die Verdünnung und nahm einige tiefe Schlucke. Das Wasser lief ihm schon im Mund zusammen, als er den Löffel nahm und aß.

Lucius Nonius Asprenas, Befehlshaber der verbliebenen Legionen in den Drei Gallien, lehnte sich in seinem gepolsterten Stuhl zurück und legte die Rechte auf den Oberschenkel, sodass die helle Haut sich scharf von der schmucklosen schwarzen Tunica abhob. Vor ihm auf dem Tisch lagen der reich verzierte Dolch und Varus' Ring neben einem niedrigen Stapel Wachstafeln und einem Bronzegriffel. Annius verharrte auf zwei Krücken gestützt in der Mitte des Raumes und wartete schweigend, als die Tür aufgeschoben wurde und ein älterer Gefreiter eintrat, dessen Gesicht von einer breiten Narbe verunstaltet war. Während er sich zum Legaten begab, um ihm ein Dokument auszuhändigen, bemerkte Annius, dass er ein Bein nachzog, und verbarg sein mitfühlendes Lächeln, indem er den Kopf senkte.

»Du weißt, warum du herbefohlen wurdest?«, fragte der Legat so scharf, dass Annius sich unwillkürlich straffte, ehe er knapp nickte.

»Es haben sich etliche über den Rhenus retten können, die meisten zusammen mit der Cohorte unter Caedicius – aber von denen hatte keiner den Ring des Statthalters am Schurzband.« Asprenas nahm den Griffel vom Tisch und trommelte damit auf seinem Bein herum. »Eigentlich kümmert es mich nicht, unter welchen Umständen jemand entkommen ist, und die Angaben, die dein Mädchen über dich gemacht hat, haben sich auch als richtig erwiesen. Aber wie du an diese

Gegenstände«, er klopfte mit dem Griffel auf den Tisch, »gelangtest, das möchte ich doch gerne erfahren.«

Annius drückte die Zähne in die Unterlippe und blickte zu Boden. Asprenas war ein Neffe des Varus, er trug Trauer um einen Verwandten, der das Opfer rasender Feinde geworden war.

»Varus selbst hieß mich den Ring hierherbringen«, sagte Annius leise, ohne aufzusehen.

In die Stille polterten die Schritte eines den Gang hinuntereilenden Soldaten. Vorsichtig hob Annius den Blick und bemerkte die tiefe Bestürzung in Asprenas' Miene.

»Mann, du gehörst eigentlich zur Vierzehnten Legion«, stieß Asprenas hervor, »das bedeutet, du fällst ohnehin unter meinen Befehl. Du bist ein kleiner Gefreiter, den irgendjemand aus Varus' Stab wegen seiner schönen Handschrift angefordert hat. Als Gerichtsschreiber. Ich hab den Schrieb vor mir.« Er wedelte mit einer Doppeltafel in der Luft. »Wie, beim Hercules, bist du an den Ring meines Onkels gelangt?«

»Ich habe mir das nicht ausgesucht«, erwiderte Annius. »Er gab ihn mir. Den Brief und den Ring.«

»Warum hätte er das tun sollen? Er war umgeben von Praetorianern, bestens ausgebildeten Leibwächtern, Stabsoffizieren, denen er diese Dinge weit eher anvertraut hätte als einem dahergelaufenen Gefreiten.«

»Die Praetorianer waren in der letzten Schlacht aufgerieben worden, und der Feind hatte es ganz besonders auf die Offiziere abgesehen. Ich war verwundet, ich war ... zur Stelle.« Annius breitete hilflos die Arme aus. »Wäre ich hierhergekommen mit diesen Dingen, unter Kleidung und Rüstung verborgen, wenn ich sie gestohlen hätte? Was hätten sie mir nützen sollen?«

Asprenas' Stirn blieb tief durchfurcht und finster, während der Blick seines Gefreiten aufmerksam zwischen ihnen hin und her flog.

»Und der Dolch?«, blaffte Asprenas. »Was hat es mit dem auf sich? Willst du behaupten, dass mein Onkel sich damit erstochen hat, anstatt sein Schwert zu benutzen?«

Die Verachtung in seinen Worten traf Annius bis ins Mark. Wie sollte er Asprenas erklären, was Varus' von seiner Tat erhofft hatte? Dass er sich aus freien Stücken erniedrigt hatte in dem Glauben, damit so vielen Soldaten wie möglich einen schrecklichen Tod zu ersparen? Was für ein aberwitziger Gedanke! Welchen Sinn machte es, die Wahrheit zu sagen, wenn es das Ansehen des Statthalters schädigte und seinen trauernden Neffen verletzte? Wenn nichts Gutes mehr darin lag?

»Der Dolch lag herum. Ich nahm ihn mit, nachdem Varus sich in sein Schwert gestürzt hatte. Ich brauchte eine Waffe.«

»Du hattest ein Schwert!«

»Ich brauchte jede Waffe, derer ich habhaft werden konnte, nachdem er mir befohlen hatte, diese Dinge hierherzubringen. Das Lager war bereits so gut wie gestürmt!«

Asprenas schien auf einmal ermattet, die Schultern waren herabgesunken, die Hände lagen auf seinen Oberschenkeln, als gehörten sie ihm nicht. Der vernarbte Gefreite schlurfte durch eine Nebentür hinaus.

»Wie hast du es hierhergeschafft?«, fragte Asprenas unerwartet leise.

»Ich hatte Kameraden. Freunde. Sie sind tot. Einer durch meine Schuld. Als er starb, musste ich ihm schwören, meinen Auftrag zu erfüllen.«

Nach kurzem trockenem Klopfen kehrte der Gefreite mit zwei silbernen Henkelbechern zurück, gefolgt von einem halbwüchsigen Sklaven, der einen kleinen Mischkrug hereintrug und auf einem Dreifuß platzierte, bevor er die Becher, die der Gefreite ihm hinhielt, befüllte. Nacheinander reichte er dem Legaten und dann Annius einen, Asprenas hob seinen Becher Annius entgegen, goss einen dünnen Strahl – »Für meinen Onkel, möge die Erde ihm leicht sein!« – in die Schüssel, die der Sklave hielt. Nachdem Annius es ihm gleichgetan hatte, tranken sie einander zu.

»Ring und Brief werde ich weiterleiten«, sagte Asprenas. »Beides steht seiner Frau zu. Und der Dolch …« Er ergriff das Heft der Waffe, zog sie aus der Scheide, betrachtete das klare Blatt. »Ein schönes Stück. Eine herrliche Arbeit aus dem Osten, vielleicht im Illyricum erbeutet.«

Rasch steckte er die Klinge zurück, bettete die Waffe auf beide Hände und hielt sie Annius entgegen. »Betrachte das als Vorschuss auf deine Entlohnung – aber verbirg es vor den Augen anderer!«

Sorgsam barg Annius den Dolch in einer Ledertasche, die der Gefreite ihm reichte, und humpelte auf den Krücken zur Tür, wo er von Asprenas unerwartet eingeholt wurde.

»Sag mir noch«, flüsterte der Legat, »warst du dabei, als mein Onkel starb?«

Annius zögerte mit einer Antwort, dachte an den verkrampften Körper, den er gehalten hatte, den harten Stoß, den er mit geführt hatte, den warmen, klebrigen Blutschwall, der sich über seine Hände ergossen hatte. Er drehte Asprenas leicht den Kopf zu und nickte.

Doch er schwieg.

Vor dem Nebeneingang des Stabsgebäudes wartete das Mädchen. Die Hände in den Falten ihres Mantels verborgen, war sie unruhig auf und ab gehüpft wie ein Kind, hatte innegehalten, als er durch die Tür trat, die ein Soldat für ihn geöffnet hatte. Jetzt stand sie ganz still, schaute ihn aus großen Augen an, ihr Mund war ein wenig geöffnet, als wollte sie etwas sagen. Kupferrot glänzte es unter der Kapuze hervor.

Langsam näherte er sich ihr, verspürte die beißende Scham, ein Versehrter, ein Gezeichneter zu sein. Ein Trupp junger Soldaten trabte vorüber, erlaubte sich kecke Pfiffe, die sie nicht zu hören schien. Ihr Blick galt ihm, und es lag kein Mitleid darin.

Er wünschte sich, an ihr vorbeigehen zu können, einfach vorbeigehen, sie in eine Welt junger, unversehrter Menschen entlassen zu können. Angestrengt kniff er die Augen zusammen. Doch als sie sich unversehens bei ihm einhakte, war ihm, als schnappe eine Falle zu. Eine sanfte Falle.

»Ich bringe dich zum Medicus«, sagte sie schlicht.

Er verbat sich die schroffe Antwort, das schaffe er schon allein. Sie wusste es ohnehin.

»Ich wohne im Haus des Caedicius«, fuhr sie fort. Ihre Stimme klang ihm wie der Gesang der Vögel am Morgen, ihr Gang war leicht und federnd, da störte es nicht, dass sie noch magerer war als damals in jenem Lager, wo er sie erworben hatte.

Plötzlich hielt sie ihn an, stellte sich vor ihn, sodass sie einander gegenüberstanden, und blickte ihm in die Augen.

»Ich habe auf dich gewartet«, sagte sie, »und du bist gekommen. Ich habe dich gefunden. Das bedeutet etwas.«

Annius nickte.

Sie legte ihre Hände um seine Wangen, machte noch einen Schritt auf ihn zu, dass er ihren Körper spüren konnte. Sie drückte ihre Lippen auf seinen Mund, kurz und fest.

Wie ein Siegel.

Nachwort

Die Varusschlacht, die sich im Herbst 2009 zum zweitausendsten Male jährt, ist ein historisches Ereignis, das die Fantasie der Menschen, vor allem die der Deutschen, seit Jahrhunderten beflügelt.

Die Beschäftigung mit diesem Ereignis, das in der antiken Geschichtsschreibung geringeren Niederschlag fand, als man angesichts der ihr heutzutage zugemessenen Bedeutung erwarten sollte, begann zeitgleich mit dem Ende des Mittelalters, der Reformation und der kulturellen Ablösung des germanischen Sprachraums vom romanischen. Ulrich von Hutten gilt als Wiederentdecker des Arminius und auch als derjenige, der dem aufständischen Cherusker den damals modernen Namen Hermann verpasste. Martin Luther erkannte sofort die Symbolkraft, die in der Figur des Arminius und im Ereignis Varusschlacht als eines Sieges der »Teutschen« gegen die »Welschen« lag. In einer seiner Tischreden heißt es: *»Wenn ich ein poet wer, so wollt ich den zelebrieren. Ich hab ihn von hertzen lib.«*

Arminius alias Hermann wurde zu einem Symbol des Widerstandes gegen Rom und das Papsttum, gegen die Autorität des Kaisers des Heiligen Römischen Reiches und schließlich sogar zu einem mythischen Vorkämpfer in der Entwicklung des Nationalgedankens: Als derjenige, dem es als Erstem gelungen sei, die »deutschen Stämme« zu einen, wurde er zum »ersten Deutschen«.

Im 19. Jahrhundert, im Zuge der Gründung des Deutschen Reiches, flammte in Deutschland eine nationalistische Germanentümelei auf; Arminius, genannt Hermann, fungierte als Prototyp des »deutschen Helden«, an dem »welsche Tücke« zerbrach. Dieser Kult fügte sich schließlich in die durch Heinrich Himmler beförderte pseudoreligiöse Rassenideologie, zu der auch der nationalistische Gedanke einer von großen Deutschen vorangetriebenen Weltgeschichte gehörte.

Nach dem Ende des Dritten Reiches verlor die Symbolfigur Arminius/Hermann völlig an Bedeutung, die Varusschlacht sank in den Rang einer historischen Episode, wurde zunehmend als ein – wenn auch mit hohen Verlusten verbundener – Teil der römisch-germanischen Auseinandersetzungen kurz nach der Zeitenwende angesehen. Nichtsdestotrotz suchten seit dem 19. Jahrhundert nicht nur zahllose Heimatforscher und Freizeitarchäologen den *»klassische(n) Morast, / Wo Varus steckengeblieben«* (H. Heine). Obwohl die Befunde der Ausgrabungen bei Kalkriese im Osnabrücker Land den dort aufgefundenen Kampfplatz in einen plausiblen Zusammenhang mit der Varusschlacht bringen, ist die Diskussion über die Lokalisierung des Ereignisses noch längst nicht abgeschlossen.

Gesichert ist, dass im Verlauf dieser Schlacht drei Legionen, drei Alen und sechs Cohorten zugrunde bzw. verloren gingen, dazu der gesamte Tross, Reit-, Trag- und Zugtiere. Zwischen 15000 und 20000 Soldaten sowie mehrere Tausend Knechte, Sklaven und Familienangehörige der Soldaten, die laut Quellenlage im Heereszug mitgingen, wurden Opfer dieser Schlacht – als Gefallene, Gefangene oder

Flüchtlinge. Ebenso bezeugen die alten Texte immer wieder das unwegsame Gelände, das schlechte Wetter und vor allem die außergewöhnliche Grausamkeit der Angreifer.

Militärhistoriker begründen diese außergewöhnliche Grausamkeit häufig als taktische Notwendigkeit und zumindest mittelfristig wirksame strategische Finte: Sie habe dazu gedient, den besiegten Gegner nachhaltig zu schwächen und von einem baldigen Versuch der Rückeroberung abzuschrecken.

Ein Roman, der sich dieses Ereignis zum Thema macht, kann sich entweder in die lange Reihe der heroischen Geschichtsdeutung einordnen, die Arminius zum Volkshelden und Führer eines gerecht erscheinenden Widerstandskampfes macht – oder sich der Opfer annehmen, den wenigen überlieferten Namen ein Gesicht und eine Stimme geben. Eine Rekonstruktion des Ereignisses ist nahezu unmöglich, es kann sich also nur um eine Annäherung handeln.

Die genaue Lokalisierung war kein Thema, das mich bewegte. Vielmehr erregte eine wesentlich grundlegendere Frage mein Interesse: Wie konnte das passieren? Wie konnte ein politisch und strategisch versierter Statthalter, der sich im unruhigen Osten des römischen Reiches bewährt hatte, in eine solche Falle tappen? War es blindes Vertrauen gepaart mit Dummheit und Arroganz, wie zumindest eine der Quellen nahelegt?

Unser Bild des Publius Quinctilius Varus ist weitgehend geprägt von einer einzigen Quelle, der *Römischen Geschichte* des Velleius Paterculus aus der Regierungszeit Kaiser Tiberius'. Velleius schildert Varus als träge, habgierig und arrogant, ja als inkompetent, ein Vorwurf, der überrascht, wenn man bedenkt, dass eine andere Quelle, der jüdische Historiker Flavius Josephus, denselben Mann als Statthalter von

Syrien bei aller Härte als kompetent sowie diplomatisch und strategisch versiert zeigt.

Unser negatives Bild verdanken wir höchstwahrscheinlich der Parteinahme des Velleius in die Hofintrigen zwischen Tiberius und den Erben seines Bruders, des früh verstorbenen Germanicus. Zum engeren Kreis der ehrgeizigen Witwe des Germanicus, der älteren Agrippina, gehörten auch Varus' Witwe und ihr Sohn, die schließlich unter fadenscheinigen Vorwänden in die Verbannung geschickt wurden, um Agrippina zu isolieren.

Die Verherrlichung des Arminius wurde häufig mit dem Argument betrieben, man habe ja nur die »Siegergeschichtsschreibung« der Römer als Quellen – dabei waren es diese Quellen, allen voran die *Annalen* des Tacitus, die eben dieser Verherrlichung des Arminius den Boden bereiteten wie Velleius' Werk der Verunglimpfung des Varus. Insofern erschien es nicht abwegig, bei der Charakterisierung durch Flavius Josephus zu beginnen, die Varus als streng, aber überlegt agierenden Statthalter von Syrien beschreibt, der während der Wirren um die Herrschaft im Nahen Osten Unruhen unterbinden muss und dabei sowohl mit einer heillos zerstrittenen Herrscherdynastie als auch mit habgierigen Landsleuten zu tun hatte. Diese Charakterisierung macht weitaus mehr Sinn, denn immerhin erteilte Augustus Varus zum zweiten Mal den schwierigen Auftrag, in einer unruhigen Provinz am Rande des *Imperium Romanum* für geordnete, friedliche Verhältnisse zu sorgen.

Was Varus in Syrien gegen den Widerstand einer heillos zerstrittenen Herrscherfamilie und korrupter römischer Provinzialbeamter gelang, prädestinierte ihn geradezu für die entsprechende Aufgabe in der Germania. Doch eine akribisch vorbereitete militärische Operation, die mit den Mitteln des zermürbenden Buschkriegs arbeitete, vereitelte dieses Ansinnen.

Man mag es mit dem modernen Recht auf Widerstand eines besetzten Volkes begründen, doch letztendlich ging die Rebellion auf Angehörige des Kriegeradels zurück, die seit einer Generation in römischen Diensten standen und von denen zumindest Arminius schon als junger Mann eine beispiellose Karriere zum Führungsoffizier und in die Ränge des römischen Geldadels, des Ritterstandes, hingelegt hatte. Diese Männer kannten die Stärken und Schwächen des römischen Heerwesens und der römischen Kriegsführung aus eigener Erfahrung sehr genau. Ihre militärische Leistung besteht also darin, den Gegner mit seinen eigenen Waffen geschlagen zu haben.

Unangetastet von dieser Feststellung steht allerdings die Tatsache im Raum, dass dazu im großen Stil Verschwörung und Verrat begangen werden musste. Und gerade dieser Themenkomplex umfasst eigentlich die literarisch weitaus interessanteren Aspekte eines historischen Ereignisses, zumal wenn man ihn aus der Perspektive der Verratenen betrachtet.

Zu danken habe ich vielen Menschen, selbstverständlich all denen, die sich seit langer Zeit z. T. kontrovers mit der Varusschlacht und der Geschichte der römisch-germanischen Auseinandersetzungen und Beziehungen in vielfältiger Hinsicht wissenschaftlich befassen. Außerdem den zahllosen Reenactern und Vertretern der Experimentellen Archäologie, die ich während verschiedener Römertage aufsuchen und mit meinen Fragen behelligen konnte. Hier sei stellvertretend Alex Jahnke genannt.

Wieder einmal waren es Freunde und Kollegen beiderlei Geschlechts, die mich unterstützt haben, wie Jürgen Bräunlein, Petra van Cronenburg, Lisa Dickreiter, Charlotte Lyne, Laila El Omari, Kirsten Schützhofer, Ines Thorn, Nicole Vosseler, insbesondere mein Agent Andreas Brunner, meine Lektorin Anne Tente, die ich hier stellvertretend für viele engagierte Mitarbeiterinnen und Mitarbeiter des Heyne Verlags nenne, und als Außenlektor mit scharfem Auge Jan Schuld.

Allen voran gilt mein Dank jedoch wieder einmal meinem Mann Helmut und meiner Tochter Katharina, ohne deren Liebe und Verständnis gerade dieses Projekt nicht realisierbar gewesen wäre.

Übersetzung des Eingangszitates

Quinctilius Varus, aus eher angesehener als adliger Familie stammend, war ein Mann von milder Wesensart, charakterlich gesetzt, ziemlich unbeweglich an Körper und Geist, mehr ans müßige Lagerleben als an kriegerischen Felddienst gewöhnt.

Den halb verbrannten Leichnam des Varus verstümmelten die tobenden Feinde; das abgetrennte Haupt wurde Marbod geschickt, und als es von diesem wiederum zu Caesar (Augustus) gelangte, wurde es trotz allem mit einer feierlichen Bestattung in der Familiengruft geehrt.

(Velleius Paterculus, Römische Geschichte 2,117,2; 119,5)

Anhang

Personenverzeichnis

(Im Roman auftretende Personen **fett**, historische Personen bzw. deren überlieferte Namen *kursiv* gedruckt)

Publius Quinctilius Varus – geb. ca. 50 v. Chr., 13 v. Chr. Consul; 6–4 v. Chr. Statthalter (*legatus Augusti pro praetore*) in Syrien, wo er sich mit der von Rom abhängigen Dynastie Herodes' des Großen auseinandersetzen musste. Es gelang ihm, die Thronstreitigkeiten und dadurch geschürten Unruhen in Palästina nach dem Tod des Herodes zu beenden, wozu er u. a. Jerusalem besetzte. Statthalter in den Tres Galliae (Drei Gallien) seit 7 n.Chr.; kurz zuvor heiratete er Claudia Pulchra, eine Großnichte des Augustus, mit dem er befreundet war.

Quintus ***Numonius Vala*** – Legat, Befehlshaber der Reiterei auf dem Marsch

Gaius ***Caelius Caldus*** – junger senatorischer Tribun aus angesehener Familie

Lucius Eggius – Lagerpraefect

Sextus ***Ceionius*** – Lagerpraefect

Marcus Caelius – Centurio, Primipilus der Achtzehnten Legion

Thiaminus und *Privatus* – Freigelassene des Marcus Caelius

Publius Annius – Gefreiter im Stabsdienst, tätig u.a. als Gerichtsschreiber, stammt aus dem iberischen Tarraco (h. Tarragona, katalanische Hafenstadt)

Thiudgif – germanisches Mädchen vom Stamm der Brukterer, das durch einen Steuerpächter in die Sklaverei gerät, von Titus Annius beim Würfelspiel erworben

Aulus Caecilius Sabinus – Gefreiter im Stabsdienst, Freund des Annius

Quintus Statilius – niederer Gefreiter

Amra – dessen Frau, aus Tarsus stammend

Sura – deren gemeinsame Tochter

Quintus Sertorius, Primipilus der Siebzehnten Legion

Marcus Nervius, Primipilus der Neunzehnten Legion

Marcus Fulvius, Quaestor

Maro, Blaesus und **Venicius** – Legionäre der Achtzehnten Legion

Lucius Caedicius – Lagerpräfekt, Kommandant in Aliso

Arminius – Sohn des cheruskischen Fürsten Segimers (*Segimerus*), römischer Bürger und Angehöriger des Ritterstandes, als Tribun Befehlshaber über einheimische Hilfstruppen, enger Vertrauter des Varus

Segimerus – junger Cheruskerfürst, ebenfalls römischer Bürger; Mitverschwörer des Arminius

Segestes – cheruskischer Fürst, zugleich Anführer einer Hilfstruppeneinheit, mit Segimers Familie rivalisierend

16 v. Chr. Das keltische Siedlungsgebiet in der heutigen Steiermark gerät unter römischen Einfluss; Legat Lollius erleidet am Rhein eine schwere Niederlage gegen die germanischen Sugambrer, Usipeter und Tencterer, die nach Gallien einfallen (*clades Lolliana*).

15 v. Chr. Die Stiefsöhne des Augustus, Tiberius und Drusus Nero erobern das Alpenvorland bis zur Donau; Gründung der Garnisonsstadt Augusta Vindelicorum (Augsburg); Tiberius nimmt das rätische Gebiet (Tirol, Graubünden) ein. Augustus im Herbst bei den Truppen im Norden, schließt Friedensverträge mit den o. g. germanischen Stämmen und gründet weitere Garnisonsstadt Augusta Treverorum (Trier).

13 v. Chr. Drusus Nero gründet Garnisonsstadt Mogontiacum (Mainz) auf keltischer Siedlung.

12–9 v. Chr. Tiberius Drusus unterwirft mit brutaler Gewalt und unter Einsatz germanischer Hilfstruppen Pannonien (Jugoslawien/Ungarn); zur selben Zeit zieht Drusus Nero durch das germanische Gebiet zwischen Rhein, Main und Elbe. Marcomannen unter König Maroboduus werden tributpflichtig und unterwerfen sich; viele Verträge mit germanischen Fürsten, u. a. den mächtigen Cheruskern Segestes und Segimerus (Vater des Arminius) etc.

11 v. Chr. Gründung von Aquae Mattiacae (Wiesbaden) als Kurort für Soldaten und Kolonisten.

9 v. Chr. Drusus Nero gründet nach seiner Rückkehr die

	Hilfstruppengarnison Confluentes (Koblenz) und stirbt nach einem Reitunfall. Indessen fallen die Marcomannen mit römischer Billigung in das keltisch besiedelte Gebiet des heutigen Böhmen (Tschechische Republik) ein.
7 v. Chr.	Zensus des Quirinius, an dem Christi Geburt festgemacht wird. Einrichtung der römischen Provinz Germania mit dem Hauptzentrum Ara Ubiorum (die spätere Colonia Claudia Ara Agrippinensis, heute: Köln); Segestes' Sohn Segimundus später dort germanisch-römischer Priester; M. Vinicius (Vertrauter des Augustus, hervorragender General) Statthalter. Sommerresidenz in Feldlagern im rechtsrheinischen Gebiet.
2 v. Ch.	Augustus erhält den Ehrentitel *pater patriae;* die Erdbevölkerung beträgt etwa 160 Mio. Menschen, ca. 25 % davon leben im römischen Weltreich. Große Reformen in der Verwaltung des *imperium Romanum;* Umgestaltung der Prätorianergarde von einer städtischen Polizeitruppe zur kaiserlichen Leibgarde; das römische Heer besteht aus 25 Legionen à ca. 6000 Mann (römische Bürger) und Hilfstruppen, zusammen ca. 300 000 Mann.
Zeitenw.	L. Domitius Ahenobarbus (verh. mit Antonia maior, einer Nichte des Augustus; Großvater Neros) *legatus Augusti pro praetore* (Statthalter) in Germanien; gescheiterter Versuch einer Rückführung der von anderen Stämmen vertriebenen Cherusker in ihre angestammten Siedlungsgebiete.

1–4 n. Chr. M. Vinicius *leg.Aug.pr.pr.* in Germanien; nach der Umsiedlung der Cherusker breiten sich blutige Aufstände unter den Stämmen im heutigen Münsterland aus, deren er nicht Herr wird.

4 n. Chr. Augustus adoptiert Tiberius Nero und ernennt ihn zu seinem Nachfolger; Tiberius schlägt die Aufstände im heutigen Münsterland nieder.

5 n. Chr. Tiberius besiegt die Langobarden an der Mündung der Elbe; Sicherung der Gebiete zwischen Rhein, Nordsee, Elbe und Donau durch ständige Militärpräsenz, aber keine Kämpfe. Lagerbauten entlang der Lippe, an der Weser, in der Wetterau, verstreute Straßenposten, mindestens eine Koloniegründung (Waldgirmes zwischen Wetzlar und Gießen).

7 n. Chr. Ernennung des P. Quinctilius Varus (verheiratet mit einer Großnichte des Augustus und Günstling desselben) zum Statthalter (*leg. Aug. pr. pr.*) der *tres Galliae,* zu denen Germanien gehört. L. Nonius Asprenas (Freund des Tiberius; Neffe des Varus) wird Kommandant über das Voralpengebiet und die Truppen in Mainz und Augsburg (*legatus exercitus*).

7/8 n. Chr. Aufstände in Pannonien; der Cherusker Arminius, inzwischen wohlhabender römischer Ritter, dient hier als Hilfstruppenpräfekt und Tribun (etwa im Rang eines Obristen).

9 n. Chr. Der Cherusker Segestes fordert Varus wiederholt auf, ihn selbst, Arminius und etliche andere Fürsten sofort zu verhaften, da eine Erhebung bevorstehe; Varus glaubt ihm jedoch nicht, da er Arminius unter seine Vertrauten zählt. August/

September: Eine germanische Verschwörung, die von den offenbar seit Pannonien nicht entlohnten Hilfstruppen ausgeht und Teile mehrerer Stämme (Marser, Brukterer, Cherusker, vermutlich auch Sugambrer und Angrivarier) einschließt, überlistet den Statthalter; die Meuterer und Rebellen vernichten drei Legionen (ca. 18 000 Mann) restlos. Tross und Hilfstruppen gehen verloren. Die historische Überlieferung dieser sich über drei Tage hinziehenden Schlacht lässt kaum eine andere Deutung als die eines Massakers zu. Varus tötet sich selbst, seine Adjutanten versuchen, den Toten zu verbrennen, werden jedoch überrascht; Varus' Leiche wird verstümmelt; den Kopf schickt Arminius dem Maroboduus, der ihn zur Bestattung nach Rom überstellt (Maroboduus stellt sich ebenso wie Segestes nicht gegen die Römer). Zwischen Nordsee und Donau, Elbe und Rhein befindet sich kein römischer Soldat mehr.

Glossar

Geografische Bezeichnungen

Albis – antike Bezeichnung der Elbe

Aliso – zentrales Heerlager in den Gebieten zwischen Rhein und Elbe, häufig gleichgesetzt mit dem heutigen Haltern, wo ein großes Heerlager archäologisch nachgewiesen wurde

Amisia - antiker Name der Ems

Ara Ubiorum, Civitas Ubiorum, **Ubierstadt** - linksrheinische Ansiedlung, das heutige Köln, i. e. die spätere *Colonia Claudia Ara Agrippinensis (CCAA),* 9 n. Chr. eine Siedlung der als loyal geltenden Ubier mit einem Tempel für Iupiter, Roma und Augustus, daneben ein einfaches Feldlager

Illyricum, Dalmatica, Pannonia - römisch besetzte Gebiete auf dem Balkan, zwischen Kärnten und Nordgriechenland

Lugdunum - h. Lyon, militärisches und administratives Zentrum im römischen Gallien

Lupia - antiker Name der Lippe

Mogontiacum - h. Mainz, von Drusus gegründetes Legionslager im Mainzer Rheinknie auf dem Fürstenberg, ursprünglich eine Siedlung der dort ansässigen Vangionen mit Heiligtum ihres Heilgottes Magun/Mogon; einer der beiden militärischen Hauptstützpunkte zur Sicherung der neuen Provinz Germania magna und der gallischen Provinzen

Rhenus - antiker Name des Rheins

Vetera - beim heutigen Xanten gelegenes Legionslager, h. Birten; neben Mogontiacum der zweite Hauptstützpunkt

Visurgis - antiker Name der Weser

Militärische Begriffe

Ala (*ala* ~ Flügel) - berittene Hilfstruppeneinheit; in der Schlachtordnung an den Flügeln aufgestellt zum Flankenschutz und um einen unterlegenen, flüchtenden Gegner von hinten aufzurollen. Eine Ala besteht entweder aus 16 Zügen (*turmae*) von bis zu 32 Reitern (*ala quingenaria*) oder 24 Zügen von bis zu 42 Reitern (*ala miliaria*).

Aquilifer (~ Adlerträger) - Unteroffizier, der einer Legion den jeweiligen Legionsadler vorantrug; die Aufgabe wurde meist Soldaten übertragen, die sich über lange Zeit im Felddienst bewährt hatten.

Beneficarius – Gefreiter (*immunis,* d.h. von Schanzarbeiten u.Ä. freigestellt), der einem höheren Offizier zugeteilt wurde, insbesondere im Stabsdienst. Beneficarier verrichteten ihren Dienst als Schreiber (Sekretäre, Protokollanten) und Archivare. Häufig ein Austrag für Invalide.

Bucina – Naturtrompete, die als Signalinstrument verwendet wurde; ca. 3,5 m lang und rund gebogen.

Centurio (*centurio*) – Mannschaftsoffizier, kommandiert eine **Centuria** (~ Hundertschaft), entspricht rangmäßig ungefähr dem heutigen Hauptmann.

Cohorte (*cohors*) – Regiment des römischen Heeres, bestehend aus 10 Centurien; Legionen wurden taktisch in Cohorten untergliedert. Üblicherweise spielt der Begriff vornehmlich bei den Hilfstruppen (*auxilia*) eine Rolle; hier bestand eine Cohorte als selbstständige Truppeneinheit aus 6 bzw. 10 Centurien. Bei den gemischten Cohorten (*cohortes equitatae*) kamen noch jeweils 10 bzw. 6 Züge Reiterei (*turmae*) hinzu. Auxiliarcohorten wurden aus Soldaten gebildet, die in den Provinzen rekrutiert wurden. Meist erhielten die Soldaten das römische Bürgerrecht erst nach ihrer Dienstzeit als Veteranen; Einheiten, die sich durch besondere Leistungen ausgezeichnet hatten, wurde manchmal kollektiv das römische Bürgerrecht verliehen.

Decurio – Mannschaftsoffizier bei der Reiterei, kommandiert eine **Turma** (~ Schwadron, Zug) von ca. 30 berittenen Soldaten.

Diploma – Entlassungsurkunde, die aus zwei Bronzeplatten bestand und dem Veteran die ehrenhafte Entlassung sowie (bei Angehörigen fremdländischer Hilfstruppen) die Verleihung des römischen Bürgerrechts bestätigte.

Faber (pl. **Fabri**) – »Pioniere«; speziell ausgebildete Soldaten, die einen ausgekundschafteten Lagerplatz für den eigentlichen Lagerbau präparierten, darunter Landvermesser und andere technische Berufe speziell im Bauwesen.

Legat (*legatus* ~ Gesandter, Botschafter, Statthalter) – kommandierender Offizier einer oder mehrerer Legionen (*legatus legionis/exercitus*) oder höchster administrativer Beamter einer Provinz (*legatus pro praetore/consule*).

Legion (*legio*) – Division des römischen Heeres, bestehend aus 60 Centurien, deren jeweils 6 eine Cohorte bildeten; die Sollstärke beträgt 6000 Legionäre.

Lituum – Krummhorn, Signalinstrument der Reiterei.

Optio – höchster Unteroffiziersrang im Mannschaftsstand; der Optio war Anwärter auf Beförderung zum Centurio, wurde einem solchen direkt unterstellt, um sich zu bewähren.

Praefect (*praefectus*) – 1. kommandierender Offizier z. B. einer Hilfstruppe von ca. 500 bzw. 1000 Mann. – 2. Lagerpraefect (*praefectus castrorum*): der für das Lager (*castra*) verantwortliche Offizier, kümmert sich um Bau, Ausstattung und Unterhalt, Verpflegung der Insassen, Quartierung etc., evtl. vergleichbar mit einem Quartiermeister.

Primipilus – der ranghöchste Centurio einer Legion.

Signifer – Feldzeichenträger, »Fähnrich«; da im Getöse des Gefechts Befehle kaum durchdringen, war der Signifer als Koordinator der wichtigste Mann in der Einheit, auf den alle achten mussten. Befehle wurden vom befehlshabenden Offizier direkt an den Signifer weitergegeben, der sie durch bestimmte Stellungen des Feldzeichens an alle Soldaten weitergab. Von daher waren die *signiferi* stets ein wichtiges Ziel des gegnerischen Angriffs, und man übertrug diese Aufgabe ausschließlich bewährten Soldaten.

Tribun (*tribunus militum*) - Stabsoffizier oder kommandierender Offizier im Rang eines Stabsoffiziers; einer Legion waren jeweils 5 ritterliche Tr. (*tr. angusticlavii*) und 1 dem Kommandanten direkt unterstellter Tr. aus senatorischer Familie (*tr. laticlavius*) zugewiesen.

Tuba - römische Naturtrompete; anders als das moderne Instrument besteht die römische Tuba nur aus einem ca. 1,20 m langen Rohr aus Bronze oder Eisen mit kleinem Schalltrichter, daher ist der Klang wesentlich höher. Zusammen mit dem Horn (*cornu*) das wichtigste Signalinstrument im Feld und auf dem Marsch.

Valetudinarium - Lazarettgebäude, Militärkrankenhaus.

Sonstiges

As - kleinste römische Münzeinheit (4 Asse = 1 **Sestertius,** 4 Sestertien = 1 **Denarius**); einfache Legionäre verdienten zur Zeit des Augustus 225 Denare im Jahr (ca. 10 Asse pro Tag), mussten davon allerdings auch viele Unkosten bestreiten.

Kline - Liege, meist eine Art Chaiselongue, die alternativ zu Stuhl oder Sessel beim Ausruhen und Essen, aber auch bei der Arbeit Verwendung fand.

Latinisch - Sprache der Latiner, der Bewohner von Latium (h. Lazio, das Umland von Rom).

Lupanar - Bordell

Meile (*milia passuum* ~ 1000 Doppelschritt) - römisches Längenmaß, ca. 1480 m.

Stadium (Pl. Stadia) - Längenmaß von ca. 180 m; 8 Stadia ergaben eine römische Meile.